U0773132

观音故事与观音信仰研究

【广东中华文化王季思学术基金⊙黄天骥学术基金丛书之十七】

——以俗文学为中心

周秋良 著

广东高等教育出版社 广州

图书在版编目（CIP）数据

观音故事与观音信仰研究：以俗文学为中心/周秋良著．—2
版．—广州：广东高等教育出版社，2011.6
（广东中华文化王季思学术基金·黄天骥学术基金丛书）
ISBN 978 - 7 - 5361 - 4044 - 8

Ⅰ.①观…　Ⅱ.①周…　Ⅲ.①佛教 - 宗教文学 - 文学研
究 - 中国　②观音 - 信仰 - 研究 - 中国　Ⅳ.①I207.99
②B949.92

中国版本图书馆 CIP 数据核字（2011）第 078559 号

广东高等教育出版社出版发行
地址：广州市天河区林和西横路
邮政编码：510500　电话：87557232
佛山市浩文彩色印刷有限公司印刷
850 毫米×1168 毫米　32 开本　10 插图　16.375 印张　450 千字
2011 年 6 月第 2 版　2011 年 6 月第 2 次印刷
印数：1 001～3 000 册
定价：42.00 元

前 记 一

黄天骥

中国古代戏曲和古代文学作品，是取之不尽用之不竭的宝藏。华夏子孙，有责任发掘开采，分析整理，让体现着东方文化的瑰宝，在世界民族之林中焕发光辉。自然，我们也不能一味陶醉在祖先遗泽之中，审视它，研究它，弃其糟粕，取其精华，使之有助于祖国精神文明建设，才是我们整理古代戏曲、古代文学的目的。

近几年，广东经济有了飞跃的发展，许多有识之士，认识到在这块热土中弘扬中华文化的重要性。因而采取多种方式，大力推动对中华文化的学术研究。因时际会，"广东中华文化王季思古代戏曲、古代文学研究基金"得以乘风御气，建立起来。有了这个条件，我们就有可能出版丛书，在研究我国传统文化的领域中，做一点力所能及的工作。

我们出版这套丛书，也是为了纪念王季思

老师。

王起，字季思（1906—1996），浙江温州人。早岁师从孙诒让、吴梅先生，以《西厢五剧注》名世。20 世纪 40 年代后期，王季思老师到广东中山大学任教，历任中文系主任、古文献研究所所长等职。数十年来，他热爱祖国，热爱中华文化，把全部精力投入到教学和科研的工作中，在古代戏曲、古代文学领域作出了巨大的贡献。"文化大革命"后，拨乱反正，王季思老师被聘为国务院学位委员会第一届学科评议组成员、国家古籍整理出版规划小组顾问，被公认是中国古代戏曲古代文学研究的权威。

王季思老师一生热爱学生，教育青年。他常说：学术乃天下公器。学生和后辈学者向他求教，他从来都认真、热诚地给予帮助。直到七八十岁高龄，他还培养硕士生、博士生，矻矻穷年，不遗余力。他经常强调建设祖国教育和文化事业，要有人继承，渴望薪火相传，让中华文化之光一代又一代照遍大地。

弘扬中华文化，继承王季思老师匡扶后进的精神，是受过他老人家教诲的学生的共同心愿。1993 年，广州市政协和中山大学联合主办"庆祝王季思教授从教七十周年大会"。其后，诸位校友像杨资元、赖春泉等学长，深感为促进学术的发展，应做一些更加切实的工作，朱孟依先生积极支持。经过各方面的努力，我们决心出版这一套丛书，希望能实现王季思老师多年的心愿，帮助热心于中国古代戏曲、古代文学而又甘心坐冷板凳的学者迅速成长，让学术之花也在生长红棉的土地上盛开。

学术的殿堂是靠一砖一石垒成的，我们希望扎扎实实地奋工添瓦，不想欣赏海市蜃楼。目前，我们的能力有限，更兼文化建设不可能一蹴而就。因此，我们的想法是：环绕着中国古代戏曲、古代文学的论题，逐年出版有较高水平的学术著作。只要持之以恒，锲而不舍，日积月累，代代相传，我们一定能在祖国学术领域的南天，垒筑起一座丰碑。

王季思老师曾有诗云：

人生有限而无限，历史无情还有情；

薪火相传光不绝，长留双眼看春星。

丛书付梓之际，我们抄录这首诗，作为奠基之石，以明旨意，兼励来者。

1996 年 6 月 16 日于中山大学

前记二

欧阳光　康保成

　　自 1996 年广东中华文化王季思学术基金丛书第一种出版以来，迄今已过去了整整十年。十年来，我们根据有限的财力，精心甄选入围选题，在广东高等教育出版社的大力支持下，以每年一到两种的节奏，已陆续出版了13 种著作。

　　看着眼前这套积少成多渐成规模的丛书，不禁让人深深感慨。这套丛书的作者基本上都是中山大学中文系的中青年学者或博士学位获得者，选题以古代戏曲研究为多，同时也涵括了古代文学研究的其他领域。这些著作也许算不上什么鸿篇巨制，我们也没有像时尚所热衷的那样对它进行包装和宣传，在当今热闹非凡的学术著作出版大潮中，它甚至显得有些冷清和落寞，但这些著作都是对有关领域作了艰苦细致的研究之后的心得之作，或对有关研究领域有所开拓，或推动了有关研究向纵深发展，自有其难以掩盖的学术价值。丛书从总体上展现了中山大学中文系中青年学者的风采，也体现了中山大学中文系沉潜、严谨、包容、开放的良好学风。

最近，珠海市民营企业家李平秋先生捐资设立黄天骥学术基金，用于支持我系古代戏曲和古代文学等学科的发展。李平秋先生1983年毕业于中山大学中文系，之后投身于市场经济大潮，艰苦创业，努力打拼，取得了事业的成功；在事业有所成就的时候，却不忘回报社会。他有感于母系的培育之恩，倾心敬佩黄天骥先生的师德人品，因而出资设立以黄天骥先生命名的学术基金，其拳拳赤子之心，殷殷校友之情，令人感佩。

这样一来，我们除了王季思学术基金之外，又有了黄天骥学术基金。两个基金虽然命名不同，其宗旨则是一以贯之的，即为传承和弘扬我国优秀传统文化推进古代戏曲、古代文学的研究而添砖加瓦，略尽绵薄。根据这一宗旨，我们将把两个基金的增值部分合并在一起使用。其中继续资助出版中青年学者高质量的研究成果，帮助中青年学者在学术上更快地成长，仍然是两个基金的主要工作。

王季思先生是中山大学中文系古代戏曲、古代文学学科的开拓者、奠基人；黄天骥先生是继王季思先生之后中山大学中文系古代戏曲、古代文学学科的领军人物，在海内外学术界享有崇高的威望。两位先生的共同特点是不仅重视学术的创造，同时也注重学术的传承，他们都倾力培养后学，提携奖掖不遗余力，这也正是中山大学中文系古代戏曲、古代文学学科能够生生不息，始终充满活力，并不断有创造性成果涌现的原因。

学术的发展离不开传承，也离不开积累，我们所做的正是传承和积累的工作。这一工作也许一时半会儿看不出明显的效果，但正如黄天骥先生在本丛书的"前记一"中所说的："只要持之以恒，锲而不舍，日积月累，代代相传，我们一定能在祖国学术领域的南天，垒筑起一座丰碑。"

让我们以此互勉。

2006 年 11 月 16 日于中山大学

附图1　河南汝州香山寺《大悲观世音传》碑文拓片

附图2　北京大慧寺大悲殿明代壁画《观音大士传》之《妙善公主修行》

附图3　北京大慧寺大悲殿明代壁画
《观音大士传》之《父王得病》

附图4　近代彩印年画《香山还愿》图，山西临汾出品

附图 5　台北故宫博物馆藏
元赵孟頫绘《鱼篮大士》摹本

附图 6　太原崇善
寺《善财五十三参
图册》之《参拜观
世音》

附图7　《观音送子图像》
清代·苏州　彩色大像

附图8　现代河北武强
年画《南海大士》

附图 9　明代·杜陵内史绢本国画白衣大士图像，北京故宫博物馆藏

附图 10　近代·潘忠义，杨柳青年画全相观音图像，北京民间收藏

附图 11　北京大慧寺大悲殿明代壁画《观音大士传》之《父王拜公主》

附图 12　《如意轮大士》张大千摹本

附图 13　近代·张大
千临摹《西方三圣像》
摹本

附图 14　上海城
隍庙慈航道人像

附图15 上海图书馆《慈容五十 附图16 6世纪时的青颈观音
三现》观音图像之一

附图17 20世纪90年代,湖北宜昌街头的"观音戏罗汉"春节民俗表演

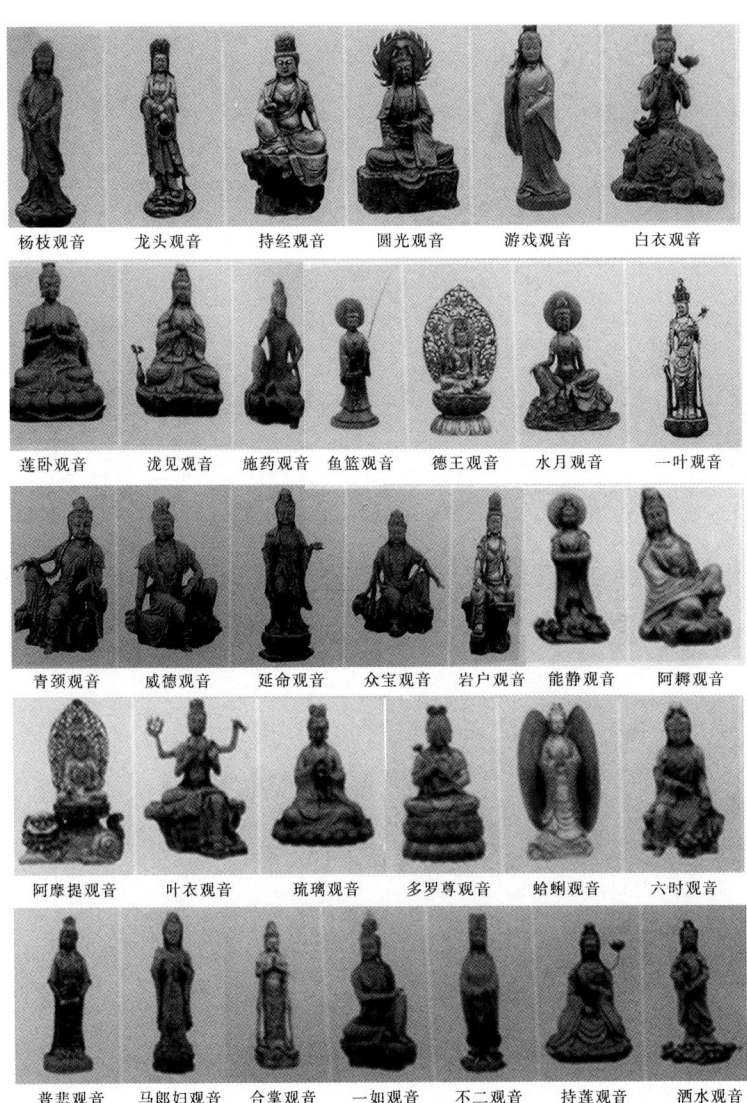

附图 18　南海普陀山所藏三十三观音塑像

目　　录

引　　论

一、本课题的研究意义、现状和思路

（一）研究意义

黑格尔指出："最接近艺术而比艺术高一级的领域就是宗教……艺术只是宗教意识的一个方面。"① 可见，艺术与宗教的关系十分密切②，并形成了广博的宗教艺术。宗教文学，作为宗教艺术的一种，以文学的形式全面地反映了宗教的信仰、教义以及感情、习俗等方面的内容。

佛教作为中国历史上最为庞大和最具影响力的宗教，与中国文学的对话与联姻，是非常积极而深入的。不了解佛教，不探讨佛教与文学的关系，就不可能全面地认知和评价我国的古代文学。这一点，已经成为学界的共识。

从宗教史的角度来看，佛教在中国的传播与接受中，因信徒的不同形成了各种不同的层次和领域。在佛教的传播过程中，明显存在着侧重教义理论和侧重信仰实践两种不同的发展趋势，即既有高深的佛教义理研究，也有广大民间的信仰实践；既有文人

---

① ［德］黑格尔：《美学》，第一卷，128 页，北京，人民文学出版社，1962。
② 有关宗教与艺术之关系的论著，可参考《宗教与艺术》（［美］保罗·韦斯著，成都，四川人民出版社，1999）、《艺术宗教论》（蒋述卓著，广州，暨南大学出版社，1998）、《艺术与世界宗教》（［俄］雅科夫列夫著，北京，文化艺术出版社，1989）等著作。

学士们高雅的佛教学术，也有表现民众朴素信仰的宗教活动、文艺与风俗习惯。对于其中与民众信仰实践相联系的部分，我们可以称之为民俗佛教。① 所谓"民俗佛教"，也就是一种属于俗文化的、影响和组成民间信仰以及社会生活的最为广泛存在的佛教形态。中国民间普遍流行的几种重要的佛教信仰，如阿弥陀佛信仰、弥勒信仰、观音信仰等都是以民俗佛教的形式在社会上广泛流传的，因而有所谓"家家弥勒佛，户户观世音"之说。民俗佛教是中国佛教发展的强大生命力所在。

　　民俗佛教是在中国文化这个土壤里生存和发展的，它不仅按照宗教的逻辑形成自己的宗教内容和特征，而且还必然受到其存在的根基——传统文化的影响，形成自己的文化特征和作用，因此，要研究中国佛教与文学的关系，就应该更加注重民俗佛教与文学的关系，尤其是与民众的文学、文艺活动的关系。

---

　　① 关于"民俗佛教"的定义，顾伟康认为民俗佛教是指"以偶像崇拜为中心和求福求运为主要特征、在知识程度较低的教徒中信奉流行的佛教层次"（《论中国民俗佛教》，《上海社会科学院学术季刊》，1993 年第 3 期）；李四龙先生则认为民俗佛教是与学理佛教相对的一种佛教存在形态，是影响和组成民间信仰以及社会生活的佛教（《民俗佛教的形成与特征》，《北京大学学报》，1996 年第 4 期）。王青在肯定了民俗佛教属于俗文化的同时，补充说明了民俗佛教的信徒并不能说一定是知识层次较低的民众，一些出身于高门士族的士大夫也有信仰民俗佛教的行为（《魏晋南北朝时期的佛教信仰与神话》，北京，中国社会科学出版社，2001）。民俗佛教一般具有以下特点：1. 人格化、偶像化的神祇崇拜。2. 简略化、中国化的教义教理。3. 简易化、世俗化的戒律修行。4. 仙佛不分，儒、道、佛三教兼容。5. 民俗佛教营造了生活的秩序空间。另外还可以参考日本学者渡边欣雄生关于民俗宗教一词的定义。其在《汉族的民俗宗教——社会人类学考察》（天津，天津人民出版社，1998）中对民俗宗教的定义为：所谓民俗宗教构成了人们惯例行为和生活信条，而不是基于教祖的教导，也没有教理、教典和教义的规定，其组织不是具有单一的宗教目的的团体，而是以家庭、宗族、亲族和地域社会等已存的生活组织为母体才形成的，其信条根据生活禁忌、传说、神话等上述共同体所共有的规范、观念而形成并得到维持。民俗宗教乃是通过上述组织得以传承和创造的极具地方性和乡土性的宗教。

　　当然，中国文学对于民俗佛教的影响也是深远的。孙昌武先生就曾指出，"在漫长的历史中，有相当多的人是从有关佛教的文艺创作（例如民间传说、小说戏曲）之类的材料来认识佛教、形成他们的信仰的，因此，佛教文学艺术不仅有力地推动了佛教的传播"，同时，"佛教文艺中表现的内容往往是通俗化的、形象化的，经常有意无意之间对教义作了自由的发挥以至'歪曲'。这实际上正表现了作品创造者和流传者当时、当地的佛教理解，从而也就造成了佛教本身的演化。从这个意义上说，文学艺术是推动中国佛教发展的有力因素"①。从这点出发，我们可以说，通俗文学往往拥有最广大的读者群，通俗文学中有关佛教、有关观音信仰的文学作品对于民俗佛教的传播、对于观音信仰的传播必然有着重要的影响。

　　同时，民俗佛教的俗文化特质使其与俗文学有着密切的关系。从文学体裁来说，传统的俗文学包括远古的歌谣、神话，唐代的变文，宋代的说话、诸宫调，元明南戏，元代的杂剧，明清的俗曲、唱本、传奇、白话小说，近代的地方戏等等。而俗文学的兴盛、繁荣却是在宋以后，这与佛教在唐宋以后发展重心转移到民俗佛教的历史大致同步。以表现佛教信仰为题材的佛教俗文学作品（以下以"俗文学"概指之）与民俗佛教的关系可以从以下两个方面来考察：

　　首先，俗文学作为俗文化的一部分，与民俗佛教的关系是一种历时性的关系。它们在历史的过程中相互作用，不同时期的民俗佛教对俗文学的影响也不一样。从内容上来说，俗文学所表现的内容，越是往前追溯，宗教信仰的内容比重越大，而越是到后来，其宗教信仰的内容就越是淡化，世俗化的内容就越来越占重

---

①　孙昌武：《中国文学中的维摩与观音》，6页，北京，高等教育出版社，1996。

要的地位。

其次，民俗佛教与俗文学还是一种共时性的关系。在这种共时性的关系中，民俗佛教与俗文学各个方面相互影响、相互作用。民俗佛教无论是在内容还是形式上都影响到俗文学的方方面面，而民俗文学也在不同的方面反作用于民俗佛教，并逐渐以世俗的文化内涵来取代或冲淡宗教信仰的内涵。

从某种程度上来说，观音信仰是属于民俗佛教范畴的，其在中国文化中的影响是巨大的，是民俗佛教中的主要内容。因此，从民俗佛教的研究角度来说，对俗文学中的不同观音故事及其所塑造的观音形象进行比较分析，是能比较全面、准确地认识民众的观音信仰现实状况，把握民间观音信仰的特征的。

基于以上理由，本书题为《观音故事与观音信仰研究——以俗文学为中心》，就是要以戏曲作品为中心，并结合唱本、小说等其他作品，来分析其中观音故事的历史演变，梳理这些俗文学作品所塑造的观音形象的产生与流变，以此来认识观音信仰的特点，总结出它们之间的发展变化规律。笔者力图通过分析观音形象的演变及其与观音信仰发展之间的关系，以个案的形式来探讨宗教信仰与艺术形象之间的内在联系，来管窥民俗佛教与俗文学之间的关系，来观照文学与宗教的关系。

（二）研究现状分析

观音信仰问题是一种非常复杂的问题，涉及范围相当广泛，因此，前人论著很多，概而言之，与本课题相关的研究主要有以下几个方面：

1. 对观音文化总体特征、形成原因等方面的研究

对观音文化总体特征关注比较多的是大陆学者，出现了一批研究专家，如孙昌武、李利安、郑晓筠等等。李利安从各个方面阐释观音文化，如观音信仰对我国艺术的影响、观音文化的内涵、观音法门的表现形态、观音思想的组成以及主要特点等。其

《观音文化基本结构解析》一文便是这些成果的总结，文章把观音世俗文化中的文学内容概括为五个方面，尤其是把宋元以后形成的各类观音传记以及专门表现观音菩萨显化济世事迹的小说、戏曲、说唱文学归为一类，称之为比较成熟的观音文学①，这应该说是比较合理的一种概括。还有孙昌武的《中国文学中的维摩与观音》一书，以史带论，以维摩信仰和观音信仰两条线索来串联中国文学，无意中形成了一种对比，从中得出一些精辟的结论。但孙先生主要是从中国文学整体发展来论述观音信仰与宗教文学的内涵，而且论述的重心又在宋代以前，对于宋代以后文学中的观音信仰只是"举出一些具体事例略作分析"②。

对于中国观音信仰形成的原因，学者们也从各个方面进行了分析，提出了观音信仰之所以在中国得以普及，主要是因为观音信仰的内容契合了中国传统文化的某些特质的观点。如认为观音信仰的"自利利他"原则与儒家思想的"舍生取义"、菩萨的"博爱平等"与儒家的"仁爱"等都有着某些相同之处。③ 另外，还有人从民族心理特点来阐释观音信仰产生的原因，如段友文的《观音信仰成因论》认为，对女神崇拜的心理、由于生存环境状况恶劣形成的焦虑心理以及这种焦虑所需的心灵寄托等是观音信仰在中国流行的原因。文章同时还指出，观音信仰之所以在中国成为民间信仰的主要内容，是因为观音在中国逐步本土化的过程中吸收融合了中国的儒道思想。④

2. 从各种观音灵验故事入手进行研究

对早期观音灵验故事，学界关注比较多。孙昌武和董志翘校

---

① 李利安：《观音文化基本结构解析》，载《哲学研究》，2000 年第 3 期。

② 孙昌武：《中国文学中的维摩与观音》，363 页，北京，高等教育出版社，1996。

③ 郑晓筠：《观音信仰成因考》，载《学术探索》，2001 年第 1 期。

④ 段友文：《观音信仰成因论》，载《山西师大学报》，1998 年第 2 期。

注了曾在海内失传的六朝《观世音应验记三种》，为研究早期的观音应验故事提供了较系统、全面的文献资料。在对观音灵验故事的研究上也出现了许多成果，如孙昌武的《六朝小说中的观音信仰》①、于君方的《观音灵验故事研究》②、郑晓筠的《观音救难故事与六朝志怪小说》③ 等论文从灵验故事的内容与同时的志怪小说进行比较看观音灵验故事的特点，从而揭示出观音信仰刚进入中国时的某些特点。台湾"国立中央"大学毕业的林淑媛博士的学位论文《慈航普度——观音感应故事叙事模式及其宗教义涵》从叙事特征方面分析了观音灵验故事的文学艺术特色及其在宗教学上的意义。王青在《魏晋南北朝时期的佛教与神话》④ 一书中，也论及六朝时的观音灵验故事，并详细论述了南齐时王琰的《冥祥记》中所体现的观音信仰，从王氏家世与宗教信仰分析该书的写作过程及内容的来源，并比较了《冥祥记》与同时期其他灵验故事的异同，肯定了该书在中国宗教、文学和史学上的意义。

　　3. 对观音身世的考证与研究

　　观音身世是指观音成道前的各种履历，包括家世、诞生、修习、身相、成长以至成道等内容。关于观音身世的研究，基本可以归纳为三个方面，即前佛教时期的观音形象的萌芽、印度大乘佛教中的观音以及中国的妙善成观音的故事。前佛教时期的观音形象，一般学者都认为是与印度文学中的"双马童"神、婆罗

---

① 孙昌武：《六朝小说中的观音信仰》，《佛学会议研究论文汇编》，1998。
② 于君方：《观音灵验故事研究》，《中国佛学学报》，第 10 辑，1997。
③ 郑晓筠：《观音救难故事与六朝志怪小说》，载《社会科学》，1998 年第 2 期。
④ 王青：《魏晋南北朝时期的佛教与神话》，北京，中国社会科学出版社，2001。

门的"湿婆大自在天"神有关。① 对中国关于观音身世的妙善传
说的研究，英国学者杜德桥的《妙善传说——观音菩萨缘起考》
一书，从文献入手，对故事的产生、流传作了详细的考证。于君
方则以宋时的《香山大悲成道传》与清初的宝卷《观音济度本
愿真经》相比较，指出其从药引的"无瞋人"手眼变化到"亲
人"手眼的变异，并结合中国传统的割股疗亲传统来考察观音
身世中国化的过程。② 人类学家桑高仁则将妙善故事与哪吒、目
连故事相互比较，以讨论中国传统家庭中的父女、母子关系。③
还有邢莉在其《观音——神圣与世俗》一书中就《香山宝卷》
等对妙善的故事作了一些常识性的阐释。

观音身世的不同说法体现出各自深刻的历史文化背景，而对
观音性别转变原因的探讨是中国观音身世研究的一个重要方面。
现在学界虽普遍认为观音性别发生变化是从魏晋开始，历经唐
代，到宋代完全定型④，但对观音性变的原因却有多种解释，如
审美说、社会说、文化说、政治说等等。⑤

4. 对观音形象的研究

由于观音现像的多变性，在中国的观音信仰中形成了不同的
形象。不同的观音形象都有学者进行研究。千手千眼观音是大悲
观音信仰所崇拜的，日本学者小林太郎的《唐代的大悲观音》

---

① 徐静波：《观世音菩萨考述》，见《观世音菩萨全书》，19 页，沈阳，春风
文艺出版社，1987。

② 于君方：《宝卷中的观音与民间信仰》，载台北汉学研究中心主编：《民间信
仰与中国文化国际研讨会论文集》，1993。

③ 桑高仁：《上帝和家庭伦理：哪吒、妙善和目连》，载台北汉学研究中心主
编：《民间信仰与中国文化国际研讨会论文集》，1993。

④ 郑秉谦：《东方维纳斯的诞生："观音变"初探》，载《东方丛刊》，1998 年
第 1 期。

⑤ 朱子彦：《论观音性变与儒释文化的融合》，载《上海大学学报》，2000 年
第 1 期。

分析了唐代中国大悲观音的信仰情况和形成原因；冯汉镛的《千手千眼观音圣像源流考》一文从历史源流和千手千眼观音的佛学含义说明了此观音圣像的来源和意蕴；日本泽田瑞穗的《鱼篮观音的传说》和中国台湾高祯霙的《鱼篮观音的研究》等分析了鱼篮观音的传说故事类型；关兰的《浅析杨柳观音的历史起源》、郑晓筠的《试论观音净瓶、杨柳与中印的拜水习俗》则从佛教史上考证了杨柳观音的来源及所蕴含的文化意蕴。

当然，对观音文化和观音信仰的研究不仅仅是这四个方面，还涉及如造像、少数民族的观音信仰、华侨华人地区的观音信仰等。由于与本课题关系不大，在此不再赘述。

总的说来，观音文化是构成我国传统文化的一座宝库，一直以来，在这座宝库中探求的人络绎不绝，他们给我们带来了许多启迪，但也留下了某些遗憾。许多学者对观音文化的阐释，都是从观音的法门、义理、修持、经典、造像等方面着手，较少关注俗文学、民间文学等对观音信仰的影响，譬如，对观音戏的探讨与研究，就是当今观音文化研究者们比较忽略的一个问题。其实，在宋元时期，随着观音信仰的逐步世俗化，在戏曲剧本和演出中有关观音的作品也就越来越多。在当时的文化条件下，看戏是民众较普遍的文化活动，许多人对观音菩萨的认识，主要就是从戏曲中获得的。这就是说，戏曲演出与观音信仰普及之间有着非常密切的关系，戏曲演出给人们的信仰带来了非常重要的影响。而学界对此的专门研究很少，几乎是空白。虽有研究者提起过观音戏，如陈宗枢的《佛教与戏曲艺术》①，但可惜只是作描述性的介绍。基于这一研究状况，本课题将以戏曲为依托，以戏曲中的观音故事为中心，借助小说、讲唱文学等资料，来分析一些典型的观音故事的情节单元和主题内容的演变，以阐释当时民

---

① 陈宗枢：《佛教与戏曲艺术》，天津，天津人民出版社，1992。

间观音信仰与社会文化现象的关系，以澄清观音文化中一些模糊的认识，解决观音文化中一些令人疑惑的问题。

（三）研究思路与主要内容

之所以将"观音故事与观音信仰研究"作为本书的题目，是欲将观音故事的演变与宗教接受相结合来考察各个历史时期的观音形象与观音信仰，对观音故事的文学生成与宗教生成作深入系统的阐释，挖掘出观音信仰的内在特质。

首先，以故事主题学与情节单元[①]作为观音故事的分类方法，把相关的观音故事分为本生故事和应生故事两大类，探究相同的主题在不同时代、不同作家的处理方式，侧重于母题研究。[②]

其次，采用历史研究和横向比较研究相结合的方法。历史研究主要是指关于观音本生的妙善故事的发生、发展、改写，以及对南海观音、鱼篮观音、送子观音等形象的发展过程、影响等进行历时性的比较研究。横向比较研究则是对同一故事或形象在戏曲、小说、唱本等不同文学体裁中的不同表现形式进行比较研究，着重于对戏曲中相关内容的创造与变化进行剖析。

---

① ［英］汤普森（Stith Thompsen）把民间故事分为类型与母题（type and motif），并对两者之间的关系解释为：一个母题是一个故事中最小的、能够持续存在于传统中的成分。它必须具有不寻常的和动人的力量。绝大多数母题分为三类。其一是故事中的角色——众神，或非凡的动物，或巫婆、妖魔、神仙之类的生灵，要么甚至是传统的人物角色。如像受人怜爱的最年幼的孩童或残忍的后母。第二类母题涉及情节与某种背景——魔术器物，不平常的习俗、奇特的信仰，如此等等。第三类母题是那些单一的事件。正因为这一类母题可以独立，因此也可以用于真正的故事类型。显然，为数众多的传统故事类型是由单一的母题构成的。（［英］斯蒂·汤普森：《世界民间故事分类学》，郑海等译，499 页，上海，上海文艺出版社，1991。）

② 陈鹏翔主编：《主题学研究论文集》，15 页，台北，东大图书有限公司，1983。

　　同时，结合原型批评方法、文化人类学方法、义理考据学方法、叙事学方法和解释学方法等社会学、宗教学、民俗学、人类学的常用方法，分析文学作品中观音故事以及观音形象的流变与现实社会观音信仰之间的关系。包括在宗教文化背景下观音故事的改写、观音形象的塑造以及观音文学形象的定型与象征意象，也包括文学中观音形象的典型化对观音信仰传播的影响，从而观照文学、宗教作为社会意识形态的一部分对于整个社会文化形成与发展的影响。

　　全书采取以问题为纲的方式，对学术界已有的共识不再重复，对一些模糊的问题提出自己的看法，而且在考释具体问题时，力求在实证的基础上作出合理的判断。主要内容分为以下几个方面：

　　首先，对观音本生故事研究。讨论的是中国汉族地区关于观音出世的妙善故事的产生、发展以及演变，重点分析故事情节单元的改变以及妙善形象的变化。在具体的论述中把妙善故事放到整个中国宗教背景中去分析，从其不断演变的过程来看中国社会观音信仰的特点与变化。

　　妙善故事首先应该是民间流传的一个零星的、汉族化的观音出世传说，经北宋蒋之奇的润色整理后，更加完整、合理，由此得到了更为广泛的流传，并具有更大的影响。经过元代管夫人的进一步扩展，一方面加入了观音对地狱救济信仰的内容，故事所蕴涵的宗教主题更加丰富，另一方面把故事改为"大团圆"的结局，使之更加符合中国文化的特点。戏曲、唱本、小说等俗文学中，妙善故事的主题不断丰富，所塑造的妙善形象也逐渐丰满。妙善故事以个案的形式反映出观音信仰不断世俗化的演变。

　　其次，是对观音应身故事研究。以影响比较大的鱼篮观音、送子观音和南海观音形象以及相关故事为主要研究内容，梳理戏曲、小说、唱本等俗文学中对不同的观音形象的塑造以及在不同时代的演变。

　　鱼篮观音，是具有鲜明中国特色的一个观音应身形象，鱼篮观音的形成经历了从娼妓到烈妇的转变，反映了以色设缘的佛教义理与中国传统文化之间的融合。观音手中的鱼篮，本来是菩萨以性作为方便法门的标志，但民间信仰赋予它新的功能，使它成为降妖伏魔的法器。这种从娼妓到烈妇再到菩萨的衍变，具体鲜明地体现了佛教义理在中土的变化。

　　送子观音信仰是佛教文化"有求必应"与中国生育文化叠合的产物。送子观音形象的出现更多是民间的创造，是在民间白衣观音信仰的基础上形成的，以白色服饰为标志，因此白衣观音也就成为专职的送子观音。依托戏曲形式而举行的送子仪式是利用了人类文化思维中的交感巫术。

　　南海观音信仰本起源于古代印度大陆南端的海上救难神话。但随着观音信仰在中土的传播，随着观音主道场的中国化，南海观音信仰在完全中国化了的同时还不断世俗化。人们对南海观音形象的塑造也带有更多中国民俗文化的色彩，观音身边胁持善财、龙女的出现，不仅其组合形式带有中土道家文化意蕴，而且关于他们身世、品格的种种解释也完全离开了佛经中的本来含义，还有净瓶、杨柳、莲花也带有丰富的民俗文化内涵。随着观音信仰的不断世俗化，南海观音成为了解难祓苦的福神、善神。而取经故事、目连救母故事对于这样一个民间信仰的俗神进行了艺术创造，尤其是《西游记》中的观音形象，是中国文学中观音形象创作的最高峰。

　　最后，就整个戏曲史来说，观音在戏曲舞台上出现的频率是比较高的，而舞台上的观音形象与民间观音信仰又是相互影响的。因此，无论就观音形象还是观音信仰来说，戏曲舞台上观音戏的演出形态都是值得注意的，舞台上观音戏的不同表演形态也体现出民间观音信仰的变化。

二、观音信仰概说

研究民间的观音信仰，首先应该明白佛教义理中观音信仰的相关知识，这样才能更加准确地把握民间观音信仰的宗教内涵与特色。因此，在进行具体的论述之前，很有必要就"观音"的含义、佛经中观音信仰的主要内容以及观音信仰传入中土早期的特点等问题进行概述，力求从佛教义理的层面就民俗佛教中观音信仰的一些现象作出解释。

（一）各种不同的观音名号

观音信仰由来已久，著名的佛学文化研究者巴达恰利亚在其《印度佛教图像志》中说："观音的观念，早到公元前 3 世纪，首先被大众部佛教引入，约阿育王时代，称为《大事经》（Mahāvastu）的著作中记录了观音的特征：在这部经中，他有一个名称是'主（Bhagavān）'，他的职责是观看（Avalokita），他教导众生如何获得长久的幸福。"① 这个观看菩萨（Avalokita Bodhisattva）就是观音信仰的最早起源。而所谓的"主"，正是早期印度教中属于毗湿奴、湿婆等的一个称号，观音这个抽象的菩萨就是借助这些古老的印度神灵，逐渐变成了一个具体的神灵。

观音的梵文名称是 Avalokitêsvara，音译为"阿缚卢枳低湿伐罗"或"阿婆卢吉低舍婆罗"，简化为"庐楼桓"。西方学者从英语的角度来理解，认为 Avalokitêsvara，梵文原意可以有 the lord who observes（the sound of）the world［察看这个世界（声音）的主］；lord of what we see［我们所看到的（这个世界）的主］；lord who is seen（被看的主）；lord who sees（看这个世界

---

① ［印度］巴达恰利亚：《印度佛教图像志》（The Indian Buddhist Iconography），51～52 页，见李翎：《藏密观音造像》，17 页，北京，宗教文化出版社，2003。

的主）等几种不同的理解。① 在佛经的翻译和传播过程中，由于对此梵语的发音和理解的不同，对观音名称和含义曾有过不同的说法。

在中国佛教史上，观音的汉译名字有"庐楼桓"②、"窥音"、"光世音"③、"现音声"、"观世音"、"观自在"、"观世自在者"等等。而在中国民俗佛教中，观音又被称为：救世菩萨、大悲菩萨、大悲圣者、莲花大士、莲花生、圆通大士、白衣大士、施无畏者、救世净圣、莲花手、观音老母、送子娘娘、普门大士、慈航道人等等。

中国佛教中观音的种种名号，有的是译名，有的是俗称，没有一定的命名标准，尤其是俗称，随意性很大。在佛经翻译历史上，对 Avalokitlêsvara 的翻译虽然也经历了长期复杂的衍变，但可简单归纳为从光世音到观世音的转变以及观世音与观自在的争论两大要点，关系到鸠摩罗什和玄奘两个重要的佛经翻译大家。在鸠摩罗什以前的佛经翻译中观音菩萨一般译成"光世音"。如《正法华经》中《光世音菩萨普门品》说：

> 于是，无尽意菩萨即从座起，偏露右臂，长跪叉手，前白佛言："唯言，世尊，何以名之光世音？义何所趣耶？佛告无尽意曰：此族姓子，若有众生遭亿百千垓困厄患难，苦毒无量，适闻光世音菩萨名者，辄得解

① John Clifford Holt "Buddha in the Crown: Avalokitêsvara in the Buddhist Traditions of Sri Lanka", Oxford University Press, New York Oxford 1991, p. 31. 转引李利安：《古代观音信仰的演变及其向中国的传播》（西北大学 2003 年博士论文，以下同），83 页。

② 支娄迦谶译：《无量清净平等觉经》，卷三，见《大正新修大藏经》，第 12 册，291 页，台北，台湾佛陀教育基金会出版部，1990 年印行。以下简称《大正藏》，本书《大正藏》引文均见同一版本。

③ 竺法护译：《正法华经》，卷十，见《大正藏》，第 9 册，128 页，台北，台湾佛陀教育基金会出版部，1990。

脱，无有众恼，故名光世音……"①

而信徒也大都使用光世音名，如南朝宋代傅亮的《光世音应验记》、张演的《续光世音应验记》等。到了后秦时期鸠摩罗什重译《法华经》为《妙法莲华经》时，开始使用"观世音"译名。其《普门品》曰：

> 尔时，无尽意菩萨即从座起，偏袒右肩合掌向佛，而作是言：世尊，观世音菩萨以何因缘，名观世音？佛告无尽意菩萨：善男子，若有无量百千亿众生，受诸苦恼，闻是观世音菩萨，一心称名，观世音菩萨，即时观其音声，皆得解脱。②

随着《普门品》的广泛流传，"观世音"一名至玄奘前成了观音菩萨比较普遍的译名。唐太宗时期玄奘西游印度后，反思了之前中国佛经的翻译历史，重新摸索出一套新的佛经翻译方法，开始了佛经翻译的新时代。玄奘对观音梵语的翻译也提出了自己的看法，他在《大唐西域记》卷三说：

> 阿缚卢枳低湿伐罗，汉语"观自在"。其中阿缚卢枳多译曰"观"，低湿伐罗译为"自在"。旧译"光世音"或"观世音"、"观世自在"皆讹谬也。③

玄奘在自己的所有译经中也都使用"观自在"一名，此后的各译经家也普遍使用此名，同时有不少人从不同的角度解释"观世音"一词的错误。如《一切经音义》卷五说：

> 旧译观世音及光世音，并讹也。寻天竺多罗叶本，

---

① 竺法护译：《正法华经》，卷十，见《大正藏》，第9册，128页，台北，台湾佛陀教育基金会出版部，1990。

② 鸠摩罗什译：《妙法莲华经·普门品》，见《大正藏》，第9册，56页，台北，台湾佛陀教育基金会出版部，1990。

③ 玄奘述，辨机撰：《大唐西域记》，季羡林等校注，288页，北京，中华书局，2000。

皆云舍婆罗，则译为自在。雪山以来经本皆云裟婆罗，
则译为音。当以"舍"、"婆"两音相近，遂致讹也。①

当代学者季羡林先生也赞同玄奘等的看法，认为："唐言观
自在，合字连声，梵语如上。分文散音，则阿缚卢枳译曰观，低
湿伐罗译曰自在，旧译为光世音或观世音，皆讹谬也。《大日
经》则作观音自在，心离烦恼通达无疑也。"② 日本宗教学家高
南顺次郎先生也认为：梵语中观音译名阿缚卢枳低湿伐罗，观自
在为正译，观音、观世音等为误译。观音原名为，音译阿哩耶阿
缚路枳帝湿伐罗。旧译为圣光音、光世音、观世音，新译观自
在。观自在为适切译法，其他均为误谬，尤其观世间音声一事，
更为全然谬误，原名中毫无此意。③

那么，为什么会出现观世音和观自在两个译名呢？二者孰优
孰劣呢？对此，唐代法藏在《华严经探玄记》中说："观世音，
有名'光世音'，有名'观自在'。梵名'逋卢羯底摄伐罗'。
在此'逋卢羯底'，此云'观'；'毗卢'，此云'光'。以声字
相近，是以有翻为'光'。'摄伐罗'，此云'自在'；'摄多'，
此云'音'。勘梵本诸经中有作'摄多'，有'摄伐罗'，是以
翻译不同也。"④ 稍后澄观更明确指出："观自在者，或云观世
音。梵云婆卢枳底，观也，湿伐罗，此云自在。有若云摄伐多，

① 慧琳：《一切经音义》，见《大正藏》，第 54 册，382 页，台北，台湾佛陀
教育基金会出版部，1990。
② 玄奘述，辨机撰：《大唐西域记》，季羡林等校注，211 页，北京，中华书
局，2000。
③ [日] 高南顺次郎：《帝国文学》卷八一号及三号，转引自日本后藤大用著：
《观世音菩萨本事》，黄佳馨译，5～6 页，台北，天华出版社，1994。
④ 法藏：《华严经探玄记》，见《大正藏》，第 35 册，471 页，台北，台湾佛陀
教育基金会出版部，1990。

此云音。然梵本之中自有两种不同，故译者随异。"① 也就是说，观音菩萨的梵语本来就有"摄多（Avalokităsvara）"和"摄伐多（Avalokitêsvara）"的不同，所以翻译时也就出现了"观世音"和"观自在"的差异，并不存在孰对孰错的问题。

　　但是，从佛理和哲学层面来分析，观世音和观自在两者之间还是存在差别的，如《翻译名义集》说：

　　　　能所圆融，有无兼畅，照穷正性，察其本末，故称观也。世音者，是所观之境也，万像流动，隔别不同，类音殊唱，俱蒙离苦，菩萨弘慈，一时普救，皆令解脱，故曰观世音。观有不住有，观空不住空，闻名不惑于名，见相不没于相，心不能动，境不能随，动随不乱其真，可谓无碍智慧也。②

　　李利安先生概括说，"观世音"从菩萨的角度来说，具有强烈的慈悲救世品格；从众生来说，具有显明的他力依赖倾向；从救度境界来说，具有鲜明的现实功利性。而"观自在"则指菩萨对世界的观察深刻透彻，圆通自在。菩萨观的是整个世界万物，菩萨对整个世界万物的认识（观）已经达到了绝对透彻，绝对圆满的境界，能任运自如，观达无碍，观自在是彻底的觉悟，代表了佛教智慧的圆满，代表了众生趋向的目标。总之，观世音主要体现出现世性和功利性，而观自在更多的指向超越性和终极性。从宗教意义上来说，观世音注重"有"，强调对现世的拯救，观自在注重"空"，强调于彼岸的超越。观世音体现出菩萨的慈悲，观自在体现出菩萨的智慧，慈悲与智慧的双修，也就

---

　　① 澄观：《大方广佛华严经疏》，卷五十七，见《大正藏》，第35册，940页，台北，台湾佛陀教育基金会出版部，1990。

　　② 法云：《翻译名义集》，卷一，见《大正藏》，第54册，1 062页，台北，台湾佛陀教育基金会出版部，1990。

是佛教修道的"悲智双运"，这是佛教修道的最高境界。而大多数民众关注的是现实的、当下的问题，追求体悟佛教智慧，获得心灵的精华，从而实现最终极解脱的往往只有少数，因此体现现实救苦救难意义的"观世音"较之注重智慧解脱意义的"观自在"就更为人们所接受。① 观世音的译名也就流传更加广泛。

虽然，观世音因其具有强烈的现实救难特色而广为流传，但对观音菩萨称呼最广的还是"观音"一名。"观音"是观世音的简称，学界一般认为，其出现是因为避唐太宗李世民的讳而形成的。

佛教类的工具书都如此说。如《佛学大词典》说：观音，本作观世音，唐人讳世字，但故称观音，后世遂沿用之。唐龙朔二年，洛阳龙门佛弟子弥偈造尊像一龛，即世尊像。避世字，与此例同。② 《实用佛学词典》③ 中的"观音"解释同《佛学大词典》，《宗教词典》④ 中的"观世音"条也基本相同。

语言学也持相同的观点。大型的语言工具书对此的解释也基本一致，在两大权威的辞典《辞海》、《辞源》中，对观音的解释基本相同，都是说：观音，佛教菩萨名，因为唐代避太宗李世民的讳，才略去"世"字，而称为"观音"。

现当代学者基本因袭了以上的观点。任继愈主编的《中国佛教史》第三卷云："观世音，唐朝避太宗李世民的讳，略称观音。"⑤ 徐静波《观世音菩萨考略》也说："汉语中观世音三字，是根据佛经中所谓观世音能观（不仅仅是听）众生受难时呼其

① 李利安：《古代印度观音信仰的演变及其向中国的传播》，博士论文，93 页。

② 丁福保编纂：《佛学大词典》，北京，文物出版社，1984。

③ 上海佛学书局编辑：《实用佛学词典》，杭州，浙江古籍出版社，1986。

④ 任继愈主编：《宗教词典》，上海，上海辞书出版社，1985。

⑤ 任继愈主编：《中国佛教史》，第三卷，568 页，北京，中国社会科学出版社，1988。

名号而寻声音来救度的说法，从梵文中意译过来的。唐朝时，为避唐太宗李世民的名讳，人们在经典翻译和日常称呼中，常略去世字，简称观音。"① 邢莉也认为：观世音，因避唐太宗李世民的讳，略去世字，简称观音，大悲，沿用至今。② 唐世贵《观世音》一书中也说，观世音一名因在唐朝避太宗皇帝李世民之讳，而去其"世"，只准世人称观音③等等。

　　但是也有学者提出了质疑。如李利安认为"避讳说"是完全站不住脚的，指出观音称呼的出现几乎从一开始翻译介绍时就出现了，这既是因为"秦人好简"的心理所致，也是因为一些重要的观音偈颂文为了文辞的整齐和字数的限制所造成的。李氏从三个方面对此进行了论述：第一，观音的名称在唐以前就出现了，他从《大正藏》收集的唐前翻译佛经中找出大量的"观音"的例子，如在《普门品》的偈颂中，就有多次使用。第二，唐代的佛经翻译中依然出现"观世音"，如贞观十九年道宣写的《续高僧传》中就有二十多处用"观世音"的名号。第三，唐代的避讳并没有执行得十分严格。④

　　李文对"观音"一词出现的历史进行了认真的文献梳理，虽然有很大的参考价值，但这些只能作为唐前出现"观音"称呼的旁证，却不能绝对肯定，因为《大正藏》的出现应是在唐以后，不能排除因避讳而修改的可能。笔者以为，"观音"一词的出现虽然不是避唐太宗名讳的结果，但是"观音"称呼的流行与推广却与唐代的避讳是有关联的。

---

　　① 　徐静波：《观世音菩萨考略》，见《观世音菩萨全书》，226～265 页，沈阳，春风文艺出版社，1987。
　　② 　邢莉：《观音——神圣与世俗》，3 页，北京，学苑出版社，2001。
　　③ 　唐世贵：《观世音》，2 页，成都，巴蜀书社，2002。
　　④ 　李利安：《古代印度观音信仰的演变及其向中国的传播》，博士论文，87～90 页。

　　避讳，本是我国古典礼法中一项比较严格的规章制度。甚至早在《孟子·尽心（下）》就强调"讳名不讳姓，姓所同也，名所独也"。《左传·桓公六年》："周人以讳事神。名，终将讳之。"后来的史学家在注疏时，就特别强调避皇权讳和父权讳。晋代杜预《注》为："君父之名，固非臣子所斥。"唐代孔颖达《正义》："谓君父生存时，臣子不得指斥其名也。"也就是说定要避生讳。

　　但唐太宗对避讳的态度是通达的。《贞观政要·礼乐》中记载："太宗初即位，谓侍臣曰：准《礼》，名，终将讳之。前古帝王亦不生讳其名，故周文王名昌，周《诗》云：'克昌厥后。'春秋时鲁庄王名同，十六年《经》书'齐侯、宋公同盟于幽'。唯近代诸帝，妄为节制，特令生避其讳，理非通允，宜有改张。"① 并下诏说："依《礼》，二名义不偏讳，尼父达圣，非无前指。近世以来，曲为节制，两字兼避，废阙已多，率意而行，有违经语。今宜依据《礼》典，务从简约，仰效先哲，垂法将来。其官号人名，及公私文籍，有'世'和'民'两字不连读，并不须避。"② 也就是说，只要不是世、民二字连用的，是不用避讳的，因为在《礼记·曲礼（上）》也说："卒哭乃讳。礼，不讳嫌名，二名不偏讳。……《诗》、《书》不讳，临文不讳。"③ 在太宗皇帝这种宽松的避讳态度下，当时出现了许多不避讳的现象。唐代文献中有很多这方面的记载：《旧唐书》卷

　　　　　　　　　　　　————————

　　① 吴兢：《贞观政要》，卷七，《礼乐第二十九章》，影印《文渊阁四库全书》，第407册，500页，台北，台湾商务印书馆，1982。本书中影印《文渊阁四库全书》引文均见同一版本。
　　② 吴兢：《贞观政要》，卷七，《礼乐第二十九章》，见《文渊阁四库全书》，第407册，500页，台北，台湾商务印书馆，1982。
　　③ 孔颖达：《礼记注疏》，卷三，见《文渊阁四库全书》，第115册，74页，台北，台湾商务印书馆，1982。

二："依礼，二名不偏讳。近代以来，两字兼避，废缺已多，率意而行，有违经典。其官号、人名、公私文籍，有'世民'两字不连续者，并不须讳罢。"① 《隋唐嘉话》卷上："太宗燕见卫公，常呼为兄，不以臣礼。初嗣位，与郑公语恒自名，由是天下归心焉。"② 《旧唐书》卷四："有司请改治书侍御史为御史中丞，诸州治中为司马，别驾为长史，治礼郎为奉礼郎，以避上名。以贞观时不讳先帝二字，诏有司奏曰：'先帝二名，礼不偏讳。上既单名，臣子不合指斥。'上乃从之。"③ 刊刻于贞观年间（627—649 年）的皇甫诞碑，有"岂谓世逢多故，运属道消，未展经邦之谋，奄钟非□□□。世子民部尚书、上柱国、滑国公无逸以为邢山之下"之句。④ 这些都是不避讳的记载。还有，李世民的大臣李世勣，在太宗时并没有改名字，而是在高宗时，才将"世"字取消，单名李勣。⑤ 官职中的民部尚书，贞观时也曾保存，可见李世民不避自己之讳，确曾实行过，并非矫情。类似的例子，在贞观四年（630 年）幽州昭仁寺碑、贞观五年（631年）房彦谦碑、贞观十六年（642 年）段志玄碑、贞观十八年（644 年）盖文达碑中均有发现。只有贞观三年（629 年）的慈寺塔记，避"世"字而不书。⑥ 真正较为严格地避讳"世"、"民"二字，是在唐太宗亡后。《隋唐嘉话》卷上："英公始与单雄信俱臣李密，结为兄弟。密既亡，雄信降王充……王充召雄信告之……""太宗望见一少年，骑骢马，铠甲鲜明，指谓尉迟公

---

① 刘昫：《旧唐书》，卷二，59 页，北京，中华书局，1975。
② 刘𫗧：《隋唐嘉话》，程毅中点校，卷上，4 页，北京，中华书局，1979。
③ 刘昫：《旧唐书》，卷四，80 页，北京，中华书局，1975。
④ 都穆：《金薤琳琅》，卷八，《隋柱国左光禄大夫弘义明公皇甫府君碑》，《文渊阁四库全书》，第 683 册，274 页，台北，台湾商务印书馆，1982。
⑤ 刘昫：《旧唐书》，卷六十七，264 页，北京，中华书局，1975。
⑥ 陈垣：《史讳举例》，5 页，上海，上海书店出版社，1997。

曰：'彼所乘马，真良马也。'言之未已，敬德请取之，帝曰：'轻敌者亡，脱以一马损公，非寡人愿。'敬德自料致之万全，及驰往，并擒少年而返，即王充兄子伪代王琬。"① 此二处王充，均指王世充，当是避唐太宗讳所致。这样的例子也见于《大唐新语》："许敬宗父善心，与虞基同为宇文化及所害。封德彝时为内史舍人，备见其事。贞观初，敬宗以便候为恩，德彝薄其为人，每谓人曰：'虞基被戮，虞南匍匐以请代；善心之死，敬宗舞蹈以求生。"② 此处的虞基、虞南，即虞世基、虞世南。这也是避唐太宗的讳而造成的。

　　这种避讳情况反映到对观音菩萨的称呼上也是复杂的。唐代，由于观音信仰的盛行，造像十分多，给我们留下了许多当时的文字记录。现据《八宝琼室补正》的第三十三卷龙门山造像184 段中出现的有关避讳材料总结，可归纳出以下几种避讳的形式：（1）把"世"字写成"卋"的有七段。（2）把"世"写成"卋"的有一段。（3）有称观音不加"世"字的多条。清代陆增祥按语为"称观音不加世字，唐以前间一见之。唐人避太宗而观音之称于是盛行。殆唐刻也。《新唐书》魏州龙朔二年更名……"在列出《王伦妻女婆题记》等十三段后，又说"唐以前诸刻多称观世音，唐人避讳去世字"③，同时对于避"世"字讳，此书中还提到"唐以前称七世，唐人避讳改用七代"④。（4）对于"世"字的出现完全不避讳的，就称作观世音的有多条，其

　　① 刘餗：《隋唐嘉话》，程毅中点校，卷上，10 页，北京，中华书局，1979。
　　② 刘肃：《大唐新语·诀诔》，188 页，北京，中华书局，1984。
　　③ 陆增祥：《八宝琼室金石补正》，卷三十三，《续修四库全书》，第896 册，567 页，上海，上海古籍出版社，2002。
　　④ 陆增祥：《八宝琼室金石补正》，卷三十三，《续修四库全书》，第896 册，569 页，上海，上海古籍出版社，2002。

中一处陆氏还解释说："以上十三段均不避世字，然的系唐刻。"①
从此可以看出，唐代对观世音称呼中"世"的避讳比较混乱。

因此，虽然说"观音"称呼的出现完全是由避讳而形成的
观点是不正确的，观音称呼从一开始就出现了，并且一些重要的
观音菩萨偈颂为了文辞的整齐和字数的限制，运用了观音这一省
称，同时观音作为观世音的略称并没有改变其现实救济、慈悲悯
世的含义，人们接受了观音作为观世音的略称的事实。但是，在
当时实际上又存在着避讳"世"字现象，这就从很大程度上进
一步促进了"观音"称谓的流行。

（二）佛经中观音信仰的内容及特色

自古相传印度大陆南端解救"黑风海难"和"罗刹鬼难"
的海上保护者是古印度观音信仰的主要来源，因此早期观音信仰
主要是以《法华经·普门品》为经典的救苦观音信仰。后来随
着净土信仰的形成，有了净土观音信仰，唐代密宗教盛行，又有
了密教类的密教观音信仰。这三个阶段中的观音信仰是佛经中观
音信仰的主要内容，下面分别概述之。

《普门品》观音信仰的主要内容是观音的普遍救济。普门的
梵语是 Saman－tamukha，意义为"颜面向着一切方位"。竺法护
把它翻译为"普门"，鸠摩罗什沿用了此译。普门的意义可从三
个方面来理解：

第一，是普遍救济的观念。如经中说"善男子，若有百千
万亿众生，受诸苦恼。闻是观世音菩萨，一心称名。观世音菩萨
实即时观其音声，皆得解脱"。也就是信仰观音有闻声救苦的神
力，突出了观音的救世主品格。

第二，得到观音的被苦救难是现实的。《普门品》中列出只

---

① 陆增祥：《八宝琼室金石补正》，卷三十三，《续修四库全书》，第896册，571
页，上海，上海古籍出版社，2002。

要称名观音就可以有"济七难"、"离三毒"、"满二求"等种种灵验，而且特别强调海上救济，宣扬了观音救济的现实功利性。

第三，观音实施救济是非常方便的，《普门品》以三十三化身为众生说法救济，一方面体现了观音化身的神变，另一方面体现了观音救济的方便。这种现实、便捷的救苦观音信仰是后来我国民间观音信仰内容发展的根本依据。

净土观音信仰是在净土信仰形成后，逐渐吸收了观音信仰的内容而形成的。关于净土思想的形成，日本学者滕田宏达认为，是在原始《般若》、《法华》等经典出现后形成的大乘佛教的另一个重要思想潮流。原始佛教具有强烈的现实精神，释迦牟尼在秽土（人类居住的世界）成佛，而不取远在他方的净土。早期大乘有以居士阶层为主的一派，进一步向现实方向发展，把目光更多地专注于现实。净土思想就是作为这一倾向的反面而出现的。相对于释迦牟尼及过去七佛在秽土成佛，净土信仰则提出在三世十方有无数的佛，他们自有自己的清净佛国，这就提出了在现实之外的解脱境界。最初的净土经典是《阿閦佛国经》，描述了东方妙喜国不动如来的佛国净土。接着，大略在公元200年以前形成了完整的西方净土思想，宣扬这一思想的主要经典为《无量寿经》（1至2世纪在坎达拉的化部教团结集的）、《阿弥陀经》（形成于北印度）、《观无量寿经》（集成较晚，应是4世纪形成于西域地方)①，这就是所谓的"净土三部经"。这些净土信仰经典的主要内容包括以下几点：一是尽情渲染西方极乐世界的美妙；二是极力描写净土中的阿弥陀佛的庄严神圣以及观音、大势至等菩萨的功德；三是大力宣扬苦难世界的众生只要专心敬拜阿弥陀佛，念诵阿弥陀佛的名号就能到达那个美妙无比的世界。观音在净土信

---

① ［日］滕田宏达：《原始净土思想之研究》，岩波书店，1986。转引孙昌武：《中国文学中的维摩与观音》，79~80页，北京，高等教育出版社，1996。

仰体系中处于非常重要的地位：他是阿弥陀佛的上首弟子，是为了接引众生往生极乐净土而来到现实世界的，他具有无比的神通和无上的法力，将继承阿弥陀佛成为极乐世界的教主。①

由于现实人生的诸多苦难，更由于现实中自力修行的艰难，人们对早期的现实成佛思想已经失去了兴趣。净土思想这种把希望寄托于来世的诱惑，让那些想要解脱现实苦难的人们趋之若鹜。净土信仰中的观音菩萨虽然是阿弥陀佛的弟子，但却是使人们超脱现实苦难进入西方极乐世界的接引者，因此净土观音信仰得到了信徒的极力拥戴，始终拥有重要的地位。

观像净想是净土信仰的主要修持方法之一，净土佛经中对于各佛菩萨的形象也做了生动的描述，净土信仰者更是依据佛经而塑造了许多佛、菩萨像，以供修持。净土信仰中对观音形象的详细说明，也成了后世各系观音信仰中的权威标准。如《佛说观无量寿经》中讲到如何观想观音菩萨时，佛讲到：

> 次亦应观观世音菩萨，此菩萨身长八十亿那由他恒河沙由旬，身紫金色，顶有肉髻，项有圆光，面各百千由旬，其圆光中有五百化佛，如释迦牟尼。一一化佛，有五百化菩萨、无量诸天以为侍者，举身光中，五道众生一切色相皆于中现。顶上毗楞伽摩尼妙宝以为天冠。其天冠中有一立化佛，高二十五由旬。观世音菩萨面如阎浮檀金色，眉间豪相备七宝色，流出八万四千种光明，一一光明，有无量无数百千化佛，一一化佛，无数化菩萨以为侍者，变现自在，满十方界。②

---

① 孙昌武：《中国文学中的维摩与观音》，80 页，北京，高等教育出版社，1996。

② 疆良耶舍：《佛说观无量寿经》，见《大正藏》，第 12 册，343 页，台北，台湾佛陀教育基金会出版部，1990。

这里说到观音"天冠中有一立化佛"的特征，成为观音形象最突出的标志，甚至被认为是鉴别是否观音造像的原则之一。如隋代的智颛说："言观音头上天冠中有一立化佛，势至头上有宝瓶，以此为别。"①

观音本是现实苦难的救世主，而在净土信仰中，观音却变成了西方极乐世界的"西方三圣"之一。这应该怎样理解呢？《佛说无量寿经》说："一名观世音，一名大势至，是二菩萨于此国修菩萨行，命终转化生彼佛国。"② 就是说，观音开始是在这个世界修行，救度众生，后来往生到了极乐世界。另外在《观世音菩萨授记经》中也说到，观音本来已经到了西方极乐世界，但是我们这个世界的一位名叫华德藏的菩萨向释迦牟尼佛提出，希望观音来到我们这个世界，释迦牟尼同意了。同时观音也以神通之力，看到了释迦牟尼佛说法的情景，于是就问阿弥陀佛有关释迦牟尼和这个世界的情况，阿弥陀佛赞扬了释迦牟尼佛宁愿在苦难世界做佛，救度苦难中众生的慈悲。观音听了很感动，于是请求"我等欲诣婆娑世界，礼拜供养释迦牟尼佛，听其说法"。观音来到了这个世界后，这个世界发生了很大的变化："少病，少恼，起居轻利……"菩萨们就来问释迦牟尼佛："甚奇，世尊，未曾有也！今此婆娑世界，众妙宝台，庄严如是，是谁威力？"释迦牟尼佛告诉说："是观世音及得大势神通之力，于此世界显大庄严。"③ 于是观音菩萨就暂时留在了这个婆娑世界，让世间的人们脱离苦难早日进入极乐世界。当有一天，他救度了

---

① 智颛：《佛说观无量寿经疏》，见《大正藏》，第37册，193页，台北，台湾佛陀教育基金会出版部，1990。

② 彊良耶舍：《佛说观无量寿经》，见《大正藏》，第12册，273页，台北，台湾佛陀教育基金会出版部，1990。

③ 此段根据《观世音菩萨授记经》概括。见《大正藏》，第12册，353～354页，台北，台湾佛陀教育基金会出版部，1990。

世间的一切苦难之后，又会回到那个极乐世界，并成为那个世界的教主。可见，此经详细说明了在西方极乐世界的观音是如何来到我们这个婆娑世界，成为这个世界的救世主的问题。

但是，有着深厚现实理性精神文化底蕴的中国民众在对佛教尤其是观音的崇敬中既向往净土极乐，又更加渴望能免除现实今生的种种苦难。这样，在宗教实践中，西方净土信仰的观音造像成为现实救难观音信仰者的崇拜对象，救难信仰者一般会把往生极乐世界作为自己的最后归宿，而这又不影响他们在现实中乞求观音来解决现实问题的渴望。这样便形成了一种既念阿弥陀佛，期待观音接引，以解决来世问题；又念观音菩萨，以解决现实问题，两者并行不悖的信仰格局。在实践中，求往生净土者可能会采用念观音名号的观音法门，而求解决当下实际苦难者也可能会采用观想观音庄严圣相的观音法门。这就是大乘佛教中的观音信仰体系，也是民间观音信仰者既供奉观音圣相，又称观音名号的信仰行为的理论依据。

随着密教的兴起和传入，在密教盛行的唐代，中国又出现了密教型的观音信仰。一般说来，密教起源于古代婆罗门教的《吠陀》典籍。《吠陀》是一部充满智慧的婆罗门教典籍，其后流行于民间各阶层，成为一种充满神秘性咒语类读物，佛教密宗是佛教在发展中受到了其中咒术密法的影响而逐渐形成的。密教的基本特征就是：高度组织化了的咒术、仪礼和俗信；主张口诵真言咒语，手结印契，心作观想，也即语密、身密、心密，这三密相结合，这样就可以即身成佛。①

在崇尚咒术的密教中，也出现了大量的密教类观音经典。为什么密教会对观音信仰如此感兴趣呢？李利安先生解释其中产生的原因为：

---

① 参考黄心川：《印度哲学史》，255页，北京，商务印书馆，1989。

　　咒术首先是为了解决现实生活中各种疑难灾害等人类切身的问题，而观音的救世性格也主要表现在对现实危难的解救；咒术不需要费心力去理解、体悟，也不需要费体力去造作设置，只要虔诚受持，口诵不断，就可以发生效用，观音救难也不需要心力和体力的消耗，只要诚心皈依，念诵名号即可；咒术是一种神秘的力量，来自佛菩萨的威力，是一种神秘的他力，观音的救世法门也是一种典型的他力信仰。以救世为目标的各种咒语都要借助具体的菩萨来传递众生，观音作为救世菩萨，自然成为与咒术最具有亲和力的神灵，因此观音成为密教宣扬其教义理论和修道方法是重要凭借。①

这种分析是合理的。密教中的"三密相应"特点在密教观音信仰中表现得淋漓尽致，出现了各种不同的观音形象，特别是由于身姿的不同、手形的不同、相貌的不同、手印的不同而形成了许多不同特性、不同法门的观音形象。如在《千光眼观自在菩萨秘密法经》中就列出了25种观自在形象。② 而密教中流行的观音形象还是所谓的"六观音形象"，即千手千眼观音、马头观音、十一面观音、准胝观音、如意轮观音、不空罥索观音这六种，他们分别代表了观音菩萨对于六道轮回的救济，其中最流行的是千手千眼观音，密教经典中有许多关于千手千眼观音菩萨的经咒，就《大藏经》来统计有11部。

　　关于千手千眼观音信仰的形成，《千手千眼观世音菩萨广大圆满无碍大悲心陀罗尼经》说：

　　　　观世音菩萨重白佛言：世尊，我念过去无量亿劫，

① 李利安：《论古代观音信仰的演变及其向中国的传播》，博士论文，57页。
② 三昧苏缚罗：《千光眼观自在菩萨秘密法经》，见《大正藏》，第20册，130～135页，台北，台湾佛陀教育基金会出版部，1990。

有佛出世，名曰千光王静如来。彼佛世尊怜悯我故，及为一切诸众生故，说此广大圆满无碍大悲陀罗尼，以金色手摩我顶上，作如实言：善男子，汝当持此心咒，普为一切众生作大利乐。我于是时始往初地，一闻此咒故超第八地。我时心欢喜故，即发誓言：若我当来，堪能利益安乐一切众生者，令我即时身生千手千眼具足，发是愿已，应时身上千手千眼悉皆具足。十方大地六种震动，十方千佛悉放光明照触我身，及照十方无边世界。①

千手千眼观音这种奇特的来历在其他相关经典中也有相似的描述，如《千光眼观自在菩萨秘密法经》，经中还说道：大悲观自在，具足百千手，其眼亦复然，作世间父母，能施众生愿。②根据这些经典的介绍千手千眼观音是莲华部的果得之尊，故称"莲华王"。莲华部以大悲为本誓，因此千手千眼观音有"大悲金刚"的密号。

关于千手千眼观音的形象，密教经典中有详细的记载，此不赘述。密教经典说千手观音的法力很神奇，一般修持《大悲咒》可以得到如下成就：息灾、增益、降服、敬爱钩召，而经常诵持《大悲咒》可以免受饥饿困苦、枷禁杖楚、冤家仇对、恶兽残害、树崖坠落、恶病缠身等十五种"恶死"，可以获得常逢善友、常生善国、常值好时、眷属和顺、财食丰足、受人尊敬等十五种"善生"，还可以治诸种疾病，如虫毒、难产，可使夫妇和合，可以延命，可以灭罪等等③，这众多的成就利益基本上包括

---

① 伽梵达摩：《千手千眼观世音菩萨广大圆满无碍大悲心陀罗尼经》，见《大正藏》，第20册，106页，台北，台湾佛陀教育基金会出版部，1990。

② 三昧苏缚罗：《千光眼观自在菩萨秘密法经》，见《大正藏》，第20册，119页，台北，台湾佛陀教育基金会出版部，1990。

③ 据《千手千眼观世音菩萨广大圆满无碍大悲心陀罗尼经》概括，见《大正藏》，第20册，106页，台北，台湾佛陀教育基金会出版部，1990。

了民众生活的一切。正因为如此，唐以后，当密教渐渐消失时，千手千眼观音和《大悲咒》却仍能得到广大信徒的崇拜。

（三）早期中国观音信仰特征

上面分析了佛经中的救难观音信仰、净土观音信仰和千手千眼观音信仰等几种类型，中国观音信仰主要是以佛经中传播的这几种类型的观音信仰为主，但同时又与传统文化有着十分密切的关系，具有鲜明的中国化特色。

观音信仰在中国的历史是漫长的，它不仅伴随着整个佛教在中国的传播史，而且即使在今天，它仍然是民间信仰的主要内容。各个不同时期的观音信仰体现出不同的特征，概括地说：宋代以前是观音信仰的中国化，体现中国观音信仰的宗教特点，宋代以后是中国化的观音信仰，体现中国观音信仰的民俗化特点。① 在这里主要概括说明宋代以前的中国观音信仰的特色，而宋元以来观音信仰的民俗化特色将在最后详论。

从佛教传入的魏晋南北朝时期开始，直到隋唐，佛教中宣传的观音信仰不断地传入到中国，而这种输入的过程又是观音信仰逐步中国化的过程，观音信仰在其传入中具有人类文明交往的普遍属性：②

1. 实践性

观音信仰在不断传入中国的过程中具有强烈的实践性。中国

---

① 李利安在其博士论文中认为：随着古代印度佛教的消亡，观音信仰向中国的传入在宋代以后才基本消失。但考察整个佛教传播历史，宋代虽然有以法贤为代表的僧人译出了《佛说一切如来名号陀罗尼经》等一些密教经典，但其中宣传的观音信仰内容较之唐代没有改变。所以从观音信仰的实际来说，唐代已经完成了传入，宋代开始了完全中国化的观音信仰。

② 彭树智先生指出：人类文明的交往是由一系列属性所组成的有机整体，其中的实践性、互动性、开放性、多样性、迁徙性又是最基本的属性。参考《文明交往论》，29～34页，西安，陕西人民出版社，2002。

人接受观音信仰之后，在实际生活中得到了广泛的运用。从魏晋六朝的《观世音应验记》三种到后来的《观音慈林集》、《观音灵异记》等大量的观音灵验故事的流传就是这种实践性的记录。正是在这种不断的实践中，才实现了印度观音信仰的中国化。如果没有实践性，观音信仰只能停留在经典教义的输入，不会有接受，不会有发展，更不会有中国化观音信仰的产生。

2. 互动性

观音信仰在中国文化的促动中得到了许多发展，并繁荣扎根于中国文化中，而中国文化也因为观音信仰的传入而发生了许多改变。在这种互动性的影响中，观音信仰带有许多中国儒家文化、道家文化的特点。

3. 开放性

观音信仰作为古印度佛教文化的一部分，它传入中国以后，开放地面对中国文化，从而形成了许多印度观音信仰中所没有的信仰成分，进一步丰富了观音信仰体系。中国传统文化对观音信仰的影响也是多方面的，尤其是道教的神灵体系和儒家的伦理观念在观音信仰的全面中国化方面发挥了非常明显的作用。概括来说，道教思想主要对观音早期身世、所处境界、在神团中的地位以及观音的心境和神通方面产生影响，而儒家的孝道、子嗣、长寿和仁善观念也是观音信仰中国化的主要内容。

上编　观音本生故事研究

　　佛经中的本生故事记叙的是佛、菩萨修成正果之前的事情，如《佛本生经》记叙的是释迦牟尼未成佛之前的故事。对于"本生"，《佛地经论》是这样解释的：先世所受生类差别名为本生。① 佛教义理研究者根据对本生故事的不同作用和记叙者的不同目的把介绍本生故事的经典又分为以下几种：

　　　　本事本生经者，本事说他事，本生说自生，因现事以说往事，托本生以彰所表，名本事经；托本生以彰所行，名本生经也；未曾有经者，说希奇事，由来未有者未曾有也，示法有大力有大利益，托未曾有事以彰所表也。②

也就是说，本生故事可以记叙佛（菩萨）先世的事情，也可以记叙佛（菩萨）的某一变化身所为证果而经历的种种磨炼。由此，本篇所要研究的观音本生故事，也就是那些记叙观音菩萨在证果之前身世的故事，包括观音菩萨成道之前的家世、身相、成长以至最终成道的过程。

　　一般关于观音的佛经，记述比较多的是观音成道后的救世神

---

　　① 玄奘：《佛地经论》，卷六，见《大正藏》，第 26 册，319 页，台北，台湾佛陀教育基金会出版部，1990。

　　② 智顗：《妙法莲华经玄义》，卷六，见《大正藏》，第 33 册，752 页，台北，台湾佛陀教育基金会出版部，1990。

力，而对其本生故事则记叙比较简单，而且说法也很不一样，大概共有七种不同说法。① 如《悲华经》说观音本为无净念国王的长子，叫不眴太子，无净念国王后来成为了阿弥陀佛，而不眴太子因在宝藏如来前发大悲心，发愿要度一切众生苦，宝藏如来给他授记，名叫观世音，后来成为"一切光明功德山王如来"；在《观世音菩萨得大势至菩萨授记经》中，又说观音和势至本都是莲花化生，他们一同去拜见"金光狮子游戏佛"，并发誓"当于万亿劫，大悲度众生"，因此而成为观音菩萨和大势至菩萨，后来观音又成为"普光功德山王如来"；而在《大悲心陀罗尼经》中，说观音在很早以前就成佛了，名叫"正法明如来"，因发大悲愿，为欲救一切众生，而放弃了佛位，显化为菩萨；在《十一面神咒心经》中还说观音曾作"大仙人"、"大居士"等等。从这种种观音本生故事的记载可以看出，佛经中关于观音菩萨身世的故事与我们所在的此时此地的宇宙世界是那样的遥远，显得非常隔膜。

随着观音信仰的不断流传，人们开始创造观音在本宇宙世界出生的种种说法，并形成了许多传说故事。

在中国众多的观音本生故事中影响最为深远的是妙善公主修炼成道的故事。妙善故事，简单地说，就是有一个国王，他有三个女儿，小女儿名叫妙善，她从小就立志出家修行，历尽艰难，学佛成道。她为了治好父王的病，献出了自己的手眼，她的行为感动了天神，天神让她长出了千手千眼，她就是观音。如此详尽地记叙了观音成道前修行的艰苦历程，这在其他的观音本生故事中是非常少见的。妙善故事具有很鲜明的中国化特色，它的产生，在整个印度佛教的观音信仰向中国传播发展的过程中，有着

---

① 李利安：《中印佛教观音身世信仰的主要内容和区别》，载《中华文化论坛》，1996 年第 4 期。

十分特殊的意义。如果把观音信仰在中国历史中的发展简化成线型发展状态来考察的话，那么妙善故事的产生则是其中的一个非常关键的点——在它之前是观音信仰的中国化，在它以后则是中国化的观音信仰。当然，如作进一步的分析，妙善故事从开始出现到最后形成，又还有一个中国化特色不断加浓的过程，故事形成后不同时期、不同地区对妙善故事的改写，便是明证。由于从妙善传说故事的不断演绎中，我们可以窥见观音信仰中国化、世俗化的方方面面，因此本编的观音本生故事专指"妙善故事"。

第一章　妙善故事的产生与发展

如前所述，妙善故事不是佛经中原来就记载的，而是中国的创造，因此妙善故事宛如一个文化标本，我们可以从中对中国化的观音信仰进行比较清楚的考察。

第一节　妙善故事产生的过程

现在，我们能见到有关妙善故事的最早记载是北宋元符年间蒋之奇的《香山大悲菩萨传》（以下简称《香山传》）①，此传详细地叙述了庄王的小女儿妙善如何修身成道为观音的故事。传曰：

> 昔道宣律师居终南山灵感寺行道，梵行感致天神给侍左右，师一日问天神曰："我闻观音大士与此土有缘，不审灵踪显发何地最胜？"天神曰："观音显示无方，而肉身降迹惟香山因缘最为胜妙。"师曰："香山今在何处？"天神曰："嵩岳之南二百里，三山并列，中为香山，即菩萨成道之地。山之东北乃往，过去有国王名庄王，有夫人名宝德，王以信邪，不重三宝，王无太子，惟有三女，大者妙颜，次者妙音，小者妙善。三

---

① 碑原文发现于 20 世纪 90 年代，关于传文最早的描述见于北宋朱弁《曲洧见闻》。

女之中二女已嫁，惟第三女妙善，始孕之期，夫人梦吞
月，及诞之夕，大地震动，异香满室，光照内外。国人
骇异，谓宫中有火，是夕降生，不洗而净，梵相端严，
五色祥云覆盖其上。国人皆曰：我国殆有圣人出世乎？
王父奇之，名曰妙善。……"

这个叫妙善的三公主长大后，"容仪超然拔俗，常服垢衣，不华
饰，日止一食，不茹荤辛，非时不言，言必劝戒，多谈因果无常
幻妄，宫中号为佛心。从其训者皆获迁善，斋洁修行，靡有退
志"。后其父母逼其婚嫁，妙善坚决不从，不但不从，还毅然要
求出家修行，庄王非常恼怒，设法阻止不成，最后竟"驱五百
军，尽斩尼众，悉焚舍宇"。妙善在山神保护下继续在香山修
行。后来不重三宝的庄王感染上了一种怪病，"竭国妙医，不能
救疗"，经僧人指点，只有用无嗔人手眼配成药方方可治愈，妙
善为了救父王，毫不犹豫地献出了自己的手和眼，病愈后的庄王
率妻女宫族前往香山致谢，已无手眼的妙善霎时便变成了观音菩
萨，"忽失妙善所在，尔时天地震动，光明照耀，祥云周复，天鼓发
响，乃见千手千眼大悲观音身相端严光明晃耀岂岂堂堂如星中月"。

　　当时任汝州太守的蒋之奇，写完了这篇传文之后，心情非常
激动，并激情地赞曰："香山千手眼大悲菩萨，乃观音化身，
异哉！"

一、蒋之奇的思想信仰

　　蒋之奇是北宋一位积极入世的儒士，曾任京师要职。绍圣四
年（1097 年）召为中书舍人，知开封府，进龙图阁直学士拜翰
林学士兼侍读。现在保存完好的《开封府题名记》的碑文，记
载了北宋朝廷历届任命开封府知府的名单，其中就有他。① 蒋之

---

① 　周宝珠：《宋代东京研究》，98 页，开封，河南大学出版社，1992。

奇为什么会对妙善故事感兴趣呢？要解决这一问题，先来了解有关蒋之奇的人生经历和思想个性。

蒋之奇（1031—1104年），字颖叔，号卪南，宜兴人。蒋门一家在宋代可以称之为豪门、良将。苏轼曾有诗赞曰："裔出钟山远，源流溺水赊。江南无二蒋，尽是九侯家。"① 蒋之奇的父亲蒋堂曾官居侍御使，为人清修好学，爱好文辞，有《吴门集》。蒋之奇虽是荫父亲的疏密直学士之职出来做官的，但蒋氏为官，饱受贬谪，四处迁徙，从早年的欧阳修事件一直到晚年因邹浩受牵连，其官运并不十分亨通。

然而，蒋之奇却是一个有着深厚儒学修养的上层官员，他以"修身、齐家、治国、平天下"为自己的为官之道。他每到一个地方为官，都非常注重对民众道德的教化，如其为那些为官清廉者所作《广州十贤歌》，就是为了教育启发广州的贪官。颂歌中对博涉文史、执父母丧、哀毁过情的吴隐之，沉雅清虚、孝于父的李勉，以及忧国忘家、用意至道的孔君岩等历代为官广州的清官，都给予了极力的称赞。不仅如此，蒋之奇对于行孝之人更是十分欣赏，楚州人徐积为母行孝，他一再上奏，推荐他做官。元祐初年，首先推荐徐积为州教授，其《荐徐积乞与改官奏》云：

> 臣窃见楚州同进士出身徐积，少孤，事母至孝，得于天性。初以进士贡有司，不忍去其母，遂徒步携载，羁旅以入京师。母死，水浆不入口者七日，庐于墓侧，食粥三年，瘠毁之貌，见于形色。逮终丧至今，犹设几筵。温情告面，如事其生。按自治平中登科，以耳疾不仕，寓居佛寺，闭门不出。一布袍二十余年……今居本州州学，见充教授，月得供给，自奉甚薄……臣久在本

---

① 苏轼：《再送蒋颖督荣归》，见《苏轼全集》，上海，上海古籍出版社，2000。

州，察其所为，出于至诚……其学行足以为四方表率，
欲望朝廷特加以考察，改官本州州学教授，使得微禄以
终其身。如此，庶几下以助四方敦风砺俗之方，上以见
朝廷表贤显善之意。①

后来徐积的教授任期将满，蒋之奇又上奏，为他请官再任。在元
符三年（1100 年）的《乞与徐积改官再任楚州州学教授奏》中
说："积词学登科，久不仕宦，退居山阳，以清节笃行为乡里所
高，顷奉朝命，俾就兖州学教授，博闻强识，士论归服，以今岁
满能任，尝乞致仕……欲望朝廷特与改官再任，不惟东南士人有
所矜式，且以崇奖名节，勤劝风俗。"② 可见蒋举荐徐氏，是出
于对孝道的推崇。

蒋之奇还深受佛教思想的影响。元丰八年（1085 年），他曾
为天竺三藏求那跋陀罗翻译的《楞严阿跋多罗宝经》作序，从
序文内容可知，蒋之奇对《楞严经》有研究，并指出当时佛教
界那种呵佛骂祖的极端。他对禅学和玄义学也有自己的理解，
"之奇以为：禅出于佛，而玄出于义。不以佛废禅，不以玄废
义，则其近之矣"③。同时他还借用孔子与其弟子的故事来说明
禅学与义理玄学之间的并存关系，对于当时由太学太保张方平提
倡重视《楞严经》的观点表示极力赞同。后来法秀禅师"绍圣
初主杭之菩提，元符中迁孤山"时，蒋之奇还经常拜访他，"问

---

① 蒋之奇：《荐徐积乞与改官奏》，见《全宋文》，卷一七〇五，第 39 册，592
页，成都，巴蜀书社，1992。

② 《宋会要》，三十四之四十，见《宋会要》，第 5 册，4 795 页，北京，中华
书局，1957。

③ 蒋之奇：《楞严阿跋多罗宝经》序言，见《大正藏》，第 16 册，4 479 页，
台北，台湾佛陀教育基金会出版部，1990。

楞严大旨，为谈心要之妙，之奇言下有契，敬以师礼"①，与法秀禅师以师徒相称。在法秀禅师圆寂后，蒋之奇作《祭圆通法秀禅师文》说："方外之友，惟余与师，念其相见，一语投机，师来长庐，长漕淮所，亦复交臂，笑谈熙怡。我论《华严》，师为品题。陷虎机缘，脱略经畦，易为舍我，先其往而，蔬奠至诚，庶几歆之。"② 因此，蒋之奇被《续传灯录》列为法秀禅师的法嗣之一，称为居士。③

不仅如此，蒋之奇对当时民间盛行的泗州佛信仰也是深信不疑的。在任江淮荆浙等路发运副使时，他收集了相关的传说，为僧伽和尚作传。于此传前蒋之奇说，因为有感于李白④和韩愈诗中都提及僧伽，尤其是韩愈斥佛本至老不变，"若僧伽之神异，虽韩愈也不敢诬也"，因此"常欲为作传，而未暇。逮比余之楚之秦而得僧伽事益详。于是遂纂而为之传"⑤。其《僧伽传》主要内容是他在各地所听到的传说故事，详细地描述了僧伽和尚传奇的一生，尤其突出记叙了僧伽初游江南"手执杨柳，携净瓶水"为人治病求雨，后在泗建寺"撅地而得古碑"并获金像一躯，众人以为证佛，再入朝廷为国师，"帝与百官执弟子礼"，坐化后以异示归，被传说为"观音化身"等神化的故事。这些表明了蒋之奇对民间流传僧伽事迹虔诚笃信的心理，这种十分留

---

① 志磐：《佛祖通记》，卷十四，见《大正藏》，第49册，223页，台北，台湾佛陀教育基金会出版部，1990。

② 蒋之奇：《祭圆通法秀禅师文》，见《全宋文》，卷一七〇七，第39册，623页，成都，巴蜀书社，1992。

③ 居顶：《续传灯录》，卷十二，见《大正藏》，第51册，535页，台北，台湾佛陀教育基金会出版部，1990。

④ 周亮工：《闽小记》中说李白诗"真僧法号曰僧伽，有时与我论三车"系为伪托。

⑤ 蒋之奇：《泗州大圣明觉普照国师传》序言，明万历十九年李元嗣刻本，《天津图书馆古本秘籍丛书》集部影印本。

意民间流传的一些高僧传说的意识，也体现了他佛教信仰中的世俗因素。

由此可见，蒋之奇虽终生为仕，深受传统儒家思想的熏陶，但他同时又是一位佛家居士。在思想上，受到了佛教思想的影响，为官的坎坷，经历的丰富曲折，更加深了他对佛学的认识和感悟。正是在这种思想背景下，蒋之奇对民间流传的妙善传说十分关注，编撰了记叙妙善故事的《香山传》文。

二、《香山传》写作过程

关于《香山传》的写作过程，在《香山传》的结尾，蒋之奇一再强调，他撰写的《香山传》是有所本的。并在传文后，详细地描述了自己撰写《香山传》的过程，交代其写作的具体缘由：

> 元符二年仲冬晦日，余出守汝州，而香山实在境内。主持沙门怀昼遣侍僧，命予至山。安于正寝，备蔬膳，礼貌严谨。乘闲从容而曰："此月之吉，有比丘入山，风貌甚古，三衣褴褛。问之，云居于长安终南山，闻香山有大悲菩萨，故来瞻礼，及延馆之。是夕，僧绕塔行道达旦。已，乃造方丈，谓昼曰：'贫道昔在南山灵感寺古屋经堆中，得一卷书，题曰《香山大悲菩萨传》，乃唐南山道宣律师问天神所传灵应神妙之语，叙菩萨应化之迹。藏之积年。晚闻京西汝州香山，即菩萨成道之地。故跋涉而来，冀获瞻礼，果有灵迹在焉。'遂出传示昼。昼自念主持于此久矣，欲求其传而未之得。今是僧实携以来，岂非缘契？遂录传之。翌日，既而。欲命僧话，卒无得处。乃曰：'日已夕矣，彼僧何诣？'命追之，莫知所止。昼亦不知其凡耶？圣耶？"

> 因以其传为示予。读之，本末甚详，但其语或俚

俗。岂义常者少文而失天神本语耶？至菩萨之言，皆卓
然奇特，入理之极谈。予以菩萨之显化香山若此，而未
有碑记此者，偶获本传，岂非菩萨付嘱，欲予撰著乎？
遂为伦次，刊灭俚辞，采菩萨实话著于篇。噫！天神所
谓"后三百年重兴"者，岂在是哉！岂在是哉！①

从这一描述中，大致可以获得关于原本的以下信息：（1）原本
产生时间是唐代②；（2）原本是律师道宣与天神对话而成的；
（3）原本预言"三百年后有重兴者"，即蒋之奇的创作是符合神
意的；（4）原本是经过了道宣、义常、比丘、怀昼等人的间接
传递最后到了蒋之奇的手中；（5）原本的语言有些俚俗，只有
菩萨的言语是卓然奇特的。从这些点滴的信息中，我们可以看
出：蒋之奇为故事的来源创造了一个神奇的背景，同时又为自己
传文的出现寻找了一个"神授"的理由。这样，整个故事就蒙
上了一层神秘的外纱，让人们产生一种"疑而不敢猜"的心理。
杜德桥先生通过详细的论证比较，对传文中把故事的最初产生归
结为唐代道宣律师与天神的对话表示极大的怀疑，但杜氏也指
出：从蒋之奇的述说中，可以肯定妙善故事不是蒋氏的原创。③

那么，妙善故事究竟是怎样产生的呢？我以为妙善故事应该
首先流传于民间，或者就是当时风行的"讲经"说唱中的众多
题材之一。提出此点的依据有以下几点：

首先，佛教中的讲经，在中国佛教传播史上，很早就有了俗
化的趋势，如六朝出现的"俗讲"就是这种俗化讲经活动的专
称，俗讲活动到唐形成繁盛之势，并不只讲经文，还可以说故

---

① 《香山大悲菩萨传》碑文，抄本。
② 在稍后的杭州碑文中明确地交代了道宣是在圣历二年（699 年）与天神语
及此事的。
③ ［英］杜德桥：《妙善传说——观音菩萨缘起考》，15 页，台北，巨流图书
公司，1990。

事。据张涌泉等的《敦煌变文校注》收录的现存敦煌变文来看，佛（菩萨）的本生故事是俗讲经文中的主要题材之一，如关于佛祖的本生故事中就有《太子成道经》、《悉达太子修道因缘》、《太子成道吟词》、《太子成道变文》等多个不同的俗讲版本，还有关于难陀出家的本生故事《难陀出家缘起》等，这些变文的故事性很强，完全可以当作志怪小说来欣赏。

俗讲中关于观音菩萨信仰的变文，留下的有《妙法莲华经讲经文三》和《妙法莲华经讲经文四》两篇，其内容都是关于《观世音菩萨普门品》经文的，但其中说到观音的三十二变相时，形容说："菩萨神通妙力强，现身变作法中王，胸前万字伊伊现，足下千轮隐隐彰，顶上便分青绀发，眉间也放白毫光？菩萨为甚现此相？缘观音菩萨久远劫来成曾佛，号曰正法明如来。"① 这些生动形象的语言，体现的都是大悲观音信仰的内容，与《香山传》中说到的观音圣像也相同。可见，在关于观音菩萨经文的俗讲中，大悲观音的形象以及内容有时会夹杂在其他的相关经文的讲解中，成为讲经中的主要内容。

其次，《香山传》中妙善以公主身份出家修行而成为观音菩萨，而历史上还真有被称为妙善菩萨的高贵女子，那就是隋朝的文献皇后：

> 仁寿中，文献皇后崩。邵复上言曰："佛说人应生天上，及上品上生无量寿国之时，天佛放大光明，以天花妓乐来迎之，如来以明星时入之涅槃，伏惟大行皇后盛德仁慈，福寿祯符，备诸秘记，皆云是妙善菩萨。"……②

---

① 张涌泉等：《敦煌变文校注》，747 页，北京，中华书局，1997。
② 魏征等：《隋书》，卷六十九，《王劭传》，1 068 页，北京，中华书局，1985。

《北史》中也有同样的记载。文献皇后不曾修行出家，为何被王邵说成是妙善菩萨呢？这里除了王劭有为了讨好皇帝而故意献媚的因素之外，应与文献皇后个人的修养有关。据《隋书·后妃传》记载，文献皇后是一个体恤下民、孝顺父母、讲究妇德的贤妃。这妙善菩萨，不并见于佛教内典，而从文献皇后的人品来看，与民众心中的观音菩萨有着许多相似之处，或许《隋书》中的妙善菩萨可能就是指观音菩萨了。如果此说成立的话，妙善故事的产生时间至少可以提前到隋朝以前了。

此外，历史上还有名为观音的皇家女性，如"陈后主沈皇后，为尼于毗陵天静寺，名观音；唐太宗长孙皇后，小字观音婢"①。一代女皇武则天更是利用佛教弥勒转女身，成转轮王建立人间佛国信仰的影响而称帝的。……看到这些，不禁让人产生疑惑：在隋唐时期，佛教信仰、妙善菩萨、观音和贵族女性的关系为什么会是如此密切呢？另外，唐代长安慈和尼姑，被"时人称之为观音菩萨"②，还有当时出家尼法澄在宫殿内说法，被大臣王志谏以为是"菩萨化女身美之"③，这更是以观音菩萨称呼出家的尼姑。或许，这是妙善故事流传于时的影响，只是于此没有文字直接地记载下来罢了。

还有，宋代公主出家的事例与妙善故事如出一辙。宋太宗有七个女儿，其中就有两个出家为尼。宋真宗为第七妹陈国公主出家的诏令详细地记叙了公主出家的经过：

> 惇族之仁，御邦之本。洪推列圣，诞启昌源。……

---

① 俞正燮：《癸巳类稿》，涂小马点校本，卷十五，《观世音传略跋》，515 页，沈阳，辽宁教育出版社，2001。

② 杨休烈：《大唐济度寺故大德比丘尼惠源和尚神空墓志铭》，《全唐文》，卷三九六，4 043 页，上海，上海古籍出版社，1990。

③ 王志：《兴圣寺主尼法澄塔铭并序》，《全唐文》，卷一〇〇，1 027 页，上海，上海古籍出版社，1990。

皇第七妹陈国公主，爱自先朝，特钟慈爱，出于至性，
不茹荤辛。深厌纷华，尤轸圣考之怀，俾服空王之教。
朕顷侍左右，尝聆诲言。早以仲妹之贤，已达竺乾之
旨。栖心有素，纵欲靡违。懿兹同气之亲，能继出尘之
迹，睿训斯在，钦念惟寅。屡稽釐降之文，备形惇谕之
意，而洁斋无改，至愿弥坚。期以修炼之勤，上报劬劳
之德，矧先志之允属，且素范之不谕，良难重违，徒积
多尚，是用择徽名于焚苑，蔬茂渥于脂田，国邑进封，
禅林赐号，并伸宠数，式示褒扬，可进封吴国长公主，
号报慈正觉大师，赐紫衣，法名清裕，仍令所司择日备
礼册命。①

公主妹妹要出家，皇帝哥哥虽然多次劝阻，可她还是"至愿弥
坚"，皇帝只得让其出家了。几天后，陈国公主正式出家，宋真
宗又下诏谕告天下，并令："天下僧尼、道士，系帐童行，每寺
观十人内度一人，不及十人及住房各礼师者亦度一人……"② 可
见，在当时公主出家也是很正常的事，甚至当朝的真宗皇帝还经
历过这样一个从反对到同意公主出家的事情，这与妙善故事应当
不无关联。

　　由此我们可以推测，在蒋氏《香山传》之前，妙善故事可
能已在民间流传了。蒋氏也说："予以菩萨之显化香山若此，而
未有碑记此者，偶获本传，岂非菩萨付嘱，欲予撰著乎？"也就
指出，观音显化香山寺的故事早已经有了，而且还有流传于民间
的"小册子"，只是在香山寺中还没有正式的文字记载，蒋之奇
是在民间小册子的基础上"刊灭俚辞，采菩萨实语著于篇"，形
成了此篇传文，用以实证汝州香山寺在当时寺庙中的地位。

----

① 《宋大诏令集》，卷三十六，128 页，北京，中华书局，1962。
② 徐松辑：《宋会要辑稿》，第 8 册，7 878 页，北京，中华书局，1957。

　　那么，民间流传的妙善故事又是如何呢？苏门四学士之一的张耒在其《柯山集》中有文《书〈香山传〉后》，文曰：

> 佛法自东汉明帝时始入中国，而此传天人所称庄王者，以为楚王，则时未有佛。所谓观世音者，比丘之号，无从而有，与史载不合。然未可废也。予尝读《宣律师传》，其载天人语甚多，有一天人说穆王时佛至中国，与《列子》所载西极化人说略同。不知子寓言也，抑实事也？①

张耒虽在蒋之奇之后，但其所看到的《香山传》肯定不是蒋氏所写的传文，极可能是妙善故事的民间流行本，也可能是蒋之奇所说的语言"俚俗"的原本，因为在内容上张氏所见的《香山传》与蒋之奇传文有明显不同。张耒明确指出了所见《香山传》中说妙善公主是楚王的女儿，这样，把一个佛教菩萨的出身附会到了中国历史上某个真实国王的身上了，这只能是民间的思维。地方志的记载，也显示了这一特点，日本藏中国稀见方志万历《汝州志》多次提起妙善故事：

> 卷一宝丰县香山寺：在县东南二十五里，父城堡大龙山、小龙山之中，上有玉峰塔。世传大悲菩萨乃楚庄王之长女修炼成佛之所。灵骨至今葬于塔下，二月十五成佛，每年此日大会。②

> 卷三"仙释"《大悲菩萨说》：楚庄王季女名妙善，母大人方娠之夕，梦吞明月，及将诞，六种震动异香满

---

① 张耒：《张耒集》，见《柯山集》，卷四十五，88页，北京，中华书局，1990。

② 鲁麟纂修：万历《汝州志》，卷一，日本藏中国稀见方志丛刊，北京，书目文献出版社，1992。

宫，光照内外，是夕降生，不洗而净，五色祥云覆其
宅。国人皆曰：我国有圣人出世。及长，容仪超然，不
事华饰，日止一食，不茹荤，宫人号为佛心，后入香山
寺草衣木食，人莫知之，三年成道。即今香山塔，大悲
菩萨涅槃之席，有肉身在其塔，□盖宛然有生气焉。①

这里记述的故事和张耒所见的《香山传》中都说到了妙善是楚
（庄）王的女儿，而楚庄王时期，佛教还没有传入我国，这样的
附会只能说是民间传说的特点。

　　然而，必须注意的是，在汝州还真有一座与楚庄王有关的白
雀寺。据明《万历汝州志》载："白雀寺在父城堡，世传楚庄王
故宅，有白雀之瑞，异槐一株。"白雀寺在汝州是一个历史悠久
的名寺，始建于后秦姚苌白雀元年（384 年）。相传白雀年间白
雀群集于父城故址——古槐之上，人们以为是祥瑞而建起寺庙并
称白雀寺。白雀寺所在的父城故址在春秋时代称城父，城父是楚
平王的儿子太子建的封邑，太子建是楚庄王的曾孙。太子建守城
父期间曾设庄王祠，四时祭祀，所以后人就将城父楚庄王祠视作
楚庄王故宅。由此，人们将这一历史悠久的名胜古迹和自己所顶
礼膜拜的观音菩萨联系起来，创造了观音在白雀寺修行的故事，
妙善也因此敷演成了楚庄王的女儿。

三、早期《香山传》的传播

　　关于传文的最早记载，是与蒋氏基本同时的朱弁，在其
《曲洧旧闻》云：

　　　　蒋颖叔守汝日，应香山僧怀昼之请，取唐律师弟子
　　义常所书天神言大悲之事，润色为传。载过去国庄王，

①　鲁麟纂修：万历《汝州志》，卷三，日本藏中国稀见方志丛刊，北京，书目
文献出版社，1992。

不知是何国王，有三女。最幼者名妙善，施手眼救父
疾。其论甚伟，然与《楞严经》及《大悲观音》等经，
颇相函失。华严云：善度城居士，鞞瑟胝罗颂大悲为勇
猛丈夫，而天神言妙善化身千手千眼以示父母，旋即如
故。而今香山乃大悲成道之地，则是生王宫，以女子显
化。考古德翻经所传者，绝不相合。浮屠氏喜夸大自
神，盖不足怪，而颖叔为粉饰之，欲以传信后世，岂未
之思耶？①

在这里，朱氏冷静地思考了这则观音成道故事，并引用佛经典籍
进行了反驳，说蒋之奇有"未之思"的趋佛之嫌。当然，严谨
的佛教信徒是不能接受妙善故事的，因为它毕竟没有直接的经典
依据，《茶香室续钞》就称说妙善故事"要是俗说，非其实
也"②。

　　但是，人们对蒋之奇传文的态度却是热情的。宋元符二年
（1099 年）冬天，蒋文写成之后，第二年（1100 年）九月就在
宝丰香山寺篆刻出来，由当时另一名高官蔡京手书。由于风雨的
原因，原碑文已不存，在元至大元年（1308 年），香山寺的主持
沙门等又重新刊刻了原碑文，20 世纪 90 年代发现的就是此次刊
刻本。见附图 1。

　　不仅如此，随着蒋之奇工作的调动，《香山传》在宋崇宁三
年（1104 年）又流传到了杭州，并由天竺寺的道育禅师主持刻
下来，题为《香山大悲成道传》，杭州碑文后一部分被收在《八
琼室金石补正》中，碑文关于妙善故事与汝州香山寺的完全相
同，应该是出于同一本。

---

① 朱弁：《曲洧旧闻》，见《文渊阁四库全书》，第 863 册，304 页，台北，台
湾商务印书馆，1982。

② 俞樾：《茶香室续钞》，卷十七，10～11 页，光绪二十一年盛氏刻本。

　　妙善传说故事产生以后得到广泛的流传，在不同的阶层、不同的团体中得以流传开来。

　　南宋初张守著《余旧供观音比得蒋颖叔所传〈香山成道因缘〉叹仰灵异因为赞于后》文，对这一事大加赞赏：

> 大哉观世音，愿力不思议！化身千百亿，于一刹那顷，香山大因缘，愍念苦海众，慈悲示修证，欲同到彼岸。受辱不退转，是乃忍辱仙，抉眼断两手，不啻弃涕唾。欻然千手眼，照用无边际。至人见与执，不在千手眼。我也仰灵踪，欢喜发弘愿，今生未来世，誓愿永皈依，更与见闻者，同登无上法。①

　　南宋隆兴府和尚祖琇在 1164 年写的有关佛教纪年典籍《隆兴佛教编年通论》中，记叙 667 年道宣律师的生平事迹时，也比较详细地记载了妙善故事。② 祖琇对妙善故事没有根本性的改变，只是进一步突显了道宣律师"能通天人语"的神通，语言比较简洁，基本上保持了《香山传》的原型，他是在重述一个故事，而没有自己的创作。

　　在其他一些典籍中也提及了妙善的故事，如南宋僧人行秀于 1223 年作《从容庵录》，其书卷四第五十四则"云严大悲"条提到了妙善传说，云："大悲昔为妙善公主，乃天人为宣律师所说。然三十二应，百亿化身，亦随见不同，各据其说也。"③ 而《新编醉翁谈录》（金盈之作，成书具体年代无考，约 13 世纪初期）卷六"禅林丛录"的"雕佛余钱渡僧话"记载有"稽首千手千眼观世音菩萨证果香山现身南海大慈悲而度众生之厄化手眼

---

　　① 张守：《毗陵集》，卷十一，光绪九年吴下春在堂刊本，3～4 页。
　　② 祖琇：《隆兴佛教编年通论》，见《续藏经》，第 75 册，227～229 页，台北，新文丰出版公司，1994。
　　③ 行秀：《从容庵录》，卷四，见《大正藏》，第 48 册，261 页，台北，台湾佛陀教育基金会出版部，1990。

而救（当为报）父王之恩"之句。

这些对妙善故事的记载，是佛教徒们对于妙善故事态度的反映，僧侣们以自己的认知心理重复着这样一个全不见于内典的观音本生故事，接受了妙善故事，并积极地传播它。

但妙善故事在传播发展过程中，也逐渐发生了一些改变，体现出从一个有明确地理位置与崇拜意义的显身故事过渡到一个以孝道价值为吸引力传说的过程。① 从故事结局来看，不再是如蒋之奇传文那样突出汝州香山寺大悲观音的信仰，而出现了以当时流行的南海观音为最后妙善修成的结果，这就说明了妙善故事在流传时，是动态的流传，是随着文化环境的改变而不断变化的。这既体现了随着政治格局的变迁，文化格局也不断变迁的规律，同时也反映了随着佛教流传的世俗化，妙善故事也逐步褪去了宗教的色彩，承载了更多的世俗观念，以致发展成为一个以孝道价值为吸引力的道德教化传说。

要而言之，妙善故事自从有了蒋之奇的传文之后，很快就得以广泛流传开来了。尤其是寺院僧侣们，对此表现了极大的热忱，让妙善故事在不同的寺庙中都留下了碑文，个中原因是值得人们思索的。关于这一点，将在下一节详论。

第二节　妙善故事产生的背景

一、文化背景：自古以来的孝感理念是妙善故事产生的文化根基

孝感作为一种文化现象，就是指孝行感动天地，其中包含了

---

① ［英］杜德桥：《妙善传说——观音菩萨缘起考》，40 页，台北，巨流图书公司，1990。

"行孝"与"感天"两个基本要素，但是孝行在一开始并没有"感天动地"的必然结局，孝行能达到感天动地的结局，得益于"天人感应"理论的成熟。

孝的起源一般认为是在西周时期。[①] 孝的最初含义是尊敬祖宗，生育儿女。现代学者对早期孝行的理解是"西周孝的对象为神祖考妣非健在的人；孝是君德、宗德，其内容为尊祖，有敬祖抑父的作用"[②]。直到孔子开始，孝才开始向"善事父母"的现实家庭伦理层次转变。"子曰：《书》云：'孝乎，惟孝友于兄弟，施于有政，是以为政。奚其为政？'"[③] 后来孟子的仁与孝、荀子的礼与孝等思想，都以"善事父母"作为孝道的核心内容。曾子对孝道的阐述尤其详细，云："夫孝，置之而塞于天地，衡之而衡于四海，施诸后世而无朝夕，推而放之东海皆准，推而放之西海皆准，推而放之北海皆准。"[④] 在他那里，孝简直成了社会的最高准则。这种对"孝"含义的全面泛化，虽然明显存在着某种偏颇，但曾子的观点对上层社会与民间观念都产生了广泛的影响，孝悌成为君子品德的首要内容，孝顺成为民众的基本行为准则。

汉代由于阴阳五行与谶纬思想的盛行，尤其是受天人感应思想的影响，孝道观念逐渐出现了神秘化色彩，如董仲舒说："故五行者，乃孝子忠臣之行也。"[⑤] "故号为孝子者，宜视天如父，事天以孝道也。"[⑥] 董仲舒从天人感应的角度，要求人们对于

---

① 肖忠群：《孝与中国文化》，14 页，北京，人民出版社，2002。
② 查国昌：《西周"孝"义初探》，载《中国史研究》，1993 年第 2 期。
③ 《论语》，来可泓注译，19 页，西安，陕西人民出版社，1996。
④ 戴德：《大戴礼记·曾子大孝》，见《文渊阁四库全书》，第 128 册，446 页，台北，台湾商务印书馆，1982。
⑤ 董仲舒：《春秋繁露·五行之义》，65 页，上海，上海古籍出版社，1989。
⑥ 董仲舒：《春秋繁露·深察名号》，59 页，上海，上海古籍出版社，1989。

"天"，也要像对待"父"一样，讲究孝道，而且认为"天人相副""天人同类"，因此是"同类相感，同气相求"①，其意思大概就是说"天和人类是相通的，天能干预人事，人的行为也能使天感应"②。这种天人感应论对孝观念的干预使"事人"的孝行有机会与"感天"的结局形成观念上的因果关系，于是就出现了"以孝感天"的种种传说，并成为一种文化现象。

"孝"经历了从原始的"追孝"——对死去祖宗的追荐，到"善事父母"——对生身父母敬重的变化后，外延扩大了。在孟子等儒学大师们的推崇下，孝敬父母成为天经地义的事情，"孝悌忠义"也成为儒家思想的核心之一。《孝经》一再强调指出，行孝不仅有利于社会稳定，能修身养德，甚至会使"天下和平，灾害不生，祸乱不作"③，并能达到"通于神明，光于四海，无所不通"④ 的天人感应效果。这样"孝道"更为突出了，并以"孝能感天"的神秘给人们以隐性的压力。

早在《汉书》时代，以孝感天的事迹就被不断地记载着，形成了许多传说故事，如董永遇仙的传说等。妙善故事无疑也很好地融合了"孝感"这一厚重的文化现象。

二、宗教信仰背景：唐宋狂热的观音信仰浪潮为妙善故事的产生奠定了基础

佛教又称为像教，自汉末传入中土后，到唐代发展到鼎盛时

---

① 王弼：《周易注疏·乾卦·文言》，见《文渊阁四库全书》，第 7 册，321 页，台北，台湾商务印书馆，1982。

② 李景明：《中国儒学史·秦汉代》，154 页，广州，广东教育出版社，1998。

③ 《孝经注疏·孝治章》，卷四，《文渊阁四库全书》，第 182 册，57 页，台北，台湾商务印书馆，1982。

④ 《孝经注疏·感应章》，卷八，《文渊阁四库全书》，第 182 册，75 页，台北，台湾商务印书馆，1982。

期，僧俗朝野形成了对佛教偶像的多元崇拜，其中以崇拜观音菩萨最为突出，而对于观音，人们信仰的内容也有了改变。日本的佛学研究专家塚本善隆以龙门造像为依据对唐代的观音信仰作了如下分析："其信仰的倾向发生了显著的变化，即不只是信仰《法华经》观世音，还信仰净土教的观世音，后者和地藏菩萨一起是与死后的往生净土信仰紧密结合的。要而言之，在唐代的龙门造像中，相对于对前代的释迦、弥勒此土佛、菩萨的信仰，对以阿弥陀佛为中心的彼土佛、菩萨的信仰成为新势力而勃兴，以致形成了压倒之势。"① 也就是说，随着唐代政治、经济的发展，社会的稳定，人们走出了魏晋"五胡乱华"的动荡生活，过得比较的安定。因此对于观音的祈求，不再只是救苦救难，更多的是对往生净土的渴望，并加上密教的盛行，因而对观音的崇拜形成了一股狂热浪潮。

　　且不说僧人不断翻译和持诵有关观音的经典，就世俗方面，从朝野到民间都十分崇拜观音。如秦王李世民，平定了王世充、窦建德后，在夜雨朦胧中见"东南云际，光焰四射"，"观音菩萨，金身毕露"，他"顿首拜瞻"，而唐高祖也因此立即下诏建寺②。又如武则天，在神功元年（697 年），朝廷和契丹发生军事冲突，武则天诏令法藏依经教阻遏契丹内侵，法藏于是沐浴更衣，建立十一面道场，立观音像于其中兴行了一系列的崇拜仪式，结果是契丹军队看见周武军队如无数神王之众，观音也浮空而至，因而战胜。武则天在下诏表彰时说"贼众睹观音之像"，"此神兵之扫

---

① 塚本善隆：《支那佛教史研究》，见《清水弘文堂》，593 页，东京，清水弘文馆，1969。转引《中国文学中的维摩与观音》，210 页，北京，高等教育出版社，1996。

② 陆元朗：《敕建广武山观音寺碣》，见《全唐文》，卷一百四十六，1 484 页，上海，上海古籍出版社，1990。

除，盖慈力之加被。"① 更突出的是，这时出现了大量的观音石像、绣像。从《八琼室金石补正》中留下的大量造像记可以看出当时造像的盛行：上至帝王、官吏，下至一般平民百姓，都以造像来表达自己对观音的企求。如唐睿宗的儿子李隆业所造的观音石像，其铭文为：

> 弟子中山郡王隆业，奉为四哥娘六亲眷属敬造观世音石像一铺。勤诚雕刻，月面光舒，净虑庄严，金容相满……②

节度使曹元忠家眷也在为家中产妇做功德时绘有观音石像③，还有许多一般民众或为求平安，或为保佑身体健康，或为已亡人早升天界而造了许多观音石像：

> 不可思宜清信女王婆，为儿宋元庆东行，愿得平安，敬造观音一躯了。上元三年三月。④（《王婆题记》）

> 清信女侯为亡男李虎子敬造观音一躯了。（《清信女侯题记》）

> 弟子张行忠，今为病得离身，发愿敬造救苦观音一区，垂拱二年十月十六日。⑤（《张行忠题记》）

> 石行果妻王，为男儿身患，今得除预（愈），愿造

---

① 崔致远：《唐大荐福寺故寺主翻经大德法藏和尚传》，见《大正藏》，第50册，283页，台北，台湾佛陀教育基金会出版部，1990。
② 宫大中：《龙门石窟艺术》，229页，上海，上海人民出版社，1981。
③ 王国维：《曹夫人绘观音菩萨像跋》，见《观堂集林》，卷二十，898页，北京，中华书局，1959。
④ 陆增祥：《八琼室金石补正》，卷三十二，《续修四库全书》，第896册，546页，上海，上海古籍出版社，1995。
⑤ 陆增祥：《八琼室金石补正》，卷三十二，《续修四库全书》，第896册，547页，上海，上海古籍出版社，1995。

救苦观音一区。①

而今在敦煌的石窟、洛阳的龙门石窟造像中还存有大量的唐造观音石像。同时许多妇女还会用自己的双手来绣观音像，以表明自己对观音的虔诚，她们在发愿绣观音时，往往寄托了强烈的情感，有的竟然会"泪逐声尽"②。对于这种造像运动，张说解释说，观世音菩萨"心入万有，身包万空"，"日月有尽，光明无际；天地有终，神通不灭。礼其形象，随缘而成功；称其名号，因时而获果"③。可见，当时观音信仰从救苦救难的祈求发展到了为满足平凡生活各个方面的不同需要而赐福禳灾的祈求，观音信仰已经深入到了民众的日常生活中。

在唐代这种狂热的观音信仰中，又形成了以大悲观音为主要崇拜对象的特点。对于唐代大悲观音的信仰，日本学者小林太一郎在其《唐代的大悲观音信仰研究》中有详细的分析，对其文，惜不能见。于君方在介绍时说："他从范围广泛而分歧的资料中抽丝剥茧，包括僧侣的传记、题铭、绘画记录（不幸的是大部分并没有保存下来）以及诗歌与民间传说，提供了关于这位新的外来神祇受到大众欢迎的生动解释。而从艺术作品的形象与绘画的证据显示，这个新的大悲信仰主要盛行于京城长安，但是也流传到四川。"④ 可知其文对唐大悲观音分析的透彻，在此不再赘论。大悲观音一般指密教中的千手千眼观音。因此，在这种大悲观音信仰影响下创造的千手千眼观音像，成为唐代辉煌文化的

---

① 陆增祥：《八琼室金石补正》，卷三十一，《石行果妻王题记》，《续修四库全书》，第896册，559页，上海，上海古籍出版社，1995。

② 穆员：《药师佛观世音菩萨赞》并序，《全唐文》，卷七百八十三，8 188页，上海，上海古籍出版社，1990。

③ 张说：《龙门西龛苏合宫等身观世音菩萨像颂》，《全唐文》，卷二百二十二，2 238页，上海，上海古籍出版社，1990。

④ 于君方：《大悲观音》，见《香光庄严》，六十期，1999年12月。

代表之一。如北宋李廌的《德隅斋画品》中说到：

> 大悲观音像，唐大中年范琼所画。像躯不盈尺，而三十六臂皆端重安稳，如汝州香山大悲化身自作塑像，襄阳东津大悲化身自作画像，意蕴相若。①

宋代的观音信仰在三教合一的大环境中，进一步世俗化。据记载，仁宗皇帝"顶玉冠观音像，以朝百官"②。因为"称菩萨名号，皆得解脱，凡诸所求，亦复如是，故奉其像者，十室而九，各出巧思，庄严妙相"③，民间的观音信仰很流行，全国各地普遍建有观音寺院，很多寺院还附会着相关的观音传说，如北宋宣和六年（1124 年）刊刻的《江阴县寿圣院泛海灵感观音记》说：

> 菩萨于天圣元年（1023 年）五月中，泛大海至于江阴，有客舟邂逅。菩萨于中流，随船放光而行……相次至岸怀湾，住彼不去。是夜，现白衣人托梦于邑人吴信，云缘化右臂。信曰："臂实难舍，余可奉从。"白衣人言："此邑杂卖李氏家有香檀可以作臂。"……自是邑人迎请归圣寿奉安。广兴供养，祈佑屡应。④

宋代密教虽然式微，但千手大悲观音还是得到了广泛的传播，其中一个主要的原因是由于宋代佛教天台宗对大悲咒和以诵大悲咒为主的忏仪的大力提倡。密教经典《请观音经》很受天台宗法师们的喜爱，天台大师智顗尤其重视此经，依据它提出了

---

① 李廌：《德隅斋画品》，见《文渊阁四库全书》，第 812 册，938 页，台北，台湾商务印书馆，1982。

② 志磐：《佛祖统纪》，卷五十一，见《大正藏》，第 49 册，451 页，台北，台湾佛陀教育基金会出版部，1990。

③ 宋濂：《宋学士文集》，237 页，上海，商务印书馆，1937。

④ 赵锦、张衮修编撰：《江阴县续志》，卷十九，天一阁明代地方志选刊，台北，新文丰出版公司，1996。

四种三昧行仪的最后一种——非行非坐三昧。而宋代的知礼更是写了一部《千手千眼大悲心咒行法》（简称《大悲忏》），以配合对大悲咒的诵念。在这部忏法中，观世音菩萨地位十分突出，被称为"大悲"，被视为"救世者"，为了救苦救难而来"在五道中轮回"①。知礼的忏法在当时得到了广泛流传，《佛祖统记》中记载了许多修习《大悲忏》的传说，如僧"法宗，依雷峰广慈学教，用止观行法修大悲忏九载，然五指供佛。每月率四十八僧，同修净土忏，久之梦佛菩萨来迎，后三日合掌西望而逝"②。据后来的《敕修百仗清规》记载：在禅院方丈示寂日与纪念开山历代祖师的法会上，在为帝王祈福的仪式中，在祈雨的仪式及所有比丘与住持的丧礼中，都会持诵大悲咒。《清规》劝告居士们集体念诵此咒，也显示出知道使用大悲咒的并不限于僧人，还包括在家的居士们。由此可见，随着大悲咒的流行，宋代的大悲观音信仰并没有随密教的消失而削弱，而是更加盛行。

　　家家弥勒佛，户户观世音。唐宋这种对观音信仰的狂热，为创造中国式的观音本生故事造足了势，为妙善故事的产生创造了深厚的信仰基础。

　　三、社会现实背景：宋代对神祇的认知方式为妙善故事的产生提供了契机

　　从宋代笔记小说中有关神祇的大量记述中，可以看出宋人对神祇的认知方式呈现出了真人化、历史化、世俗化、在地化、功能化的特点。③ 当以历史溯源的方式去认识神祇，交代神祇的身

---

① 知礼：《千手千眼大悲心咒行法》，见《大正藏》，第46册，977页，台北，台湾佛陀教育基金会出版部，1990。
② 志磬：《佛祖统记》，卷二十七，见《大正藏》，第49册，279页，台北，台湾佛陀教育基金会出版部，1990。
③ 参考刘黎明：《宋代巫术研究》，172页，成都，四川大学博士论文，2002。

世时，神与人的距离拉近了。

一方面，许多源自中国古代的抽象信仰，到宋代纷纷被拟人化，具体为某一个实相人物。如古时为星宿方位的真武神，被宋人塑造成了"披发黑衣，仗剑捣龟蛇"①的样子，甚至传说狄青就是真武帝②，真武帝成仙的地方也被传说成是武当山。③宋太祖在平定湖南后，还曾下诏各地官员赶制五岳神祇的崭新用品，为他们换置新装，包括衣、冠、剑、履等日常用品；宋真宗也为五岳神制定了专门的冕服制度和崇饰的礼仪④，可见这些山神是多么的具体。甚至还把天上卤薄二十八星宿都绘成人形。⑤这样，抽象的信仰被物像化了，有些神祇还被传说会刻意现身，要求绘工绘出自己，作为信徒祭祀时的挂像⑥，如洪迈的《夷坚志》中就记载了鱼篮观音自现画像为贺氏画家作模特的事情。

另一方面，许多有名的历史人物也纷纷被神化。在宋神宗元丰六年（1083年）"闰六月十七日，太常博士王古请：自今诸神祠无爵号者，赐庙额，已赐庙额的，加封爵，初封侯，再封公，次封王。生有爵位者从其本封。妇人之神封夫人，再封妃，其封号者，初二字，再加四字……欲更增神仙封号，初真人，次真君"⑦。在这种如火如荼的封神运动中，许多历史人物都被神化了，"生为名臣，死为名神"⑧。连宋代当时的贤臣范仲淹、蔡

---

① 赵彦卫：《云麓漫钞》，卷三，34页，北京，中华书局，1997。

② 周辉：《清波杂志》，卷二，知不足斋丛书本。

③ 张端义：《贵耳集》，58页，台北，木泽出版社，1982。

④ 脱脱等撰：《宋史》，卷一〇二礼五，2 547页，北京，中华书局，1985。

⑤ 李焘：《续资治通鉴长编》，卷三〇六，神宗元丰三年七月，北京，中华书局，1992。

⑥ 张师正：《括异志》，卷三《梁寺丞》，北京，中华书局，1996。

⑦ 脱脱等撰：《宋史》，卷一〇五礼八，2 559页，北京，中华书局，1985。

⑧ 陆心源：《吴兴金石志》，卷十二，见《续修四库全书》，第911册，578页，上海，上海古籍出版社，1995。

襄、林毅、洪迈①等人，都被传说在阎王府任职，而且这些传说都是带有道德教化的功能，强调的是他们生前的道德修养。

进一步说，朝廷更是以权利在祭祀制度方面为神祇的具相化推波助澜。为了有效地管理寺庙，要求有司编造祀典，作为地方官执法的依据，在绍圣二年（1095 年）和政和元年（1111 年），当朝皇帝曾下诏命令宗教管理机关太常寺、礼部等收录各地神寺创建、沿革、历代封号等资料，编成正祠录、祭典典籍等②，作为朝廷认知许可的根据。这样，一些庙宇寺院为了提高自己的地位和增加自身影响，开始神化自己的历史，如五台山的文殊庙，就被神化为有文殊的圣迹，成为文殊菩萨的道场。就是在这种对神祇的具相化认识中，人们开始了对自己顶礼膜拜的观音菩萨身世的创造。

四、地域背景：香山寺浓厚的观音信仰环境为妙善故事的生成提供了土壤

宝丰县的香山寺在县东南 20 多里一座名为龙山（或者叫火珠山）的小山上。此寺历史悠久，据考证创始于东汉，至今已 1 800 余年了。在唐代，此香山寺在佛寺界是有很高的声望的，《续传灯录》记载了一个禅师游学的经过：

> 明州天童宏智正觉禅师（按：为丹霞淳禅师的法嗣），十一得度于净明本宗，十四具戒，十八游方，诀其祖曰："若不发明大事，誓不归矣。"及至汝州香山，成枯木一，见深所器重。一日闻僧诵《莲经》，至父母所生眼悉见三千界，瞥然有省，即诣丈室陈所悟。山指台上

---

① 参见张师正：《括异志》卷四《王待制》，洪迈《夷坚志·丙志》卷九《鄂都官史》，《夷坚志·支甲志》卷四《共相公》，方勺《泊宅编》卷中，龚明之《中吴纪闻》卷五《范文正为阎王》。

② 徐松：《宋会要辑稿》，礼二十之九哲宗在绍圣五年（1094 年）十二月二十二日，北京，中华书局，1957。

香合曰："里面是甚么物?"师曰："是甚么心行。"山曰："汝悟处又作么生?"师以手画一圆相呈之，复抛向后。山曰："弄泥团汉有甚限?"师曰："错。"……①

这段文字就记述了宏智禅师游历各地求法，最后就是在汝州香山寺听了僧人诵念《妙法莲华经》而得以通悟，并由此修成了大德高僧的过程。这表明香山寺在当时佛教信徒中具有很崇高的地位。同时，从寺中僧人所诵的经文来看，该寺的宗教信仰内容一定有观音菩萨，因为《妙法莲华经》中观音是一个主要的菩萨。

宋代以来，香山寺就以其大悲塔和大悲塑像成为信徒膜拜的对象。《宝丰县志》载《慈寿院主重海上人灵塔志》说重海"闻汝南龙山有古迹，俗传为香山大悲塔者"②，因此即告父母，来此出家。而寺中的香山大悲塑像，具有很高的艺术价值，从上文引用的《德隅斋画品》中就可以看出这一点，对于此塑像最初塑成的一些情况，目前发现的史料还没有明确的记载。小林太一郎先生推测说，如果从大悲观音菩萨信仰在中国流传的大体情况来看，这塑像可能建于唐中后期。③ 后来，这个寺庙得到了多次的修建，如在熙宁元年（1068 年）宋神宗曾敕建香山大悲观音大士塔，塔身 33 米，为九级八角楼阁式密檐砖塔，底层中央供千手千眼佛一尊，第二层供玉佛一尊，第三、第四层有壁龛数百，其余各层均为素面青砖平砌而成，每层高度递减，呈八棱锥体，造型朴实大方，雄伟壮观。熙宁四年（1071 年）有施主吴姓夫妇独修第五级大悲塔。至明被红巾军焚毁，明宣德年间（1426—1435 年）敕修重建，其规模和盛况在庙宇中罕见。据

---

① 居顶:《续传灯录》，卷十七，见《大正藏》，第 51 册，579 页，台北，台湾佛陀教育基金会出版部，1990。

② 《慈寿院主重海上人灵塔志》，嘉庆《宝丰县志》，卷七。

③ 小林太一郎:《唐代的大悲观音信仰》，转引于君方:《大悲观音》，《香光庄严》，第 60 期。

《修造记》碑载："山以寺而益显，每岁仲春之望，香火天开，四方游者先期云集……人之至止，数以万计，悉仰山灵而起敬，投钱供佛以去，如期乃已。"① 从引文可知每年香会期间，来此拜佛观光者之众，香火之盛。

可见香山寺一直是比较重要的一个佛教寺院，尤其是在北宋前期，寺中的大悲塑像和大悲塔成为当时僧人和民众膜拜的对象。正是在这种信仰基础上，才有汝州香山寺关于妙善故事传文的出现。

第三节　妙善故事的文化内涵

一种外来文化传入到另一种文化环境中，一方面需要为适应原有文化的某些要求而有所改变，另一方面也会使原有文化因外来文化的刺激而发生变化。观音信仰作为外来印度文化的一分子，在向中国文化输入的过程中，首先面临的就是要使自己适应中国文化的问题，自被输入到中国领土的那一天起，就在不断地改变自己，以适应中国这块原来就有着深厚文化底蕴的土壤。妙善故事产生，就是观音信仰不断变化的产物，这一完全中国化的观音形象，标志着观音信仰在不断中国化的过程中逐渐走向民俗化。

一、妙善故事的外来文化特点

妙善故事虽然是中国文化的一个创造，但是可以在佛经中找到创造的原料。我们若从佛教文献入手对妙善故事的细节进行翔实的考证，可以看到，一方面，妙善故事中的许多细节都可以从《妙法莲华经》（《法华经》）中找到相似的内容；另一方面，妙

---

① 刘奎：《香山寺修造记》，嘉庆《宝丰县志》卷十五《艺文》。

善公主出家修行与《佛本生经》中的太子出家修行有着相同的叙事模式。

（一）故事人物的佛经表征

从故事人物及其主要经历来看，妙善故事与《法华经》关系十分密切。《法华经》是较早传入中国的佛教经典，也是关于观音信仰的主要经典，其中《观世音菩萨普门品》常以单独的形式刊行而称为《观音经》。《法华经》最初是由西晋的竺护法译出，名为《正法华经》，后来鸠摩罗什又重新翻译，名为《妙法莲华经》，一般称之为《法华经》，共有二十八品，讲述了持诵此经的种种好处、方法，以及有关菩萨的神通。妙善故事中涉及的主要人物几乎都可以从这里找到原型。

1. 妙庄（严）王①

作为妙善故事中的家长，妙庄王在整个故事中处于重要地位，他不仅构建了故事发生的基本框架，而且还联系起了一连串的故事细节，而这样一个人物完全可以从经典中找到原型。《法华经》的第二十七品《妙庄严王本事品》是关于妙庄严王本事的佛经，讲述了这样一个故事：过去有一国，名光明庄严，国中有王，名妙庄严，其夫人叫净德，有两个儿子，一名净藏，二名净眼。两个儿子久修菩萨所行之道，成为具有大神力、福德智慧的佛，他们想要妙庄严王也放弃外道和他们一起来修持《法华经》，于是二人以各种神通来劝其父：

> 于是二子念其父故，踊在虚空，高七多罗树，现种种神变。于虚空中，行住坐卧，身上出水身下出火，身下出水身上出火；或现大身满虚空中，而复现小小复现大，于空中灭忽然在地，入地如水履水如地。现如是等种种神变，令其父王心净信解。时父见子神力如是，心

---

① 在后来觉连等僧人的札记中的称谓是妙庄严王。

大欢喜得未曾有。合掌向子言："汝等师为是谁？谁之
弟子？"二子白言："大王，彼云雷音宿王华智佛，今
在七宝菩提树下法座上坐，于一切世间天人众中，广说
《法华经》，是我等师，我是弟子。"父语子言："我今
亦欲见汝等师，可共俱往？"于是二子从空中下，到其
母所合掌白母："父王今已信解，堪任发阿耨多罗三藐
三菩提心。我等为父已作佛事，愿母见听，于彼佛所出
家修道。"①

通过种种神通的表现，他们说服了自己的父王，妙庄严王及其后
宫 84 000 人，最后都受持《法华经》。妙庄严王夫妇都修行成佛
了，一个是华德菩萨，一个是光照庄严相菩萨。最后妙庄严王还
特别指出说，两个儿子就是为了引导他们夫妇修行才来到这个家
的，其中有一个儿子就是药王菩萨。而这个药王菩萨在修行时的
断手事佛行为与妙善断手挖眼的行为如出一辙。两相比较，我们
可以看出此品经文为妙善故事提供了宗教主题、部分人物以及故
事某些情节的发展形式。

2. 宝德母后，三姊妹妙音、妙颜、妙善

这几个主要的成员也可从《法华经》中找到相关的内容，
妙善母亲宝德与上面我们提到的妙庄严王夫人的名字十分接近，
一个是宝德王后，一个是净德王后，二者只有一字之差。妙音更
是一位佛教菩萨，《妙法莲华经》第二十四品《妙音菩萨品》主
要讲述他的道行，从经文中可以看出他有着和观音一样的道行品
质，尤其是曾化身为公主的模样到皇宫中去说《法华经》，"乃

---

① 鸠摩罗什译：《妙法莲华经》，卷七，见《大正藏》，第 9 册，59 页，台北，
台湾佛陀教育基金会出版部，1990。

至于王后宫，变为女身而说是经"①，这与在皇宫出家修行的妙善是非常相近的。清代国学大师俞正燮甚至认为妙善与妙音就是一人，他对妙音和妙善的关系作了如下的考察：

> 今妙音见《妙法莲华经》，妙善见《隋书》。《法华》言于王后宫见变女，属之妙音。检隋时天台智者（智顗大师）《观音义疏》云："观世音于王后宫见女身者，王者禁固，不得游散，化物为难"，益知《妙音品》即观世音。今常德武陵梁山观音寺有碑，言宋孝建中，妙音住锡于此。唐天宝中，改寺额为寿光，有梵僧至，开妙音塔，见金锁连环骨满钵，以锡横担之，冉冉而去。乃奏复为观音寺。是唐时亦以妙音为观世音，《妙法莲华经》多此一章也。②

我们姑且不论妙音与妙善的关系，但佛教中关于妙音菩萨的种种传说，与妙善故事有着很多相似性，这一点是可以肯定的。

妙颜虽然在《妙法莲华经》中找不到直接的依据，但在《法苑珠林》中却有一个同名的沙弥，一位得道高深的妙颜沙弥。他在八岁时就为"阿育王夫人说法"了。故事说：妙颜沙弥八岁时，"飞入王宫，住王后前后，王后后作礼举手欲抱……妙颜谓夫人曰：'且却，且却。不宜有近沙门。'王后说：'你年幼如我子，为何不能近？'于是沙弥为说经法，夫人彩女五百余人悉得道迹"③。这个生动的沙弥肯定给人们留下了深刻的印象。

虽然在《法华经》中不见有妙善之名，但是妙善修成的观

---

① 鸠摩罗什译：《妙法莲华经》，卷六，见《大正藏》，第9册，55页，台北，台湾佛陀教育基金会出版部，1990。

② 俞正燮：《癸巳类稿》，涂小马点校本，卷十五，《观世音菩萨传略跋》，512页，沈阳，辽宁教育出版社，2001。

③ 宝唱：《经律异相》，见《大正藏》，第53册，159页，台北，台湾佛陀教育基金会出版部，1990。

音菩萨却是此经的主要菩萨之一，而且妙善修行，劝父修道的故事模式和前面我们分析的妙庄严王的故事模式也是相同的。更进一步说，妙善挖眼献臂成佛的行为与妙庄严王的儿子——药王菩萨断臂事佛最后成道的过程十分相近。在《妙法莲华经》第二十三品中详细地讲述了药王菩萨的本事。其证道前，名喜见，他在收藏有日月净明德舍利的塔前焚臂致敬，并发下大誓愿：

> 我舍两臂，必当得佛金色之身，若实不虚，令我两臂还复如故，作是誓已，自然还复，由斯菩萨福德智慧淳厚所致，当尔之时，三千大世界六种震动，天雨宝华，一切人天得未曾有。①

后来这位舍两臂的王子具有无比的福德与智慧，普度众生，为人治病，被称之为药王菩萨。其实在佛教本生故事中，菩萨慈悲喜舍，甚至毅然自毁身体的故事是非常多的，如《佛本生经》中以身饲虎故事就流传很广。

　　可见，《法华经》以及其他佛经中涉及的这些不同佛家菩萨，曾经都与皇家发生种种佛缘，这可能为创造观音本生故事带来了组建皇家家庭的种种灵感。

　　（二）故事情节与佛经的关联

　　大家熟知的释迦牟尼成佛的本生故事，就是一个太子成佛的传说，这为创造公主出家的故事提供了叙事模式。

　　妙善故事创造了一个观音由皇家公主出家成佛的传说，这和佛本生故事说释迦牟尼出生在皇宫，以王子身份出家的故事有着相同的模式。更主要的是，在敦煌变文中关于释迦成佛故事中的许多情节与妙善故事相似，尤其是关于二者降生的情节，基本一样。变文《太子成道经》与《悉达太子修道因缘》基本包括了

---

①　鸠摩罗什译：《妙法莲华经》，卷六，见《大正藏》，第9册，50页，台北，台湾佛陀教育基金会出版部，1990。

佛本生故事的主要细节，变文对于释迦出生的描述为：

> 尔时净梵大王为宫中无太子，忧闷不乐。或于一日之中作一梦，梦见双陆频输。即问大臣："是何义？"大臣答曰："既是大王梦见双陆频输者，为宫中无太子，所以频输。"大王又问大臣："如何求得太子？"大臣奏大王曰："城南有一天祀神，善能求恩赐福，何方便去，往求太子，必合容许。"当时大王排比鸾驾，亲自便往天祀神边。……索酒亲自乾（虔）恭发愿云：拨棹乘船过大江，神前倾酒数千杯。倾杯不为诸余事，男女相兼乞一双。……
>
> 当时大王与夫人却回鸾驾于宫中，偶因一日，便上高楼，某闷之次，便乃睡着，作一诧梦。忽然惊觉，遍体流汗。遂奏大王，具说其事："贱妾于高楼之上，忽作一梦，从天降下日轮，其轮之中，乃有一孩儿，十相俱足，甚是端严，兼乘六牙白象，从顶门而入，在于右胁下安之。其梦如何，不敢不奏。"①

这里，释迦牟尼是其母梦吞日而孕。《香山传》中妙善则是"始孕之期，夫人梦吞月而诞。及诞之夕，大地震动，异香满室，光照内外，国人骇异"②。不仅如此，妙善和释迦的经历也十分相似。释迦出生后，是"专心学善，不恋人间"，国王见此心情忧郁，于是有大臣献计，让太子成亲，"但取一伴恋之人，必合解忧"，征得太子同意后，国王"遂遣国门高缚彩楼，召集合国人民，有在室女者，尽令于彩云楼下齐集"③，让太子择女成亲，

---

① 张涌泉等：《敦煌变文校注》，卷四，《太子成道经》，470 页，北京，中华书局，1997。

② 《香山大悲菩萨传》碑文抄本。

③ 张涌泉等：《敦煌变文校注》，卷四，《太子成道经》，436 页，北京，中华书局，1997。

太子与名摩诃那摩的女子成亲了。然后两人一同修道，太子外出城门观看，见到了"生、老、病、死"等诸般人生苦恼，非常烦恼，后来见到一师僧，经他指点，决定出家修行。最后在四天王的召唤下，释迦终于到雪山出家修道了。

　　同样，妙善出生后，是"常服垢，衣不华饰，日止一食，不茹荤辛"，后庄王劝她招亲，她坚决不肯，"志求出家，修行学道，成佛菩提，报父母恩，拔众生苦"①。后来妙善在山神的指点下到香山修道成仙。妙善献手眼救父后，在香山现像千手千眼观音菩萨，从此香山成为菩萨的应化之地。不过《香山传》对于妙善的成佛，更加突出了中国文化的孝感思想，传文对妙善化现观音像作了形象的描述：

　　　　仙人忽言曰：阿母夫人勿忆，妙善我身是也。父王恶疾，儿奉手眼上报王恩。王与夫人闻是语已，抱持大哭，哀恸天地。曰：朕之无道，乃令我女手眼不全，受兹痛楚。朕将以舌舐儿两眼，续儿两手，愿天地神灵，令儿枯眼重生，断臂复完。王发愿已，口未至眼，勿失妙善所在。尔时，天地震动，光明晃耀，祥云周覆，天雷晃耀，乃现千手千眼大悲观音，身相端严，光明晃耀，巍巍堂堂如星中月。②

这里，王后的哭声能"哀恸天地"，庄王也向天地神灵祈求手眼，妙善化身的千手千眼观音像也是在天地异相中显现，天人感应思想十分明显。

　　另外，在《香山传》中，妙善舍手眼虽然是为了其父亲，以彰显其孝道，但父亲所得的病以及治疗的方式还是从佛教中来的。庄王所得病，名为迦摩罗病，治理此病的药方是香山仙人药方，以无嗔人手眼做药引，这种特殊的病名以及治疗这种病的特

---

　　①②　《香山大悲菩萨传》碑文抄本。

殊药方都带有浓厚的佛教色彩。这个迦摩罗病名经常出现在佛教经典里，如《神僧传》中记载唐懿宗时期，有悟达国国师僧人知玄，遇到一患迦摩罗病的僧人事情，后来因此而创造了慈悲水忏①；还有《续传灯录》中舒州普聪禅师讲了一个杀僧的强盗在十年后患上了迦摩罗疾②的故事。而且这些故事都说到，此种病的病因是有冤魂缠身，这与庄王生病的原因也基本相同。

至于治病的"香山仙人药方"，也显示它的佛学内蕴。"香山"本是佛教意味很浓的一个地方。其本是梵文 Grandhagiri 的意译。佛教传说认为是赡部洲最高的地方，旧指昆仑山。③ 但在中国佛教中，香山一般泛指那些与佛菩萨以及高僧大德有缘的地方，并且在不同地方都出现了以"香山"命名的地点，如广东的香山县，陕西的耀县香山寺等。这个"香山仙人药方"之名，在历史上还真出现过，据《隋书·经籍志》记载有一本带有浓厚西域色彩的医家典籍，名为《香山仙人药方》④，《隋书》把这些书名列为一类，称为番方，可见是来自西域的佛教药方，可惜此书已经失传。

二、妙善故事的中国文化特征

前面分析了妙善故事与佛教的因缘，现在我们再从中国文化中的儒家理念和民间信仰现实来看此故事所具有的中国特色。

---

① 朱棣：《神僧传》，卷八，知玄条，见《大正藏》，第50册，1 007页，台北，台湾佛陀教育基金会出版部，1990。

② 居顶：《续传灯录》，卷十四，见《大正藏》，第51册，563页，台湾佛陀教育基金会出版部，1990。

③ 玄奘述，辨机撰：《大唐西域记》，季羡林校注，122页，北京，中华书局，2000。

④ 《隋书·经籍三》，卷三十四，《文渊阁四库全书》正史类，还有《龙树菩萨药方》，四卷；《西域诸仙所说药方》，二十三卷；《西域菠萝仙人方》，三卷；《西域名医所集药方》，四卷等。

(一)《香山传》肯定了观音女性身份

1. 观音形象性别问题的实况

妙善故事以一个天神的名义,向世人宣布了观音菩萨本生是女性。从此观音菩萨完成了从六朝以来逐渐女性化的历程,成为一个女性神灵。

为什么中国的观音形象变成了一女性?又是怎样被逐渐改造成为一位女神的?这一女性佛教菩萨蕴涵有怎样的文化意蕴?对这些问题的探讨,一直是研究观音信仰不可回避的。因此,虽然已有许多学者专家从不同角度进行了讨论,在此我们也有必要就自己的认识再作些补充。

从佛典中关于菩萨的身世内容来看,观音菩萨在佛经中的形象是一个善男子形象,无论是不眴太子的身份,还是莲花所化生的出处,都说明是男性,即使是后来密教经典中出现了许多关于观音像观想和制作的说明,也没有明确地说明菩萨是女身。但在中国民众的信仰中,观音菩萨的性别却明确为女性。

这女性观音形象是什么时候出现的呢?历来学者大致有以下几种有代表性的说法:(1)明胡应麟《少室山房笔丛卷四十·庄岳委谈上》认为"则唐以前塑像,顾不作妇人也"[①]。(2)清赵翼《陔余丛考》认为是在六朝时期。(3)孙昌武先生认为"转变女身需要一个过程,大概是在六朝后期女身观音即已出现,到宋代普及,这中间经过了几百年的过渡时期"[②]。(4)邢莉则认为"观音转变女身的完成则在唐代"[③]。种种说法,莫衷一是。那么历史上观音形象所体现的性别特征实况又是如何

---

① 胡应麟:《少室山房笔丛》,卷四十,536页,北京,中华书局,1998。

② 孙昌武:《中国文学中的维摩与观音》,314页,北京,高等教育出版社,1996。

③ 邢莉:《观音——世俗与神圣》,119页,北京,学苑出版社,2000。

的呢？

从佛教义理和佛教造像历史来看，古印度佛教和中国早期的观音造像的形象都是男性，如《华严经》中善财童子去普陀落伽山朝拜观音时，见"岩石谷林中金刚石上，有勇猛丈夫观自在，与诸大菩萨围绕说法"，显然，观音是男性。在我国甘肃莫高窟有南北朝的雕塑，观音也都是男性。可以说，在隋代以前的观音造像还没有显出女性特征，而具有明显的男性特征。但到隋代，造像便有了女性化的倾向，如现存隋代仁寿三年所造的一尊观世音菩萨石像①，菩萨的面型方圆，曲眉丰颐，头戴宝冠，长裙帔帛过膝，身佩璎珞、飘带，颈系串珠，后有头光，腕戴手钏，身体硕壮，眉毛修长，嘴唇紧收，显示出健康的体态和虔诚的信念，虽下额三条代表胡须的阴刻线条还表现出菩萨的男性特征，但是从菩萨的着装来看，女性化倾向已十分明显。

然而，此后观音形象便全都女性化了吗？问题并非如此简单。明万历年间的胡应麟介绍说：

> 今塑画观音像，无不作妇人者。盖菩萨相端妍靓丽。……不特观世音也。至冠饰以妇人之服，则前此未闻，考宣和画谱，唐宋名手，写观音像极多，俱不云妇人服，李廌董迥画跋，所载诸观音像亦然。则妇人之像当从近代始。盖因大士有化身之说，因闺阁多崇奉者，辗转流传，遂致称谓皆讹。若塑像势不能久，前代从无证订，然《太平广记》载一仕宦之妻为神摄，因作观音像。其妻梦一僧救之得生，则唐以前塑像，顾不作妇人也。②

胡氏认为，唐以前观音塑像，是不作妇人状的，而到了明代万历

---

① 王树庆：《隋仁寿三年观世音菩萨石雕》，载《文物》，1981 年第 4 期。

② 胡应麟：《少室山房笔丛》，卷四十，536 页，北京，中华书局，1998。

年间，观音形象则都变成了妇人状。但即使是万历年间，观音画像也还有作男像的，在丁云鹏等编绘的《明代木刻观音画谱》中就有一幅观音现像为着西服装的绅士男像①，即使现今在不少地方还有男身女面的观音菩萨像，如江西号称"江南千年古刹"的南岩寺中的石雕观音大士佛像②，湖南岳阳楼湘妃寺中的观音塑像，就都成男身女面的特征。可见从造像上来说，对观音形象性别转换的时间还不能作确切的界定。

　　再来看灵验故事中的观音形象，在六朝的观音灵验故事中，观音形象的性别是不确定的。那时故事中崇拜者一般是通过梦境来实现自己的宗教体念，获得菩萨的帮助，而梦中出现的观音形象主要有道（老）人或童子。如东晋时，僧人法义，得病，唯归诚光世音，梦一道人为其换洗内脏，而病愈；③ 义熙时，某士人，遇事被系，自归于光世音，梦一道人，形明丽，空中微笑；④ 梁时，江陵有夫妇二人被贼追，妻被系，而念观音名号不辍，梦一沙门立前，醒后枷自脱，回家与夫相见；⑤ 建孝间，建康僧人求那跋陀罗被困海中，唯一心称观世音，见一童子寻后至，以手牵之上岸；⑥ 东晋时，会稽某官吏被下狱，见一道人自称观音救他出狱；⑦ 刘宋时，官吏王球守城陷入狱，长斋诵《观

　　① 丁云鹏等编绘：《明代木刻观音画谱》，102 页，上海，上海古籍出版社，1997。

　　② 龚国光：《江西戏曲文化史》，315 页，南昌，江西人民出版社，2003。

　　③ 孙昌武点校：《观世音应验三种》，8 页，北京，中华书局，1994。

　　④ 孙昌武点校：《观世音应验记三种》，16 页，北京，中华书局，1994。

　　⑤ 道宣：《续高僧传》，卷二十五，见《大正藏》，第 50 册，88 页，台北，台湾佛陀教育基金会出版部，1990。

　　⑥ 慧皎：《高僧传》，卷三，见《大正藏》，第 50 册，344 页，台北，台湾佛陀教育基金会出版部，1990。

　　⑦ 孙昌武点校：《观世音应验记三种》，33 页，北京，中华书局，1994。

世音经》，梦僧人来而枷自脱；① 梁时，刘莃诵《观世音经》数
万遍，梦一僧人谓其母延寿；② 晋代有二道人，至心诵《观音
经》，见观音现老翁饷食，颂经时雨花飘香③等等。

当然，还出现了其他形象，如龙、虎、狼等形象。比如东晋
一个叫韩当的人在河中翻船落水，称观世音，水中现白色物如龙
形；④ 刘宋时昙颖，生病，在房中供养观世音像，晨夕礼拜，蛇
鼠来献治；⑤ 梁时，僧融心里怕鬼，默念观世音，现高大天将持
杵驱鬼；⑥ 东晋僧人开达被羌人捕将死，一心归命观音，忽见大
虎从草出，羌人怖，而开得脱；北魏，裴安起，被人追逃遇河，
不能渡，唤观世音，见一狼驮其过河。这些非人形的观音现像体
现，虽是信徒们的幻觉，但也间接地反映了此时人们对于观音形
象的性别不是十分确定的。

但在南北朝时期也有观音灵验故事明确说观音是一美妇
人的：

　　　武成酒色过度，恍惚不恒，曾病发。自云初见空中
　　有五色物，稍近，变成一美妇人，去地数丈，亭亭而
　　立，食顷，变为观世音。⑦

因此，许多的学者根据此材料认为在六朝时期就出现了女性观
音，如清代的赵翼即作如是观，但这仅仅是孤证。

在后来的感应故事中，观音形象则基本都是女性，如在民国

---

① 　孙昌武点校：《观世音应验记三种》，35 页，北京，中华书局，1994。

② 　《梁书》，卷四十七，上海，上海古籍出版社，1986。

③ 　孙昌武点校：《观世音应验记三种》，65 ~ 66 页，北京，中华书局，1994。

④ 　孙昌武点校：《观世音应验记三种》，11 页，北京，中华书局，1994。

⑤ 　慧皎：《高僧传》，卷十三，见《大正藏》，第 50 册，415 页，台北，台湾
佛陀教育基金会出版部，1990。

⑥ 　孙昌武点校：《观世音应验记三种》，14 页，北京，中华书局，1994。

⑦ 　李药百撰：《北齐书》，徐之才传，1 068 页，北京，中华书局，2000。

万钧编集的《观世音菩萨感应集》中凡出现的观音都是女性形象。从这方面来看，观音形象的女性化又是肯定的。

要之，在观音信仰历史上，对于观音的性别的变化无论从艺术造像还是文学创作来说，都不是单线发展变化的，只能从大致的趋势上说，观音形象有女性化的趋势，这种趋势正是观音信仰中国化的体现。

2. 观音性别问题的实质

从佛教历史来说，刚产生时是严禁女性入教的，因此信徒都是男性，后来由于佛弟子阿难的主张，才有女性出家，才有了比丘尼。但女性出家之后，也必须先修行，转身为男性，然后才能成佛，如佛典中龙女成佛的故事，就是这样。后来大乘佛教兴起，修行除了成佛之外，还可以成为菩萨，于是就有了观音等诸多菩萨出现。佛经对菩萨一般以"善男子"称之，对于菩萨的形象没有很具体的说明，更没有明确的性别表征，但他们可以为了救度的需要变化各种不同的身形。如观音菩萨，其《普门品》中说明了他具有无上的神通力，有三十三应化身，这中间就包括了观音菩萨为了救度的方便，可以应化为"梵王、帝释、大将军、居士、童男"等不同的男性身份，同时也可以化为"比丘尼、女王、国王夫人、命妇、大家童女"[1] 等诸多女性的身份。这多种身份，导致了其现像性别的不确定性。对于这种不定性别现象，佛经解释说，观音菩萨"具有定慧二德，主慧德者，名毗俱胝，作男性，主定德者，名求多罗，作女性"[2]。从这里可以知道，观音菩萨可以根据实际需要或现身为男，或现身为女。

---

① 鸠摩罗什译：《妙法莲华经》，卷七，见《大正藏》，第 9 册，98 页，台北，台湾佛陀教育基金会出版部，1990。

② 知礼：《观音义疏》，卷三，见《大正藏》，第 34 册，946 页，台北，台湾佛陀教育基金会出版部，1990。

因此，就佛学内典来说，观音菩萨形象的性别问题不是一个问题，因为它本身就是不确定的。

但是，从中国观音信仰中所形成的观音形象来说，的确又存在着观音性别由男性而逐渐变为女性的过程，而且，在中国封建化的男权社会里，女性化的观音信仰却非常普及与持久，那又是为什么呢？

我们知道，佛经中的观音菩萨本来没有性别区分，既可以是男性形象，也可以是女性形象，但中国文化在接受观音信仰时，对观音形象的接受也根据自己的文化进行了选择。当观音信仰在中国文化中越来越突显时，人们就根据自己的审美心理和社会需要来选择观音性别，来创造观音的形象，于是观音就有了中国特色的形象，如鱼篮观音、水月观音、媚态观音等等，这些形象都选择了观音是女性这一性别特征，而左右这种选择的因素是多方面的：

首先，中华文明的人文思维是不同于西方的辩证法那样注重逻辑推理的，中华文明一个显著的特点就是注重超感觉的想象，而且这种感性思维带有鲜明的柔美倾向。栾栋先生曾概括说："中华人文的根本方法是易经法或易学法，即是围绕着易经启蔽的原发性文心，也是肇自远古的华夏智慧，更始于女娲伏羲，因而本身就是人类原初精神的智慧发祥，心灵深处根植着原始母系文化的因子，由之见中华易根器纯正的根本原因。"① 也就是说，中国文化的根本思维在心灵深处有着根深蒂固的母系文化因子，有着"阴柔"的审美定式。在这种民族心理的影响下，中华文明选择了观音的女性特征，并在各种不同的文化形态中对她进行审美再创造。妙善故事的产生，就是这种艺术再创造中的一个中

---

① 栾栋：《易辩法界说——人文学方法论》，载《中国哲学研究》，2003 年第 8 期，第 52 页。

间结果。

其次，从社会需要的角度来说，中国妇女地位低下，始终处于受压抑的地位，更加希望能得到救苦救难观世音的帮助。中国佛教信徒中有不少的女性，梁代宝唱撰写的《比丘尼传》中，就记载有东晋至梁朝时的名尼 65 人，另外还涉及不知名的 52 人。到了唐中叶，据官方统计，全国寺庙达 5 358 座，其中尼寺 2 113 所，尼姑 50 576 人。再到宋真宗天启年间，全国僧尼 458 854 人，其中尼姑占 61 229 人①，可见女性出家信徒不少，而且越来越多。她们出家的真正原因并非真是为了追求那"无我"的境界，更多的是出于世俗的无奈，有的是因为贫穷无以为生，而寓身佛寺；有的是因为对婚姻的不满，而遁入空门；有的是因为夫丧守寡，而出家为尼等等。这样的例子很多，如南北朝时有个尼姑僧端，出家的原因是"不当聘彩，而姿色之美，有闻乡邑。富室凑之，母兄已许。临迎之三日，宵遁佛寺。寺主置于别室，给其所需，并请《观音经》，二日能诵，雨泪稽颡，昼夜不休。过三日后，于礼拜中见佛像语曰：'汝婿命尽，汝但精勤，勿怀忧念。'明日，其婿为牛所触亡，因得出家"②。为了逃脱不中意的婚姻，僧端毅然入空门。但更多的俗家女性在生活的无奈中只能依托菩萨，寻找生活的寄托，把观音请到自己的闺阁之中，当作自己的保护神，作为自己心灵倾诉的对象，而在封建社会那种"男女有别"的传统观念下，女子在闺阁中供奉一尊男性菩萨像必然不会被封建士大夫所接受，因此女性观音形象"因闺阁多崇奉者，辗转流传，遂致称谓皆讹"③，便逐渐流行开

① 白化文：《汉化佛教与寺院生活》，217 页，天津，天津人民出版社，1989。
② 宝唱：《比丘尼传》，卷二，《大正藏》，第 50 册，939 页，台北，台湾佛陀教育基金会出版部，1990。
③ 胡应麟：《少室山房笔丛》，卷四十，536 页，北京，中华书局，2000。

了。明代谢肇淛记载观音信仰盛行的情况说："今天下神祠香火之盛，莫过于关壮缪……今世所奉正神，尚有观音大士、真武、上帝、碧霞元君……凡妇人女子，语以周公、孔夫子，或未必知，而敬信四神，无敢有心非巷议者，行且与天地俱悠久矣。"① 戏曲作品对此就有表现，如阮大铖的《燕子笺》中，礼部家小姐郦飞云见其父有吴道子的亲笔观音图，于是恳求其父"……把与孩儿供养起来罢。待焚香把金经颂扬，小阁中梅花声响"。后来飞云小姐见画被送去装裱，没拿回来，还催促丫环梅香，说："浴佛的日子将近，我要挂在小阁中朝夕供养。"② 这便是闺中女子观音信仰现实的再现。印度文化中那个救苦救难的"善男子"善神逐渐成为了中国传统文化中一位救苦救难、大慈大悲的女神，而妙善故事又把这位女神按照中国的文化传统进行了"历史化、人格化"，并给她注入了中国文化特色的血液。

　　总之，观音性别的变化不是佛教人士凭着理性而刻意改变的结果，而是一种民间潜意识逐渐发挥作用的结果。当这种意识造成了既定的事实时，"佛教界接受了民间观音"③，女性观音形象也就走进了大雄宝殿，受到僧人们的虔诚礼拜。

　　（二）《香山传》把女性观音打上了中国化的烙印

　　《香山传》中的妙善，是中国的妙善，有中国人的传统道德观念。

　　首先，妙善的"孝道"是儒家传统思想的具体表现。佛教是讲众生平等的，佛经中舍己为人的行为是不分亲友远近的，佛教中的观音菩萨也是绝对平等地对待一切众生的。在早期宣传观

---

① 谢肇淛：《五杂组》，303 页，上海，上海书店出版社，2001。
② 阮大铖：《燕子笺》，古本戏曲丛刊本，第三出《授画》，第九出《骇像》。
③ 陈文新等：《佛门俗影：西游记与民俗文化》，116 页，哈尔滨，黑龙江人民出版社，2003。

音菩萨灵验的故事中，观音对任何只要念诵其名号的信徒都给予一律的救济除难，即使是逆臣贼子，只要虔心念诵，都可以得到观音的救助，并不见有特别青睐于孝敬父母的信徒。但是人们在接受佛教的过程中，把中国传统的儒家伦理道德加入到了佛学里，如特别强调孝道。早期的《佛说父母恩难报经》中，佛就说"父母于子，有大增益，乳哺长养，随时将育，四大得成，右肩负父，左肩负母，继历千年，正使便利背上，然无有怨心于父母，此子犹不足报父母恩，若父母无信教令信，获安隐处"①，也就是说能够报答父母的养育恩，使父母能信佛而修行的，将是最大的功德了，能够入西方极乐世界。这里妙善为了给父王治病，献出了自己的手和眼，和中国传说"割股疗伤"的孝子行为一脉相承。中国人，讲究孝道，历来如此。"割股疗伤"更成为一种社会风尚，历代的地方志中都有一卷专门为孝子立传，其中就不乏"割股疗伤"的孝子孝妇。各种笔记小说对"孝行"也特别钟爱，如在《梦粱录》卷十七"行孝条"记载了南宋临安"割股疗伤"的种种事迹：

> 陈藏器《草木》，谓人肉可疗疾，非谓人肉果能疗疾也。盖以人子一念孝诚，出于天性，能动天地鬼神，故借此以奏功耳。今撷杭之外邑行孝，若子若女，载于《新志》者，考其姓名述之：富阳何氏女子，江阴村盛立旺二子，富阳葛小闰，临安朱应孙。俞廷用子亚佛，其家祖大成，父廷用及其子，凡三世行孝矣。临安锦北乡陈茂祖，其父母俱病，皆疗而愈。临安邑人龚婆儿，盐官邑人周阿二、周小三。昌化邑农家子梅来儿。以上皆因父母疾笃，百药罔功，思劬劳之恩，无以报答，或

---

① 安世高：《佛说父母恩难报经》，卷一，见《大正藏》，第 16 册，779 页，台北，台湾佛陀教育基金会出版部，1990。

剖心，或刲股，以常膳而进之，莫不愈焉。于此可见孝
为百行之源，天地神明亦为之佑助矣。①

《香山传》中，妙善看透了生死轮回、人生无常，坚持要出家，其父亲既不理解，更不支持，甚至还坚决反对，想出种种磨难来阻止她修行，以致最后处死了她，而妙善对父亲所做的一切却无任何怨言，为了治父亲的病，她毫无怨言献出了自己的手和眼，"以报王恩"，最后也修成了菩萨道。这样把佛教大慈大悲的神性和中国儒家传统的孝道完美地结合在一起了。

其次，《香山传》中的妙善又是一个为反抗包办婚姻而出家为尼的女子。妙善天性喜佛，虽在皇宫，而广结佛缘，以致被称为"佛心娘子"，但她开始并没有出家为尼，只是在父王提出要为她婚配时，她坚决不同意，最后出家修行，最终修成正果。这种反对包办婚姻的情节，正是中国女性生活的写照。在封建社会里，女性的不幸，最根本的是来自婚姻的不幸，在"父母之命，媒妁之言"的礼规下，不幸的婚姻造成了许多女性的悲剧，对包办婚姻的反抗是那个时代女性最强烈的呼声，妙善故事把这一普遍的社会问题和佛教的"禁欲"戒律统一了起来，这个创造合乎中国人的文化接受心理。

《孟子》曰："天将降大任于斯人也，必先苦其心智，劳其筋骨，饿其体肤。"《香山传》中妙善成道的过程，就是这一过程的形象演绎。妙善这样一个有着中国文化特色的形象，把那位在佛典中超越时空、无定无形的观音菩萨，变成了一个生长在中国，有名有姓，有生长历史的神化人物，这合乎中国神祇产生的共同模式，即中国宗教信仰中的祖先崇拜情结。这样，印度佛教文化中的观音形象，在向中国的传入中，成功地和中国文化相融合，逐渐完成了其被中国化的过程。

---

① 吴自牧：《梦粱录》，卷十七，161 页，哈尔滨，黑龙江人民出版社，2002。

第四节　元代妙善故事的扩展

妙善故事经过两宋的流传后，到元代又得到了更进一步的发展，其具体体现就是出现了元代女书法家管道升所书写的《观世音菩萨传略》。

一、管道升与《观世音菩萨传略》

管道升是元代著名书画家赵孟頫的妻子，也是当时著名的书画家，字仲姬。她精工书画，能诗词，"其翰墨词章书牒行楷，殆与赵松雪不可辨同异"，逝世后被封为魏国夫人，世称管夫人。她的书法才能，是十分有名的。元仁宗曾命她书千文敕玉工磨玉轴送秘书监装池收藏，又令赵孟頫书六体为六卷，子雍亦书一卷，且曰："令后世知我朝有善书妇人，且一家皆能书，亦奇事也。"① 皇帝都以这样一位"善书妇人"而自豪，可见管道升确实是一为色艺俱佳的书法家，她还善画墨竹，亦工观音、佛像，笔意清新。

同时，管夫人十分信奉佛教，曾手书《金刚经》至数十卷以施名僧②，尤其是对观音菩萨的崇拜，更是十分虔诚，并因此影响到其夫赵孟頫。赵氏在经历了官场、家庭的诸多变故后也逐渐以佛教作为心灵的寄托，并与中峰和尚成为挚友。赵氏夫妇在经历了丧长儿、幼女的悲痛后，对佛教更加笃信，赵孟頫多次写信请中峰和尚为死去的亲人超度，望能让早逝的幽灵早日升天。如至大二年（1309 年）长儿赵亮因病而死后，赵孟頫致信中峰和尚说：

中峰和尚座前：孟頫去岁九月离吴兴，十月十九日

---

① ②　赵孟頫：《松雪斋文集》，《四部丛刊》本，上海，商务印书馆，1925。

到大都，蒙恩除翰林侍读学士，廿一日礼上，虚名所累
至此。十二月间，长儿得嗽疾寒热，二月十三日竟成长
往。六十之年，数千里之外，罹此荼毒，哀痛难胜，虽
明知幻起幻灭，不足深悲。然见道未澈，念起便哀。哭
泣之余，目为之昏。吾师闻之政堪一笑耳。今专为写得
《金刚经》一卷，附便寄上。伏望慈悲，与之说转经，
使得证菩提，不胜至愿。此子临终，其心不乱，念阿弥
陀佛而逝，若以佛语证之，或可得往生也。老妻附问
信，不宣。

　　　弟子赵孟頫和南拜上　　二月廿七日①

这是请求中峰和尚为逝去的儿子说法转经，超度亡灵。可以想象
夫妇二人在经受中年丧子之痛后，心情是多么凄凉，唯一的寄托
就是让这孤寂的灵魂早日得到超升。然而，祸不单行的是，在皇
庆元年（1312 年），管夫人特别疼爱的幼女也被病魔夺去了生
命，赵氏夫妇更加体会到了人生的苦难，此时，赵氏又至书中峰
和尚，邀其为幼女超度。信云：

　　　……孟頫不幸，正月廿日幼女夭亡，哀怀伤切，情
无有已。虽知死生分定，去来常事。然每一念之，悲不
能胜。兼老妇钟爱此女，一旦哭之，哀号度日，所不忍
闻。近写《金刚经》一卷，却欲寻便上纳，今得俊兄
来，就说其持去，望师父于冥冥中提诲此女，使之不昧
明灵，早生人天，弟子不胜悲泣愿望之至。《法华经》
已僭越题跋，承惠柳文，感佩尊意。老妇附此上谢
（蘑菇一囊，聊充供养）。甚望师父一来，为女说法，
使之超脱，伏惟仁者慈悲，惠然肯临，幸甚，不宣。弟

子赵孟頫和南拜再。①

由此可知，赵氏夫妇面对丧子失女的极大人生苦难，靠的就是佛教的往生观念给痛楚的心灵带来一丝慰藉，只能把无限的哀愁寄托在对幼女亡儿早日升天的想象中，于是管夫人把这一切都托付给了救苦救难的观音大士，虔诚地叩求她，并抄经写传以示自己的诚心。

管夫人所书写的《观世音菩萨传略》曾被刻在石碑上，此碑直到清代时，才被当时的金石学家严观发现，严观在《江宁金石记》中记载了自己发现此碑的经过：

> 戊戌（1778 年）初夏，与友人王小石作清凉山下
> 之游，得石碣一，高二尺许，乃赵魏国夫人所画观音大
> 士像。上方楷书观音传略，后署大德丙午（1306 年）
> 春三月清明日，吴兴弟子管氏斋沐焚香拜书。②

然后，严观把拓录的碑文收在《江宁金石记》中。另在明代专门收集女性作家作品的《绿窗女史》③ 中也有署名为元代管夫人的《观音大士传》，二者内容基本相同。清代著名国学大师俞正燮记载了《观音菩萨传略并像》，并对传略中涉及有关妙善成观音的问题，进行了详细考证，显示了其广博的知识，也给我们解读元代妙善故事许多启示，其中关于管夫人传文的说明主要是以下几处：

> 元大德丙午岁，赵魏公管夫人书刊《观世音菩萨
> 传略》，谓菩萨为妙庄王第三女，名妙善。盖元僧所
> 述。既装成册，阅明胡应麟《庄岳委谈》，讥其浅陋
> 无识。

---

① 单国强：《赵孟頫信札系年初编》，载《故宫博物院院刊》，1995 年第 2 期。

② 严观：《江宁金石记》，卷六，见《续修四库全书》，911 页，上海，上海古籍出版社，1995。

③ 据小说辞典介绍，此书国内不见整本，现在国家图书馆有残本，而英国伦敦有整本。杜德桥：《妙善传说——观音菩萨缘起考》一书有全文，可参考。

又管夫人所采《传略》，其本传言，王三女，长妙
音，次妙缘，三妙善。

《传略》言：妙善欲学道，王为招婿，不从，使为
僧奴，又烧之，又弃市，皆得脱。王病。断手眼，和药
进王。王愈，见妙善血淋拔体，吁天完之，少顷，手眼
已数千矣，后父子同冲举。①

俞正燮对传略内容的概括是忠于原文的。从两则材料来看，
《绿窗女史》中署名为管夫人的《观音大士传》基本包括了碑刻
《观世音菩萨传略》的内容，而《观世音菩萨传略》在内容上确
是本传的略写。《绿窗女史》虽然在明代出现，但它收集的是历
代女性作家的文学作品，因此其中署名为管夫人的《观音大士
传》应该是合乎历史事实的。由此可以说，管夫人在创作了
《观音大士传》后，又把传文作了简略，书写成《观世音菩萨传
略》书法作品，并画了观音大士像，配上这《观世音菩萨传略》
之文而形成了一幅图文并茂的杰作，而流传于世了。

可以看出，管夫人的《观音大士传》流传也非常广泛。那
么，传的内容较之此前的妙善故事又有哪些不同呢？

和宋代的相关材料相比，管夫人的妙善故事有了较大的变
化。首先从述说故事的语气上说，全篇从头到尾都使用"观音"
这一圣号，而没有用"妙善"之名，表现作者对观音无比虔诚
的心理，同时又正是在这种写作心理的影响下，全文写来也比较
平实；更重要的是，对故事情节作了改变，一是增加了妙善在逃
出死亡后，梦游地狱，并诵经为地狱中的罪人解脱的情节；二是
改变了故事的结尾，把国王收舍利建塔的情节变成了父女相认，
全家同修，一同飞升的团圆结局。这两处关键性的改变成为以后

---

① 俞正燮：《癸巳类稿》，卷十五，《观世音菩萨传略跋》，514 页，沈阳，辽
宁教育出版社，2001。

妙善故事的主要内容，也标志着整个故事发展进入了一个新的阶段。因为舍利与建塔等宗教行为体现的还是宋代以前的宗教体验，而"父子同冲举"的结局更具有"一人成仙，九族升天"的道教色彩，这种道教色彩的逐渐加浓，正是观音信仰不断中国化和民俗化的体现。同时加入的这些情节也为妙善故事增加了更多的民俗功能，尤其是游地狱、超度鬼魂的情节，与我国中元节民俗的融合，为后来戏曲中妙善故事的频繁舞台演出等作了情节上的准备，此后俗文学中的妙善故事就基本是根据这一基本情节模式进行改编的。

二、《观音大士传》所凸现的文化内涵

（一）妙善故事与地狱文化

科学之可信在于语言（叙事）体系的逻辑性，泛灵论之可爱在于其缥缈无限的创造性。① 灵魂、天堂、地狱等等关于人死后的无限创造，既给人以戒惧，又给人以希冀，因而吸引着更多的人去靠近，去设想它们的存在。

《观音大士传》中妙善被老虎从刑场刽子手的刀下救起，死里逃生，后昏睡在树林里，并在梦中由"青衣二童子引其"游了丰都地府，"见所谓阎王者迎送极恭，又见诸罪人到烧舂磨者，备诸苦楚"，观音于是为他们诵经，使他们脱离了地狱苦海，得以释放。也就是说，妙善在睡梦中，游了地狱，为地狱中那些受惩罚的罪人诵经，使得他们从地狱中被释放出来。这些简短的游地狱记载，为后来妙善故事中丰富的地狱文化之滥觞。

中国本土文化很早就以天堂、冥界作为人死后灵魂的归宿。《诗经·大雅·文王之什》说"文王在上，于昭天下"、"文王陟

---

① 汪丁丁：《人生圆桌话题》，《回家的路》，340 页。转引孙昌武：《文坛佛影》，91 页，北京，中华书局，2001。

降，在帝左右"，就是说文王逝世后，到天堂去了，现在为了帮助周武王，又来到了武王的身边。而关于冥界的说法，则有《山海经·海内西经》的"昆仑之丘，实惟帝之下都，神陆吾司之"，还有《楚辞·招魂》的"魂兮归来，君无下此幽都些，土伯九约，其角觺觺些"。这里的"幽都"，就被认为是人死后灵魂的归宿。随着人们神仙思想的发达，天上的世界逐渐成为了神仙居住的地方，鬼魂也就只能另择栖息之地。到了汉武帝时期，又出现了泰山治鬼的说法，泰山成了鬼魂的归宿。① 但中国本土的这些冥界意识比较朦胧，只是随着佛教的传入，才逐渐发展完善起来。《日知录·泰山治鬼》指出："地狱之说，本于宋玉《招魂》之篇。长人、土伯、则夜叉，罗刹之论也，烂土雷渊则刀山剑树之地也。虽文人之寓言，而意亦近之矣。于是魏晋以下之人，遂演其说，而付之释氏之书。"② 可见，佛教中那些完善的地狱结构、丰富的地狱轮回思想在魏晋就得到了民众的认同，民间信仰已经把本土的冥界等同于佛教的地狱。

　　佛教的地狱文化庞杂而具体。佛经中的地狱结构十分复杂，主要有分为八热地狱和八寒地狱的说法，另外还有许多其他的说法。在《大智度论》中又分为八大地狱和十六小地狱，八大地狱为活大地狱、黑绳大地狱、叫唤大地狱、热大地狱、阿鼻地狱等，而十六小地狱则是由八个炎火地狱（炭坑、沸屎、烧林、剑林、刀道、铁刺林、醎河、铜撅）和八个寒冰地狱（頞浮陀、尼罗浮陀、阿罗罗、阿婆婆、睺睺、沤波罗、波头摩、摩诃波头摩）组成。③ 还有把地狱分为了十八层的，在《佛说十八泥犁

---

① 余英时：《中国古代死后世界观的演变》，载《联合月刊》，1983 年九月号。
② 顾炎武著，黄汝成集释：《日知录集释》，1 079 页，长沙，岳麓书社，1994。
③ 龙树：《大智度论》，卷十六，见《大正藏》，第 25 册，1 075 页，台北，台湾佛陀教育基金会出版部，1990。

经》中，既把地狱称作泥犁，又分为八火泥犁和十寒泥犁（分别是先就乎、居庐倅略、桑居都、楼、旁卒、草乌卑次、都意难且、不庐都般呼、乌竟都、泥卢都、乌略、乌满、乌籍、乌呼、须健渠、末头干直呼、区逋涂、沈莫）。①关于地狱的位置，佛经中也有许多说法，如《长阿含经》认为地狱位于大海的周围，大金刚山和第二大金刚山之中：

> 佛告比丘：此四天下有八千天下围绕其外，复有大海水周匝围绕八千天下，复有大金刚山绕大海水，金刚山外复有第二大金刚山，二山中间窈窈冥冥，日月神天有大威力，不能以光照及于彼。彼有八大地狱，其一地狱有十六小地狱，第一大地狱名想，第二名黑绳，第三名堆压，第四名叫唤，第五名大叫唤，第六名烧炙，第七名大烧炙，第八名无间，其想地狱有十六小狱，小狱纵广五百由旬，第一小狱名曰黑沙，二名沸屎，三名五百丁，四名饥，五名渴，六名一铜釜，七名多铜釜，八名石磨，九名脓血，十名量火，十一名灰河，十二名铁丸，十三名釿斧，十四名豺狼，十五名剑树，十六名寒冰。②

《立世阿毗昙论·地动品》卷一说地狱是在铁围山之外，最狭窄处为八万由旬，最广处为十六万由旬，而在《俱舍论疏》卷十一说大地狱是在此赡部洲下：

> 问：地狱在何处？答：多分在此赡部洲下。云：何安立？有说：从此洲下四万踰缮那至无间地狱底，无间

①　安世高：《佛说十八泥犁经》，卷一，见《大正藏》，第17册，528页，台北，台湾佛陀教育基金会出版部，1990。

②　佛陀耶舍等：《长阿含经》，卷十九，见《大正藏》，第1册，102页，台北，台湾佛陀教育基金会出版部，1990。

地狱纵广高下各二万踰缮那，次上一万九千踰缮那中安
立余七地狱，此七地狱一一纵广万踰缮那。有说：从此
洲下四万踰缮那至无间地狱，此无间地狱纵广高下各二
万踰缮那，次上有三万五千踰缮那安立余七地狱，一一
纵广高下五千踰缮那。有说：无间地狱在于中央，余七
地狱围匝围绕，如今聚落围绕大城。①

可见佛教中的地狱地理环境观念是非常完备而具体的。当然，佛
教地狱主要是受苦的地方：

以知佛道不可不知。人为善多者上天，为恶多者入
泥犁。若为畜生，知佛道不死，小人必长生，但数闻佛
道，而不学生，不近善人，不闻善事，当离忧患，其笑
佛道，入泥犁中深，佛故非之，人为恶喜骂詈恶口，至
老不止，天神恶之，使为禽兽畜生血气虫兽，子孙用正
腊上家。②

佛言：火犁八，以恶多深且迟，恶少浅且易。犁者
譬如人拘于狴牢为囚徒，报作于远，所死于野，家室半
道，若堕水与此生。不得道至其死。入犁即苦，苦不可
言，久久得出。所谓寒犁在天际间，有大山高二千里，
主蔽风名山于雀卢山冥，无日月所不及逮。有蔽大山故
冥，外有日月之王甚多，无央数寒犁中。③

这种受苦受难的地方，在宣教过程中，对人们具有极大的震撼
力，它以不可体现的神秘性和恐惧感，鼓动起人们的信仰心，
"谈无常则令人心形战栗，语地狱则使怖泪交零，征昔因则如见

---

① 法宝：《俱舍论疏》，卷十一，见《大正藏》，第41册，615页，台北，台
湾佛陀教育基金会出版部，1990。

②③ 安世高：《佛说十八泥犁经》，卷一，见《大正藏》，第17册，528页，
台北，台湾佛陀教育基金会出版部，1990。

往业，覆当果则已示来报"①。

　　然而，佛教借地狱的恐怖给人们心灵震撼力的同时，又以菩萨的慈悲给人以恐惧之后的希冀。阎王、地藏、判官是地狱中长驻的解难神灵，而更可以放心的是，大慈大悲、有求必应的观音菩萨也是地狱救度中的主要神灵。有了观音的慈悲，再痛苦的地狱之难也可以免除，任何人的魂灵都可以升到天堂。观音在地狱中的神通，成为观音信仰内容的一个重要方面。

　　其实在佛教中，观音与地狱的关系是一个不断发展变化的过程。早期观音信仰，注重现实的苦难，如《普门品》中的观音就是一个解八难、除三灾、救现实苦难的菩萨，还没有突出观音对于地狱的救济，而到了《千手千眼观世音菩萨广大圆满无碍大悲心陀罗尼经》中，观音就开始了对地狱的怜悯，发愿说：

　　　　我若向刀山，刀山自摧折。我若向火汤，火汤自消灭。我若向地狱，地狱自枯竭。我若向饿鬼，饿鬼自饱满。我若向修罗，恶心自调伏。我若向畜生，自得大智慧。②

　　观音的慈悲开始指向了地狱，发愿要救饿鬼。虽然救助的方式没明说，但是从"饿鬼自饱满"一句可以得知观音可能是用"施焰口"的方式来救济饿鬼，宋代息灾翻译的《大乘庄严宝王经》中进一步把观音说成了是地狱及其饿鬼道众生的救世主：

　　　　观音入大阿鼻地狱之中，为欲救度一切受大苦恼诸有情故。……其大阿鼻地狱，周围铁城，地复是铁，其城四周无有间断，猛火烟焰恒时炽燃。如是恶趣地狱之中，有大镬汤，其水涌沸，而有百千俱胝那庾多有情，

---

　　① 慧皎：《高僧传》，卷十三，《唱导论》，521 页，北京，中华书局，2000。
　　② 伽梵达摩：《千手千眼观世音菩萨广大圆满无碍大悲心陀罗尼经》，见《大正藏》，第 20 册，1 061 页，台北，台湾佛陀教育基金会出版部，1990。

悉皆掷入镬汤之中。譬如水锅煎煮诸豆，盛沸之时或上
或下，而无间断，煮之糜烂。阿鼻地狱其中有情受如是
苦。……①

然而，当观音入阿鼻地狱时，猛火悉灭，成清凉地，大火坑
变成宝池，池中莲华大如车轮。

元明以来盛行的佛教瑜伽中的"施焰口"仪式，更是将观
音救济地狱鬼魂的形象表现得更为鲜明。"焰口"是根据《救拔
焰口饿鬼陀罗尼经》（简称《焰口经》）而举行的施食饿鬼的法
事。焰口施食法在诸经所载，有详略不同，最早传入我国有关
"焰口"等经典是唐代实叉难陀所译的《救面然饿鬼陀罗尼神咒
经》及《甘露陀罗经咒》。然而流传最广的是瑜伽焰口，关于瑜
伽焰口的产生，《瑜伽集要焰口施食起教阿难陀缘由》中说，是
阿难受到一饿鬼焰口的恐吓，而去向世尊求救，世尊告诉他说
"我念过去无量劫中，曾作婆罗门时，于观世音菩萨摩诃萨边受
得陀罗尼……若能作此陀罗尼法加持七遍，能令一食变成种种甘
露饮食，即能充足百千俱胝那一切饿鬼"②。从这可知瑜伽焰口
施食的真言是来自观世音菩萨。可见在这种仪式中，观音菩萨是
处于重要的地位。

据说，举行瑜伽焰口需要三个坛，即主坛、面然大士坛、灵
坛。主坛是施食法会的中心坛，一般设在佛殿或大雄宝殿的中
间，案上摆有观音菩萨像、供品等，在中间的"主法"面前准
备有米及水，是给鬼神施食的东西，因为凭着佛及真言的力量，
通过主法者的想像力，这些米与水都成为上好饮食及甘露，使诸

---

① 息灾：《大乘庄严宝王经》，见《大正藏》，第19册，335页，台北，台湾
佛陀教育基金会出版部，1990。

② 不空：《瑜伽集要焰口施食起教阿难陀缘由》，见《大正藏》，第21册，472
页，台北，台湾佛陀教育基金会出版部，1990。

鬼神得到满足。面然大士就坛上供着面然大士牌位，或者是等身大的纸制人形，装饰与观音像相似，因为面然大士就是观音菩萨的化身。① 同时在民间传说观音还化为鬼王面然的模样：

> 丰都大帝览毕各议，即命文武各派，召集诸鬼，使角带者，散立八方，奉此玉历朗诵，诸鬼感沐恩赦，泣称若到阳间，不聋不瞎，稍有知识，得能见闻玉历，誓尊奉行。是时彩霞遍地，观世音菩萨下降，大帝率同十王出殿恭立两旁稽顶礼。菩萨显出焦面鬼王，丈六金身，庄严法相。②

现今在香港等地的中元节中，还有一种"烧大士爷"的仪式，这是整个中元节主要的节目之一，相当于核心性的礼仪。首先要把大士爷"点睛"，从观音点起，然后再点主神。这大士爷额头上装饰有观音画像。他本是阴间的鬼王，带领小鬼们到阳世人间来捣乱，天上的玉帝（天公）知道了，于是就派"观音"来统治鬼王，阻止其民对人间的危害。这样，"观音"就会附会到鬼王身上，借鬼王之力，来镇压其下属的小鬼们。中元节这些重要的仪式，就是要在这种礼仪中再现神鬼两界的交涉，并且通过对鬼王的统治管辖，把这个万恶的根源转化成无害的神灵。仪式的象征意义，第一要使观音附体到鬼王身上，把鬼王置于观音的统辖之下；第二要通过这观音附体，使鬼王转化成大士爷，即在人们看来，使它成为神格化的存在及活性化，这样"大士爷就是观音的化身"③ 了，大士爷对于小鬼们的统摄，就是观音借他的统治力来维持一方的平安、消除一方的灾难。这就是人们举

① 圣凯：《超度亡灵放焰口》，载《世界宗教文化》，2000 年第 2 期。
② 《玉历宝钞》，见《藏外道书》，第 12 辑，797 页，成都，巴蜀书社，1992。
③ ［日］渡边欣雄：《汉族的民俗宗教——社会人类学考察》，212 页，天津，天津人民出版社，1998。

行"烧大士爷"仪式的意义。

这些仪式性行为在许多的文人笔记和小说中都有记载。在《癸巳类稿》中，俞正燮对于鱼篮观音的解释就结合了观音作为地狱救济菩萨的功能。

> 鱼篮观音，则由俗人讹传佛说，七月十五日，救面然饿鬼。面然者，观音变相，以附目连。《盂兰盆经》：盂兰盆者，正言于兰婆那，言救饿鬼如解倒悬，而俗讹鱼篮观音。①

明代小说《咒枣记》中，也提到观音普济亡灵的事情。如第十四回，萨真人把自己的家产变卖来做十日十夜的大斋供养，以祭祀孤魂野鬼，玉帝十分感动，便派马灵官下界来监督斋坛，以防妖魔鬼怪来捣乱。每当施食之时，马灵官见妖魔乱抢，就使用三昧真火吓妖，这样使得斋食都烧焦了，连幽魂都不能吃，观音菩萨见此，就下凡来相助：

> 这女菩萨就是救苦救难的观世音也，她在南海普陀岩慧眼一看，只见萨真人设这样的大斋，诸鬼魂皆不得食，却是枉然。一点慈悲就计上心来，逐驾一朵祥云径到西河，变成一个鬼王，三头六臂，青面獠牙，混在斋坛中抢食。马灵官看见，防除三昧真火，往鬼魂中一烧，好一个鬼王用甘露水一洒，火乃灭绝，真个是万真供养，内百亿瑞光中，众鬼魂纵得饱食清净，供寒林无怨苦。②

这是观音对于地狱救济在小说中的创造，生动地描述了盂兰盆会

---

① 俞正燮：《癸巳类稿》，卷十五，《观世音菩萨传略跋》，515页，沈阳，辽宁教育出版社，2001。

② 刘世德主编：《古本小说丛刊》，第十辑，第五册，2 045～2 046页，北京，中华书局，1990。

上的观音形象。

　　观音在地狱中这种特殊的普度行为和普度效果，逐渐成为了妙善故事中一个主要情节，尤其是宝卷对妙善游地狱的情节进行了丰富的敷衍，并与目连救母故事一起，形成了丰富的地狱文化。

　　然而，早期妙善故事，并没有游地狱的情节，从文献记载看，妙善故事中观音游地狱就是从管夫人传文开始的。个中原因可能是元代由于藏传佛教进入汉地，密教得到一定复兴，尤其是密教中的瑜伽规仪得以兴盛。如现存大藏经有《瑜伽集要焰口施食仪》（译者不详），根据真言译音所用的字来看，应该是元代人所译。这部《施食仪》所说的步骤与《瑜伽集要救阿难陀罗尼焰口仪轨经》的次第基本相同，具体的步骤是：三归、默念大轮明王咒七遍、转法轮菩萨咒、三十五佛、普贤行愿偈、运心供养、三宝施食、次入观音定，然后是结破地狱印，次结召集恶鬼印，次结召罪印，次结催罪印，次结定业印，次结忏悔灭罪印，次结妙色身如来施甘露印……在它的后面增加了尊胜真言、六趣偈、发愿回向偈、吉祥偈、金刚萨多埵百字咒、十类孤魂文、三归依赞等。可见，复兴的瑜伽施食法加入了"入观音定"仪式，举行施食仪式的法师经过"入结观音禅定印"，一心观想观世音菩萨，出定之后，就口诵真言，以"自身亦等观自在"作结，从而获得观音身份，然后破地狱，救出地狱中的鬼囚。①元代民间比较流行观音对于地狱救济功能的信仰，在观音画像中，菩萨也常常被画成是将灵魂升入天堂的接引佛。在这种佛教意识支配下，观音与地狱文化的关系更加密切。在后来演绎观音本生故事的妙善传说中，尤其是宝卷，突出了观音游地狱的情节，并把世俗的劝善内容也加入到了地狱文化中。这一点，在后面将作

────────

① 《瑜伽集要焰口施食仪》，见《大正藏》，第21册，476页，台北，台湾佛陀教育基金会出版部，1990。

深入分析。

（二）妙善故事团圆结局的信仰背景与民俗情趣

《观音大士传》在内容上另一个变化就是改变了故事结局，把《大悲传》中反映宗教实践的现实性结果，变为体现平民团圆习俗的想象性结局。

蒋氏《香山传》结尾是庄王收舍利、建塔等一系列具体的宗教行为，这种宗教行为反映了北朝到隋唐时期重视修塔建寺的佛教传统。隋唐时期，全国建寺活动非常之多，隋文帝曾命天下州县各建僧尼寺院，唐代官府也进行了大规模的建造寺庙的活动。高祖时期，国家在京城设立三寺，诸州各设一寺；高宗在乾封元年（666年）又在兖州设道观、佛寺各三所，天下诸州各设一寺一观，以祈愿国家太平，宣扬皇帝威德；武则天在载初元年（690年）诏令两京、诸州各立寺一所，统一以"大云寺"命名；中宗复位后，又在天下诸州建立佛寺道观，均以"大唐中兴"为名。而早在唐玄宗开元年间的建寺结果就已经使"开元寺"遍布城乡，唐朝政府基本形成了"各州一寺"的建寺制度。这样全国各地的寺庙初建基本完成，后来许多寺庙都只是修葺或者破坏后的重建。今天我们看到许多寺庙都是在隋唐时期初建，如在湖南衡山第一峰回雁峰上的雁峰寺初建虽是梁天监年间（502—519年），但在唐天宝年间重建山门、殿阁等。① 同时皇族为给家族亲人及宠臣追福，还敕建了许多皇家寺院，如隋文帝为献后立禅定寺，隋炀帝为文帝立大禅定寺，唐太宗为母亲太穆皇后追福，造慈德寺、宏福寺，高宗为母亲文德皇后建慈恩寺，武则天让沙门日照修建香山寺，为其母荣国夫人建佛像追福等等。隋唐帝王的崇佛建寺，影响到当时的整个社会，这一时期

---

① 王开运等撰：《清泉县志》，卷五《营建志·寺观》，65页，台北，成文书社，1975。

王公贵族中很多佛教信徒，耗巨资建寺和修塔院或舍宅为寺成为一种非常时髦的佛事活动。① 《香山传》结尾庄王为观音修塔、建寺的功德行为，反映的就是当时社会修行的实践情况。

到了元代，观音信仰更为普及。据元代刑允修在至大二年作《重修观音堂记》记载："未有如观音菩萨之盛者，由是薄于天下不归仰钦崇焉。今夫观音之堂，京府有之，州县有之，兹盖合家开明，佛日钦崇，像教风行于草偃，上之所好，下必有甚为之者矣。"② 这种普及的观音信仰现实更有利于妙善故事的传播。而且元代本是一个由少数民族统治者建立起来的政权，统治集团来自不同民族，他们在利用正统儒家学说巩固统治的同时，也遵从各民族固有的宗教信仰，因此，佛教、道教乃至伊斯兰教、基督教，在中原地区同样得到发展，信仰的多样化，削弱了儒家思想在群众中的影响。元仁宗曾说"明心见性，佛教为深，修身治国，儒、道为切"③，因此都给予包容，整个思想领域出现了活跃松动的态势，三教合流也向世俗方面渗透，文化思想领域也出现了一种平民化趋势。在这种思潮下，观音信仰也进一步世俗化，平民的世俗化意识开始渗入到与观音有关的妙善故事中，如《观音大士传》其故事结尾的"父子同冲举"，就是那"一人成仙，九族升天"道教思想的体现。如果说《香山传》是观音本生故事中国化的完成，那么《观音大士传》是观音本生故事世俗化的开始。

另外，从对妙善故事叙事功能上来说，《香山传》的讲叙者有着鲜明的地域性，讲叙者为了达到某一具体目的而来述说这个

---

① 张国刚：《佛学与隋唐社会》，200 页，石家庄，河北人民出版社，2002。

② 刑允修：《重修观音堂记》，见《全元文》，卷五四七，南京，江苏古籍出版社，1998。

③ 脱脱等撰：《元史》，卷二十六"仁宗三"，594 页，北京，中华书局，1986。

故事，因此他的叙述方式就是为自己的目的而设计的。蒋之奇讲述《香山传》是为了突出汝州香山寺中千手千眼观音塑像的神异性，香山寺原有的塔、寺院等这些存在的硬件必然制约着讲叙者的思维，因此，在那种大的宗教文化背景影响下，最佳叙事行为就是选择以"建塔，修寺院"来作为故事的结局。而对于管夫人来说，她讲叙妙善故事的目的首先是为了表达自己对观音的虔诚，于此点我们可以从其行文的语气中感觉到。另一方面，管夫人本来就是众多观音崇拜者中普通一员，她来讲叙妙善故事，讲叙的方式就带有鲜明的"平民化"色彩。因此在妙善故事结尾打上了"尚圆"民族心理习俗的烙印，让人们在享受妙善得道成佛快感的同时，还能毫无遗憾地体验"爱屋及乌"的圆满感，合乎平民的审美心态，这种尚俗的审美趋向，又和元代的文化氛围同气相和。也正是因为这一点，管夫人的《观世音菩萨传略》被明代刻书家认为是小说，而收入到《绿窗女史》这样的通俗作品集中，冠以《观音大士传》名，与《太真外传》处于同一类别了。可以想象，人们在以阅读小说的心态来接受《观音大士传》时，就不会有如管夫人那样虔诚的宗教体验了，而只是作为一种通俗读物来消遣，这样也促进了故事进一步传播。

第五节　明清妙善故事发展略说

　　从蒋之奇《香山传》开始，到管道升的《观音大士传》，妙善故事逐渐复杂了，其主要情节单元包括了以下内容：妙善拒婚出家→庄王火烧白雀寺→妙善魂游地狱→妙善香山修道→庄王因业得病→妙善舍手救父→庄王香山还愿→庄王一家得道。后来各种文学体裁对于妙善故事的发展和改写也大致遵循着这一基本情节发展模式。下面就明清以来唱本（主要指宝卷）、戏曲、小说三种主要俗文学体裁中主要作品之间的发展关系作简单介绍。

一、明代

1. 早期宝卷中的妙善故事

车锡伦先生认为：宝卷形成时间是在宋元时期。① 现存最早的宝卷目录是《巍巍不动泰山深根结果宝卷》（简称《泰山宝卷》1509 年刊），其中有对以妙善故事为题材的《香山宝卷》（简称《香山卷》）② 名目；后来在嘉靖七年（1528 年）的《销释金刚科仪》卷末题记中也提到了《香山卷》。③ 因此可以肯定，《香山宝卷》最迟在明嘉靖年间已经产生。现存最早年代可考的《香山宝卷》版本为清乾隆三十八年（1773 年）刻本，从刻本的故事内容和语言特色以及宝卷作品形式来看，它应该可以代表妙善故事在宝卷中的早期形式。④ 宝卷对于妙善故事的情节没有什么改动，只是在叙事手法上更加注重情感的渲染。宝卷的出现，使妙善故事脱离了原来地域源流的限制而成为一种宣传观音崇拜的经典。同时，宝卷又被民间宗教所利用，因此带有明显的民间宗教思想。

2. 戏曲中的妙善故事

明代是戏曲发展的一个高峰，尤其是传奇的创作和演出更是当时文化发展的一大盛事。当时，书商为了满足广大民众对于戏曲的热情，刊刻了许多在舞台广泛演出的戏曲剧本，以妙善故事为题材的《香山记》剧本也就在这种环境下产生。现存富春堂刊刻《香山记》大约是在万历二十六年（1598 年）前后问世的，但

---

① 车锡伦：《中国宝卷的形成与演唱形式》，载《敦煌研究》，2003 年第 2 期。
② 李世瑜：《宝卷综录》，第 441 号，50 页，北京，中华书局，1961。
③ 车锡伦：《中国宝卷总目》附录，北京，燕山出版社，2000。
④ 具体参考杜德桥：《妙善传说——观音菩萨缘起考》，54～59 页，台北，巨流图书公司，1990。

就剧本形式的不成熟性来看，戏曲的产生应该早于其刊刻时间。剧本中有大量带仪式功能的内容，表明该剧本是一个从宗教仪式向戏曲转换的典型文本。可以说，妙善故事戏曲的出现是宝卷道场仪式与戏曲表演相拼凑的结果，戏曲的故事情节基本上是根据宝卷的内容展开的，只是为适应舞台表演，增加了一些适合演出的场景。

3. 小说《观世音菩萨出身修行南游记》

随着神魔小说《西游记》的刊行，万历时期小说领域出现了神魔小说创作的高潮，涌现出一批神仙鬼怪题材的作品，以妙善故事为题材的《观世音菩萨出身修行南游记》也是在这种背景下出现的。现存最早的版本为明刻本，存于伦敦大英博物馆，国内流传的版本都是清代以来的刻印本，题为《南海观音全传》。从它的故事内容和情节构成来看，明显是以《香山宝卷》为故事发展的蓝本，然后加上《西游记》里一些情节进行改编的。改编者以随意的态度对广泛流传的妙善故事进行了自由的捏合与发挥。它的出现，使妙善故事完全脱离了宗教的色彩，而成为通俗的娱乐性的故事。不过，小说结尾妙善被封为"大慈大悲救苦救难广大灵感观世音菩萨，永作南海普陀岩道场之主"的情节，把大悲观音与普陀南海观音合二为一了。它对于南海观音信仰的传播与人们对南海观音的认识有着很大影响。

以上是对明代俗文学中以妙善故事为题材的主要作品作简单梳理，后文还会进行具体分析。另外，在明代有关搜神类书中也记载了妙善故事。一本是《三教源流搜神大全》，具体刊印时间不可考，现在流通的是清末叶德辉重印本，其在介绍观音菩萨的来源时，采用的是妙善故事，情节与小说的故事情节基本雷同，应该是以小说为底本而摘录的；另一本是《出像增补搜神记》，现存的本子被认为是南京富春堂梓行的原本，有简印本收藏在《道藏》里，题为《搜神记》，前面附有罗懋登于1593年所写的序言。其中的妙善故事则与宝卷、戏剧等的内容相差无几。① 可见它们采用的材料来源虽然不同，但基本是当时俗文学中流传的妙善故事，并没有作其他的改编。

二、清代

经过明代的发展，在戏剧、小说、宝卷等各种不同的体裁中都有以妙善故事为题材的具体作品。在它们广泛流传的同时，不同的文学体裁又对相同的题材进行了改写。

1. 戏曲的改写

首先，明末清初的戏曲作家张大复以妙善故事为题材创作了传奇《海潮音》。剧作根据个人的思想和看法，对妙善故事情节的改变比较大，把妙善的出家修行放在一个正邪佛道斗争的背景上，表现其抑道崇佛的宗教情感倾向，同时也有对于历史时局的反思，这些与作者个人的思想个性是相通的。

其次，随着地方戏的兴盛，各种不同的地方剧种都有妙善故事戏的演出，其情节与内容虽然各有不同，但是基本上是从明传奇《香山记》而来。不过，有的借鉴了《海潮音》的故事风格，突出忠奸邪恶斗争；有的借鉴了小说的故事情节；还有的吸收了某些民间传说；这种对妙善故事从不同角度进行改写的结果，使故事流传更加广泛，故事主题内容也更为丰富。

2. 宝卷的改写

宝卷中关于妙善故事的改写本为《观音济度本愿真经》。此宝卷在形式上与成熟宝卷基本相同，全书分为两卷十二则，各则有标题。宝卷正文前有一署名为"广野山人"的序言，交代了此宝卷产生的经过，其中多有假托之辞。序尾标明纪年为康熙丙

---

① ［英］杜德桥：《妙善传说——观音菩萨缘起考》，71～72 页，台北，巨流图书公司，1990。

午岁（1667 年）冬至后三日，但据民间宗教研究学者的考证，广野山人就是先天道所奉的十四祖彭得源①，于咸丰八年（1858年）去世，因此其所标年号也应是伪托，此宝卷产生的时间大概是在道光年间。宝卷内容加入了大量民间宗教的思想，如瑶池金母、先天大道等，但宝卷中一些具体地名又显示其受小说《观世音菩萨出身修行南游记》的影响。②

另外还有同治年间的《观世音菩萨本行经简集》，卷前有题"《香山宝卷》序"的序言一篇，介绍普明禅师与此宝卷产生的有关事迹。内容与乾隆本相同，应该是重刻本。

在这里，还要介绍一下民间说唱文学中的妙善故事作品，有流传于南方的木鱼书《观音出世》和潮州歌《度三娘》，还有流传于湖南、上海等地的大鼓词唱本《大香山》等。它们的故事内容基本和小说《南海观音全传》相同。不过从叙事语气来说，更加注重对劝善惩恶的道德教化的张扬。

3. 小说作品的改写

《南海观音全传》借着广大民众对观音信仰的热忱和小说情节所具有的趋俗性，迎合了读者的审美情趣，而得以长久、广泛地传播。同时，在清末民初至今，人们根据妙善故事所提供的妙善出家修行而成观世音菩萨这一题材，结合民间广泛流传的有关观音传说，创作出一些通俗小说作品，既描述妙善经历磨难、铁心向佛、终于得道的经过，又重点描写了观音得道后的种种神力及其救苦救难的神通，主要宣传了观世音菩萨大慈大悲的善性和救苦救难的德行。具体以曼陀罗室主人的《观世音菩萨传》为

---

① 濮文起：《中国民间秘密宗教辞典》，211 页，成都，四川辞书出版社，1996。

② ［英］杜德桥：《妙善传说——观音菩萨缘起考》，81~83 页，台北，巨流图书公司，1990。

代表，其他的基本与之相同。

　　需要说明的是，这些对于妙善故事进行改编的作品，是属于具体的、有文献可考的文本传统。作为一个带有民间传说性质的故事，妙善故事还应该有一广泛流传的口头传统。

　　最后，可用图1－1简单描绘妙善故事的发生、发展以及被改写的过程，但这只是将妙善故事传播复杂过程的简单化，具体情况还有待作详细的考证。

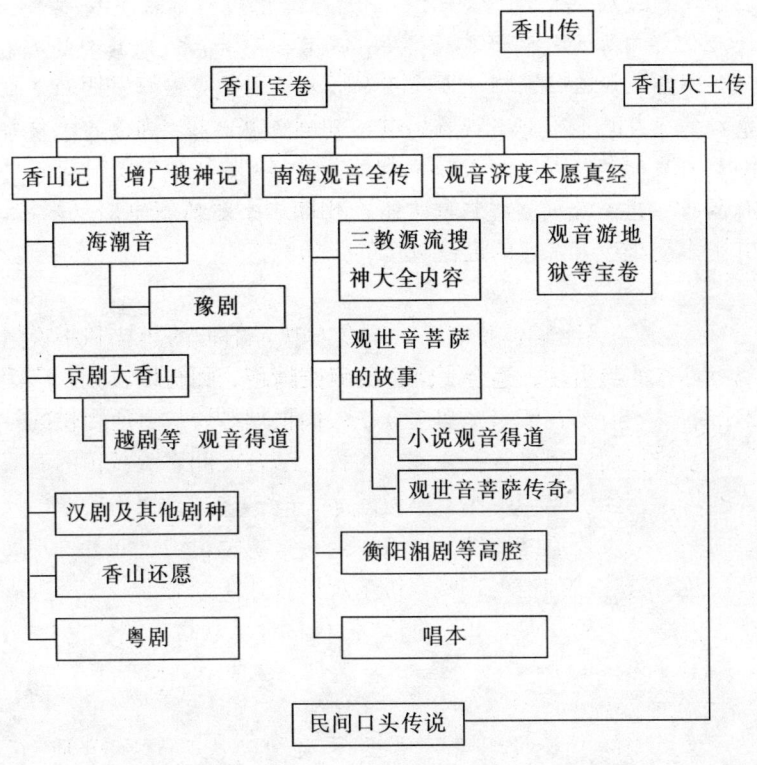

图1－1

本 章 小 结

　　本章主要讨论的是妙善故事产生、发展、改写的过程以及它所反映的中国民众观音信仰的特点。妙善故事的产生，使观音菩萨这样一个外来佛教神灵成为具有中土特色的神灵，这是中国化观音信仰最明显的表征。随着观音信仰内容的演变，妙善故事也在不断地发展，元代《观音大士传》的出现，不仅把一些新的观音信仰内容加入到妙善故事中，而且以更为民众所接受的审美风俗习惯，把故事作了更加大胆的发挥，让整个故事的风格更具有中国文化色彩。妙善故事由一个宗教故事成为一个文学创作的题材，在明清各种俗文学体裁中都出现了相关作品，在对其主要作品作一俯瞰式的梳理后，下面我们将具体考察不同体裁中的妙善故事。

第二章　古典戏曲中的妙善故事

　　首先需说明一点，从时间上来说，妙善故事应该先在宝卷中出现，然后才有剧本的出现。这里为了突出戏曲，所以先从戏曲论起。

第一节　明刊本《香山记》

　　随着明代戏曲演出的兴盛，妙善故事也被戏曲演员搬上了戏曲舞台。如明刊本传奇《香山记》就是当时戏曲演出的反映。我们以它为媒介来了解戏曲对妙善故事发展的影响。

　　对这个剧本的一些基本情况，存在着许多以讹传讹的现象，关注它的学者总是存在着一些错误和疑惑。从《曲海总目提要》中对《香山记》的著录开始，到《明清传奇综录》中的介绍，都存在一些或大或小的问题。如《中国曲学大辞典》中介绍《香山记》云：

　　　　罗懋登作。全名《观世音修行香山记》。今存万历间富春堂刊本，收入《古本戏曲丛刊》二集。卷首有作者自序，作于万历二十六年（1598），序云："所演《观音菩萨修道因缘》，与《海潮音》稍有同异。""剧以菩萨在香山竹林成道，故曰《香山记》。"此剧共三十出，写妙庄王第三女妙善，不肯结婚，立志出家学道，终于历尽苦难，在香山紫竹林修成观世音菩萨。此剧第十八出《驾至庵门》有滚调。可知此为弋阳、青阳腔剧本，即开场所云"野调山声别是腔。"《尧天乐》选《观音扫殿》，目录题《香山记》，版心题《修善记》，当为别名。祁彪佳《曲品》："词意俱最下一乘，不堪我辈着眼。"①

且不说作品前是否有序言，就这里所引"所演……与《海潮音》稍有同异"一句，本是《曲海总目提要》编者对《香山记》剧本内容的说明，而《中国曲学大辞典》的编者却误以为是原剧序言中的话语，令人们误会在《香山记》写出时，就已经有了《海潮音》剧本。这显然是一个错误。一直以来都有人对作品的作者、内容等一些基本情况都存在偏颇，因此下面有必要对其进行具体介绍和论述。

一、《香山记》剧本作者、版本略考

《香山记》剧本，现存有明代万历南京富春堂刊印本（以下简称明刊本），存国家图书馆，古本戏曲丛刊二集据以影印，题为《新刻出像音注观世音修行香山记》，版心题《出像香山记》。

翻阅剧本，并不见有标记音注的内容，而同时期富春堂刊印的其他标明"音释"的刊本，都有标注生字读音和解释典故内容。为什么会出现这种状况呢？这可能是富春堂只是把当时的舞台演出本简单包装成当时流行的剧本刊行样式，却没有改变其原来的面貌，只是加了顶"帽子"而已。因为从富春堂来看，它本来就是一个刊刻流行俗文学作品的书坊，许多戏曲剧本就是因为它的刊刻得以产生和流行。那么此剧究竟是如何产生的，剧本的作者情况又如何呢？

关于此剧的作者，由于《曲海总目提要》的提示，一般都

---

① 齐森华：《中国曲学大辞典》，357 页，杭州，浙江教育出版社，1997。

认为是罗懋登。① 在《曲海总目提要》卷十八的《香山记》条：
"明万历间作，有罗懋登序，在万历二十六年戊戌（1598 年）。
疑即是其所撰也。（原按：此剧即罗懋登撰，懋登字登之，号二
南里人，里居待考，有《香山记》，并注释传奇多种）序云，二
南里人，盖陕西人。"② 但是国家图书馆藏本的重刊本上并无序
文或其他涉及作者属谁的线索，因此我们无法判断这一看法的可
靠性。那么实际情况是怎样的呢？

　　罗懋登的生平，所知较少。首先，他的生卒年不详，只知是
明代万历间人。清代俞樾的《春在堂随笔》在介绍小说《三宝
太监西洋记通俗演义》（以下简称《西洋记》）时，就说他"乃
万历间人"，更直接的证据是小说前头有作者写的序言，题记了
准确的写作时间。其次，关于他的籍贯所知也不多。《曲海总目
提要》中说二南里，大概属于陕西，也就多认为他是陕西人，
但这也只是一个猜测，今查有关陕西地方志，也不见有名为
"二南里"的地方。向达在《论罗懋登与三宝太监西洋记通俗演
义》说："罗懋登的籍贯行谊，我不甚知道。他所著的《三宝太
监西洋记通俗·自序》作二南里人，二南里不知道究竟是甚么
地方，《西洋记》里面所用的俗语如'不作兴'、'小娃娃'之
类，都是现今南京一带通行的言语，似乎罗懋登不是明时应天府
人，便是一位流寓南京的寓公。"③ 这便是对他最详细的论述了。
同时，罗懋登在他编的《出像增补搜神记大全》序言中还说到
自己是富春堂的读者，对该书林的《增补搜神记》赞赏不已。
其在序言中说道"万历纪元之癸巳（1593 年），来止陪京，为批

---

① 《中国曲学大辞典》、《明清传奇综录》等都持此观点。
② 董康：《曲海总目提要》，卷十八，857 页，北京，人民文学出版社，1959
年重印本。
③ 向达：《关于三宝太监下西洋的几种资料》，见《唐代长安与西域文明》，
557 页，石家庄，河北教育出版社，2001。

阅书记，得《搜神记》于三山富春堂……能得于意，发于未明，增于所未备，卓几神也，要造民福而拱翼我皇。"① 可见，他与南京富春堂的关系是很密切的。

不过，罗懋登对于戏曲表现了特别的热情。他注释过传奇《拜月亭》、《投笔记》、《金印记》、《西厢记》②。罗注《拜月亭》现存有暖红室《传奇汇刻》本，把它与汲古阁本《拜月亭》比较，可以看出：罗懋登不仅对《拜月亭》进行注音释典，而且还作了内容上的调整，改变了一些出数关目，移动了戏文前后顺序，其修改的效果是很好的，以至于王国维说罗注本《拜月亭》"在今日可云第一善本"③。这也说明了罗懋登对当时剧本的特点十分了解。

同时我们还注意到，无论是自己写的小说，还是注释别人的剧本，罗懋登都会署名。现存罗懋登注释的剧本目录尾处都有"二南里人罗懋登注释"的记载，如国家图书馆存的罗注《西厢记》、古本戏曲丛刊影印本的罗注《金印记》等（罗注《投笔记》不见）；即使是他看到《出像增补搜神记大全》④ 这样的类书，他在书前写出自己的观点，也会留下自己的名字；对撰写的《西洋记》小说，更是在序文尾题上"……万历丁酉岁（1597年）秋菊之吉二南里人罗懋登叙"一笔，明白交代了写作时间和作者信息。

---

① 罗懋登：《搜神记》卷首序言，见《道藏》，第36册，250页，上海，上海书店出版社，1988，以下所引《道藏》均出自此版本。

② 《古本戏曲剧目提要》提到罗氏还注释过《琵琶记》，惜不见。今查《琵琶记》所存四十二个全本目录中，没有罗氏注本。

③ 向达：《关于三宝太监下西洋的几种资料》，见《唐代长安与西域文明》，558页，石家庄，河北教育出版社，2001。

④ 《出像增补搜神记大全》原本不见，有重印本收在《道藏》，第36册，205页，上海，上海书店出版社，1988。

由此可以推理，罗氏如果撰写了《香山记》，他应该会按照一般的作文习惯，在书前署名，或者写序，而我们现在所见到的《香山记》本子前面不见有罗懋登的署名或序跋。这样，《香山记》剧本以及它的撰者，就可能存在两种情况：一种情况是此剧与罗氏根本就没有关联；另一种情况是有罗氏序言剧本，但现存的明刊本不是罗写序言的原本，《曲海总目提要》编者见到的是另本《香山记》，与现存的明刊本是两个不同的本子。我以为，后一种情况是比较合乎《香山记》剧本的实际的。为什么这么说呢？我们通过对《曲海总目提要》本和明刊本进行比较发现，其故事情节基本相同，两者应该有一定的联系，但在一些关键之处又不相同，见表2－1。

表2－1

作品 \ 不同点	曲海总目提要（提要本）	明刊本（古本戏曲丛刊本）
三个女儿姓名	妙音、妙圆、妙善	妙员、妙英、妙善
让花开的神	释迦佛旨意	花园土地派小鬼等
让妙善洒扫	妙庄王下令	清秀庵尼姑
让老虎驮尸	韦佗遣虎	土地差黑虎（但剧目录题韦佗护法）
观音宣法	为众讲《普门品》，还有为父母说法的情节	为众讲《普门品》，为父、姐等说文字禅，道出自己真实身份
让一家升天	佛旨让一家升天	妙庄王求拜天，天帝下玉旨

从表2－1可以看出：在情节上，明刊本《香山记》与《曲海总目提要》（简称提要本）中的介绍有六处不同，有些也许是

坊刻粗糙所致，如三姐妹的名字。但确实存在着很多关键的不同，不能排除有另本的可能，如提要本中的主神是佛，内容与宋元以来文献所记载的故事更为接近，而明刊本的主神则是土地神和玉帝，表现出更多民间信仰的内容，这种对土地神的推崇，正反映了其民间性，因为玉帝、土地等是民间信仰的主要内容。后来，《香山记》在很多地方戏中确实是土地神诞日所演的主要酬神剧目，如湖南的辰河戏，其中矮台班演出的《香山记》就是为了酬谢土地神。每年土地诞日，每一个土地神庙都有《香山记》演出，有时因为庙多戏班少，以至于出现了一年到头都在演出《香山记》的情况。① 可见，明刊本应该是从民间而来的。

　　但是，明刊本在一些细节上，还是透露出其与罗氏的关联。如在庄王上场时，唱【一枝花】曲牌抒怀，表现了一种要平定四方，治国安邦的盛世国君气概：

　　【一枝花】麒麟阁上人，龙虎班中将，名高金殿客，贵压紫薇郎，志气昂昂。奉日月，光天象，保山河，壮帝邦。紫金梁稳架苍溟，白玉柱高擎庙堂，醉倒在九重春色。拂玉烟两袖天香。端的是虹蜺吐气三千丈，海驼洛珠珀，颗颗环佩瑶。金碧锵锵，奇略豹阴阳，经史壮怀，换星斗文章。雍貔貅金锁光芒，动龙蛇赤羽绯扬，叱咤间尽忠园（按：应为国字）。狐兔文臣，指故里殄西戎犬羊之党，笑谈中定南夷蛮陌之邦。远方近方，黄童白叟诸名望，一人下万人上，铁券丹书姓字香，万代奎光，万代奎光。②

---

① 李怀荪：《五溪古乐声——辰河戏在少数民族地区的流传》，见《戏曲研究》，第62辑，北京，文化艺术出版社，1988。

② 《古本戏丛刊》编辑委员会编：《香山记》，古本戏曲丛刊本，第三出《庄王设朝》，上海，文学古籍刊行社，1955。以下所引古本戏曲丛刊本，皆出此版。

尤其是其"指故里殄西戎犬羊之党，笑谈中定南夷蛮陌之邦"一句，既指出了国家边事动乱的事实，又抒发了一种要消灭外寇的豪情壮志。这些内容在妙善故事传统中不曾出现过。同时，这里以"西戎"指代边境入侵的外族敌人，也留下了与罗氏的关系。在罗氏《西洋记》序言中有言："今日东事倥偬，何如西戎即叙，不得比西戎即序。何可令王、郑二公见，当事者尚兴抚髀之思乎？"① 俞樾在读到这段序言说："然则，此书之作，盖以嘉靖以后倭患方殷，故作此书，寓思古伤今之意，抒忧时感事之忧。"② 这明确指出了罗懋登那种关心时事、忧国忧民的心情。罗氏这种忧患意识在明刊《香山记》剧本中还有表露，如在十八出，妙庄王有说"有女不能治，空惹得外邦谈议，如今不合我意，寺与庵一齐坏取"③，认为自己不能管好自己的女儿，会给外邦找到议论的借口。这兀来之笔与故事发展没有什么联系，以前的妙善故事中也不见任何端倪，乍一看实在不好理解，但如若结合罗氏的思想来看，也就完全可以接受了。

更重要的是，有文献明确记载罗氏曾直接接触过妙善故事。那就是他于1593年认真阅读了富春堂刊刻的《出像增补搜神记大全》，并作出了较高的评价。此书对"南无观世音菩萨"身世的交代，记述的就是妙善故事。其中提到妙善被绞刑后，"由一白虎背入尸多林……还魂尸多林，太白金星君化一老人指与香山修行"④，这与《香山宝卷》的内容相同，此书也有可能是依据宝卷而进行概括的。按照《曲海总目提要》的介绍，《香山记》

---

① 罗懋登：《三宝太监下西洋通俗演义》，19页，上海，上海古籍出版社，1985。

② 俞樾：《春在堂随笔》，88页，南京，江苏古籍出版社，2000。

③ 《香山记》，古本戏曲丛刊，第十八出《驾至庵门》。

④ 罗懋登：《搜神记》序言，见《道藏》，第36册，268页，上海，上海书店出版社，1988。

前面的序言题为1598年，从时间上来说，罗氏可能是先看了类书中的材料，然后再由此而编撰了戏剧剧本。

因此，对《香山记》剧的版本和作者问题可以作如下描述：《香山记》剧本至少有两个版本，一个是罗懋登编撰并有其序言的本子，此本现已不存。一个是以罗懋登的本为底本，结合某些演出实际而改编的流行本，此本就是明代万历年间富春堂刊本，现在我们看到的古本戏曲丛刊据此影印。

另外，罗懋登对民间观音信仰情况及关于菩萨的种种传说也比较熟悉。关于这一点，可以从《西洋记》中对观音菩萨的推崇中察觉到。如在小说第一回《盂兰盆佛爷揭帝，补陀山菩萨会神》中燃灯佛老祖到东土来为大众解厄排难，需要找一善男人、善女人做帮手时，老祖就提到了观音菩萨，说：

> 南海有一位菩萨，原是灵山会上的老友，大慈大悲救苦难，南膳部洲哪一家不排香列案供奉着他？哪一个不顶礼精诚归依着他？我且去会他一会，请问一处所、一个善男子、一个善女人，以便住世。①

于是，他们来到了补陀山，见到了观音菩萨：

> 体长八尺，十指纤纤，唇似抹朱，面如傅粉。双凤眼，巧蛾眉，跣足桃头，道冠法服。观尽世人千万劫，苦熬苦煎，自折自磨，独成正果。一腔子救苦救难、大慈大悲。左傍立着一个小弟子，火焰浑身；右傍立着一个小女徒，弥陀满口。绿莺哥去去来来，飞绕竹林之上；生鱼儿活活泼泼，跳跃团篮之中。原来是个观世音，我今现尽世间人。②

这里描述的是有善财、龙女相伴的南海观音形象，而且这浑身火焰的善财，不禁让人想起《西游记》中的红孩儿，说明《西洋

---

①② 罗懋登：《三宝太监下西洋通俗演义》，10页，上海，上海古籍出版社，1985。

记》中的观音形象的塑造可能也受到了西天取经故事的影响。后来小说中还记叙了一位在街上化缘的阿婆，约有八九十岁，满头白雪，两鬓冰霜，左手提着一个鱼篮儿，右手挂着一根紫竹拐杖，来到街上与员外等人求神问卜，并献上了"如来观尽世间音，远在灵山近在心。祸福古来相倚状，何须问佛与求神"① 的偈语，表明对求神问卜之事的看法。当员外一家知是观音大士现身点化时，即时"摆列着香案，贡上三炷宝香，展开那纸炉，化了一回千张甲马，至诚归旧像，虔叩阿弥陀"。这些都反映了当时人们对于观音菩萨的信仰和鱼篮观音故事流行的情况。在小说第九十四回，还写到了关于鱼篮观音的另一传说——观音收服碧油潭中鲤鱼精的故事。

　　从这些情节中，我们可以了解到，罗懋登对于观音菩萨的一些传说非常熟悉，对于百姓对观音崇拜的狂热也非常了解，因此，把这些民间的东西加入到自己小说创作中，而且还说观音是"苦熬苦煎，自折自磨，独成正果"的，这中间所隐含的也许就是妙善修炼成佛的艰苦过程。这一点也可以作为罗懋登编写过《香山记》剧本的一个旁证。

二、明刊本《香山记》形态分析

（一）剧本形态

　　从剧本形式看，明刊本《香山记》前面有目录，全剧共分三十出，每出内容用四个字概括，第一出为"副末开场"，剧本内相隔数页就配有插图。这种形式与富春堂刊刻的其他剧本基本相同，好像是一个成熟的传奇剧本。但是如果仔细核对剧本，就会发现许多问题：

　　第一，虽然有目录，但实际上这些目录与剧中内容有许多并

---

① 罗懋登：《三宝太监下西洋通俗演义》，27 页，上海，上海古籍出版社，1985。

不相符。有的一个出目包括了几出的内容，如第三出出目为
"庄王设朝"，而剧本包括了从庄王寿诞吩咐光禄寺设宴赏群臣
开始，到在五凤楼前结彩楼，招驸马，妙善因为拒婚，被下令赶
往后花园等内容。也就是说，第三出还包括了接下来的第四出
"群臣祝寿"、第五出"同结彩楼"和第六出"花园受难"等三
出的内容。还有的出目，概括的内容在剧本中却没有，如在目录
中有"韦佗护法"一出，但是剧本中不曾出现韦佗之名，也没
有韦佗护法的情节。

　　第二，虽然有插图，但好些插图不能准确地反映故事情节或
者和剧本关系不大，出现的地方更是多处不妥当。其中有一幅
"到庵归偈"的插图，图中内容是表现妙善到了（清秀）庵中，
在那跪拜礼佛的情景，应该是妙善在皇宫中经历花园受难之后，
被贬到清秀庵的情节，而此图却排版在第六出"花园受难"中，
这就显然不恰当。

　　第三，剧本的音乐也十分的凌杂。许多音乐曲牌的界定更是
很随意，甚至把说明科介的"净白了"、"末白了"当作曲牌标
记，且剧本的音乐统一性也因分出而变得支离破碎。

　　第四，更突出的是，剧本中"出"的划分非常的混乱，有
些划分无论在剧情上还是在音乐上都不妥当，这种混乱分"出"
方式，使得整个剧本显得十分散乱。

　　这些特征说明了编辑者可能是在把一个旧本变得符合当时的
出版成规——或者根本就是改编一个旧本。改编本表现出的这种
"拙劣性"，正好说明原本在剧本体制上与当时流行的剧本形式
不一样。也就是说，原本也许不分出，或者分出很粗糙，而且出
目也不完善。富春堂刊刻这样一个剧本，可能主要还是因为此剧
在舞台演出十分频繁，社会已经产生了对剧本的大量需求，于是
书商们就把一个旧本（或者舞台演出本）改成了当时剧本的流
行样式并刊刻了。

（二）演出形态分析

第一，从整体来说，明刊本是一个舞台演出本，富春堂刊印者只是把舞台演出本改为当时流行剧本样式，而没有改变其内容。剧本保持了侧重舞台表演的特色，整个剧本可以说是在妙善传说中加入常见的舞台套式组合而成的。

从戏曲情节构成来看，戏曲中新出现了祝寿场面、彩楼招亲、结婚场面、磨房受苦场面等，这些情节在蒋之奇的《香山传》中是没有的，在宋元以来其他的妙善传说中也不存在。但从戏曲的角度来看，这些场面却在戏曲中经常出现。祝寿、婚宴等场面，是喜欢热闹的中国民众构建戏曲故事的常用技巧，因其喜庆的氛围成为许多戏曲中的重要关目。彩楼招亲也在戏曲中经常出现，其基本过程就是待嫁的姑娘站在楼上向楼下的人群抛下绣球，得绣球者就被选为婿了，如《张协状元》第二十七出、《裴度还乡》的第四折。"磨房受苦"则是南戏《白兔记》中的有名段子，同时妙善在磨房得到了鬼神帮助的关目，也与《白兔记》在某些地方剧种中的演出形式一样。如在现存的福建四平戏等古老剧种的演出时，还保留着李三娘在磨房受苦时得到了鬼神帮助的舞台表演，即当三娘在磨房艰难拉磨时，舞台上出现了一个好似三娘替身的小鬼帮她拉磨。另在元明之际的杂剧《观音菩萨鱼篮记》中，观音化身的渔妇曾在张无尽家的磨房受苦，也出现了鬼神的帮助。可见这种表现女主角在磨房拉磨受苦而受到鬼神帮助的戏曲场面，可能在当时戏曲演出中较常见。《香山记》中也恰当地借用了这一演出场景：让妙善在磨房中磨面办斋，土地等小鬼为其帮忙，作"挨磨椿米打混介"。同时，此戏的形成可能还受到了目连戏的影响，如在第八出①，清秀庵

---

① 《香山记》剧本的分出虽很不科学，但为了论述的方便，在下面的行文中，还是沿用了其分出的形式。

尼姑所言、所行、所想，所表现出来的心态和舞台风格与目连戏中的《尼姑下凡》一出非常相似。从这些具体关目比较分析可以看出，《香山记》演出时，舞台场面个性并不鲜明，而具有当时戏剧演出的共同特点。

从剧中人物来看，一些次要角色频频上台或跳舞或作其他表演，但并不能很好地推动情节的进展。如第二出"众友游芳"中，书生张琼（生扮）和另外两个朋友（净、丑扮）一起游园，抒发要金榜题名的雄心壮志，这与妙善故事的发展根本就没有什么关系。但从舞台效果来说，却恰当地从演出开始时的副末开场过渡到故事的展开。另外，一些和故事情节发展关系不大而有着丰富的舞台表现力的情节，也得以充分表现，如剧中多次出现鬼怪山神为妙善办事：或召她赴幽冥地府，或风神雷雨作法而生狂风暴雨，或令桃花菊花反时节而开。整个演出总是有各种鬼怪精灵不时在舞台翩翩起舞，游离于主要故事情节之外，戏曲的矛盾冲突因此并不集中，但却有着丰富的舞台表现力。

在音乐方面，《香山记》中出现了"滚调"。在第十八出中庄王去清秀庵的途中，当他唱完了一支【甘州歌】后，就出现了如下【滚调】："山盘秀水澄澄，果然隐隐胜丹青，古刹泥庵历万春"，唱词很短。流沙先生认为，"所谓滚调只是青阳腔的一种创造"，并认为"在音乐曲牌中加用滚调词句，是产生青阳腔的基本原因之一"，"而青阳腔是在弋阳腔的基础上产生的一种向通俗化方向发展的新的声腔"①。这就说明了属于青阳腔的《香山记》，是流行于民间的戏曲，而不是文人传奇，剧本的文学性当然也就受到了限制。

由于侧重的是表演，因此剧本的文学性不高。对此，《远山

---

① 流沙：《明代南戏声腔源流考辨》，142 页，台北，财团法人施合郑氏民俗文化基金会，1999。

堂曲品》作者祁彪佳（1602—1645 年）曾批评说："词意俱最下一乘，不堪我辈着眼。"① 剧本唱词多是口语、谚语组成，确实显得有些生硬直白，缺少一种文人化的意境美感，祁氏的评价是合乎实际的。

从这些可以推测：明刊《香山记》剧本，或可能是一个从提纲戏充实形成的舞台演出本，是戏曲演员把流传的妙善故事与当时戏曲舞台上的一些固定演出套式、一些经常上演的舞台场景连贯而形成的。

第二，明刊本《香山记》演出具有很强的祭祀仪式功能，且这种仪式与死亡、魂灵超度等有关。祭祀仪式功能主要表现在妙善被行刑以及以后的游地狱、颂经普度等情节中。

活祭仪式：在第二十出，当妙善被押向刑场施行绞刑时，监斩官"吩咐众人开一箭之地，让二公主亲自活祭一时"，然后，妙善姐姐二公主上前，对妙善举行活祭仪式，"以表骨肉之情"：

> 【香罗带】一巡酒满斟，奉嫡亲堪怜，手足生拆分，今朝祭奠好伤情也，割断恩和义，汪汪泪似倾。（合）苦也么伤情，铁石人也泪淋；二巡酒满斟，眼中泪血痕，父王不念骨肉亲，犹如洪雁被所擒也，落在天罗网，无情苦怎禁。（合前）三巡酒满斟，情怎忍，生离死别前世因，哭得我肝肠断，立时分也，姐妹恩情别，不能够再见你。（合前）
> 【尾声】同胞骨肉恩情断，除死黄泉再见伊。断肠肠断肠肠又断，正是断肠人送断肠人。②

这支唱词表达了那种生死离别的伤情，后来演出时有用【五更

---

① 祁彪佳：《远山堂曲品》"杂调"，见《中国古典戏曲论著集成》（六），112 页，北京，中国戏剧出版社，1982。

② 《香山记》剧本，古本戏曲丛刊第二集，第二十出。

天】曲牌，康保成师曾依据敦煌文献中【五更天】曲词的内容，推断此曲是佛曲①，可见其音乐的宗教色彩很浓厚。从唱词来看，这里的"活祭"仪式，应配合了一种斟酒倒酒动作，仪式的动作性很强。这种仪式，是对即将走上刑场就死人的祭奠，在不久前文化部组织的舞台精品工程剧目《膏药章》中，小寡妇为赴刑场的膏药章也举行了"活祭"仪式，表达的也是那种生死离别的悲恸心情。妙善故事中的这种"活祭"仪式，在《香山宝卷》中表现得更加明显，宝卷中妙善在七月十五日中元节被押向刑场，此前皇帝敕下朝官在南城外结三处彩楼，排设六所祭筵，朝官们便"速结彩楼南城外，急排祭奠祭生魂，依照古训行大礼，普穿素服着麻衣"，当妙善在被押向刑场途中时，"街坊市户烧钱马②，千家万户哭声频，满宫眷属并文武，尽来祭奠送宫人，上汤进食鸣音乐，焚香下拜动哀音，三奠酒罢烧钱马，尊魂享监听宣文"。可见还有大臣宣读祭文。③ 这些烧钱马、进食敬酒、焚香鸣乐、宣读祭文的行为，正是一种荐亡仪式。而且这种仪式情节的时间安排在七月十五日，则表明了此种祭祀仪式并非一定是在人亡之时，在每年祭祀鬼魂的中元节也可以举

---

① 康保成：《中国古代戏剧形态与佛教》，6 页，上海，中国出版集团·东方出版中心，2004。

② 又叫纸马，祀神用的甲马，用五色纸或黄纸制成，印上神像。如（清）王棠：《知新录》，卷八："唐玄宗渎于鬼神，王玙以楮为币，今俗用纸马以祀鬼神。"赵翼：《陔馀丛考》，卷十三："昔时画神像于纸，皆有马，以为乘骑之用，故曰纸马。"

③ 《香山宝卷》乾隆版，《吉刚义丰著作集》，第四卷，269～270 页，东京，株式会社五月书房，1999。其祭文的内容是："维兴林妙庄三十六年岁次，甲申七月朔越十五日乙巳，旦国亲臣等谨以清酌之礼，美肴珍奇，感昭告于泪落汪汪。痛念公主有量吞空，无心印月，功超太虚，行超今古，星移斗转，物换人飞，为证无生，不顺父命，青春正当，花绽遭风，烛明光隐，香然沉云，强离金阙赴黄泉。命速西光，形同朝露。臣等无以敬别，聊表寸忱，奉送云程陈供之仪，伏望监纳。呜呼！尚飨。"

行，仪式功能更加突出。

超度仪式：这也是此剧所表现的主要的祭祀仪式。在第二十一出中，阎罗送与妙善一条"黄丝裙"，告诉她裙上每一根丝都有超度十个冤魂的法力，要她去超度枉死城中被其父王烧死的僧尼，妙善在金童玉女引导下来到了枉死城。第二十二出就是一场超度地狱冤魂超升的仪式，妙善向被烧死的冤魂宣道"我今度你上青天"后，和尚、尼姑等分别出来让妙善超度，舞台说明是"小鬼送出关"，妙善就这样完成了对枉死城冤魂的超度。可以看出，这超度情节与民间习俗中的"超度"法事仪式非常相似。这里和尚、尼姑的上场表演，虽然合乎剧情发展，但如果从法事的角度看，他们可能更是"超度"仪式的操作者，是现实中执行超度亡灵仪式的僧尼们。妙善完成了在地狱的超度后，"别了幽冥，还魂凡世"①。第二十三出，妙善还魂后受到土地的指引和帮助，向最终目的地进发。

参佛仪式：第二十四出一开始就出现了舞台说明"五十三参介"，下接一小段隐晦的唱词，出末尾声配合唱词的动作称为"朝三宝"。其叙事功能是通过它，妙善获得了观音的全部权威和法力。在此出现的两个科介说明也都带有明显的仪式性，"五十三参"本是《华严经》中善财童子参礼拜佛的过程。《华严经·入法界品》说到善财作为一名曾经深种善根的有缘人，经文殊菩萨开导后，开始了其漫长的求法历程，其求法的方向向南，首先到达可乐国，见过功德云比丘，然后，经过了海门国，见过海云比丘，在海岸国，见过善往比丘，到自在国的咒药城，见过弥伽比丘，到达住林国，见到解脱长者，到庄严阎浮提顶国，见到海幢比丘，再到海潮处的普庄严国，见到休舍优婆夷，到海潮国，见到毗目多罗仙人等等，其中的第二十七位善知识

---

① 《香山记》剧本，古本戏曲丛刊第二集，14页。

者，就是光明山的观世音菩萨，最后见到了弥勒佛，被告之已经身在诸佛之列，成为一位具有无比法力的佛了。①

佛经中善财这种求学修道的过程，为什么又变成了一种仪式，并在戏曲舞台上表演呢？善财的五十三参，其实是现实社会中佛教信徒游学修道过程的虚构，但这种想象的参佛悟道过程，被那些创造忏仪科介的高僧们借鉴，成为佛教法事建坛过程中的象征性仪式。设坛的僧人在经历这样一个仪式后，就具有如诸佛一样的法力，可以解决信徒向佛求助的一切问题了。另外，佛经中还说过去的佛有五十三个，据《观虚空藏菩萨经》说，一切佛住在陀罗山，其中有过去佛五十三佛，如普光、普明等，"若有善男子善女人及一切众生，得闻是五十三名者，是人……不坠恶道，若能称是五十三佛名者，生生之处常得值遇十方诸佛，若有人能至心敬礼五十三佛者，（可以）除灭四重五逆及谤方等，皆悉清净"②；另在《佛说观药王药上二菩萨经》中，对参拜这五十三佛能达到的修行作了更为详细的描绘，并强调如要达到"皆悉清净"的境界，是必须礼拜诸多佛的。只有这样做了，你就可以达到佛所居的世界，达到佛所修行的境界了。所以这五十三参就是佛经中一个实际修行得道的过程。但是，这五十三参在现实并不存在，只是佛家设想出的一个修行的"境"，僧家在修行实践中，就演变成了"朝三宝"的仪式。因此无论是五十三参，还是朝三宝，都隐含修行过程中的一个过渡仪式。僧侣们在修行中把对一个虚空世界中诸多古佛的朝拜变作了一种修行的科仪，僧侣们通过这种仪式，就具有佛的威望和法力，可以代表佛

---

① 实叉难陀译：《大方广佛华严经》，卷六十八，见《大正藏》，第 10 册，336 页，台北，台湾佛陀教育基金会出版部，1990。

② 云摩蜜多译：《观虚空藏菩萨经》，卷一，见《大正藏》，第 13 册，679 页，台北，台湾佛陀教育基金会出版部，1990。

或菩萨行使着佛的权力与神力。《香山记》剧本中的"五十三参"同样具有这种仪式功能，故事中的妙善通过这些仪式后，成了观世音菩萨，而仪式中的僧尼们，通过这种仪式，具有如观音菩萨法力的高僧，可以为人们念经消灾了。

宣经仪式：在接下来第二十五出开始时，妙善在祥云宝盖中宣告了她的新身份："昨日参拜诸佛已毕，吾有《妙法莲华宝经》一卷，普度世间之人，不免将经宣读一番"，然后剧本不惜篇幅录下全部经文，但是这篇经文并不全是《华法经》中的《普门品》原文，而是一篇加上了民间世俗内容的伪经文，有3 000多字，占有七个多的对开版面，可见经文很长。这种以冗长的经文宣读阻碍故事进行的发展模式，不但使这一出的长度与其他各出相比较之下显得不成比例，而且让观音本人宣读更是很难叫人理解。但是剧本的插图却为这种让人大感不解的剧本文字作了很好的阐释。插图题为"宣经普度"四字，图内是三名僧人围绕在一个置有蜡烛香炉的香案周围，而案桌的正方地上铺着如地毯一样的东西，其作用应该就是供朝拜者下跪的，这就表明是在举行一种仪式，宣经的应该就是僧人。这样一幅表现纯粹仪式形式的插图，形象地反映了演出此剧的祭祀仪式功能，这种宣经行为与戏曲故事中的祭祀、超度情节具有相同的性质，体现了戏曲的祭祀超度功能。在近现代湖南辰河高腔《香山记》的演出中，还有一边是戏曲演出的舞台，一边是诵经设法的法坛，两者并存的演出形态，正是这种古老演出形态的遗存。

由上分析可知，这几出的戏曲架构（妙善亡魂游地府的历程）表现出一连串的仪式性动作，目的既是在帮助亡魂通过艰难的投生转世之路，又让健在的人能得到观音菩萨的庇护。而这种仪式性的动作是伴随着戏曲故事的展开而逐步显现的，虽然在前几出（第二十一出到二十三出）隐而不显，但第二十四出就包含了一段仪式价值似已超过戏曲价值的情节，而到第二十五

出，我们终于面对一个和剧本原有情节全不相干的仪式，这些仪
式的主要作用是让地狱里的魂灵得以超升。这些与剧情若即若离
的仪式表明，《香山记》演出是伴有祭祀与超度亡灵的仪式，
《香山记》戏曲的形成，就是戏曲表演与宗教仪式借妙善故事而
联姻的结果。《香山记》以个案的形式，说明了中国戏曲与宗教
仪式的关系。①

　　我们知道，随着观音信仰在中土的不断传播，信仰的内容也
不断地扩充。观音菩萨作为地狱亡灵救度者的信仰，是伴随着唐
代以来净土观音信仰的兴盛而产生的，其民间流行大概在元代，
对于这一点在上一章也曾说明过，观音菩萨成为地狱亡灵救度者
信仰的形成与流传，是戏曲《香山记》形成的信仰基础。借妙
善故事演出来完成祭祀亡灵仪式，这正是《香山记》民俗功能
的体现。由戏曲对祭祀功能的这种张显，可以推测出：明刊本
《香山记》的产生可能经过了由民间祭祀戏曲到文人整理，再回
到民间舞台，最后才在书坊得以刊刻的这么一个过程。

　　第三，《香山记》剧本反映了妙善故事传播中一个无文字记
录的民间系统特点。对此点，杜德桥先生作了如下的阐释：

　　　　事实上，祁彪佳和泽田瑞穗的苛责——觉得此剧在
　　结构及趣味方面太过粗糙而缺乏文学作品的说服力——
　　正可以提醒我们采取另一种研究方法。艺术上的难以解
　　释使我们更具信心把这一部分视为民间传统，其源远流
　　长或许超过其刊印年代所示，而且与中国其他的类似传
　　统相呼应。其实直到今天，我们仍可看到妙善故事在地

---

　　① 可参考龙彼德《中国戏剧源于宗教仪式考》(《中国文学论著译丛》，523
页，台北，台湾学生书局，1985)、郭英德《世俗的祭礼——中国戏剧的宗教精神》
(北京，国际文化出版公司，1988)、胡志毅《神话与仪式——戏剧的原型阐释》
(上海，学林出版社，2001)等。

方性祭典中表演。富春堂本在现存的早期"妙善"文
献中显得独一无二，正可以让我们瞥见一个不易把握，
无文字记录的传统，这一传统原与流传较易的叙事体本
子并存。虽然它未经任何精致的文学技巧的修饰，却能
使我们对妙善故事在独立叙事传统之外而自有其成规的
民间传播媒体中的使用与影响情形有一较明晰的
概念。①

这一段论述，指出《香山记》戏曲代表了民间传统中妙善故事
的流行形式。结合中国戏曲的历史看，这种分析是比较中肯的。

《香山记》戏曲生成和生存环境具有明显的民间性，从上文
我们分析的剧本形态和演出形态也显示出这一点。这种生存的环
境决定了戏曲作品本身并不是为了重塑妙善故事，而是借用一个
流传故事来实现某些民间行为，突出的是祭祀仪式功能的张显。
因此在情节处理上，把叙事体中作为高潮表现的"舍身救父"
情节作了冷处理，只是点到为止。这里虽然包括了庄王害病、榜
招医士、舍身救父、正果团圆等传说故事中的重要情节，但戏曲
的表现很简洁，所占用的表演时间也很短。在对这些情节的处理
中，有两处细节的改变，更能证明妙善故事成为戏曲作品的民间
性，其一是庄王得病的具体名称，《香山传》传统中，庄王因为
做了恶事（烧死了白雀寺的僧尼）而得到了业障的报应，生了
一种叫做"迦摩罗"的病，需要无嗔人的手眼做药引。这里的
病名带有鲜明的佛教色彩，在佛经中多次出现，或称迦末罗、迦
么罗，也就是黄病或恶垢，也叫做癞病，但在戏曲《香山记》
中，却没有交代这一病名，个中原因可能就是民间的戏曲艺人对
于这个带有浓厚佛教色彩的疾病名称感到十分的陌生，因此就免

① 杜德桥：《妙善传说——观音菩萨缘起考》，78 页，台北，巨流图书公司，
1990。

而不说。另一个细节的改变就是对于治疗此病的药引，《香山传》中说是要一个"无嗔人手眼"做药引的香山仙人药方，这"无嗔"的意思就是"不会生气"，也就是佛家说的"无漏无烦恼"，这种以"无嗔人手眼"为药引的香山药方本来也带有浓厚佛教色彩。到了戏曲中，这个药引被改成"亲骨肉手眼"了，就完全失去它的佛教色彩，而只突出儒家的孝道。当在庄王身边的公主们不同意献出自己的手眼时，妙善却不计庄王处死自己的前嫌毫不犹豫地献出了自己的手眼。这两相比较，更加凸显了妙善的孝道。当然这种改变还不很严密，细心的戏曲观众一定会纳闷：神医道人提出要以"亲人手眼"为药，而当家里人不愿意给时，为什么可以到香山仙人那里去求取手眼，难道是他们知道了香山仙人就是妙善了吗？可是剧情的发展是庄王病愈后，到香山去感谢仙人时，王后才发现香山仙人的绣花鞋与妙善的相同，才认出是妙善的。这种剧情发展的不合理现象，也许是民间戏曲艺术粗糙性的体现，是故事改编时的疏忽。

总之，明刊本《香山记》，凸显观音菩萨对地狱的救度，表现出在戏曲演出时注重的祭祀仪式，剧本甚至只是一个从宗教仪式向戏曲转变的文本，完全是一仪式剧，因此弱化了传统妙善故事的某些主要情节。当然，这些剧情在后来的地方剧中又得到了强化，尤其是庄王病愈后到香山去酬谢仙人的香山还愿一节，成为还愿戏演出中的一个主要剧目，这是观音信仰内容变化带给戏曲演出影响的明显例证。

三、妙善形象塑造

在这种带有明显祭祀功能特色的戏曲演出中所塑造的妙善形象既具有宗教特色，又具有戏曲娱乐的风貌。

戏曲交代妙善本身具有深厚的佛缘，前身就是佛教中正法明王，因为在仙界犯了佛法，才被贬到人间。据《千手千眼观世音菩萨广大圆满无碍大悲心陀罗尼经》中记载，观世音菩萨过去已成佛，名号为正法明如来，又称正法明王，具有不可思议之威神力，是为了广度众生，才示现菩萨形。对于这位由佛而来的菩萨神威力，宋代天台宗师知礼在《千手眼大悲心咒行法》（《大悲忏法》）中，作了虔诚的赞叹："南无过去正法明如来，现前观世音菩萨，成妙功德，具大慈悲，于一身心，现千手眼，照见法界，护持众生，令发广大道心，教持圆满神咒，永离恶道，得生佛前。无间重愆，缠身恶疾，莫能救济，悉使消除。三昧辩才，现生求愿，皆令果遂，决定无疑，能使速获三乘，早登佛地。威神之力，叹莫能穷，故我一心，归命顶礼。"① 可见，正法明王就是大悲观音（千手眼观音）菩萨的前身，他之所以在民间流传，与《大悲忏法》的提倡有关。

戏曲虽然强调了妙善的佛缘，但却是采用民间文学关于谪仙母题的"仙人→降凡→升仙"叙事模式，把妙善修行和正法明王的救世联系起来，使妙善传说既有了直接的佛典依据，又具有中国文化色彩。在具体演出中，更是通过梦境形式把佛教中的正法明王如来与中国的妙善传说巧妙地融合在一起，令人置信。在第六出"花园受难"中有一"鬼怪托梦"情节：

（妙善于花园草亭，瞌睡）（鬼上舞介）（世尊上）
妙善抬头听我吩咐，你非是他人，乃是西天正法明王，只因犯了佛法，贬在妙庄王家投胎，我今赠你木鱼一个，素珠一串，你急急辞了父王到清秀庵中修道，日后定有香山佛位。
（旦引）一梦到南柯，醒来还依旧。睡梦之间，梦见神人，说我非是别人，乃是西天正法明王，因犯佛

① 知礼：《千手眼大悲心咒行法》，卷一，见《大正藏》，第46册，947页，台北，台湾佛陀教育基金会出版部，1990。

法，把我贬在人间，他赐我木鱼、素珠，不免前去看取
则个。①

这里，尽可能地弥补了佛经观音身世和中国传说之间的差异，并
开始了对妙善世俗情怀的表现。

首先，妙善逐渐剥离了佛性，具有一定的人性。戏曲省略了
妙善出生时的种种奇异，一登场就已经长成为一个可谈婚论嫁的
姑娘，她为父王祝寿，唱出了"寿烛烽高烧，奉上父王万万朝。
喜今朝寿比海屋高，愿父王松柏长青，胜似仙翁不老"的祝词，
这表现出她的孝心以及对世俗家庭伦理的关怀，是实现儒家伦理
的典范，而不再是《香山传》中所说的一出生就是不闻世间俗
事，"进止容仪，超然拔俗。常服垢衣，不华饰。日止一食，不
茹荤辛。斋戒修行，无有退志"② 的佛心娘子。当父王考虑到自
己的江山王位将后继无人，要为她招亲时，她虽坚决拒绝并坚持
要出家，然而她认为出家修行是"白日升天，发白返黑，齿落
更生，与天齐寿，日月同休"③，是能得道成仙的。这修行出家
目的具有鲜明的道家色彩，带有明显的世俗化倾向，而不再具有
《香山传》所说的那种对生老病死、人生无常有着深刻宗教体验
的神圣感。

戏曲中的妙善虽本是西天正法明王，只因偶犯佛法，被贬在
阳间出世修行，已经修了九世，可谓佛缘深厚。但她最终修行成
道的关键却是经过了如民间文学"难题型"的考验，通过了庄
王或庵主给她的倒背阳春、独扫佛殿、自办斋供等难题考验后，
她才修行成功，成为大慈大悲的观音菩萨。这三重考验又是按照
民间文学传统中的"三次性原则"来进行叙事的。

---

① 《香山记》古本戏曲丛刊第二集，第六出《花园受难》。
② 《香山大悲菩萨成道传》碑文抄本。
③ 《香山记》古本戏曲丛刊第二集，第三出，《庄王设朝》。

　　其次，妙善遇到困难时，也像那些平凡的信徒一样，会向神祇祈求。当她被打入后花园，庄王下旨要求她若能使"桃花九月放，菊花三月开，桃李一齐开放"，方可许她出家时，她的反应是："我看哪有这般异事，我如今不免撮土为香，祷告神祇，待我离王宫前去修行也不见得。"这与凡人的反应一样。而当在梦中得到了神人的指示后明白了自己的身世，又在土地鬼神等帮助下，使桃菊一齐开放时，她"心喜急急到宫廷奏上父王，离了宫门径往香山地。一半欢喜一半疑，今朝奏得准，是我运通时"；当她在清秀庵修炼时，她对自己的经历更是如此感慨："瘦减娇容由自苦，朝椿夜磨受艰辛，富贵似浮云，奴身非所歆，人非云外客，难保百年身，朱颜已憔悴，对镜亦无心，娥眉频上锁，云鬟已生尘，人事多错为，何不加三省，只为慕道修真，父王罚我在此受苦，日夜挨磨受苦千端。"哀叹自己的痛苦经历；当庵中主持要求她独自完成庵中一切日常事物的打理时，她在庵中时时不忘对神灵虔诚祈祷，拜求佛祖成就她的功德，"修行哪怕受艰辛……伏望如来见表知，昼夜辛勤劳苦事，方知佐得出家人……穿了佛家衣，吃了佛家饭，愿得寿命延长，皈依佛皈依法皈依僧皈依佛法僧三宝如来。"在祷告中，她又得到了土地鬼判等的帮助，庵中出现了"钟不敲自鸣，鼓不打自响"的神异；当庄王要她在一日之内办齐满朝文武和八百僧尼的斋饭，妙善在佛的帮助下如期准备好了斋饭。庄王知妙善是如此神奇，非常诧异，认定她定是妖怪，并借口"庵门对着寺门"，下令放火烧毁白雀寺，妙善又是在滔天火光中，走上钟楼咬破指头，滴血祈祷，避免了火光之灾，最后看破生死，舍生求佛，修行成功。

　　可见，妙善一方面通过了修行路上遇到的重重难题的考验，舍生求佛；另一方面她又有着对生的强烈渴望，对父亲下令让其受七尺弓弦之刑充满了怨恨，"我今丧黄泉，恨绵绵"；同时剧本渲染了她的慈悲心肠，对野芹也"下不得毒手"，不忍心采取等等。这种种世俗化语言、行为表明了人们对其形象的认同也在不断世俗化。

妙善形象的世俗性还表现在她的经历中。如当清秀庵被火烧时，妙善见四方火起，难遮抵，就走上钟楼咬破指头，滴血为香，舞台提示为"风云上介"并唱一支【驻云飞】曲子，描绘那现场悲惨场面，而妙善却因为有风雨的保护而免于火灾。当妙善将被刀剑处死时，刀剑自断，让五马分尸时，车轮自动掉下，马儿也跪下流泪。这些情节又都是民间流传的观音灵验故事的内容。

当然，剧本还突出了妙善（观音）在地狱中的超度功能。剧中妙善魂入地狱的主要作用就是超度曾被烧死的八百僧尼的魂灵。这些被烧死的僧尼属于非正常死亡，剧中交代说，他们的魂灵到了地狱的枉死城，使枉死城内充满了怨气，阎王要妙善务必超度这些充满怨气的冤魂。如果按照田仲一成先生对中国戏曲演出功能分类的思维来看，《香山记》是一个典型的镇魂祭祀剧，其演出的主要功能是为了抚慰死去的魂灵，是为了扫除社区的怨气，让活着的人获得安宁的生存环境。当重在表现戏曲的仪式功能时，剧中的妙善当然就不会有鲜明的个性，而只是一个行使某种功能的载体，甚至在戏曲的演出过程中，会因为表现功能的需要而游离于剧情之外。如其中的宣经普度情节，就只是为了表达观音菩萨普度的宗教功能，与剧情的关系不大，其中更没有妙善的出现。

概括说来，《香山记》中妙善个性不太鲜明，她没有典型的性格特征，戏曲演出目的也并不是为了刻画她的形象，而只是借她的故事来表达某种民间仪式，来实现某些宗教功能。可见，妙善故事在具体的传播过程中受到特定历史时期的民俗风情的影响，从戏曲演出这种大众文艺活动对于妙善故事的塑造，我们可以了解民俗观音信仰的具体内容。

四、戏曲选本中的《香山记》

在明代众多的戏曲选本中，选录《香山记》的很少，只有《尧天乐》中选取了《观音扫殿》和《南国采芹》两折，目录题为《香山记》，版心题为《修善记》，这《修善记》当为别名。现把它们与全本《香山记》中的相关内容作些比较。

《尧天乐》收集的是当时演出较多的弋阳腔、青阳腔单出，全名是《新锓天下时尚南北新调尧天乐》。此本选滚唱较多，唱词分量也加多了，这应是成熟了的青阳腔，同时，还用了大量的俗语，如"有钱难买轮回路，大限来时各自飞"、"人间私语天间看"、"白玉遭瑕玷，火炼黄金色更鲜"等等，而明刊本中的舞台表演动作性较强。可见即使是在同一声腔，同一剧目，演出也不完全相同。

《观音扫殿》是讲妙善一人在白雀寺打扫伽蓝殿，殿中的土地神、伽蓝神等都暗中帮助她，让钟鼓不敲自鸣。这一出戏在后来的地方戏中有不同的发展，其中有一种发展成为一仪式性剧目，如福建莆仙目连戏，另一种则发展成一个单独的小故事戏。

福建目连戏在演出目连救母故事后，一般用《观音扫殿》、《张公打洞》等作为演出后的扫台仪式剧，取以清洁舞台的意义。这出赋予了仪式意蕴的《观音扫殿》，基本上保持了明代舞台上的演出形式，只是稍微改变了剧中一些唱词和舞台动作，其余和选本基本一致。如开始时，观音作旦扮上唱【江头金桂】唱词，就和选本中的【江头金桂】基本相同，而剧尾的唱词世俗化更加明显，如"磨杵成针"、"淘沙见金"等俗语都出现了，后来的编剧们又在妙善故事中形象地展示了这些俗语的文化内涵。

当然，目连戏舞台上演出的《观音扫殿》，内容虽然和明刊本基本相同，但剧中的人物及其行为却被赋予了明显的象征意义。除了向人们展示妙善在修行过程中的一段神异的经历外，更多的还是希望通过妙善，这个后来成为观音菩萨的人物，来实现作为"扫台"仪式所必须具备的净台作用。为什么要选择此折作为扫台的仪式剧呢？叶明生先生总结出以下几个方面的原因：一是取观音大慈大悲救苦救难的伟大神格力量，以实现菩萨对观众及社区平安的保护；二是妙善在戏中得到了许多神灵的保佑，这些神灵同样也可以保护社区；三是妙善在戏中有许多洒扫的动作，可以显驱邪之意，因此才被民众认可。① 其说从民众的认识来分析，是合理的。进一步说，妙善扫殿，虽然是在表现一个出家女子在寺庵里的日常经历，但是当人们赋予这种经历以象征意义时，它就成为一种抽象的仪式。正如林克欢所说的："或许仪式能成为沟通人与神，有形与无形，世俗与神圣的桥梁，……人可以扮演神，神也可以借助有形的扮演者再现，在人神迷狂的混融中，人不但能够与神进行交流，人的梦想和深藏的愿望也能够得以实现。"② 这里虽然是在演戏，但妙善更是扮演了神，体现了神的性质，因而具有浓厚的宗教色彩，充满了神秘性。她的有形的、日常化的扫佛堂行为也就成为一种无形的、神圣的扫鬼驱魔行动。

《观音扫殿》的另一种发展同样反映在莆仙戏里，它成为一个完整独立的故事戏，没有了仪式的含义，剧情从妙善刚到白雀寺开始，到妙善来伽蓝殿洒扫结束，虽然扩充了一些内容，但故事基本仍按照原有情节发展。

选本中的《南国采芹》敷演妙善去野外采芹，遇到了佛祖化身的试探。这一出戏，是整本《香山记》中少有的生、旦同

---

① 叶明生：《福建傀儡戏史论》，877 页，北京，中国戏剧出版社，2004。

② 林克欢：《戏剧表现论》，150 页，北京，中国社会科学出版社，1993。

场戏，这也许是其能够在舞台上单出演出的原因之一。同时，作为单出本，其风格是不同于整本的，整本主要是随着故事情节的发展而进行，而选本在演述故事时，更多的是对社会、对人生的感叹。妙善那"百年富贵风前烛，半纸功名水上萍。享福禄能有几春好，一似风前烛，浪中萍"、"好修行，只道君子貌，却原来是小人心"等言语都抒发对人生的深刻认识。这反映了当时社会的思潮，与妙善故事的宗教意蕴的中心越来越远。

第二节 清抄本《海潮音》

《海潮音》，也是演绎妙善故事的古典戏曲，但却是文人创作的传奇，作者张大复。现存程氏玉霜簃藏旧抄本一种（存中国艺术研究院戏曲研究所，以下简称抄本），古本戏曲丛刊三集据以影印。抄本字迹潦草，全书没有出目，内容也不完全，第一、第二出残缺，分上下两卷。原剧结尾本标出是第二十八出，但其中有的出数残缺，而内容上又是连贯的，实际此剧只有二十六出。在第一页的边缘题有《香山记》，当是别名。剧名"海潮音"是取自《普门品》中"妙音观世音，梵音海潮音，胜彼世间音，是故须常念"之句。

张大复，生卒年不详，大概生于万历中后期，卒于康熙初年，是明末清初著名的戏曲作家，江苏苏州人。又名彝宣，字心其（又作星期），曾寓居苏州门外的寒山寺，自号寒山子，是一位下层文人。他一生创作了大量的戏剧作品，现存的传奇作品就有十三种，而且有些作品是舞台上的常演剧目。如《醉菩提》，在乾隆年间刊行的《缀白裘》中就收录了五折，嘉庆年间，姑苏三多部、庆春班等戏曲班社在北京连续上演了其中的精彩出目。① 清代末期，在长沙城隍赛会上，人们演的也是《醉菩提》，并把活虎圈起来，演"济颠伏虎"，"戏颇佳"②。宣统年间在上海的舞台上也经常演出此剧。另外他还著录了《南词便览》、《元词备考》、《词格备考》、《寒山堂曲谱》等多种曲谱，在戏曲界有着一定的影响。

一、《海潮音》的内容与主题

此剧内容，在《曲海总目提要》里有详细介绍，历来研究者对此剧的了解，也都是依据《曲海总目提要》，如周巩平在《张大复戏剧作品考辨》文中就直接说此剧是"据《香山宝卷》写观音大士修道因缘的(《曲海总目提要》)"③。但是仔细比较现存抄本和《曲海总目提要》中的内容，发现还是有些区别。

《曲海总目提要》对此剧的介绍如下：

> 海潮音：系苏州人张心其作。心其居间关寒山寺，自号寒山子。初知书，好填词。不治生产，姓（性）淳朴，亦颇知释典。《醉菩提》亦其所作也。此剧据《香山宝卷》观音大士修道因缘。其曰《海潮音》者，《普门品》云：妙音观世音，梵音海潮音，胜彼世间音，故演观世音事，目为海潮音也。又有《香山记》，与此大略相同。妙庄王生三女，孟配文，仲配武，季则大士也，王欲为择婿，大士不乐世缘。誓焚修，王怒。命于白鹊寺剃发，受诸勤苦。大士怡然，采樵汲水，行

---

① 清无名氏：《观剧日记》，见《戏曲研究》，第九辑，261 页，北京，文化艺术出版社，1983。

② 杨恩寿：《坦园日记》，89 页，上海，上海古籍出版社排印本，1983。

③ 周巩平：《张大复戏剧作品考辨》，见《戏曲研究》，第十九辑，123 页，北京，文化艺术出版社，1986。

一切行，王知益震怒，令焚其山，大士用神力逃去，遂
至香山，结跏趺坐，已成道矣。时妙庄王不豫，出榜延
医，大士即化梵僧，接榜愈王疾，后知大士无恙，愤
甚。率武士至香山，剜其目，复断其臂而回。后大士即
现千手千眼。王闻始悔悟，夫妇率二女，暨合宫眷属，
诣香山忏礼，大士为说法要。父母俱大悟焉。又善财童
子历参五十三善知识，皆大士化现，今善财顿契妙，不
离当处而证菩提。其后妙庄王夫妇，俱得无上正等正
觉云。①

这一段对《海潮音》梗概的说明，不仅与现存抄本的内容很多
不相同，而且与其他所见的妙善故事也不一样。尤其说到妙善的
断手断臂是庄王派人砍下的，这样的情节不见于此前的妙善故
事，也与现存抄本的内容不同。

　　学者对于此剧的说明，虽然都归于张大复名下，但对具体内
容的介绍却有些不同，《中国曲学大辞典》完全依据《曲海总目
提要》，而《明清传奇综录》和《古本戏曲剧目提要》等则概括
了现存抄本内容。

　　当然，研究者也注意到了现存抄本与《曲海总目提要》之
间的差异，并提出了自己的疑问。如《明清传奇综录》指出了
这种不同，说："不知何本更接近张彝宣原本？待考。"② 而
《古本戏曲剧目提要》的编者也说《曲海总目提要》著录的与现
抄本"出入极大，似为另剧"③。

---

　　① 董康编：《曲海总目提要》，卷二十一，1 028 页，北京，人民文学出版社，
1959。
　　② 郭英德：《明清传奇综录》，上卷，558 页，石家庄，河北教育出版社，
1997。
　　③ 李修生主编：《古本戏曲剧目提要》，412 页，北京，文化艺术出版社，
1997。

　　那么，其具体的事实应该是怎样的呢？

　　首先，我们来讨论《曲海总目提要》提到的本子与现存抄本的关系。《曲海总目提要》介绍了剧本内容后，作者又加上了一段按语，如下：

　　　　按《大悲经》观世音菩萨，系过去正法明王如来，于贤劫中复现菩萨身，承事释迦牟尼佛。《法华》、《楞严》诸经，俱载观世音普门大士圆通第一，以三十二应，随类现身而为说法，又《华严经》，善财童子南询，参五十三善知识而证菩提云。又考《西游记》云，红孩儿者，牛魔王之子，名曰圣婴大王，要唐僧于路，孙悟空与之力战，不能服。乃往南海，请观世音用法力收之，令相随至南海，道上五十三参，始至南海。其说与佛经各异。而此剧则又云，观世音口中吐光，令红孩儿引之，愈引愈不尽，于是降伏，既归观世音，乃为收复火龙道者。火龙道者，孽龙也。妙庄王信事之，劝王蒸食小儿以炼丹。红孩儿与战，擒之。妙庄王乃识其妖妄，而信观世音，以归于正道。蒸食小儿之说，亦本《西游记》，另为一节，此乃串合为一也，盖因善财有南询事，南方属火，故曰红孩儿。其点缀火龙，亦是此意，其言其心最难降伏，降伏心火，便成正觉也。①

　　其中直接说到剧本的情节是收服红孩儿的故事，说是观音口中吐光，让红孩儿来灭火，可总是不能灭尽，于是红孩儿被观音收服，并让他去收服火龙。而抄本则写善思罗汉收服了圣婴大王，并要他去建立功德，当圣婴大王打败了修罗刹后，善思罗汉才推荐他给观音作护法，两者之间明显是不同的，只有这里提到

---

　　①　董康：《曲海总目提要》，卷二十一，1 027～1 028 页，北京，人民文学出版社，1959。

的火龙却与现存抄本相同。

另外，《曲海总目提要》对《海潮音》内容的介绍，还可以从其介绍《香山记》剧本的内容中得以了解。该书卷十八介绍《香山记》内容时，有三处同《海潮音》作了比较：（1）《香山记》中妙善在"梦中（见释迦牟尼）赠以木鱼、素珠，论以勤修，后当在香山紫竹林证道"，加上批注说"此节与《海潮音》不同"。（2）对《香山记》中"韦佗遣虎护尸往尸陀林，善游遍地狱，度诸苦恼"，加上批注"此本《普门品》，种种诸恶趣，以渐悉今灭，《海潮音》无此节"。（3）《香山记》妙善"复返阳世，诣香山紫竹林，感善财五十三参……"加上批注说"此与《海潮音》仿佛"。抄本《海潮音》内容和（1）相符，和（2）、（3）不相符。抄本中有妙善游地狱的情节，在第二十出敷演妙善魂游地狱的过程，展现了地狱中种种苦难，但抄本中却没有妙善魂返阳世后的五十三参的内容，跟（2）、（3）说的刚好相反。

由此可见，现存抄本可能与《曲海总目提要》中介绍的《海潮音》不是同一本子。现存抄本可能是一个舞台演出本，是根据张大复的原本作了某些改动的本子，但改动的地方不多，基本保持了作者原本的整体。这与抄本的收藏者程砚秋先生本身就是一位舞台戏剧演员可能也有关联。

还要补充说明一点的是，"五十三参"在明刊本《香山记》中是一个很重要的情节，是妙善从人变成了"观音"这样一个菩萨所必须经历的仪式性行为，而抄本中没有此情节，妙善由凡人变为菩萨的过程也就不一样。抄本中妙善由人成佛的过程是这样的：当妙善在街上被庄王处死后，她的魂灵就到了地狱，而地狱中的阎王就以"大士"称呼她了，也就是说，她的身份就发生了变化。但是妙善自称为"妙善"，以自己的本来面目与十殿阎王交流，并在他们面前发下宏愿：

（白）童子退后。（贴下旦叹）我同坠阿鼻，慢慢
救度你们。（生小生外末净付丑老贴杂前同阎王上白）
不用悲哀不用愁，来时有路去无由，纵有千年铁门限，
难饶一个土馒头。大士在上，十王参见。（旦）妙善有
何德能，有劳列位大王如此敬礼。（众）菩萨大慈大悲
救苦救难，与天地合德，日月同仁，弟子等万劫共沾普
化，幽冥苦地，难以供养，请上乐土，早证菩提。
（旦）妙善不愿成佛道也。（众）为何不愿成佛道也?
（旦）妙善不忍见地狱中饿鬼苦，众生轮回苦，人间造
孽苦。直待三千大千世界无地狱、无造孽，苦海化清
凉，化作莲花，那时才修成佛道也。①

当她游完地狱之后，善思罗汉让神虎驮来她的肉身时，她就已经
是大慈大悲救苦救难的观世音菩萨了：

（生）吩咐神虎负大士尸骸来。（末）领法旨。（虎
负旦上介末下小生）南无阿弥陀佛，如此法缘广大，
其魔障怎深也。不免礼拜则个。【前腔】四大尽消条，
神远奇高，无边妙法普开，超六提洗心投地也，礼敬难
消。（旦上）【金蕉叶】东邪去邪，父娘身又重交接。
（小生白）南无大慈大悲救苦救难广大灵感观世音菩
萨。（旦）座下礼拜者何法号?（小生白）弟子如来座
下善思罗汉。（旦）元来是大禅宗，承接引了。②

可以说，抄本中妙善只是经过了游历地狱之后而成就了菩萨功
德。这种证得菩提的过程隐约地说明人人可以成佛的禅宗理念，

---

① 古本戏曲丛刊编辑委员会：《海潮音》抄本，第二十出，北京，文学古籍刊
行社，1957。

② 古本戏曲丛刊编辑委员会：《海潮音》抄本，第二十三出，北京，文学古籍
刊行社，1957。

应该是符合当时禅学复兴实际的。

《海潮音》的本事虽与明富春堂刊本《香山记》相同，如妙善出家→妙善被杀→妙善游地狱→妙善香山寺修行→庄王害病→妙善献手眼救人等基本过程是一样的，但关键情节却有较大的变化，如妙善出家的原因就与《香山记》完全不同，而且全剧充满了正义和邪恶的斗争。显然，这包含了作者太多的看法和喜好，是一个典型的文人创作传奇，反映了作者个人的思想情感和价值意蕴，是作者借妙善传说故事来表明自己抑道崇佛的宗教倾向，以及对时局的反思、对道德的关怀等入世情怀。

剧作把妙善故事的发生放在庄王为求长生不老而听从妖魔的胡言乱语、杀害婴儿幼女来为自己制炼丹药、差点因此而失去了国王宝座的背景下，是具有深刻含义的。

"婴儿姹女"本是道家炼丹术中铅和水银这两种主要物质的象征说法，是隐语。道家追求长生不老，其中最重要的一条就是炼丹制仙药①，这是属于外丹修炼。当道家以八卦、阴阳的思想来看待炼丹时，把炼丹描述为"坎离者乾坤二用，二用无爻位，周流行六虚"②，用八卦中的坎离来象征炼丹，这样炼丹术中的水银和汞的化学反应事实就抽象为道家的阴阳交接，并附会汞为青龙，铅为白虎等多种含义，如"偃月作鼎炉，白虎为熬枢。汞日为流珠，青龙与之俱。举东以合西，魂魄自相拘"③。道家内典对于铅汞的说法更多，如梅彪在《石药而雅》中，列举出了近40种汞的别名，如"铅精、神胶、姹女、玄水、玄珠、白虎脑、长生子、玄水龙膏、阳明子、青龙、赤帝、朱鸟、赤血将

---

① 葛洪：《抱朴子》卷四《金丹》中记载了各种炼丹的方法，上海，上海书店出版社，1988。

② 魏伯阳：《周易参同契》，但现存此书的诸多内容应系后人伪作。

③ 魏伯阳：《周易参同契》，275页，上海，上海古籍出版社，1990。

军、玄水金液、玄武骨"① 等等。可见，"姹女"从字面上看似乎是指女性，实"非妇人也"②，只是汞的隐语，但当与八卦中坎离交合的概念相联系时，其阴阳结合的象征内涵却把姹女认为是女性，那么与之相对应的铅也就被说成是男性。这是"婴儿姹女"在道家炼丹术中含义的引申变化。同时，在道家主张长生不老术的养生法中，对于性与养生也是非常讲究的，如所谓的"调气术"、"导引术"，是属于内丹范畴的。道家认为倘若游手好闲，荒淫无度，那么即使服用最高级的丹药也不可能长生不老，这些是道家追求长生的理论。但是，宋代以来的崇道修行者，面对严格苛刻的修身之道，大都望而却步，而那种长生不老的丹药实际上也是一种幻觉，是不存在的。一些人就开始在神秘的炼丹术名目下寻求性快乐，一些外丹的隐语也常被内丹所借用或者曲解，如在北宋道人石泰的《还源篇》中，就出现了以姹女汞龙指代女性，以铅虎金翁指代男性，以炼丹喻以男女交合之事，"姹女骑铅虎，金翁跨汞龙，甲庚明正合，炼取一炉红"③。这种以男女交合、采阴补阳为借口的荒诞的长生之术在社会上广泛流传，也被追求长生不老的皇帝们所重视。如宋徽宗、明世宗等都是崇道、追求长生、迷信丹药的荒淫帝君。

抄本中，修罗刹就盗用道家所谓的内丹修炼之法来迷惑庄王，其目的是要夺取庄王的江山、财富、美女。他算计道："等他（庄王）许尽至诚，方可把些傍门外道降服之法，美得他昏头搭脑，少不得山河也是我的，王后公主也是我的。可不是一庄美事。"而庄王对他顶礼膜拜，虔诚之极，对他行弟子之礼。庄

---

① 梅彪：《石药尔雅》，见《道藏》，第19册，62页，上海，上海书店出版社，1988。

② 葛洪：《抱朴子》，88页，上海，上海书店出版社，1986。

③ 石泰：《还源篇》第三首，见《道藏》，第24册，212页，上海，上海书店出版社，1988。

王向他求取长生不老之术时，修罗刹先是故弄玄虚，把佛门、道家进行了一番比较，然后才传给他长生不老之方，说是需要用"五岁以下三岁以上婴儿三百六十，取其脑髓，加以丹莎药物，清晨服三，名为莲花。饮久而神全"，并以"凡人得处还从失处求"为借口，要庄王按"择幼女十三以上十六以下三百六十名，每夜幸其一，授汝降龙服虎参，九浅一深之法，名为海棠丹"①这样荒唐的方法制药。庄王却是迷信之极，他回到宫中，马上就开始了炼丹行动，在全国范围内收集所需的婴儿、幼女。

庄王这种追求长生不老的荒唐行为，其实是历史教训的再现。就近点来说，明代就出现过"庄王"式的好道皇帝——嘉靖帝。嘉靖皇帝十分好道，他禁佛崇道，曾下令禁止妇女出家，嗜迷道家的求长生不老之法。当时道士们为了皇帝的修炼而献上的许多秘药，如含真饼、秋石、红铅等，这些都是与婴儿姹女有关的，如红铅就是用童女的第一次月经烧制出来的东西。据记载，为了取得足够的红铅，嘉靖皇帝在嘉靖三十一年和四十三年两次从民间选取八岁到十四岁的幼女四百六十人进宫。另外还传说在万历年间，朝廷派往福建抽税的太监高某，听道士说，吃一千个小孩的脑子，阳具就可以复生，于是派人四出购买小孩，杀人取脑。后来，没有小孩可买了，他又派人到外地去偷小孩，甚至还引起了人们的暴动。② 这是明朝当权者本身存在的问题，也是其灭亡的主要原因之一。

历史给人的教训是惨痛的。朝代的更换，给那些经历动荡的人们以刻骨铭心的感受，也给那些具有历史责任感的作家带来了无穷的主题。早在嘉靖朝当时小说《西游记》中就有比丘国国

---

① 古本戏曲丛刊编辑委员会：《海潮音》抄本，《古本戏曲丛刊》第三集，83册，北京，文学古籍刊行社，1957。

② 蔡铁鹰：《西游记成书研究》，47页，北京，中国文联出版社，2001。

丈因吃小孩心肝而差点丢了国王宝座的情节，这是对当朝者最直接的告诫。当然，告诫没能提醒那些痴迷的皇帝，明朝还是走向了灭亡。这也是《海潮音》中妙善故事背景的历史内涵。

而这带有沉重历史责任感的故事背景又充满了正义与邪恶的较量。修罗刹并不是真正修道的道士，而本是"白岩洞中的一个大黄因（鹰），只是看到庄王国中邪气太重，魔障可入"，于是变成一个云游的假道长来谋取庄王的江山美人。因此，修罗刹的本源邪恶，是一条作孽的火龙，而围绕在他身边的喽罗也是一群邪恶的妖魔，有死后变蛇的武妖，有化成虎狼的小将。妙善的一切遭遇都是因为这样一群充满魔障的妖孽所造成的：她被贬入冷宫是因为苦谏庄王不要听从修罗刹残忍的修道行为；她被迫出家是因为修罗刹的设计嫁祸；她被处死是因为修罗刹的怂恿；甚至可以说成佛后她抠眼、断臂也是因为修罗刹而造成的，因为庄王所得的病是吃了修罗刹的所谓仙丹而中毒。总之妙善的一切苦难和遭遇都是因为修罗刹的邪恶而造成的。

修罗刹做尽了诸多恶事，而妙善呢？她却是一个正义、善良的典型。她非常善良、温顺。她劝谏父王不要乱杀谏官，庄王非常气愤地说："我不念父女之情，要一剑砍了。"妙善却回答说："休嗔！奴身愿死，怎忍见别人死于非命，那须个报应昭昭，难图侥幸。"当她被父王贬入冷宫，来与姐姐、母后别离时，母后见到她被其父如此对待，非常生气，说"要拼死与他（庄王）厮闹一场"，而妙善向母亲劝说："不可如此。女儿少抽薄命，多魔障触物生伤，纵使奴身死，我亲恩未偿。"可见她对父王并没有什么怨恨，想到的只是自己未能报答父母恩情。当妙善被修罗刹嫁祸，庄王来审问指责她时，她知自己不能辩解，所以主动请死，唯一的希望就是父王能够分清正邪。"【前腔】（旦）儿年薄命，罪无边，岂令朝有犯慈颜，这身万死都情愿，祈严父把正邪分辨。"不仅如此，她对飞虫走兽也以慈悲为怀。在白雀寺山中砍柴，她"怕伤犯着虫儿、蝶儿、惊起了雏莺小雀，窝中兔"，见"那一答青青竹树不须费力，嫩嫩的藤蔓倒也省事"，正要把它们砍回去时，突然想起"那青青草正在发生之际，就如人生少年一般，我如今砍他回去，他就如少年夭折一般"，就不忍心下手了；看到满眼花儿，草儿，要留与装点繁华山林路，也不忍心去采；见到那"乔松古桧经过多少风霜雨露"，"犹如人生暮年一般"，更不忍心动手了。可见她对一草一木都充满了慈悲之心，不愿破坏。即使是遇到了毒蛇猛兽，她也不曾生敌视之念，见它们"为饥渴所困，业重心远，不能醒悟也罢，或者我前生欠汝一饱，我将此身斋你，你何妨，只是尔等众生许多，我难普济。饥饿者走上前来吃我罢"。这种情愿以身饲兽的情节虽然是佛本生故事中的常见题材，但在此确实凸显了妙善的慈悲心肠。这是妙善生前修善的点点滴滴，而魂归地狱的妙善，面对那地狱中饿鬼受到的般般苦楚，她更是大发慈悲宏愿，"情愿同沉地狱，决不愿成佛道也"。当地狱阎王请她早证菩提，成就佛道时，她再一次强调"妙善不忍见地狱中饿鬼苦，众生轮回苦，人间造孽苦。直待三千大千世界无地狱、无造孽，苦海化清凉，化作莲花，那时才修成佛道也"。修佛的妙善真心为善，崇道的修罗刹只心为恶，两者形成了鲜明对比。

在这种鲜明的善恶对比中，我们看到了作家强烈的道德情感，同时也洞察到了作家那种崇佛抑道的宗教倾向。作者曾寓居寒山寺，自号寒山子，这种个人经历和自身喜好所表现出来的佛教情结十分强烈，这种宗教倾向在剧作中表现也很鲜明。修罗刹作为邪恶的代表，披着"道教"的外衣，利用道教思想来迷惑庄王，而佛教徒作为正义、善良的代表，与修罗刹们进行着坚决的斗争。剧中一直存在着的这种佛道之间的争斗又集中体现在庄王身上。庄王对于佛、道两教态度的改变反映了佛道争斗的局面，庄王追求长生，先是笃信道士，迷恋炼丹，并下令要杀害全国的僧人，要所有的尼姑还俗，但当明白所谓的修罗刹只是一条作孽的火龙，见到称念"南无大慈大悲救苦救难广大灵感观世音"，能有求必应，听了善思罗汉与他讲《普门品》之法时，他醒悟了，不仅放了僧人，还开始向善，心修佛法。后来在自己身患恶疾时，还诵念观音名号，向观音求助，成为一个虔诚的佛教徒。可见，佛道围绕庄王，展开了一场战争，结果是佛教取得完全的胜利。

就是在这场佛道之间的尖锐战斗中，剧中主要人物妙善不再是一个简单的因为要出家修行而拒绝婚嫁的佛教信徒，而其形象更加突出了，个性更加典型了。她具有自己的复杂个性，剧作把她塑造成了一个既要为父尽孝，更要为国尽忠的忠孝双全的儒士典型。妙善的形象突出地表现在以下几个方面：

第一，她有自己的理想抱负，把解救众生苦难当作自己的奋斗目标，并且为了实现自己的理想，坚持不懈，甚至出家修行。姐姐妙音公主来叫她一起去游园赏春时，她长吁短叹，心中牵挂的是"怎除大地众生苦"，感叹的是"难道女儿家终须是女"，表达了不甘为女身所累，要成就一番事业的信念。后来妙善一直为了这一信念而上下求索着：当许多大臣因劝谏庄王不要听从修罗刹的妖言而被庄王处死时，她毅然挺身而出，冒死劝谏庄王，不要听信妖言，不要伤残害命，不要做出残暴的事情，因此她自己也招来了一连串的灾难，最后被迫出宫，出家为尼；当她受到修罗刹的陷害而被父王赶出皇宫，送到白雀寺出家时，她忍辱负重，不怕任何困难，只身到深山拣柴拾菜，即使寺庙僧尼尽散，她孤身一人，也要自食其力，靠卖水为生；当父王听从修罗刹的怂恿，要处死她，她更是凛然面对，毫不畏惧，没有屈服在妙庄王的淫威之下，更没有因为面临死亡而改变自己解救众生苦难的信念。

第二，妙善的思想言语带有鲜明的儒家色彩。故事中一直张扬的那种"孝"道思想，在这里表现得更加全面，妙善对于父母总是那样孝敬，不管父亲如何对她，都毫无怨言。当自己被父王害得只能在街上挑水化斋为生时，她见到父王，还是非常尊敬，即使将被父王杀死，她对庄王也没有半点埋怨，而是先与父王拜别，然后才从容就死；对母后、姐姐，她也总是耐心劝慰，告诉她们不要沉迷在眼前的荣华富贵里，而要多做善事，早些修行。当她修行成功，证得无上菩提时，她首先想到的是报答父母恩情，于是为了让双目失明的母亲重见光明，她献出了自己的双眼，为了让中毒的父王脱离痛苦，她主动让善思罗汉带来了自己的双手，这样"献手剐眼"的牺牲就有了更广的内涵，既有对于报答父爱的，更有对于报答母恩的。这种对孝道的张扬，本来就是观音信仰与中国儒家伦理思想相融合的表现，而此剧中表现得更加完美。同时剧中还表现了她特有的儒学修养，她对庄王说：

> （旦）儿闻神仙修炼要仁慈济物，清净无为，未闻己邪以枉杀而能长生者，况人之命而欲延我长生，可为仁乎？听邪人之外教，伤君臣之大和，可为义乎？屈天子之尊，反下黄冠而拜，可为礼乎？政治一废，外邦起谋，国乱身危，可为智乎？邪人加之以师礼，直臣责之以重刑，邪正不分，赏罚倒置，可为信乎？五伦皆失，三纲不正，妄言神仙，岂不误邪？[①]

这仁、义、礼、智、信五伦本是儒家思想的道德核心之一，她借此对庄王进行严厉的指责，并为那些屈死的谏官申诉，其说正中的要。因此，她也惹火了庄王，被贬入冷宫。

第三，妙善完全褪去了神秘的佛性，而是世俗的平凡人。她

---

① 古本戏曲丛刊编辑委员会：《海潮音》抄本，第五出，北京，文学古籍刊行社，1957。

被贬入白雀寺出家时，寺中的住持面对身为公主的妙善有些矜持，她却丝毫不见有公主的架子，俨然是一位平常的出家妇人。早期刊本《香山记》中的妙善到达清秀庵修行时，出现了种种神异：当她在法堂洒扫时，钟是不敲自鸣，鼓是不打自响，地也不扫自净，甚至当她向土地神判官小鬼等礼拜时，这些神像都会跌倒；当父亲命令她在三日之内亲自为全寺僧尼和全朝文武办出一顿斋饭时，出现了更加神异的事情：有鬼判帮她磨面舂米，有白猿为她砍柴；甚至当她到山上去采芹时，还遇到了佛祖的试节指点等等。《香山记》中妙善的这些遭遇表现了她的不同凡人，这也是其本为西天正法明王，而且已经经过了九世的修行这种特殊的身份所决定的。而《海潮音》中妙善在寺中修行，不再有鬼神出来相助的神奇，靠的是实实在在的勤修苦炼，是很平凡的一些经历：当她一身布衣、麻裤来到法堂洒扫时，扫堂的执事对她于扫地的一番教导，就是日常生活经验的传授；当她扫地劳累时，以"古人读书有悬梁刺股"的精神来激励自己，就是一个励志者真实的心理表现，即使有人劝其休歇一会儿，她也觉得"扫殿未曾完满，待我扫净了方可住手，身似蜉蝣，心如佛旨熬，重向世情，随夜净如寒，鱼不食满水，空载月明归"，坚持以自己的实际行为来实现自己的理想；后来在深山打柴，她虽经受了风雨之苦、虎狼之惊、陡崖之险等诸多困难，但却毫不退缩，最后当寺庙被毁时，她为了生存还在街上卖水化斋。这些情节表现了妙善的勤劳、执著，以及她坚持出家修行的决心和信念。这种种品质又是一个身处逆境的人，面对生活的压力和实现理想的艰难时所必须具备的。从中我们体会到，作为一个寒门士子，张大复那种对生活的态度，而这正是苏州剧作家群中那种以"人格写神灵，借神话求自慰"① 写作情趣的具体表现。

———————

① 康保成：《苏州剧派研究》，80 页，广州，花城出版社，1993。

　　顺便论及的是，剧中还塑造了其他的人物，如善思罗汉、圣婴大王、庄王、王后、李监以及修罗刹等，剧作也比较好地表现了他们性格的某些特点。在这里更值得一提的是义仆李监，当看到昏聩的庄王被修罗刹迷惑，要杀尽全国所有僧人时，他挺身而出，毛遂自荐要去刺杀修罗刹。当被魔高一丈的修罗刹捉住时，他毫不畏惧，慷慨陈词，向庄王诉说修罗刹的罪状，"可恨道长蒙蔽我王仁德，离间我主天伦，屠戮黎庶，淫污吾王宫闱，神天共愤，老幼同斥，恨不得砍你万段，愿大王早早悔悟，奴婢万死无恨"①，表现了一个奴婢的忠胆义勇。后来庄王在善思罗汉的说法开导下，醒悟明白了，他也因为自己的赤胆忠心得到了主人的信任。从此他对主人更是忠诚，王后因为思念妙善而双目失明，他精心侍候；当听说去香山寺可以求得治好主人双眼的灵药时，他便不辞劳苦地去香山寺向观世音求取灵药，即使在路途中遇到饿狼的袭击，也毫不埋怨。这样一个性格鲜明的小人物形象，正是作者那种关怀世俗平民的思想的反映。这和当时苏州剧作家们那种积极反映社会问题以起到道德教育作用的创作主张有着异曲同工之妙。

　　其实，张大复的传奇作品虽多写佛、道、神、怪，但仍不乏厚实的世俗人生内容。《海潮音》批斥了妙庄王的残暴本性，他为求长生，竟欲蒸煮三百六十名男婴，残害三百六十名少女，即使是女儿妙善（即观世音）的苦苦谏止，他也执意不听，竟不惜杀死妙善；还有《钓鱼船》，故事取材于《西游记》小说，以龙宫、地府等穿插其间，却极力歌颂渔夫吕全的夫妻情义，吕全为见亡妻，宁死不屈，愿赴地狱，为了能在阴间长伴妻子，下油锅也无所畏惧。最终感动天妃娘娘，放他妻子转还人世。这样的

————————
　　①　古本戏曲丛刊编辑委员会：《海潮音》抄本，第十九出，北京，文学古籍刊行社，1957。

作品，说穿了，其实就是用神佛包装的社会剧。因此，从整体思想来看，张大复的创作与当时注重反映社会状况的苏州作家群的创作主流是一致的。

二、《海潮音》的艺术特色：案头场上、两擅其美

《海潮音》达到了中国古典戏曲美学所说的"案头场上，两擅其美"的艺术境界，无论是剧本文学还是舞台表演，都达到了较高的艺术水准。

剧本通过一系列有着尖锐矛盾冲突的故事情节，塑造了如妙善、修罗刹、妙庄王等许多有着典型性格特征的人物形象，剧本的思想性、社会性、审美性都十分丰富。同时，剧本十分注重情节的发展，结构的安排也独具匠心。从前面对剧本情况的介绍可以看出，全剧共二十六出，整个剧情的发展线索分明，组织有序，安排巧妙。这样重视戏曲故事情节的发展，是戏曲发展到明中叶以后，以王骥德、李渔为代表的一批戏曲理论家不断提倡的重视故事情节与戏曲结构的主张的具体体现。

剧本行当齐备，脚色丰富。其生、旦、净、末、丑、小生、贴、老贴、付、外等传奇中所谓的十门脚色都具备了，而且脚色的戏码分布很广，每一脚色扮演的角色都有其鲜明的个性，有自己独特的演出场面，充分地展现了他们的舞台风格和性格特征。如其中丑脚扮演的圣婴大王，无论其行当特色还是角色性格都得到了充分的体现。作为丑脚，他在舞台上的唱工表演很少，而是以科白和动作为主，具有一种诙谐幽默的审美情趣。圣婴大王本来是火云洞一吃人的妖魔，是"西天罗刹女之子，面儿却像十二三岁的小厮，千变万化，使一个火尖枪，天边神将不近他。怪的是和尚，恼的是僧人。口口声声赶上西方打杀罗汉，杀尽菩萨，夺取灵山，做个洞主"。当善思罗汉遇到他时，两人展开了一场斗争：

　　（丑）混账。……看你又无三头并六臂，敢来此地出狂言，你这身子不够呷一口，哪能挡我火尖枪？看枪。（生白）你既有此神通，可能降我金头揭谛火首金刚么？（丑）这些小辈，何足道哉。（小生）揭谛何在？（生上）菩萨有何法旨？（小生）为我佛来降魔者？（生）领法旨。（杀介，生败丑追下介。）（小生叹）……（丑追生上，生即败下）揭谛吃我一枪，还有谁来？（小生）火首金刚何在？（生）有。（小生）与我降魔者。（末）领法旨。　（同斗杀，末败下）　（小生）好一场厮杀也。……（丑追末下，丑）和尚，……早早上前来与我吃罢。（小生）……你合了掌对西方叫一声南佛阿弥陀佛，方可布施与你吃。（丑）这有何难，南佛阿弥陀佛！（作合掌，小生指介，丑白）呀！不好了，合了手分不开了，中了和尚的计了。（小生）咳，孽畜。……（丑跪介，白）你快快放了两只手，我再不吃你了。（小生）叹，只怕你动得手时还要将人吃。（丑白）情愿皈依三宝，从和尚修行。（小生）……　（丑）弟子再不敢为非，愿当改过。（小生）善哉！善哉！如来佛与我开掌者。（丑）请问和尚叫弟子哪里去立功？①

剧中写了他被善思罗汉收服的过程。刚开始见到善思罗汉时，他是根本瞧不起对方的，并大肆吹捧自己的本领，口口声声要吃了罗汉。当然他确实有非凡的本领，善思罗汉派来的揭帝、火首金刚都不是他的对手，被他追得到处逃窜，但善思罗汉只用一个小小的计谋就把他擒服了。这前后的对比是如此鲜明，足见其中脚色的幽默、诙谐。

---

　　①　古本戏曲丛刊编辑委员会：《海潮音》抄本，第四出，北京，文学古籍刊行社，1957。

剧本还善于营造热闹的舞台气氛，如妙善在白雀寺中，梦到了自己成佛后，来到西方净土世界，其舞台提示如下：

> （作打坐介。内吹打，作杂扮狮子，上引生如来、小生长眉罗汉、外贴丑净侍者、金刚上。如来坐介白）；（旦起。众为放大风，鬼作接见，使拜介，又吹打。旦白）；（下。付、丑、生、贴、小生、末、内侍引外、净上）

按照这些舞台提示，一个由音乐、场面、人物、排场等组合而成的西天盛景就跃然纸上了。

又如其中第一出到第四出交代了故事发展的背景：庄王求长生药，修罗刹诓骗庄王，庄王上当。而同时佛祖点明妙善佛缘，派善思罗汉来接引，善思罗汉收服圣婴大王，让他去除妖建功。剧作家在具体交代这些故事背景时，一开始就营造了很好的舞台气氛，语言具有很强的动作表演性。如庄王为求长生去见修罗刹，而修罗刹故弄玄虚，让小厮把门儿关了。当庄王虔诚请求后，他出来见了庄王，剧中的舞台提示如下：（外为庄王，净为罗刹）

> （同下）（按：因为下令小厮关门而下去了）；（二生末老扮太监引外上座轿）；（内吹打，净暗上坐台介。外白）；（付拜净介，外跪接，净白）；（净下座介，外白）；（内吹打。净瞑目介，外白）；（白：内侍过来，生、末）；（净下台介）

这些详细的动作提示，充分地展现了人物性格。这罗刹的一下、一暗上坐、一下座、一瞑目，是多么的装腔作势，而庄王的那一跪拜动作则体现了他的盲目和愚昧，这种注重表演的场面在剧作中比比皆是。

较之《香山记》，此剧增加了与恶魔斗争的情节，而这与妖魔斗争的情节也改变了《海潮音》整体的舞台风格。我们在看

《香山记》时，总感觉在戏剧情节的安排上不是很紧凑，不时感觉那不是在敷演戏曲，而是在进行某种仪式。的确如此，因为《香山记》是一伴随着仪式而敷演的仪式剧（抑或是宗教剧）。而《海潮音》的情节则是经过了精心组织的，并充分考虑到了舞台演出效果，展示了各种不同行当的艺术魅力。这中间还可以看到其受《西游记》的影响，如善思罗汉收服圣婴大王所使的让其双手合十而不能分开的计谋，如修罗刹手下的武妖与善思罗汉变成的老汉比法时，老汉的头颅砍而复生的奇异，如修罗刹多次提到的障眼法，如其中的钟头大会等等，都可以从《西游记》小说中找到相似的情节，作者在自己精心写作的同时，还大量地移用了《西游记》小说中这些人们熟悉的故事内容，戏曲与民众的心理距离就更近了。此剧因此成为舞台上常演剧目，直至光绪年间，据《申报》戏目广告，上海雅园曾演全本灯戏《海潮音》（上演日期为光绪十三年三月初五日），场面非常热闹。①

本 章 小 结

　　这一章主要分析了现存的以妙善故事为题材的两个古剧本，澄清了关于作者和版本的一些具体问题，分析了两者对于妙善故事的铺陈是有所发展与创造的。可以看出，由于戏曲作品的风格不同，反映在妙善故事的发展与改编上也不一样。《香山记》无论是从剧本内容还是演出形式上都带有明显的仪式功能，可以说是一仪式剧，从其对妙善故事的表现上可以看出，《香山记》所承载的是表现观音对于地狱亡灵的普度、超升的功能，表现出社会观音信仰实践中曾经比较注重观音对于亡灵、对于地狱的超度

---

　　① 《申报》缩印本：光绪十三年三月六日报纸，上海，上海书店出版社，1983。

作用，这一点与元代以来形成的观音信仰实践是相承的。而《海潮音》则完全是一故事剧，就戏曲演出形式来说，这种从仪式剧到故事剧的变化，说明了妙善故事在承载着其宗教内涵的同时，又逐渐远离其宗教内涵的中心，而成为普通的文学题材。

但这两者之间不存在孰好孰劣的比较，在整个网状形的戏曲发展历史中，它们是并存的。随着广大民众对观音的信仰不断扩升，对观音的崇拜热情不断高涨，这种与观音菩萨关系密切的戏曲也得到了广泛的流布与传播。尤其是随着各地地方戏的不断兴盛，妙善故事在不同的地理、文化环境中的戏曲存在形态也各具特色，下面我们具体分析之。

第三章　花部中的妙善故事戏

戏曲的发展，经过明代以来长期的昆弋相持争胜的发展后，到了清代又出现了各种地方戏曲竞相角逐的局面，迎来了戏曲发展史上又一个诸腔相争的高潮——花雅之争。李斗《扬州画舫录》说：

> 两淮盐务，例蓄花雅两部，以备大戏。雅部即昆山腔，花部为京腔、秦腔、弋阳腔、梆子腔、罗罗腔、二黄调，统谓之乱弹。①

由此可知，花部就是昆腔之外的其他剧种的总称。随着各地地方戏的兴盛，作为观音本生故事的妙善故事戏，由于它特定的演出内容和演出习俗，在各种不同的剧种中都有流传，从《中国戏曲志》等的记载中可以看出，几乎每一个省份都曾经上演过，具体情况如表 3 - 1。

在这遍及全国的妙善故事戏演出中，创造了许多不同的演出形式，但由于某些剧种在演出时没有形成具体的文本，只是按照提纲进行演出的，如山东的柳子戏；而有些剧种基本是借鉴另一剧种的剧本进行演出的，如甘肃的秦腔。因此，虽然妙善故事戏演出范围十分广泛，但就故事的情节来说，主要存在以下几种改编情况：以京剧《大香山》为代表的对原故事的演绎；以秦腔《香山还愿》为代表的对原故事的浓缩；以高腔目连戏《观音

---

① 李斗：《扬州画舫录》，107 页，北京，中华书局，2001。

表 3 – 1

省区	地区	剧种	剧名	主要内容	舞台效果	演出习俗	出演演员或戏班	备注
北京等地	车王府	京剧	大香山	整个妙善故事	第一舞台上演火彩		林颦卿	
		京剧	香山还愿	取手眼、还愿				
		京剧	苗善出家	庄王还愿				
天津		京剧	大香山					
上海			观音得道				小杨月楼 欧阳予倩	
河北		梆子	大香山				田际云 擅长	河北梆子传统剧目汇集71集
		东路花鼓	双牡丹					妙善故事
		汉剧	观音得道					
		梆子	白雀寺	整个妙善故事				普华山房剧丛剧本
河南		豫剧	三皇姑出家			敬火神	蔡大脚	

续上表

省区	地区	剧种	剧名	主要内容	舞台效果	演出习俗	出演演员或戏班	备注
湖北		汉剧	大香山	妙善故事无游地狱情节				《汉剧》集一36册
浙江	金华	徽剧	大香山		使用绘画与蜡烛		金华徽剧戏班	
	杭州	闽剧	观音得道			为安抚在抗战中牺牲的烈士	民生剧社	
		京剧	大香山		机关布景,拉洋片的形式		水路京班	
	舟山	越剧	观音得道	妙善故事				
陕西	宝鸡	秦腔	香山还愿	取手眼,还愿				
	河西走廊	秦腔	香山还愿	取手眼,还愿			苦水苗家班	
甘肃	农村	曲子戏	皇姑出家	妙善故事				
	武威	半台戏	香山还愿	庄王还愿			同乐社	
	农村	陕南影子戏碗碗腔	火化白雀寺	妙善故事				

续上表

省区	地区	剧种	剧名	主要内容	舞台效果	演出习俗	出演演员或戏班	备注
山东		柳子戏	大香山	妙善故事				
江西	婺源、九江	青阳腔、徽剧	大香山	妙善故事	火彩	酬神戏		
湖南	衡阳	高腔	南游记	妙善故事		庙会戏、还愿戏、丧戏		
湖南	辰河	高腔	观音戏	妙善故事	木偶演出多	目连戏		
湖南	祁阳	祁剧	观音戏	妙善故事		目连戏		
重庆		高腔	观音得道	妙善故事				
四川		川剧	火烧白雀寺	妙善故事		观音庙会三日		
安徽		目连戏	紫竹林	妙善故事				
安徽		青阳腔	大香山	妙善故事				十八罗汉三变衣，由红变绿，由绿变蓝的幻术表演
江苏	扬州	香火戏	观音戏	妙善故事				
浙江	舟山	越剧	观音得道	妙善故事		1994年	小白花剧团	

续上表

省区	地区	剧种	剧名	主要内容	舞台效果	演出习俗	出演演员或戏班	备注
福建	福州	闽剧	观音出世	妙善故事		1957年	新赛乐班	
	泉州	傀儡戏	观音修行	妙善故事		清末	天章三班	
	闽西	汉剧	大香山	妙善故事	绿色纸遮灯，制造阴森气氛	外出新加坡、泰国演出	外江新舞台	
		词明戏	慈航降世	妙善故事		辛亥革命前后		
广西	南宁	邕剧	观音得道	妙善故事				与早期粤剧相同
广东	广州、顺德	粤剧	大香山、观音得道	妙善故事		六月十九观音诞、华光诞	钟熙懿	包括香港地区
		汉剧	大香山	妙善故事				
宁夏			大香山	妙善故事		观音庙会戏		
黑龙江			大香山	妙善故事		庙会戏		
云南	昆明	曲剧	香山传	妙善故事				

戏》为代表的对原故事的扩充；以粤剧《观音得道》代表的对原故事的重塑。这些不同文本形态和各地不同的演出习俗一起形成了各具特色的妙善故事戏。

第一节　皮黄中的妙善故事戏

"皮黄腔"是西皮调和二黄腔的合称，西皮和二黄的源流及其关系是戏曲史上一个复杂的问题，也存在各种不同的说法。但可以说，西皮和二黄的不断合流，直到最后融合，是京剧孕育产生的过程。后来，皮黄腔和各种不同的地方语言、音乐相融合，又形成了各种不同地方剧种，如粤剧、滇剧等，这些又常统称为皮黄腔系统剧种。这里借用"皮黄"特指京剧形成初期到京剧最后形成这个时间段的皮黄戏，不包括地方化了的皮黄腔系统剧种。

一、京剧《大香山》

早期徽班就有《大香山》① 剧目，后来改唱"皮黄"，这就是京剧《大香山》。此剧敷演了妙善出家修道成佛的全过程，现在所见的较早本子是光绪六年（1880 年）由李世忠所编《梨园集成》中的《大香山》全本，另外在京剧《戏考》以及台湾出版的《国剧大考》中也辑录有《大香山》全本，从文字上可以看出，这三个本子是来自于同一源头，可能都是从以前"徽班老艺人手中得来的"②。关于剧本大意，徽班的旧脚本概括为：

---

① 何谓"大香山"呢？据梅兰芳《舞台生活四十年》（253 页，北京，团结出版社，2006）中说戏剧剧目前加"大"字，是俞五（即俞振庭）在经营双庆班时出的新花样，而没有特别的含义，不过是为了招徕顾客而已。

② 钝根编：《戏考大全》，第 36 册，469 页，上海，上海书店出版社，1990。以下所引剧本内容同此本，不再标明出处。

"楚妙姬洪福得圣女，妙善女学道修成仙。庄王无道逼女配姻缘。西天佛祖，命达摩搭救妙善，庄王火焚白雀寺。妙善女舍手医父病。香山寺得道合家证果，观世音奉旨查地府，功德圆满五圣上西天。"剧本情节也基本按照这个概括展开。

（一）故事情节剖析

《戏考》在介绍《大香山》时，特别指出其又名《妙善出家》、《火烧白雀寺》、《观音游十殿》等，这也就显示出此剧故事的重点是在妙善出家、庄王火烧白雀寺、观音魂游十殿等情节。

故事发展的过程可以归纳如下：妙庄王去天妃娘娘庙中"插花求子"。西天大圣童子因在佛祖面前说要普度兴隆国，被发至庄王膝下为女，此女就是妙善。妙善生而吃斋念佛，长成后拒绝择婿成家。庄王因此将她打入花园浇花，并发下要让桃花、菊花齐开的反旨，有意为难妙善。妙善得土地、小鬼等神助，使桃菊齐开。庄王得报虽然很高兴，但还是下令要她立即选婿成婚。妙善坚决不愿选婿，被送上绞刑台。这时，达摩祖师救起妙善，先要她念些《血盆经》报答父母，并告诉说她本是西天的大圣童子，要她去白雀寺修行。妙善经过了达摩设下的虎穴龙潭的考验后，来到了白雀寺。寺中主持又要求她办五百僧尼的斋饭才能收留她，妙善又在土地、小鬼的帮助下，办好了斋饭。庄王得知妙善在白雀寺修行时，大发雷霆，派人烧寺，五百僧尼全被烧死。后来达摩告诉她，庄王得了思儿病，要她施舍手眼，救父脱难，然后全家修行成正果。妙善化为小道童来到皇宫为父治病，说需要亲人手眼做药引，夫人找妙金、妙银两位公主取手眼，她们都不愿意。后来在道童的指点下，国王吩咐丞相林表去香山求菩萨取手眼，并许愿病好后亲去香山挂袍酬愿。林丞相去香山取来手眼后，庄王的病立即好了。庄王去香山还愿，妙善与父母相认，庄王夫妇出家修行。二仙兽要害两位公主，妙善及时赶到，收服二妖作她们的坐骑，公主们也到香山出家修行了。妙善在韦佗护法的陪同下，奉佛旨意稽查地狱。他们查看了地狱中的善善祠、尖刀山、血湖池、枉死城等地方，把作善的引渡去西天，枉死城烧死的僧尼也超度去见佛祖。妙善游遍地狱后，佛祖给妙善封号为救苦救难灵感观世音，妙金、妙银封为文殊、普贤菩萨，妙庄王封为南无大庄严妙盛菩萨，伯芽氏封为南无大圣神万善菩萨，杨杰、赵震、赵魁、阿凤封为咀喃（伽蓝），其九族七祖也尽得超升。

从上面介绍可以看出，《大香山》虽然包括了传统流传妙善故事的主要情节，但故事发展显得混乱，如其中的妙善收服二仙兽的情节来得十分突兀。为了更加清楚地了解剧本对情节的处理与组织，我们把故事的发展归纳如下：庄王插花求子→大圣童子下凡→妙善拒婚→花园受苦→妙善被绞刑→达摩救妙善→白雀寺修行→庄王患病→妙善献手眼→庄王还愿修行→妙善收二兽→观音游地狱→天官赐福，全家受封。和传统妙善故事的发展比较，这里最突出的变化是妙善修行只在白雀寺，而没有再展转到香山寺了。这个变化说明了两点：一是从戏剧表演来说，妙善香山寺出家不是很适合在舞台上表现，早在《香山记》演出的时候，也只是在语言上交代妙善去了香山寺中修行。更主要的是，从故事的发展来说妙善故事产生之初，香山寺修行成道情节本是用来解释汝州香山寺观音圣像的由来，但随着历史的变迁、妙善故事的流播、观音信仰内容的变化，人们对于妙善故事所蕴涵的观音信仰的内涵，不再愿意受制于某地、某时的限定，对观音成道的地理概念逐渐模糊，甚至完全褪去。虽然，保留了白雀寺的情节，则主要因为其无论在情节冲突上，或在戏曲表演上，都是一个对观众有吸引力的细节。

可见，京剧演出重点不在于敷演一个线索分明、情节新颖的故事，而只是借一些熟悉的情节来做戏，来展示戏剧作为再现艺术的魅力，给观众以戏曲美的享受。从观众接受心理来说，由于这是人们熟悉的故事，观众在看戏时就不会太在乎剧情发展是否合乎逻辑、是否严密，而只是欣赏戏中的表演，通过表演来理解剧中的人物。戏剧也是通过人物脚色的安排，排场关目的处理，尽可能地去展现其"唱念做打"的艺术魅力，并以此来体现人物的性格特点。

（二）妙善形象演出形态分析

在脚色安排上，戏中妙善以"贴"扮，而不是旦扮。这种脚色配置，就显示了妙善的整体形象。因为京剧的"旦"一般扮演庄重的大家闺秀，其表演重唱工，而做工很少，舞台表情展现也较呆板。而且"旦"有时甚至还是一个繁杂的脚色，如在此剧的"庄王求子"情节中旦扮演天妃娘娘，在"姐妹劝荦"中二旦扮妙金、妙银，在"土地帮助办斋"中旦扮土地妈妈（土地妈妈与土地公公是一场科诨戏，这里的"旦"扮可能是"老旦"之误）。而京剧中的"贴"是"贴旦"的省称，又叫小旦、做工旦、跷旦等等，是一个比较活跃的脚色行当，《扬州画舫录》中说"贴旦谓之风月旦，又名作旦，兼跳打"①，后来又称青衣，一般扮演性格鲜明的角色。

首先，妙善一出场，就是一个坚心出家、吃斋修行的人，穿的是"破衲衣"，吃的是"黄斋饭"，其在戏中第一次出场的唱词是：

> （公主上引）看破红尘路，急急早回头。（白）青青淡淡天，禄禄水云间，浮云归月下，潇洒碧圣贤，心似月，月似天，处处静出好神仙，宵来无风又无雨，一点真心结绣缘。（白）我乃三公主妙善，父王驾坐兴隆国，所生我姐妹三人，似我不图荣华，一心吃斋念佛，

---

① 李斗：《扬州画舫录》，124 页，北京，中华书局，2001。

今日早膳已毕，不免作些功课，洗手焚香观经典，没道
无常怨后头。金枝，转至经堂。阿弥陀佛。（唱）贪图
名利成何用，不如菠萝到人间，家鸡只是烫锅死，野鸡
无根天地宽，富贵百年难保守，路到轮回有循环，劝君
及早修行去，一落人身万劫难。

就舞台扮相来说，妙善一登场就是一个衣着简单的修行者，不太
适宜穿上那种霞披凤冠的正旦行头，所以"贴旦"的装扮比较
恰当地显示了她坚持出家的个性。

其次，妙善在剧中的鲜明个性，也适合"贴旦"行当特色。
如在二位姐姐劝她开荤时，她坚决不同意，看她如何回复：

（贴）为妹也有几句言语，皇姐听着。（唱）堪笑
世人不肯修，只到临危怨后头，你妹看破其中意，也无
烦恼也无忧。……

（贴）二位皇姐，你哪知吃斋的好处吓。（唱）海枯
石烂誓不休……①

这些夹白夹唱的言语，表明了她要出家修行的态度和决心，而个
性也跃然纸上。

同样的，在庄王再一次来劝说，要她开斋吃荤招取驸马时，
她和父亲一来一往，为自己出家辩护，伶牙俐齿，个性也十分
突出：

（贴）岂不知儿吃斋，手攀铁树等花开，绣针抛在
长江里，千年万载不回来。（生）为父也有几句言词，
你且听了。又道是高山种稻田，和尚会炼丹，阴阳习地
理，父母望后代。（贴）西方路上一只鹅，口吃青草念
弥陀，飞禽尚有修行样，人不修行奈如何。（生）猪羊

----

① 钝根编：《戏考大全》，第36册，478页，上海，上海书店出版社，1990。
以下所引剧本内容同出此本，不复注出。

本是人羹菜,朝也杀暮也宰,朝朝暮暮宰不败,看家
犬,捕鼠猫,也不杀来也不宰,何曾残脱阎罗世界。
(贴)世间何须较短长,袖里机关奏父王,春来免见杨
柳绿,不却又是菊花黄。(生)当地一块土,用水和成
泥,柳木雕成像,布施塑成金,文武齐下拜,成神有谁
人。(贴)且不知长者为江山伤身害命,少者为社稷倾
家败国,有什么好处,儿立誓不开斋界。

再次,在舞台排场的处理上,《大香山》通过一些具有表现
力的戏曲关目设计,来表现妙善的个性。剧中一些简单的舞台科
介提示,就为演员提供了广阔的发挥表演的余地,如妙善在后花
园念佛修行,曾在那打坐一番,展示了一个佛天境界:

（贴打坐闭目介）（生上）佛在西天打坐。（末）
回府大盼五岳。（小生）一般俱是神仙。（外）世人欺
善怕恶。（同白）吾乃——（生）净水佛;（末）香花
佛;（小生）阿耨佛;（外）伽莎佛;（生）众佛稽首。
今有大圣童子在佛祖面前夸下大口,要普度兴隆
国。……

舞台上演出这样一个四大西天圣佛同台的场面,实际上是用来表
现妙善对修行的认识,以及在那种认识下所想象出来的西方圣
境,而此情此景的展现既间接反映妙善修行的坚定信念,又取得
了很好的舞台效果。后来妙善游完了十八层地狱后,舞台上又是
叠罗汉、叠字犯,又是"天官赐福",对庄王一家进行分封。这
些排场营造了很好的舞台氛围,而且侧面烘托出妙善修行证果后
的轻松心情。

(三)《大香山》的戏曲演出形态

京剧《大香山》在舞台设计上,巧具匠心,尤以火彩见长。
剧本中明确标明用火彩的地方较多,如当妙善得知庄王生病,前
往医治时,要变成一个小道童,这时舞台提示是"火彩变介"。

另外很多没有明显标出舞台布景的地方，演出时也能用火彩进行布景，如火烧白雀寺一场的火景，或用夹层彩砌布景，或用旋转舞台；如千手千眼观音的显像，可以用灯彩来布景，甚而整本《大香山》，成为一全灯彩的演出。如清末在天津以砌末出名的太庆恒戏班，其"演《大香山》一剧，诸天罗汉，貌皆饰金，面具衣装，人殊队异，而戏中三皇姑之千手千眼，各嵌以灯。金童玉女膜坐莲台，全能自动。新奇诡丽甚是悦视"①。

据记载，北京奎德社坤班演此剧观音升天一场，扮观音的演员先在台下走动，逐渐腾空而起，看来好像是升了天。其演出的方式是用四根钢丝，一个铁架制成类似秋千的道具，然后由人力来推动。由于背景是黑色的，所以看不见钢丝，两边来回推动的人都穿上黑衣，所以观众也看不出来。② 这是借用灯光效果制造具有真实感的仙境。而这种升天表演在清宫内庭就是用"云兜"，其制作是："用铁板一块，周以木板，四角穿以极粗线绳，用绸布画云形为兜，垂于下，它如云勺、云板、云椅子等亦与此同，绒线上端合而为一，与粗长绳接，长绳上绕木贯井架上所钉之铜铀，而斜引至辘轳梃上，做无数之回匝，用人搬动辘轳，即可将云兜下降至台上，长绳上刻有记号，放至所记之点，而云兜已至台。"③ 给人的感觉更加真实。但这种奇幻的舞台演出要求舞台上有天井之类的设备，清宫里的三层大舞台当然就更合适这样的演出，因此《大香山》也就成为清宫内廷经常演的剧目之一。光绪间，慈禧就经常点演此剧。

另外，剧中还增加了一些净、丑等脚色的滑稽表演，加强了

① 徐珂编辑：《清稗类钞选》（文学、戏剧、音乐卷），365页，北京，书目文献出版社，1983。

② 王登山：《杨韵谱先生和奎德社》，《文史资料选编》，三十四辑，232页，北京，北京出版社，1988。

③ 王芷章：《清升平署志略》，66页，台北，新文丰出版公司，1982。

戏曲的表演性。如土地神帮助做斋饭时，叫来土地妈妈一起帮忙做馒头，这是一场典型的滑稽戏。丑扮的土地公公和旦扮的土地妈妈帮助妙善做好了五百只斋馒头，土地妈妈点数时，却少了一只，于是问公公是谁偷吃了馒头，土地公公为自己偷吃进行辩护，语言十分风趣：

> （丑上）（念散板）福德正神，我本威灵，烧香换水，好事奏天庭。（白）我乃本庙土地，今有大圣童子，在此修行，当家师要她造出五百馒首，她一人怎么造得出许多，不免叫妈妈出来，帮助与他。妈妈走来。（旦上白）保佑一方人吉庆，自有烧香换水人，老老何事？……（旦白）如此叫苏儿出来烧锅。（鬼上）叫我出来烧锅。（唱）参礼参佛忙移步……（旦）一五一十少了数，不知何人将馒首偷。（白）苏儿，这馒首哪里去了一个？（丑白）老夫餐的。（旦）未曾供佛，你怎么先吃起来。（丑）有道是杀猪宰羊，厨子先尝。……

这种丑、旦对手的滑稽表演，明显是从地方戏中的小丑、小旦同场的"二小戏"转化而来。

可见，京剧《大香山》不像明代传奇那样具有很强的仪式性，也没有如《海潮音》那样寄托着写作者个人的思想，而是以纯戏剧表演的形式来表现妙善故事。这样，妙善故事便逐渐远离了其以宗教内蕴为主旨的中心，而走向完全的世俗化。

这种以纯戏曲演出作为审美取向的戏曲，当然是很适合舞台演出的。在清后期到民国这段花部兴盛的时期，《大香山》是舞台上常常演出的一个传统剧目。早在清朝时期，就有此剧在宫内演出的记载："清光绪年间，慈禧太后在宫中听戏，常喜观此剧。故往时供奉太监，及北京诸老伶工，多擅长此剧。盖因慈禧性喜观神怪彩景之戏故也。迄今江浙徽汉诸班中，犹时有演之者。"[1] 后来在民国时期的舞台上，还经常可以看到有此剧的演出。

如在北京，据《北平菊部大事记》记载，在民国二十年三月，北平城南游艺园戏单上就有"六日戏孟丽君早《打花鼓》，晚《大香山》。……廿四日孟丽君早休息，晚《大香山》"，西单游艺场："十一日戏蔡连卿早《青楼惨史》，晚《大香山》，十二日，总理逝世六周纪念停戏。十三日蔡连卿早《青楼惨史》，晚《大香山》。……十七日，蔡连卿早《观音得道》，晚《刘公巧断僧鞋案》。"[2] 可见，《大香山》在当时北平的主要舞台上也曾红极一时。

上海也是如此。据《申报》1927 年 3 月 3 日记载："大舞台应沪上佛教居士之请，编演《观世音》得道一剧，开演一月，颇受社会欢迎。"[3] 演戏时，剧组人员"因念佛教戏有关佛教尊严"，特还托佛像流通处请上海的佛教居士静修法师等十余人光临指导，莅临评检，此次演出"自始至终，虽与经本不同，然劝诫世道之心，有益社会匪浅"，因此获得了观众的肯定与好评，居士们并由此提出要"多排佛教戏，加以严格审定，以资有益观众，挽救末俗"的倡议，并还赠送了大舞台一字匾，以示赞扬。

因此，伶界出现了许多以扮演观音闻名的演员。《听春新咏》就记载了不少擅长演观音的演员，如和春部的连喜，长得"姿态端妍，丰神谐畅"，演"香山出家，莲座承趺，霜纨映肉，

---

[1] 钝根编：《戏考大全》，第 36 册，469 页，上海，上海书店出版社，1990。

[2] 《戏剧月刊》，第三卷，第 10 期，见《俗文学丛刊·戏剧卷》，第 22 册，台北，中央研究院历史语言研究所、新文丰出版股份有限公司，2001。

[3] 蔡世成辑选：《申报京剧资料选编》，371 页，上海，内部刊行，1994。

风清弦索，香溢氍毹，流韵绕梁，鱼鱼雅雅，尤足令人神怡心旷也。群玉山头，瑶台月下，可以想其品概也矣"①。而属于秦腔的双和班，也拥有演妙善的名角儿，如其小喜，山西人，不但人本长得丰神温雅，眉目清妍，而且戏也演得很好，"其演《香山》一剧，双湾织藕，百啭新莺，与徽部张芰香（即连喜）各极其妙"。后来他回家乡去了，有一段时间此剧不能再演出，直到出现了又一个演得好的伶人双凤，《香山》才重新出现在其舞台上。"自李香蕖（小喜）回籍后，咸谓《香山》一剧已成'广陵散'矣！而星环（双凤）继起，杨枝一捻，玉藕双弯，与李郎悉敌。"② 据同书记载，秦腔、徽班在演出《大香山》时，妙善扮演在服饰上是不一样的。徽班中穿得飘逸、庄严，而西部秦腔则只穿背甲，且要露出双臂的，因此对演员的手臂也要求美感，犹如玉藕一般是最佳的。

京剧中的名旦角小杨月楼也是扮演妙善的著名演员，其行当是花衫。小杨月楼擅长唱功，其中一段唱词别有风味，在新中国成立初期还被胜利唱片公司灌成唱片，其词也只在表现伶人唱功，而没有太多的实际意义：

> （二黄倒板）忽听得金殿上，一声（请）我。（平板）金殿上宣我为何因。奴这里一心心念弥陀。先天古神燃灯佛，三世释迦牟尼佛，太阳明明珠光佛，普照神州光王佛，啊罗哆哪菩提佛。佛在心头坐，三万八千无量佛，南无弥陀。（二段）妙善御园叩拜神佛，每日里一心念弥陀，世间生灵造孽多，功名富贵反成魔，人

---

① 张次溪编：《清代燕都梨园史料》之《听春新咏》，172 页，北京，中国戏剧出版社，1991。

② 张次溪编：《清代燕都梨园史料》之《听春新咏》，186 页，北京，中国戏剧出版社，1991。

生在世能几何，南无佛，弥陀佛，无量受尊佛。①

二、车王府剧本中的《大香山》

在《车王府曲本》中还收集有《大香山》总讲和《香山还愿》全串贯两个剧本，这些剧目中的妙善故事，基本是按传统的故事情节来敷演的，剧中人物形象和主题思想没有太多创造，而只是随着各种不同演唱特色，在戏曲的舞台表现上各有不同而已。

两者的情节相同，应该是一个剧目剧本的两个不同存在形式，故事从庄王生病派人到香山求取手眼治病开始，以庄王病好去香山还愿，决定出家为止，是妙善故事的节选。全剧分为五场，具体内容如下：

头场：正生扮奉旨去香山求取手眼的大臣，上场表明自己对朝堂的赤胆忠心，为了治好庄王的思儿病，赶往香山取皇姑的手眼。

第二场：旦扮观音来到佛堂，见到来求取手眼的林表，并献上自己的手眼让林表带回朝中。

第三场：庄王见到手眼病就好了，并决定去往香山还愿。

第四场：一个纯舞台表演的场面，没有具体的情节。

第五场：庄王夫妇到香山还愿，妙善向他们细说自己的修行经历，庄王悔改，决定弃江山而出家。

从唱词分量看，这是旦角主唱的本子，旦角的唱功是此剧表现的一个重要方面。旦角的两大段唱词，一段比一段长，感情也逐渐加强，在戏结尾旦角还唱了一大段唱词，感情达到高潮。唱词在内容上是概说整本故事，在音乐上用的是一种表达悲伤情感

---

① 郑子褒（别号梅花馆）主编：《大戏考》，168 页，香港，香港传记文学出版社，民国三十六年（1947）。

的二板（按：应为"簧"）倒板：

　　　　（旦角二板倒板唱）卧龙殿全家人叫儿开斋，端来
　　了艳梅酒叫儿开荤，那一时儿不用父王恼怒，将孩儿打
　　在了绞莲宫中，绞莲宫只哭得天昏地暗，那时节儿一死
　　无有救星，多亏了达摩神空中路过，将孩儿一阵风刮出
　　皇城，刮至在白雀寺修身养性，洗了手净了脸才把香
　　焚，咱朝里出了奸臣暗奏一本，他言说白雀寺男女不
　　分，我的父发去了一班人马，最可叹白雀寺用火烧焚，
　　烧坏了华化经三百余本，可叹那五百僧一同归阴。遵父
　　王把江山舍了倒好，倒不如随孩儿一起去修行。①

这一连十八句唱词，是一段表现青衣唱功的戏，把妙善出家修行
的经过，以及妙善在这个过程中的心理都细致地表现出来了。

　　此剧还有一个明显的特色就是注重舞台效果，既重视舞台上
的舞蹈动作，也看重舞台布景。第四场基本就是一个纯舞蹈表演
的场次，只有"正场摆砌末，拉围，末跳降龙伏虎介，同下介"
的舞台科介说明，没有人物角色上场，也没有唱词，有的只是舞
蹈表演。同时又很重视舞台布景，如去取手眼的大臣初见观音
时，科介提示为"（大臣）失惊介，两边看，火彩。上韦佗、金
刚两边站椅介"；后来庄王等到了香山寺还愿时，庄王见到寺中
缺手眼的菩萨，宣布封为千手千眼佛，这时空中显出了千手观音
像，舞台提示为"开围现十八罗汉，顶上大鹏金翅鸟，四大金
刚，千手眼佛，三大士韦佗护法、四幡童、四云童，正中大肚和
尚弥勒现，满堂灯彩介"②。这样一个比较绚丽的舞台展示，足
以展示王府和宫廷那种齐备、华丽的舞台布景以及演出场所。

　　概言之，在这类基本以剧场舞台演出为主的皮黄戏中，注重

---

①　《清车王府藏曲本》，第 12 册，110 页，北京，学苑出版社，2001。
②　《清车王府藏曲本》，第 12 册，109 页，北京，学苑出版社，2001。

演出技巧的审美需求，剧本中妙善形象的文学塑造，不是典型的"这一个"。但在具体的演出过程中，由于演员演艺风格的不同，剧场舞台设计的不一样，而形成了各种不同舞台风格的妙善形象和妙善故事戏，这是妙善故事在皮黄戏剧种中的特点。而在一些特色鲜明的地方剧种中，妙善故事存在的形态和个性更为突出。

第二节　高腔中的妙善故事戏

在湖南和四川等地的高腔目连戏以及安徽徽州、祁门等地的目连戏中都有观音得道故事的演出，并且都是连台本目连戏演出的一部分，其中湖南更为典型，下面以它为例，来研究高腔中的妙善故事戏。

在湖南衡阳、祁阳、辰河流域等高腔流传的广袤地区，都有关于妙善故事戏的演出，甚至把这种演出妙善出家成道为观音菩萨的戏，专称为"观音戏"。据《湖南戏剧剧种志》记载，湖南地方观音戏的演出主要有：祁剧，在二月十九日观音诞辰演出观音戏，又称《南游记》，是传统的四大本连台戏之一；辰河高腔，在唱"大愿戏"时，《香山》是必演的剧目之一，和《梁武帝传》、《金牌记》（岳飞事）、《封神榜》、《目连传》等合称为四十八本目连戏，而《香山》共六本，作条纲唱，重要单折、唱段多用固定的剧本，而且酉水流域的矮台班（木偶戏班）更多是以演此剧为主；湘剧高腔，在1948年新中国成立前，每年农历二月的观音诞辰和秋冬时节唱"万善缘"时都演《南游记》①，《南游记》又名《观音戏》，是湘剧高腔七大本之一。从这些记载可以看出湖湘文化中的观音戏演出是一项非常重要的群众文化活动。下面从其戏剧内容和演出形态两方面来分析这种具

---

① 湖南省艺术研究院：《湖南戏剧剧种志》，长沙，湖南人民出版社，1986。

有鲜明地域特色的文化现象。

一、戏曲内容与人物分析

观音戏现存剧本有衡阳湘剧高腔和辰河高腔两种，都是新中国成立后根据老艺人回忆，记录整理下来的。对比两个本子，剧情基本相同，但形式上却有些区别。

衡阳湘剧高腔的观音戏题为《南游记》。分为上、中、下三集，共五十五场。在每一集开始前，都有一出"副末开场"，用以概括各部分的剧情大意。下面把具体的场次出目列出，并与《南海观音传》、《香山记》以及《目连救母》相比较：

上集：

一　锁拿寒林	二　副末开场	三　李音玩赏
四　庄王设朝	五　陈庆训子	六　金殿册封
七　御园观花	八　涂树出兵	九　定烈闻报
十　奏朝请旨	十一　驸马出兵	十二　成亲招配
十三　金星解难	十四　冷宫教经	十五　摘花奏旨
十六　五云起马	十七　观音扫殿	

中集：

一　副末开场	二　觉全奏朝	三　金星搭救
四　打柴汲水	五　斋僧布施	六　肖僧入寺
七　五云回旨	八　觉全归阴	九　火焚白雀
十　霹雳回斩	十一　黄赞解刀	十二　云阳监斩
十三　回旨复斩	十四　仲龙解罗	十五　丧命归阴
十六　王氏起丹	十七　少宝调情	十八　归家打父
十九　雷神打丧	二十　扫坟归阴	二一　出鬼打叉
二二　秦广挂号	二三　奈何超孤	二四　桥头度孤
二五　五殿诉冤	二六　王氏对经	二七　五殿解罗
二八　师度还阳		

下集：

《锁拿寒林》是一出开台仪式戏。由太白金星带领二童子和王、马、殷、赵四元帅跳台。太白金星传旨城隍，命巡台五鬼锁拿不正之鬼神，以保证搬演慈悲戏文期间的诸事圆满：

> 原来此处善信人等，因为人口田禾六畜百般等事，陡发虔心，搬演慈悲戏文，尔等乃一方道主，与他东五里、西五里、北五里、南五里、中五里，五五二十五里，不正之神，不正之鬼，一齐锁来，押赴寒林，戏文圆满，自有银财发放，听我嘱咐。①

这种开台的仪式本来是宗教活动中建斋设醮的一项重要仪式，即在举行醮事之前，通过一系列仪式行为，来辟邪去秽，以达到祈神保禳的目的，在民间信仰中，任何宗教法事活动都会进行一定的开台净坛仪式。这出《锁拿寒林》，就是把宗教仪式戏剧化，把一些抽象的、神秘的仪式通过戏曲的形式形象地表现出来了。而这种戏曲化了的仪式和戏曲故事本身还是存在一定的距离，因此它没能完全融入剧本中去，这也反过来凸显出它的仪式功能。

从仪式对演戏目的的说明来看，戏曲演出主要是为了求保

① 湖南省戏曲工作室编：《湖南戏曲传统剧本》，第51本，衡阳湘剧高腔《南游记》，2页，长沙，湖南省戏曲工作室，1980。

"人口、六畜、田禾"等事情。这种演出习俗可以叫做"青苗戏"，目的是为了祈福禳灾。在湖南的其他地方也有这样的演出习俗，如湘西的善化县，每年"城中各庙士民多因事叩许戏文，随许随演，乡间有常额一日至十日不等或数年一举，谓保人民禾苗，届秋立坛设醮，请梨园扮演，亦有演傀儡戏者"①。

湘剧高腔把"观音得道"的故事取名为《南游记》，就剧名来说，很容易使人联想到"四游记"中关于华光故事的小说《南游记》。其实，湘剧高腔把观音得道的故事取名《南游记》，是有来历的。因为以这个故事为题材的小说《南海观音全传》在明代刊本中就题名为《全像观音出身南游记传》（此本现存大英博物馆）。由此可见，湘剧敷演观音得道故事比较早。同时，这也说明了湘剧高腔的妙善故事主要是依据小说而改编的。现对比两者具体内容，也可以看出它们之间的关系，如高腔《南游记》中《御园观花》一出的内容与小说中《妙善公主降生》一节姊妹三人在花园游玩的内容基本相同，还有高腔中敷演妙善收服善才、龙女的事情也可以从小说中找到对应的情节，只是具体细节有所改变。

高腔《南游记》，通常又叫《观音老母游地狱》②，突出其中游地狱的情节。这些游地狱情节与《目连救母》戏中的相关情节又基本一样，无论故事内容还是演出风格都基本相同，两者的开台仪式也完全一样，这些都明确说明了两者关系密切；同时也表明了观音戏的演出具有与《目连救母》相同的作用，甚至在辰河高腔中，这观音戏也被包含在大范围的目连戏中了。

---

① 《光绪善化县志》卷十八《风俗·祈禳》，参见《中国地方志集成·湖南府县志辑五》，南京，江苏古籍出版社，2002。以下所引湖南地方志资料均出此版，不复注。

② 黄芝冈：《论长沙湘戏的流变》，《古代戏曲研究资料辑》（欧阳予倩主编），106页，北京，中国戏剧出版社，1957。

湖南辰河高腔人演观音戏基本内容与衡阳湘剧高腔基本相同。其《香山传》是属于四十八本目连戏中的一部分,分为上、下两卷,上卷三本,下卷两本,共计五本,全剧分三十二场,具体场次如下:

上卷,第一本:

| 一 | 副末开场 | 二 | 朝廷选科 | 三 | 游园立誓 |
| 四 | 金殿拒婚 | 五 | 土地传经 | | |

第二本:

| 一 | 白花开放 | 二 | 鸳贞别宫 | 三 | 白雀剃度 |
| 四 | 观音扫殿 | 五 | 紫依归天 | | |

第三本:

一	斋公投庵	二	何凤出朝	三	难旨到庵
四	造亭开井	五	神灵辅助	六	赏斋生非
七	霹雳发兵	八	火焚白雀		

下卷,第一本:

一	定计破斋	二	凤楼排宴	三	云阳三绞
四	竹林见师	五	采芹脱化	六	见佛受封
七	占领香山				

第二本:

一	五殿鸣冤	二	冤报种波	三	观音化身
四	取神手眼	五	金殿问道	六	香山酬愿
七	团圆登仙				

和衡阳高腔相比,故事模式基本一样,但有些细节不同,如辰河高腔中,庄王不仅罚鸳贞要倒背阳春使桃李菊花齐开,而且还要造亭开井;辰河高腔中没有妙善魂游地狱的情节而增加了庄王设计让妙善开荤,结果被妙善识破的情节,这可能是观音戏的演出与目连戏紧连着的;辰河高腔中庄王对妙善出家的态度并不坚决反对。这些是在大文化背景下一些细微差别,并不影响其作

为一个整体的事实。

从以上两个本子的场目内容中，可以看出流传于湘楚地区的妙善故事戏包容的内容增加了，采用"戏中戏"的编排方式，把一些民间流行的小戏加到原来的剧中，增重了教化功能。就妙善故事传统来说，其最大的特点是把观音得道这样一个菩萨修行的故事庶民化，使之成为一部重在表现世俗伦理的道德教化剧，呈现出一种演绎世俗的趋势，这和民间对《目连救母》的改编有些相似。这种演变主要体现在以下几个方面：

（一）戏曲故事情节的世俗化

首先，妙善修行过程的完全世俗化，由一个普通的叫鸳贞的女子到出家成法号妙善的女尼，然后才修炼成佛。这种出家的过程是一个普通僧人的经历，完全是生活原生态的展现。其次，加入了一些生活小戏，如《陈庆训子》、《少保调情》等等。另外在一些同样故事情节的改编上也表现鲜明的世俗倾向。如观音游地狱情节，无论是早期传奇《香山记》中还是《香山宝卷》，都表现了观音对地狱的超度，极力写出观音在地狱中所具有的法力和慈悲，表现出观音所具有的神性，甚至还夸张地说，阎王担心观音会把地狱冤魂全部度脱而使他们失业，催促快点让妙善还魂归阳。而《南游记》中的妙善游地狱，则完全是一凡人的地狱经历，她的灵魂也必须在地狱经过阎罗的审判、裁决，才能重返人世。她能死而复生，获得魂返人间的资格，主要也因为她一心想要以修行来报答父母的恩情。同时还有王氏，因为生前吃斋修善，魂归地狱后，也获得了与妙善同等的待遇。这样，妙善的地狱经历就完全没有了神性，而只和平常人一样经历了善恶报应的遭遇。

（二）戏曲人物形象的世俗化

在这种世俗故事中，出现了许多世俗的人物。更主要的是，把妙善形象也完全世俗化了。她虽然还是一个皇家三公主，但身世与平凡人已经不再有什么区别，完全失去了宝卷等渲染的神异身世。她本是名叫"鸳贞"的一般女子，而"妙善"是她出家为尼的法号。她对于春花秋草也充满着世俗情怀，看到满园百花盛开，她主动邀请母后、皇姐们来游玩观赏。而宋代《香山传》中妙善是因母吞月而生，并从一出生就坚持吃素念斋，常穿垢服，以至宫中称之为"佛心娘子"。即使后来的传奇、小说，虽然其神性是在不断地消退，但对于她的不同平常的前生，都极力渲染。

更突出的是，妙善出家修行仅为报答父母的养育之恩，这种动机和目的非常普通。而且产生这种动机的原因也很普通，因为听了母后诉说养儿育女的辛苦，她才"闻娘言，暗思忖。人生光景几度春……痛娘亲，多苦心，痛娘亲，多苦辛，立誓吃斋入空门，报答父母养育恩"①，并对天发誓说自己情愿吃斋，"若有差错，愿天监查，永坠地狱"②。可见她完全是为了表孝道而吃斋，为了行儒家之礼德而修行，与在《香山传》碑文中说她因要"拔众生苦"而坚持出家相比较，这种纯表孝心的修行动机反映的是佛教信仰的世俗化。曾几何时，那些大德高僧们还在为追求"般若智慧"、"无我圆通"等境界而自我涅槃。而如今，即使是有无上佛缘，为慈航投胎的鸳贞公主，她出家也只是为了报答父母养育之恩。这是一个很平凡的愿望，因为在传统伦理看来，做人的基本道德准则就是必须孝敬父母。鸳贞更要以出家修行这样的"过激"行为来表达自己的孝心。

从此妙善走上了坚心修行的道路，拒绝父母为之婚配，完成庄王为她设下的一道道严旨，但是她还是被七尺红罗赐死云阳。在土地神的帮助下，她必须经过四十九天的大难，才能重新考虑

---

① 《湖南省泸溪县辰河高腔目连戏全传》，183 页，台北，台湾财团法人施合郑民俗文化基金会，1995。

② 湖南省戏曲工作室编：《湖南戏曲传统剧本》，第 51 本，衡阳湘剧高腔《南游记》，23 页，长沙，湖南省戏曲工作室，1980。

死后魂灵的归宿。在这段大劫中，她在地狱中经过了五殿阎罗的评判，被认为是一个大善人，因此可以返阳再生，而刚好有土地神为她看守尸首，她才能魂归原体，重回阳间。她在魂游地狱时，看到的不再是那刀山火海、枉死城等地狱的概貌，而是亲历了地狱阎罗的鬼判，领略到了那生前死后报应的真实：那在阳间修行为善的王氏人，在阴间是被封为了仁义菩提，号为妙如，并被还魂转世为男，成为尚书之后，还将登榜为官；而那在生时偷鸡摸狗、打爹骂娘的岳少保、曹二嫂，被雷公劈死后，成为孤魂野鬼，当地狱鬼差把他们叉到阎罗殿后，被打下奈何桥，受尽地狱中的诸般折磨，然后在孽镜台见过自己所做的种种恶孽，最后轮回为牛为马。

　　妙善在地狱中所见的轮回、报应被描绘得如此的具体，这就给现实中的人们提供了生动的教材。地狱、轮回、报应……这些为了惩恶扬善而创造的主题词，是维护人们道德行为的重要手段，在那吏风败坏的时期，也只有这些能约束人们，能维护世风。因此此剧演出的讽劝世风的载道意识是十分鲜明的，这是其世俗化表现的一个重要方面。

　　对围绕着妙善出家一事而出现的其他人物，此剧也都从世俗人性的方面来写。如在白雀寺修行的师父觉全老尼，虽然听从庄王的指令要阻止妙善修行，但见妙善修行决心坚定时，却又勉励她要坚心守道。在生离死别之时，她对妙善嘱咐道：

　　觉全：（唱）哎，公主娘娘，自入庵门以来，终日训诲，并无异色。我今丧后，敬奉如来，如我在日，你若依着我这桩事情，我就死在地府幽冥，吾心足矣。哎！弟子，自在膝下为徒，不离左右，今日丧后，好似天空降下飞龙剑，斩断你我师徒情了，你那里休泪垂，人生在世，终有别离情。

　　……

　　妙善：（哭）师父吓！（唱）苦！【驻云飞】绝气
无言，叫破咽喉肝肠断，师徒今朝别，九泉再相见，提
起泪涟涟，哎！师父，实指望修行有道，报母劬劳，谁
想父王狠心，苦害我，命难全，哭到阎王不放还。（内
白）师父快快分别！

　　妙善：（唱）【尾声】师徒一旦情义断，叫破喉咙
不应言，若要相逢在九泉。（下）①

这是一场"苦戏"，写出了人世间生离死别的真实情感，既有其
师父作为一长者，对后辈的殷殷期待；而师父作为一个出家人，
又见其对待生死的平常心态；还写出了妙善面对师父的死亡，既
有失去亲近之人的痛心疾首，又有对父王苦苦相逼的怨恨，还有
对自己前途未卜的担心等种种复杂情感。

　　同时，戏曲中还加入了很有地方特色的社会生活场景，表现
其中人物的世俗性。如在对岳少保、曹二嫂一对反面人物进行塑
造的《少保调情》、《归家打父》、《雷神打丧》、《扫坟归阴》、
《出鬼打叉》几出中，写出了一个忤逆子的种种恶行。既有戏中
作为丑角的相互调侃、科诨，更有对世风的浓缩表现。岳少保，
不行孝道，从姘妇曹二嫂家喝酒醉归，对父亲岳千行百般凌辱：
父亲开门，稍慢些，他举手就打；自己酒醉，走路不稳，也要迁
怒于父；父亲为其倒茶，凉的不行，热的更不行，还出口称父为
"老狗"、"老狗才"，甚至还拳脚相加，把其父打得只能跪地求
饶："儿呀，饶了我，明日又打。"岳千行实在无法忍受，焚香
求天，惩罚这不肖之子：

　　（唱）【驻云飞】祷告苍穹。（纠察官上）老汉岳
千行，生出不肖郎，终日打爹娘，伏望灵官，雷公电母

---

　　① 湖南省戏曲工作室编：《湖南戏曲传统剧本》，第51本，衡阳湘剧高腔《南
游记》，74页，长沙，湖南省戏曲工作室，1980。

把他残生丧，再把明香谢上苍。

结果岳少保被雷劈死。这种对"不孝崽遭雷轰"的道德告诫，即使在今天当地也还是十分熟悉的，在农村中，母亲们对淘气子女的埋怨还时常用上"你这遭雷劈的"这么一句口头禅。

（三）戏曲语言的世俗化

此剧虽然是祭祀酬神剧，但戏曲中的嬉戏幽默语言却到处可见，整个戏的气氛十分轻松，具有典型的平民语言特色。剧中运用了大量的谚语、口语、方言，如"千尺浪里翻身转，百尺高杆把命全"、"猫儿去了，老鼠来放光"、"空碌碌，枉波渣（受苦）"、"老倌儿"等等。戏中有些场景有时甚至就是生活原生态的再现，如其中的《少保调情》中，岳少保偷了一只鸡来到曹二嫂门前，二人的一段对话：

> 岳少保：来此二嫂门首，待我打叫，二嫂在家没有？（内白：哪个）
>
> 岳少保：这个。（内白：我的这个那个又多，不知是哪个？）
>
> 岳少保：是火坑罗人。（曹二嫂上）
>
> 曹二嫂：想则是旧人来了，待我开门。生得白来即是白，生得黑来即是黑，去年搽的三石粉，如今还是象牙色。哎呀，原来是二哥来了。
>
> 岳少保：二嫂，不好了，不好了，眼睛在灰里。
>
> 曹二嫂：灰在眼睛里。
>
> 岳少保：与我一吹。
>
> 曹二嫂：待我一吹。

这一段语言非常俗气，就如生活中真实的一幕。与酬神的演戏目的相背离，但却是民众乐于接受的。不仅如此，就是一些神仙言语也很俚俗。如《冷宫传经》中土地神向鸳贞传经，给她送来了僧帽、念珠、云拂，唱出了这么几段：

　　土地：头上戴顶碧云巾，不认爹娘不认亲。南无佛，阿弥陀佛。碧云四只角，南无佛，只许戴来不许脱。南无佛，阿弥陀佛。……

　　土地：念珠一百单八双，南无佛，内有八大金刚，南无佛，阿弥陀佛。八大金刚八大路，南无佛，条条大路往西方，南无佛，阿弥陀佛。……

　　土地：云帚原来一皮棕，南无佛，我佛留来在西空，南无佛，阿弥陀佛。无事禅堂扫三下，南无佛，邪魔鬼怪尽潜踪，南无佛，阿弥陀佛。公主持斋，要行男礼。①

这种传经议教的语言，纯粹是在调侃，没有丝毫宗教的肃穆感。

二、演出形态与演出习俗

　　湖南观音戏的演出形态也具有鲜明的地方特色。总的说来，演出目的主要是酬神，一般演目连戏时，就会演出观音戏，可以说观音戏是依目连戏而存在的；演出具有浓厚的仪式性，从某种程度上可以说，湖南高腔的观音戏是一种仪式剧。

　　衡阳高腔是湘剧高腔的一支，在产生时就以演酬神剧为主。据湘剧老艺人说，湘剧高腔是浏阳的案堂班发展而来的，是从所谓的"九条纲巾打天下"开始的。这案堂班专演"扛菩萨"戏，而浏阳的高腔戏是从江西吉安传来的。早年江西贵溪、弋阳一带的艺人多在吉安教戏，到咸丰年间，浏阳艺人才把吉安的高腔带到浏阳，所以今天长沙高腔中还保留着弋阳腔的古老面目。② 浏

　　① 湖南省戏曲工作室编：《湖南戏曲传统剧本》，第51本，衡阳湘剧高腔《南游记》，41页，长沙，湖南省戏曲工作室，1980。

　　② 黄芝冈：《论长沙湘剧的流变》，见欧阳予倩主编：《古代戏曲研究资料辑》，第一辑，56~59页，北京，中国戏剧出版社，1957。

阳案堂班演出的目的，多是乡镇的赛神还愿，演出的剧目以神佛剧为主，如常演出较多的整本大戏有《封神》、《目连》、《西游》、《南游》、《精忠》、《水浒》六种，其中有五本与神佛有关，只有《水浒》没有神佛色彩。乡镇演出这一类的戏，又都是宗教仪式和戏曲表演互相杂糅，在演戏时，戏台前栏杆上一定要套上纸糊的乌牛、白马的头，每本戏的第一出是"天将定台"，每天由扮演天将的演员轮流出来，举行定台仪式。同时，由于《南游》中的观音、《目连》中的目连、《西游》中的唐太宗、《精忠》中的何立都有一场游地狱的场子等，演出时都带有浓厚的仪式性，这样戏剧的演出又和乡村的打醮、超度的习俗联系起来了，演出的时间一般是在中元节。地方志中记载了此地的戏剧演出风俗："十五日中元节，……其夜又特设馔以祭。祭毕，焚冥衣冠楮钱于门，又或用浮屠设盂兰会，放焰火，点河灯。市人演《目连》、《观音》、《岳王》诸剧。"① 可见观音戏是和目连戏一起在中元节演出的。

辰河高腔中观音戏演出②与湘剧不尽相同。辰河高腔流行的黔阳地区有着深厚的楚文化传统，这里好巫信鬼的民风历史悠久。早在汉代，王逸的《楚辞章句》就记下了"楚人好巫"的风俗，"……沅湘之间，其俗信鬼而好祠，其祠必作歌乐鼓舞以乐诸神"。伴随这种喜好的岁时民俗活动也很丰富，如在地方志中就明确记载说"溆俗信鬼尚神由来已久。平民常年祈禳，不独延请僧道巫觋，昕夕拜祝，并为演剧酬神，而傀儡戏尤多。其戏班每岁多于春季入城演唱，栽种后及收获后则分散各乡"③。

---

① 王开运等撰：《清泉县志》，36 页，台北，成文出版社，1975。

② 关于辰河高腔中观音戏的演出形态主要参考李怀荪的调查报告《湖南省黔阳县弯溪乡的观音醮和辰河木偶戏香山》一书。

③ 吴剑佩：《溆浦县志》，157 页，《中国地方志集成·湖南府县志辑》，第 63 册，南京，江苏古籍出版社，2002。

可见这种随着酬神而进行的木偶戏演出在溆浦是很频繁的。

　　据辰河高腔目连戏的研究专家李怀荪先生介绍，在沅水流域流行的辰河高腔，有三种演唱形式：围鼓堂（坐唱）、矮台班（木偶演出）、高台班（舞台演出）。围鼓堂是群众性的业余演唱，每逢红白喜事时，就有乡亲坐唱。而矮台班和高台班都是依附于宗教祭祀的酬神演唱活动，"秋成岁稔，民醵钱建醮，或演傀儡，或集优人作剧以酬神"①。这样演出的剧目也比较固定，一般就是演出辰河高腔中的四十八本目连戏，包括《目连》、《香山》、《封神》、《金牌》、《梁传》等，而其中《目连》和《香山》有刻本，为戏班必备。

　　特别是在辰河高腔流行的沅水流域，搬演《香山》是非常受群众欢迎的，尤其矮台班木偶戏的演出，更为普及。在辰河地区，木偶演出《香山》有两种形式：一种是在土家族、苗族聚居的酉河流域，在庆祝土地生日的时候演出《香山》，另一种是在溆浦、怀化、会同、洪江等汉族聚居的地区在庆贺观音诞辰的时候也搬演《香山》。尤其是少数民族聚集地区，为庆祝土地菩萨生日的木偶《香山》演出更是持久，甚至连潮匝月。有的村庄，为了却神还愿，甚至远到木偶班盛行的溆浦，接来矮台艺人，而演出的剧目，主要就是高腔连台本的《香山》，又称《南游记》。为什么在土地神生日的时候要搬演观音戏呢？据班中的老艺人说，是因为《香山》表现了"在观音成道的过程中，土地神是帮了菩萨很大的忙，送给观音三炷难香，是观音成仙的有功之臣"②。因此，在土地诞时，要演出这一剧目，宣扬土地的

---

　　①　刘家传：道光元年《辰河县志》，卷十六·风俗，11页，《中国地方志集成·湖南府县志辑》，第63册，南京，江苏古籍出版社，2002。

　　②　李怀荪：《五溪鼓乐声——辰河戏在少数民族地区的流行》，见《戏曲研究》，第26辑，227~228页，1988。

功德。这种"连朝匝月"的演出，说明了《香山》在当地流行的盛况，也反映了妙善故事在当地流传的广泛。

湘西汉族聚集区在观音神诞演出的《香山》是与"观音醮"相联系的。每年的三个观音生日都可以举行观音醮，到时就演唱木偶戏《香山》，每次打醮和演戏的时间为十天或者半月。更重要的是，在辰河高腔盛行的黔阳一带，当地人们有着深厚的观音信仰基础，老百姓几乎任何事情都可以求助于观音，任何事情的成功也都可以感谢观音，除了观音醮外，还有数不清的名目可以搬演《香山》。因此，此剧在当地演出也非常频繁。

据李怀荪先生调查，其中的"观音醮"和木偶戏《香山记》的演出曾是该县湾溪乡最普遍的酬神活动。"旧时湾溪杨氏（湾溪乡的主要大族）的三座祠堂，每逢祭祀时，多有辰河高腔演唱。总祠建有戏台，请高台班演唱，必唱《杨家将》剧目，以壮杨门声威。钦公祠和宝公祠无戏台，多请矮台班演唱，主要的剧目便是《香山》。钦公祠又是观音庵，杨正钦（杨家祖先）在生时，是笃信观音的人，那里（钦公祠）演唱《香山》最为频繁。"[1]

《香山》演出如此频繁，当然是由当地人们的信仰所决定的。他们信奉观音历史悠久，据考当地杨姓家族是该乡历史久远的大族，他们最初是由江西迁徙而来的，随着人丁的兴旺，家族开始了对观音的崇拜。《杨氏族谱》载：

> 正钦，兰公次子，明弘治元年戊申十月初八卯时生，创修庵院，虔奉观音，焚香拜祝，但为儿孙，桂开一蕊，阑毓八人，迄今蠡斯，兴歌振振。嘉靖四十四年

---

① 李怀荪：《湖南省黔阳县湾溪乡的观音醮和辰河木偶戏香山》，15 页，台北，台湾财团法人施合郑民俗文化基金会出版，1996。

乙丑十一月十九日申时灭殁，享寿七十八岁。①

后来，杨氏族人把祖先的牌位一起请到了观音庵中，这个观音庵也就成为杨家的宗祠，随后这祠堂建筑不断扩大，并建起了专为酬神演剧的戏台，"前建楼台，为敬神演剧所"②。另外此乡还同时存在着西竺庵、茅庵等以供奉观音为主要香火的寺院。一个乡就有三个供奉观音菩萨的寺庵，可见此地人们对观音多么的虔诚。

在观音醮上演出的这些酬神戏，往往带有强烈的仪式性。李先生调查湾溪乡在观音醮期间的《香山记》演出时，对其仪式性行为作了详细的记录，现概括如下：

1. 发箱搭台

在演出开始，开箱之前要举行仪式，把箱放在演出场地的中央，摆上香案、供品，然后杀鸡血祭，求保平安、吉祥，这时才可以打开戏箱，进行搭棚建台的工作。

2. 灵官踩台

木偶戏台建好后，举行灵官踩台的仪式，由净脚扮演者穿上灵官戏服上台，在掌教师为灵官开光之后，灵官开口说话，说明自己将会保护这演戏地方的前后四方，然后走圆场下。

3. 发五猖、捉寒林

为了保障演出期间地方的清吉、戏班的平安，五猖将众鬼之首的寒林捉拿拘禁，等演出结束后，再释放。演出期间，还要祭寒林。

---

① 《杨氏族谱》卷一·兰公世系，第34页，转引李怀荪：《湖南省黔阳县湾溪乡的观音醮和辰河木偶戏香山》，11页，台北，台湾财团法人施合郑民俗文化基金会出版，1996。

② 《杨氏族谱》一卷首·祠堂图，第1页。转引李怀荪：《湖南省黔阳县湾溪乡的观音醮和辰河木偶戏香山》，11页，台北，台湾财团法人施合郑民俗文化基金会出版，1996。

4. 戏神安位

掌教师对后台的场面作法，为戏神安位，戏神的牌位书为"梨园启教众曹祖师之神位，陈平启教傀儡先师之神位"。

5. 观音安位

在剧演到观音出世后，要为观音菩萨安神位，并供上菩萨的牌位，共有"南无大慈大悲救苦救难广大灵感观世音菩萨"、"香山会上一切诸佛圣诸大菩萨"、"传善普度圣公圣母"三个牌位。

6. 上香

整个演出中，在《观音出世》、《小上香山》、《大上香山》①这些关键的戏剧情节时，演出暂时终止，台下的观众都会去戏台旁的香案上香，表示庆贺，同时也是人们礼拜观音，祈求平安富贵的上香仪式。在《观音出世》的上香仪式中，还有吃甜酒煮糍粑的仪式，无论观众还是艺人都会争先恐后去抢吃。按照当地风俗，能够吃到观音出世时的甜酒煮糍粑，被视为大吉大利。

7. 灵官扫台

演出结束后，有灵官手拿捆着红绸的钢刀，作扫地状，其他艺人则高唱"一扫风调雨顺，二扫国泰民安，三扫人长生，四扫鬼灭亡"，也就是以此扫净戏台，扫去邪恶，扫进吉祥。

8. 送神

扫台后，由掌教师作法送神。将数十张驱瘟纳吉的符讳铺于地，然后杀鸡血溅到符讳上，送神。完毕，观众会来争抢这些符讳，得到者视为吉祥，并认为大吉大利，有的甚至还会给掌教师递上红包。

---

① 《小上香山》的内容是观音在云阳受死，得到桂枝罗汉的帮助返阳，在白猿的帮助下，到了紫竹林，见到了师父；《大上香山》写妙庄王得到观音手眼而病愈后，去香山酬谢菩萨，而得见观音，并一家团圆受封。

9. 申文勾愿、化财

送神结束后，掌教师矮台前作法，申文勾愿，宣读"勾愿疏"，并为每一个善男信女打保卦，求平安，求清吉。文疏宣读完毕，焚化。接着由掌教师主持化财，将为酬神而准备的所有纸钱、神香等全部拿到祠堂外烧毁，以安抚所有的鬼神。①

这一系列仪式行为，伴随着整个戏的演出而进行。其中灵官开台、捉拿寒林、灵官扫台等是戏剧演出中的常规，目的是通过这些仪式行为，以保证演出的顺利进行，并祈求神灵保佑酬神地方以及演戏艺人的清净吉祥平安。而有些则是当地民俗仪式，如在演戏过程中，到《观音出世》时，有放鞭炮、吃甜酒、煮糍粑、上香的仪式，这些实际上是当地民俗形式的仪式化。因为当地风俗，乡人凡生小孩，邻里都要去贺喜，主人也会准备甜酒煮糍粑等风味小吃，款待客人。当戏剧演到观音出世时，人们根据自己的风俗准备了这些小吃。这也是一种祈福，认为能吃到观音出世时的糍粑，就可以获得祝福。这就把吃糍粑的风俗仪式化了。这种以当地的民俗行为而转变成为戏剧演出的仪式行为，是观音戏与当地文化相融合的典型例子。

另外，在湖南的其他地方戏，如祁剧、巴陵戏等，观音戏的演出同样兴盛。如巴陵戏的弹腔音乐——曲牌体音乐里还形成了"观音得道"这样专门具有地方特色的音乐曲牌，用作观音戏演出的专门音乐，反映了观音戏在当地的流传与影响。

总之，湖南地方戏中关于"观音成道"故事的演出，是十分广泛而且频繁的；同时，这个戏的演出又和建坛打醮活动联系非常紧密，使其在演出过程中充满了神秘的仪式性，就如同目连戏一般。

---

① 李怀荪：《湖南省黔阳县湾溪乡的观音醮和辰河木偶戏香山》，98～105页，台北，台湾财团法人施合郑民俗文化基金会出版，1996。

三、湖南高腔观音戏的文化内涵

现在的问题是，为什么湖南高腔戏把妙善故事改写得这般世俗而演出又如此神圣？要回答这个问题，就得从湖南的文化底蕴来寻根。

观音戏在湖南的演出多和目连戏联系在一起，而目连戏的演出主要作用是超度鬼魂，具有浓厚的祭祀性。这种重视祭祀戏剧演出的习俗正是湖湘巫文化传统的体现。早在乾隆时期，就有人指出此点：

> 楚俗昔既信鬼，湘人今复善讴。合鬼与讴而一之。
> 于是《目连》、《观音》之杂剧出。①

湖南在古代相对于中原地区来说是信息比较闭塞的地方，"北阻大江，南薄五岭，西接黔蜀，群苗所萃，四塞之国"，"重山叠岭，滩河峻激，而舟车不易发达"。② 这种闭塞的地理环境，形成了具有特殊地理特征的文化，无论是大范围内的楚文化，还是狭义的湖湘文化，都有着鲜明的巫文化特色。

湖南的土著居民大都信仰原始宗教，崇拜多种祖先之神和自然之神。《礼记·祭法》中说其"山林川谷丘陵能出而为风雨，见怪物，皆曰神"。祭祀名目因之繁多，天神、鬼魅、先人、灵物等等都成为祭祀的对象，繁杂的祭祀名目带来祭祀活动的频繁。楚人好祠，自古巫风盛行，祠必载歌载舞，民间歌乐鼓舞是楚人信巫好祠的主要艺术表现手段，而且有着悠久的历史传统。

早在王逸的《楚辞章句》中就明确指出："昔楚国南郢之邑，沅湘之间，其俗信鬼而好祠。其祠必作歌乐鼓舞以乐诸

---

① 潘其炯：《焰火行序》，转引郝誉翔：《民间目连戏中庶民文化之探讨》，144页，北京，文史哲出版社，1998。

② 钱基博：《近百年湖南学风》，1页，长沙，岳麓书社，1985。

神。"屈原在放逐中，"见俗人祭祀之礼，歌舞之乐，其词鄙陋，因作《九歌》之曲，上陈事神之敬，下见己之怨结"。这种以歌舞事神之风长久不衰，在历代文献典籍中都有记载，如《汉书·地理志》中说："楚地，信巫鬼，重淫祀"；《隋书·地理志》曰："大抵荆州率敬鬼，尤重祠祀之事"；唐代元稹《赛神》诗云："楚俗不事事，巫风事妖神。……年年十月暮，珠稻欲垂新，家家不敛获，赛妖无贫富。……岁暮雪霜至，稻珠随垅淹。……此事四邻有，亦欲闻四邻"①；刘禹锡作竹枝词也强调说："昔屈原居沅、湘间，其民迎神，词多鄙陋，乃作《九歌》，到如今荆楚歌舞之"②；到了清代许缵曾在《东还记程》中说："辰常之间，人多尚鬼，祀必巫觋，如《离骚》所载，《九歌》名号，称神称鬼，不一而足。"③ 湘楚文化，就这样以其突出的神巫色彩成为华夏文化重要的组成部分。而在这种"四塞之国"的地理环境里所形成的民俗风情是"风气锢塞，常不为中原人文所沾被，抑亦风气自创，能别于中原人物以独立"④。因此这里的民间信仰、神话传说、地理沿革、历史典故以及岁时节庆、民歌俚语都带有浓厚的湖湘地域文化色彩。

以歌舞事鬼神的祭祀，使歌舞蒙上了一层神秘而浪漫的面纱。我们远可以从屈原的《九歌》中去感受那种载歌载舞、神人相通的神秘祭祀场面，近可以从刘禹锡的《阳山庙观赛神》诗中体验那种幽深的文化内蕴：

汉家都尉旧征蛮，血食如今配此山，曲盖幽深苍桧

---

① 元稹：《赛神》，《全唐诗》，卷三九七，990 页，上海，上海古籍出版社，1986。

② 刘禹锡：《竹枝词九首并引》，《历代竹枝词》，2 页，西安，陕西人民出版社，2003。

③ 许缵曾：《东还记程》，《丛书集成初编》，北京，中华书局，1985。

④ 钱基博：《近百年湖南学风》，1 页，长沙，岳麓书社，1985。

下，洞箫愁绝翠屏间。荆巫脉脉传神语，野老娑娑起醉

颜，日落风生庙门外，几人连踏竹歌还。①

在幽深的苍桧下，这些由"洞箫、荆巫、野老、踏歌"而组成

的人物、动作、音乐的赛神画面更是充满了诡异幽深的气氛。

随着歌舞的兴盛，戏剧艺术也逐步形成并迅速发展，酬神活

动中的戏剧演出更是频繁。他们"常年祈禳，不独延请僧道巫

觋，昕夕拜祝，并为演剧酬神"②，"腊月祀灶或各庙赛会，多延

巫觋，各曰乐神，又有众姓醵金酬愿，打醮歌，演戏文，扮故

事，放花树，举国若狂，每岁秋冬间，远近村坊喧闹不歇"③。

因此众多的祭祀活动也带来了在湘高腔戏剧演出的繁盛，形成了

多种具有地方特色的高腔剧种。

楚地为什么好巫呢？宋人龚鼎臣解释说："巴楚之地俗信巫

鬼，实自古而然，当五气相沴，或致疠疫之苦，率以谓天时被是

疾，非医药所能致，故请祷鬼神无少暇……盖世俗之人易，以邪

惑也。"④ 也就是说，恶劣的生存环境，严酷的生存现实是楚人

好巫信鬼的原始动力。事鬼神，重淫祀本只是求得生存的一种手

段，但这种求生存的手段，逐渐成为楚人的一些信仰习俗。所

以，当那能救苦救难的观音菩萨来到这巫风盛行的荆楚之地时，

便很快征服了当地人们，形成了对观音顶礼膜拜的社会信仰。

早在南北朝时期，当观音信仰还处于僧道等人的"小"范

围内传播时，地处南方的湖南境内就已经有了观音灵验的故事。

陆杲编的《继观世音应验记》中就记载了发生在湖南境地的两

---

① 刘禹锡：《阳山庙观赛神》，《全唐诗》，卷三五九，上海，上海古籍出版

社，1986。

② 吴剑佩：《溆浦县志》，4 页，台北，成文书社，1975。

③ 《光绪道州志》，822 页，台北，成文书社，1975。

④ 吕祖谦、龚鼎臣：《饮文鉴》，卷一二七，《述医》，《皇朝文鉴》，上海，商

务印书馆，1936。

则观音信仰灵验故事，从这些灵验故事的内容看，此时的"南蛮之人"对观音菩萨信仰还是处于引进接受阶段，在民众中还不是那么普及和流行，这与当时观音信仰的大环境相符。灵验故事中的主角有的是从外地来到湖南境内的，如韩徽，本是"客居枝江"，而被关押于长沙监狱，将被杀，他"本事佛，能诵《观世音经》"①，因为念颂数遍经文而锁械自解，吏以为神异，便放了他。还有的曾出家为僧，如益阳人彭子乔，小时候出家，后还俗，而又坚持诵《观世音经》，当地方官沈文龙要杀他时，他也只是专心诵经，后来因此得以逃脱这场灾难。

经过数世纪的信仰传承与积淀，到了清代后期，楚地观音信仰无处不在。翻阅地方志，几乎每一个县市的方志中都为当地的观音庙宇记上了一笔。从清末至民国时的地方志对观音寺院分布大体情况的记载就可以看出观音信仰在湖南有多广泛。见表3-2。

表3-2

单位：所

市、县志	观音阁、庙、庵数	备注	市、县志	观音阁、庙、庵数	备注
同治祁阳县志	3		光绪宁远县志	3	
光绪宁远县志	4		蓝山县志	4	
同治慈利县志	2		光绪道州志	2	
嘉庆石门县志	2		光绪永明县志	2	

① 董志翘：《〈观世音应验记三种〉译注》，139页，南京，江苏古籍出版社，2002。

续上表

单位：所

市、县志	观音阁、庙、庵数	备注	市、县志	观音阁、庙、庵数	备注
光绪会同县志	8	观音阁建在会馆里并有戏楼	光绪邵阳县志	1	观音生日城内居民醵金赛祀，期鼓羽葆漫衍，百戏环游于市
同治长沙县志	6		康熙武冈州志	1	
光绪善化县志	1		道光新化县志	3	
乾隆平江县志	2		嘉庆通道县志	2	
光绪巴陵县志	3		晃州厅志	5	千手观音、添子庵
康熙湘乡县志	8		麻阳县志	1	
民国醴陵县志			同治元江府志	6	
湘潭县志	11		同治沅江县志	6	
嘉庆郴州县志	13	寺观共计284处	嘉庆永定县志	1	观世音诞谒普光寺定礼，士女如云，谓之拜忏
同治安仁县志	6		光绪龙山县志	4	

续上表

单位：所

市、县志	观音阁、庙、庵数	备注	市、县志	观音阁、庙、庵数	备注
同治嘉禾县志	1		同治武陵县志	1	
康熙耒阳县志	5	有观音化美女救矿工的传说	道光凤凰厅志	12	
乾隆衡州府志	16		光绪龙山县志	4	
乾隆祁阳县志	4		同治安福县志	5	
永州府志	2		民国慈利县志	6	
民国宁乡县志	1	二月十九日观音生日妇女都茹素祀之，并诣香山寺观音阁礼拜，自黎明至黄昏乃息			

　　这是在公众观音信仰影响下建寺盖庙所留下的历史见证。不仅如此，普通家族祠堂、家庭神龛中，也供奉着观世音菩萨，如在民国《汝城县志》中，对于当地礼俗的介绍，既在社会祭祀内容详细描绘了民众对于观音的崇拜，同时还特别交代"观世音菩萨：私家有神龛者常设神位与祖宗同祀"①。同样的习俗在永兴地区表现更加明显，"家龛中多奉天地君亲师位，更有设释道名位及塑观音三元等像者"②。

　　而"厚巫重淫祀"的历史民俗习惯也对人们的日常行为以

————————

① 《民国汝城县志》，卷二十一，《中国地方志集成·湖南府县志辑》，南京，江苏古籍出版社，2002。

② 《光绪永兴县志》，卷十八，《中国地方志集成·湖南府县志辑》，南京，江苏古籍出版社，2002。

给予直接的影响。在其报赛神会、祈禳等神人相通的地方民俗中，演戏酬神的风气十分浓厚，这在各地方志中有详细的记载：如有"春秋祈报，季冬则行傩礼也，而乡曲间藉以诵经演戏"①的；有"遇旱魃则迎庙神以祈雨，染疾病则延师巫以禳邪祟，各乡村皆醵金立会作平安会演大戏，或数日，或夹旬，约定几年一举，动费百余金至数百金"②的；也有"每年五六月间，各村落规定日期设鼓乐，定仪仗燃爆竹，或扮演故事，欢迎本王福主菩萨开动，远近往观，并请僧道忏礼以祈年丰，或久晴不雨亦迎神请僧到祷求至雨后，报祭亦设鼓乐具仪仗爆竹欢送"③的；还有"农事既毕冬乃摊钱设醮斋，请僧人忏礼优伶演戏群往聚观，备极热闹，俗谓之演大戏。均定几年一举动，费数百金或千余金"④的。另外，神诞日的戏剧演出活动也非常多，如"寺庙不一，如真武寿福关圣岳圣水神火神所在俱有公会，每岁诞辰结彩张灯，建醮演剧，为费滋多"⑤，"六月十三、十九、二十三日相传为龙神、观音、火神、雷神生日，城内居民醵金赛祀，期鼗羽葆漫衍，百戏环游于市，费甚巨"⑥。所有这些民俗风情的记载，传递给我们一个明确的信息：湘楚地区酬神活动的戏剧演出非常

---

① 《同治嘉禾县志》，卷三，426页，《中国地方志集成·湖南府县志辑》，南京，江苏古籍出版社，2002。

② 《同治桂阳县志》，卷十八，《中国地方志集成·湖南府县志辑》，南京，江苏古籍出版社，2002。

③ 《民国汝城县志》，卷二十一，《中国地方志集成·湖南府县志辑》，南京，江苏古籍出版社，2002。

④ 《民国汝城县志》，卷二十一，250页，《中国地方志集成·湖南府县志辑》，南京，江苏古籍出版社，2002。

⑤ 《乾隆祁阳县志》，卷四，《中国地方志集成·湖南府县志辑》，南京，江苏古籍出版社，2002。

⑥ 《光绪邵阳县志》，卷一，《中国地方志集成·湖南府县志辑》，南京，江苏古籍出版社，2002。

频繁。

　　信仰基础决定了人们的日常行为，并最终成为风俗习惯。承载着人们信仰行为的观音戏演出，随着民众信仰行为的发展，而逐渐成为一种戏曲文化习俗。

　　需要加以说明的是，我们从文化背景的大处着眼来看湖南地区观音戏演出的繁盛，从先秦楚民的好巫重祭祀来追溯根本原因。也许有人会疑惑，这种广泛、普遍的民俗历史并不是观音戏演出频繁的直接原因，而是整个酬神戏曲演出的历史原因。确实如此。但是观音戏作为一种带有祭祀性质的酬神戏，并不是孤立存在的，它往往与其他相关的戏曲，如《目连戏》、《西游记》等，形成一类带有酬神性质的剧目，而且，这一类剧目无论是在故事内容、情节结构还是戏曲演出风格上都具有许多共性。它们共同组成带有某种明显特色的一类戏曲，因此，对其中单个剧目的论述，也就是对那一类戏曲的研究。所以在论述观音戏演出的文化底蕴时，也应对湖湘地区整个酬神戏演出频繁原因加以考察。

　　另外，在四川地区的高腔川剧中也有《观音得道》剧目，它的演出内容和风俗与湖南高腔相差无几，尤其是在三个观音诞庙会戏上，一定会唱《火烧白雀寺》（也就是《观音得道》）。川剧老艺人张崇德回忆说，他从小随新民讲演团在重庆演出的四十八本目连戏中就包括以下剧目：《雪山成圣》（又称《佛儿卷》讲释迦牟尼成佛事）、《观音得道》、《梁传》、《精忠传》、《轧龙台》、《唐王游地狱》、《洪江渡》、《西游记》，前后演了两个多月。成都川剧演员易征详也回忆说，民国十七年（1928年）他在邻水县演过"大目连"，包括的剧目有：《轩辕征蚩尤》、《清水画》、《佛儿卷》、《清水观音》、《封神》、《西游记》、《东窗》、《汉江海》、《梁传》、《红鸾配》、《轧龙台》。成都川剧老艺人回忆说，他少年时期在随乐明科社，演目连戏四十八本，包括的剧目是《佛儿卷》、《观音》、《岳传》、《封神》、《西游记》、《梁传》（包括《汉江海》、《红鸾配》）。可见，也是和目连戏一起演出的。①

四川高腔中的妙善故事戏，现存剧本惜不见。但是到了 20 世纪 80 年代，在四川高腔中新编有《妙善公主》一剧，由龚安强编，取材于与大足石刻有关的民间传说。剧说：官府为妙庄王将要驾临佛山宝顶而强迫百姓限期建造香山龙岗山万尊佛像，匠人石渺与花妹为众乡亲解难挺身而出，其凛然正气感动神灵，得海棠花仙子相助，使佛像按时竣工。大足海棠花与众不同，色香俱佳，庄王和妙善公主见而爱不释手，妙善表兄须大拿怂恿庄王强夺海棠，而石渺爱花如命，同花妹护花救花，身陷图圄。妙庄王挖花染疾，神医诊断，需要人手眼入药，须大拿欲取石渺手眼，妙善公主为救父王和石匠，金殿上痛斥表兄，挥剑砍下了自己的手眼，正气撼天，孝心动地，西天佛祖赐妙善千手千眼。匠人为感公主恩德，摩崖造像，刻出了金碧辉煌的千手千眼观音佛像，供人瞻仰，千古颂扬。

此剧以大足石刻为素材，集舞美、音乐、舞蹈于一体，得到了观众的热烈欢迎，1983 年大足县剧团初次上演时，大足倾城上下都争相观看，街头巷尾竞相传扬，后到重庆，连演十场也"上座不衰"②。

改编者把妙善故事和大足石刻传说联系起来，大足石刻本是四川文化的代表之一，这是妙善故事戏和地方文化相结合的产物。

---

① 参考杜建华：《波诡云谲　蔚为大观——从一次盛大的川剧目连戏演出活动谈起》，见《戏曲艺术》，第 37 辑，68~74 页，北京，文化艺术出版社，1988。

② 重庆戏曲志编辑委员会：《重庆市戏曲志》，93 页，北京，文化艺术出版社，1991。

第三节　岭南文化影响下妙善故事的重塑

——以粤剧《观音得道》为代表

粤剧是一个影响广泛的地方性剧种，其精彩的表演艺术和丰富的演出剧目构成了岭南文化中一座丰富的戏曲艺术宝库。敷演妙善故事的《观音得道》虽然是粤剧这个艺术宝库中一个很平常的剧目，但也有着它深厚的文化承载魅力，无论是从广阔的岭南文化背景方面，还是从粤剧艺术的发展历史进程方面，我们都可以从此剧窥其一斑。

一、存在或演出剧目简介

（一）早期粤剧《观音得道》

从现有资料来看，早期粤剧中就已经有了关于妙善故事的《观音得道》剧目，惜剧本不存。但早期粤剧与广西邕剧的关系十分密切，甚而有人认为邕剧的源头就是早期粤剧，"清咸丰年间，有李文茂的起义军从广东带来的红船子弟兵，兵败后，流落民间，以演戏谋生"①，因此邕剧，尤其是邕剧中的广调与早期粤剧在剧目、表演、音乐、演出习俗等方面都有着许多相似之处。鉴于早期粤剧中的《观音得道》剧本现已不存，而邕剧还保留有《观音得道》剧本，在此把它作为早期粤剧形态纳入考察的范围。该剧现存剧本收集在 20 世纪 50 年代中后期广西戏曲传统剧目汇编·邕剧第三十八集，全剧十四场，剧中妙善为正花旦扮演。基本剧情如下：

边境邻国沙陀国王沙哩达，自恃兵精粮足，大举侵犯中原，妙庄王国边境告急。朝廷派韦佗挂帅，抵御来犯大军。韦佗等在

---

① 张庚主编：《中国戏曲志·广西卷》，79 页，北京，中国 ISBN 中心，1992。

边关平定外患，班师回朝。庆功宴会上，老臣胡昆替韦佗奏请庄皇赐婚三公主妙善。但妙善决定出家而拒婚，她给父皇母后留下书信，到白鹤寺出家去了。庄皇等人在白鹤寺找到了妙善，大家劝说妙善回宫，韦佗更是以死相求，但妙善坚心不移，结果韦佗愤而自尽。庄皇非常气愤，命人焚烧白鹤寺，妙善从火中逃走。达摩仙师试探妙善道心后，见终不能夺其志，就助她度脱凡胎，使其修炼成佛。再说庄皇因为思女得病，百药不能治愈。老臣胡昆奏请去香山寺向菩萨求取灵药。妙善在香山算知父皇病情，并知有胡昆来求药，先命龙虎二将恐吓之，经胡昆悲切陈词，再三哀求，妙善断手为药。庄皇得药病愈，到香山烧香还愿，对自己以前所作所为表示悔改，并愿出家修行。妙善在梦中告诉父皇母后自己出家修行的经历和结果，庄皇最后决意舍弃帝位，出家修炼，朝中玉玺也辗转到了太监的手中。全剧结束。

（二）20 世纪 40 年代在广州中华戏院由锦天华粤剧团曾公演美丽神话喜剧《观音出世》

此剧现有演出广告戏单藏于佛山粤剧博物馆，而剧本不见。从戏单上的说明看，故事是根据古板南音改编的，改编者为胡浪天。对剧中内容，广告概括为：

> 灵霄殿，仙姬奉旨降人间；妙庄国，观音脱世在皇宫；救亲娘，铁杵磨成绣花针；抗婚姻，竹篮挑水感父心；离苦海，达摩莲花度观音。①

剧情如下：妙庄王想要统治万民，让万世基业传于子孙，无奈年近半百仍然没有太子即位。皇后已生二女，庄王命王后求子，没想到皇后又生下一女，恰闻丞相李音老来添子，其乐融融，庄王非常愤怒，把皇后打入冷宫，将三女改名妙善，交给宫女抚养。转眼十六年，妙善已经长大成人。有一天与老宫女从后花园经

---

① 佛山粤剧博物馆藏演出广告。

过，妙善闻内有哭声，询问老宫女，宫女遂把前事告诉了她，妙善方知自己的身世，她要闯宫会母，卫士阻挡不住，禀告庄王。庄王闻报赶至，责备妙善有违王命，擅闯冷宫。妙善求父释母，庄王故意为难，叫其如能铁杵磨成针，才同意放母，妙善在鬼神的帮助下，铁杵磨成针，救母出冷宫。庄王要妙善招亲，妙善坚决不同意，庄王又为难说除非能用竹篮挑水。妙善又在鬼神的帮助下，达到了庄王的要求。妙善的苦楚得到了佛祖的同情，佛祖命达摩度脱妙善脱离苦海，并封她为观世音菩萨。

（三）20 世纪 60 年代香港伶人界演出的《观音得道·香花山大贺寿》

1966 年，香港红伶为庆祝华光诞辰，在八和会馆演出《观音得道·香花山大贺寿》。由石燕子、阮兆辉、林家声等当红伶人主演，同时八和会馆的子弟还表演了"叠罗汉"、"舞人龙"等高难度的动作。《香花山大贺寿》与目连戏有关，后将详论，此不赘述。现根据演出录像资料将《观音得道》具体情节概述如下：

妙庄王诞辰，朝中设宴，群臣拜寿。庄王想起三女妙善在宫中持斋念佛，心中不乐。韦佗心慕妙善美貌，向庄王求婚。妙善上朝为父拜寿，庄王向她提起允婚韦佗之事，妙善当场拒绝，留下书信一封而出家了。庄王命韦佗前去寻找。

妙善来到白莲庵请求庵中师父收留，老尼不敢，妙善跪地恳请。老尼于是心生一计，为难妙善，要求她把铁杵磨成绣花针、用竹篮打一担水，才同意收留她。妙善在小鬼的帮助下，不仅磨成了绣花针，而且竹篮打水成功。住持无奈，留下妙善在庵中修行。韦佗费尽千辛，终于找到了妙善，并力劝她回家成亲，遭到拒绝。韦佗回朝把妙善在白莲庵修炼之事回禀了庄王。庄王听后，亲自带上一路人马来劝妙善回家。

达摩祖师幻化为一书生至妙善所在庵里，试探妙善的道心。

他见妙善坚心修道，决定帮助她。韦佗带领一路人马来到庵中抢亲，遭到妙善反对。韦佗一怒之下，放火烧了白莲庵，庵中尼姑全都丧命，只有妙善逃出。她挑灯挑经，一路逃亡，在路上见到达摩祖师，祖师度她成为观世音菩萨。随后赶来的韦佗见妙善成仙了，也放弃凡尘而超度成为观音身边的护法。庄王一队人马见到他们俱登仙界，都纷纷表示要离却人海忙碌，去做神仙。最后，把皇帝官袍留下给了太监，而国王、母后、公主、驸马、将军、大臣都成佛成仙了。

（四）20 世纪 80 年代佛山粤剧团演出的《妙善公主》

1984 年，在广东佛山粤剧团，新编了大型古装戏《妙善公主》。剧情是：周朝末年，兴林国国王妙庄王年老无子，拟在三个女儿中挑一个继承皇位，大公主妙音和二公主妙元欲夺皇位，都用动听的语言，骗取庄王的欢心。三公主妙善不愿意说谎话，使庄王大为失望。妙音、妙元乘机对妙善进行毁谤，使妙善被罚到御花园充劳役。护驾将军韦佗为人正直，不满妙音、妙元所为，挺身为妙善辩护，因而获罪，被贬戍边。临别时，妙善敬佩韦佗的为人，大胆地对他表示了爱慕。不久，妙元和驸马张和为夺王位，在妙庄王生日的时候，在酒中下毒，欲借妙善之手来毒杀庄王，被大驸马罗明察觉。阴谋败露后，张和杀死罗明，并将庄王和妙善囚禁起来，挟逼退位。韦佗闻讯，回朝平乱，不幸殉职。庄王后悔莫及，决意把王位传给妙善，妙善目睹骨肉残杀，人伦惨变，不恋荣华富贵，更不愿继承王位，她为了爱情的忠贞和对韦佗的怀念，决意终身不嫁，情愿出家为尼。①

---

① 广东省艺术研究所：《广东省戏剧年鉴》，152 页，广州，广东省艺术研究所编，1984。

（五）20 世纪 90 年代顺德粤剧团演出的《观音出世》和《观音得道》

1998 年，顺德南海观音塑像落成，顺德粤剧团在落成庆典上也演出了妙善故事，由秦中英先生编剧。全剧分为上集《观音出世》和下集《观音得道》，每集六场，演出还被录制成光碟。剧情概括为：

仙界，净坛使者和莲花仙子因为用净瓶中甘露为百姓除灾而耽误王母娘娘的庆寿时辰。王母娘娘把他二人贬到凡间受劫，并叫太白金星把净瓶给予长眉大仙，收尽长江水，使天下大旱。

人间，庄王皇后怀孕三秋，生下一个肉球，皇后受惊而死。肉球生时伴随莲花从天而降，预示着是莲花仙子投胎。庄王命将肉球抛入荒山，礼部尚书妙忠告老归家，在荒野中听到婴孩哭声，见到肉球，剖开发现一女婴，决定带回家抚养，正叹无人哺乳时，韦娘抱一婴儿从此地经过，妙忠得知是孤儿寡母时，便请韦娘做乳母。

17 年后，妙善、韦佗一起长大。天下大旱，妙善早晚焚香，祷告苍天，祈求天降甘霖，未果。韦佗外出寻找水源，也是无功而返。妙善和韦佗两心相印，相约旱灾解除之时，就是两人成亲之日。一天，妙善在晕迷中得土地神献诗，暗示她去白云洞中找白眉大仙求良瓶为民救灾。他们来到白云洞，韦佗去取石山上良瓶时，白眉大仙用法术使其变成了石人。妙善来到见韦佗受害，请求白眉大仙救韦佗。大仙要妙善用铁杵磨成绣花针，点开韦佗的七窍，用竹篮挑水，为韦佗活络舒筋，妙善在仙女的帮助下完成了这两件事，救出了韦佗，也求得了良瓶。

旱灾得到了解决。乡亲们备上丰收的喜酒来感谢妙善一家。韦佗也准备和妙善成亲。忽然朝廷有旨，宣韦佗进京受赏。庄王封他为护国将军，他辞而不就，并说明愿回家与妙善同相厮守。这时有大臣向庄王进言，说妙善是一个非常贤德的女子，可以补后宫之缺。庄王决定娶妙善做宫中娘娘，韦佗听此，有如晴天霹雳，但碍于皇权而不敢明言。再说妙善在家早已备好花堂，等韦佗回家成亲。但韦佗回来，圣旨也随后就到，妙善被封为皇后。妙善肝肠寸断，但皇命不可违，只好进京。

涝灾又威胁着百姓的生活，韦佗又要去救灾。在出发之前，韦佗上殿诉说与妙善的深情，庄王大怒，要杀韦佗，妙善以死相胁。妙忠为救女儿，带上红绫来到殿上，告诉庄王，妙善是个怪胎。庄王见到红绫，想起了自己曾经抛却的肉球，经宫女对质，妙善正是当年庄王所抛的肉球。庄王封妙善为公主，父女团圆。韦佗因此也无罪获释，正一家欢聚，为妙善韦佗谈论婚娶时，土地公公又送上隐诗，暗示妙善再求良瓶，解除百姓水害。妙善决定救了百姓水灾再成亲。他们再次来到白云洞，白眉大仙要求妙善对天发誓抛却荣华富贵，终身不嫁，才给予良瓶，韦佗见状，上前硬取，结果丧命。妙善见此，伤心欲绝，对天立誓终身不嫁，求得良瓶下山了。大仙救活了韦佗，韦佗不见了妙善，一路追下。

龙女三公主见妙善取得了良瓶，奉佛旨意，到南海引渡妙善脱离凡胎。龙女让瓶飘空而去，妙善为良瓶纵身跳下了南海。韦佗赶到，也跳海追随而去。这时庄王等人来到，庄王封妙善为护国保民大将军。妙善成为南海观世音菩萨，而韦佗也脱离凡胎，成为观音身边的护法。

按：肉球的出现，从佛教史来看，是从《撰集百缘经》和《佛国记》中而来的。人类的创世神话中有兄妹近亲相奸而生下肉球的故事，如中国神话中的伏羲和女娲实为兄妹，因洪水只剩下他们两人，不得已而结婚生下一个肉球，后将之剖开而化身为人类。还有传说中的"哪吒出世"故事，说其母怀孕三年后，生下了一个肉球，肉球变成了莲花，哪吒从莲花瓣中出来。这里妙善的出生显然是借鉴了这个情节。但这个情节只是整个戏剧故事开始的楔子。

二、剧情所表现出来的特点及其与粤剧发展的联系

（一）粤剧中妙善故事戏的最大特点就是以妙善和韦佗的情感发展为主要线索，并逐渐发展为以表现爱情为主

这种以情感为主线的情节展开模式，与早期粤剧的编剧方法有关。粤剧编剧一般都有"度桥写戏"，"因人（演员）写戏"的习惯。早在光绪年间广州本地戏班中的整本戏曲创作就颇有自己的特色，并形成了一定的创作套式：

> 开场首出，必系蕃酋入寇，边将整兵，继则议国事于大庭，党分牛李，设阴谋于私室，迹亦操温。衅端起于红颜，逆状胥呈于蓝面，拔剑喧争于殿上，汉家之朝礼全无；带甲大索于宫中，秦国之奸人斯得。若此者几如印版文字矣！其中段下节，则奇情杂出，凑合不伦。如英布以盗封王，吴起杀妻以求将。两军交战，巾帼能当一队之师，歧路相援（按：应为"逢"），匹夫定有万人之敌。摹男女之情好，冶容曲尽衾裙；状草野之遭逢，布衣即登卿相……①

这里明确指出早期粤剧整本戏在情节安排上多从边关战事开始，而且剧中多杂有以"摹男女之情好"表现男女爱情的内容。早期粤剧对妙善故事的改编正是体现了这一编剧特点，妙善故事在其他剧种中（如高腔）是一个带有很强仪式性的宗教剧，即使是京剧，在演出时隐去了戏剧的仪式性，但剧情发展还是与明代《香山记》基本相同，主要从妙善出家修行的过程来做戏，其主要情节是妙善出家后到成为菩萨之前的一段磨炼，以妙善反抗婚姻、出家修行与庄王反对她、为难她为主要矛盾，妙善的婚姻只是故事发生的一个导火索，甚至连婚姻的另一方都没有出

---

① 俞洵庆：《荷廊笔记》卷二，光绪十年刻本。

现。而粤剧中的妙善故事中有了妙善和韦佗之间的爱情情节，并且爱情情节在戏中所占比重逐渐加重，以至成为故事发展的主要线索，整个妙善故事也由一个表现女性坚持出家的故事而变成了一个以表现爱情为主要目的的故事。

在粤剧早期的改编本中，韦佗与妙善的感情故事就初露端倪，如邕剧中就已经开始了韦佗与妙善的感情线索，战功显赫的韦佗将军，心慕妙善，庄王于是赐婚。妙善在白鹤寺出家，韦佗苦劝公主回宫不成，愤而自尽。当然，这里还是以韦佗的一厢情愿与妙善的坚持出家作为其情感发展的基调，妙善处于情感的被动地位。但后来改编者把妙善也塑造成为一个多情的女子，并让他们的感情发展为主要的戏码。如20世纪80年代佛山粤剧团演出的《妙善公主》，妙善为韦佗的人格所感动，主动向韦佗表示自己的爱慕之情，最后选择出家也是为了表示对爱情的坚贞和忠心。到了90年代出现的妙善小姐就简直是一个情种了，她与韦佗青梅竹马，宅心仁厚。她为了救韦佗，愿意接受铁杵磨成绣花针、竹篮挑水等考验；当庄王下旨封其为后宫娘娘时，她甚至有那种不顾获株连九族之罪而抗旨与韦佗逃婚的念头；她一心想着救灾结束后，就与韦佗拜堂成亲，当旱灾结束时，就在尚书府里布置好了新房；而后来再去救洪涝时，也在父王面前约定了佳期。此时的妙善，本是一个追求幸福爱情的女子，只因为慈悲，只为了救助受灾的百姓，才被迫一步步走上了放弃荣华富贵，放弃婚姻爱情的道路。即使是在为了得到救灾的良瓶，曾经对天发誓，终身不嫁时，她还曾心存一念，想着洪水退去后，能再和韦佗相守。

可以看出，粤剧中妙善故事的基调是表现爱情。这种以爱情为基调的故事模式既与粤剧的一些特色有关，也与当地的文化特色相关联。

（二）不同时期的妙善故事与同时期的粤剧发展概况相一致

从故事情节历时发展来说，不同时期的妙善故事戏反映了粤剧从早期重武戏到后来的以文戏为主的发展态势。重武戏是早期粤剧一个明显的特点，历来评论者都指出了此点。俞洵庆《荷廊笔记》介绍早期广州本地戏班时，就特别指出其"专工乱弹、秦腔及角觝之戏，脚色甚多，戏具衣饰极绚丽"①的特点；广东举人杨懋建的《梦华琐簿》也记述了道光年间武生演员在伶界的崇高地位，说"广州佛山镇琼花会馆，为伶人报赛之所，香火极盛，每岁祀神时。……数十年唯武生阿华一人捧神像，至今无以易之，阿华声容技击，并皆佳妙，在部中岁俸盖千余金云"②；著名粤剧武生演员李文茂更是红极一时，所演"院本，以鏖战者为最，犯上作乱，恬不为怪"③。这些记载，都说明了早期粤剧重武戏的特点。保留早期粤剧特色的邕剧《观音得道》，全本十四场，前面七场主要是展现边关战事，武戏的成分非常多，这和粤剧早期重武戏的特点是相一致的。

后来，粤剧发展逐渐成为以文戏为重。从光绪到清末，广州戏班管理出现了被其他行业公司垄断的现象，粤剧为适应老板的经营方针与省、港、澳市民的欣赏趣味，演出侧重于生旦戏了。美国旧金山《文兴报》登载的无涯生《观戏记》说："广州班为全省人士所注目，……然大概以擅演男女私情为……第一等脚色"，"至于夜间者，所谓出头，则尽是小姐丫环、公子，专显花旦、小生之手面"。"戏剧的内容，大抵重文而轻武，或武生绝少，戏亦不多。所演名戏，皆从头至尾，一夜演完。"④ 可见

---

① 俞洵庆：《荷廊笔记》，卷二，光绪十年刻本。
② 杨懋建：《梦华琐簿》，见《清代燕都梨园史料》，上卷，374 页，北京，中国戏剧出版社，1988。
③ 《南海县志》，卷二十六，北京，中华书局，2000。
④ 胡朴安编：《中华全国风俗志》，179 页，石家庄，河北人民出版社，1986。

后期粤剧是重文轻武的。这种重文轻武的倾向，使得粤剧文戏水平高，创造了许多经典剧目，但武戏的发展却相对滞后了。1956年，周总理接见红线女等粤剧演员时，曾经指示"粤剧要全面发展，除了抒情的文戏之外，还要学习武戏"①，便是明证。在这种总体发展态势下的妙善故事也逐渐地以文戏为主，在后来的演出中逐渐不见了边关的硝烟战火，只有儿女情长。20世纪60年代在香港舞台上演出的《观音得道》就是如此。

　　粤剧这种从早期的文武兼重，到后来只重文戏的发展态势，与粤剧的脚色体制变化是相关的。如早期同治年间粤剧中的脚色主要有武生、正生、小生、小武、总生、公脚、正旦、花旦、净、丑等十大行当，表演上重武生和小武行当，保留了粗犷质朴的特色，伶界红人一般都是擅长演武戏的，像武生新华、武小生嘣牙启。到20世纪二三十年代的省港大班，只重武生、小武、小生、花旦和丑五行，演端庄稳重人物的正生、正旦，粗犷刚强人物的净行和扮演善良人物的公脚以及总生已经沦为次要行当。而编剧者也是以演员为中心来创作剧本的，他们"每编就一剧，先以其桥段商诸班中诸名角，缕述剧中主旨，及剧中角色，须饰作何许人，其人之身份如何，其人之服装如何，经得诸名角同意，自念去此种角色，果切合身份演来精彩否？斯剧之桥段，有犯矛盾之弊否？斯剧直宗旨，能适合潮流否？皆认为满意，或须有增加删改处，则相与讨论，务求一气呵成，无懈可击，更要场口缜密，不致有涣散之弊"②。到了20世纪三四十年代，粤剧戏班的演员体制结构由行当制变成为台柱制，每班设六大台柱，即武生、文武生、小生、正印花旦、二帮花旦、丑生，每排一出戏

---

　　①　赖伯疆：《广东戏曲发展简史》，341页，广州，广东人民出版社，2001。
　　②　座上客：《新声第一声》，1928年，转引《广东戏曲史料汇编》，20页，广州，广东省文化局戏曲工作室，1964。

都要拼凑齐六柱，并按照演员对观众号召力的不同而分担不同的角色，这种台柱制发展到今天，剧团中真正台柱就只有文武生和正印花旦了，一个剧团如果有了一对文武生和正印花旦的演员，就基本可以成立，而编剧写戏也就完全是"因人写戏"了。

20世纪90年代粤剧对《观音得道》的改编就完全是以演员戏份的分配来安排故事情节的。戏中的韦佗以文武生扮演，而妙善由正印花旦出演，整个剧情就以文武生和正印花旦的情感发展为主，甚至为了弥补剧中的二帮花旦脚色的缺失，在最后还安排了龙女度观音这样一场戏，但与剧情的发展极不相称。

三、观音本生故事在粤剧中的面貌体现了岭南文化特征

如果我们从文化角度来考察粤剧中妙善故事戏的演出，来看待剧中的爱情成分，来认识其把救苦救难的观音菩萨敷演成一个多情重义的普通女子的原因，就会发现这正是岭南文化特有的世俗性、兼容开放性、直观享乐性与远儒性的具体表现。粤剧中的妙善故事戏以个案的形式展现了岭南文化的魅力。

妙善故事中的爱情主题，是岭南文化本质的体现。岭南文化是一种世俗文化，这由岭南地区的生活方式所决定。近代的岭南社区尤其珠江三角洲是一种独具一格的市井社会，这里城镇众多，具有悠久的手工业和经商传统，经济比较发达，特别是商业。这个充满商品生产和商品交换意识、弥漫着商业空气的社会，既不同于传统的农业社会，又不同于现代的工业社会，而是一种逐步摆脱传统农业文明，向着现代工业文明前进的市井社会。这种市井社会孕育的是城市平民，这一社会产生的文化也就是市民文化、世俗文化，而且是一种原生型、多元性、感性化、

非正统的世俗文化。① 它注重对现实人生的直观体验和感性把握，而不太注重形而上的哲理思辨和理性探究，因此粤剧与其他戏曲剧种相比，有时缺乏深刻的思想内涵，只是为了满足平民观众的观赏习俗。就其对待妙善故事的改编来说，妙善成为佛菩萨，不再讲究佛缘、异相，一个普通平凡的人，也可以成为佛菩萨；一个大胆追求爱情幸福的人，也能修成正果。对于妙善的整个修行过程，也不会拘泥于传统那定要经过多少的磨炼，经过三年九载修行才能成正果的定式，妙善只要纵身一跳，或入大海，或入云海，就成为观音菩萨。如在 20 世纪 60 年代演出的《观音得道》中，妙善从白鹤寺的火海中逃出来，挑着佛灯见到仙界的达摩祖师时，她放下灯担，就纵身云海，再出现时，已经居菩萨之位了。更可笑的是，那一路来寻找她的庄王、皇后、公主、驸马们，一个个都鱼贯而上了云梯，登上了仙界，也不需要佛（或玉帝）等神灵来分封排位。

同时，岭南文化具有鲜明的兼容性和开放性。它的形成本来就是农业文化和海洋文化相结合的产物，在发展中则又不断地吸收中原文化和西方文化，从而形成自己的特色。这种兼容性表现在粤剧题材上，就出现了很多新的创作题材，有时甚至出现一些荒诞不经的剧目，如《甘地会西施》、《潘金莲枪杀高力士》等等。对于相同的题材，也可以进行不同的创造。如在妙善故事中，妙善修行路上受到帮助的神灵本是佛祖（《香山记》）、达摩（《大香山》）、燃灯佛（《香山宝卷》）、太白金星（《南游记》）等这些佛道界的神灵，而在后来的粤剧中出现了一个白眉大仙。这白眉大仙是何许人也？据考证，白眉大仙曾经是教坊妓女供奉的神灵，是妓女们的保护神。

---

① 　袁钟仁：《岭南文化》，19 页，沈阳，辽宁教育出版社，1998。

白眉大仙是被宋真宗敕封的一位咽喉神，又叫白眉三郎①，本被教坊乐户所供养，如《枣林杂俎》引《花镇志》云：教坊供白眉神，朔、望日用手帕针线刺神面，祷之甚谨。谓：撒帕，着人面，则惑溺，不复他去。白眉神即古洪涯先生也，一呼妖神。② 从这里还可以了解到，白眉大仙就是"洪涯"先生。《西京赋》中有"女娥坐而长歌，声音畅而委婉；洪涯立而指麾，被羽毛之襂纚（shēn shì，羽毛轻扬的样子）"。这洪涯先生本是三皇时的伎人③，是一位指麾歌舞的仙家乐人，当成为教坊之神后，又被坊曲娼优所敬奉，沈德符《万历野获编》也说：

> 近来狭邪家多供关壮缪像，余窃以为亵渎正神。后乃知其不然，是名白眉神，长髯伟貌，骑马持刀，与关（羽）像略肖，但眉白而眼赤，京师人相詈曰："白眉赤儿眼儿者"，必大狠，成贸首仇，其猥贱可知。狭邪讳之，乃驾名于关侯。坊曲娼女初荐枕于人，必与其艾狠同拜此神，然后定情，南北两京皆然。④

这里说白眉大仙又成为狭邪娼女们祈祷以定情终生的见证神灵，可见他在神仙体系中的地位是何等的渺小了。但倘若从其作为娼家行业神灵与岭南民风中的某些特点相关联来看，或许这白眉大仙在岭南确实有着不同寻常的地位。戏剧编剧者在安排这一角色时，或许并没考虑到白眉大仙的真正内涵，或者有意而为之，但不管其初衷如何，这种对神灵角色的任意书写，体现了文化的兼容特点，民众也是以开放的心态来接受的。

---

　　① 乔建等：《乐户——田野调查与历史追踪》，172 页，南昌，江西人民出版社，2002。

　　② 谈孺木：《枣林杂俎》，《笔记小说大观》，23 册，南京，江苏广陵古籍刻印社，1983。

　　③ 萧统：《文选》，上册，48 页，北京，中华书局，1977。

　　④ 沈德符：《万历野获编补遗》，78 页，北京，中华书局，1959。

　　粤剧中妙善故事戏情节的展开和戏剧演出还体现了岭南文化直观享乐的特点。岭南文化尤其是其中的戏曲的受众主体为市民阶层，他们的生活方式、审美意识、价值观念融于岭南文化的众多领域之中，从而使岭南文化充满了世俗享乐的人性和情调。岭南人对文化活动的选择和偏好，更多采用直观的认识方法去判断，常用感官的享受和实惠的心理取代深沉的心灵思考，因而那种"浓郁的追求趣味、猎奇，追求以情节和形象感人的小市民情调，一直成为岭南文化娱乐的主旋律"①。如妙善故事，妙善出家受到的磨难与考验本是置斋办饭、捡柴挑水等与实际出家修行相似的内容。而在粤剧中，把这些带有一定现实生活来源的考验用"铁杵磨成针"、"竹篮打水"等民谣谚语故事来替代，并且按照自己的审美要求进行了大胆的编造。大家不是都说"竹篮打水一场空"吗？但粤剧妙善故事中的妙善却成功地完成了这一不可能做到的事情。而且还通过戏剧的舞台表演，借助舞蹈、音乐等形式，形象地展现了整个过程。

　　同时，人感觉的不稳定，决定了直观享乐行为的不稳定性，这一点使得岭南文化从内容到形式都带有善变的特征。不断的创新，是岭南文化发展的原动力。妙善故事在粤剧中就是不断发展创新的，每一个时期的妙善故事戏都在敷演一个新的故事，每个时期的故事都有改变和创新。即使是同一个情节，关目的处理也不一样。如20世纪40年代以来的几个新编的剧本中都有铁杵磨成针和竹篮打水的情节，在60年代演出中，这两个情节是妙善到白莲庵请求住持收留时，庵中师父为考验她的道心提出来的，妙善通过了这两项考验后能够进寺修行。到90年代的《观音得道》中，则是在韦佗因鲁莽而被化成石人后，必须用铁杵磨成的绣花针去刺其穴位，用竹篮挑的水去活络其筋骨，才能复活，

---

①　袁钟仁：《岭南文化》，27页，沈阳，辽宁教育出版社，1998。

妙善是为了搭救韦佗通过了铁杵成针、竹篮打水的考验。这样做，一是为了自己的出家修行，一是为了搭救自己的恋人，塑造了两个完全不同的妙善。同样的戏曲表演场面，经过不同的结构安排，就产生不同的故事，塑造不同性格的人物。这是粤剧善变求新特征在妙善故事戏情节上的表现。粤剧中的这种善变和创新性，如果和高腔类的湖南地区演出的妙善故事戏进行比较，就更加鲜明。

同时，在这种不断创新和改变中，戏的基本价值取向是直观享乐。就人物形象说，妙善的性格处处体现着平凡的人性，而神性完全消退了。且不说整出剧对表现人性的永恒主题——爱情的书写，就是其中一些细腻情感的表现，都是如此。如遇到旱灾，韦佗见天雨难求，想要"远走他方"，却遭到妙善的拒绝，"故乡人，穷亦亲，故乡水，苦亦甜，穷困灾荒，不是无可变。有道家乡父母，本末水源，谁会因父母贫穷，就把爹娘讨厌，又怎忍乡亲蒙灾难，自己撒手他迁？"① 这里体现出的是华夏儿女对家乡亲人的那种最普通的情愫。

从演出习俗上看，粤剧演出的基调是故事戏，而不是仪式戏剧，即使对带有较强仪式性场面的演出，也很注重娱乐性，而没有仪式的痕迹。如20世纪60年代在华光诞辰上演出的《观音出世》，无论是舞台上的演员，还是舞台下的观众，都十分轻松，没有那些驱鬼除煞的仪式，更不见阴森恐怖的打叉、吊鬼情节。

粤剧中妙善故事的改写还折射出岭南文化远离儒家正统束缚的特点。岭南文化凭借它的地理位置，凭借着它以发达的手工业和对外贸易所带来的经济优势，对外来文化兼容并包，而与中原文化的关系却不断淡化，相对于传统文化，具有较大的游离性和再创造性，尤其与传统的儒家文化关系有些疏远。因此，对于妙

---

① 《观音出世》，顺德地区青年粤剧团演出手抄本，1998。

善故事，它不是把创作的重心放在彰显孝道的断手剐眼救父的情节上，也不在乎善恶轮回的报应，去显示阴森恐怖的地狱惩罚，甚至放火烧寺毁人的恶性行为也没有给予应有的道德裁判，更没有像高腔中的观音戏一样，刻意加入一些善恶有报的故事来对人们进行道德的教化。

在某种意义上说，戏曲文化本身就是一种通俗文化。而岭南文化的世俗性特质，使得粤剧的世俗娱乐性更为突显。在这种文化氛围中的妙善故事戏也深深地打上了世俗性、娱乐性的烙印，无论是其故事情节、主题思想，还是演出形态都有自己鲜明的个性。

四、岭南民间的观音信仰与戏曲演出

现在，我们不禁会产生疑问，既然粤剧可以把这位修行成为观音菩萨的妙善公主表现得如此世俗，与平凡人一样，那岭南人心中对于观音菩萨到底是一种怎样的心态呢？可以肯定地说，岭南人对观音菩萨是虔诚的，围绕观音信仰而举行的民俗活动也很丰富，不过岭南人观音信仰的目的也很世俗、很现实。

信仰与民俗关系十分密切，民俗活动是民众信仰的外在显现。岭南人的观音信仰在民俗上的体现有"生菜会"和"观音开库"两大民俗活动，其主要目的是求子和求财。这两大民俗活动都在观音诞时举行，但有时是分开的。广州人在迎春日有着为求子而吃生菜的习俗，而观音菩萨的送子功能与求子愿望相结合，就形成了在观音诞做生菜会的风俗，"每逢佛诞，必有善男信女作生菜之会"，生菜会一般在观音庙（庵）中进行，如南海官窑阁观音庙，就是生菜会活动频繁的地方。"观音庙，在麻奢堡官窑墟。岁正月二十五日，村人夫妇多诣赛神，礼毕登凤山小饮，啖生菜，名生菜会，是岁多夜梦神之喜"[1]。后来的地方志，

---

[1]　《南海县志》，卷五·风俗，同治版，台北，成文出版社，1974。

记叙得更为详细："金力司官窑乡有白衣观音庙……俗传正月廿六日为观音借库之期，故该庙每年以是日开库。庙前雇梨园一部，灯火连宵，笙歌达旦。前后数日，远近到庙祈祷者络绎不绝。士女云集，画舫塞河……游人之多，可与悦城龙母诞、波罗之南海诞鼎足而三。粤人迷信鬼神，于此可见一斑矣。"① 从这些民俗活动记载中，我们可以看出人们对观音菩萨的热忱，同时也说明了观音诞人们还会有戏剧演出活动。

广州从事梨园事业的艺人们，更是视观音为自己的保护神。广州外江梨园会馆在嘉庆十六年（1811 年）立的《重修大士碑记》中记载了艺人们为保证观音大士殿香火而立下的公约，可以看出这些来广的外地艺人对观音菩萨的崇拜。碑文如下：

> 振法海之潮音，一句能销千劫垢。瞻莲台之妙相，圆光普现，十方身随，有念而即彰。信叛诚而得福爱倾。葵蘸吾等建立。
>
> 长庆之会供祀
>
> 慈悲大士，圣相庄严，唯我会同人捐资上会积聚之资庆贺华诞千秋，并于坐前香灯用物以及庄严供奉，恳异勒石芳名万古流传，永垂不朽矣。是为序。
>
> 一议各贵堂本会新先生到粤省，俱要上会番银二圆正。
>
> 一议各位先生每年包银每员出银壹分入会，积贮年中贺诞月中香灯用费。
>
> 一议修整殿宇并贺宝诞置香案一副通共支出银四十大圆另两钱二分九厘。②

碑文记载了长庆会供奉祭祀观音大士的缘由及其章程。其中明文

---

① 《南海县志》，卷四·风俗，宣统版，台北，成文出版社，1967。
② 《广东戏曲史料汇编》，57 页，广州，广东省文化局戏曲工作室，1964。

规定，每一位新来广东的演员都必须先到会馆交纳一定的香火钱，供奉观音大士，而在粤演出的演员每年也必须交纳定额的菩萨香灯费用。同时我们还可以看到，每年的观音诞日，艺人们还要举行专门的酬神活动。可见，观音菩萨不仅是这些戏曲艺人的保护神灵，艺人们还以大家对观音信仰的共同理念作为组织、管理的纽带。

所以，就戏剧的主体参与方来说，无论是观众，还是演员，他们信奉观音的心情是一样的虔诚的，但信仰归信仰，而在观看、演出粤剧时，要更多从世俗娱乐的角度来参与，因此舞台上的菩萨戏也就不会再去考虑菩萨的神圣了。这也正是岭南文化通达的表现。

第四节　其他地方戏中的妙善故事戏

妙善故事在全国各地的演出虽然非常广泛，但因其以"观音得道"为题材，在戏改的大浪中被认为是宣传封建迷信思想，被清查出去，现在留下来的剧本和相关资料较少。下面就所能见到的其他剧种的相关内容作简单分析。

一、梆子腔中的妙善故事戏

梆子腔中对妙善故事的搬演也有两种形式，一种是对整个故事的搬演，其基本故事模式与京剧《大香山》一样，如河南豫剧《三皇姑出家》、河北梆子《白雀寺》；另一种是选取庄王生病去香山求药，然后到香山还愿一段，而形成小剧或折子戏，如河北梆子《大香山》、陕西秦腔《香山还愿》等。

（一）豫剧《三皇姑出家》

《三皇姑出家》是豫剧传统剧目，又名《千手千眼佛》、《大香山》，属于"十八架山"剧目之一。关于此剧题材的梳理，有邓同德的《谈豫剧〈三皇姑出家〉》①和林鑫的《谈〈谈豫剧《三皇姑出家》〉》②两文，以互相补充、辨析的形式说明了妙善故事的历史渊源。据戏曲志记载，在河南省戏曲研究所存有此剧抄本，但去其处访查，却没能找到，憾不见剧本，现只能根据戏曲志中的介绍来分析。其剧情梗概为：

妙善是缪庄王的三公主，她从小熟读经史，性情文善，有智有谋。其父却是个重用奸相、无视忠良的昏君。因他膝下无子，唯恐江山不牢，便给大公主选了个文驸马，二公主选了个武驸马，又逼三公主选奸臣的儿子为婿。妙善宁死不从，决心一生出家。庄王无奈找奸臣定计为难妙善。他们为难妙善说想要出家并不难，只要答应了三件事：一是红皮小麦整三石，一夜磨成麸和面；二是两石小米掺黄沙，一天一夜分两下；三是御花园里把花浇，数九寒天百花开。然而，三公主在众神灵的帮助下，三件事全部办到，庄王只好让妙善出家。奸臣贼心不死，让人们大肆造谣放风说"白雀庵里男女不分，尼姑与和尚私通"，庄王听后大怒，下令火烧白雀寺，可怜五百僧尼全部含冤被烧死，而妙善被天神救至太行山下。在老虎和猿猴的帮助下，她来到香岩山下修行，终于得道成精并精通医术，常骑虎下山为民治病，后来这里成了方圆百里的香火圣地，人们也都称之为骑虎三皇姑。不久庄王生病，找遍天下名医都没能医好，妙善扮作小道童进京为父看病。妙善指出：庄王重用奸臣，误国害尼是其病根，火烧白雀寺，冤死五百僧尼是其病源，要医好病，需要亲人手眼各一只。庄王遂令太监杨杰去找大公主、二公主要手眼，二位公主皆不肯给予，庄王听后怒不可遏。这时，小道对庄王说："圣上不要着急，听说你三女儿妙善还没死，现在苍山修行，不如令人去找

---

① 邓同德：《谈豫剧〈三皇姑出家〉》，载《佛教文化》，1999年第4期。
② 林鑫：《谈〈谈豫剧《三皇姑出家》〉》，载《佛教文化》，1999年第5期。

她。"说罢，扬长而去。庄王只好传旨让杨杰去找妙善，三公主将自己的眼睛挖掉一只，手剁掉一只，并嘱咐"父王病好后，一要改邪归正，二要给香岩山修庙宇，三要敕我为全手全眼"。庄王病愈，按妙善嘱咐除掉奸臣，并亲带文臣百官到苍岩山敕封三公主，当他的銮驾到达时，妙善已经坐化成神了。她知道父王改正了错误，心中十分欢喜，显出金身，驾着祥云升空而来，缪庄王和众大臣看见了妙善的金身，慌忙令人摆上香案，叩头拜谢，因为杨杰在回禀三公主的嘱咐时，把全手全眼说成了是千手千眼，所以缪庄王就封三公主为"千手千眼大慈大悲救苦救难菩萨"，并给她修了庙宇，塑造了三头六臂金身法像。①

可以看出，豫剧对故事的改编较多，整个故事基本脱离了原来那种宣传女性出家修行的思想，而突出忠奸斗争，具有鲜明的道德教化意义。剧中的妙善不再只求佛，而是一个从小熟读经史，有勇有谋的才女。她拒绝成婚，是因为其昏聩的父王给她选了奸臣的儿子做丈夫，她当然不能接受，因此决定出家。在出家过程中她还受到了奸臣对她的种种迫害，以致只能露宿山野，但机智的妙善不仅借父王生病的机会，除掉了这个奸臣，而且还让父王改邪归正，成为一代明君。

河南是中华文明的发祥地，而豫剧产生地洛阳一带又是有着悠久历史的河洛文化中心地区。不少研究者已经指出：河洛文化是河南戏曲之根，也是豫剧文化之根②，河洛文化突出的特点就是重视伦理道德的思想内涵和以农业文化为中心的地域特色。豫剧《三皇姑出家》这一具体剧目更是以个案的形式体现了豫剧的文化艺术特色。

首先，河洛文化是一种崇尚伦理道德的文化，注重的是伦理

---

① 参考张庚主编：《中国戏曲志·河南卷》，112 页，北京，文化艺术出版社，1992。
② 何玉人：《文化语境中的河南豫剧》，载《东方艺术》，2005 年第 4 期。

和政治。在这种文化母体中产生的豫剧生来就带有崇尚伦理道德的意识，把惩恶扬善作为最重要的美学原则，如在《中国戏曲志·河南卷》中介绍了一百零六个豫剧剧目，除了《小二姐做梦》这出小戏外，其他全部都与伦理道德和惩恶扬善有关，而这些豫剧剧目中表现忠奸、善恶斗争占有很大的比重。《三皇姑出家》对妙善故事的改编也突出了这种重视伦理道德、突出忠奸斗争的特点。妙善故事传统中对于庄王朝中的大臣塑造很单薄，基本没有什么个性，豫剧则塑造出了一个凶残狡诈的奸臣，把妙善的出家、经受磨难，白雀寺的被烧毁的磨难都归结到使坏的奸臣身上。可见，河洛文化崇尚伦理道德意识的传统是豫剧改编妙善故事的文化根基。

其次，《三皇姑出家》在审美倾向中体现出一种农民化的趋向。豫剧本来就是在农民中间产生的，开始时曾被称作是"靠山吼"、"土梆戏"。农民群众的审美意识、审美思想直接影响着豫剧的思想内容。豫剧研究者们是如此概括豫剧的农民化意识："戏曲观众以自己的经验为依据进行主观联想，进而要求舞台形象符合自身经验的变形，因此豫剧舞台上的帝王将相、神仙鬼怪都可以说庄稼人的话、做庄稼人的事，具有庄稼人的心态。"《唐知县审诰命》中七品知县以"当官不为民做主，不如回家卖红薯"作为自己的为官信条；《秦香莲》中的包拯用"要吃还是家常饭，要穿还是粗布衣"的农民话劝说陈世美；《三哭殿》中的唐王李世民也像普通的老百姓那样家长里短地处理家务事；《对花枪》中堂堂罗艺老将军也得挨夫人的绣鞋底……这些农民化的艺术处理，在农民观众看来，俗人俗事俗演，天经地义，非俗人俗事也俗演，也是天经地义。[①] 在这种审美意识下，豫剧对

---

① 振兴豫剧委员会：《豫剧生命力植根于民众文化心理的深处》，载《东方艺术》，2000年第2期。

妙善故事的改编也体现出明显的农民化意识：妙善出家受到的考验就是要把红皮小麦磨成白面、把掺黄沙的小米分清楚等等一些日常的农活；妙善修行得道的本领也就是精通医术，能为民治病。

　　然而，从戏剧的叙事风格来说，它又具有明显的民间口传文学传统。如那"三难型"情节的故事模式和故事内容就是最鲜明的例证，还有菩萨那千手千眼的庄严圣像也因民间文学中"谐音"修辞手法的运用而失去了宗教的肃穆感，带有平民的诙谐性。

　　同时我们发现，妙善故事本来就是河南汝州地方产生的传说，但经过了近千年文化的浸染，已经完全失去了它刚产生之初的那种宗教神秘色彩，成为具有讴歌正义、鞭笞奸官的积极现实教育意义的新故事。这种故事流变的趋势正如研究民间传说流传与传播的芬兰学派理论家尤利乌斯·克伦所说的特点："（民间）故事传播开去，有时原始形态在中心地带反而少见。在它传播最远的边缘地区却可发现某些古老的情节。"①

　　对于此剧的演出习俗，现在所知甚少，据《中国戏曲志·河南卷》介绍，一般敬火神时演此剧，其中原因可能是其《火烧白雀寺》一场中有妙善祈祷免于火灾的祭祀祷告场面，但这只是猜测，具体原因还有待于深入调查。在行当分配上，妙善以青衣旦应工，如豫南著名演员蔡大脚、燕长庚等就是以此为拿手戏。另外河南的宛梆、大平调等也有此剧。②

　　（二）河北梆子《白雀寺》

　　河北梆子《白雀寺》共二十四场，有鹊华山房剧丛收录本，

---

①　许钰：《口承故事》，84～85 页，北京，北京师范大学出版社，1999。

②　张庚主编：《中国戏曲志·河南卷》，112 页，北京，文化艺术出版社，1992。

为光绪三十二年的抄本。剧情与京剧《大香山》比较接近。①

　　剧中的妙善，本是大善童子，她在皇宫是"吃斋把素，看经念佛，抓钵雷鼓"。庄王要王后等劝妙善开荤，妙善坚决不听，她告诉母后说自己修行的主要目的是"一修公婆不见面，二修夫妻不团圆，三修怀中不抱子，四修自身安乐然"。众人劝妙善不成，庄王怒而将妙善打入后花园浇花，四佛命土地帮助妙善浇花。妙善在达摩祖师、土地等的帮助下，完成修行后，然后再奉佛旨去查看地狱。

　　可见，河北梆子《白雀寺》对于妙善故事的改写，主要是叙事顺序和叙事重心的改变，将"游地狱"这一次核心故事情节转移到了故事的结尾，以突出其重要地位。就篇幅来说，全剧二十四出，其中有八出的内容是表现游地狱的过程，完整地描述了观音游历地狱十殿的经过，形象地表现地狱中种种严酷惩罚。这种叙事模式的改变当然带来故事主题的变化，突出观音游地狱的主题必然会削弱其他主题的表现，而通过游地狱表现了善恶报应的道德规范，可见戏曲的主题重心不再只是赞美妙善的美德，

_____

　　① 剧情梗概：妙庄王生有三个女儿妙金、妙银、妙善。其中妙善乃是西天佛界的大善童子，父亲要给妙善招婿，妙善不从，而只在宫中吃斋念佛，王后、公主们进行劝阻，要她开荤招婿，都无济于事。庄王大怒，将其打入御花园受苦，佛祖吩咐土地等来帮忙。庄王又令人送去狗肉煎汤，命妙善开斋，否则将其绞死。妙善坚决不开斋，结果被推上了绞刑台。达摩祖师受如来佛祖的旨意搭救下妙善，并指点她到白雀寺去修行。妙善经过了达摩设下的蛟龙猛虎的考验来到了白雀寺，寺中主持又要妙善经过置办五百僧尼斋饭的考验，妙善在土地等的帮助下，顺利地通过了这一考验，留在白雀寺修行。妙庄王知道妙善在白雀寺修行，下令放火烧山毁寺，寺中五百僧尼尽丧。庄王却因此业而生下重病。妙善化作云游僧人为父治病，提出要以亲人手眼作为药引，当庄王向妙金、妙银提出此要求时，两人都不同意，妙善又告诉庄王，香山菩萨灵验，可以去求取手眼。庄王派林表去香山向菩萨求来手眼，病立即痊愈。庄王举家到香山还愿，感谢菩萨，妙善以字谜说明自己的身份，庄王明白是女儿救了自己，决定要出家修行，一家人相继出家。妙善在韦佗护法的陪同下来到地狱查看，见到地狱中各种严酷的刑罚，不禁为世间人所受苦难而伤心落泪。

而转向了以劝善惩恶为主要目的。

《三皇姑出家》和《白雀寺》虽然都是梆子腔中演绎妙善故事的，但两者对故事的演绎不尽相同，因此所塑造的人物形象和所表现出来的主题意蕴也各有不同。

另外，河北梆子中还有《大香山》，收于河北梆子传统剧目汇集第七十一集。分五场，从林表领旨去香山求手眼，到最后父女团圆、同赴西天结束。唱词都是七言或十言，音乐都是板腔体的，而对故事内容和人物形象的塑造都没有什么改变。

（三）秦腔《香山还愿》

此剧是西府秦腔剧目，一般为专门还愿演出，因此也被称作"还愿戏"。故事的内容和《大香山》① 基本相同。其《还愿》一折，剧情从庄王病愈到香山寺来还愿演到父女团圆、同赴西天结束。多是以独折演出，为小旦、净、须生唱做工表演并重的戏，角色有庄王、王后、正神（也就是观音）。唱功较多，先是庄王和王后的轮唱，一人一句，基本都是七言，唱词内容主要是描述来到香山的所见所闻。然后正神上来，唱一大段，基本是十言句，内容是诉说自己的修行过程。剧中的做工也很有特色，有妙善女表演担经的特技，具体的表演是：演员在内肩披一条红绫，两臂为书担，两只手腕以两只小铁环扣卡于筋骨，下悬两捆经书，进行舞蹈，一并过天桥，将经书送往庙堂，群众称之为"挂经"，所

---

① 剧情梗概：兴隆国妙庄王求子，却生下三公主妙善，从小就好佛经，庄王欲给其选择女婿，妙善却出宫门入山修炼，庄王非常生气，让她浇花。妙善一边浇花，一边诵读佛经，庄王大怒，要绞杀她，被达摩救起，并引至香山修行。庄王知道后，又派兵放火烧寺。后来庄王思子生病，妙善化作童子看病，说需要亲人手眼才能治愈，而亲族大臣们都不愿意舍手眼，妙善舍手眼治愈庄王。庄王到香山还愿，妙善游地狱，修成正果，庄王悔悟，佛祖封妙善为救苦救难观世音菩萨。

以此折戏又叫做"倒腕挂经"或者"女挂经"。① 这种表演方式可能受到了目连救母故事中目连挑经挑母去西天见佛时的影响。全剧是典型的板腔体音乐，其乐器配奏社火鼓乐，唱【佛号】、【佛歌】等曲调，气氛刚烈而乡土味浓厚。在宝鸡市还出现了一批有名的演员，如邓桂、李嘉宝、王富华、杜周宝、王金莲、温玉堂、戴荣等。他们都以《香山还愿》为其演出的代表作。

此戏在陕西流传很广，如在铜川耀县的香山在每年的三月十五左右的庙会期间都会有戏曲活动，演出剧目就有《香山还愿》。② 近年在陕西华阴县，还有碗碗腔《香山还愿》皮影戏的演出。

从以上各地地方戏中对于妙善故事的改写可以看出，这些改本更加注重的是戏曲对于人的道德教化作用，充分发挥了戏曲社会教育的功能。

二、泉州傀儡戏《观音修行》

福建地区傀儡戏中妙善故事的搬演也比较盛行。早在雍正年间武平就非常流行了，据武平县人林宝树于当时写的《一年使用杂字》中就提到："有行香火提傀儡，赛过良愿香火戏。华光菩萨并观音，三位夫人随人许。"③ 可见在闽西，明清时期傀儡戏已经广泛盛演有关观音修行的故事了。现存的剧本有清代民间班社抄本泉州傀儡戏《观音修行》，收集在《泉州传统戏曲丛书》（以下简称泉本）中，全剧共分十节：

---

① 陕西省戏剧志编纂委员会：《陕西省戏剧志·宝鸡市志》，106 页，西安，三秦出版社，1996。

② 陕西省戏剧志编纂委员会：《陕西省戏剧志·铜川市志》，284 页，西安，三秦出版社，1996。

③ 福建武平县志编委会：《武平县志》（附录三，诗文选），884 页，北京，中国大百科全书出版社，1993。

一东宫虚位　二逼女招亲　三招考驸马　四两姐劝妹　五妙善受难　六烧白雀寺　七魂游地阴　八香山成道　九治病救父　十（缺）

剧本保留了妙善故事一些比较古老的信息，因此有学者提出，它的故事情节是最接近宋蒋之奇《香山传》原貌的。[1]论者列出了五个方面的理由，有一定的道理。但是，若说是"最接近"，难免有武断之嫌，因为泉本的故事模式与碑文内容明显不同而与宝卷的内容更加接近，因此泉本可能是在宝卷的基础上进行改编的。虽然，有些理由还只是猜测，但其中说到三姊妹名字都为妙颜、妙音、妙善这一点是比较确定的。可以补充的是，泉本中还保留了早期妙善故事中所说的庄王的病为"伽罗魔"以及治病必须要用"无嗔人手眼"这样的细节，也与宝卷的内容相同。另外，泉本的结尾虽然没有像北宋蒋之奇《香山传》那样突出观音的显像和庄王的造塔、收舍利等内容，但是有妙善要求庄王重建白雀寺、重塑神像，以补前咎的情节，说明二者的关系密切。还有，说到庄王在拜谢妙善（观音）时，观音是以头顶阿弥陀佛像，代受礼拜。也就是说，观音显像为头戴阿弥陀佛的圣像。这样情节的处理应该是结合了当地观音信仰的实际的。从这些剧情内容来看，泉本确实比较早，但却不能确定它就是最接近蒋文的。

泉本中提起的头戴化佛的观音圣像，说明这种圣像在当地可能比较常见，当时流行的相关传说也特别强调这一点。下面这个传说故事，是清朝时期来华传教士留下的，其中也说到观音因为不能直接接受父亲的跪拜而头戴阿弥陀佛像的情节：

观音……乃妙庄王之女。妙庄王有三个女儿，长

---

① 曾金铮：《泉州傀儡戏观音修行题材出处考绎》，《福建第一次学术年会论文集》，115页，厦门，厦门大学出版社，2005。

女、次女皆已嫁人。王欲将观音也许配与人。但观音自谓此生注定守贞不嫁，故坚决不从父命。其父遂大怒，乃将她送往一寺庙。在那儿，观音受命挑水、打柴、清理菜园。据中国人传说，山中猴子成群地来帮她，寺中的圣徒替她挑水，禽鸟以锐啄为她清理菜园，野兽则代她打柴。观音双亲得知后，咸认为是邪魔外道作祟，否则不可能有这种事，乃下令火烧寺庙。观音眼见寺庙神像均将因她之故而遭焚毁，正要以银钗割喉自刎时，所幸来了一阵及时雨，扑灭了熊熊烈火。此后观音隐身山林，一心修行。而妙庄王则因其对观音的行径而触犯天律，以致身上生疮长蛆，日益溃烂，虽也曾行文天下悬赏良医，终无一人能救得了他。观音得知此事，乃化身下山为父治病。由于妙庄王四肢已然溃烂，观音乃卸下自己的肢体亲自为父亲换上。这样，终于医好了她的父亲，但自己却已残缺。痊愈的父亲最后认出了自己女儿，见她肢体不全，不禁无限哀痛。但观音安慰她父亲，同时又长出新肢，复原如初。妙庄王目睹这一奇迹，立刻拜倒在地，做女儿的自然不敢承受如此重礼，但她父亲坚持不起，她只好拿了一尊神像顶在头上，好让众人知道妙庄王膜拜的是神像而非亲生女儿。观音旋即归返荒山，至死过着孤单的修行生活。人们认为她死后已登天堂，尊她为神明，常祈讬她求天赦免他们的罪。①

这里，也说到观音头顶化佛的圣像。不过传说的解释加入了更多中国传统儒家思想的因素，也更合乎中国人的道德规范。

① 转引自［英］杜德桥：《妙善传说——观音菩萨缘起考》，3～4页，台北，巨流文化公司，1990。

　　泉州《观音修行》虽然保留了很多早期妙善故事的细节，但是也还有不少的新内容，体现其地域特色，试举几例：

　　1. 有着平民化的色彩

　　观音魂游地狱，对地狱众鬼魂进行了不同方式的超度，其中就带有鲜明的社会道德评判意识，而且这种意识带有平民化色彩。如既对那劫富济贫的"做贼人"予以肯定，让他超生，但又特别惩罚了一偷斩耕牛的"做贼人"，说他"盗宰耕牛，该受此报（指在奈何桥下受苦）"，而这人偷牛的行径，有明显的地域特色：

　　　　牵返来厝，用斧头对角门打几下就死，皮剥起来包石坠落水底，无人知，肉腌的腌，腊的腊，煎的煎，炒的炒，畅饮一场，乜（按：没有的意思）人来共佛说……①

这样的情节应该是当地饮食风俗的反映。

　　2. 有着鲜明地域特色的民间宗教信仰的内容

　　妙善的修行，被解释为是"食菜事魔"，庄王修行也是"修行长食菜"。这食菜事魔本是民间对摩尼教的俗称，摩尼教虽在唐时流行于我国境内，但经过会昌灭佛运动后，就转入了地下活动，"一部分在西北、华北各地活动，一部分在福建、浙江等地活动。"② 从戏曲来看，此教在泉州的影响应该比较大，在泉州目连戏中，对出家修行吃斋也被说成是"食菜事魔"。另外，剧中还有如大罗真人、玉真人（即玉帝）等对神灵的称呼，这些都是福建地域文化中巫风、民间宗教盛行的文化背景的反映。

----

　　① 《泉州传统戏曲丛书·傀儡戏》，《观音修行》，552 页，北京，中国戏剧出版社，1999。

　　② 濮文起主编：《民间宗教辞典》，200 页，成都，四川辞书出版社，1996。

本 章 小 结

从戏曲文本来说，各地方戏对于妙善故事的改编确实没有太多个性，但是戏曲的核心是表演。不同的表演、不同的演出时间、不同的演出场合、不同的扮演者、不同的观众，这些都会影响故事的传播。即使在各表演之间没有什么台词的变化，但不同的场合也会给演出带来特殊的意义。因为表演艺术的交流更加依赖于社会语境：如观众的特点、表演的语境、表演者的个性、表演本身的细节等等。因此本章对于地方戏中妙善故事戏的研究既有对文本改变的分析，如粤剧中的《观音得道》、泉州傀儡戏《观音修行》、豫剧《三皇姑出家》等，也有对各种不同表演形态的剖析，如早期皮黄剧中《大香山》、各种不同剧种中的《香山还愿》。当然这两个方面是不能截然分开的，只是略有侧重。对于湖南高腔中的"观音戏"则是从文本形态和戏剧表演形态两方面入手。这些不同的文本形态和不同的演出形态，塑造了性格不同的妙善形象，反映了在不同文化背景下对妙善故事的改写或重塑。

第四章　其他俗文学体裁
中的妙善故事

第一节　唱本中的妙善故事

"唱本"本指说唱艺术的底本，这里借用"唱本"来概指宋元以来除戏曲和小说之外的其他俗文学形式，如宝卷、弹词、大鼓、木鱼书、潮州歌、渔鼓、平话、龙舟等等，因为它们的共同特点是以说和唱为主要表现形式。在这类文学体裁中，也有许多表现妙善故事的作品，其中尤以宝卷最为突出。

一、宝卷与妙善故事

（一）宝卷形成补说

宝卷，又称科仪，是一种带有散文形式的可供吟诵的文体。对于它的形成，有许多专家作了深入的探讨，提出了各种不同的观点，可以概括为以下三种看法：

郑振铎先生最早提出宝卷是变文嫡系子孙的观点。认为宝卷在结构和内容上与变文相同，因此宝卷是唐代变文的"嫡派子孙"，在宋元间产生，并指出《香山宝卷》可能是最早的宝卷之一。① 他的观点影响了许多学者，如向达在《唐代俗讲考》中就说："俗讲始兴，只有讲经文一类之话本，浸假而采取民间流行

---

①　郑振铎：《中国俗文学史》，308 页，北京，商务印书馆，1998。

之说唱体如变文之类，以增强其化俗之作用。……弹词宝卷，则俗讲文学之直系子孙也。"① 这样，他把变文、弹词、宝卷都归入了俗讲文学。

李世瑜先生则认为，宝卷产生在明代晚期，是民间秘密宗教宣传教义的产物。② 我们知道，民间秘密宗教曾经利用宝卷来宣传自己的教义，因此当秘密宗教兴盛时，宝卷就更为流行了。但在明代秘密宗教兴起之前，宝卷就已经存在了③，因此这种认为宝卷起源于秘密宗教经卷的说法应该是不能成立的。

还有的学者认为宝卷源于科仪书、忏仪书。如日本学者泽田瑞穗认为宝卷的产生应该与当时宗教仪式的忏悔道场相伴随，并明确指出唐宋元明时代僧侣创作的科仪书、坛仪书、忏仪书，是宝卷的直接源头。④ 刘祯对泽田瑞穗的看法作了进一步阐发，提出宝卷的形成是"忏礼法事科仪的消解和韵文的加盟"⑤ 的观点。

对于这种从宝卷与宗教礼忏科仪书之间体裁和演出形式相近的角度来解释宝卷形成的观点，有人提出了质疑，认为"科仪书与宝卷的关系是明清秘密宗教继承了白莲教重视礼忏、忏仪的遗风，是宝卷文体发展过程中吸收融合了科仪文体的特点"⑥。

----

① 向达：《唐代长安与西域文明》，303～307 页，石家庄，河北教育出版社，2001。

② 李世瑜：《宝卷新研——兼与郑振铎先生商榷》，载《文学遗产增刊》，第 4 辑，172 页，北京，作家出版社，1957。

③ 如现知最早的、有确切记年的宝卷为南宋淳祐二年（1242 年）宗镜编述的《销释真空宝卷》。

④ 转引车锡伦：《中国宝卷研究论集》，266 页，台北，台湾学海出版社，1997。

⑤ 刘祯：《宋元时期非戏剧形态目连救母故事与宝卷的形成》，载《民间文学论坛》，1994 年第 1 期。

⑥ 王正婷：《变文与宝卷之关系研究》，台湾中正大学中文所硕士论文，1998。

也就是说，宝卷虽然和宗教礼忏科仪书之间存在着许多一致，但这只是宝卷在发展过程中的一些变异或完善，并不能就此认为宝卷是从科仪书而来的。因为虽然大多数宝卷和宗教科仪相同，但毕竟还有一些宝卷没有那严格的科仪要求，如早期宝卷《大乘金刚宝卷》。① 宝卷之所以有科仪的要求，可能是民间宗教作为教义时，在宣传教法时对教徒的要求，是民间宗教借鉴了佛教科仪的动作形式和宝卷的文本形式而形成的。

学界之所以对于宝卷的渊源及其产生有着不同的认识，个中原因主要是早期宝卷资料的缺乏。但三种观点相比较而言，宝卷源于变文的观点是比较令人信服的，因为变文和宝卷之间确实存在着一种继承关系。对于此点，车锡伦先生进行了翔实的论证，综合了各家之长，提出了关于宝卷形成的看法。他认为宝卷继承了唐代佛教俗讲中讲经说法的传统，产生于宋元时期佛教世俗化的说法道场。车先生把宝卷的特点归纳为：其内容受到弥陀净土思想的影响，为满足信众的信仰要求而出现了弘扬西方净土、劝人吃斋念佛的新东西；其演唱形式受到了佛教忏法的影响，注重道场的威严，整个演唱过程仪式化，文辞格式化，结构形式严谨；其演唱曲调除了传统的佛教歌赞外，还因受到了词曲的影响而出现了长短句的歌赞②等三个主要特点。

车锡伦先生的分析表明了宝卷产生要有三个条件：唐代俗讲世俗化的背景；演唱的形式受到佛教忏法的影响，演唱场所是在法会道场上；演唱的曲调受到了词曲的影响。其实，受佛教忏法和词曲影响是从宝卷的发展来讲的，而决定宝卷产生的主要条件是俗讲的发展。

---

① 车锡伦：《明代佛教宝卷》，载《民俗研究》，2005年第1期。
② 车锡伦：《中国宝卷的形成及其演唱形态》，载《敦煌研究》，2003年第2期。

俗讲，本来是僧侣们"说经"的一种方式，它在六朝产生之初是为了佛"经"的通俗化，主要的内容是讲"经"。但后来，俗讲在内容上出现通俗化，尤其是唐代，越来越趋俗了。如唐代著名俗讲大师文溆的演讲，就"假托经论，所言无非淫秽鄙亵之事，不逞之徒转相鼓扇扶树，愚夫冶妇，乐闻其说，听者填咽"①，可见文溆的俗讲靠其"俚俗"的内容而招徕了无数听众。

随着俗讲内容进一步俗化，俗讲形式也发生了变化，俗讲者出现了女性化倾向。钱易《南部新书》中说"尼讲胜于保唐，名德聚之安国。士大夫家入道，尽在咸宜"②；在《兴圣寺尼法澄塔碑》中讲到尼姑法澄"仁孝幼怀，仪容美丽，讲经论义，应对如流"③。俗讲这种趋俗的变化到宋代更明显，如宋代张齐贤的《洛阳缙绅旧闻记》卷一记载了一位善俗讲的女尼，名辨。

> 有谈歌妇人杨苎罗善合坐杂嘲。辨慧有才思，当时罕与比者，少师以侄女呼之。每令讴唱，言词捷给，声韵清楚，真秦青娥之俦也。少师以侄女呼之，盖念其聪俊也，时僧云辨能俗讲，有文章，敏于应对。若纪祝之辞，随其名位高下对之，立就千言，皆如宿构。少师尤重之。云辨于长寿寺五月讲，少师诣讲院，与云辨对坐，歌者在侧。④

可见，这位女尼的俗讲，内容可以随着听者身份的不同而改变。

----

① 李肇、赵璘：《唐国补史·因话录》，94 页，上海，上海古籍出版社，1979。
② 钱易：《南部新书》，《文渊阁四库全书》，第 1 036 册，210 页，台北，台湾商务印书馆，1986。
③ 《兴圣寺尼法澄塔碑》，《全唐文》，1 027 页，上海，上海古籍出版社，1990。
④ 张齐贤：《洛阳缙绅旧闻记》，《文渊阁四库全书》，第 1 036 册，138 页，台北，台湾商务印书馆，1986。

另外，这则材料还说明是两尼对坐开讲，而旁边有专门的伴唱者。

值得注意的是，这里记录的俗讲方式与《金瓶梅词话》① 中姑子宣卷基本相同。如第三十九回《西门庆玉皇庙打醮，吴月娘听尼僧说经》中记录宣《五祖黄梅宝卷》的过程是：女眷们吃了晚饭后，"月娘吩咐小玉把仪门关了，炕上放下小桌儿，众人围定两个姑子，在正中间焚下香，秉着一对蜡烛，都听他说因果"，"先是大师父说"了一回（用散体语言，讲述了宣讲的内容），"师父说了一回，该王姑子接偈，月娘，李娇儿、孟玉楼、潘金莲、孙雪娥、李瓶儿、西门大姐并玉箫都齐声接佛，王姑子念"了一回（念的都是十字句偈言），这样一说一念，把宝卷的故事逐步展开了。中间休息，吃了点心过后，"月娘从新剔起灯烛来，炷了香，两个姑子打动击子儿，又高念起来"，最后王姑子还唱了一个【耍孩儿】，把整个故事给讲完了。② 这宣讲中是有说有念，还有唱的；有姑子接偈，还有旁人接佛，并有简单的伴奏乐器"击子儿"。还有第五十一回《月娘听演金刚科，桂姐躲在西门宅》记叙因西门庆不在家，月娘要听姑子讲佛法，演颂金刚科仪，于是"在正明间内，安放一张经桌儿，焚下香来，薛姑子（莲华庵里的）与王姑子（是观音庵里的），两个一对坐，妙趣妙凤，两个徒弟，立在两旁，接念佛号"，而其女宾听众，"围着他坐的，听他演颂"。③ 这站两旁接念佛号的徒弟与上文中女尼俗讲中"歌者在侧"的说明一样。从这些可以看出宝

---

① 《金瓶梅词话》中对宣卷过程的记载，被认为是现知关于宝卷宣讲形式的较早记载。

② 兰陵笑笑生：《金瓶梅词话》，第三十九回，494页，北京，人民文学出版社，1985。

③ 兰陵笑笑生：《金瓶梅词话》，第五十一回，660页，北京，人民文学出版社，1985。

卷这种说唱方式和俗讲程式基本相同。

　　俗讲历史的终结，郑振铎认为"到了宋代（真宗），变文的讲唱便在一道禁令之下被根本的扑灭了"①。这一说法值得商榷，因为在后来较迟提到"变文"一词远在真宗之后。宋人吴质（1127—1188）在《雪山集》卷三《论证盗疏》谓：

　　　　臣住在江西，见斯所谓食菜事魔者弥乡亘里，诵经焚香。夜则訇然而来，旦则寂然而亡。其号令之所从出，而语言之所从授，则有宗师。宗师之中有大有小，而又有甚小者。其徒大者有数千人，其小者千人，其甚小者亦数百人。其术则有双修二会，白佛金刚禅。而其书则有《佛吐心师》、《佛说涕泪》、《大小明王出世》、《开元经》、《刮地变文》、《齐天论》、《五来曲》。其所以为教戒传习之言，亦不过使人避害趋利，背祸而向福。里民眩惑而莫知其所以然而然，以为诚可以有利而无害，有福而无祸。故其师之御其徒，如君之于臣，父之于子。而其徒之奉其宗师，凛然如天地神明之不可犯，较然如春夏秋冬之不可违也。虽使之蹈白刃，赴汤火，可也。②

这里提到民间宗教（按：食菜事魔者，就是从唐代传入我国的摩你尼教的一支）宣传教义的书目中有一种叫做《刮地变文》。这就说明作俗讲的变文在北宋初年并没有被一纸禁文所灭，而被民间宗教所利用。而且，这里的变文应该就是后来说的宝卷。

　　从上面的分析可以看出：变文（俗讲的底本）本来是僧侣们向世人说法布道的通俗讲经文，但变文越来越俚俗化，这使它

----

　　①　郑振铎：《中国俗文学史》，204 页，北京，商务印书馆，1998。
　　②　吴质：《雪山集》，《文渊阁四库全书》，第 1 149 册，369 页，台北，台湾商务印书馆，1986。

向诸如诸宫调一类的说唱形式发展。同时，其说法布道的功能被民间宗教组织所利用，于是它到了民间宗教那里，又成了他们宣传教义的工具，并且民间宗教还给它一个新的名字——宝卷。后来随着民间宗教的兴盛，它被称作"宝卷"的机会越来越多，以致只留下了"宝卷"之名，而"变文"的称呼消失了。简而言之，变文和宝卷是同一说唱形态在不同时期的名称，宝卷是变文在宋元后民间宗教中的称呼。① 当然宋元的"变文"，已经不是唐时的"变文"，在内容上有了很大的变化。因此，从某种意义上说，"宝卷"作为一种特殊的说唱文体②，与变文关系甚为密切，甚至早期的宝卷就是宋元时期俗化的变文。

（二）早期宝卷中的妙善故事

早期宝卷作品留下的很少。车锡伦先生甚至认为现存早期宝卷确认的只有南宋宗镜编述的《销释金刚科仪》、元末明初抄本《目连救母出离地狱生天宝卷》和近年发现的民间抄本古宝卷《佛门西游慈悲宝卷道场》三种，但就在这其中的《销释金刚科仪》里提到了"妙善不招驸马"的事情。

《销释金刚科仪》③ 现存版本有三种：《销释金刚科仪录说记》1卷1册，明刊黑口本，题"鸠摩罗什译，宗镜述，成桂注"④；《销释金刚科仪》1卷1册，卷末题记为明嘉靖七年（1528年）尚膳太监张峻等出资刊印，折本⑤；《销释金刚科仪

---

① 对宝卷的这一认识，并不是个人异想。如濮文起先生在《民间秘密宗教辞典》中解释宝卷条为："明清时期白莲教各派所用经卷的专称。原为佛教僧侣向世人说法布道的通俗经文……"

② 车锡伦：《中国宝卷研究世纪回顾》，载《东南大学学报》，2001年第4期。

③ 参考车锡伦：《中国宝卷的形成及其演唱形态》，载《扬州大学学报》，2003年第2期。

④ 吴晓铃：《绥中吴氏家藏宝卷目录》（稿本）著录，首都图书馆藏本。

⑤ 王见川、林万传编：《明清宗教经卷文献》，第1册，台北，新文丰出版公司，1999。

会要注解》9 卷 9 册，明万历七年（1579 年）刊本，卷首题
"姚秦三藏法师鸠摩罗什译，隆兴府百福院综镜禅师述，曹洞正
宗嗣祖沙门觉连重集"①。日本学者吉冈义丰、泽田瑞穗等考证，
认为此宝卷是宗镜禅师于南宋淳祐二年（1242 年）所作。②

　　觉琏于 1551 年作的《销释金刚科仪会要题解》中说到《销
释金刚科仪》原文中有"妙善不招驸马成佛无疑"之句，并在
题解部分详细记叙了妙善故事的全部内容，其内容与南宋祖琇的
《隆兴佛教编年通论》中所记基本相同。

　　还有，大略成书于嘉靖中后期至万历初年的《金瓶梅词话》
中有尼姑宣讲《金刚科仪》的情节，其中有一则内容讲妙善故事：

　　　　王姑子又道："释迦佛，既听演说，当日观音菩萨，
　　如何修行，才有庄严百化身，有天道力，愿听其说。"

　　　　薛姑子又道："大庄严，妙善主，辞别皇宫香山
　　住，天人送供趺跌坐，只修的五十三参变化身，才成南
　　无救苦救难观世音。"③

由此可以肯定，《销释金刚科仪》中是提到妙善故事的。据车先
生考证，这本《销释金刚科仪》主要是在荐亡法会上演唱的④，
也就是说妙善故事被宝卷利用到了超度仪式上。这点，也可以说
明传奇《香山记》中为什么有那么多的超度仪式内容了。

　　（三）《香山宝卷》

　　当然，更重要的是，宝卷中还有讲叙整个妙善故事的作品，
那就是《香山宝卷》。关于此宝卷最早的文献记载，在现存最早

　　① 《续藏经》第 1 编，《经部》，第 92 套，第 2 册，转引车锡伦：《中国宝卷的
形成及其演唱形态》，载《扬州大学学报》，2003 年第 2 期。

　　②④ 车锡伦：《中国宝卷的形成及其演唱形态》，载《扬州大学学报》，2003
年第 2 期。

　　③ 兰陵笑笑生：《金瓶梅词话》，第五十一回，660 页，北京，人民文学出版
社，1985。

的宝卷目录《巍巍不动泰山深根结果宝卷》（1509 年刊）中有《香山卷》① 的名目。后来在嘉靖七年（1528 年）的《销释金刚科仪》卷末题记中也提到了《香山卷》：

> 奉佛信官尚膳太监张峻同、太监王印诚造《心经卷》、《弥陀卷》、《昭阳卷》、《王文卷》、《梅那卷》、《香山卷》、《白熊卷》、《黄氏卷》、《十世卷》、《金刚科》共十六部。②

可见，《香山宝卷》最迟在嘉靖年间就已经流行于世了。但现存此宝卷的最早版本是乾隆三十八年（1773 年）杭州昭庆大字经房重梓印造流通的《观世音菩萨本行经》，此卷每一页版心有简名《香山卷》。据学者考证，这个清代版本应该是宝卷系统里已知的最早本子，从基本内容上看，与元代以来妙善故事的发展相似，从宝卷形式上看，保存了早期宝卷的特点，如宝卷没有分回目、品数，语言韵散结合，其中的韵文基本以七言为主，而很少见后期宝卷中的十言句。但是从宝卷中带有明朝色彩的词如"序班"、"鸣赞"等来看，此版宝卷的年代最早也不会早于明代③，可能就是明代宝卷目录中所记载的《香山卷》，因此可以把此版本宝卷当作早期作品来看待。

关于此宝卷的产生和流传，故事开始前作了比较详细的交代。其中列出了四个高僧："天竺普明禅师编集，江西宝峰禅师流行，梅江智公禅师重修，太源文公法师传录。"其中还详细地说明了编集和流传的过程：

> 昔普明禅师于崇宁二年八月十五日，在武林上天竺

---

① 车锡伦：《中国宝卷总目》，北京，燕山出版社，2000，附录。其中评说"《香山卷》有外道七分邪宗"。

② 车锡伦：《中国宝卷总目》，北京，燕山出版社，2000，附录。

③ 参考［英］杜德桥：《妙善传说——观音菩萨缘起考》，52～55 页，台北，巨流图书公司，1990。

独坐期堂，三月已满，忽然一老僧云：公单修无上乘，正真之道，独接上乘，焉能普济，汝当代佛行化，三乘演畅，顿渐斋行，便可广度中下群情。公若如此，方报佛恩。普明问僧曰："将何法可度于人?"僧答曰："吾观此土人与观世音菩萨宿有因缘，就将菩萨行状略说本末，流行于世，供养持念者福不唐损。"此僧乃尽宣其说。言已隐身而去。普明禅师一历揽耳，遂叩。编成此经。忽然观世音菩萨亲现紫磨金像，手提净瓶绿柳，驾云而现，良久归空。人皆见之，愈加精进，以此流传天下，闻后人得道无穷数。偈曰：观音原住古灵台，慈悲念重降临来，化身千百亿，显现妙奇哉，普济群生类，心花一样开。①

这里关于宝卷产生过程的记录，带有一定的神秘色彩，不免让人们对它的真实性产生了怀疑。据记叙文字，可以概括说宝卷是在崇宁二年（1103 年）八月十五，天竺寺的普明禅师得到异僧神授而写出的。韩秉方先生根据其时间的交代，指出其说"崇宁二年八月十五"，与北宋蒋之奇在杭州任官的时间吻合，并因此推断其说法是真实的，认为《香山宝卷》是我国最早的一部宝卷。② 但是韩文却没有对宝卷的作者"普明禅师"作任何考证。今查佛教史文献，以普明禅师为法号的僧人有两个，一是天台宗智者大师的徒弟，在陈太康年间（582 年）出家至天台宗门下，初名法京，后在一异僧的开示下，改名"普明"③，他一

① 《香山宝卷》乾隆版，《吉冈义丰著作集》，第四卷，243 页，平成元年，株式会社五月书房。

② 韩秉方：《观世音信仰和妙善传说——兼及我们第一部宝卷〈香山宝卷〉的诞生》，载《世界宗教研究》，2004 年第 2 期。

③ 志磐：《佛祖历代统记》，卷九，见《大正藏》，第 49 册，197 页，台北，台湾佛陀教育基金会出版部，1990。

生有些神异的经历，后来随智者大师居五台山。另一个就是明代福州的等觉普明禅师。① 可见两者都不大可能是宝卷中的"普明"禅师。这样，宝卷文中对于其产生过程的记叙就不能完全相信，也就是说不能确定宝卷在宋代就产生了。车锡伦先生、塚本善隆等宝卷研究专家普遍认为此宝卷产生在明代②，这应该是比较正确的。

后来，清代民间宗教的组织者又将此宝卷改写成《观音济度本愿真经》，增加了更多的民间宗教教义，在民间流传也更广泛。另外还出现了以突出某一具体情节为主的宝卷，如《观音游地狱》、《观音游殿》，它们是节选妙善游地狱的情节扩充而形成的。

（四）《香山宝卷》以及相关作品的主题探讨

1. 妙善出家与女性修行

女性修行是妙善故事在宝卷中着重表现的主题，也是明清宝卷中一个鲜明的主题。郑振铎先生曾指出："像《香山宝卷》、《刘香女宝卷》、《妙英宝卷》等都是同类的东西，描写一个女子坚心向道，历经苦难，百折不回，具有殉道的最高的精神。虽然文字写得不怎么高明，但是这样的题材，在我们的文学里却是很罕见的。"③ 出家修行本来就与中国社会极重家庭伦理的传统相悖，更何况女性出家。妙善出家修行的成功，为众多正在与社会、家庭作斗争的女性修行者作出了榜样。妙善历经千辛万苦，甚至不惜背上不孝的罪名与其父亲对抗，就是为了修行以脱离人生的种种苦难，求得解脱。

---

① 僧居顶：《续传灯录》，卷二十六，见《大正藏》，第51册，647页，台北，台湾佛陀教育基金会出版部，1990。

② 车锡伦：《明代佛教宝卷》，载《民俗研究》，2005年第1期。

③ 郑振铎：《中国俗文学史》，327页，北京，商务印书馆，1998。

妙善坚持修行，遭到了整个王宫的反对，甚至连宫中彩女都要来劝说，而她则不断地对出家生活进行强烈的辩解，摆出了要出家修行的种种理由。但是不同时期宝卷中的内容却有些不同，在早期的宝卷中她反复强调的是人生的无常与轮回的报应，并指出只有出家才能免除这无常的痛苦和死后灵魂入地狱的遭际：

> 琼花苑内恋无心，生死百年花上露。悟迷一旦镜中人，黄金满屋难买寿，青山叠叠葬孤坟。命断禄终归地府，骷髅崩烂一堆脓。功名盖世如片锦，……黄泉路上没人情。三途地狱令人怕，誓不将身去嫁人。……①

> 百岁光阴一宿客，呜呼浮世岂长存，男婚女嫁埋苦本，广种阴司地狱根，世事尽如蚕成茧，自缠自缚自伤身，欲免铁床铜柱狱，鸳鸯须教各无心。②

这是对生命无常的感慨。这种感慨也是文学中经常咏叹的主题，自汉乐府就有《薤露歌》中对人生"譬如朝露"的叹息，即使在大唐盛世中也还有"年年岁岁花相似，岁岁年年人不同"的感叹，这是对人生易逝的一种普遍悲伤情愫。佛教更是以轮回、报应来认识人生，认为人生就是苦的，自诞生到死去，都是在苦的波浪里折腾，而且人生的痛苦是伴随着业报而来的，因此生命是无常的，随时都会因为"业"而受到报应。生命在六道轮回中升沉，今生所作的"业"，都会在来生得到相应的报应。如何才能免除这种痛苦的人生呢？当然就是出家，修行成佛，往生净土世界，脱离六道轮回。

---

① 《香山宝卷》乾隆版，《吉冈义丰著作集》，第四卷，252页，平成元年，株式会社五月书房。

② 《香山宝卷》乾隆版，《吉冈义丰著作集》，第四卷，253页，平成元年，株式会社五月书房。

　　然而，这种人生解脱方式与中国传统思想中的家庭伦理意识之间存在着尖锐的矛盾，尤其是女性出家，更是面临着重重困难和阻碍。如妙善选择出家修行，就直接遭受到了其父作为一个国王加到她身上的种种处罚、威胁与劝诱。当妙善刚一提出不招驸马要做出家人时，庄王就龙颜大怒，喝骂她是"不从孝悌忠信人伦"的妖精鬼怪，把她赶到后花园受苦。当妙善在白雀寺苦修时，庄王又威胁寺中尼姑必须劝回。当妙善道心不改，在寺里虔心苦修时，庄王又派人放火烧寺。妙善因神力得以免除火难，庄王更是下令把她押向刑场，最后处以绞刑。妙善终于脱离了凡尘和苦恼，获得了修行的自由，但是这对一般凡人来说，却是付出了生命的代价。

　　后期宝卷中妙善感叹更多的是来自作为女性的种种苦难，而妇女的痛苦与束缚主要来自本身不洁所带来的种种罪孽，更明显地突出女性修行的主题：

> 女在娘胎十个月，背娘朝外不相亲，娘若行走胎先动，娘胎落地尽嫌憎，在娘肚里娘受狱，出娘胎外受嫌憎，全家老少都不喜，嫌我女子累娘身，爹娘无奈将身养，长大之时嫁与人。……公婆发怒忙赔笑，丈夫怒骂不回声，剪碎绫罗成罪孽，淘箩落米罪非轻，生男育女秽天地，血裙秽洗犯河神，点脂擦粉招人眼，造刑犯法为佳人，若还堂上公婆好，周年半载见娘亲，如若不中公婆意，娘家不得转回程。……嫁了丈夫一世，被他勾管百般。苦乐由他作主，既成夫妻，必有生育之苦，难免血水，触犯三光神灵。①

这是社会给女性造成的诸多苦难，这苦难的根源是社会中女

---

　　①　《观音济度本愿真经》，民国广州河南洪德大街文在兹善书坊刊印本，广东省图书馆藏。

性的地位低微所决定的，是他力原因造成的女性不可避免的罪
孽。然而，作品强调女性更要接受宗教教义中的女性原罪思想：

> 　　世间人惟女子罪孽难讲，生男女杀性命许多罪殃，
> 走灶前血臭气灶神难当，又或是到厅前污秽神堂，将血
> 衣放河中捶洗摆荡，污秽了水府神罪过非常，不知禁将
> 臭物对天晾晒，污虚空过往神灵鬼气怎当，或血水不隐
> 倒对天倾向，又污秽虚空神明三光，这一段罪孽事几个
> 推想，到死后阎君考问端详。①

　　女性的月经自古以来就被认为是不洁与污秽的象征，某些宗
教思想更认为女性的罪孽就来自月经和生育所伴随的血水。即使
女性能谨守社会规范的三从四德，她也不可避免地会因为"生
男女杀性命"的血臭而冲犯灶神、堂神、水神、天空过往神、
三光神等无所不在的神灵，死后到地狱将会受到应有的惩罚。面
对这些不可回避的罪孽，女性应该怎么办呢？唯一的出路就是：

> 　　……若是聪明智慧女，持斋念佛早修行，女转男身
> 多富贵，下世重修净土门。②

因此唯有独身不嫁，诚心修行，才能化解因亵渎神灵所带来的罪
孽。妙善坚持修行就是为了摆脱这种种罪孽所带来的命运，她不
招驸马，坚心修道，最后终于成佛。她的成功成了其他女性修行
的榜样，如在《十二圆觉》中，"小姐（刘素贞）听我说你听，
当初有个妙善女，不招驸马学修行，香山岭上勤悟道，紫竹林中
现金身，劝你勤俭来修炼，也学南海观世音"③，这里就直接把

---

　　① 《观音济度本愿真经》，民国上海宏大善书局刊印，《明清民间秘密宗教经卷
文献》，卷十一，550 页，台北，台北新文丰出版股份有限公司，1999。

　　② 《观音济度本愿真经》，民国广州河南洪德大街文在兹善书坊刊印本，广东
省图书馆藏。

　　③ 《十二圆觉》，清宣统元年新刻上洋翼化堂刊本，《宝卷·初集》，第 26 册，
293 页，太原，山西人民出版社，1994。

妙善修行当作宣扬女性修行的学习榜样。《香山宝卷》也因此从在明代以来便被广泛演唱，特别是在观音信仰最普及的江南，表现尤为突出。如清嘉庆、道光间程寅锡《吴门新乐府·听宣卷》诗说："听宣卷，听宣卷，婆儿女儿上僧院。婆儿要似妙庄王，女儿要似三公主。吁嗟乎！大千世界阿弥佗，香儿烛儿一搭施。"①

但是，男婚女嫁是社会常规，女性背负着生儿育女、传宗接代的责任，出家修行就必然会与社会、家庭产生矛盾。妙善出家修行与家庭的直接矛盾就是抗拒婚姻，这抗婚就是不孝，这不孝就会招致亲人的反对，这反对就会招来修行路上的重重苦难。妙善一路上就受到了来自各方设下的种种苦难，她历尽苦楚，才修成正果。如何解决这有违孝道的修行行为呢？为此，调和、弥补的办法就是"一女升天，九祖超升"的实惠：

> 妙庄皇帝方醒悟，推位让国愿修行。万荣宫殿齐割舍，千般富贵永埋沉。宫妃眷属回心转，持净戒行出红尘，金冠玉带皆归火，滚龙袍简化灰尘。登坛受戒为佛子，学做香山老道人。天散迷云三光朗，人证凡心即佛心，合国朝臣同行道，大圆满觉鉴凡情。摄受三根归净土，直叫万派尽朝宗。

> 尔时十方诸佛现宝玉华座，出微妙音，赞言：善哉善哉。大皇宿佛深厚，舍一女出家，九族升天，再能推位让国，降临草庵，现世即人皇，当来成佛道。妙庄皇帝蒙佛授记，心生欢喜，乃作一偈……②

妙善历尽艰辛修成正果，神明迎接归天，封她为大慈大悲的观世音菩萨，而妙善升天除了感动妙庄王修道归净土，连满朝文

---

① 张应昌：《清诗铎》，903 页，北京，中华书局，1960。
② 同治十年新刻《香山宝卷》，55 页，世家堂藏版，苏州大学图书馆藏。

武官员都随之出家往生西天。这女性修行的艰辛和得道后的功果，形成了鲜明对比，也吸引了更多的女性选择出家。同时，当时社会也产生了许多其他以女性修行为题材的宝卷作品，如《黄氏女宝卷》、《刘香女宝卷》、《妙英宝卷》等。

2. 游遍地狱与劝人为善

妙善故事所含的地狱文化在宝卷中得到了进一步彰显。除了在《香山宝卷》这样整个故事中的妙善游历地狱的描述外，有些作品还摘取了相关情节独立成篇，如《观音游殿》和《观音游地狱》。这些地狱文化，包含了不少民间信仰的成分，正如于君方先生所指出：妙善游历地狱的情节反映了中国民间自"唐朝以来流传开来的目连救母传说、盂兰盆会、玉历抄传、阎府十王信仰以及佛教在元明以来逐渐固定的'施恶鬼（或瑜伽焰口）'的宗教仪规"① 等诸多内容，这是从宝卷与民间信仰的关系来看妙善游历地狱的情节，论述比较中肯。如果从宝卷对游历地狱具体过程的描述来考察，这些情节还体现了以下几个方面的意蕴。

《香山宝卷》中的妙善游地狱是其修行路上一个重要的情节。妙善出家遭到了父王的坚决反对，最终还被处刑致死，她魂游地狱，见到了地狱中的诸般苦难，见到了被父王烧死的白雀寺僧尼，妙善发誓"愿度尼僧出苦轮，弟子若有修行分，十方诸佛降幽冥"，感动地藏菩萨现真身，整个地狱"光明洞耀，百乐齐鸣"，整个丰都界内"纯是红白莲华开满地府"，妙善自己更是"上有幢幡宝盖护法身，下是黄罗锦绣承足，左右栏杆，四龙图围绕前后，宫廷七宝庄严，两岸红莲绿柳，金砖玉阶，紫云布地，脚踏清莲花，乘空而去"。她见到奈河桥下的男女鬼囚万

---

① 于君方：《宝卷文学中的观音与民间信仰》，《民间信仰与中国文化国际研讨会论文集》，243 页，台北，文学研究中心，1993。

万千千，便起了心愿要超度此等罪鬼，罪鬼欢喜，便登彼岸，合掌擎拳，志心膜拜。妙善在地狱说法，"阴府诸般刑具化作清净莲华，一切罪人悉放超升"，甚而夸张地说十八狱官不得不请求早送妙善还魂，否则他们面临着失业的危险，"大王早送公主速转还魂，如久住阴府，闲却三途，臣下各案掌判何事?"这些内容详细地描绘了妙善来到地狱后，地狱中出现的种种神异，尤其突出了妙善到地狱中的超度作用。一方面，这是佛教中观音菩萨在地狱超度、救济功能信仰的形象再现，宝卷以神话的形式再现了观音菩萨作为地狱亡灵超度者在"施饿鬼"仪式中的神通广大。这是妙善故事中地狱文化最根本的含义。另一方面，妙善作为一个修行者，她经过了死亡、入地狱、重生这样一段特别的经历后，实现了修行路上"质"的转变，从此脱离了作为一个人与社会的各种关系，而以神的身份来参与社会，来完成对人间伦理道德的教育，来实现自己最高的追求目标。这游历地狱就好比人生路上的启蒙仪式、过渡环节，"旧生命的死去，个体进入与凡世隔绝的另一地方，获得特别的知识，然后以新的身份重生于人间"①，这是妙善游历地狱的象征意义。这种游历地狱的情节也成为明清众多女性修行故事中的一种模式，如《游冥宝卷》中的宋氏游地狱、《妙英宝卷》中的妙英游地狱。

更重要的是，人们还赋予了妙善游地狱情节强烈的教化功能。《观音游地狱》②和《观音游殿》③内容基本相同，讲述妙善公主被绞死后，灵魂来到鬼门关，在仙童仙女的引领下，与判官阎王等同游地狱的经过。但在地狱中所见不同。《观音游地

---

① Arnold van Gennep. "Les rites de passage"（《过度仪式》）转引［英］杜德桥：《妙善传说——观音菩萨缘起考》，112 页，台北，巨流图书公司，1990。

② 张希舜等编：《宝卷·初集》，第 22 册，太原，山西人民出版社，1994。

③ 张希舜等编：《宝卷·初集》，第 26 册，太原，山西人民出版社，1994。

狱》说经过了恶狗村、奈河桥、狭床地狱、拔舌地狱、刀山地
狱、镬汤地狱、炉碳地狱、抽肠地狱、油锅地狱、粪池地狱、石
磕地狱、黑暗地狱、挨磨地狱等，看到了每个地狱中都有因为不
同的罪行而受刑的冤魂。这些冤魂在生前所犯的罪孽都是现实生
活中的一些不道德的行为，或被认为是造孽的行径，这实际提醒
世人：在阳间为恶，死后就会受到地狱的审判。如抽肠地狱就专
门惩治在生时行凶霸道，专吃白食，或故意暗掺荤食破坏修行吃
素的人；油锅地狱就专门惩治那偷捉鸡鸭，并拿虾蟹放热锅油炸
的人。《观音游殿》则记叙妙善和十殿阎王一同参观了各殿，经
历了一殿的秦广王刀山地狱、二殿的楚江王镬汤地狱、三殿的宋
帝王拔舌地狱等等，了解了各殿的不同惩罚，最后这些受过九殿
审判的阴魂在十殿阎王那实现六道轮回的投生，好人善人托为人
身，坏人恶人托生为牛羊犬马……

可见，这些妙善游地狱的情节主要目的就是劝人为善，带有
鲜明的现实道德教化意义。"善有善报，恶有恶报，不是不报，
时候未到"，这是民众对善恶报应的最直接的理解，地狱作为轮
回业报的场所，使人们可以获得内心情感的满足，可以谴责、审
判各种恶人恶事，以发泄自己的愤懑与不平。欺压贫民的富人，
作奸犯科的恶人，是非不分的官吏，挑拨离间的小人等，一切坏
人都可能受到地狱阎王的审判，都要受到上刀山、下油锅的酷
刑，都有可能来世转为畜生，成为被奴役被驱使的对象。妙善在
地狱中见到了那些行凶作恶、杀生害命的人；那些阴谋暗算、诈
害良民的人；那些奸狡刁恶、搅乱是非的人，都在地狱中受到了
应有的惩罚，而善人、好人则会受到优待，灵魂可以升天。这样
一个由宗教架构出来的超现实法庭，成了现实人间道德的保证与
希望寄托所在。

3. 妙善修行与先天大道

宝卷中的妙善故事还有一个重要的主题，那就是宣扬民间宗

教中的先天大道思想。这一点在后期宝卷《观音济度本愿真经》中表现得尤其明显。

　　关于此卷的来源，宝卷前有两篇序文作了交代，即是《观音古佛原叙》和《观音济度本愿真经叙》。前一序言以观音的口气说明创作此卷的缘由：天下善书很多，而且"字字珠玑，句句牟尼"，但因"其旨深，其义蕴，其辞奥，可以为上智训，不可以为中下迪，可以为文士英俊观，不可以愚夫愚妇劝也"，考虑到要因人施教，于是把自己"不恋荣华，立志修炼，屡受苦难，魂游地狱，历观阴律果报，还阳香山，功成了道，自度度世"的事迹，写成为此歌句，"聊为俚语，言简义显，词浅辞明"，又将"修道之火候，功用玄妙法则，一一流露于常言俗语之中，能令阅者一末（目）了然，由浅求深，因经寻义"①。然后把它藏在普陀山朝元洞的石室中，以待后人发现、流传。而后一篇序言，主要讲叙真经发现的过程，作者先遇到普定仙师，指示先天大道，并在梦中得到真武祖师的提醒，到南海普陀山去求法，途中遇到风浪，差点船翻人亡。后在灵通寺内遇到一道童，道童给予他《观音济度本愿真经》一卷，他发现此作妙义无穷，但遗憾此经初是西天梵字，于是作者把它翻译成汉字，然后刊刻行世，使此经得以流传。最后署名为"广野山人，月魄氏沐手敬叙于明心山房"，而前面还交代了此过程是发生在"康熙丙午岁（1667 年）冬至后的第三日"。从这两篇序文内容整体了解到此宝卷的产生过程，虽然整个过程给人以神异化的感觉，但我们仍可以从中分析出写此宝卷的主要目的是为了宣扬"先天大道"之法的，是广野山人（彭德源）为了宣扬先天大道而对妙善故事进行了改写。

---

　　①　《观音济度本愿真经》，民国广州河南洪德大街文在兹善书坊刊印本，广东省图书馆藏。

《观音济度本愿真经》一开始就说，慈航尊者在大罗天宫，见到东土众生，贪迷酒色财气，利锁名疆，醉生梦死，人心大变，杀淫滔天，整个世界黑气盘空，真是可悲可叹，于是请求瑶池金母，无极天尊，要脱化女身，解除五浊之灾，为后世女性出家作榜样，使得妇女"亦好知非改过，逃脱轮回之苦，免却地狱诸刑，血河之报，同登菩提觉路，共享极乐美景，方如吾愿"①，瑶池金母批准慈航来到了东方。由此看来，此宝卷更是专门为劝女性修行而写的。

接着，分十二品记叙了妙善的故事。十二品的目录是：

  慈航下世投胎第一、花园受苦得乐之道第二、白雀寺武火焚烧第三、斩蛟归阴遍游地狱第四、还阳山中伏虎第五、香山温养圣胎第六、庄王恶满上帝将旨冤魂寻报第七、妙善公主元神显化揭榜救父第八、驸马公主劝开斋第九、香山还愿妙善公主劝父修行第十、驸马香山求道第十一、丹书下诏道成受封第十二。②

可以看出，故事基本情节是按照妙善故事传统进行的，但在具体内容上为了适应民间秘密宗教的教义，有些改变。最明显的是，妙善出家修行求的是先天大道之法，对妙善试节传法的神由太白金星变成了燃灯佛。在第二品，当值日的曹功把妙善决意修行，庄王生气要处死妙善的情况奏上佛祖时，佛祖急宣燃灯佛说："命你往东土一往，指示慈航先天大道，率性返本，始成正觉。"③于是他化作一沙弥，来到妙善受苦的后花园，先试妙善道心，见其道心坚定，果然跟大佛有缘时，就考问了一连串的修行问题：

---

  ①②《观音济度本愿真经》，民国广州河南洪德大街文在兹善书坊刊印本，广东省图书馆藏本。

  ③《观音济度本愿真经》，民国广州河南洪德大街文在兹善书坊刊印本，广东省图书馆藏本。

何处下手是性根？哪里是你娘生面？谁个是你本来人？止于至善在何处？知止定静可得闻？厥性复初是那样？清浊二物怎么分？修行不明这些理，只吃迷斋枉费心。不过不欠六畜债，难免红尘转轮回，人秉父母阴浊体，不知拔阴阳怎生？①

妙善听后，"低头来思想，莫非佛祖度我身，当时跪在尘埃地，哀求大师发慈心"，燃灯佛要妙善立誓为凭，妙善朝西跪下，上告天京玉皇天斋主、三十三诸佛尊，下禀阴曹幽冥主、十殿阎王，"立誓求领先天大道"等，这些都是民间宗教加入到妙善故事的内容。

先天大道，是民间宗教史上一个很模糊的概念，它的产生与白莲教关系十分密切。到了清代，许多民间秘密宗教派别都标榜自己的教门行先天大道，其中由江西人黄德辉创立的先天道影响较大，其主要的宗教活动是在每年农历二月十九、六月十九、九月十九等三个观音生日进行一次观音会，在三月、五月、九月的十五日举行一次龙华会。聚会期间，道徒都需带上钱粮财物到佛堂聚餐拜佛。② 其教义的主要特征是关怀和保护女性的利益，同时继承前期民间宗教中的三阳劫变的思想，认为宇宙的千年轮回就是从所谓的"青阳、白阳、红阳"三个宇宙临凡人间，每一次转换都必须经历一次大的灾难，真空家乡的无生老母将会派遣她的弟子来凡世救劫，凡世的人们必须及早修行才能免除劫难。因此他们也就借助妙善修行出家成佛免难的故事来宣传自己的教义，尤其是借妙善的故事来宣传女性修行思想。

----

① 《观音济度本愿真经》，民国广州河南洪德大街文在兹善书坊刊印本，广东省图书馆藏本。

② 濮文起主编：《中国民间秘密宗教辞典》，"先天道"条，349 页，成都，四川辞书出版社，1996。

二、其他唱本文学中的妙善故事

在这里，笔者主要对宝卷之外其他唱本中的妙善故事进行分析阐释，所据材料为潮州歌册《度三娘》、广州佛山的木鱼歌《观音得道》、湖南唱本《香山记》。为什么要把这些唱本与宝卷分开来进行论述呢？因为宣读宝卷的宣卷活动一般带有一定的宗教意味，有着一定的宗教仪式，最终也会取得一定的宗教效应。即使是家庭娱乐性的宣卷，像《金瓶梅词话》中所进行的宣卷活动，吴月娘等经过了几次听卷活动，对佛教信仰更加虔诚了。这里所涉及的木鱼歌、潮州歌这一类的说唱，则比较灵活自由，娱乐和商业的因素较多，对于妙善故事题材的应用，更多的是在道德劝导，其宗教意识已经十分淡漠了。

（一）木鱼书《观音出世》

木鱼书《观音出世》（全名《新刻正字观音出世全本》），分上下两卷。谭正璧《木鱼歌潮州歌叙录》中说到广州"醉经书局"印行的版本，今在佛山粤剧博物馆还存有广州"华兴书局"印行的版本，这两家都是广州城内有名的书坊，可见《观音出世》木鱼书在广州流传很广泛，在今天的佛山地区还有一些说木鱼书的老艺人会讲全本的《观音出世》。另外香港大学的亚洲研究中心和冯平山图书馆都藏有《观音出世》全本，为五桂堂机版，目录及内文标题为《新刻正字观音出世全本》。①

华兴书局印发的木鱼书《观音出世》共二十四回，与宝卷的品数相同，目录都由四字句标出，正文则都是整齐的七言韵文。开篇的《清净奇书》回对此故事的认识是：

> 白岁光阴转眼频（烦），秋去冬来又复春，韶光勿

---

① 梁培识：《香港大学所藏木鱼书叙录与研究》，142 页，香港，世界电脑排印公司，1978。

　　　　误休辜负，得清闲处且谈论，挥毫写就香山记，节孝流
　　　　芳世罕闻，词中不入淫邪调，腔韵清奇金石音，非是绕
　　　　梁风月句……①

可见，木鱼书对于妙善故事的宣唱主要是歌颂妙善的贞洁、孝
义。故事发展和小说《南海观音全传》完全相同，从庄王进香
求子，施善降凡转世，到妙善香山成道，收善财、龙女为徒，最
后观音收服二兽，献手眼救父，全家团圆成仙。

　　但是木鱼书毕竟不能等同小说，它有自己的地域特色和文本
形式。木鱼书《观音出世》以第三人称的叙述口吻来叙述故事，
对于人物感情的传达就不是十分细腻，注重的是故事情节的展
开，尽可能密集排列故事情节，也不像戏剧那样注重场面的铺
排，而且讲叙风格也十分平稳，没有小说那种跌宕起伏的刺激，
因此它的文学性不强，只是以独特的演唱形式来吸引某些听众。
这种主题、情节的完整性和叙事平稳性的特点，是妙善故事在口
头传统中所表现出来的共同特点。

　　(二)　潮州歌《度三娘》

　　今存有潮州义安路李万利出版堂发行的《度三娘全歌》，具
体年代不详，共分三卷，基本上包括了与观音菩萨本生故事有关
的传说内容。首卷开头说明了《度三娘》歌词的产生过程：

　　　　独坐意下心稍安，闲暇无事来造歌，歌文能解人愁
　　　　闷，愁人听见就喜心……百岁春光转眼烦，旧岁去了又
　　　　转新，光阴似箭推（催）人老，人那老来正转新，特
　　　　笔就来说一言，忠孝节义传世间，词中不说邪淫事，音
　　　　韵清奇金石言……②

---

　　①　《观音出世》，广州市华兴书局印行本，2页。
　　②　《潮州歌册》第43卷，357页，影印潮州义安路李万利出版本，北京，北京
图书馆出版社，2005。

全书共分三卷。卷一从妙庄严王西岳华山求子，妙善公主出生讲到公主魂游地狱，为地狱鬼魂诵经超度。卷二从妙善香山修行，到化僧为父治病，中间穿插了善财、龙女归服和收金翅鸟的传说，还叙说了庄王生病期间，妙善平息朝中臣下叛乱的事情。卷三从妙庄王去香山还愿，知是女儿妙善，一家团圆，庄王愿意随女儿修行，王后、二姐也愿意出家，一家人正在办斋时，玉帝派太白金星传来御旨：妙善封为观音佛，"坐镇香山人知情，赐座莲花与伊登，南海慈悲救苦刑，妙音封为文殊佛，青狮骑坐能□□，妙青佛号为普贤，赐坐白象法无边……庄王封为菩提身，伯牙封为惠圣人，白雀封为鹦哥圣，净瓶杨柳四时□，善财龙女亦加封，团圆封赠有大功……"① 可见与木鱼书《观音出世》相同。

（三）大鼓唱本《香山记》

清末民初，这类形式的妙善故事流传很广，在湖南、上海等地都有大量的文本发行，如上海椿阳书庄等地就曾大量印行。其主要的情节是依据小说改编的。从庄王进香求子，施善降凡，到父子相逢，封赠团圆。

以上提到的三个唱本类的妙善故事作品，实际上都属于妙善故事口头传说的文本形式。尽管它们的文本形态基本相同，但是并不能说，对于妙善故事的传播也就完全一样。作为一种口头传统的文学作品，它的重要方面，不可能只通过孤立的文本内容就可以了解到，而要考虑到表演的场合、听众、地方性的知识、传递那一刻表演者的情形等因素。而对于这些还有待于将来作进一步的研究。

---

① 《潮州歌册》第43卷，438页，影印潮州义安路李万利出版本，北京，北京图书馆出版社，2005。

第二节　小说作品中的妙善故事

妙善故事不仅以它鲜明的宗教色彩被宗教信徒们所利用，成为一种劝人出家修行的教本，同时小说家们也看到了妙善故事在民众中的流传与影响力。随着俗文学的发展，尤其是《西游记》刊本的广泛流传，明代万历后期形成了小说发展史上神魔小说的鼎盛时期。据统计，在万历二十年（1592 年）至泰昌元年（1620 年）约三十年的时间，就有 19 部神魔小说①作品问世，以妙善故事为题材的《全像观音出身南游记传》就是其中一种（因清代以来流传的本子多题为《南海观音全传》，故以此作为通称）。

一、小说对于妙善故事内容的发展

《南海观音全传》流传非常广泛，有关此书的各种版本也很多，据专家考证，现存最早的版本为英国大英博物馆藏本。② 此书封面题名《全像观音出身南游记传》，另有"书林焕文堂刊行"的字样，卷首题《新刻全相南海观世音出身修行传》，作者题："南州西大午辰走人订著，羊城冲怀朱鼎臣编辑，浑城泰斋杨春荣绣梓。"书中每页都是上图下文，图两边共有四个字的解说词。杜德桥先生对此小说的出现以及有关作者、版本的问题，作了具体的考证，可参考，此不赘述。

全书共分四卷为二十五则，且每则都有目录，前面还有一首词以概括故事情节。为了论述的方便，先把词和目录摘录如下：

【鹧鸪天】：国主妙庄王，幼女妙善娘。父欲招女

---

① 陈大康：《明代小说史》，419 页，上海，上海文艺出版社，2000。
② 柳存仁：《伦敦所见中国小说书目提要》，65 页，北京，书目文献出版社，1982。

婿，修行不嫁郎，发去园中禁，容貌越非常。白雀寺中
使，天神助相忙，遣兵去烧殿，精诚感上苍。逍遥楼上
劝，苦苦不相降，押赴法场绞，虎背密山藏。灵魂归地
府，十殿放毫光，究囚蒙解脱，香山得返阳，九载修行
满，功成道德强，父灸舍手眼，医疾得如常，文武入山
谢，方知骨肉伤。一家登佛国，快乐在西方！

　　目录。一卷：一庄王往西岳求嗣、二岳神奏上帝、
三妙善宫主降生、四朝中招选女婿、五妙善不从招赘、
六妙善后园修行、七庄王夫妇园中劝女、八彩女承旨劝
公主；二卷：九妙善往白雀寺、十寺中神将助力、十一
庄王火烧白雀寺、十二妙善云阳赴死、十三妙善魂游地
府、十四妙善还魂逢释伽点化、十五香山修禅点化善财
龙女；三卷：十六妙善化身治病、十七妙善揭榜入国、
十八妙善入宫视病救活二姐、十九仙人手目调药、二十
妙善驾云归香山、二一狮象托身脱去清音；四卷：二二
庄王被魔受难、二三善财领兵收妖、二四妙善救得君臣
反（返）国、二五妙善一家骨肉完聚。①

　　对这两份具体材料可以作如下描述：①词的内容不能全部概
括小说的故事情节，但却基本可以概括《香山宝卷》的故事情
节；②小说在基本故事模式下增加了一些具体情节。

　　可见，《南海观音全传》虽然增加了许多故事的枝节，但故
事的基本发展框架与宝卷一样。另外，在一些相同的故事情节中
两者有许多地方完全相同，甚至语言也一样，试举几例：

　　（1）都提到庄王治理的国家为兴林国，国王名婆伽，年号
为妙庄，白雀寺都是在汝州龙树县等，庄王派去香山求手眼的大

---

　　① 据焕文堂刊：《全像观音出身南游记传》总结，复印本附录于杜德桥著《妙
善传说——观音菩萨缘起考》书后。

臣都是刘钦。

（2）妙善去白雀寺的过程基本一样。

《香山宝卷》中是宫女奉庄王之令，前去花园劝说妙善，见妙善道心坚定，于是就对她说："既然如此，在此处修行不当稳便。"妙善于是告之："吾欲往汝州龙树县白雀禅寺，有五百僧尼精进行道，烦汝等与我启父皇皇后。"① 后来在宫女们的奏请下，庄王同意妙善去白雀寺。

《南海观音全传》中先是宫女娇红、翠红极力劝说妙善，甚至要把妙善强行拉出后花园，惹得妙善非常气愤。娇红见妙善道心坚定，因此说道："既然如此，奴婢想来，此地亦非长久之计。"妙善对她说："我已筹之熟矣。我闻得汝州龙树县白雀禅寺有五百僧尼，清正修道。烦汝等与我奏过国太，转奏父皇。"② 后来庄王传旨，让妙善去白雀寺出家。

比较两者，可以看出它们不仅情节完全一样，而且语言也相似。小说与《香山宝卷》两者像这种情节和语言都十分相似的地方还有很多，如庄王火烧白雀寺、妙善魂游地府等。可见，它们的关系十分密切。

但是，小说毕竟不同于宝卷。宝卷是一种带有浓厚宗教情感的读物，而小说却是一种通俗读物，更加注重故事情节的起伏跌宕。因此，小说的叙事重心就不再对某一过程、某一情感作细腻展示，而重在矛盾冲突的制造与消解，小说精简了宝卷中那些反复渲染妙善在争取出家之前所经历的各个方面劝诱的情景，而对于具有动作的情境却加以细节描述，因此小说的书写重心主要是叙事细节。同时小说还加入了许多其他的枝节，让故事的人物增

---

① 《香山宝卷》乾隆版，《吉冈义丰著作集》，第四卷，株式会社五月书房，平成元年。

② 明刻本《全像观音出身南游记传》复印本。

多了，故事情节也较繁复。而这些增加的内容，表明了它与
《西游记》的雷同，下面具体分析之。

妙善三姐妹的前世： 妙善的前世故事，宝卷中说得很玄，谓
皇后做了一个梦，梦见玉帝要送一仙女与她，醒来后将梦告之庄
王，庄王叫人解梦，说有"肉身菩萨降诞大内"① 而已。而到了
小说中，妙善三姐妹的前世交代就很具体，且其故事充满着刺激
与惊险，说她们是由"西方长者"三个有冒险经历的儿子施文、
施晋、施善转世的，小说还详细记述了她们前世的生活经历，说
是被车迟国来的强盗所杀而丧身，玉帝感其曾经素有善行，但又
有施恶的念头，于是让他们由男变女，投胎到庄王前为女。这车
迟国是《西游记》中的地名。

同时，观音本是佛教菩萨，佛经中对于她的前身的交代：已
经成佛的正法明王如来，只因慈悲怜悯众生才以菩萨的身份来到
这婆娑世界。小说却把她的这种佛教身世完全中国化、道教化，
说她是因得罪天庭的神仙被玉帝惩罚的施善投胎而来。

善财的故事： 宝卷中提到善财时只说，"观世音之七岁童
子，名善财，具大智慧眼，历五十三参善知识显通妙用，无量不
可说"，这些言语不仅基本来自佛经，而且有些晦涩。小说对善
财故事作了生动通俗的记叙，说善财是土地神向妙善推荐的一华
山童子，妙善把他带到普陀山，让他纵身坠崖而死，脱去凡胎，
他的魂魄看到自己的尸体在岩石下面，妙善告诉说"此即汝之
凡胎矣，已度脱飞升矣"。这样，经历了一个由凡胎脱骨成仙体
的过程。《西游记》中，唐僧等过了通天河，将要到西天去见佛
祖时，唐僧也曾看见自己的凡身尸首随水漂流而去。

报恩鱼的故事： 宝卷中没有妙善收龙女的故事，小说中所说

① 《香山宝卷》乾隆版，《吉冈义丰著作集》，第四卷，株式会社五月书房，
平成元年。

的完全是新的。但其故事情节与民间流传的报恩鱼故事母题相同，龙女是龙王三太子之女，为报妙善救父之恩来献明珠，最后龙女拜妙善为师。《西游记》中虽然龙女已经在观音身边了，而小说在交代唐僧身世的时候，也包含了报恩鱼的故事。唐僧的父亲陈光蕊就曾经放生了一条鲤鱼，而后才有其子江流顺水漂流而不死的神奇。

青狮白象的故事：小说中如来佛门前的青狮、白象因听佛法而得法，可以化为人形，他们乘着八月十五佛祖赴蟠桃会之际，来到兴林国捣乱，掠来了冷宫中的公主、内宫里的宫女，恣肆淫乱。还把庄王夫妇、身边大臣等也迷糊在岩石下。善财在红孩儿的帮助下，领兵收了青狮、白象二妖。这一段插曲式的故事与《西游记》中的金角大王、银角大王掠走唐僧的情节基本一样，《西游记》中这金角大王和银角大王被文殊菩萨和普贤菩萨收服了。而这里的青狮、白象，成为文殊和普贤的坐骑。在这善财领兵收二怪中，既可以读到青狮、白象作怪的故事，又见识了蜈蚣精、红孩儿的高超本领。

这些与《西游记》有千丝万缕联系的情节，是作者有意模仿，以引起读者的阅读兴趣，还是无奈"抄袭"，我们不得而知。但是与充满严肃、虔诚情感的宝卷相比，改编的小说具有更明显的娱乐性和可读性。人物复杂了，增添了许多有名有姓的附加人物，如大臣、驸马等；故事情节繁复了，增加了许多带冒险性、刺激性的合乎民众审美趣味的情节。尤其是在故事的后半部分，当妙善修行成功，并舍手救父后，围绕权力、女色而出现了神仙与妖魔的斗争。如妙善用法力阻止了驸马们为争夺皇位而设计弑君的行为；如来的两只守门兽青狮和白象竟化为年轻的男子，将囚在宫中的两位公主劫持到清凉山上进行百般调戏，两个妖怪还把两个宫女娇红、翠红等一同骗入妖洞，终夜快活，庄王夫妇在去香山的途中也被两只妖怪用妖风迷倒在千层岩中，等等，这些都十分合乎大众的阅读口味。这样，小说把一个反映民俗宗教信仰的妙善故事完全变成了一个通俗文学的创作题材。

二、《南海观音传》中的妙善形象

小说增加了故事的矛盾与冲突，尤其是后面庄王病重时，两位驸马要与僧医争夺王位的斗争，十分激烈。在这种尖锐矛盾冲突中的妙善个性也十分突出。

孝顺：小说中的妙善是一个坚持修行的孝顺女性，修行目的十分明确："倘一日修得出头，成个善人，那时腾身化极，翘足南海，昂头东海，转眼西归；上则度得生身父母超升大道，中则祈得人间苦难贫寒，下则化得凶神恶鬼不为殃祟。"① 这三个方面基本包括了民间观音信仰的内容。妙善不仅尽心修行，而且对父母也十分孝道，如去白雀寺修道，妙善拜别父母说："爹娘，恕孩儿不孝之罪，今朝别去，异日功成，便来救度父母。"言罢，便叩头八拜，竟出金銮而去。当她被押向法场时大臣都劝她回心，妙善回答说："我身生不爱荣华，如今视死如归，只是未曾还得双亲养育之债，未还他，尚念哉。"当她在香山修道成功，在佛台上，慧眼看见父王身沾重疾恶疮，疼痛不休时，立即对徒儿们说道："如今我父王得病，十分狼狈，我今虽然成道，父母养育之恩，亦当补报，不免化作凡身与父亲看病，到彼揭榜用药。一来报答他养育之恩，二来显得我当日谓'修行有用'。"这些细节、言语之间都流露出妙善的孝道。

忠义：妙善还是一个很讲义气的修行者，如当庄王派来人马火烧白雀寺时，妙善对僧尼说："火焚白雀寺，是我所招"，于是她跪地求天，刺血为祭，使满寺僧尼都死而复生。妙善魂游地

---

① 刘世德等编：《古本小说丛刊·南海观音全传》，北京，中华书局，1987。以下对小说人物的分析所引资料均出于此本。

狱，当几个曾被惊死的僧尼冤魂缠住求她度脱时，她立即诵经为他们超度。妙善还是一个忠于庄王的臣子，她在香山寺修炼成道后，识破了驸马的奸计，保护了庄王的王位，并在妖魔的手中救回了庄王，让庄王回国复位，从叛臣手中夺回国王宝座。

慈悲：妙善又是一个慈悲神，且不说她舍手眼救父是带有行孝的慈悲行为，即使对曾经作恶的青狮、白象她也慈悲为怀。收服狮象后，修为很高的如来都忍不住心中大怒，骂不绝口，吩咐哪吒解人地狱，压他个粉碎，永不赦免，而妙善却说："我等出家之人，当以慈悲为本。二畜虽犯天条，望师傅宽恩曲赦，弟子带回香山，慢慢驯冶，点化他们成正果。"妙善把两妖怪带到香山，妙清等见而恨之，妙善又劝姐姐们说："如今姐姐既已出家，那一点心头之火全要灭了，此时他已归我，便是佛家眷属，再莫把前事记怀。"这一言一行都体现了妙善的慈悲之心。

总之，《南海观音全传》是在宝卷的基础上，把妙善故事按照当时神魔小说的创作方式进行了改写，使妙善故事成为一个佛道思想共存的神魔小说题材。由于小说创作者的目的是为了满足广大读者对神魔小说的阅读需要，是把它作为一种通俗读物来写的，整个小说创作采取的也主要是改编与拼凑的方式。因此，本作品无论在思想方面，还是艺术方面，都不能算是一部上乘之作，但由于其题材——关于观音本生的妙善故事，在民间有着广泛的信仰基础，因此小说还是得以不断的刊刻流传。据《小说书坊录》① 记载，小说在明代经杨氏焕文堂初次刊刻后，在清代又被嘉庆年间的大经堂、维新书局及广州的古经阁等书局翻刻过，其流传甚广。

三、《南海观音全传》对观音信仰的影响

《南海观音全传》借妙善故事的题材，讲述了中国民众广泛

---

① 王清原等编：《小说书坊录》，北京，北京图书馆出版社，2001。

信仰的南海观音的形成。尤其是小说结尾，以玉帝旨意的形式，明确指出，妙善不但被封为大慈大悲救苦救难广大灵感观世音菩萨，而且还被赐予莲花宝座一个，永做南海普陀岩道场之主。

一直以来妙善故事中那种千手千眼观音的显像之报，与观音信仰实践中的南海观音流行之间总是有些不协调。蒋之奇《香山传》中，妙善显千手千眼观世音像与当时当地的地域信仰实际相一致，但随着南海观音信仰的广播，在妙善故事的流传中，人们总是尝试着要把妙善的修行与以南海普陀山为道场的南海观音信仰统一起来，如《香山宝卷》说妙善修行得道，最后显现的是手提净瓶杨柳、足踏千叶金莲的观音圣相，但还是补充说明因舍手眼得千手千眼报而号曰千手千眼大慈大悲救苦救难无上士。小说则完全摆脱了故事产生之初，所带来的千手千眼观世音像的束缚，并为妙善故事增加了点化善财和龙女的情节，把流传的妙善故事和盛行的南海观音信仰完全融合为一体，让妙善故事更加合乎了观音信仰的现实，而这种广泛流传的通俗读物在建立人们对观音的认识和信仰的过程中起到了很大作用。因此，《南海观音全传》虽然是通俗小说，但对认识与研究后期人们观音信仰的建立方面却有着重要的影响。

四、近现代小说史上以劝善警世为主题的妙善故事小说

清代末期出现了署名为曼陀罗室主人的《观音菩萨的故事》。曼陀罗室主人，具体考证不详，可能是清末民初一位信仰佛教的知识分子，据《中国名人大辞典》，清代知识分子中有五个以"曼陀罗"为号的学者文人，小说《观世音菩萨的故事》作者可能是光绪进士、浙江嘉兴人沈曾植。他一生写了较多的佛教通俗小说，流传下来的还有《佛祖罗汉菩萨传》，其作品的特色是将高深的佛经理论演化成了通俗易懂的传奇故事，没有提倡

迷信的倾向，只是充满着劝善警世的思想。

《观世音菩萨的故事》虽然也以妙善如何修行得道的故事为题材，但是作品不再拘泥于妙善如何修行，如何施手眼救父这一框架，而是着重刻画了一位大慈大悲、与人为善、历尽千般磨难最终得成正果的观音娘娘形象。小说分为两部分。第一部分记叙妙善修炼成观世音的经过，第二部分主要讲叙民间流传的关于观音灵验的种种传说。可见小说以妙善修行成为观世音菩萨这一中心主题生发开来，增加了许多人们熟知的观音灵感故事。

同时，和传统的妙善故事比较，妙善修行过程有了较多的变化，其中突出的是庄王对她出家态度的改变。这里庄王不是一味反对，而是给予了大力支持，既为她造庙宇，又为她举行剃度仪式，并安排了两个仆人与妙善为伴，当然妙善修行过程中虽没有了人为的阻力，但还是经受了极大的考验，在去须弥山的途中遇到了妖魔、野兽、毛人等等困难。故事没有记叙妙善的魂游地狱，也没有了妙善为父断手剜眼的事情，妙善修行成功后，为人们做了许多的好事。这些都说明了在普通民众的心中，观音的大慈大悲不再局限于为其父尽孝道，而是彻底了解民众疾苦，更能彻底解救广大民众的苦难，因此她完全是生活在民众之中的一位普通女善神。

民国时期的江村先生也写了小说《观音得道》。作者在前面的序文中说，自己从小就喜欢看《大香山》戏剧的演出，熟悉整个故事，但随着自己年龄的增大，见识的增多，有感于"险恶的人心更加险恶，浅薄的世情更加浅薄"，只想"唯有劝善警世，感化人们从善"[①]。然而，谁有如此之感召力呢？作者想到了这大慈大悲广大灵感的观世音菩萨。所以，将自己熟悉的妙善

---

① 江村：《观音得道》，收入徐静波编：《观世音菩萨全书》，沈阳，春风文艺出版社，1987。

故事编成了一部白话小说，以感化人们，劝善社会。

　　这是作者编写小说的目的，也是小说的主题。确然，小说的劝善意识很明显。如在故事情节上不仅以妙善修行过程为主，还吸收了很多观音为民造福、劝人为善的传说故事。如妙善坚持出家，庄王为她修建了寺庙，为她剃度，并教导她"但愿你出家之后，坚心修道，光大佛门，更愿你广布佛法，救度世人"①，后来妙善潜心修炼，广布善缘，把整个寺庙山林主持得有如西天极乐世界，然后又到须弥山求得宝瓶，证果成为观世音菩萨后，以普陀山做道场，开始了她的救度行动，为了救化的方便，观音化身成不同的形象，施善于人们中间，人们为了纪念她，也就给每一不同的形象，取了不同的名字，于是形成了传说中的三十三观音。

　　当代仁华居士的《观世音菩萨传奇》，是根据《南海观音全传》、《观世音菩萨传奇》、《观音得道》等小说结合而成的，其目的在于"使观音菩萨的故事内容更加充实、统一、完整，使有关的情节更曲折、感人，使小说的语言更通俗、晓畅，借以突出观世音出世的神奇、得道的艰难、行道的大慈大悲"②。正因为这样，小说的内容十分丰富，综合了各个不同时期、不同地点的传说，是民众传说中观音故事的大杂烩，当然也是一本了解观音传说故事的极好的通俗读物。因为故事情节具有包容性，故事中的人物也就更具有了多面性。但由于其内容上没有创造，因此在人物刻画上创新不多。

　　总之，近现代这些以小说体裁创作的妙善故事，在满足作为通俗读物要求的同时，故事的主题重心与宝卷、戏曲等领域中的妙善故事不同了，小说主题主要是体现菩萨的救苦救难和广大灵

---

① 启忠编：《观音大士》，83 页，贵阳，贵州人民出版社，1994。
② 仁华居士：《观世音菩萨传奇》，《后记》，北京，宗教文化出版社，2003。

感。因此，在构思观音如何得道的过程中，更加关注得道后菩萨的神通广大和慈悲为怀。这样，小说叙事的重心是在观音菩萨的一个个普度众生，救济苦难的灵感故事上。小说的作者以自己的叙事方式向人们讲叙着一个个大家并不陌生的故事，而人们也就一次次阅读着这些自己熟悉的故事，不在乎故事情节的精彩与否，而更注重不断地体验着观音菩萨的神通与灵验，从而不断地产生一种神圣的宗教情感，这种重复的情感体验对于人的道德行为也有着潜移默化的引导作用，小说中一个个生动的故事成为人们虔诚礼拜观音的内在动力。这是小说等俗文学对于民俗宗教信仰的推动作用的个案体现，也是小说得以不断改写和流传的内在原因。

本 章 小 结

在这一章里，着重讨论了宝卷和小说中的妙善故事，这两种不同的体裁实际上代表了妙善故事的两种不同流传形态。宝卷中的妙善故事，展示的是以宗教情感为主导的改写结果，作品的产生和流传都以虔诚的宗教心理为前提，因此整个故事给人以严肃与虔诚的情感体验；同时宝卷作为一种宣传民间宗教教义的文书，在改写妙善故事的时候，加入了自己教派的教义，宣教目的很鲜明，妙善故事又被利用成了宣传教义的教科书。

小说中的妙善故事，首先是作为一种通俗读物来创作的，因此，作品更注重情节的离奇性和叙述语言的动作性，有时为了吸引读者，不免有意地向读者喜爱的其他作品靠拢。当然，由于明清以来观音信仰进一步俗神化，观音形象在人们心中就是一位具有慈悲心肠的、无处不在的善良女神，关于她的小说主要表现了这一点，因此小说中更多地写这位女神为人们救苦救难的故事，主要表现其慈悲为怀的心肠。另外，其他不少的说唱艺术也把这样一位大慈大悲的救苦救难的女神的故事加以改编，如木鱼书、大鼓词等等。

下编　观音应身故事研究

　　所谓观音应身故事，就是观音菩萨为了救济方便，随缘应现为各种不同形象的相关故事。《妙法莲华经·普门品》和《大佛顶首楞严经·观世音菩萨圆通章》对于观音菩萨应身形象进行了详细交代，其应化之身可以概括为：三种圣身（佛、辟支佛、声闻身）；六种天身（梵王、帝释天、自在天、大自在天、天大将军和毗沙门天身）；五种贵人身（小王、长者、居士、宰官、婆罗门）；四种众人身（比丘、比丘尼、优婆塞、优婆尼）；四种妇女身（长者妇女、居士妇女、宰官妇女、婆罗门妇女）；两种儿童身（童男、童女身）；八种天龙八部非人身（天、龙、夜叉、乾达婆、阿修罗、迦楼罗、紧那罗、摩侯罗伽），还有一种执金刚神身。但是民间信仰对佛经中这种观音菩萨应化之身体系进行了极大的发挥与创造，进而也形成了民间观音信仰中三十三观音形象的说法，据说现在普陀山寺庙中还有这三十三观音的造型雕塑（见附图18）。

　　严格说来，这三十三观音并不是观音化现的各种不同形象，而是观音菩萨本身的不同形貌，是以观音姿态、场景与所持法器的不同而加以区别的。再说这三十三观音形象很多都没有内典依据，只是民间传说的产物，所以并没有统一标准，说法也很不一致。本文只是借用"应身"一词来概括一些不同的观音形象以及所关联的故事，如南海观音、杨柳观音、水月观音、白衣观音、鱼篮观音、马郎妇观音、蛤蜊观音等。

第五章　以色设缘的鱼篮观音

在庞杂的观音应身形象中，鱼篮观音是一种比较典型的具有鲜明中国特色的形象。鱼篮观音除了她手中那只标志性的鱼篮外，还常常是头不戴佛冠、颈不饰璎珞、脚也不登莲花座的平凡妇人形象。如元代著名书画家赵孟𫖯绘的《鱼篮大士》图（见附图5），那画中的观音衣着朴素，散挽着一头黑发，双目矍铄，鼻梁高挺，嘴如樱桃，手里提着鱼篮，完全没有了在圣殿正襟危坐的威严，宛如一位平常人家的村姑少妇。

第一节　鱼篮观音形象的形成

鱼篮观音形象的出现没有丰富的佛家内典为依据，她是在民间传说故事中产生的。

一、鱼篮观音形象的形成：马郎妇故事

在民间流传的三十三变身观音的体系中，有鱼篮观音，也有马郎妇观音①，然而，鱼篮观音的前身就是唐代开始流行的马郎妇故事中的马郎妇。学界一般认为中唐时期《续玄怪录》中的

---

① 在三十三变身观音体系中，鱼篮观音列于第10位，马郎妇观音列于第28位。

延州妇人故事是马郎妇故事的雏形。① 为了清楚了解此传说故事的发展脉络，下面我们对此故事作一历时性的考察。先看《续玄怪录》：

> 昔延州有妇人，白皙颇有姿貌，年可二十四五，孤行城市。年少之子，悉与之游，狎昵荐枕，一无所却。数年而殁，州人莫不悲惜，共醵丧具为之葬焉。以其无家，瘗于道左。
>
> 大历中，忽有胡僧自西域来，见墓，遂敷坐具，敬礼焚香，围绕赞叹数日。人见谓曰："此一淫纵女子，人尽夫也，以其无属，故瘗于此，和尚何敬耶？"僧曰："非檀越所知，斯乃大圣，慈悲喜舍，世俗之欲，无不徇焉，此即锁骨菩萨，顺缘已尽，圣者云耳，不信即启以验之。"众人即开墓，视遍身之骨，钩结皆如锁状，果如僧言。州人异之，为设大斋，起塔焉。②

故事中这个纵淫的女子，从其人尽夫之，与"年少之子……狎昵荐枕，一无所却"的性行为来看，简直就是一个娼妓。然而，其真相却是"大圣"、"锁骨菩萨"，因为其后一胡僧来到此女子的墓前，焚香敬礼赞叹，并告诉大家："斯乃大圣，慈悲喜舍，世俗之欲，无不徇焉，此即锁骨菩萨。"众人开墓一看，真如胡僧所言。于是，大家为她设斋，并为她建塔，把她当作菩萨供奉起来了。

《续玄怪录》模仿《玄怪录》而作，都是"造传奇之文，会萃为一集"③，有着记异玄怪的艺术风格，它们的出现与中唐时

---

① 孙昌武：《中国文学中的维摩与观音》，303 页，北京，高等教育出版社，1996。

② 牛僧儒、李复言编，《玄怪录·续玄怪录》，程毅中点校，195 页，北京，中华书局，1982。

③ 鲁迅：《中国小说史略》，66 页，北京，人民文学出版社，1958。

文人、士大夫中普遍流行的"征异"、"搜奇"、"语怪"的风尚有着密切关系。这"延州妇人"故事就是以"锁骨菩萨"与所谓"淫纵女子"两者间的巨大反差而形成了"奇"、"异"、"怪"的审美趣味。故事带有几分凄凉，但给我们留下更多疑惑：为什么这样一个如娼妓的女子会是锁骨菩萨？

此后很多书中都有类似的记载，如叶廷圭的《海录碎事》载："马郎妇：释氏书：昔有贤女马郎妇，于金沙滩上施一切人淫。凡与交者，永绝其淫。死，葬后，一梵僧来，云，'求吾侣'。掘开，乃锁子骨。梵僧以杖挑起，升云而去。"① 在这里，那个如娼妓般的延州女子被叫做"马郎妇"，被评价为"贤女"，而且这个"贤女"有些神异：每一个与她发生过性关系的人，都不会再有淫欲，那个来说明她身份的梵僧，也充满神异。但这时的马郎妇故事似乎还是没有与观音联系起来。《海录碎事》是一部摘抄性的类书，我们不能确定叶氏所依的原本内容。不过，《海录碎事》的分门别类是比较清楚的，全书共分为天、地、衣冠服用、鬼神释道、鸟兽草木等十六部，部下又详分为五百余门，在其"鬼神释道部"中分有"仙门"、"道门"、"道士门"、"佛门"、"僧门"、"宗门"等十四个不同的门类，其马郎妇故事是归在"仙门"类，而不是在"佛门"或者"僧门"等与佛教有关的门类下。可见，编者对马郎妇故事的审美倾向还是在于它的奇异，是把它当作仙家神异故事来记录的。

我们见到有关马郎妇故事在释氏书中的较早记载是南宋志磐的《佛祖统记》，在其书卷四十一云：

> 马郎妇者，出陕右。初是此地俗习骑射，蔑闻三宝之名。忽一少妇至，谓人曰："有人一夕通《普门品》者，则吾妇之"。明旦，诵彻者二十辈，复授以《般若

---

① 叶廷圭：《海录碎事》，李之亮点校，688 页，北京，中华书局，2002。

经》，旦，通犹十人，乃更授《法华经》，约三日通彻，
独马氏得通，乃具礼迎之。妇至以疾求止他房。客未散
而妇死，须臾坏烂，遂葬之。数日，有紫衣老僧至葬
所，以锡拔其尸，挑金锁骨，谓众曰："此普贤圣者，
悯汝辈障重，故垂方便。"即陵空而去。①

这里故事已经发生了比较多的改变：首先，马郎妇故事发生的背
景是在一个人们喜欢骑射、好斗好杀而不尊三宝、不懂佛法的地
方。其次，这里的女主人公不再是"人尽夫之"的纵淫女子，
而是要选择一个能背诵佛经的人与之婚配。但是，她在刚入门那
天就死了，而且不久尸体也坏烂了，保持了其圣洁之身。再次，
神秘僧人交代她的来历时，明确说她是普贤菩萨。也就是说，此
故事改变了女主人公的淫荡行为，把她写成了一个坚守贞操的烈
女，她以自己的婚姻为诱饵，叫人背诵佛经，她虽然嫁给了马
郎，但刚入门就死了。

　　马郎妇故事终于明显地表现出与佛家的关系来了：故事发生
的背景是劝人敬奉三宝，故事的过程是让人背诵佛经，故事的女
主人本是普贤菩萨。这样，佛家僧侣把一个以表现"欲爱"为
旨的奇异故事改编成为一个宣扬佛法的灵验故事，并以入门
"客未散而妇死，须臾坏烂"的求婚结果来暗示生命无常、色身
空幻的佛教义理，提升了故事的宗教意义，使这一传说无论是在
佛界正统还是世俗心目中都更为庄严、更合乎佛教教义，其中菩
萨所具有的圣洁与慈悲，也为观世音菩萨在这一故事的最终出现
奠定了基础。但是，这里的马郎妇是普贤菩萨，而不是观音菩
萨。这种现象在宋话本《大唐三藏取经诗话》中也同样存在，
在《诗话》的"入香山寺第四"中说到了取经师徒等来到了千

①　志槃：《佛祖统记》，卷四十一，见《大正藏》，第49册，380页，台北，
台湾佛陀教育基金会出版部，1990。

手千眼菩萨之地香山寺时，又说这香山寺是"普贤菩萨的修行之所"①。这可能由于在民间信仰中普贤菩萨与观音菩萨在一段时期内还没有完全明确的区别，或许还有其他方面的原因，有待作进一步考证。

　　这一宣扬佛法的灵验故事也被佛教史籍转载。元代僧人念藏在至正元年（1341年）编撰的《佛祖历代通载》记载此故事，内容和《佛祖统纪》基本相同，最后还把陕右信奉佛教与马郎妇直接联系起来了，说"自是陕右奉佛者众，由妇之化也"②，强化了故事的佛教内涵。稍后觉岸在至正三年（1343年）撰《释氏稽古录》时，明确指出马郎妇是"观世音"，并把故事发生的时间安排到了唐宪宗元和十二年③，增加了故事的历史真实感，这可能是内典中最早明确地将马郎妇视为观世音化身的记载。

　　这个传说也得到文人的青睐。南宋时期，黄庭坚就多次在诗中提到它，如"设欲真见观世音，金沙滩头马郎妇"、"金沙滩头锁子骨，不妨随俗暂婵娟"④。到明初居士宋濂在《鱼篮观音画像赞》序中，交代鱼篮观音来历时，讲的就是"马郎妇"故事：

　　　　予按《观音感应传》⑤载：唐元和十年，陕右金沙
　　滩上有美艳女子，提篮鬻鱼，人竞欲室之。女曰："妾
　　能授经，一夕能诵《普门品》者，事焉。"黎明，能者

　　①《大唐三藏取经诗话》，6页，上海，中国古典文学出版社，1954。

　　②念藏：《佛祖历代通载》，卷十五，见《大正藏》，第49册，622页，台北，台湾佛陀教育基金会出版部，1990。

　　③觉岸：《释氏稽古录》，卷三，见《大正藏》，第49册，833页，台北，台湾佛陀教育基金会出版部，1990。

　　④黄庭坚：《黄庭坚全集》，517页，成都，四川人民出版社，2001。

　　⑤《观音感应传》应是指在《佛祖历代通载》中记载《洗热除病》中说及的宋元丰二年，边知白感白衣观音的灵验而编写的《观音感应集》。

二十余，辞曰"一身岂堪配众夫，请诵《金刚经》"。
如前期，能者复居半数，女又辞，请易《法华经》，期
以三日，唯马氏子能。女令具礼成婚，入门，女即糜烂
立尽，遽瘗之。他日，有僧同马氏子启藏观之，唯黄金
锁子骨存焉。僧曰："此观音示现，以化汝耳。"言及
飞空而去。①

《观音感应传》是观音信徒编撰的关于观音灵验故事的专集，可
见此故事在当时流传很广泛。在这里，鱼篮观音与马郎妇故事基
本同一了，观音为了教化人们，变成一个提篮卖鱼的美艳女子，
当人们向她求婚时，她要求求婚者必须能诵《普门品》、《金刚
经》、《法华经》，但嫁入后须臾就死了，而且尸体也立即就腐烂
了，并没有成为真正的马氏子之妻（马郎妇）。故事中的观音既
以提篮卖鱼的特征而被称为"鱼篮观音"，又以其与马郎有成婚
之举而被称为"马郎妇观音"。

马郎妇与观音的传说还经常在禅宗语录中出现，如下两段：

僧问：文殊是七佛之师，未审谁是文殊之师？师
曰：金沙滩头马郎妇。②

风穴道：金沙滩头马郎妇，意旨如何？师曰：更道
也不及。③

明代梅鼎祚编《青泥莲花记》"观音化倡"引《韵府续编》
说："观音大士昔于陕州，化为倡女，以救淫迷。既死，埋之。

---

① 宋濂：《宋学士全集》，卷五十一，万有文库本，881 页，上海，商务印书
馆，1929。

② 居顶：《续传灯录》，卷三十·峨眉山灵岩禅师条，《大正藏》，第 51 册，
675 页，台北，台湾佛陀教育基金会出版部，1990。

③ 居顶：《续传灯录》，卷一·汝州广慧院元琏禅师泉州陈氏条，《大正藏》，
第 51 册，472 页，台北，台湾佛陀教育基金会出版部，1990。

故如金锁不断"①。编者按语云:"陕州即马郎妇也,及前延州当总为一事耳。"② 这里明确指出,观音大士为了救人于淫,化成了娼妓。也因为观音有这么一回"化娼"的义行被梅氏作为了一个不同于平常的娼妓而收入其专与妓女有关的专集了,这是编者利用人们对观音信仰心理来达到编撰《青泥莲花记》的目的。因为《青泥莲花记》的出现,"肯定了倡女人性的一面,矫正了世人专以色相视之的眼光。尤其是将士大夫所提倡的妇德,甚至士德,赋予娼妇群体,从一定程度上提倡了对倡女道德层次的他者书写,有益于改变她们的社会刻板印象和书写传统。"③ 这恐怕是观音菩萨自己没能预料的。

总之,鱼篮观音形成的传说经历了从延州妇人故事到马郎妇传说至观音化娼的记载,故事不断地被改编,细节的增添反映了创作者和接受者心理的变化。随着观音信仰的不断发展,这个关于观音度化世人的故事逐渐成为常识,得到了佛家的认可,观音化身为提篮卖鱼的美艳女子形象被称为"鱼篮观音"。

二、鱼篮观音传说的衍变

随着鱼篮观音形象的不断流传,关于她的另类传说故事也不时产生,在民间还流传着鱼篮观音是由灵照女修行而来的传说以及观音手提鱼篮收服鱼精的故事。

灵照为鱼篮观音的传说影响较小。故事大意是:唐元和年间,观音化身为庞居士女儿灵照,制作鱼篮供父修禅,后来代父涅槃,涅槃之日,传为观音诞日。④

---

① ②　梅鼎祚集撰:《青泥莲花记》,田璞、查洪德校注,34 页,郑州,中州古籍出版社,1988。

③　马珏萍:《"专以娼论"肠内热》,载《明清小说研究》,2004 年第 3 期,126 页。

④　张总:《说不尽的观世音》,201 页,上海,上海辞书出版社,2002。

　　庞居士就是唐代有名的居士庞蕴，字道元，唐元和年间衡州衡阳人。据《释氏稽古录》记载："与丹霞禅师为友，北游襄汉，随处而居。有女名灵照，卖竹笊篱以共朝夕。后来，庞公坐脱，庞婆别亲友入山，不知所终。庞女灵照修禅，亦坐化。"①这里说明了庞居士一家人都修行慕道的事实。而关于其女灵照修行的事迹在《佛祖统记》中记载更为详细：

　　　　一女灵照常制竹漉篱，卖以供朝夕，（庞蕴居士）将逝。令灵照出，视日早晚，及午以报。女遽曰："日已中矣，而有蚀。"居士出户视之，女即等父座合掌而亡，居士笑曰："我女锋捷。"于是更留七日。②

从这里可以看出灵照也是一个修行的出家人，其道行似乎超过了她父亲。后来在杂剧《来生债》中就说到了这位道行高深的女子被天上的增福神封为"南海普陀落伽山七珍八宝寺，号圆通，名自在的观音菩萨"③，这个卖过笊篱的观音菩萨有时被称为笊篱观音，是鱼篮观音的另一种说法。④ 笊篱观音之所以被说成是鱼篮观音，主要的原因可能是笊篱与鱼篮有着相通的地方：一方面，笊篱是一种用竹或铁丝编成的能捞物沥水的器具，与鱼篮的形状很相似；另一方面，鱼篮观音中的"鱼篮"从语音上可以讹化为"盂兰盆会"的"盂兰"。盂兰盆会中的面燃大士是观音的化身，既然鱼篮观音与盂兰盆会中"救饿如解倒悬"的施食有关，那么鱼篮的作用与笊篱基本相同了。但这一传说毕竟附会

------

　　① 觉岸：《释氏籍古录》，卷三，见《大正藏》，第49册，832页，台北，台湾佛陀教育基金会出版部，1990。

　　② 志槃：《佛祖统记》，卷四十一，见《大正藏》，第49册，381页，台北，台湾佛陀教育基金会出版部，1990。

　　③ 刘君锡：《来生债》，《元曲选》本，156页，杭州，浙江古籍出版社，1998。

　　④ 后藤大用：《观世音菩萨本事》，159页，台北，天华出版事业股份有限公司，1994。

的东西太多，在民间的影响也不大，到明清时期，这种传说就逐渐被其他的相关传说淹没了，甚至有些人对观音堂又曾被称为灵照堂这一历史民俗信仰都不甚明了。①

关于鱼篮观音的传说，虽然有着从延州妇人到马郎妇故事的曲折发展变化过程，甚至还有灵照为鱼篮观音化身的说法，但观音手中的鱼篮并没有被赋予特别的意义。随着鱼篮观音形象的不断流传，尤其是佛道神魔故事的大量流传，人们又把鱼篮观音与关于"鲤鱼精"的传说故事相结合，衍生出观音手提鱼篮收服鲤鱼精的种种传说。

鲤鱼和鲤鱼精的传说是中国鱼文化的体现，中国民间对于鱼信仰历史悠久，并形成了丰富的鱼文化。早在《山海经》中就记叙了许多神异的鱼类，有"人鱼"，形同人，声如婴；有"文鳐鱼"，鲤形，鱼身鸟翼，能飞翔，生于南海，见之则五谷丰登；有"龙鱼"，和人鱼形似，是神遨游九州的坐骑等等。但这些奇异的鱼类，不是人们能经常见到的，只有鲤鱼是生活中常见的鱼类，跟人们生活密切，因此"鲤鱼"在民俗文化中是吉祥的象征，许多赐福、求子的民俗画中都有鲤鱼的形象，而且产生了许多传说故事。早在宋代的《太平广记》中就记载了鲤鱼跃龙门的故事：

> 龙门山，在河东界……每岁季春，有黄鲤鱼自海及诸川争来赴之。一岁中登龙门者，不过七十二。初登龙门，即有云雨随之，天火自后烧其尾，乃化为龙矣。②

跃过龙门的鲤鱼，可以成为天上的飞龙。这古老的传说，使人们

---

① 天一阁藏明代地方志选续刊编：《嘉靖归德志》寺院条，302页，上海，上海书店出版社，1990。

② 李昉等：《太平广记》，第4册，卷四六六，436页，上海，上海古籍出版社，1990。

对鲤鱼感到神秘与充满崇敬，但也让人们产生一种恐惧的心理。成龙之前的鲤鱼，肯定具有如龙一般的特性，于是就有了鲤鱼精的概念，也产生了各种关于鲤鱼的神异传说，如报恩鱼的传说、鲤鱼精的故事，并让观音手中的鱼篮具有征服鲤鱼精的法力。

三、传说故事主题分析

马郎妇故事的真实内涵是什么？这是一个值得思索的问题。有学者认为，"马郎"为"麻栏（或拦）"之误，"马郎房"当本为"麻栏房"，是苗瑶诸族成年女子与男子幽会交媾之所，属于族外群婚制的产物。并提出如下理解："延州市民和古代学者，或因对苗瑶古俗不甚了解，或因蔽于佛教徒的牵强附会，而将'延州妇人'故事或归于'怪'，或归于'佛'，其意见都是靠不大住的。"① 但是，从对马郎妇故事的源流分析中可以看出，这个故事在刚开始的时候，并没有与"马郎"这一可能带有少数民族风俗的用语发生关系，故事是在逐渐发展的过程中被称为"马郎妇"的，而且随着故事的发展，最初那表示"性"的因素逐渐褪去了，因而此说不能全面正确地阐释马郎妇故事的内容和主题。

由于故事一直处于动态变化发展状态中，因此我们必须历史地对待不同时期故事的内容以及所蕴涵的文化意蕴。

欲爱是延州妇人故事表现的最原始的主题内容。女子的年轻、美丽，女子的与"年少之子……一无所却"的性行为，是唐代那种通达文化背景下产生的对人的"欲爱"本性最通俗的注解，而故事以"慈悲喜舍，世俗之欲，无不徇也"这样带有佛理的"顺缘"来加以解释，让故事在阐释这种充满玄怪色彩

①　吴天明：《苗瑶先民的"马郎妇"现象》，载《广西民族学院学报》（哲社版）2002 年第 6 期，94～95 页。

的"欲爱"之本性时带有了几分佛教色彩。这也是佛教世俗化的表现。

　　故事发展到女子以要求诵经来作为婚姻的条件时，主题又增加了以其讽刺诵经度牒的内容，从而使传说故事成为一个带有历史厚重感的寓言。中国佛教历史有着许多的特殊之处，当大量的人员加入到佛教行列时，政府只能出面干涉，想方设法加以限制。如唐中宗以来，朝廷效法科举制度，敕天下试经度僧制度，以此限制全国僧数寺院数。唐文宗曾下诏说：

　　　　试经僧尼，并须读得五百纸，文字流通，免有舛误，兼数内念得三百纸，则为及格。京城敕下后，诸州府敕到后，许三个月温习，然后试练；如不及格，便勒还俗。①

后来历代帝王时有采取此种方法来限制僧尼的数量。如宋太祖、宋太宗时均试经度僧，所诵之经多为《法华经》。② 元代重佛，出家漫无限制。至明太祖复起用试经之法，马郎妇故事中的三日诵《普门品》、十日诵《金刚经》等的内容就是这种试经制度的隐射。

　　后来，当佛家注意到这一故事时，对"顺缘纵欲"的欲爱观念进行了合乎"禁欲戒色"佛教理义的改变，摈弃了对于中国传统来说的那种因"淫纵"而被世人所不敬的行为，让故事中的女子保持了嫁而不合的圣洁。并且以女子在新婚之时刹而变成了一具腐烂尸首这种圣洁与不净的瞬时反差，让人们深切地体会到生命无常、色声空幻的佛学义理。然而这样一个巧设心计的

---

　　① 宋敏求：《唐大诏令集》，卷一一三，唐文宗：《条流僧尼敕》，689页，北京，商务印书馆，1959。

　　② 志磐：《佛祖统记》，卷五十一，见《大正藏》，第51册，452页，台北，台湾佛陀教育基金会出版部，1990。

"马郎妇"，就是那位让"素习骑射，蔑闻有三宝之名"的人们变成"诵经奉佛"之人的观音菩萨。这就突出了菩萨的巧设方便与慈悲为怀，也是后来的鱼篮观音度脱试炼主题文学创作的依据。

紫柏尊者对马郎妇故事的内涵作如是说：

> 菩萨无地可站立，无奈去作马郎妇。以欲钩牵度众苦，譬如以毒攻毒疾。疾除毒亦了无所，何妨鬼脸与神头！顺行逆行普利益。①

这是对故事内容作了最通俗，也是比较合理的注解。

随着佛教在中土的不断世俗化，衍生出了许多与佛教修行仪规相一致的习俗，如因佛教的"戒杀"，信徒中产生了"放生"的主张和习俗。观音菩萨作为佛教菩萨，既要为人们解除修行时心生的种种心魔，成为降魔小说中降妖伏魔的高手，但又要劝化人们不要杀生，鼓励人们以"放生"来成就自己的功德。于是观音在降妖伏魔的时候，又以放生、动化对妖魔以惩处。因此观音既要收服在人间作祟的鲤鱼精一类的恶魔，但当鲤鱼精面临着灭顶之灾时，观音又以慈悲之心度她修行成就功德，封她为了鱼篮观音，这便是观音收服鲤鱼精传说所体现出来的主要内容。

第二节　文学中的鱼篮观音形象

在笔记小说《夷坚志》中记载了这么一则故事：

> 海州朐山贺氏，世画观音像，全家不茹荤。每一本之直率五六十千，而又经涉岁时方可得，盖精巧费日致然。传至六代昭者，于艺犹工。正据案施青时，一丐者

---

① 真可：《紫柏尊者全集》卷十七《观音菩萨赞·鱼篮》，《卍新纂续藏经》，73 册，295 页，东京，国书刊行会，1989。

及门，遍体疮癞，脓血溃出，臭气不可近，携鲤鱼一
篮，遗之求画。贺曰："吾家绝荤累世矣，何以相污？"
其人曰："君所画不逼真，我虽贫行丐，却收得一好
本，君欲之乎？"贺喜，洒扫净室，延之入。至即反拒
户，良久呼主人。贺往视，则已化为观音真相，金光缭
绕，百宝庄严。贺唤弟子焚香敬礼。遽，所在室中异香
芬馥，历数月不散，由是画名益彰。①

这个提着一篮鲤鱼来贺家求画的观音，就是文学作品中关于鱼篮
观音形象最直接的描绘。观音化身为手提鱼篮的渔妇，从高高的
神坛走向了俗间，与人们的距离拉近了，并进入文学创作的视
野，各种不同的鱼篮观音形象也应运而生。

一、度脱劝世的鱼篮观音

马郎妇故事中的鱼篮观音形象的生成主要是为了度脱劝化世
人的，因此在元明的度脱剧中，鱼篮观音度脱世人的剧作比较
多。下面就采用比较分析的方法来分析这些剧作的主题以及其中
的鱼篮观音形象。

度脱是宗教术语。所谓度脱，就是超度解脱生与死的苦厄。
在佛教思想中，度脱是诸佛菩萨解救众生苦难最基本的方式，佛
祖明确表示要"安稳度脱无量众生"②，观音也在"行深般若波
罗密多时，照见五色皆空，度（按：度脱之意）一切苦厄"。而
民俗佛教认为，度脱的主要方法是让人们敬奉三宝，持斋奉佛。
度脱的最终目的是要达成人生的解脱，摆脱世俗的任何束缚，于
宗教精神上感到自由，甚至修行证果。观音之所以化成手提鱼篮

---

① 洪迈：《夷坚志》，补卷第二十四，889 页，北京，中华书局，1981。
② 法显：《佛说大般泥恒经》，卷四，见《大正藏》，第 12 册，878 页，台北，
台湾佛陀教育基金会出版部，1990。

的女子，甚至嫁人成为马郎妇，就是为了更加方便地度一切苦厄，劝化人们持斋奉佛，把凡人从业报中解脱出来，让有佛缘的人早日解脱世俗三界束缚，证果成仙。戏曲等俗文学中对鱼篮观音度脱故事如以演绎的主要有以下作品：

《锁骨菩萨》杂剧，畬翘作，剧本现已不存。据《远山堂剧品·雅品》的评语"菩萨悯世人溺色，即以色醒之，正是禅门呵棒之法。聿云辟度门于戏场，大畅玄风，不第辞笔之俊丽也"① 可知，主要情节依据"延州妇人"故事进行改编，剧作的主题是观音以色设缘，以欲止欲。

明代内府保留有《观音菩萨鱼篮记》杂剧，作者不详，现存有脉望馆抄本。该剧题目正名为："布袋和尚救众生；观音菩萨鱼篮记"。剧本后附有详细的穿关，应该是当时宫内的演出本。剧中观音由正旦扮演，情节略为：释迦见洛阳府尹张无尽贪恋荣华富贵，不肯修行，于是命南海观世音、文殊、普贤、弥勒尊者去点化张无尽。观音化身为美艳的渔妇，张见之，欲娶为妻，渔妇提出下嫁条件：张看经、持斋、修善。张佯装同意，二人成婚。但渔妇并不顺从张无尽，张非常气恼，将她关在磨房受苦，还下令用白练勒死她，当白练自断之后，又罚她去花园受苦。文殊、普贤化为寒山、拾得，自称是渔妇的兄弟，劝说张无尽为善学道，张不悟，弥勒化为布袋和尚，请韦佗现相，张才醒悟，皈依佛法，此时，渔妇现出观音圣相，为张无尽说法。从剧中渔妇同意下嫁张家的条件，以及婚后坚决不与张无尽同床，而这一女人就是观音化身等剧情来看，杂剧的本事应是"马郎妇"的故事。不过，这时的观音不再是一人单独作战，而是和弥勒佛、文殊菩萨、普贤菩萨、韦佗护法等共同战斗，而且，他们的

---

① 祁彪佳：《远山堂剧品·雅品》，《中国古典戏曲论著集成》（六），146 页，北京，中国戏剧出版社，1984。

行动得服从释迦佛的指挥。剧中的张无尽，史有其人，那就是北宋居士张商英，传说他后来成为十八罗汉之一。

还有《鱼儿佛》（全名《金渔翁证果鱼儿佛》），也是一个观音化为渔妇度脱凡人的明代杂剧。此剧现有《盛明杂剧》本，作者湛然禅师，题为"古越湛然禅师原本，寓山居士重编"。湛然，号散木，浙江绍兴人，约明万历年间在世。改编者寓山居士，可能就是有名的戏曲评论家祁彪佳。① 此剧叙说会稽人金婴以捕鱼为业，妻子钟氏素好念佛，常劝丈夫不要再去打渔，以免杀生。观音查知金婴有佛根，因此化为手提鱼篮的渔妇去金家劝道说法，临走时显出法身，金婴夫妇顶礼膜拜。金婴虽有悔悟之意，但仍然没有彻底放弃捕鱼的决心。观音便使法让他魂游地狱，金婴因口诵佛号才免除地狱的酷刑之苦，但又遇上龙王、虾兵向金婴为鱼类索命，金婴恐惧万分，正在危急时，韦佗出现，将他救出重围。这时观音再次现身，向金婴说法，最后金婴彻底悔悟，皈依佛法，唱【鸳鸯煞】曲，表达自己对出家修行的认识：

> 从今把磨旋般生死都参遍，才还了几载修行愿。仗猛力精心，割断牵缠。若不是粉碎虚空，终似那痴拳太软，总火尽薪传，也惟是星光现。今日过证果朝元，但愿普世上都将三乘演。②

这首唱词颇有几分禅宗意味，反映了明代禅宗复兴的历史。这也是此剧的整体特色，剧作的主旨是宣扬"放下屠刀，立地成佛"。不过从观音劝说捕鱼人金婴皈依佛法的情节看，这则故事

① 赵素文：《鱼儿佛杂剧改编者寓山居士为祁彪佳考辨》，载《绍兴文理学院学报》，2001 年第 2 期。

② 湛然：《鱼儿佛》，《全明杂剧》本，台北，鼎文书局，1979。

可能受到了《浔阳湖海女》的影响。①

　　近代剧作家顾随作有《马郎妇》杂剧，据作者剧后的《跋》介绍，该剧根据《青泥莲花记》中的"延州妇人"条而作。题目："柏林寺施舍肉身债"。正名："马郎妇坐化金沙滩"。剧中略云：延州人不识大法，堕落迷网，有美妇马郎妇，也就是南海观音，誓愿以肉身为布施，度化众生。美妇来到大街上，表示愿意伺候众生，当地的人们都不理解美妇的行径，甚至还掷砖头赶她离开。她来到当地柏林寺捣乱，说要以肉身斋僧，勾引僧人，因此受到主持的训斥，被打出来。后来美妇在村中逗留，又受到当地长老的鄙视，被认为是淫妇，大家也要赶走她。美妇只得答应离开，但要求全村人都到金沙滩送她，第二天，美妇当着全村人在金沙滩头坐化，此时大家才明白菩萨的苦心。

　　三个剧中，观音都化成渔妇（或美妇）来劝化凡人，而且多以美色作为善巧法门(《鱼儿佛》除外)。由此，让人想起了关汉卿的《望江亭》，剧情虽然与观音度脱没有关联，但剧中塑造的那位"模样过人、有勇有谋"的谭记儿，为了制服仗势欺人而又好色的杨衙内，把自己扮成手提鱼篮的美丽渔妇，篮里装着刚网上的鲜活鲤鱼，以美色作为诱饵，利用杨衙内好色的缺点，引诱他上当，从而骗取了他的势力金牌和捕人文书，既解除了丈夫的危险，更捍卫了自己的幸福。从"化为渔妇、以色为饵"等情节来看，关氏创作《望江亭》的灵感，也许来自于"马郎妇"这一神奇传说，只是由于作品融入太多的社会内容，观音的痕迹已荡然无存了。

　　比较诸作品，发现剧中观音在度脱过程中的地位是不同的，

---

　　① 僧详：《浔阳湖海女》出自《法华传记》卷九《大正藏》，第51册，第892页。讲叙一老客女，以卖鱼为生，死后在冥间受苦，读了《华法经》，复还生，明善业果报，在江头传说其亲身经历，以身说法。

这反映了我国民俗佛教信仰变化的某些迹象：《鱼篮记》中的观音和其他菩萨统一受命于释迦如来，观音在度人过程中，处于被动的地位，她只能用自我的受难去感化被度人，让他皈依佛法。而后来的《鱼儿佛》中，观音是最高权力者，在临行现身说法、使金婴魂游地狱、使鱼魂索命等情节中，观音是主动的，她让被度者自己去感受人生的苦难，去接受煎熬，然后自己悔悟，从而皈依佛法。整个故事具有禅宗的味道。以此可以看到，观音信仰中土化的进程所反映的佛教中国化、世俗化的过程。而《马郎妇》中的美妇更具有一种不惜牺牲一切的入世救人的精神，这全然是作者个人的抒怀、寄喻，与《望江亭》中的谭记儿已经差距不远了。

另外，在明代拟话本《西湖二集》卷十四《刑君瑞五载幽期》篇的入话一节，也叙述了鱼篮观音劝化世人的事，是马郎妇故事的直接演绎，基本情节根据宋濂的《鱼篮观音画像赞序》而展开，突出菩萨度脱救世的主题，形象地塑造了一个美丽慈悲的鱼篮观音形象。如描写观音化成卖鱼女的美丽，"是一个绝色女子，年纪不过十七八岁之数，云鬓堆鸦，丹霞衬脸，唇若涂朱，肌如白雪，手里提着一个篮子"①。最后说这是"那观世音菩萨只因世上的人贪财好色，忘记了自己的本来面目，故意化作女子来劝化世人，况且观音菩萨本来就是男身女相，岂有要嫁人之理！"明确指出了观音以婚姻为幌子来劝化世人的慈悲情怀。

在同一本小说第二十回《巧妓佐夫成名》的妓女逸事中也提起了这个传说，但却从妓女这一角度入笔：

　　　那古佛是唐朝庆历年间延州的一个女妓，专与无赖贫穷之人交合，不接钱钞，如此几年而死。后来一个西

---

① 周楫：《中国话本大系·西湖二集》，234 页，南京，江苏古籍出版社，1994。

> 域僧人绕墓礼拜，众人都笑道："这是淫倡，以济贫人
> 之欲，怎生礼拜？"西域僧道："此舍身菩萨，因见贫
> 穷无赖之人无力娶妻，无钱得嫖，所以化身为倡，以济
> 贫人之欲。"说罢，掘出骨头来一看，果是一具金锁子
> 骨，节节勾连，众人大惊，遂建塔设斋，极其弘丽。①

这是从延州妇人"淫娼"的角度来创作，利用菩萨的"顺缘喜
舍"和社会的"济贫"观来做文章，塑造了一个仗义施贫的喜
舍菩萨。小说虽然没有出现鱼篮观音，但情节是从延州妇人故事
生发而来的，这个喜舍菩萨的行为和鱼篮观音十分相似。这可能
是创作者有意与鱼篮观音的传说区分开来，因为观音是人们心目
中的偶像，是一个大慈大悲的圣洁菩萨，人们当然不会接受这样
"淫秽"的事情发生在观音菩萨身上的事实，所以小说创作者有
意而避之，含糊地说是一个喜舍菩萨。

从《西湖二集》中这两则与鱼篮观音传说故事有关的小说
可以看出：马郎妇故事在流布过程中虽然是变化的，但这种变化
不是线形的，而是网式的，各种不同的传说故事同时并存。

现代粤剧把这种传说故事重新改编，撰写出《鱼篮观音》
神话剧。剧情是：鱼篮观音化身美丽的渔妇下凡普度众生，在船
上为民解除困难。恰好遇上了由沉沦人世的龙树尊者投胎的纨绔
子弟马无尽，马终日吃喝嫖赌，无所不为，并结交了贪财、喷
气、爱色、痴酒四位损友。他们一同争着娶美妇为妻，但美妇只
与马氏要好，其他四人千方阻挠，马无尽排除万难赢得美妇芳
心，同意下嫁。在新婚之日，美妇却暴病而亡，马决定终身不
娶，日诵佛经，但总是抛不开对美妇的思念，这时观音下凡点
化，马与观音同登彼岸。简言之，粤剧中的鱼篮观音就是让一个

---

① 周楫：《中国话本大系·西湖二集》，338 页，南京，江苏古籍出版社，
1994。

不但自己吃喝嫖赌，而且还结交损友的人，在其教化下，排除万难，重新做人。这在鱼篮观音的度脱情节中，加重了导人向善的分量，这鱼篮观音也就成了一位劝人改恶从善的道德教化者。

宝卷中写入关于马郎妇传说题材的主要有以下几种：①《鱼篮宝卷》（上海艺华堂书房1919年印行，现藏于浙江省图书馆），②《提篮宝卷》（1891年手抄本，现藏于北京大学图书馆），③《卖鱼宝卷》（手抄本，无纪年，现藏于天津南开大学图书馆）。

《鱼篮宝卷》和《提篮宝卷》二者的故事内容基本一样，都是根据马郎妇故事改编的①，其《鱼篮宝卷》，又称《鱼篮观音二次临凡度金沙滩劝世修行》。故事中观音化身渔妇临凡是因为金沙滩的人为恶多端，玉帝要惩罚他们，要让他们遭受洪水的灭顶之灾，观音为了拯救他们而来。宝卷中的男主角马郎（或张黑虎）是一个恶人，但很富有，观音用婚姻为饵，让他背诵佛经，让他主动献出财产。后来他虽然失去了财产，但改恶从善，并坚持持斋念佛，供奉鱼篮观音，最后他被玉帝传唤，上天成仙了。观音救度金沙滩的人们改恶从善以后，又回到了天庭，玉帝敕封观音为鱼篮观音，当地的人们为了感谢观音的救劫，把观音现化的鱼篮妇形象画出来，挂在家中，日日供奉，所以鱼篮观音的画像在民间流传十分广。

宝卷有一个鲜明的特色：道教信仰、佛教信仰与民间宗教意识相结合。玉帝是众神的最高领导者，观音也得向他称臣，玉帝授予观音鱼篮观音的头衔，并且命令她统理南洋，马郎也在玉帝的召唤下升天，可见道教思想比较突出。民间宗教的"劫难"思想是整个故事发生的背景。民间宗教将宇宙分为青阳、红阳、

---

① 宝卷的具体内容可参考于君方：《鱼篮提向风前卖与谁》，《香光庄严》，第61期。

白阳三时期，每一期的结束都要降临大的灾难，颠覆这个世界，才开始下一个时期，为了避免这种灾难，就会有神灵下界来拯救众生免遭这种劫难。这里鱼篮观音就是为了让金沙滩的人们免遭这种劫难而出现的。还有，宝卷中的求婚者被塑造成一个有钱的邪恶之人，但当他献出了自己全部的财富，改恶从善时，他还成为仙人，简直把他塑造成一个英雄，宝卷这样扩展与强化他，这可能是民间宗教为了达到敛纳钱财的目的，塑造一个这样值得赞赏的例子，就是让世人以他为榜样，让更多富人掏出自己的钱财来。而宝卷中的善恶报应、修行积德、念经诵佛的内容都是佛教思想的体现。总之，宝卷中的鱼篮观音既有慈悲为怀的佛教本性，又是道教神灵体系中的一员，还成为民间宗教教义的宣传者。

二、伏魔收妖的鱼篮观音

鱼篮观音最显著的标志就是手中那只鱼篮，观音为何会提着鱼篮？这只鱼篮又有什么意义？前人认为"鱼篮"乃"盂兰盆会"之"盂兰"的音讹，"盂兰盆者，正言于兰婆那，言救饿如解倒悬，而俗讹为鱼篮观音"[1]，把手提鱼篮的观音看成和盂兰盆会的目连一样，是拯救地狱众鬼的施食者，她手中的篮子，也并非专指装鱼的篮子，还可以是装食物的篮子。这从语言学的角度进行解释，具有一定的合理性。

然而，经过一番语音上的讹变之后，还须进一步的证实，因为"鱼篮"毕竟是装鱼的器具。于是在传说中，观音手中的鱼篮又成了收服鲤鱼精的法器，并由此而产生出两种截然不同的鱼篮观音形象。

---

[1]　俞正燮：《癸巳论稿》卷十五《观世音菩萨传略跋》，涂小马等校点，515页，沈阳，辽宁教育出版社，2001。

一种是《西游记》第四十九回"三藏有灾沉水宅，观音救难显鱼篮"中那提篮收妖的观音被称为是鱼篮观音。小说中，没来得及梳妆的观音收服了要害唐僧的鲤鱼精后，陈庄的人们跪拜在路旁，仰望观音真容，有善绘画的，画下这观音形象，这就是鱼篮观音现身。小说对观音收服鲤鱼精的过程作了详尽的描写：

> 菩萨即解下一根束袄的丝带，将篮儿栓定，提着丝条，半踏云彩，抛在河中，往上溜头扯着，口念颂字道："死的去，活的住。死的去，活的住。"念了七遍，提起篮儿，但见那篮里亮灼灼一尾金鱼，还眨眼动鳞……①

就这样，菩萨非常简单地就收服了这个兴妖作怪的鲤鱼精，连孙悟空都没看明白，这表现了菩萨降魔伏妖的高强本领。这个故事的模式与《提篮宝卷》等有些相似，也以解释为什么会出现鱼篮观音画像作为创作故事出发点。不过，故事的内容以观音收服妖魔为主，这与《西游记》所要表现的降魔观音形象统一。

这类观音收服鲤鱼精的故事在潮剧《跳龙门》中还被附上了"除煞"的仪式功能。容世诚先生《扮仙戏的除煞和祈福》一文，详细地描述了《跳龙门》的演出过程、舞台形式和仪式行为。据其介绍，这是潮剧中一古老的扮仙戏。故事情节主要包括观音收妖和众仙献宝两部分。"观音收妖"情节为：修炼千年的鲤鱼精，因为没有法宝送与玉皇大帝，不能参加玉皇寿宴，所以他化成八仙中钟汉离的模样，骗去了钟汉离的宝扇。钟汉离回归洞府，发现宝扇被鲤鱼精骗去，便立即驾云追赶，但却被鲤鱼精打败，钟汉离只好请来其他七仙帮忙。七仙也都不是对手，不但没有要回宝扇，连自己的宝物也被一一夺去。八仙只得请来观

---

① 《西游记》，661 页，北京，人民文学出版社，1973。

音大士帮助收服鲤鱼精，讨回宝物。观音大士派善财出战鲤鱼精，但善财也不是对手，败下阵来。善财化成一棵大树，希望能突袭鱼妖，但却被鲤鱼精识破，鲤鱼精变成一个樵夫要来砍树，善财只好又变成一块大石头，但还是被鲤鱼精识破，变成一个打石夫来碎石头，善财只得求助观音菩萨。观音命善财布下天罗地网，鲤鱼精再次和善财格斗，经过一场激烈的打斗之后，善财将藤圈套在鲤鱼精身上，收服了鲤鱼精。观音收服鲤鱼精后，问明了事情的缘由，知道了鲤鱼精有"独跃龙门"的本领，便带着他一起去参加玉皇的蟠桃寿宴。在蟠桃寿宴上，观音命鲤鱼精为玉皇表演跃龙门的本领。①

　　可以看出，这里鲤鱼精与观音的情节主要吸收了"鱼篮观音"和"鲤鱼跃龙门"等民间传说。剧中的鲤鱼精，既有跃龙门的本领，又是一翻江倒海、兴风作浪的鱼妖，而舞台上的扮演更加突出表现了他的妖性："其中的鲤鱼精以净角应工，头戴雉尾，面部画着深色脸谱，在台上连串的连续踢脚翻滚，都是为了突出剧中鲤鱼精凶猛、狰狞的性格"②，戏中之所以要塑造出这样一只翻江倒海、作恶多端、兴风作浪的鱼妖，就是以此鱼妖来象征海上一切风浪的源头，是大海平静和谐的破坏者。观音最后用藤圈收服了这个鲤鱼精，消除了这个破坏者，也象征着驱逐了大海的一切灾难。这个藤圈就是《西游记》中观音亲手织制的那只鱼篮的变相，而且这个藤圈具有无比的法力，它象征可以征服一切妖魔鬼怪的天罗地网。整个观音收服鲤鱼精的过程，就是一个除煞的过程，观音以无边的法力，收服了给大海带来风浪、给人们带来灾难的妖魔，也就象征着给人们除去了不吉祥的晦气和恶煞，带来了平静与好运，这是《跃龙门》中观音收服鲤鱼

---

　　①　容世诚：《戏曲人类学初探》，114 页，桂林，广西师范大学出版社，2003。
　　②　容世诚：《戏曲人类学初探》，122 页，桂林，广西师范大学出版社，2003。

精故事的仪式功能。

观音收服鲤鱼精故事的仪式化现象反映了人们的观音信仰情况。以观音收服鲤鱼精的故事象征着给一个社区除煞逐魅，带来平安和幸福，也就表明了对于这个社区来说，观音菩萨就是保护神，反映了人们对观音的崇拜。这个戏经常在靠近水边，如海边船厂、河畔渔村等地演出①，正说明了这种信仰的群体一般都是在水边生活的人们。

另一种就是观音制服化成美女在民间作祟的鲤鱼精后，把她带回南海修炼，这鱼精后来就成了鱼篮观音，如明传奇《鱼篮记》作品中所写的。剧情为：北宋年间，张琼、金宠两家指腹为婚，张琼之子张真成年后在金家攻读，东海金线鲤鱼精变成金宠之女金牡丹模样，诱惑张真同居。金家分辨不清真假，于是请包公除妖，鲤鱼精被城隍等众神将追赶得走投无路时，向观音求救，南海观音用花篮将其收服，并请玉帝封她为鱼篮观音，而张真后来金榜题名，与金家牡丹小姐喜结良缘。这是才子佳人的传奇模式和鱼篮观音传说的结合，又加入了当时盛传的包拯的奇闻趣事，迎合了当时民众普遍的审美喜好。此剧成为当时舞台常演的剧目，《双错卺自序》云"旧有弋阳调，演普门大士收青鱼精一剧，辞旨俚鄙"②，可见此剧是弋阳腔本。《醒世姻缘》第八十六回，唱戏乐神，也点演了此剧："那日正当有人唱戏还愿，真是人山人海……将次近午，众人祭赛过了，会首呈上戏单，阄了一本《鱼篮记》……只等唱完了《鱼篮》整戏，又找了一出《十面埋伏》、《千里独行》、《五关斩将》，然后烧纸送神。"③ 另外，在祁彪佳《远山堂曲品》杂调类记还有《牡丹记》，内容与

---

① 容世诚：《戏曲人类学初探》，122 页，桂林，广西师范大学出版社，2003。
② 蔡毅编著：《中国古典戏曲序跋汇编》，1 511 页，济南，齐鲁书社，1989。
③ 西周生：《醒世姻缘》，1 225～1 228 页，上海，上海古籍出版社，1981。

《鱼篮记》略同①，只可惜剧本不存。由此可知，这个故事在当时戏曲舞台上演出比较频繁。《鱼篮记》中的"观音收精"一出，给人们留下了深刻的印象：

（贴上引）驾雾腾云霎时间来到凡尘，善哉善哉！苦事难捱，吾今不救待等谁来。吾乃南海观音便是，观见金线鲤鱼精在凡间作乱。不免在此等候，收伏他有何不可。（旦上）救命。（贴）若要我救你之时，我有一花篮在此，你坐花篮里面我就救你。（旦坐花篮科。贴）不得无理。我不是别人，乃是南海观音便是。肯随我，便救你。若不肯随我，教你一命难逃。

【前腔】（旦）原来是驾彩云观音，水月坐青莲大世菩萨！仰望你发声慈悲救残生。哀怜小蚯蛇，指引再生途。不至成机灭，皈依佛教中，皎洁同秋月的菩萨，惟愿你千年香火万年不绝，天地长春轮回百结。……（贴）若肯随我，我明日奏过玉皇封你为鱼篮观音。我天下一日走三遍，如今你替我一日走一遍。

【红绣鞋】我今带你香山，香山，接绍万载云烟，云烟。人皆仰，万民传，与国休，世相传。②

现在的问题是，这个与人为害的鲤鱼精怎么可以成为鱼篮观音菩萨？我们认为，应从明代当时的社会思潮中去寻找答案。首先，明代禅宗再次兴起，成为当时社会思潮的主要特点之一。禅宗是中国佛教的特产，它一方面尽可能地扩大成佛的范围，主张一切众生皆有佛性，人人可以成佛；另一方面，它又尽可能地缩

---

① 祁彪佳：《远山堂曲品》，《中国古典戏曲论著集成》（六），119 页，北京，中国戏剧出版社，1959。"金牡丹为鱼妖所混，几不可辨，此境地之最恶者。虽然，槎仙以此演蕉帕，遂为佳曲，顾其运捭何如耳。"

② 《观音鱼篮记》第二十八出，古本戏曲丛刊二集影印本，戏中旦扮鲤鱼精，贴扮观音。

短成佛的时间，鼓吹只要心诚，只要用功，便可以即身成佛，甚至可以放下屠刀，立地成佛。这样，称道成佛不再讲究根器，佛国的门槛也不再高不可攀。其次，明中叶以后王守仁从禅宗"心即是佛"的义理出发，以"心即是理"为理论基石，提出了"致良知"的观点，并强调良知人人都有，圣愚皆同。他说："圣人气象何由认得？自己良知原如圣人一般，若体认得自己良知明白，即圣人气象不在圣人而在我矣。"① 也就是说，人人可以为圣贤，个个可以成菩萨。在这种社会思潮影响下，鲤鱼精也就可以成为观音菩萨了。

明代小说《西洋记》第九十四回《碧水鱼救刘若贤　凤凰蛋放撒发国》中也有观音收服鱼精的故事。说的是北宋皇佑三年元宵节，南海边碧油潭的鱼妖金丝鲤鱼化成女子到东京城来看灯会，忘了回程，只好走到金丞相家的鱼池中藏身。鱼妖用妖法使金家花园中的牡丹鲜艳盛开，并幻化成金家小姐的模样调戏在金府赴选的刘秀才。后来被金府发现，告之包公，包公用照妖镜照出了鱼妖的本来面目，包公叫城隍等捉拿妖怪，鱼妖四处逃窜，躲到南海中，恰好遇上了观音菩萨，才收服她，将她放在鱼篮里，带到南海去修行了。这显然是从戏曲传奇中借鉴而来的。

这个观音收服鱼精的故事在后来的安徽泗州戏、西吴高腔、松阳高腔、柳子戏、庐剧、婺剧等地方戏中都有演出。如安徽泗州戏中也有《鱼篮记》（又名《追鱼》）演宋朝丞相金文斗之女美容幼许刘霞玉为妻，后来霞玉家道中落，金父召其到相府攻读。南海有鲤鱼游至相府养鱼池内，化为金美容的形象，将霞玉骗至荒郊。金父命人夺回，见鲤鱼与美容相貌相同，真假难辨，请包公定夺，鲤鱼又化为包公，众人束手无策，最后包公到南海

---

① 王守仁：《王文成公全书》卷二《传习录》中，《答周道通书》，四部丛刊本，146页，上海，商务印书馆，1936。

请观音擒捕鲤鱼。①

　　20 世纪 50 年代，随着戏改大浪的推动，有了此剧的改编本，如《追鱼》、《碧波仙子》、《真假牡丹》、《鲤仙闹洞房》等，改变了原剧的旨趣。如越剧的《追鱼》由《书馆》、《观灯》、《分别》等三场组成，此剧把金家写成了嫌贫爱富的人物，把鱼精塑造成一个痴心追求爱情、宁愿舍弃天堂、甘愿留在人间的多情仙子，而观音则成了成就这对有情人的红娘。在《分别》场中，当鱼精被天兵追得走投无路自知难逃时，只想"水遁"了，这时观音特来搭救，并给鱼精指出两条出路：

　　　　（观音白）且慢，鲤鱼精，你不用惊慌，吾乃特来搭救于你。（鱼白）多谢娘娘。（观音白）但不知你愿大隐还是小隐。（鱼白）大隐怎的？小隐何来？（观音白）大隐拔鱼鳞三片，打入凡间受苦，小隐随吾归南海修炼，五百年后，得道登仙。②

在此，把两个不同时期的观音收服鱼精的场面做些比较，就可以看出不同的时代特色：明代传奇中的观音是一个高高在上的神灵，同时又是与道、儒合一的神灵，她受命于玉皇，而不是佛祖，这是明代观音信仰中土化、世俗化的体现。《追鱼》中的观音却和蔼可亲，她不仅仅是解决鱼精的一时之困，而且还设身处地，为鱼精着想，让她有着实现自己追求幸福与自由生活理想的机会。在观音看来，若能脱去仙气，过上人间的平凡生活，即使是去人间受苦，那也是"大隐于市"般的真正解脱，而那久经修炼，得道成仙的神仙日子，只不过是"小隐于林"式的暂时逃避，体现出对人间生活的向往。剧中鱼精毅然选择了拔鳞的痛苦，与张生生死同命，这既表现了他们生死无畏、甘苦不渝的纯

---

① 李绍宗等：《中国剧目辞典》，637 页，石家庄，河北教育出版社，1997。
② 《越剧戏考》，109 页，杭州，浙江人民出版社，1962。

真爱情，更体现了鱼精对平凡人间生活的渴望。较之明代的传奇，无论是剧中的神灵还是精怪，都多了几分平凡的人性，少了些许神秘的仙气。

三、其他相关作品

在其他一些作品中，也出现了鱼篮观音的形象，虽然其故事内容与前面所论的关于鱼篮观音的传说故事都关系不大，但其中观音化成一个渔妇，要么度脱，要么劝善，有时则鼓励孝贤，有时降魔除妖，给人们留下了深刻的印象。如戏曲作品《四美记》、《洛阳桥》、《泗州城》等。

《四美记》是明代传奇，剧作主要表现蔡襄母子夫妇的忠孝节烈美德因而名为"四美"，其中有观音化银帮助蔡襄建造洛阳桥的情节。蔡襄来到洛阳造桥，缺少银两，观音有感蔡襄的孝道，化成美丽的渔妇撑着渔船到河心，以婚姻为诱饵，说只要能把银子掷到她身上，就可娶到她。所有的人都往江心扔钱，却没能打到美妇人的身上，而掷去的金钱在江底堆积如山了，观音就这样为造桥筹集了资金。清代李玉的《洛阳桥记》、福建词明戏《洛阳桥》① 也是同样的题材。

这个传说在民间流传很广，还对故事情节作了改编，有的说当观音在江心筹银时，路过的吕洞宾看出了其中蹊跷，于是变成一个白发老头，指使着一个叫韦佗的后生向江心掷银，用法力使银子落在了观音身上，观音无奈，先要吕洞宾与韦佗帮助造桥。桥建成后，观音兑现了自己的承诺，把韦佗带回了普陀山，但佛法森严，不能拜堂成亲，只能做"对面夫妻"，因此在观音菩萨佛像的殿堂对面，总会有一尊韦佗菩萨。

这个化成美丽的渔妇化银助孝子的观音，就完全是一个中国

---

① 　叶明生：《福建傀儡戏史》，940～950 页，北京，中国戏剧出版社，2004。

化的菩萨，而且具有更多的平凡的人性，甚至人们还为她附会上了美丽的爱情故事，湖南花鼓戏就直接以《观音定婚》来演绎这个传说故事。

观音化银造桥的传说在广州等地的民俗中还衍生出了观音开库的民俗活动，认为在观音借库的日子能多施功德，观音就会回报你更多的财富。这个观音化银造桥的故事在粤剧中经常演出，并被香港的影业公司制成了粤剧电影。

而在台湾地区流传的观音化银故事中，说那个掷钱到观音身上的人是商人，是泗州佛的化身，他因为曾经大胆地追求美丽的观音，而被人们当作了一主管爱情婚姻的神灵。又说观音因为被泗州佛搅混了化银的好事，就罚他待在凉亭不许出来。此后，人们就建了许多凉亭，供奉这位多情的泗州佛①，他因此受到恋爱中男女的膜拜，还传说有人移情别恋时，只要在泗州佛的脑后挖些泥土，偷偷撒在对方身上，对方就会回心转意，重续情缘。这是因为泗州佛曾经追求过观音而受挫折，所以他对失恋者特别同情，成为失恋者为挽回失去的爱情而祭拜的神灵。

既然说及泗州佛，下面来看《泗州城》剧，该剧讲述了泗州虹桥有一水怪，名水母，因爱慕书生乌延玉的俊秀儒雅，将其摄至水府，逼其成亲，后书生逃脱，水母大怒，要放水淹没泗州城。观音察觉，化身为卖面老妇，诱惑水母食面，因而将其制服。《春台班戏目》和《天花尘梦录》等戏曲剧目集中都收录有此剧，可见是当时一常演剧目。故事本事应是泗州大圣锁水母的传说，因泗州大圣又传说为观音化身之一②，所以在戏曲中出现了观音擒水母的情节。戏曲故事的模式与传奇《鱼篮记》相似，

那化身卖面老妇的观音可以看作是鱼篮观音形象的一种变体。

另外，戏曲中写到关于鱼篮观音的另一种传说——灵照传说的作品有杂剧《来生债》和传奇《昙花记》。《来生债》元末明初刘君锡作，题目正名是："灵照女点化丹禅师，庞居士误放来生债。"讲述的是：庞居士一生乐善好施，没想到却误放来生债，使得家中驴马都是因前世欠债而今生变作牲畜来还债的，庞居士于是将家产全部销毁，沉入海底。一家迁至鹿门山，结一草庵修行，以砍竹织笊篱为生。一日，居士之女灵照来至云岩寺卖笊篱，寺中丹霞禅师想借机嘲拨灵照，被灵照点化，因此悟道。最后庞居士一家修得正果，同上兜率天，庞居士修成上界的宝陀罗尊者，庞婆是上界执幡的罗刹女，其子凤毛是善财童子，灵照则是南海观音菩萨。

还有《昙花记》中也出现引导木清泰夫人德芬和二妾等女眷出家修行的灵照菩萨，可以说是灵照修行成观音传说的衍生。如在其四十三出《尼僧说法》中灵照就化成云水尼僧，来到女眷修行的庵所说法，为她们说出出家的真谛后，离去时，女眷们对她十分虔诚：

> （旦）请留师父清斋。（照）贫道不用斋的。就此告别，偶尔来阎浮，顷刻还净土，生则决定生，去则实不去。（下，众惊介）呀，忽然不见了。这师父原来不是凡人，圣贤可怜我们在此清苦，下来指教。我们不免望空拜谢。（同拜科）①

最后第二十五出"菩萨临凡"写灵照菩萨来到庵中给德芬等人证果，她们更是"沐浴焚香，拱候幢幡宝盖"，顶礼膜拜，表现了人们对于她的虔诚。

---

① 屠隆：《昙花记》，《六十种曲》第十一册，146 页，北京，中华书局，1996。

　　总之，文学中关于鱼篮观音的作品虽然比较多，但其中所塑造的鱼篮观音形象却有些程式化。大抵都写观音为了度脱、教化、劝善等目的，而变化成一渔妇（有时渔妇的特征不是很明显）出现在人们面前，犹如一种文化定式，而并不是随着具体作品的变化而有所改变。这种现象其实说明了鱼篮观音形象本身就包含一定的文化意蕴。

第三节　鱼篮观音的文化意蕴

一、鱼篮观音形象的宗教意蕴

　　关于马郎妇的传说，有人考证与佛经中这则故事有关[①]：东晋天竺三藏佛陀跋陀罗译《佛说观佛三昧海经》中说，世尊见一淫荡女子名妙意，贪恋男色，"尔时，世尊化三童子，年皆十五，面貌端正，胜诸世间一切人类。此女见已，身心欢喜"[②]。世尊幻化以度之，从其淫欲。缠绵六日以后，妙意痛苦懊悔。化人（世尊幻化之人）愤而自尽，尸骸随即腐烂，种种恶状，七日以后只剩下白骨一躯，仍缠缚妙意，妙意乃求解脱。世尊见之，妙意发愿，"若能令我离此苦者。愿为弟子，心终不退"。世尊乃运神力，实时解脱之。妙意欢喜礼佛，愿以一切所珍施舍。"佛为咒愿，梵音流畅"，妙意因此而"应时即得，须陀洹道"，"五百侍女闻佛音声，皆发无上菩提道心。无量梵众见佛神变得无生忍，常释所将诸天子等，有发菩提心者，有得阿那含者"。最后，大家都发菩提心而成了佛徒。这是一个"世尊化娼

----

　　① 陆永峰：《"马郎妇"事典考论》，载《中国俗文化研究》，2006年第3辑。
　　② 佛陀跋陀罗：《佛说观佛三昧海经》，卷八，见《大正藏》，第15册，685～686页，台北，台湾佛陀教育基金会出版部，1990。

救淫"的故事。这个故事的基本情节与马郎妇故事确实有着许多相似的地方，可以把它作为马郎妇故事产生的佛典依据，但把这个故事附会到观音身上则是民间传说的作用。

其实，在关于鱼篮观音的马郎妇传说中，无论是延州女子的纵欲、马郎妇的守贞，还是观音的化娼，都以"性"作为方便法门，来传法度人，来惩恶劝善。现在的问题是，在戒色戒欲的佛教中，圣洁美丽的观音菩萨，怎么可以化为"娼女"？

原来，菩萨这种"化娼救淫"的行为，是有着深厚的佛理基础的。人们常说，佛不度无缘之人，菩萨的教化，往往讲究因缘，他们为弘扬佛法，常常徇俗设缘，有的甚而以色设缘，以"性"作为方便法门，来传法布道。关于这一点，在《维摩诘所说经》中有很直接的说明："……或现作淫女，引诸好色者，先以欲钩牵，后令入佛道……先施以无畏，后令发道心，或现离淫欲，为五痛仙人。"①《宗镜录》卷二十一也说到"先以欲钩牵，后令入佛智，斯乃非欲之欲，以欲止欲"②。同时佛经中也不乏"菩萨即妓女"的例子，如在《华严经》中就有这么一位"高级妓女"——婆须蜜多菩萨（Vasumitra），善财童子曾求法于她。她住在豪宅大院，有亭台楼阁假山水榭，非常豪华。她不随便接人，如果有人想求佛法，就去见她，有的人跟她面对面谈话，就可以证悟佛菩提；有的人跟她拉拉手，就可证悟；有的人得要跟她拥抱以后，才能证悟；有的人则必须跟她亲吻才能证悟；而有的人必须跟她上床以后才能证悟。③

---

① 支谦译：《维摩诘所说经·佛道品第八》，见《大正藏》，第14册，550页，台北，台湾佛陀教育基金会出版部，1990。

② 延寿：《宗镜录》，卷二十一，《续修四库全书》，第1 283册，上海，上海古籍出版社，1995。

③ 不空译：《大方广佛华严经卷第五十·入法界品第三十四之七》，见《大正藏》，第9册，716页，台北，台湾佛陀教育基金会出版部，1990。

在密教经典中，也有观音菩萨以"性"作为手段，来惩恶劝善的故事。如《大圣欢喜双身大自在天毘那夜迦王归依念诵供养法》就记叙了这么一个故事：摩醯首罗大自在天王（Maheshvara）与他的妻子乌摩女拥有三千个儿子，其中一千五百个儿子以毘那夜迦王（Vinayaka）为首，常行诸恶事。而另外的一千五百人则以扇那夜迦（Senayaka）为首，常修一切善利。扇那夜迦是观音的化身，他为了调伏毘那夜迦的恶行，而与他"同生一类，成兄弟夫妇，示现相抱同体之形"①，在《四部毘那夜迦法》中，观音则化身为美女，来调伏毘那夜迦王，以无畏的施与来满足他无穷的欲望，然后以大慈悲心去点化，使他信奉了佛法，并成了佛教的护法神，修成了男女双身同体的"欢喜佛"。其实，密教的教理基础就是建立在"女性活力"崇拜上的，他们把宇宙间的阴性元素视作所有生命的源泉，崇信者常常和一些合于入门的女子操行，并伴有特定的性行为仪式，认为这样可以导向拯救。这样，神的形象与作为性行为对象的女性是完全同一的。② 如在密教的修炼方法中，有"有事部、行部、瑜伽部和无上瑜伽部"的说法，其中的无上瑜伽部被认为是密法的最高阶段，其最大的特点就是利用女性作"乐空双运"的男女双身修法，在男女交媾中去领悟性，达到以欲制欲的目的，这是一种"以染而达净"的修炼方法。

更进一步说，这种把"性"作为方便法门，以色设缘的佛教义理，是原始部族生殖崇拜的体现。在古印度，人们有着强烈的生殖崇拜意识，印度古代的文献典籍、绘画雕塑以及某些建筑物的造型上，都深深地打上了生殖崇拜的烙印，那种对生殖崇拜

① 善无谓译：《大圣欢喜双身大自在天毘那夜迦王归依念诵供养法》，见《大正藏》，第21册，303页，台北，台湾佛陀教育基金会出版部，1990。
② 高罗佩著，杨权译：《秘戏图考》，108页，广州，广东人民出版社，1992。

的强烈，足令今人目瞪口呆。① 在古印度文明中，就奉祀着一个用性创造世界的生殖神湿婆，如印度的怛特罗教认为，湿婆与莎克蒂的"永恒拥抱"（交合）构成了宇宙。这样，那化娼救淫的马郎妇，就与湿婆神有些相通了。

当然，菩萨这种以色设缘的方式，与娼妓行为是不完全一样的。关于这一点，美国学者瑞高·欧努马（Reiko Ohnuma）曾指出，菩萨与妓女之间，"最大的差异在于妓女被欲望所趋，而以交易的方式来施予；菩萨则是被慈悲所驾驭，而以完全慷慨的方式来给予。尽管如此，妓女与菩萨皆是必须诱惑并满足她们的顾客……事实上，在《大乘方便经》中，对菩萨透过善巧方便将'法'传授，与妓女骗取顾客的各种方法，即已做了明显的比较。"② 请看《大乘方便经》中对妓女、菩萨与鱼师之间所做的比照，见表5–1③：

表5–1

人物	妓 女		菩 萨		鱼 师	
目 的	为财宝		为度人		为捕鱼	
行 动	媚言诱他	诈许舍身	心无吝惜	乃至舍身	以食涂网	投之深渊
结 果	得彼物已	驱逐令去	如其所愿	牵出欲界	既满所求	即寻牵出

菩萨为"行方便"，用所谓的"空"、"无相"、"无作"、"无我智能"等作为诱饵，来"熏修其心"，来教化众生，虽然

① 赵国华：《生殖崇拜文化论》，153页，北京，中国社会科学出版社，1996。

② Reiko Ohnuma. 1997. "Dehadana: The 'Gift of the Body' in Indian Buddhist Narrative Literature." Ph. D. diss., University of Michigan 第210页，转引《鱼篮提向风前卖与谁》于君方著，释自衎译，《香光庄严》，六十一期。

③ 此表内容是根据《大宝积经·大乘方便会第三十八之一》概括，《大正藏》，第11册，597页，台北，台湾佛陀教育基金会出版部，1990。

这样会使自身陷于五欲的污泥中，但是，一旦达到目的，如其所愿，就会抽身而去，牵出欲界。从表中我们可以看出：菩萨与妓女一样，为了达到某种目的，不择手段，甚而可以舍身；菩萨还与鱼师一般，要制伏对方，先要诱惑对方，这也许就是观音、娼妓、渔妇能够产生关联的原因之一，那渔妇的篮子也就成了化身女性的观音以性作为方便法门的暗示。

　　在中土传统文化中，这个如妓女般的菩萨是不可能被接受的，于是在鱼篮观音信仰传播过程中，经历了从"纵淫"到"守贞"的转变。当马郎妇的故事留存下来时，延州女子的故事就渐渐消失了，这与唐代之后密教在中国的衰微有联系，而更主要的原因还在于宋代以来理学家们对"性"的强烈压抑。对人们来说，延州女子故事中那种突破传统的、明显的"性"描述，实在是太有悖常理了，因此很难广为流传。而马郎妇故事中，观音化身渔妇，惩恶劝善；渔妇为了守贞，不惜牺牲生命，这一系列行为，得到了大家的认同，于是，我们所熟知的鱼篮观音，也就是那个手提鱼篮的渔妇，开始在中土大行其道。

　　鱼篮观音的这种以色设缘的深层佛理对于传统的儒学文化终究有些不合宜，于是人们开始为其寻找合宜的注脚。对于鱼篮观音的理解，清代的国学大师俞正燮认为，"鱼篮"乃"盂兰盆会"之"盂兰"的音讹，"盂兰盆者，正言于兰婆那，言救饿如解倒悬，而俗讹为鱼篮观音"①，认为手提鱼篮的观音和盂兰盆会的目连一样，是拯救地狱众鬼的施食者。这从语言学的角度进行解释，具有一定的合理性。而且在《金瓶梅》这部反映明朝当时世俗社会风貌人情的小说里，提到有人把盂兰盆会这种民俗活动称作鱼篮会，该书第十八回说：

---

　　①　俞正燮：《癸巳论稿》，卷十五，涂小马等校点，515页，沈阳，辽宁教育出版社，2001。

> 西门庆勒住马，问（冯妈妈）道："你往哪去？"
> 冯妈妈道："二娘使我往门外寺里鱼篮会，替过世的二
> 爹烧箱库去来，赶进门来。"①

这里既说明了盂兰与鱼篮的关系，也反映了鱼篮观音信仰在民俗佛教信仰中的一种存在形态。

二、鱼篮观音形象的文学意蕴

鱼篮观音这个富有戏剧性传说的观音形象，在中国文学中的影响也不小。前一节我们所分析的大量关于鱼篮观音的戏曲、小说作品就足以证明此点。观音化成美艳的凡间女子是鱼篮观音形象产生的契机，同时，观音与美艳女子之间这种幻化又给文学创作对女性描写带来了灵感。

首先，金沙滩鱼篮观音以她的美艳得到了文人的青睐。宋濂居士据鱼篮观音故事情节而写的《鱼篮观音赞》，云：

> 唯我大士，慈悯众生耽着五欲，不求解脱。乃化为
> 女子，端严姝丽。因其所慕，导入善门。一刹那间，遽
> 尔坏体；昔如红莲，芳艳袭人，今则臭腐，虫蛆流蚀。
> 世间诸色，本属空假，众生愚痴，谓假为真。类蛾起
> 火，非逐弗已，不至殒命，何有止息！当知实相，圆同
> 太虚，无媸无妍，谁能破坏？大士之灵，如月在天，不
> 分净秽，普皆昭了！凡皈依者，得大饶益，愿即同归，
> 萨婆若海。②

这里把观音这个女神形象描绘成一个"端严姝丽"、"昔如红莲，芳艳袭人"的俏佳人形象。这些生动描绘，让读者从语言文字

---

① 兰陵笑笑生：《金瓶梅词话》，第十八回，北京，人民文学出版社，1992。

② 宋濂：《宋学士文集·补遗》卷三，《丛书集成》本，1 323 页，北京，中华书局，1991。

艺术的角度欣赏到鱼篮观音的美丽。还有寿涯禅师的《渔家傲·咏鱼篮观音》词作：

> 深愿弘慈无缝罅，乘时走入众生界，窈窕丰姿都没赛，提鱼卖，堪笑马郎来纳败。清冷露湿金襕坏，茜裙不把珠璎盖，特地掀来呈捏怪。牵人爱，还尽许多菩萨债。①

形象生动地描绘出鱼篮观音的窈窕绰约，重点突出其风情万种的风姿，堪称描写鱼篮观音形象的绝篇。当然还有《西游记》小说中描绘的正在编织鱼篮的观音，也以鱼篮观音形象为主要创作描写的对象。这些精彩的篇章，全面地展示了鱼篮观音女性的魅力。

其次，庄严神圣的观音菩萨，从高高的神坛上走了下来，变成一个美艳的女子。观音可以变为美艳女子，那美艳女子也可以用来比喻观音。于是，人们又以观音来比喻佳人。

中国古代形容女子之美，或曰闭月羞花之容，或曰沉鱼落雁之貌；用人物比，则有西施、王嫱，用神仙比，则说天女下凡，洛神出水。曾有人指出"而自金董解元《董西厢》始，则开以观音菩萨比美女之先"②，因为在此作中出现了以下描绘言语：

> 卷一【仙吕调】【尾】莫推辞，休解劝。你道是有人家宅眷，我甚恰才见水月观音现。（法聪）笑曰："子言谬矣！何观音之有。此乃崔相国幼女也。"
>
> ……【大石调】【蓦山溪】法聪频劝道，先辈休胡想，一一话行藏：不是贫僧说谎，适来佳丽是崔相国的

---

① 唐圭璋：《全宋词》，第一册，213 页，北京，中华书局，1965。

② 丁富生：《漫谈以观音比莺莺》，载《南通师专学报》，1996 年，第 12 卷，19 页。

女孩儿，十六七，小字唤莺莺，白甚观音像。①

其实，把《董西厢》作为以观音比美女的开始并不确切。因为早在唐代就出现了以菩萨来形容宫女美貌的说法，宋道诚辑《释氏要览》卷二《造像》言：

> 宣律师云：造像梵相，宋齐间皆唇厚鼻隆目长颐丰，挺然丈夫之相。自唐来笔工皆端严柔弱，似妓女之貌。故今人夸宫娃如菩萨也。②

另外，早在唐代就有说美丽的女子犹如观音的，唐代长安的慈和尼姑，被"时人称之为观音菩萨"③，甚至还有直接取名为观音的，如长孙皇后就有小字观音婢。

虽然，《董西厢》中张生在佛殿的那情、那境，产生一种以为崔莺莺就是观音的心情，完全可以理解。更进一步说，作者对张生这种心理活动的表达，也说明了当时以观音比美女的文化环境确乎存在，因为这种表达方式的出现应该是在人们一定的审美认识和信仰心理的文化背景下产生的。宋元以来，人们对观音菩萨的认识进一步世俗化，对鱼篮观音形象认同和接受正是这种世俗化的表现。这种世俗的宗教体验影响到人们的审美心理时，鱼篮观音形象的非神性化倾向使观音形象能进入到人们的审美意识，并借鉴来评判一些审美活动。因此在戏曲、小说等俗文学中出现了许多以"观音比女性"的表达，就杂剧中就可以举出如下例子：

1. 王实甫《西厢记》直接继承了《董西厢》以观音比莺莺的手法：（末云）和尚，恰怎么观音现来！

---

① 董解元著、朱楚平注释：《西厢记诸宫调注释》，31 页，兰州，甘肃人民出版社，1982。

② 道诚：《释氏要览》，卷二，《造像》，见《大正藏》，第 54 册，288 页，台北，台湾佛陀教育基金会出版部，1990。

③ 杨休烈：《大唐济度寺故大德比丘尼惠源和尚神空墓志铭》，《全唐文》，卷三九六，20 页，上海，上海古籍出版社，1990。

（末唱）【寄生草】……你道是河中开府相公家，我道是南海水月观音现。

2. 《李太白贬夜郎》中李白对杨贵妃为其捧墨砚称赞道：【醉扶归】见娘娘捧砚将人央，不如我看剑引杯长。生把个菱花镜裹妆，做了个水墨观音样……

3. 《西游记》杂剧卷一第十一出中刘老汉对自己女儿模样的称赞：【大石调·六朝相】……俺孩儿现世的观音样，羞花也闭月，晓日夭桃雾锁，东风弱，柳云遮……

其实，这种以观音比美女的表达方式不仅在文学领域有，在社会日常生活中也出现了，元代歌妓就有多个以观音做比拟的，如散曲《赠顾观音》、《戏贾观音奴》、《赠王观音奴》等作品，其内容都是描绘青楼女子的，但她们都有一与观音有关的艺名，如杨朝英【商调·梧叶儿】《戏贾观音奴》：

庞儿俊，更喜恰。堪咏又堪夸。得空便处风流话，没人处再敢么？救苦救难俏冤家，有吴道子应难画他。①

在这种文化环境下，我们来看《录鬼簿》著录的《张果老度脱哑观音》一剧（此剧本已经不存），对其内容的推测就不会以为张果老度脱的真是观音菩萨了②，故事应该是说张果老度脱了一个不会说话的美女子，是一般的度脱剧，也就没有寄托佛道之间关系之意。

以观音比女子在明清以来的俗文学作品中比比皆是，如洪昇《长生殿》第三十八出，有一首描写杨贵妃美丽的唱词，其中就把贵妃娘娘比作了观音：

（末弹唱科）【三转】那娘娘生得来仙姿佚貌，说

---

① 隋树森：《全元散曲》，1 294 页，北京，中华书局，1964。

② 尹蓉：《八仙和八仙戏》，104 页，中山大学博士论文，2004。

> 不尽幽闲窈窕，真个是花输双颊柳输腰，比昭君增妍
> 丽，较西子倍风标，似观音飞来海峤，恍嫦娥偷离碧
> 霄。更春情韵饶，春酣态娇，春眠梦悄。纵有好丹青，
> 那百样娉婷难画描。①

还有郑之珍的《劝善记》，虽然舞台上不时表现观音慈悲为怀、法力无边的神奇性，而在和尚、尼姑双下山的过程中，风流和尚更是以"海岛观音难赛，月宫仙姐无差"② 来夸尼姑的外貌，可见这种以观音比喻女子，有时又仅是一种常用的明白的表达方式。

明代传奇《蝴蝶梦》，说的是庄子修行的故事，其中有一个情节叫"扇坟"，写庄周出游，看见一个少妇在扇新坟，问其故，原来是其丈夫刚死，并留下遗言，要求其妻必须在他坟土干了之后，才能再嫁。其妻为让新坟土能早日变干，于是以扇助之。庄周用法力让新坟的土即时就干燥了，少妇非常感激。庄周见此，心有感触，回家欲试其妻。后来很多地方戏中对此扇坟情节进行改编，名为《庄周扇坟》（或《南华堂》），其中把新寡少妇扇坟的情节改编成由观音来试探庄周的道心，新寡的美丽少妇就是观音幻化而来的。③ 在此不讨论故事情节的合理性，只就改编者的心理来说，可能是原本中对那个新寡少妇外貌的过分渲染，让人会产生美得好像观音一样，因此在这种神话度脱的题材中，把一个普通的美妇改编成了女神观音。

小说等作品中以观音比女子的就更多，此不繁举。在民俗活动中还出现了以人扮装的鱼篮观音，明王稚登曾记叙吴庙会的情

---

① 竹村则行、康保成笺注：《〈长生殿〉笺注》，274 页，郑州，中州古籍出版社，1999。

② 郑之珍：《劝善记》中"和尚下山"出，古本戏曲丛刊影印本。

③ 如粤剧中的《扇坟》，《广东粤剧排场集》，广东省文化局戏曲研究室编，靓大方口述本，1962。

况说：

> 专诸巷有两观音，做石者歔人女，闲靓有艳姿。鱼
> 篮观音是天库前民家子，纤弱娟媚，子都之姣也，观者
> 尤啧啧云。①

这里是一个普通民家女子装扮的鱼篮观音，由全市最娇美的女子
所扮。这是对鱼篮观音美艳外貌最直接的阐释。

总的说来，鱼篮观音的不同传说故事所塑造出来的不同形
象，是鱼篮观音文化的载体，体现了中土文化对观音文化的吸收
与改造。文学作品对鱼篮观音美艳的形象描绘，使观音从女神变
成人们审美意识中的佳人形象，并影响到文学等审美创造活
动中。

本 章 小 结

鱼篮观音，是在民间传说中产生的。并且，随着鱼篮观音信
仰的广泛传播又衍生了不同的传说，使鱼篮观音渐渐褪去宗教的
色彩，更加合乎我国民间信仰的特征。鱼篮观音形象的形成反映
了原始宗族的生殖崇拜到佛教"以色设缘"的佛理与中国传统
文化的融合。观音手中的鱼篮，本来是菩萨以性作为方便法门的
标志，民间信仰赋予它新的功能，使它成了降魔伏妖的法器，体
现了鱼篮观音形象在中土文化影响下的不断衍变。鱼篮观音信仰
中的观音与美艳女子之间的关联，又是促成审美意识中以观音比
女子的审美活动的动机之一。

---

① 王稚登：《订正吴社编》，8 页，济南，齐鲁书社，1995。

第六章 文化叠合模式中的送子观音

文化叠合，是人类学家对文化发展的一种描述，又称文化积累（Cultural Accumulation）。一般指文化成长过程中，新的文化元素或物质因发明、发现以及采借（Borrowing）而增加到原有文化之中，导致文化元素或物质总和的增加。这种文化叠合，"是不同文化形态与内容之间的互相理解、协调、包容、让步。一方面，原有的文化依然是一种有生命的东西；另一方面，对于从传播途径而来的异地文化，也是通过选择、转换和重新解释以后，被一层层地重叠和消融在新的文化之中，于是不同时间、不同地域发生的文化现象便凝结、积累、整合在同一种文化结构之中，而且这种文化时空的层叠整合，并不只有一次，而是经过多次。早一些发生的文化重叠并整合后，当更晚一些文化发生时，这种被重叠整合的文化又被重叠整合到新的文化中去，因此时间愈后，越是被堆积起更多、更复杂的时空内蕴。"① 文化叠合，是中国生育文化的一个重要特征②，而送子观音信仰就是生育文化中求子习俗与观音信仰相互叠合而形成的具有中国特色的文化现象。本章主要从文化的角度，立足于俗文学作品，对这一叠合的文化现象进行尽可能的还原性的描述与论证。

---

① 朱炳祥：《"文化叠合"与"文化还原"》，载《广西民族学院学报》，2000年第6期。

② 徐桂兰：《中国育俗的文化叠合》，1页，南宁，广西民族出版社，2002。

第一节　送子观音信仰

一、生育文化概述

自古以来，人类就有"重生"、"贵生"传统，对生命充满着崇敬和期待。这种重生思想贯穿于中国文化发展的始终。从"生生之谓易"、"天地之大德曰生"① 到"天地之化，自然生生不穷"、"心譬如谷种，生之性便是仁也"② 等等，从不同的层面说明了"生"的重要性。生殖崇拜更是一切文化的源头，如儒家文化讲究家族香火的永恒延续和族类生命的无限传递；道家思想则从女性生殖崇拜而推及大地万物的产生和成长，婴儿姹女成为其炼丹成仙的主要概念。可以说，这些文化思想的最终落着点都是在对"生"的开拓上。

如果说，以上儒、道文化中的"重生"理念还带有几分高深，不被世俗所关注，那么"不孝有三，无后为大"、"多子多福"、"母以子贵"等耳熟的谚语则是对"贵生"文化最通俗的注解。长期的封建男权社会特色，使得女子没有任何做人的权利，更没有财产的拥有和继承权，传宗接代不仅关系到父系生命的延续，更是决定了妇女在家庭中的地位和她们未来生活的依靠，这就使得中国妇女期盼生子的愿望非常急切。因此重生、贵生文化又以"求子"为其最世俗、最直接的表现。求子行为，作为一种习俗，已经渗透到了岁时风俗、人生礼仪、神话传说乃

---

① 李学勤整理《十三经注疏·周易正义》，《易·系辞》，271 页、297 页，北京，北京大学出版社，1999。

② 程颐：《二程遗书》，卷十五、卷十八，189 页、232 页，上海，上海古籍出版社，2000。

至器物佩饰、衣食住行的方方面面，贯穿着中国的整个文化历史。

在这种生育文化中形成了庞杂的生育神信仰，其中尤以女神为主。据不完全统计，全国性的生育神就有观音娘娘、九子母、碧霞元君、王母娘娘等，关于她们的灵验传说故事，妇孺皆知。地方性的生育神则更多，闽台地区的临水夫人，在台湾地区称为注生娘娘，当地人"生产之时，都要供奉夫人的画像，等到平安生下婴儿，在洗儿日才向画像拜谢，把它焚化"①；沿海地区的天后娘娘，虽是海上的主宰神灵，但也掌管着生育，"然尤善习孕嗣，一邑人供奉之。邑人某妇醮于人，十年不孕，万方高禖，终无有应者，卒祷于妃，即产男子。嗣是凡不孕者，随祷随应"②；广东地区的金花娘娘也被称为是妇婴保护神，广州祈金花夫人，"祈子者往往有验。妇女有谣云'祈子金花，多得白花，三年两孕，离离成果'"③；另外，还有天仙女、七娘妈以及锡伯族的喜利妈妈、鄂伦春族的额古都娘娘、土家族的阿密麻妈、畲族的插花娘娘、壮族的花婆等等。各地各民族都以自己的信念敬奉着各自的生育女神，为了那永不变更的希望祈祷着。

现在的问题是，在旧中国那种以父权为主的宗法制社会结构里，女性的地位非常卑微，又为什么会出现如此多的生育女神呢？文化人类学研究者从人类文明的起源这一视角对此进行了探讨。从人类的创世神话中可以看出，"关于创造力成神的最初概念可能采取了崇拜女性、母性、妇女、圣女的形式"④。在人类初始阶段，最重要的不外乎生存和繁衍两件事。在这两件事情

---

① 宋兆麟：《中国生育信仰》，165 页，上海，上海文艺出版社，1999。

② 叶德辉刻本《三教源流搜神大全》，卷四，中山大学图书馆藏。

③ 屈大均著，李育中等点校：《广东新语》，卷六，215 页，北京，中华书局，1997。

④ 魏勒：《性崇拜》，41 页，北京，中国青年出版社，1988。

中，女性几乎占有最重要的地位，特别是女人的生育能力被视为一种神圣的力量，视为维持氏族生存的决定性因素，因此原始文化神灵在性别上有向女性靠拢的趋同性。赋予各种功能的女神，在生育信仰中是最多、最为集中的。几乎每个民族都有自己的女始祖传说，如汉族的女娲、西王母，土家族的阿密麻妈，瑶族的密洛陀，水族的地母娘娘。① 在生育信仰中，拥有最多、最完备的女神体系，从求孕的观音娘娘，到成长过程中的痘神娘娘②，几乎每一个同生儿育女相关的环节，都有女神的出现，显示出在生育信仰中人们对女神的渴求。因此，从表面上看来，在男权文化无限扩张的社会里，女性神灵能长久地存在并占有一席之地，似乎是一种反常的现象，但问题的实质是，这些女神的存在，却并不是对女性权利的维护，也不是对女性社会地位的肯定，而是男权文化对于生育的强烈需要在性别上所作的无奈让步。③

　　当然，生育信仰里也出现过男性崇拜，或者无所谓性别的中性神，但其影响程度都不大，影响的时间也不长。生育神中的女神崇拜是持续时间最长的，民间生育信仰对女性的崇拜，可以说从远古至今没有中断过。

二、送子观音信仰的形成

　　佛教观音菩萨，虽然在公元以后才进入中土文化，可在民间的影响却很大，而且刚一传入，就与中土文化相渗透，在刚传入的六朝时期，人们就特别注意到观音送子的功能。在早期译出的专门关于观音的佛经《添品妙华莲花经·观世音菩萨普门品》

---

①　宋兆麟：《生育神与性巫术研究》，8～10页，北京，文物出版社，1990。

②　郭立诚：《中国的生育礼俗考》，45～53页，台北，台湾文史哲出版社，1979。

③　王晓丽：《中国民间的生育信仰》，103页，北京，社会科学文献出版社，1999。

中，已有称念观音名号就能"求男得智慧之男，求女得瑞相之女"的说法：

> 　　若有女人，设欲求男，礼拜供养观世音菩萨，便生福德智慧之男；设欲求女，便生端正有相之女。宿植德本，众人爱敬。①

观音的品格救苦救难的大慈大悲，对于生育更是有求必应。值得注意的是，这里观音在满足人们生育渴望时是没有男女区别的。但是，中国文化早在《易经》时代，在骨子里就埋下了男女有别、天尊地卑的基因，"天尊地卑，乾坤定矣，卑高以陈，贵贱位矣"②。且长期的封建男权社会历程，使得重男轻女的思想非常根深蒂固，男子的社会地位极其突显，什么顶天立地、定国安邦、传宗接代等等，所有的一切都成为男人的专利，而女子只能在家生儿育女、相夫教子。这种失调的男女地位影响到生育上，表现为对于"生男"的特别重视，"生女当如赔钱货"，这是民间对这种"重男"生育理念最通俗的理解。因此，当人们听说这个外来的佛教菩萨观音能满足人们"求男得男，求女得女"的愿望时，当然是兴奋地向观音下跪祈求能"得一儿男"。

早在六朝流传的观音灵验故事中就记载有向观音求子的事迹。唐临《冥报记》中记载，信行的母亲久不得子，有沙门"劝念观世音菩萨。每日夜祈念，顿之有娠，生信行"③。此类故事在《太平广记》卷一〇〇和卷一〇一中收集更多：

> 　　刘宋孙道德，四川益州人也。素奉道，职任祭酒，

---

① 《添品妙法莲华经·观世音菩萨普门品》，《大正藏》，第9册，191页，台北，台湾佛陀教育基金会出版部，1990。

② 李学勤整理：《十三经注疏·周易正义》，《易·系辞》，257页，北京，北京大学出版社，1999。

③ 孙昌武点校：《观世音应验记三种》《冥报记》卷上，3页，北京，中华书局，1992。

年过五十，未有子息。居近精舍。景平中，沙门谓道德曰："苟心要求儿，当至心礼诵观世音经，如此可有后望也。"德遂罢不事道，丹心投诚，归诵观世音，少日之中，而有梦，应妇即有孕，产男。（出《冥祥记》）

晋琅琊王珉，其妻无子，尝祈观世音，云乞儿。珉后路行，逢一胡僧，意甚悦之。僧曰："我死，当为君作子。"少时道人果亡，而珉妻有孕，及生能语，即解西域十六国梵音，大聪明，有器度，即晋尚书王洪明身也。故小名阿练，叙前生时，事事有验。（出《辨证论》）

宋居士卞悦之，济阴人也。作朝请，居在潮沟。行年五十，未有子息。妇为取妾，复积载不孕。将祈求继嗣，发愿诵观音经千遍。其数垂竟，妾即有娠，遂生一男。时即元嘉十四年也。（出《冥祥记》）①

这些向观音求子的灵验故事，说的都还是一些与出家僧人有关的事情。而且，向观音求子的行为也不是那么主动，这恰是由中国早期观音信仰的实际所决定的。

唐宋时期，这种因祈祷观音而降生成为大德高僧的故事还在继续流传着，如初唐的释道丕，是其"母许氏为求其息，常持《观音普门品》，忽梦神光烛身，因而妊焉"②；那得到武则天重

----

① 李昉：《太平广记》，第1册，卷一○○，卷一○一，531~546，上海，上海古籍出版社，1990。

② 赞宁：《宋高僧传》，卷十七，《大正藏》第50册，818页，台北，台湾佛陀教育基金会出版部，1990。

用的高僧万廻，俗姓张，其母"祈于观音像而妊廻"①，廻生而愚钝，八九岁仍不能说话，但因有观音的庇护，最终还是出人头地了；宋代天台宗的尊式，也是"其母王媪乞灵于古观音氏求男，一夕梦其舍洒然而美好女子以明珠缀使口咽之"② 而生。同时，这时还出现了平常人也可以祈求观音送与儿子的灵验故事。如《夷坚志》中许洞妻"孙氏临产危苦万状，默祷观世音，恍惚见白髦妇抱一金色木龙与之，遂生男"③。

还有一些民间信仰的神灵，人们为了增加其神性，也往往附会上观音送子的传说，把他们的身世和观音联系起来。如妈祖之父母"行善乐施，礼大士求子，后母梦大士曰'汝家世敦善行，上帝式佑，出药刃云，服此当得慈济之贶'，道妊，诞时霞光夺室……"④ 临水夫人是观音菩萨赴会归南海时，"见福州恶气冲天，乃剪一指甲化做一道金光，直透陈长者葛氏投胎"⑤ 而生，等等。

观音送子是如此灵验，人们向观音求子的形式更是多种多样。有观观音像而得子的，如《观音慈林集》中记载"何隆五十无嗣，乃奉千手千眼大悲像，朝夕虔礼……梦大士授红儿，连举三子"；有许以灯油钱以求子的，宋代就有"弟子庄宁妻吴氏百六娘共施净财三十六贯文就东谷庵烛长明无尽灯一椀供养观音

① 司马光：《资治通鉴》卷（十四册），《文渊阁四库全书》本，台北，台湾商务印书馆，1986。

② 释契嵩：《杭州武林天竺寺故法师慈云式公行业曲记》，《镡津集》，卷十四，《文渊阁四库》本，台北，台湾商务印书馆，1986。

③ 洪迈：《夷坚志》丙集，1 082 页，北京，中华书局，1981。

④ 林庆昌：《妈祖真迹——兼注释·辨析〈敕封天后志〉》，28 页，广州，中山大学出版社，2003。

⑤ 叶德辉刻本：《三教源流搜神大全》卷四"大奶夫人"条。

菩萨功德祝献自身行年本命元辰乞求花男子，早遂心愿"① 的碑刻记载。而礼敬、诵经则是最常见的求子行为，各种灵验故事集中多有记载：

> 《灵应记》中记载：吴江潘照，焚疏大士前求嗣，次年花朝举一男。《狯园》云"章藻年近七十，无子，礼大士，梦座前印香盘一子字，旋亲生男"。《现果随录》：清初谭宪卿，家饶无子，他以五千金兴大悲忏坛，礼忏四十九日，妾即生子，胞衣白，妻乃发心捐千金建白衣阁，未几，亦生子，胞衣如初。②

与人们这种多样化的求子方式相对应的是，观音送子的方式也十分神奇。有以明珠入口而生男的，如尊式的母亲；有给予金色木龙而得子的，如许洄妻；还有梦观音授予红儿而得子的，如何隆，等等。这些神奇的送子方式实际是人类文化中"交感巫术"思维的衍生。

观音不仅有送子的功能，而且还可以使女身转为男身，满足人们的求子期盼。如有这么一则故事：

> 荆州黄叟，老而鳏，笃孝好善。一女嗣姑，年十四，随父读，慧而贤，绣白衣大士像，礼拜甚虔。一夕梦大士曰："汝父孝义，不应无后，奈年老，我以汝子之。"啖以红丸，女觉热气一缕下达，昏瞀者七日，醒则又化为男身。③

只要人们至诚礼拜、祈祷，观音就会给他送来儿子。但有时

---

① 阮元：《两浙金石志·宋》，卷九，《续修四库全书》，第912册，上海，上海古籍出版社，1990。

② 万钧：《观音灵异记》，《中国历代观音文献集成》，第七册，143页，北京，中华全国图书馆文献缩微复制中心，1998。

③ 《述异记》，转引邢莉：《观音——世俗与神圣》，336页，北京，学苑出版社，2000。

也会出现一些波折，如《转劫论》中记载了白衣观音本来要送一儿给虔诚祈祷她的翟楫，却被一头牛挡住，结果其子没能长大成人，原来是翟家嗜好牛肉，翟家继续祈祷观音送子，观音托梦告知，翟家不再食用牛肉后，观音又送一子给家，得以如愿。观音送子，竟会被一头牛所阻挡，是大士的神力不及一头牛吗？当然不是。其实是人的善福力不能胜过恶业力，当其能改过而最终得子时，更加彰显了观音的慈悲心怀。

向观音求子的灵验故事确实很多，民国时期的信士万钧总结说：

> 颂观音经，凡有所求，莫不如愿，而得子之报，尤彰彰在人耳目间，即以见闻所及者言之，不下数百事。果能失诚力行，即数应无子者，亦见转移定数。其本来福厚者，自必获报益崇。又亲见无子人，倡率同志，持斋诵印经卷，兼修桥路，点夜灯，济贫穷，设义学，埋遗骸等善举，不出数年，无不举子。真可操券得之也。①

可见，在信士们看来，当你有了善举，积得后福时，观音也就给你送来了儿子。在那种求子若渴的社会里，以此种报应来激励人们向善，确实有着极大的号召力。

三、送子观音信仰习俗

在这些灵验故事的宣传之下，人们对于送子观音娘娘的崇拜更为虔诚了，自古以来在全国各地形成了各种不同的风俗习惯。有为求子而拜观音作干娘的，顾禄《清嘉录》卷二云：

> 二月十九日为观音诞辰，士女骈集殿庭炷香，或施

---

① 万钧：《观音灵异记》，《中国历代观音文献集成》，第七册，146页，北京，中华全国图书馆文献缩微复制中心，1998。

佛前长明灯油，以保安康，或供长幅，云："求子得
子，即生小儿，则于观音座下皈依寄名，可保长寿。"
未育向观音求子，得子后向观音寄名，保佑子女健康
成长。①

有偷观音身边的什物以求子的，在江苏等江南地方流传有偷观音
的绣花鞋以求子的习俗：

　　青浦黄渡镇妇女之无子者，必往镇东祖师东堂之送
子观音前，烧香告祷，并暗中将送子观音之绣鞋，偷去
一只，云即能生子。惟生子以后，须寄与观世音为干儿
子也。或遇有生子人家之三朝，或能六朝，祭天生婆婆
之红蛋偷而食，亦能生子。生子之家，三朝或六朝，祭
天生婆婆以后，焚锭送出时，如有无子者，可命送至其
家之门首，云系"送儿子来也"。在妇人怀孕，倘将雄
黄配在身畔，方可转女为男。②

另还可以偷取观音像前的纸糊童子以求子的。据《吉林奇俗谈》
说，吉北白山四月二十八日开庙会，求子的人都到观音阁去上香
祈祷，并从观音莲花座下面偷取一个用纸糊的童子，回家后就放
在被褥下面，当地习俗认为，这样就可以生儿子。

　　广州等地方的生菜会，也是祈求观音送子的主要活动，只是
在后来还伴随着观音开库的民俗活动，这里折射出人们对观音的
祈求目的从单纯求子到求子、求财兼顾的变化。③　在 1956 年正
月廿七日的《星岛日报》中，记者对香港当时慈云山观音庙的

---

① 顾禄：《清嘉录》卷二，《清代笔记丛刊》，2 359 页，济南，齐鲁书社，2001。
② 胡朴安：《中华全国风俗志》下篇卷三，116 页，石家庄，河北人民出版社，1986。
③ 潘淑华：《从送子观音到送钱观音：广东地区的生菜会和观音开库》，2004年香港大学博士论文。

"观音借库"有颇为生动的记叙：

> 昨为世俗所谓观音开库日子，上环太平山街之观音
> 庙，保良局新街之水月宫，九龙黄大仙侧之慈云山观音
> 古庙等，昨由晨至暮前往膜拜之男男女女，均人山人
> 海，一般妇女多于是日□拜观音"借库"，不外求财求
> 子，返家时多携有生菜，生姜，茨菇等物，并手持风
> 车，取其运程有如风车之转，太平山街与保良局新街固
> 然挤塞，过一渡海转两次车才能到达之九龙慈云山，同
> 样挤塞，上山下山轮车之妇女，状若长龙，其热闹已可
> 想见。同时，该山之麓有屹立嶙岣之巨石累累，名之曰
> 姻缘石，照宝石，一般妇女攀登峭壁俯伏石面。①

山东聊城供观音大士，"手把一孩，旁有金童玉女，还有一
男子，背褡子，前后装婴儿，头露于外，称'送子哥哥'"②。

江西的傩面具中有一种叫和合的傩面具，有些和合傩面具是
胖娃娃的样子，如南丰傩、广昌傩，这样的傩神又具有了送子的
功能，称之为"送子和合"，这种傩舞在新婚洞房中经常表演，
唱词为："十朵莲花九朵开，离了南海到此来，手中抱定长生
子，积善人家去投胎。"③ 这是送子观音信仰在民间的另一种存
在方式。

以上可以看出，送子观音信仰在大江南北，从古到今都十分
盛行。

总的说来，送子观音的信仰，是一个动态的发展过程。古印
度的观音信仰，以"求男得男，求女得女"的承诺满足着人们
的一切愿望，而传入中国以后，在中国这种特别重视男性的社会

① 香港《星岛日报》，1956年3月9日。
② 吴云涛：《聊城的栓娃娃与祀张仙》，载《民俗研究》，1988年2期。
③ 毛礼镁：《江西傩及目连戏》，105页，北京，中国戏剧出版社，2004。

里，这种信仰逐渐发展成为十分注重祈求观音送儿子的信念。当然在中国早期的观音信仰中，由于有更多的解难救灾的渴求，这种信念并不很突出，但随着观音信仰的不断传播，不断与中国文化相交融、相叠合，观音送子的功能越来越突出，逐渐成了观音信仰的主要功能之一，并形成了专职的形象——送子观音。

第二节　送子观音形象

送子观音形象，从造型上来看，多是抱着一个男孩的妇女形象，坐姿，头上有长长的冠巾。

文物研究工作者认为，现存最早的送子观音造像是隋朝仁寿三年的观世音石像，包括一菩萨、二弟子、二幼童、二狮子、一犬的构件。石像中观音是当时流行的造型："面型方圆，曲眉丰颐，头戴宝冠，长裙帔帛过膝，身配璎珞飘带，颈系串珠，后有后光，串珠下系铜铃，腕戴手钏，身体硕壮。"① 其表示送子特点是菩萨左手握的净瓶上站立一个裸体幼童，右手持莲子长柄，莲子上盘坐一幼童。这尊观音石像虽然明显蕴涵着观音送子的功能，但严格说来，其中的观音形象还不能称为送子观音，因为其菩萨的造型没有鲜明的个性特色，更没有一般送子观音形象所独有的头饰。（见附图7）

一、送子观音与白衣观音

从观音信仰的历史来看，送子观音画像、雕塑在社会上大量流行，大约从宋代开始，其菩萨都是白衣观音的形象，因此民间往往把白衣观音形象作为送子观音了。（见附图9）

白衣观音信仰是随着佛教密宗而传入中国的。白衣观音的出

---

①　王泽庆：《隋仁寿三年观世音菩萨石雕》，载《文物》，1981年第4期。

现有内典的依据，这毋庸置疑。唐代以前在中土流传的《不空
羂索经》卷二十二就有"白衣观世音菩萨，手持莲花"的记载，
唐代译出的《大日经》卷五记载"白衣观音常住白莲花中，头
戴发髻冠，袭纯素衣，左手持开敷莲花，从此最白净处出生普
眼"，这说明在唐代甚至以前白衣观音信仰就已经在我国出现
了。佛经中解释白衣观音说："半拿罗缚悉宁，译云白处，以此
尊常在白莲花中，故以为名，亦带天发髻冠，袭纯素衣，左手持
开敷莲花。从此最白净处生普眼，故此三昧名为莲花部母也。"①
"白色"在佛教中表示清净，是菩提心的比喻说法。"白即菩提
心，住菩提心故称白住处。此菩提心由佛境界生，常住此处能生
诸佛。此观音母即莲华部之主"②，经典中对于白衣观音菩萨的
形状描述有："白衣观音菩萨，以莲花曼庄严身，用宝缯角络
被，右手持真多摩尼宝，左手施愿，坐莲花上，此是一切莲花族
母。"③ 还有说："东门白衣观音，身相浅黄色，大悲救世相，左
定说法印，右慧执莲花，严身如上说。"④ 从这些描述可以看出，
佛经中白衣观音信仰以及白衣观音形状的主要特征是观音所处的
白莲花座，而其服饰并没有明确规定是白色的，有时还可以披浅
黄色的宝缯。这些密教经典中的白衣观音信仰，随着密教的式
微，其影响也很小。

　　可是，民间流传的白衣观音形象主要是从其服饰的颜色来说

---

　　① 阿闍梨：《大毗卢遮那成佛经疏》，卷五，见《大正藏》，第39册，632页，
台北，台湾佛陀教育基金会出版部，1990。

　　② 后藤大用：《观世音菩萨本事》，黄佳馨译，157页，台北，台北天华出版
事业股份有限公司，1994。

　　③ 辩弘：《顶轮王大曼陀罗灌顶仪》，见《大正藏》，第19册，328页，台北，
台湾佛陀教育基金会出版部，1990。

　　④ 不空译：《摄无碍大悲心大陀罗尼经计》，见《大正藏》，第20册，1 067
页，台北，台湾佛陀教育基金会出版部，1990。

的。它有两个特点：一是身着白色的衣服，二是头上饰有白色的冠巾。这种白衣、白冠服饰的观音形象是怎么产生的呢？马西沙先生等认为可能与崇尚白色的摩尼教的传播有关。[1] 在《白乐天集》卷三十九的《〈绣观音菩萨赞〉并序》中，记有白行简妻绣救苦观音菩萨一尊，长五尺二寸，宽一尺八寸，白衣飘忽，神采奕奕。由此可见身着白衣的观音形象在唐代就出现了，但从造像史来看，身着白衣、白冠的白衣观音其广泛流播应该在唐以后。

如前文所论，承载着中国文化个性的女性观音，唐代以后就在社会上广为流传，以至宋代开始，观音造像基本上全以女性呈现。而白衣观音身着白色衣裙，头带白色长冠巾，这一行头则十分鲜明地打上了宋代女子服饰特征的烙印。（见附图9）

宋代女子的服饰一改唐代那种华丽与富贵，透出一种纤裳透体的含蓄与细腻，服饰多呈现出素雅的风格，在色系上多属于冷色，如我们见到的宋代小品画《杂剧图》中的一位女演员，身着白抹胸、白背子、白裤。而与淡雅明丽的服装风格相比较，宋代女性的头饰却显出瑰丽、夸饰的特点，尤其是当时被称为"冠子"的冠饰，成为宋代女子最不可离的日常饰物之一[2]，样式也是千奇百怪，十分夸张，甚至朝廷要出面干涉这种夸张，在皇祐元年曾经"诏禁妇人冠高无得逾四寸，广毋得逾一尺"[3]。当然，冠子的佩戴也有着贫富贵贱的区别，富贵女子带的冠子可以装珠缀玉，小家碧玉们就只能戴用漆纱、编竹、白角乃至皮革等材料制成的冠子了，白衣观音头上看似白布的饰物可能就是以那种漆纱冠子为原型的。可见，观音穿着白色的衣裙，头上饰以

① 马西沙、韩秉方：《中国民间宗教史》，95 页，上海，上海人民出版社，1992。

② 孟晖：《中原女子服饰史稿》，142 页，北京，作家出版社，1995。

③ 脱脱等：《宋史·舆服志》五，3 678 页，北京，中华书局，1977。

夸张的冠子正是宋代女子服饰的特征。

　　现在的问题是，送子观音形象到底是怎样形成的？白衣观音怎么就变成了专职的送子观音了呢？对此，学术界有不同的认识。有的认为白衣观音是密教中白多罗度母的化身，因为白多罗属于胎藏界曼荼罗，而中国民间宗教信仰移用了它，将"胎"字望文生义，转变成保护生殖的女神，进一步使她变成了"送子观音"。其实，通过前面的论述，已经明白佛经中的白衣观音形象与民间的白衣观音形象有区别，因而此说应该是不正确的。

　　重视民间文化研究的胡适先生，注意到民间鬼子母神信仰的救护功能和雕塑形象与送子观音信仰的类似，并对两者关系进行了大胆的猜想："我们可以猜想那个送子观音也是从鬼子母演变而来的。"① 并进一步说，正是鬼子母信仰的盛行促使了送子观音的出现，鬼子母与观音在塑像外形方面与送子功能方面却有些雷同，由于观音信仰的普及，由于观音菩萨无所不能、闻声救苦的民间信仰特征，故此她最终在民间兼并了鬼子母送子与护救妇女的功能。这样解释送子观音形成的说法，猜想的成分很多，只能是备为一说，但从胡适先生的研究思路中，我们得到启示：对送子观音的考察，要更多地关注民间。

　　从中国观音信仰的发展历史来看，白衣观音信仰虽然来自密教，但民间流传的白衣观音形象更多的是民众的创造，因为无论从其外貌衣着，还是救济内涵来看，都显示出她是一个十分接近民众，具有鲜明平民色彩的观音形象。

　　从早期的佛教史来看，白衣在佛教中代表信众而非僧众，与称佛教徒的"缁衣"一词相对，指俗家人。《颜氏家训·归心》说"一披法服，已坠僧数，岁中所计，斋讲诵持，比诸白衣，

---

　　① 胡适：《魔合罗》，《胡适古典文学研究论文集》，639 页，上海，上海古籍出版社，1988。

犹不脀山海也"①，这里的"白衣"就是指俗家人、世人。佛经中称维摩诘居士为白衣，因为他是在家修行的。《太平广记》中记载了那些僧人在出家之前也被称作白衣：

> 释法智：沙门释法智，为白衣时，尝独行至大泽中。忽遇猛火，四方俱起，走路已绝，便至心礼诵观世音。俄而火过，一泽之草，无有遗茎者，唯法智所容身处不烧，始乃敬奉大法。后为姚兴将，从征索虏，军退失马，落在……（《法苑珠林》卷十七敬佛篇·观音验引《冥祥记》）②

虽然，白衣对于古印度婆罗门教来说是为了区别于佛教徒的服饰，而从佛教信徒的角度来说，它是有别于僧家的大众性服饰。

在中国服饰历史中，白衣也曾是贫民秀才的服饰。在《宋史·舆服志》中说："襕衫，以白细布为之，圆领大袖，下施黄襕为裳，腰间有襞积，进士及国子监生，州县生员服之。"③ 戏曲里就流传着许多白衣秀才虽与富家小姐两情相悦，却因是无势无财的平民而遭到岳母拒绝，不得不先取功名，再续情缘的故事。如《西厢记》中的崔相国夫人，就以不招白衣女婿为借口，迫使张生离开莺莺去赶考；《怀香记》中的贾母以贾家不招白衣女婿为名而拒绝贾午与韩寿的感情，直到韩寿功成名就，才能与贾午小姐成亲；那流传千古的《倩女离魂》故事也因为父母不招白衣女婿而使王文举不得不上京赶考，痴情女子也只能以魂灵出壳的形式去追寻自己的爱情……可见白衣就是平民的象征。

虽然，佛教中所说的"白衣居士"和社会上所说的"白衣

---

①　颜之推：《颜氏家训》卷三·归心，《文渊阁四库全书》子部·杂家类，台北，台湾商务印书馆，1986。

②　李昉：《太平广记》卷一一〇，530页，上海，上海古籍出版社，1990。

③　脱脱等：《宋史》，3 579页，北京，中华书局，1977。

秀才"没有明显的关联，但它们都有一种"趋下等"的大众意识，这与广大民众的审美接受心理是相通的，而观音也冠以"白衣"，正好迎合了民众的这种心理。

白衣观音因其衣着的平民化，表明了她在救度时化现的既不是那高深讳测的大德僧侣，也不是那伟岸堂堂的高官富豪，而是普通的白衣平民。观音以平民身份出现在民众当中，这样，民众与观音的心理距离因此也就缩短了许多，观音成了人们生活中的一位普通的俗神。

其实，早期观音灵验故事出现的观音形象中就有白衣人。据《观音应验记》、《灵异记》等观音灵验故事集记载，观音经常化身为白衣人来救人、治病、送子。在《高僧传》中就记载有六朝刘宋时西域来的僧人求那跋陀罗，因为不懂得刘宋的语言，"心怀愧叹，难胜诉说"，于是"且夕礼忏观世音，后梦有人白服持剑，擎一人首易之，旦起皆备领宋言"①。这里就记叙了观音化成穿白服，装扮成一个俗家人，为不善于学习他国语言的僧人换脑的典故。

虽然在早期的故事中，并没有记载这白衣人的性别，不过从宋代开始，这位神秘访客逐渐被确认为一位女性，而且她更多的是在为民治病、送子的时候出现。如在洪迈的《夷坚志》中有一则《观音医臂》的故事，说"湖州有一村妪，患臂久不愈，夜梦白衣女子来谒曰：'我亦苦此，尔能医我臂，我亦医尔臂'"。后来是老妪修好了庙里观音塑像的胳臂，而自己的臂患也好了。在《佛祖统记》中有《洗热除病》一则，说宋元丰二年（1079年），叶知白从京师到临川时，因暑成病，梦白衣人以水洒遍全身，顿觉全身清爽，病立即就好了，叶知白认为是得到

---

① 道宣：《高僧传》，卷三，见《大正藏》，第50册，344页，台北，台湾佛陀教育基金会出版部，1990。

了白衣观音的感应，于是就编写了《观音感应集》四卷。① 这是观音灵验故事中白衣人与白衣观音等同的典型事例。

关于白衣观音的灵验事迹，更多的还是在其送子的故事中，如《夷坚志》中有许洄妻孙氏临产危苦万状，默祷观世音，恍惚见白髦妇抱一金色木龙与之，遂生男的故事。在明清产生的专门收集观音灵验故事的集子中，对于送子观音的灵验都单独综合成章，并且都与白衣观音有关。如清顺治年间阳羡人周克复的《观音持验记》中就有许多关于白衣观音送子的故事，如下面一则：

> 元南京大宁坊王玉，年逾四十而无子，专心持诵《白衣观音经》……岳母刘氏梦白衣人头戴金冠，携一童子来曰："吾与汝送圣奴来。"刘氏接抱，恍然而寐，明日巳时，妻张氏生一男，精神颀秀，果有白衣之验。②

民国时期信士万钧编的《观世音菩萨灵异记》，收集了历来传说广远的十三则关于礼拜观音得子的灵验故事，其中明显与白衣观音相关的就有七则。这些灵验故事说明了白衣观音与送子观音信仰的关系。

二、送子观音与白衣经咒

民间还流传着向观音求子的白衣经咒，这进一步说明了送子观音与白衣观音的关系。《白衣大悲五印心陀罗尼经》和《白衣观音经》（又称《白衣经》或《白衣大士神咒》）是其中的代

---

① 志磐：《佛祖统记》，据万钧的《观音灵异记》中摘录。《中国历代观音文献集成》，第七册，114 页，北京，中华全国图书馆文献缩微复制中心，1998。

② 周克复：《观世音持验记》，《中国历代观音文献集成》，第七册，359 页，北京，中华全国图书馆文献缩微复制中心，1998。

表，在社会上广泛流传，但它们不是来自佛经，而是民间创造的，甚至被认为是伪经。① 两则经文都很短，兹把全文抄录如下：

　　《白衣大悲五印心陀罗尼经》：稽首大悲　婆罗羯帝　从闻思修　入三摩地　振海潮音　应人间世　随有希求　必获如意　南无本师释迦牟尼佛　南无本师阿弥陀佛　南无宝月智严光音自在王佛　南无大悲观世音菩萨　南无白衣观世音菩萨　前印　后印　降魔印　心印　身印　陀罗尼　我今持诵神咒　惟愿慈悲　降临护念（此八字三遍）即说真言曰　南无喝罗怛那哆啰夜耶　南无阿利耶　婆卢羯帝　铄钵啰耶　菩提萨埵婆耶　摩诃迦卢尼迦耶唵　多唎　多唎咄　多唎　咄多唎　咄咄多唎　婆裟诃②

　　《白衣观音大士灵感神咒》：南无大慈大悲救苦救难广大灵感观世音菩萨摩萨诃（三称三拜），南无佛，南无法，南无僧，南无救苦救难观世音菩萨。怛垤哆唵，伽啰伐哆，伽啰伐哆，伽诃伐哆，啰伽伐哆，娑婆诃。天罗神，地罗神，人离难，难离身，一切灾殃化为尘。南无摩诃萨般若波萝蜜。③

这些经咒因是在民间产生而流传下来的，故出现的具体时间俱不可考。研究观音信仰的专家于君方先生对这两则经文作过详细的

---

　　①　对佛经真伪的标准与辨别，早在西晋道安的《综理众经目录》中就注意到了中土出现的"非佛经"现象。

　　②　周克复：《观世音持验记》，《中国历代观音文献集成》，第七册，282 页，北京，中华全国图书馆文献缩微复制中心，1998。

　　③　《白衣观音大士灵感神咒》香港寺庙流通版本，大众印务书局，第 7 页，1999。

研究，并提出了自己的看法。

《白衣大悲五印心陀罗尼经》在明以前的最早记录是刻有此经咒及画有抱着婴儿的白衣大士的石碑，碑有记年是 1082 年，经文则是秦观（1049—1100 年）所写。明代以来，此经咒就在社会上广泛流传，北京发源寺的中国宗教图书馆中藏有三十五本这个经咒的明清刻本，于先生描述说：

> 都是明朝时刻印的，最早的是宣德三年（1428年），但绝大多数是万历年代，相当于公元 1600 年左右。每本的首页都有白衣观音的画像，她有时手抱婴儿，有时不抱婴儿，经后附录的灵验故事，强调持诵此陀罗尼一定会如愿以偿，在十个月后得到一个"白衣重包"的儿子。①

可以看出，这个每页都有白衣观音画像的《白衣大悲五印心》陀罗尼主要目的是使持诵的善男信女能得到儿子。这就说明当时人们普遍认为，白衣大士就是送子观音。灵验故事中的"白衣重包"也有双重的意思：一是婴儿初生下来时胎衣的薄膜仍然裹在身上，所以看起来似乎穿着一件白衣；二是指这个婴儿是白衣观音送来的，所以他才被裹在"白衣"里。

此经咒在明代士大夫中广泛流传，编《指月录》的瞿汝稷和他的朋友严道彻就极其信奉。瞿汝稷在自己刻印的经文后还写有跋文，描述当时信奉此经咒的一些逸事：

> 稷之持此始于万历庚辰（1580 年）岁二月□。同持则李伯樗乔新、严道彻澄，伯樗未及得子，道彻三岁而得子。稷久未获验，每自咎曰：我持不及二君子虔也，我夙障独深也。逮癸未（1583 年）三月一夕，梦

---

① 于君方：《"伪经"与观音信仰》，载《中国佛学学报》，123 页，第 8 辑，1995。

入一庵有僧语曰："君若所持陀罗尼，尚有一佛号未
持，持则得子矣。"觉，不省佛号为何，曰每于大士示
迹日则礼持示迹名号。越乙酉（1585 年）冬，北游阻
冰流河驿，至十二月十二日，入一庵，见猊座有此经。
刑曹王岐山刻本也。展读之，佛号有宝月智严光音自在
王佛，昔所未闻。中心恍然。遂稽首座侧，归而礼持。
甫三日，得一子，果符曩梦。丙戌（1586 年）入都，
友人徐文卿琰，于中甫玉立皆受持求嗣，中甫内子且感
异梦而孕矣，于是共谋梓行，以广持流。①

从这里，我们可以了解到那些士大夫们为了子嗣，对白衣观音信
仰也十分迷恋。

《白衣观音经》又称《白衣大士神咒》，则是一部在现代社
会还广泛流传的经咒，其经文的前部分内容可能来自密教的陀罗
尼，而后面的内容则传说是神授的。宋王巩《闻见近录》中
记载：

朱道成妻王氏，日诵十句观音心咒，时年四十九，
疾笃。家人方治后事，王氏恍然见青衣人曰：尔平生诵
观世音心咒，但复少十九字，增之当益寿。王曰：我不
识字奈何？青衣曰：随声诵记之，乃曰："天罗神，地
罗神，人离难，难离身，一切灾殃化为尘。"久而醒
之。王如法持诵，其疾寻愈，后年至七十九。②

可见，至迟在宋代，这经文就产生了。明代晚期学者谢肇淛
在《五杂俎》卷十五记载："大士变相不一，而世所崇奉者白衣
为多，亦有《白衣观音经》，云专主祈嗣生育之事"，并就《白

---

①　明刻本《白衣大悲五印心陀罗尼经》，北京法源寺藏本，转引于君方《"伪
经"与观音信仰》，载《中国佛学学报》，123 页，第 8 辑，1995。
②　转引俞樾：《茶香室丛钞》，卷十三，1 567 页，北京，中华书局，1995。

衣观音经》解释说"此经大藏所不载，不知其起何时也？余按《辽志》有长白山，在冷山东南千余里，盖白衣观音所居。其山鸟兽皆白，人不敢犯，则其奉祀从来也"①。与谢基本同时的张岱在《白衣观音赞并序》的序言中说："岱离母胎，八十一年矣，常常于耳根清净时，恍闻我母念经之声，盖以我母年少祈嗣，念《白衣观音经》三万六千卷也，故岱生时遂有重胞之异。"② 这些表明了以诵《白衣观音经》来求子的信仰在士大夫中间也很流行。直到现代，一些观音寺庙里，这种以《白衣大士神咒》为主要内容的单行本还相当流行，当你踏入肃穆的观音宝殿时，还可以获得信士们免费印送的经本。

明清小说中出现许多礼拜白衣观音或诵《白衣观音经》以求子的故事，进一步说明了白衣观音就是送子观音的信仰已经成为了社会的共识。如《警世通言》第二十五卷"桂员外途穷忏悔"中，施济年逾四十，尚未生子，三年孝满，妻严氏勤令置妾，施济不从，发心持诵《白衣观音经》，并刊布施，许愿生子之日，舍三百金修盖殿宇。期年之后，严氏得孕，果生一男。③又如《拍案惊奇》卷六中的"酒下酒赵尼媪迷花，机中机贾秀才报怨"，写赵尼姑受卜良的贿赂，引巫娘子至尼庵念经求子：

　　巫娘子道：奴在自绣的观音菩萨面前，朝夕焚香，也曾暗暗祈祷，不见灵验。赵尼姑道：大娘年纪小，不晓得求子法，求子嗣，须求白衣观音，自有一卷《白衣经》，不是平时的观音，也不是《普门品观音经》。那《白衣经》有许多灵验，小庵请的这卷，多载在上

① 谢肇淛：《五杂俎》，卷十五，304 页，上海，上海书店出版社，2001。
② 张岱：《琅嬛文集》，245 页，长沙，岳麓书社，1985。
③ 冯梦龙：《警世通言·下》，378 页，北京，人民文学出版社，1956。

边，可惜不曾带来与大娘看。①

巫娘子来到观音庵求白衣大士赐予儿子，结果被人迷惑奸污，却不知歹徒是谁。有一天，其夫贾秀才梦见一白衣妇人，留给他"口里来口里去，报仇雪恨在徒弟"的对联，后来贾秀才与妻子得到启示，用计谋报了大仇。他们的经历也正好应验了那一对联。这里可以看出人们已经把白衣观音当作专求子嗣的观音，并与《普门品》中的救难观音区别开来。

《金瓶梅词话》也说到求子的需念《白衣经》，第五十三回"吴月娘承欢求子媳，李瓶儿酬愿保儿童"中写到了吴月娘"清早起来，即便沐浴梳妆完了，就拜了佛，念一遍《白衣观音经》，求子的最是念它，所以月娘念它，也是王姑子叫她念的"②。特别突出了《白衣观音经》与求子、送子的关系。

由上观之，观音曾以白衣人的形象出现于某些救度场合，再而演变为白衣妇人，出现在治病、送子种种灵验事迹中，到后来，人们于观音求子时，一般就只向白衣观音祈祷，白衣观音就成为专职的送子观音了。当然，这个过程是伴随着观音信仰的不断世俗化而来的。

严格说来，送子观音应该没有独特的形象。希望观音菩萨能送来子嗣是人们最强烈、最普遍的渴望，人们不会为自己的求子渴望而设下种种限制，但是在民俗文学和民间经典的推波助澜中，白衣观音很多时候都会给渴求子嗣的人们带来希望，因此白衣观音逐渐转变成了送子观音，并普遍流传于全国各地。

---

① 凌濛初：《拍案惊奇》，78页，海口，海南出版社，1993。
② 兰陵笑笑生：《金瓶梅词话》，第五十三回，691页，北京，人民文学出版社，1992。

三、关于送子观音形象的两点说明

1. 送子观音与南海观音的关系

送子观音形象虽然以白衣、白袍、白冠子表明了自己的特性，但是送子观音和南海观音并非决然不同的两个形象，在明清的观音画像中，送子观音往往处在紫竹林、岩石边，身边还有善财、龙女、白鹦鹉，甚至连净瓶杨柳也不少，与南海观音造像基本一样，可见这两者有着千丝万缕的联系。因此在这里有必要对送子观音与南海观音的关系做一简单说明。

我们知道南海观音因其道场在南海普陀落伽山而得名，而送子观音则是从观音信仰的功能方面来说的，主要突出其送子的功能，而白衣观音又主要是从送子观音的扮相特点来说的，这三者的分类标准并不一样。普陀落伽山既是观音的道场，当然也可以是送子观音的道场，因此在送子观音画像中可以尽情表现南海普陀的观音道场，可以有南海的环境。其实，送子观音可以说是南海观音中突出送子功能的一个变体，她的出现是中国人渴望子嗣这种愿望的凸现。由此可见，送子观音、白衣观音与南海观音的关系并非简单的并列关系，更多的时候是互相重合的。这种现象在绘画、戏曲等文艺作品中表现尤为突出，据《一行居集》记载说：

> 顾文耀，妻宋氏，素奉大士。一夕，其子晋芳，梦两大士衣破纳如有乞。旦有携吴道子画僧像观音及绣像送子观音求售者，急偿以值，装新送月声庵。逾年，芳复梦两大士云，将有行急往视，则度置壁闲久矣，遂奉回，挂净室，孺人礼敬无虚日。一日，室中砖面，忽现僧相大士，后八日，复现送子大士，善财龙女先后

进出。①

这里说的送子观音画像就有善财龙女相随。再如传奇《金雀记》中的观音，舞台提示的装扮是穿白衣，而唱词中则交代是在南海修行，这南海观音与白衣观音融为一体了：

> 《金雀记》第十八出《显圣》：【浪淘沙】（旦扮白衣大士上）端坐紫云龛，五十三参参见佛，自能谙不二之门，无罣碍，戒尔嗔贪。善哉善哉。身为白衣大士，寄居南海，浪迹普陀，法体庄严，灵台清净，瞥见白鹦哥来报，河中信女巫彩凤青楼守志，一醮从夫，突遭兵火之危，遂有投崖之险，不免吩咐二太子前去引度，救她一命。二太子何在？……【前腔】（末）大菩提，巍巍法像盛庄严，高坐落伽山海南，南也么南，慈悲救世倦。领法旨前行不敢延。②

又如传奇《长命缕》中的观音，本是南海观音，不仅登场有善财、龙女为胁持，而且其"落伽山南海度慈航，猛回头浪惊千丈，现身说法救苦"的唱词明确交代是南海观音了。但这里的南海观音不仅促成单司马娶得一妻一妾的美满婚姻，而且还为了他们送来了净光童子和天中力士下凡的二男子，他们长大后成为文武状元。这里南海观音又与送子观音合二为一了。

送子观音与南海观音这种重合关系在明清宝卷中表现得更加明显。宝卷中的观音总是把身边的善财、龙女送与求子的人家为子，而且还让这些送去的子嗣出家修行证果，其父母家人也因此升天成仙。这里虽然蕴涵着浓厚的民间宗教思想，但其中体现出南海观音与送子观音重合的现象却是不争的事实。

① 彭绍升：《一行居士集》，285页，成都，成都古籍书店，2000。
② 无心子重编：《金雀记》，六十种曲本，第八册，50页，北京，中华书局，1996。

2. 送子观音形象与天主圣母的关系

送子观音形象还有一个特点，就是有时怀中抱着一个婴孩。送子观音的这种造型与基督教圣母十分相似，以至于明清时在中国南方沿海一带的传教士把她与圣母相混淆了，如在 16 世纪来到广州的葡萄牙修士 Gaspar da Cruz 曾回忆说：

> 在广州城内……我看见一座壮观的寺庙，庙前有刻镂图像的镀金台阶。庙内供奉颈上攀附小孩的精美女像，像前有灯燃烧。我怀疑这与天主教有关，于是询问附近民众以及供奉偶像的僧侣，但是没有人能告诉我女像所代表的意思，也没有人能向我解释其原因。①

其实，送子观音被认为与天主教有关主要是因为传教士活动的影响。当传教士们来到中国后，天主教圣母的影响便开始在中华大地传播，被崇拜的圣母形象，通常是与婴儿时代的耶稣联系在一起的。对天主教徒来说，玛利亚以圣洁之身使耶稣诞生，其宗教的内蕴就是：处女生子表示上帝通过凡人玛利亚，将人类的生命复原到罪与死都被克服的状态。圣母在教徒中处于至高神圣的地位，因为在他们看来，圣母通过自己的子宫拯救了人世，将人从罪与苦难中拯救到天堂乐土，这是天主教的理念，也是圣母的慈悲本性。天主教的这一宗教理念与中国的观音信仰其实有很多相通之处，比如中国的观音被认同为女性，而且是圣洁的女性，妙善故事中妙善的拒婚、鱼篮观音的嫁而不合以致与韦佗仅作"对面夫妻"之举都表明了这一点。当无数妇人匍匐在她的脚下，诉说着自己的苦难和求子的殷殷渴求时，观音以圣洁的心怜悯世间苦难的人，担负起了远离性欲的送子功能。可见观音的救苦救难与圣母的慈悲本性也是非常相似的，因此在沿海一带天主

---

① ［英］杜德桥：《妙善传说——观音菩萨缘起考》，80 页，台北，巨流图书公司，1990。

教盛行的地方，怀抱圣婴的圣母像也影响到了送子观音像，送子观音造像与圣母画像逐渐出现了趋同性。这种送子观音造型慢慢流传开来，并传播到各地。当然，在中国民众的心里，送子观音更多时候还是一个少妇的形象，因为这样既符合人们的伦理常识，又包含了深沉的母性依赖情结。

第三节 戏曲、唱本等俗文学中的送子观音

一、戏曲与送子观音信仰

人们以歌舞求子的习俗由来远古。在《诗经·大雅·生民》中记载的姜嫄是"履迹而生子后稷"。闻一多先生考证说，所谓"履迹"当为"祭祀中一种象征的舞蹈，其所象者殆亦即耕种之事矣"，"践踏于畎亩之中，以象耕田也"①，而这种类似耕田的祭祀仪式的目的，是"克禋克祀，以弗无子"。也就是说，这种"履迹"行为是一种求子的仪式性舞蹈。当大乘佛教传入到中土以后，其有求必应的现实救济思想与中国传统文化中重现实的理性精神实质十分吻合，因此也就得到了最大限度的演绎。人们更把求子的期盼寄托于那些"有求必应"的佛菩萨身上，很早就有了向神佛乞求送子的行为，并为神佛们准备了歌舞表演，以讨其欢心，成己夙愿。如敦煌变文关于太子成佛的故事，就展现了在佛教寺院为求子而举行的盛大佛事活动："青一队，黄一队，念踏"，边舞边唱"尽情歌舞乐神祇。歌舞不缘别余事，伏愿大王乞一儿"②。而逐渐成熟的"以歌舞演故事"的戏剧艺术，也

① 闻一多：《姜嫄履大人迹考》，《闻一多全集》，第三卷，52 页，武汉，湖北人民出版社，1993。

② 张涌泉等：《敦煌变文校注》，435 页，北京，中华书局，1997。

为这种深厚的生育文化提供了广阔的展示舞台。

　　既然人们把求子之衷寄托于观音菩萨，既然歌舞、戏曲可传达向神祇求子的愿望，那么戏曲与送子、戏曲与送子观音信仰必定会发生一些关系。

　　戏曲对于送子观音信仰的表现可以归纳为两种形式：一种是一些戏曲故事中表现了观音送子的信仰，我们且称之为送子故事剧；另一种是一些戏剧的演出带有一定的求子或送子仪式，我们且称之为送子仪式剧。

（一）观音送子故事戏

　　戏曲中涉及观音送子或者向观音菩萨求子情节的作品有许多。古典戏曲有《长命缕》、《贞文记》、《为善最乐》等，地方戏中有邕剧《观音送子》、湖南桃源的师道戏《孟姜女》等，其观音送子情节就是观音作为一人物形象以送子行为来推动故事的发展，作品也因此塑造了一个个鲜明的观音形象。向观音菩萨求子的情节则指剧中人物到白衣观音庵中去求子，并因此而经历某些故事，但这只是间接地反映了人们对送子观音信仰的态度，并没有把送子观音作为一个人物形象来表现。当然这两者情况并不是截然分开的，观音送子的情节一般都伴随有人们向观音求子的行为。这里就观音送子故事戏中的观音形象作一介绍。

　　《贞文记》开篇说仙界观音说法，发现善财和龙女有思凡之意，于是罚判善财和龙女下凡，为世间多情人作一榜样，正好有白龙县沈家在观音庵求子，于是善财投胎到沈家为子，名沈佺，后沈佺与龙女投胎的张玉娘订有婚约。戏曲主要情节是演绎二人的离合故事，最后两人重新回归到观音身边。就主题来说，本剧主要为"言情"而作，有评者点评云"实甫《西厢》、义仍《还魂》、子塞《娇红》，皆以幽情艳词委烨动人，此曲情出于正，而思致酸楚，才华艳发，啼笑毕真，使见者魂摇色动，则异

曲同工，合彼三书，共成四美"①。故事的结构模式虽套用了民
间文学中的"下凡—归仙"母题模式，把故事的主人公以观音
送子的形式降世，但主要用来表达作者"言情"的写作旨趣，
其观音送子的情节只是序幕，对观音形象的塑造更是很程式化，
没有个性。仅在作品借观音之口对女身观音的出现提出解释，具
有代表性：

> 《情降》：（末扮老僧观音上）绿鬓秋霜为沾泥，带
> 絮儿女情长，无边迷欲海，欲渡苦无航，人世上滚锅
> 汤，万事总难量，叫不醒痴呆懵懂午梦黄粱。（生旦稽
> 首介，末）落伽山上竖招提，天竺三山接径梯。……
> 老僧乃南海普陀落伽山观音大士是也，心怀渡世，不愿
> 成佛，慧眼遥观，见普天下有受苦受难的人，应声而
> 至，即往救度，只因世界贪淫，沉沦欲海，为此现女身
> 像，随机点化，故世人呼为水月观音，其实老僧身本男
> 胎，苦行积修而成菩萨……②

这里观音既有把善财、龙女送入求子之家的行为，又在南海
普陀落伽山修炼，而且还被世人称之为水月观音，很典型地反映
了民间观音信仰的实际。

梅鼎祚撰《长命缕》传奇有观音送子的事情，表现出浓厚
的观音信仰。此剧本事出宋王明清《摭青杂说》中《夫妻复旧
约》，原篇并没有体现观音信仰。③ 梅氏改编时，加入了观音信

---

① 孟称舜：《贞文记》，《标目》点评，古本戏曲丛刊二集。

② 孟称舜：《贞文记》，第二出《情降》，古本戏曲丛刊二集。

③ 冯梦龙《古今小说》第十七卷的《单符郎全州佳偶》也是同样的题材，小
说以猎奇的口气讲述在金兵南下的战乱中，单符郎与曾有婚约而沦为妓女的刑春娘
之间离而复合的故事，加上单氏还迎娶了春娘为妓时的姐妹李英，形成"一士与两
妓结合"的传奇故事。这在扬州被传为佳话。小说没有涉及观音信仰的内容。沈璟
的《双鱼记》也是相同的题材，也没有与观音信仰有关的内容。

仰的内容，其题目正名"出将入相的虞雍国，因鸾得凤的单符郎，救苦救难的观大士，还原证本的刑春娘"① 就明白表示出故事与观音的关系，情节发展更体现了此点。观音菩萨不但帮助单符郎与春娘结为连理，而且还命善财和龙女为单家送去了将来成为文武状元的光净童子和天中力士。我们来看作品对观音的具体塑造：

首先，在《导师》（第十七出）和《邂逅》（第十八出）两出，借观音的法力，促成了春娘与单符郎的重会。在战乱时代，两个有着婚约的青年，经历了颠沛流离之后，不仅能重逢，还能再续姻缘，这当然是民众的期待，《长命缕》的作者将观众期待中的这种应然之心理，转化为民俗佛教阐扬的必然之义理，观众期待出现的情节借用民俗信仰中观音大慈大悲的救济力实现了：

《导师》：（贴扮观音，小生扮善财童子，小旦扮龙女捧珠先上，对舞分立左右，观音后上，贴）善哉！善哉！婆卢羯帝，应人间世，随有希求，必获如意。我昔本师是阿弥陀佛，授付托之重，分补处之尊，上合诣佛慈心，下同众生悲仰，三十二灵应，通满娑婆，二十五圆通，弘开正觉，称我名号，得大吉祥，以此因缘，名为观世音菩萨，后代因见《普门品》，道是应以妇女身得度者，即现妇女身而为说法，便说我是妙庄王之女，一切庄严，尽做笄黛，又有淫夫浪子，凡遇丽色，敢比观音，侮圣渎尊，泥犁不免。倘有墨客词人，闻我密因，表我威力，纵云游戏三昧处，却是恭敬一心。倒有无量的功德。这几日天眼观处，全州单司户有一段未了姻事，那女子虽坠风尘，颇存贞烈，我以此特现女身

---

① 梅鼎祚：《长命缕》"开场"出，古本戏曲丛刊，初集。

为她导引。且唤氤氲大使来撮合他。①（着重号后加）
但这更反映了作者个人的思想意识。作者梅鼎祚虽然以文才售之
于当世，但一直科举不第，仕途失意，晚年更是隐居山林。虽然
他也曾交接于公卿，但仅是富贵场中的过客，无助于自身处境的
根本改善，加之还不断受到宗族内部纠纷的牵连，因此意气十分
消沉，来往于春楼，与南京名妓杨美、薛素素之间一直有亲密交
往，以声色自娱。梅鼎祚曾作以记"娼女之可取者"之言动行
事的笔记小说《青泥莲花记》，并说要借此为娼女正名，提出了
"凡娼，其初不必淫佚"② 的看法，这种人生经历和个人心理使
其对单符郎这样的传说更是留恋。在这里，梅氏借观音的言语，
表达了对"虽坠风尘，颇存贞烈"的刑春娘的肯定。

其次，剧本借观音送子，预示着春娘与李英所生的儿子都将
获得文、武状元，戏曲以"大团圆"结束。在第二十九出《圆
梦》中，虽然没有出现观音形象，却比较全面地演绎了仙界送
子下凡的过程，并且情节曲折，因此摘录全出如下：

> 《圆梦》：【出队子】（小生善财，小旦龙女持节同
> 上）虚空感应，胎卵还兼湿化生，蚩蚩蠢蠢也含精，
> 急急忙忙总妄荣。（小旦）龙女摇头。（小生）善财不
> 应。（小生）自家观音菩萨坐下善财是也。（小旦）自
> 家观音菩萨座下龙女是也。（小生）我等奉菩萨法旨前
> 往单著作宅上送子与二位夫人，以圆前梦却轮，着光净
> 童子、天中力士二位往娑婆世界走一遭，他们在天宫快
> 乐，岂肯到人世烦劳，以此还请着韦陀尊者、关王大
> 圣，协力劝他。那祥云起处，只见二圣早来也。

---

① 梅鼎祚：《长命缕》"导师"出，古本戏曲丛刊初集。
② 梅鼎祚：《青泥莲花记》，卷八，"京倡"条，185页，郑州，中州古籍出版
社，1988。

【前腔】（外扮韦陀，金盔甲持剑上）佛轮转镜，上察天曹，下地冥慧，锋智铠膝边横，护法韦陀是我证，盟福不唐，捐报尽可可凭。（白）小圣乃护法韦陀天尊的便是。奉菩萨法旨，随着善财龙女到单著作家送子，且向前走一遭。

【前腔】（末扮关王，冲天冠，蟒袍上）炎风不竞热血成，丹洒汉庭，俺千秋庙貌俨，遗形三国英雄显盛名，拥卫伽蓝协天帝称。小圣乃汉朝义勇武安王关云长的便是，屡代囊封协天大帝，近蒙圣恩，加为三界伏魔大圣，神威远镇天尊。自古来，日在天之上，心在人之内，关某也不过能尽此心，遂享此报，今日且随着善财龙女到单著作宅上送子走一遭也。（各揖介）请了。

【前腔】（老旦唐巾金额，扮光净童子执书上）儒童师圣，挟策追随坐与行。（小末束发冠红袍扮力士执小红旗上）天中力士大威声，便八臂哪吒怎敢争。（合）但愿帝道遐昌，治文偃兵。（老旦）某乃是儒童菩萨座下光净童子。（小末）某乃是天中力士鸠摩童子。有善财龙女新传着菩萨法旨，命我们到何处走一遭，且向前相见者。（见介）（小生）光净童子，菩萨命你到单著作正夫人刑氏处托生为子，因你六艺精通，后来做一个文状元。（小旦）天中力士，菩萨命你到单著作如夫人李氏处托生为子，因你□臂捷□，后来做一个武状元，其时兄弟联榜，父子登朝。（老旦、小末）我们并不曾思凡慕俗，怎教去□舍投胎。这是不好的差遣，不去不去。（外末）光阴幻泡，富贵浮云，二位只须翻个筋斗，便完此数十年事也，还耐心走一遭。（小生、小旦）明日正是浴佛之日，况他胎期已满，不可迟延。

　　【出队滴溜子】【出队子】这是能仁慈，命你十月
胎中耐血腥，三生石上觅精灵。（老旦、小末）善财龙
女，寄讯菩萨，要常常接引我们。（小生、小旦）你不
可失了本性也。（老旦、小末）我不。我不。

　　【滴溜子】向下方暂时承领，还从闹热中急须猛
醒，肯昧原来，恋势贪荣。（转行介）

　　【滴溜神仗儿】（外、末）（滴溜子孔释送孔释）
麟儿相并云霞拥，云霞拥，凤雏双咏，试婴妮声堪听。
（老旦小末）我二人此去呵。

　　【神仗儿】把乾坤再整，奕世家福庆。（合）文共
武一时登，兄与弟一时兴。（光净力士并速下）（小生、
小旦）忽然间清风冷冷，异香馥馥，却化作两道金光
往东南方了。（外末）你看那天中力士毕竟是一员大
将，走得怎快，敢是他先产也。俺们回复菩萨去。（速
行介）

　　【双声叠韵】（合唱）步凌空，步凌空，海潮风警；
眼望极，眼望极，梅岭月冷。（便是他两人）上戏台，
权装光景，算不得波上沤，镜内影，总飂来生灭何曾。
（内鸣锣奏鼓乐并急下）

这一出戏，把仙界的送子过程，作了形象的演绎。这里观音菩萨
只下了一道送子与人的旨令，没有正面出现，是一个符号化了的
意象，而具体演绎的只是菩萨手下的胁持，仙界的众神灵如何去
执行菩萨的法旨。观音能给人们送来子嗣，这是那些虔诚的信徒
坚定的信念，他们对观音是否送来子嗣不会产生怀疑，但他们难
以想象观音是怎样给人送来儿子的。这出《圆梦》正好满足人
们的这种好奇心。

　　广西邕剧《观音送子》戏，是地方戏中观音送子故事戏的
代表。剧中王玉音婚配多年，和其母刘氏一起生活。玉音没有生

育，她思子心切，到观音庙许愿求子，观音特赐其一子，命土地送至托儿山上。一日，家童去山上打柴，发现一无人看管的男孩，于是抱回给玉音抚养。玉音大喜，办上牲礼到花婆庙去许愿，求花婆神保佑小孩健康成长。玉音带着家童去庙里烧香，在朝拜菩萨时，家童发现有化郎（乞丐）装成菩萨偷吃祭品，就追赶化郎索赔，化郎却逃之夭夭。戏的主旨是对向观音求子、观音送子、人们得子这一过程的阐释，但全剧充满着滑稽、搞笑的气氛，是带有浓厚生活气息和鲜明地方特色的小戏。对于这样一个《观音送子》戏，虔诚的信徒，感受到的是观音的灵验；严肃的社会批评家，看到的是人们信仰的荒唐。

另外，从这个地方小戏中我们还可以看到壮族民间的生育神花婆与观音的关系。本剧第二场：

（小点童、女先上站两旁、观上，白）修行慕道，快乐逍遥。（坐白）高高山上一道泉，流来流去几千年，谁人食得泉中水、不成佛来也成仙。吾乃南海观音是也，只因王家女儿，命中孤单，到我台前许愿，不免赐她一个男子，接她后代香烟，以表我神圣灵验，一片善心。现今写得一张签票，命小神拿到圣女台前，领取孩童，送到托儿山，等候王家小子。正是——（唱）忙把羊毫来拿上，字字行行写端详，上写拜上多拜上，拜上花婆圣母娘。只因王家无后代，到我台前来烧香，还望赐她一男子，接她后代作儿郎，一张签票写完了，忙叫小神走一场，回头我对小神喊。（土地上，接唱）娘娘打叫为哪桩。（白）参见娘娘。（观白）免礼。（土地白）娘娘叫得小神出来，有何吩咐？（观白）非为别事。（递签票）命你到圣母台前领取孩童，送到托儿山，等候王家小子。（土地）遵命。（观白）我今吩咐你。（土地）怎敢稍迟延。（向观作揖）娘娘请退。

（观、童、女同下）（土地白）且慢。观音娘娘命我到
圣母台前，领取孩童，送到脱儿山，等候王家小子。我
还要转过。（下）

玉音向观音烧香求子，观音见她可怜，于是写下一张签票，命土
地到花神圣母那里去领取孩童。可见花婆神是受着观音娘娘管
辖的。

（二）观音送子仪式剧

虽然在南北各地，都有孕妇不许看戏的习俗，认为孕妇若看
戏，就会被换了胎，将来孩子会像戏中的某个角色而不是自己的
嫡亲骨肉，特别是若看木偶戏，生下来的孩子则会像木偶一样没
有骨头。① 但是在孕前产后，人们为了向神表达求子的渴望和得
子的欣慰，往往会以演戏的方式来娱神，并且还形成了一些固定
的求子剧目或者演出习俗。如福建很多地方戏中的北斗戏、广东
地区的《天姬送子》、安徽各地的《观音送子》，湖南等地则根
据不同的戏曲音乐特色有低牌子《麒麟送子》，高牌子《月老送
人》等，专为求子而演的带有仪式性的剧目。首先，我们来看
一些与送子观音信仰有关的演出仪式和剧目。

在安徽，送子戏的演出十分频繁。据戏曲志记载，在岳西，
婚后三年没有生育的，乡邻好友会相约为其送子。② 而这所谓的
送子，就是借戏剧表演来进行的一种送子仪式。一般由主人择定
吉日，约艺人。先以一升米粉，作成米面娃娃，外穿童装，称麟
儿。送子日，由两艺人分别扮观音和土地，另二人穿着狮子皮扮
麒麟。观音怀抱麟儿，坐在麒麟背上，敲锣打鼓，送入主人家，
主人鸣炮迎接。请观音抱子坐在方桌上，观音唱《观音送子》

---

① 王晓丽：《中国民间的生育信仰》，107 页，北京，社会科学文献出版社，
1999。

② 张庚：《中国戏曲志·安徽卷》，552 页，北京，中国 ISBN 中心，1995。

戏段。一面唱，一面将麟儿交土地转赐给主人，接子之妇，将米娃蒸吃，据说就可以生子。而在洪山演送子戏时，艺人头扎青布，上身穿老年人的寿衣（为老人死时预备的葬服），下身穿裙子，左手持扁圆形小鼓，右手有节奏地敲击，边敲边跳，或进或退，或左右转圈，停下来后念"某某是行善之家，积德无量，求送子娘娘大发慈悲，早赐金童，来日定塑金身"。另一演员在旁搭腔插吉利话，班头则将大扫帚扔出门外，命女主人去抢，得扫帚者生男。然后锣鼓齐鸣，班主高喊："金童降临某府，报喜！"主人发赏钱。

安徽青阳腔中喜曲《观音送子》，就是在这种场合演出的仪式剧，是仪式戏曲化的典型。剧情为：观音奉了玉帝圣旨，怀抱文曲星下凡，送子到积善的有德之家。她把麒麟儿（也就是文曲星）转给当地土地，要土地送到积善之家，并祝愿此子能步金阶，辅助吾皇万万年，然后就归南海了。可见戏剧的情节十分单纯，其中以观音送子为核心情节，包容了劝善等思想。这表明送子观音信仰在不断的文化叠合中形成了深厚的文化意蕴。

还有一些送子仪式是伴随着其他带有仪式性的剧目演出时而举行的，这种现象在目连戏中表现得很明显。本来早期目连戏中的观音没有送子行为，后来目连戏的内容不断丰富，在某些地方目连戏的演出过程中，逐渐加入了观音送子的内容，把罗卜的降世演绎成了是观音送下凡尘，并让这种观音送子情节附上仪式的性质，如在皖南南陵县目连戏演到《挂号》时，出送子娘娘送子的戏，扮送子娘娘的演员手抱布娃娃，应无嗣人之请送子上门，由锣鼓敲至其家赐子，把布娃娃交给主人后，仍然由锣鼓打送回舞台。[1] 在福建傀儡目连戏的演出中也有"送子"仪式的

---

[1]　张庚：《中国戏曲志·安徽卷》，552 页，北京，中国 ISBN 中心，1995。

表演，并以送子圣母抱子赐予求子者作为送子仪式的演绎。①

另外，一些地方以演戏来表达对送子观音信仰的虔诚，就会形成一些与观音送子有关的演出习俗。如每年农历的三月三（也有说二月十九），四川成都的延庆寺、观音娘娘庙等各处都演戏酬神。剧场中有四五寸的木雕童子若干，演员在神殿前抛掷人群，大家争抢，得童子者当夜用鼓乐旗伞，灯烛火炮，送木童置彩亭中，或用小孩抱着，送给亲戚中无子女者②，说是观音娘娘送来的。

这些利用戏曲形式来表达的送子仪式，是仪式和戏曲相交融的文化现象，既有仪式戏剧化的内容，也有戏剧仪式化的趋势，而产生这种文化现象实质是"交感巫术"思维中的一种顺势巫术行为。《金枝》说："顺势巫术虽然通常是利用偶像将可憎的人赶出世界，但有时却是被利用来帮助另外一些人来到这个世界上"③。简言之，送子仪式剧就是以这种顺势巫术思维来催生或者使不孕的妇女生子。根据"相似的东西产生相似的东西"的原则，当人们得到一个木雕的或者米糊的童子时，就相信自己也能怀上一如童子般的儿子了。

（三）戏曲中的送子情节

根据《古本戏曲剧目提要》和相关的剧本，古典戏曲中有关求子、送子戏的曲目和内容大致如表6－1：

---

① 叶明生：《福建傀儡戏史》，865～866 页，北京，中国戏剧出版社，2004。

② 张庚：《中国戏曲志·四川卷》，484 页，北京，中国 ISBN 中心，1995。

③ 刘魁立：《金枝精要——宗教和巫术研究》，21 页，上海，上海文艺出版社，2001。

表 6 - 1

作品	送子神	送子来源	送子过程或缘由	备注
《伊尹耕莘》	上帝	文曲星下凡	夜里梦见红光入室，吞入腹中，由此便不婚而孕	劝善
《刘弘嫁婢》	上帝	赐一儿子	施恩行善	劝善
《全德记》	天帝	遣五德星君下凡	广行善事，投窦门使生五子	劝善
《冯京三元记》	上帝	文曲星下凡	行善，冯京为文曲星下凡	劝善
《四贤记》	上帝	赐男孩	感其家妻妾美德	劝善
《长命缕》	观音	光净童子、天中力士下凡	刑春娘守贞，得梦	守贞
《贞文记》	观音	善财、龙女思凡	因而降凡为沈家子、张家女	劝善
《还金记》	玉帝	麒麟	乐善好施	劝善
《五福记》	上帝	命张仙遣送五福星下凡	乐善，感动上帝	劝善
《四美记》	观音	行孝	持斋祈生贵子	奖孝
《紫琼瑶》	玉帝	命尹喜下凡	为燕家儿子	劝善
《四大庆》	张仙	送子		劝善
《吉庆图》	观音庵求子			风俗展现
《迎天榜》	上帝	命送子娘娘送子	为善	劝善
《盘陀山》	观音庵求子			风俗展现

续上表

作品	送子神	送子来源	送子过程或缘由	备注
《长生树》	天帝	五福星下凡生五子	为善	劝善
《为善最乐》	天帝、观音	麒麟儿、善财童子下凡	因为为善，子孙世代富贵	劝善
《通仙枕》	玉帝	文曲星、武曲星	为善	劝善

　　由这些作品统计得出：戏曲中的送子神以上帝（玉皇大帝）为多，占了约63%，观音第二，占了36%；其次是张仙，只占1%。这是民间信仰的反映，因为自宋徽宗御批"道士序位，合在僧上，女冠在尼上"①的圣旨以来，民间道教的地位提升到了民俗佛教之上，玉帝更是作为最高神灵，统管着一切神仙和仙界的事物，即使是民间十分信仰的观音，也被纳入玉帝的统一管辖之内，观音送子有时也受命于玉帝，因此玉帝送子机会就多于观音了。

　　同时，从表中可以看出，戏曲中那些人之所以能获得神仙送子，主要因为他们的善行感动了神仙，这与戏剧的教化传统是相一致的，正是"不关风化体，纵好也徒然"的创作旨趣的直接反映。当然，信众以为，这些神仙送来的子孙都是上界神仙下凡，成人后都能出人头地，成为文武状元。这些戏曲作品告诉人们：为善不仅能得儿子，而且所得之子还是优秀人才，要么是金榜题名，要么是文武双全。这透视出中华民族的一种乐感文化心理，也曲折地反映了现实生活中作为一个普通人要实现这种金榜

---

　　① 杨仲良：《皇宋通鉴长编纪事本末》卷一二七·道学·大观元年二月巳末，哈尔滨，黑龙江人民出版社，2006。

题名理想的困难。现实中不能得到的，人们就会从自己的幻觉世界里去寻求满足，这是一种普遍的心理补偿行为。

二、宝卷中的送子观音

（一）具体的宝卷作品

现存关于送子观音的宝卷主要有《妙英宝卷》、《销释白衣观音送婴儿下生宝卷》、《善财龙女宝卷》、《修行宝卷》、《沉香宝卷》、《销释圆通宝卷》等。

《妙英宝卷》又称《白衣宝卷》、《修行宝卷》，记叙妙英修道成为白衣仙姑的故事。宋太宗年间，东京太平庄有徐庆夫妇，年近四十只有一女妙英。妙英自幼吃斋，虔诵《法华经》，父母要她招亲，妙英誓不嫁人，父母强迫其与王家公子承祖成亲，她宁死不从。灵山教主命护法神带领雷公雷母、风伯雨师救出妙英到白云山修行，成道后感化二家父母俱成正果，文武官员个个回心，同归善道，先亡九祖齐超极乐世界，妙英被封为白衣仙姑：

> 妙英立愿早修行，白云山上德成尊，寅年正月初三
> 日，白日升天驾祥云，半天金光吹仙乐，白衣大士上天
> 庭，太守百岁皆成道，员外后来得成尊，出家妙静王承
> 祖，后来道成上天庭，度尽众生千千万，西方佛国见世
> 尊，一女出家超九族，九宗七祖尽超生，白云山上修成
> 道，万古流传到如今。①

妙英拒婚修道，一女出家，九族超升，可见情节与妙善故事相似。这大概是人们模仿妙善故事给白衣观音塑造的一个关于她的本生故事，同时从故事传说的年代可知，白衣送子观音出现约在宋代，这与我们前面论述的也基本相符。

---

① 《妙英宝卷》，版本不详，41~42页。台湾傅斯年图书馆藏，转引台湾硕士论文《宝卷中的观音形象》。

《销释白衣观音送婴儿下生宝卷》等则是宣扬观音送子灵验的宝卷。这些宝卷中的主角都年过四十还尚未有子，为了能有一子半女，他们虔诚向观音求子，或焚香持斋，或立下宏愿，结果也都如愿。下面分别述之。

《销释白衣观音送婴儿下生宝卷》，为二十四品，记叙白衣观音送子到河南府汝阳县常员外家的故事。序言中说到，凡是要求儿求女的，宣念此宝卷，祈求白衣观音，就能如愿：

> 恭闻自从混沌初分直至如今，十万余载，人人不醒，白衣菩萨射一道金光，出现四大部洲，观看一遭，大地众生乱世如麻，有富有贫，有贵有贱，有为官受禄，有宰相公卿，有商贾居士等，富贵贫穷四众人等，不得完全，有财的缺少儿女，贫穷的广有子孙……宣念宝卷一遍，增福无量，儿女长存，请卷供养者，消灾灭罪，见在人口平安，过去先亡脱苦升天。或有少儿缺女，该求白衣菩萨，或建造庙宇，装塑金身，或有宣念宝卷，虔心有感，菩萨慈悲送婴儿姹女下生，扶持门户，接续传登，光显父母，后代之根。恐人不信，有白衣胞为证，方知老母送得儿是实。……白衣菩萨发慈心，来送婴儿下东临，信授男女虔心正，菩萨显化送儿童。①

宝卷叙说西京河南府汝阳县的常员外因年迈无子，与妻隋氏一起向白衣观音祈求，观音灵验，将善财龙女（又称做婴儿姹女）送到其家。隋氏生下一男一女，取名金哥、银姐。宝卷对观音送子的经过进行了详细的描述：

> 菩萨见二人重重虔心不退，又许下舍弃家业，进香

---

① 《销释白衣观音送婴儿下生宝卷》，《宝卷·初集》，第十二册，161～162页，太原，山西人民出版社，1994。

顶礼，又许下修盖庙宇，装塑金身。人人发虔诚之心，我不违本愿，不由得收拾宝贝行程，把婴儿姹女吞入腹中，……吹口仙气步下云头，驾起不敢消停。……来到城中才半夜子时三更，菩萨法身进了宅中。……菩萨妙用把婴儿姹女换做两个仙桃，菩萨拿定到了夫人面前，菩萨曰："夫人醒睡，这两个仙桃与你一对儿女。"夫人接桃在手，滚入腹中，菩萨临行击了一掌，醒来却是南柯一梦，浑身是汗，遍体生津，口念菩萨，南无白衣观音。①

观音老母难舍善财龙女，又化成贫婆来到常员外家做奶母。在员外家，观音常劝化人们要吃斋念佛，早日修行。转眼八年过去了，观音老母本想度员外等同上普陀，但无人认得菩萨，于是观音在离开那晚特意现身，告诉人们：

即快苏醒早回光，你要求儿我来送。我送婴儿下天堂，菩萨显化，众人起来，个个把头抬，念声白衣奶奶，各发本愿，吃了长斋，见了老母，四季永无灾。②

满城男女见了菩萨，回家全部开始吃斋念佛，并且家家供养一轴白衣观音菩萨。金哥、银姐不见了奶母，四处寻找，发现观音老母留下血书一封，说："我是白衣观世音，难舍儿女恩不断，故做乳母唤义名，度脱婆婆常员外，意内辞我我知音。"员外知道是白衣观音亲自下凡度化，于是兴盖白衣观音庙宇，塑装观音金像以还愿，这也方便了众人进庙焚香祈求儿女。"盖起庙来一片白，塑着白衣老奶奶，金童玉女两边站，护法伽蓝两边排，善男

----

① 《销释白衣观音送婴儿下生宝卷》，《宝卷·初集》，第十二册，224～228页，太原，山西人民出版社，1994。

② 《销释白衣观音送婴儿下生宝卷》，《宝卷·初集》，第十二册，387页，太原，山西人民出版社，1994。

信女把香上，求儿求女吃长斋，你要慈心菩萨喜，婴儿姹女送下来。"

可是，常员外一家很久仍不去普陀山烧香还愿，观音于是使法术让金哥、银姐昏迷，员外焚香祷告一切天地神灵、白衣老母，祈求把儿救活，并发誓一定去普陀山烧香。金哥醒来，全家到普陀山去还愿，在太白金星、李金星等仙人的指引下，坐着观音化的法船脱离凡胎，得证金身，常员外为长眉祖师，隋氏为元觉菩萨，金哥、银姐为善财龙女，家童为天河水泙星，五气朝元结了果。原来他们都是仗六紫金身，因为佛祖见东土众生不醒悟，就派他们显相东土，劝化世人。

《善财龙女宝卷》讲述善财、龙女以及白鹦鹉怎样成为观音身边胁持的故事，其中也有观音送子的情节。唐朝乾符年间，湖广汉阳府仙桃镇太史陈德宝，为官清廉，年过五十还无子嗣，夫人韩氏劝其纳妾，但太史不从。夫妇二人同到南海大士前，求观音赐子。南海大士知陈太史不仅为官清正，而且还一心为善，便决定赐一子与他。观音听说通天府赐福天官座下有一招财童子，因滥施人财被贬凡尘，于是命徒弟金吒提携他到陈太史家为子，名为陈连。后陈连修行成为观音身边的善财童子，一子成佛，九族升天，其生母、生父都升为玉帝身边侍从。

《修行宝卷》记叙宋朝年间京城太平庄徐庆、刘氏夫妇二人，年过四十还无儿男。他们日日恭敬观音祈求儿女。南海大士得知，到东岳男女案下查看徐庆有无子嗣，判官告诉菩萨说徐庆祖业深重，应该绝嗣。菩萨替徐庆说情，说他如今已经作善，将功折罪，要赐他半女以显其修行果报。判官于是判一女魂至徐家投胎，徐家因得一女名为妙英，后来妙英到白云山修行成仙。

《沉香宝卷》讲述唐朝山东青州府刘安夫妇，年过四十而无子。刘家夫妇在正月十五去观音堂烧香许愿"求大士，发慈悲，塑金身，装佛像，方便广行，买放生，斋僧道，救苦救贫"。观音查知刘家善行，上奏玉帝赐儿。玉帝命太白金星送插香童子到刘家为子，取名刘向，刘向与华岳三娘成亲，生下沉香。

《销释圆通宝卷》，根据前面纪年写于明隆庆五年（1571年）。讲述赵州城泥丸庄有一金员外，婆婆黄氏，家有万贯家私，无儿无女，老两口是吃斋念佛，尽做善事，为求儿女，愿舍家财。一日，老人做梦，梦见有一贫婆送来了一个儿子。此贫婆就是观音，黄婆没有乳汁养小儿，观音又幻化成奶母，到黄婆家，把小儿领到自然宫，用甘露圣水浸养灵根，金公黄婆虔心修炼，观音又将小儿领到极乐宫游玩，后中天教主下令，四人同往金丹大会，成正觉还元本法，原来金员外是佛的上首弟子，黄婆是金莲母的扫地夫人，奶母是普陀山观音菩萨，小儿是观音的婴童。

（二）宝卷中送子观音信仰的特点

1. 浓厚的民间宗教色彩

宝卷中的送子观音在送人以子的同时也宣扬了民间宗教的思想。《销释白衣观音送婴儿下生宝卷》与民间宗教的关系密切，实是民间宗教借白衣观音送子的故事来隐喻无生老母救助儿女回真空家乡的民间宗教理念。卷中的白衣观音被称为观音老母、白衣菩萨，或者老母等，善财、龙女也被称做婴儿、姹女，观音度化的具体用具称做法船等，这些都有明显的民间宗教色彩。宝卷还宣扬了白衣观音与婴儿姹女之间那种难分难舍的深厚情感，尤其是观音不忍心把婴儿姹女送至凡间，还化成贫婆来做奶母，"我为婴儿恩不断，换了圣体，落了凡胎"。这是比喻民间宗教的无生老母信仰，观音对婴儿姹女的感情是比喻无生老母与下界皇胎皇女之间的情感。

不仅如此，宝卷中白衣观音还经常直接宣传民间宗教思想。化成保姆的白衣观音在员外家念经时的《叹世记》就包含民间宗教思想中的"黄天大道"信仰：

　　　　　既有缘参透了，放个脱心，师傅言，祖家话，心中
　　牢记，尊师傅，敬大道，佛不亏人，宏扬法，谁知道，
　　收来放去，功行满，躲过了千帝阎君。趁如今，有财
　　帛，修些来世，从以后，到临危，永续长生。①

这里的"尊师傅"、"敬大道"就反映了民间宗教中的黄天大道
思想。这在宝卷里也有交代，下卷开始时说到："菩萨赞叹好伤
情，我今来了整八春，实心传与黄天道，不肯回心问一声。"既
然这里的白衣观音被民间宗教利用来宣传他们的教义，菩萨的修
行方式也被染上了同样的色彩：

　　　　　老母修行在普陀山，饥吃松柏饮涧泉，盘膝打坐原
　　不动，收揽先天在眼前，掐诀牒印神鬼惧，六门上锁只
　　一关。阴阳拨得团团转，前三后三一箭穿。三花聚顶心
　　洒乐，五气朝元在目前，推开浮云光明见，方才炼出汞
　　和铅，勇猛到取摩天岭，海底揭出一股泉，往上一举乾
　　坤碎，孤峰顶上开牡丹，莲花出现车轮大，老母坐定九
　　叶莲。②

需说明的是，这种修行方式具有浓厚的道教色彩，因为民间宗教
黄天道吸收了道教外丹修炼方法。

　　《销释圆通宝卷》的故事模式和《销释白衣观音送婴儿下生
宝卷》基本相同，且也带有鲜明的民间宗教色彩，是民间宗教
借观音送子故事来宣扬其教义的。

　　2. 鲜明的劝善惩恶思想

　　虽然这些宝卷多借观音送子的灵验来宣传民间宗教的教义，
来诱惑民众加入他们的教派，但宝卷中这些人之所以能得到观音
送来的子嗣，都是因为他们行善，因此这些作品都带有鲜明的劝

―――――――――

　　①② 《销释白衣观音送婴儿下生宝卷》，《宝卷·初集》，第十二册，231 页，
太原，山西人民出版社，1994。

善色彩。汝阳县的常员外，能得一双儿女，是因为他们夫妻二人
虔心吃斋许愿感动了菩萨；汉阳府的陈太史因为为官清正，事事
方便，处处功德，虽是命中注定无子，观音也赐他一子成道，让
其九族升天；太平庄的徐庆，本是因祖业无子，但因其向善，观
音便在判官面前说情，为他送来了一女儿。可见，只要你诚心修
善，即使是命中注定无后，观音也会尽其所能，赐予你一男半
女。但是如果你不够修善，即使得到了观音送来的儿子，也会有
失去的危险，如常员外，观音给他送来了一儿一女，但他却迟迟
不去履行自己的诺言，观音为了警告他，就让其儿女昏迷。宝卷
中的为善人不仅可以得到观音送来的儿子，并且还可以随着儿女
们的修行而升天为仙，免除世道轮回的痛苦。

　　观音在送子时，不仅劝善还特别劝孝，她在宝卷中说："劝
时人，敬父母，发虔心，孝养双亲，先孝母是活佛，后来求我。
孝父母无退悔，求好子孙生分男，不孝妇，干求无有，强求儿，
忤逆子，反做业根。"这里，菩萨直接告诫人们要行孝。

　　当然，宝卷中的观音对于善恶的标准还很迷信，虽然她也要
求人们做善事，但更多时候讲究的是吃斋、念经、烧香、修庙、
还愿等带有迷信色彩的功德善行。

本 章 小 结

　　一种风俗的形成往往要经历数次的文化叠合，蕴涵着丰富的
文化积淀，向观音求子的习俗交融着宗教信仰、民族心理、社会
制度、文化素质、生存状况等诸多因素。送子观音在中国深受欢
迎，与中国传统的注重子嗣和家族延续的内在精神是相融合的。
《礼记·仪礼》曰："惟寝席之交，而后有夫妇之情，可以无爱，
但不可无子。"这是中国文化对夫妇伦理的最简单也是最直接的
概括。送子观音信仰正是在这种文化环境中，在儒家伦理的熏陶

下形成的。但是送子观音形象的出现却是民间的创造，是在民间白衣观音信仰的基础上形成的，以白色服饰为标志，因此白衣观音也就成了专职的送子观音。

李泽厚先生认为，中国人的实用理性自始至终地保存着乐感文化的特征，这与西方的罪感文化是完全不同的。而求生、乐生、保佑子孙的生生乐乐成为其乐感文化的主旋律，并积淀成独具特色的生育文化，送子观音信仰成为这种文化最显眼的表征之一。戏曲作为中国文学史长河中重要的一种艺术样式，对于这种生育文化中的乞子、送子、生育神信仰、送子观音信仰等各方面均有所涉及。当人们对送子观音表现巨大的热情时，民间宗教人士利用了人们的这种心理，以观音送子的故事来传播他们的教义，宣传他们的思想，这样也无疑从另一方面更加促成了送子观音信仰在民间的流播。

第七章 除灾解难赐福的南海观音

　　南海观音，是中国民间观音信仰中一个最普及的观音形象，她虽然是直接从佛经而来，但又受到中国文化对其最大可能的改变，同时文学、造像等艺术形式对南海观音形象的塑造，使之不仅仅是民俗宗教信仰中的一个偶像，更成为具有典型性格的文学艺术形象，尤其是戏曲中塑造的观音形象基本都是南海观音，所以下面对其进行重点分析。

第一节 南海观音的来源

一、佛教经典的依据

　　在观音前冠以"南海"之名，是从观音的道场来说的。据佛经记载，观音的道场在普陀落迦山，这普陀落迦又称"补袒洛伽"、"补陀落迦"，是梵语 potalaka 的音译，而此梵语的意译则为"光明山"、"海岛山"、"小花树山"等。东晋佛陀跋罗所翻译的《华严经》说："于此南方有山，名曰光明，彼有菩萨，名观世音。汝诣彼问，云何菩萨学菩萨行，修菩萨道。时善财童子，头面敬礼，彼长者足，绕无数匝，眷仰观察，辞退南行。"①

---

① 跋罗译：《大方广佛华严经》，卷五十，《大正藏》，第 9 册，717 页，台北，台湾佛陀教育基金会出版部，1990。

后来唐代般若的译本《华严经·入法界品》中说善财童子到南方去求法，也是到此山去参拜观音。鞞瑟胝罗居士，告善财言："善男子，于此南方有山，名补袒洛伽，彼有菩萨，名观自在，汝诣彼问菩萨云，何学菩萨行，修菩萨道？"即说颂曰："海上有山众宝成，圣贤所居极清净。泉流萦带为严饰，华林果树满其中。最盛勇猛利众生，观自在尊于此住。"而时，善财童子，渐次游行，至于彼山，处处求觅此大菩萨，见其西面岩谷之中，泉流萦映，树林翁郁，香草柔软。右旋布地，观自在菩萨于金刚宝石之上，结跏而坐，无量菩萨，皆坐宝石，恭敬围绕，而为宣说大慈悲法，令其摄受切众生。善财见已，欢喜踊跃，合掌谛观，目不暂瞬。① 可见，这补袒洛迦山是观音的道场，而且这里还常常有佛菩萨聚众讲法。《千手千眼观世音菩萨广大圆满无碍大悲心陀罗尼经》有云："一时佛在补陀落迦山，观世音宫殿，宝庄严道场中，与无央数菩萨无量大声闻，无量天龙八部神等，皆来集会。"②

那么，佛经中所描写的这个观世音的宝庄严道场真的存在吗？具体在什么地方呢？资料显示，这个补袒洛伽山远在印度，玄奘西游印度时，见到了这个地方：

> 国南宾海有秣剌耶山。……秣剌耶山东有布袒落伽山，山径危险，岩谷奇倾。山顶有池，其水澄镜，流出大河，周流绕山二十匝，入南海，池侧有石天宫，观自在菩萨往来游舍。其有愿见菩萨者，不顾身命，沥水登山，忘其艰险，能达之者，盖亦寡矣，而山下居人，祈心请见，或作自在天形、或为涂灰外道，慰喻其人，果

① 般若译：《大方广佛华严经》，卷十六，见《大正藏》，第 10 册，733 页，台北，台湾佛陀教育基金会出版部，1990。

② 伽梵达摩译：《千手千眼观世音菩萨广大圆满无碍大悲心陀罗尼经》，见《大正藏》，第 20 册，106 页，台北，台湾佛陀教育基金会出版部，1990。

遂其愿。从此山东北海畔，有城，是往南海僧伽罗国
　　路。闻诸土俗曰，从此海入东南可三千余里，至僧伽罗
　　国（唐言执师子，非印度之境）。①

玄奘是从南印度的著名古国达罗毗荼"南行三千余，至秣罗矩
吒国"②的，他的记载与《华严经》完全一致。从玄奘的描述
可知，观音菩萨的道场——补祖洛伽山，位于南印度海滨，那里
池深谷幽，大河匝绕，不容易到达，朝拜者要"沥水"才能到
达。现代学者经过研究认为，《华严经》和玄奘所记载的普陀落
迦山就是在现在印度西高止山南段，秣剌耶山以东的巴波那桑
山，位于提讽弗利县境内，北纬8度43分，东经77度22分的
地方。③但这个位于南印度南滨的补祖洛伽山是什么时候、为什
么成为观音菩萨的道场？我们还不能找到直接的文献记载，据有
的学者论证，这可能与古代印度观音信仰的主要来源——印度大
陆南端解救黑风海难和罗刹鬼难的信仰有关联。④鉴于观世音菩
萨的道场——补祖洛伽山处于南印度海滨，"山顶有池，水入南
海"这样特殊的地理位置，故称之为南海观音。

　　据《大唐西域记》记载，南海观音的声名传布很广泛，即
使是在古印度的中部和南部的大部分地区，也盛传着南海观音的
信仰。如其摩揭国记载：

　　　漕矩吒国有商人建宰堵波（佛塔），昔有大商主，
　　……泛舟南海遭风失路……遂即同声，归命称念观自在菩

---

①　玄奘述，辨机撰：《大唐西域记》，卷十，季羡林等校注，861页，北京，中华书
局，2000。

②　玄奘述，辨机撰：《大唐西域记》，卷十，季羡林等校注，858页，北京，中华书
局，2000。

③　玄奘述，辨机撰：《大唐西域记》，卷十，季羡林等校注，862页，北京，中华书
局，2000。

④　李利安：《古代印度观音信仰的演变及其向中国的传播》（博士论文），31页。

萨……俄见沙门……凌虚而来拯溺，不逾时而至本国矣。①
漕矩吒国位于古印度的信度河上游，属于古印度的中部，其境内信度河注入阿拉伯海，文中讲述了此国商人把南海观音当作保护神加以崇拜，并为菩萨建立了佛塔。另外《大唐西域记》还记载了僧伽罗国（今斯里兰卡）对南海观音的崇拜情况，"南海僧伽罗王，依孤山式，供养观世音菩萨"②。可见南海岸的观音信仰传布了整个印度大陆及周边岛国。

二、中国南海观音信仰的形成

中国的南海观音一般是指以东海的普陀山为道场的观音信仰，是随着观音道场的中国化而在中国逐渐兴盛的。观音的道场，本为南印度的普陀落迦山。至少在唐代，中国的信徒还是这么认为，我们可以从当时的译经中看到这一点。可是随着观音信仰在中国的不断普及，观音道场在印度的事实越来越不适应中国观音信众的宗教心理。尤其到了12世纪，印度佛法的消亡导致了南印度观音道场的消失，中印佛教交流也中断了，笃信观音的中国人，特别渴望在本土建立一个观音菩萨的宝庄严道场，作为善男信女们虔心朝拜的场所。于是在中国大地上出现了不少以"普陀落迦"为名的寺院或灵山，作为各地信徒心中的观音道场，如浙江的普陀山、杭州的天竺寺、西藏的布达拉宫、河北承德的普陀宗乘庙、陕西的南五台山、福建的南普陀寺等，其中尤以布达拉宫、普陀山和天竺寺为中国的三大观音道场，其他几处的观音道场只有地方性的影响。布达拉宫作为观音的道场，是藏

---

① 玄奘述，辨机撰：《大唐西域记》，卷八，季羡林等校注，841页，北京，中华书局，2000。

② 玄奘述，辨机撰：《大唐西域记》，卷八，季羡林等校注，842页，北京，中华书局，2000。

传佛教对观音道场的理解，"布达拉"就是"普陀落迦"或"补祖洛伽"的藏文音译，相传此宫始建于唐朝文成公主入藏时期，是藏传佛教的朝拜中心，也是历代达赖的冬宫和坐床之处。据《西藏王臣记》中的记载，藏族的起源、繁衍，甚至西藏区域的开发、形成，都是观音菩萨的悲悯力所化。藏族人们也因此把历史上的君主和后来的达赖、班禅都视为观音的化身，并相信世界就是一朵莲花，拉萨就是莲花的中心，所以将达赖等居住的地方称为"布达拉"。天竺寺作为观音的道场则与当地历史上的南宋朝廷有关，而且，在古代那种航海技术不十分普及的情况下，一般百姓很难到达普陀山，于是杭州的天竺寺曾受到民众的极力推崇。浙江普陀山则因其特殊的地理位置和历史原因而成为影响最大的观音道场，并被认为是观音菩萨的主道场，得到了世界各地佛教徒的公认。

在中国历史地理中，"南海"的概念出现得很早。《左传》记载，齐将伐楚时，楚王遣使致齐桓公曰："君处北海，寡人处南海，唯是风马牛不相及也，不虞君之涉吾地也，何故？"此处"南海"，就海域来说，基本包括了今天的东海海域和南海海域。据《史记》载，秦始皇巡海，曾"上会稽，祭大禹，望南海"[1]。据此可知，在秦汉时期，浙江绍兴以东的海域就被称为南海了。到了宋代，在郭象的《睽车志》中记载说，绍兴年间，宁波巨商泛海"行十余日，抵一山……于此立刹，亦谓南海"[2]，这里的南海则是指浙江沿海地方了。

浙江沿海的舟山群岛上有一处宗教传说非常悠久的"梅岑

---

[1] 司马迁：《史记》，《文渊阁四库全书》，第243册，148页，台北，台湾商务印书馆，1986。

[2] 郭象：《睽车志》，《文渊阁四库全书》，第1047册，248页，台北，台湾商务印书馆，1986。

山"，因西汉时期道教高人梅福渡海到此地隐居、修行、炼丹而得名，晋朝的葛洪也曾在此山修炼。

此地成为观音菩萨主道场的过程曲折，历史悠久。据明代高僧宏觉国师所撰的《梵音庵释迦佛舍利塔碑》所说，南海普陀山"则普门大士化迹所显，以佛菩萨慈悲因缘故，自晋之太康、唐之大中，以及今，上千龄……逾溟渤，犯惊涛，扶老携幼而至者不衰"①。据此可知，早在晋太康年间（280—289 年），普陀山就被认为是观音的应化之地而受到了信徒的朝拜。当然，此地观音信仰随着唐代"不肯去观音"传说的流布而逐渐凸现，据《宝庆四明志》等记载，"在唐咸通四年（863 年），日本国僧惠谔诣五台山敬礼，至中台精舍见观音貌像端雅，喜生颜色，乃就恳求，愿迎归其国寺，众从之。谔即肩升至此，以之登舟而像重不可举，率同行贾客尽力升之乃克胜。及过昌国之梅岑山，怒涛风声，舟人惧甚。谔夜梦一胡僧谓之曰：'汝但安吾此山，必令便风相送'。谔泣而告众以梦，咸惊异。相与诛茆缚室，敬置其像而去。因呼为不肯去观音。"② 后来五代后梁贞明二年（916年），当地居民张氏献宅建"不肯去观音院"，成为此山主要的观音寺院。宋神宗元丰二年（1079 年），内官王舜出使高丽，得观音灵感，以事上奏。翌年，改建不肯去观音院，赐额"宝陀观音寺"③。这可能是此地与"普陀落迦"名首次发生关联。但此期的普陀山还和其他地方的观音殿、观音山一样，只是地方性的观音显化地，不具有全国性的影响。随着航海业的发展，此地的观音信仰影响也逐渐扩大，以至"山下居民百许家，以渔盐

① 宏觉国师：《梵音庵释迦佛舍利塔碑》，转引王连胜主编：《普陀洛迦山志》，584 页，上海，上海古籍出版社，1999。

② 《宝庆四明志》，卷十一，烟屿楼校本，《宋元方志丛刊》，5 131～5 132 页。

③ 盛熙明：《补陀落迦山志》，卷一，见《大正藏》，第 51 册，1 137 页，台北，台湾佛陀教育基金会出版部，1990。

为业，亦有耕稼。有一寺，僧五六十人……海舶至此，必有所祷，寺有钟磬铜物，皆鸡林（新罗）商贾所施，多刻彼国年号；亦有外国人留题，颇有文采"①。到宝庆年间（1225—1227年），宋理宗下诏将宝陀寺列入了江南教院"五山十刹"之列。② 绍兴元年（1131年）"蜀僧真歇自长庐来山，经郡府请示朝廷，易律为禅，山上居民闻教音，皆离去，普陀始为佛国净土"③。元代朝廷笃信佛教，凡帝王登位，必先受戒，中央设总制院（后改宣政院），各路设行宣政院统领教务，给喇嘛和僧侣以优厚的待遇，统治者多次遣使到普陀山供佛祝香斋僧，修建佛像和寺塔，并敕封江南释教总统普陀山高僧一山一宁为"妙慈弘济大师"。至正年间，香火更盛，臣民等渡海不绝，当时记载"自昔游者，至今为盛，若西域名师，王公贵人，各级精诚"④。至正二十一年（1361年）盛熙明撰《补陀洛迦山传》，从此此山成为中国的"普陀落伽"。后来历经各朝帝王的敕建、封赐，南海普陀山逐渐成为一处重要的佛门圣地。明代万历年间，南海观音由于神宗皇帝和李太后的推崇而更加凸显，神宗和皇太后对普陀山进行了多次大规模的敕赐：

> 万历十四年，神宗遣内官赍皇太后刊藏经 41 函，旧刊藏经 637 函，裹经绣袱 778 件，观音金像 1 尊，善财龙女各 1 尊，赐宝陀寺。

> 万历二十六年，宝陀寺失火，唯观音大士像独存，神宗闻之遣太监持御赐《大藏经》678 函，《华严经》1 部，诸品经 2 部，渗金观音像 1 尊至山供养，后又派太监赍帑金千两，斋僧银 1 800 两到普陀山筹划复修。

---

① 张邦基：《墨庄漫录》之"宝陀山记"，234 页，北京，中华书局，2002。
②③ 王连胜主编：《普陀洛迦山志》，165 页，上海，上海古籍出版社，1999。
④ 王连胜主编：《普陀洛迦山志》，166 页，上海，上海古籍出版社，1999。

万历三十三年，神宗奉皇太后命，派太监持帑金2 000两，斋僧银300两，织纻幢幡，金花丹药及《金刚经》1部，《普门品》1藏供寺。

万历三十五年，遣党礼赍金1 000两建寺御碑亭，祝福斋僧。

万历三十七年，遣张随赐金1 000两到山斋僧，命僧众检阅藏经3年，以五彩织金龙缎40尺及长幡、经袱、桌衣等供寺。

万历三十九年，派张随赍1 000金祝福斋僧，派党礼等赐镇海禅寺大藏经。①

可以看出，有明一代，普陀山的建设得到了空前发展，据统计，当时山上有寺庵200多处。清代宗教政策宗明代，对普陀山的敕封赐建也很多，康熙、乾隆、雍正都有较大行动。普陀山就逐渐成为具有全国影响的观音信徒的朝拜中心，乃至成为具有世界影响的观音道场。

对于此地为什么会成为观音的道场，许多学者都作了深入的探讨，尤其强调了此地的航海历史，认为普陀南海观音的成因，首先取决于其处于政治边缘的特殊区域位置，其次是位于航运要冲的特殊交通位置。② 这个分析是合理的，同时应该补充，普陀山能成为观音菩萨的主道场，还应与佛教天台宗的发展有关。

近年又有在中国海南省的南海之滨建立观音道场的说法③，这对于以佛经为依据的观音道场的中国化阐释，比东海舟山群岛的观音道场似乎更加合理。

---

① 王连胜主编：《普陀洛迦山志》，169页，上海，上海古籍出版社，1999。

② 贝逸文：《论普陀山南海观音之形成》，载《浙江海洋学院学报》，2003年第9期。

③ 吴立民：《南山寺缘起碑》，载《佛教文化》，1998年第5期。

三、南海观音形象的出现

近代京剧大师梅兰芳先生演出的代表剧作之一《天女散花》将南海观音形象作了如此的演绎：

　　普陀宫殿，观音满月脸，善财童女站两边，白鹦净瓶，杨枝甘露水，广度众生，离苦渊。[①]

戏曲演出形象地概括了南海观音形象特点：一女性观音坐在岩石上，身旁有善财和龙女胁持，还有杨柳净瓶，身后有竹子和满月，另还有白鹦鹉。这种南海观音图像的出现，具体的时间无从可考。

不过，从造像史可以看出，善财和龙女成为观音胁持有一个逐渐发展的过程。据《大足石刻内容总录》介绍，四川的大足石刻较多地保存了五代与宋的石像，在五代凿的石窟中，其中北山佛湾第243窟的五代千手千眼观音的侍者是吉祥天女与波斯仙，以善财龙女作为侍者的仅有第218窟。[②] 可见，五代时期，观音的侍者或为吉祥天女、波斯仙，或为善财、龙女。而在宋凿石窟中，观音的侍者就基本只有善财和龙女了，如第118窟的玉印观音、第119窟的不空绢索观音、第120窟的净瓶观音等的侍者都是善财和龙女，几乎无一例外。

另从画像来看，宋代观音画像中也开始出现了善财、龙女侍者，如在《历代名画记》中时代较早的由佚名作者所画的"杨柳观音菩萨"画像中，主尊观音的右下角为善财单脚独立，足踏莲花，手持红莲，龙女在空中飞翔，手中托莲。由此可以说，观音身边的善财、龙女组合胁持的出现，大体时间应该是在五代

[①]　钝根编：《天女散花》，《戏考大全》，126页，上海，上海书店出版社，1990。

[②]　四川省社会科学院编：《大足石刻内容总录》，43～89页，成都，四川社会科学出版社，1985。

至宋初，而到宋濂的《观世音菩萨画像赞》中（描绘了当时永嘉吏尹林一清画的南海观音形象），则已经非常突出观音身边的善财和龙女了：

> 东大瀛海水势喷涌，旁有磐石，菩萨见天相，翘其一足，坐彼石上，护法大神身披宝铠，骈立于左，善财童子乘莲叶舟合瓜遥礼，自右而至；其上日轮正照，云气杳漫；其下龙女持珠仰首而献，品物咸秩，观者动容，如亲见菩萨于补袒洛伽山也。①

这里写到观音处在东大海边的岩石上，并重点突出描绘了像中的善财和龙女，应该是一幅典型的南海观音画像。

当戏曲这种以"扮演"为主要表现手段的再现艺术逐渐成熟时，舞台上也出现了南海观音造型，如在元代杂剧《月明和尚度柳翠》楔子中，观音出场就带上了善财：

> （老旦扮观音领小末扮善财上，诗云）宝座巍巍法力强，慈悲极乐住西方。慧眼才开能救苦，眉间放出白毫光。吾乃南海洛迦山观世音菩萨。这一个是童子善财，累劫修行，才离苦海，只为慈悲心重，遍游人间，广说因缘，普救苦难，阐明佛法，天花天乐常临济度众生，凡恼几缘尽灭。以此莲花座上号曰观音，祇树林中称为菩萨。②

此后，在大量的观音造（画）像中，有善财和龙女为胁持的造型几成常识。

需要说明的是，以其道场在南海而得名的"南海观音"，是对观音的一种泛称，它可以概指因不同的应身而产生的其他观

---

① 宋濂：《宋学士文集》，237 页，上海，商务印书馆，1937。

② 李寿卿：《月明和尚度柳翠》，《元曲选》，602 页，杭州，浙江古籍出版社，1998。

音。因此南海观音造型也杂了水月、白衣、杨柳与鳌鱼观音等不同观音的成分，并且在明清以来的许多观音灵验故事中，常常有南海观音变成了鱼篮观音或送子观音等的情节。

第二节 南海观音周边神人异物考论

以普陀山为道场而形成的中国南海观音形象造型，除了岩石、紫竹等表示普陀山环境外，还有特有的人和物，如善财、龙女，如杨柳、净瓶，有时还有韦陀、鹦哥、莲花等。从这些人物的不断变化和流传中，可以考察观音信仰内容的变化。同时，观音菩萨与不同人和物的各种组合，又为绘画造像、戏曲演出等提供了原型，见附图10。

一、观音周边神人考论

1. 善财、龙女

观音菩萨身边经常出现有善财和龙女，有时还会配上一护法——韦陀菩萨。在净土信仰中，观音本是弥陀佛的胁持之一，但是随着观音信仰在中国的不断传播，观音菩萨在中国的影响越来越大，甚至赶上并超过了中国民间传说中的王母娘娘、玉皇大帝等道家神仙。于是人们根据自己对神仙尤其是影响大的神仙的认识来塑造观音，在道家婴儿姹女式的信仰模式下给观音身边加上了金童、玉女类的胁持——善财和龙女，体现了观音形象的道教化色彩。这是观音身边出现善财龙女胁持的文化背景。

善财，是梵文 Sudhana 的音译，也可以写成"善才"。对于贫苦的百姓来说，希望富裕是他们永远的心声，因此人们很多时候选择了"善财"，甚至在民间还出现了善财童子招财进宝的年画。童子，在佛经中的含义也并非只指孩童，有时还指菩萨。丁福保的《佛学大辞典》中是这样解释的：

童子（术语）Kumara，梵语究摩罗，鸠摩罗迦。为八岁以上未冠者之总称。西国希出家而寄侍于比丘所者，称曰童子。又经中称菩萨为童子，以菩萨是如来之王子故也。又取无淫欲念，如世童子之意。《寄归传》三曰："凡诸白衣，诣苾刍所，若专诵佛典。情希落发，毕愿缁衣，号为童子。或求外典无心出离名曰学生。"《玄应音义》五曰："究摩啰者，是彼土八岁未冠者童子总名。"①

《释氏要览》上也说："经中呼文殊、善财、宝积、月光等诸大菩萨为童子者，即非稚齿。如智论云：如文殊师利十力四无畏等悉具佛事。故往鸠摩罗迦地。又云：若菩萨从初发心断淫欲，乃至菩萨是名童子。"② 不过，现在"童子"的外延缩小了，只指那"八岁以上未冠者"。善财童子的形象也就多为一个活泼可爱的小男孩。

佛经中关于善财童子与观音的关系反映在《华严经·入法界品》"五十三参"的故事里。此经说福城长者有五百童子，其中有一名叫善财童子，他出生时，家中忽然涌出许多珠宝，所以相师为他取名叫善财。经文描述道：

善财以何因缘而有其名？知此童子初受胎时，于其宅内自然而出七宝楼阁，其楼阁下有七伏藏自然周备……以此事故，父母亲属及善相师共呼此儿，名曰善财。③

这个伴随宝藏出生的善财，却视财宝为粪土，并看破红尘，以为万世皆空，发誓要修行成佛。文殊菩萨见他聪明好学，就传

① 丁福保：《佛学大词典》，873 页，北京，文物出版社，1984。
② 释道诚：《释氏要览》，见《大正藏》，第 54 册，266 页，台北，台湾佛陀教育基金会出版部，1990。
③ 实叉难陀译：《大方广佛华严经》，见《大正藏》，第 10 册，332 页，台北，台湾佛陀教育基金会出版部，1990。

授他佛法，并指点他要博采众长，于是善财南行学法，先后参拜了五十三位老师，其中第二十七位老师就是补袒洛伽的观世音菩萨。最后来到了普贤菩萨处，经菩萨开示，修成了正果。可见在善财成佛的过程中，文殊、普贤、观音三位菩萨，他们分别处于善财的初参、中参、终参三个阶段的关键点，就中国《易经》河图天数来说，是"正当天数"①。因此，他们处于善财成佛过程中最重要的地位。同时，由于观音信仰在中国的影响特别大，所以民间把善财证法入界中的观音菩萨作用逐渐扩大，并形成了以"善财参观音"这一个体借代整体五十三参的说法。

人们对于此段佛经的解读，由善财拜观音暗含有传说中五十三参的故事，并且这个"五十三参"还含有特定的含义，甚至成了修行中的一种特定的仪式。如在《香山记》剧中，游遍地狱的妙善在经过了"五十三参"这一特定科介后，就成了大慈大悲救苦救难的观世音菩萨，具有无比的法力。

但是中国民间对于善财童子成为观音的胁持却有着不同解释，并形成了很多民间传说故事，而且这些故事具有鲜明的中国化特征。如早在《西游记》小说中，唐僧被牛魔王的儿子红孩儿掳去后，孙悟空也不能从他手中救出师父，只好去南海请来了观音菩萨，观音设计降伏了红孩儿，并且收他为徒，这就是善财；在张大复的《海潮音》传奇中善思罗汉收服了在火云洞杀人吃血的圣婴大王，并让他皈依了佛门，圣婴大王帮助善思罗汉降服了要害妙善和庄王的修罗刹，后来妙善成就正果，善思罗汉就推荐圣婴大王去妙善那做了徒弟，称为善财；在《南海观音全传》中说善财本是华山一名因父母双亡出家修行的童子，土地神把他推荐给观音，观音以坠岩之险试过善财的道心后，度得善财成为自己的徒弟。

---

① 潘雨廷：《易与佛教》，21页，沈阳，辽宁教育出版社，1998。

还有，现今安徽黄山流行着《童子拜观音》①的故事：南海观音化作一位老婆婆在欣赏黄山美景时，收养了一个被丢弃的两岁小孩，并给他取名为桐仔（因树得名），与他一起过日子。转眼六年过去了，小孩长大了，观音也想回普陀了。她虽与桐仔难舍难分，但又不知桐仔缘分如何。有一天，当桐仔外出时，观音把自己变成一个瞎眼婆婆，以试探桐仔。桐仔回家，见婆婆眼睛瞎了，就跋山涉水去找药。他历尽艰辛，找到了药草，并用自己的鲜血调好药水，在路上他还医治好了一位又秃又癞的老人。回家后，治好了婆婆的眼睛。婆婆要离开，桐仔也要跟着去，并跪拜在地，桐仔一拜，婆婆变成了观音，把桐仔一起带走了，而他们的肉身留在了黄山。

在浙江普陀则流传着《佛试蛇心》②的故事：善财从小没爹没娘，是个苦孩子，靠卖水为生，穷得只能用牛皮纸糊住竹篮打水，却有一颗善良的心。一天，他把观音菩萨关在小瓶里的黑蛇精放出，黑蛇精恩将仇报要吃掉他，他们找树精、青蛙等评理，结果没有定论，他们又找到了一个小姑娘评理。这小姑娘是观音变的，她怒斥了黑蛇精，并重新把黑蛇精装进了瓶子。观音对善财说："你虽然心地善良，可是善恶不分，还是随我到普陀山修炼去吧！"善财见观音肯收他为徒，高兴极了，便"扑通"一声跪在地上连连磕头。这样，善财童子就成了观音的胁持。

这一则则观音与善财的传说，与佛经里善财五十三参的故事是不同的。它们包含了更多民间惩恶扬善的道德教化，黄山的童子拜观音传说就宣扬了孝敬老人的传统美德。同时，观音对曾是

---

① 刘锡成主编、长生编：《观音的传说》，204页，沈阳，花山文艺出版社，1995。

② 陈玮君：《天台山遇仙记——浙江山的传说故事》，234页，北京，中国民间文艺出版社，1984。

妖的善财那种改恶从善的包容，也体现了我们民族的宽容。

　　善财童子成为观音的胁持后，也以慈悲为怀，把普度众生、惩恶扬善作为己任。传说"咸淳丙寅，范太尉以目疾，遣子祷朝音洞，汲泉洗目。既愈，复令自来谢，洞左现大士身，淡烟披拂，如隔碧纱，继往善财洞，大士童子并现，大士缟衣飘带，珠缨交错，精神顾盼，如将示语"。这里，善财就成了观音治病救人的好帮手。

　　同时，因为善财童子在我国民间被创造为一个活泼可爱的小男孩，故此又成了许多渴求生儿妇女的寄托。人们认为，通过对善财童子的虔诚礼拜，可以获得孩子。善财童子因而在民间信仰十分兴盛，这是佛教世俗化、民间化的另一反映。在观音送子的故事中，观音就多次把善财送到了祈求者手里，如《销释金刚白衣观音送婴儿下生宝卷》[1] 中，观音菩萨就是把善财送到了求子的常员外家投胎，使年高 48 岁的婆婆隋氏生下了儿女；《善财龙女宝卷》[2] 湖广汉阳府仙桃镇太史陈德宝命中注定无子，因今世为官清正，事事处处以功德配天地，诚可名列仙班，南海大士要赐他一子成道，九族升天，就把通天府赐福天官座下的一位招财童子送与陈太史家投胎，招财童子下凡投生陈家名为陈连。此人从小聪慧，七岁要出家。观音的故友黄龙真人，在汉阳府仙桃镇结庐度人，观音托他引度陈连，然后再归落迦山，成为观音的胁持善财童子，等等。这些善财投胎故事，现实当然不可能存在，编选的故事只反映了人们的美好愿望和天真幻想。

　　观音菩萨身边另一位胁持——年轻美丽的妙龄少女，称为龙女。龙女的来源也有内典依据。在印度神话中，有一种人首蛇身

　　① 张希舜：《宝卷·初集》，第十二册，太原，山西人民出版社，1994。
　　② 张希舜：《宝卷·初集》，第二十七册，《善财龙女宝卷》，太原，山西人民出版社，1994。

的神 nāga，在翻译佛经中，佛教徒将它译成了龙王，由它衍生出龙女等神。在《华严经》中有无数诸天龙王，如毗楼博叉龙王、婆竭罗龙王等，他们能兴云布雨，能令诸众生热恼消灭。佛经中龙女本是护法天神二十诸天之一婆竭罗龙的女儿。《法华经》中说龙女聪颖美丽，常听文殊利菩萨说法，深受教化，后来见佛献宝，变成了男身，立地成佛，八岁就成就了菩萨正果。可见这龙女是在佛的神通力帮助下，转变为男身后，才成佛的，反映了早期佛教对女性的态度。而在《法苑珠林》卷十一"千佛出家"中说到佛本行经中记载龙女出家的事情：时菩萨受彼乳糜，持至尼连禅河。有一龙女，名尼连荼耶，从地踊出，手执庄严天妙筌提，奉献菩萨。菩萨受记，即坐其上。① 这样龙女就随菩萨出家了。这则"龙女成佛"的故事，反映了立地成佛的大乘佛教义理，同时也隐含了大乘佛教对女人成佛的态度的转变，以至故事常被用来论证佛教对妇女态度转变的证据。

她的故事在佛经中传为美谈。如在东晋结集的《摩和僧祇律》中有一则龙女的故事，收集在宝唱所编的《经律异相》中，题为《商人驱牛以赎龙女得金奉亲》，记叙了一个商人用牛赎回了被人捕而欲杀的龙女后，龙女为感谢商人的救命之恩，把他带到龙宫并送与他八块龙金让其奉养父母的故事。它被认为是龙女报恩母题的最初原型。

早在中国古代神话中，也就有了关于龙的传说，尤其是随着佛经的传入，对龙神的描写更多，如《太平广记》中关于龙女

---

① 道世：《法苑珠林》，卷十一，《千佛篇》，94 页，上海，上海古籍出版社，1991。

的故事就有九则①，其中最著名的就是唐代的《柳毅传书》了。
其对龙宫和龙女的刻画，给人们留下了深刻的印象，龙女因此成
为中国文学中的一个鲜明的形象，出现在各种文学作品和民间传
说中。如《凌波曲》的传说，相传是唐明皇在东都洛阳时，夜
里梦见凌波池中的龙女，说自己护宫卫帝有功，要求皇帝赐给她
一首乐曲，明皇梦中鼓胡琴即兴为龙女演奏一曲。醒来之后，默
记梦中乐曲，并加排练，在凌波池畔演奏，忽然池中波涛涌起，
梦中龙女果然出现在湖心，于是敕令在池边建庙，岁岁祭祀。②
在唐代民间甚而还有专门祭祀龙女的龙女祠，如唐诗人岑参的
《记龙女祠》说："龙女何处来，来时惊风雨，祠堂青林下，婉
婉如相语。蜀人竞祈思，捧酒乃击鼓。"③ 这里描绘出民间祭祀
龙女时歌舞相载的场景。

　　可见，无论是佛经中的龙女，还是中土民间传说的龙女，都
显示出其可爱的一面，当民间为观音组合胁持时，她也就幸运地
当选了，并产生了许多龙女拜观音的传说故事。

　　民间关于龙女拜观音的传说，其故事要素包括以下几个方
面：（1）龙族中有人来到人间，由于某种原因不能回龙宫，变
成了（鲤）鱼被人们捕杀。（2）观音慧眼遥观知道了龙族处在
生命垂危中，于是伸出了援助之手，让其脱离了生命危险。（3）
龙宫中的龙女自告奋勇地来到观音面前感谢救命之恩，并留了下
来，成了观音的胁持徒弟。如浙江普陀山流传有"龙女拜观音"

---

　　① 《太平广记》中与龙女有关的故事为：《震泽洞》、《李靖》、《柳毅》、《俱名
国》、《凌波女》、《刘贯词》、《许汉阳》、《柳子华》、《费鸡师》等。在民间传说中
也流传着龙女的故事，据丁乃通著《中国民间故事类型索引》，关于龙女的故事有
555 型、592A 型、592A1 型等。

　　② 王灼：《碧鸡漫志》，卷四，《中国文学参考资料小丛书第一辑》，85 页，北
京，古典文学出版社，1957。

　　③ 刘开扬：《岑参诗选》，202 页，成都，四川文艺出版社，1986。

的传说①，还有小说《南海观音全传》中观音点化龙女的故事等，这些传说故事都是从龙女报恩的母题发展而来的。

这里，龙女本是龙宫里的公主，为了报答观音的救命之恩，而出家成了观音的胁持，传说既表现了观音菩萨的慈悲为怀，更表现了龙女知恩图报的思想。这些故事主要颂扬中华民族的传统美德。龙女以其美貌可爱、聪慧纯洁的品格获得了不少文人的青睐，如《神雕侠侣》中的女主人公名为"小龙女"，就以此名比喻其冰清玉洁与美丽可爱。

但也有着关于龙女的另类传说。如在唐代密宗出现了追求龙女的奇异巫术。据敦煌文献中的《观世音及世尊符印十二通及神咒》记叙：想要追求龙女，先吃水和面，再用蜂巢泥做一龙女型，然后用香花供养，再取牛乳诵八百遍，一切六道洒面形象，更取一白赤花，一诵一遍彼形象，令龙女速疾而来。②

还有，明清宝卷中流传有蛇精变龙女的传说。在《善财龙女宝卷》③ 中叙述道：投胎到陈太史家的陈连在黄龙真人门下修行，因思念父母而回家。在回家的路上，他救起了一名女子，没想到这女子竟是一条大蟒蛇变的。她要吃掉善财，因为她已经饿了十八年。善财认为是自己救了她，她不应该吃掉自己的救命恩人。于是善财与蛇魔为了人是该"以德报德"还是该"以怨报德"的问题争论不休。他们还请了很多人来作证，其中包括庄子。最后观音救了善财，并且利用计谋让蛇魔爬回先前曾关着她的小瓶子里，然后观音将瓶子放在潮音洞内（普陀山两个有名的洞窟之一，朝圣者会到这里祈求亲睹观音），并告诉蛇魔说，

---

① 陈玮君：《天台山遇仙记——浙江山的传说故事》，236 页，北京，中国民间文艺出版社，1984。

② 黄永武：《敦煌宝藏》，第 131 册，伯 3 874 号，台北，新文丰出版公司，1981。

③ 张希舜：《宝卷·初集》，第二十七册，《善财龙女宝卷》，太原，山西人民出版社，1994。

只要净化心中的毒素，就可以修行证果。蛇魔修炼七年后，转化为龙女，充满毒素的心也净化为夜明珠，献给了观音，观音因此收她为自己的徒弟。

龙女的神职功能和善财童子一样，是观音普济众生的得力助手，有时还能独当一面。在《西游记》小说中，孙悟空被黄袍怪的金钵锣夹住，观音就是派龙女拿着自己的法器来帮助孙悟空的。但在很多时候，龙女和善财一起，出现在观音身边。《普陀落迦新志》记：元顺帝时，刘仁到普陀朝音洞见到了观音，也见到观音身边的其他人物："更或善财龙女，合掌旁参，罗汉韦天，步云翊卫，珠幢玉节，罗立云涛，鹦鹉频伽。"[1] 还如王应吉《幻录戒杀哀言》记载："明万历年间，吉奉使命，便道还里，忽大病，恍惚有人昇予行。旋坠水见鳞甲种种来前。自念昔啖此，为难矣。忽有人扶登崖上，则观音大士倚崖坐，善财龙女旁列。予叩拜。大士曰：'汝本善知识转身，素虔奉我，今因杀生，故有是病。若戒杀，当愈。'予谨受教，大士出醍醐，色黄碧，饮之味清冽，及觉，余香犹在唇间，病渐愈。"[2] 这样，善财、龙女与南海观音一起几乎成了一种带有"符号"意蕴的组合，成为南海观音形象的一个标志。

观音身边的善财、龙女，是民俗佛教信仰对观音形象的创造。观音、善财、龙女三者，成为民间信仰中最常见的观音形象组合，并在戏曲舞台上形成了一定的程式：观音登场时，总是先有善财、龙女的出场，然后才是观音菩萨的亮相。

2. 韦佗

观音身边还有一位法力无边的保护神——韦佗天尊。韦佗作

---

① 王享彦：《普陀落迦新志》，卷一，19 页，杭州，浙江摄影出版社，1990。

② 王应吉：《幻录戒杀哀言》，转引刑莉：《观音——神圣与世俗》，248 页，北京，学苑出版社，2000。

为观音的护法神，虽然在南海观音的造型中出现不多，但在有关的灵验故事中却经常会出现。

佛教中的韦佗菩萨本是天神之一，《广弘明集》中提到的四大天神就是金刚密迹大辩天神、功德天神、韦佗天神和毗纽天神。另据志磐《佛祖通记》卷三十三记载，寺庙供立的十六位天神神位中，也有"加立摩利支韦佗"神位。可见在信徒的宗教信仰实践中，韦佗护法天神是处于比较重要的地位，以至在一般佛寺里都有韦佗的塑像，还传说从韦佗菩萨的立像姿势可以确定寺庙的某些制度，如果韦佗立像是双手合十，则表示此寺提供吃住，那些云游的僧人只要一看到山门或庙里韦佗菩萨，就知道如何向庙祝化缘了，少了许多不必要的口舌。

韦佗之名，来源于印度文学《吠陀》本集中的"吠陀"。"吠陀"梵文为 Vada，音译为"韦佗"，有时写成"韦陀"或"韦佗"，意译本是知识、智慧的意思，因此在张大复《海潮音》传奇中，他就被塑造成了一个善思罗汉。中国民间的韦佗故事，流传最广的还是那"对面夫妻"的传说。所说的是：观音在化银造洛阳桥的时候，被吕洞宾识破了天机，吕想要捉弄一下观音，就施法术让一个叫韦佗的后生把银子掷到了观音身上，观音为了不失信于人，在洛阳桥造成之时，把韦佗带回了落迦山。当然，佛法森严，他们没有成亲，只成了"对面夫妻"①。由此，很多佛殿在观音菩萨像的对面，都塑有一尊韦佗像。

岭南文化对这一"对面夫妻"的故事作了大胆的想象和丰富的创造，如前论及，在粤剧《观音得道》中把观音出家修行和观音与韦佗的爱情作为剧情发展的两条线索。

韦佗为观音菩萨护法神的信仰在民间流传，影响很深，有时

---

① 陈玮君：《天台山遇仙记——浙江山的传说故事》，248 页，北京，中国民间文艺出版社，1984。

韦佗不仅保护观音，而且还作为人间一方水土的保护神灵。在江西南丰的傩舞中，韦佗作为傩神，手舞金铜奋勇出击，大克敌魔，使户家吉庆平安①；江西弋阳腔目连戏的演出一般是五天左右，每晚演出之前需要举行"韦佗开台"② 仪式，在这里韦佗又成了驱魔保吉祥的金刚。

从以上对南海观音身边三个胁持的发展变化分析可以看出：他们本来都是佛经中的一个普通神灵，和观音菩萨的关系十分疏远（只有善财童子曾经向观音求过学），但随着观音信仰影响的不断扩大，人们根据中土文化对神灵认识的传统思维模式，把他们组合到了观音身边，并且还给他们的出身、品行作了带有明显民俗化的创造，使南海观音完全成为一个中土化的神仙。这种对观音身边人物的传说塑造，实际上间接地解构了观音的神性，建构了观音的人性。

二、观音周边异物考论

1. 莲花

从印度文化来说，莲花的文化意蕴本来就十分深厚。古代的印度先民以莲花象征女阴，公元 7 世纪早期印度岛石窟毁灭神湿婆神庙中央的湿婆三面像中，左边的女相便手持象征女阴的莲花。还有，印度梵文"莲蓬"与"子宫"是同一个词，莲蓬本是植物的子房，这说明了印度先民把多籽的莲蓬作为生殖繁盛的象征，所以莲花首先寄寓的是印度先民们的生殖崇拜心理。同时，梵文中"莲花"一词，是 Kamala 和 Padma，这带有阴性长 a 尾音，表示栖居莲荷中的女神：迦摩罗 Kamala 和帕特摩 Padma。据说，她与世界的创造者和庇护者毗湿奴的佳配吉祥天

① 毛礼镁：《江西傩及目连戏》，55 页，北京，中国戏剧出版社，2004。
② 毛礼镁：《江西傩及目连戏》，69 页，北京，中国戏剧出版社，2004。

女拉克西米是等同划一的。① 拉克西米是运气、昌盛和好命运的象征，她司管着土地的丰产和水分，以及地球子宫的宝石和贵重金属，并被表现成站在莲花上。莲花对于女神，就像其他神祇与他们的动物或交通工具一样，是其神性的象征，如公牛南迪是湿婆性本质的动物符号，雄野鹅是婆罗门的代表一样，莲花则是吉祥天女拉克西米的植物符号，莲花又成为女神的象征。

佛教文化吸收了这种"莲花文化"，并赋予它特殊的宗教意蕴，莲花也就成为佛教经典中出现最多的象征物之一。印度佛教是着重探求解脱人生苦难的宗教，其基本的理论模式是：此岸—渡达—彼岸。"此岸"即现世，是苦海；"彼岸"即来世，是佛国。莲花在佛教中一常见的寓意，比喻"彼岸"那美妙的净土世界。如《华严经》就精细地描绘了"莲花藏世界"。同时佛教所宣扬的从此岸到彼岸的解脱、渡达过程就是从尘世到净界的过程，这也好似莲花从淤泥中生而不染的习性，于是莲花在佛教中又象征着不染和清净。而佛经中常用莲花来比喻小乘、大乘佛教中关于解脱、渡达过程主要有两种观点：其一，小乘教强调离此即彼、去恶从善、舍染就净，因而厌恶人生、隐遁禁欲；其二，大乘教着重即此即彼、即恶即善、即染即净、不离两边，在现实生活中寻求解脱。理论、教义不同，所以，在以莲花为喻时也各有不同。小乘教强调的是"不著世间如莲华"②；而大乘教强调的是"譬如高原陆地，不生莲花；卑湿淤泥，乃生此华"③。前者是不着淤泥故不染；而后者是虽着淤泥却不染，如"譬如莲

① ［德］齐墨尔·海因里希著，李建雄等译：《莲饰的象征》，《西藏艺术研究》，1995 年第 1 期。

② 鸠摩罗什译：《维摩诘所说经》，卷一，见《大正藏》，第 14 册，538 页，台北，台湾佛陀教育基金会出版部，1990。

③ 蕴闻：《大慧觉普禅师语录》，卷二十，见《大正藏》，第 47 册，894 页，台北，台湾佛陀教育基金会出版部，1990。

花出自淤泥，色虽鲜好，出处不净"①，"清白之法具足圆满……犹如莲华，于诸世间，无染污故"②。甚至那种宣扬佛教净土思想的一些重要经典也以莲花为喻，如《法华经》又被称为《妙法莲华经》。

佛教造像往往直接借用莲花的造型来比喻净土，很多菩萨造像都与莲花发生了关系。在我国敦煌、云岗、龙门等地早期造像石窟中，也有很多以莲花为内容的艺术构想，像龙门石窟的宾阳洞雕有莲花装饰图案，莲花洞窟顶上的莲花独具特色。就是在一般的寺庙里，佛、菩萨的雕塑也离不开莲花，不是高踞莲花座上，就是手持莲花，注目凝思。

下面，我们再来看看观音菩萨与莲花的关系。

从造像看，西藏密教把手持莲花的造像作为观音菩萨的特有造型。这种造像，六七世纪开始在西藏流传，它们姿势各异，传播范围很广，如今在西藏几乎每一处寺院都可以见到。本来，佛教大多数菩萨都手持莲花，但是从 13 世纪以后，持莲花菩萨基本成为观音特有的造型③，被称之为莲花手。因此在密教造像中，莲花手被看作是观音的一种身形。

当然，这种造像的直接依据是佛经，经典中直接说到了观音名号为莲花手。如在《佛说秘密相经》中说："而时世尊大毗卢遮那如来，告圣观自在菩萨摩诃萨言：即汝莲花手是名为莲花。"④ 另在《大乘庄严宝王经》中阿修罗王与观音化身的那罗

① 鸠摩罗什译：《大智度论·释初品中尸罗波罗蜜议之余》，卷十四，见《大正藏》，第 25 册，163 页，台北，台湾佛陀教育基金会出版部，1990。

② 康僧铠译：《佛说无量寿经》，见《大正藏》，第 12 册，274 页，台北，台湾佛陀教育基金会出版部，1990。

③ 李翎：《藏密观音造像》，129 页，北京，宗教文化出版社，2003。

④ 施护译：《佛说秘密相经》，见《大正藏》，第 18 册，467 页，台北，台湾佛陀教育基金会出版部，1990。

延天斗法打败后，请求观音救其脱离苦海时，也说："归名大悲莲华手，大莲花王大吉祥。"① 还有在《大乘庄严宝王经》中，当除盖障菩萨为求六字真言大明咒，来到波罗奈大城，空中出现了观音，经中描写为"莲花手莲花吉祥，如秋月色发髻宝冠顶戴，一切智殊妙庄严"②，等等。这些都直接说明了观音就叫莲花手。

另外，千手观音中有一手也被称为莲花手。《千手千眼观世音菩萨广大圆满无碍大悲心陀罗尼经》中说"若为种种功德者，当于白莲花手。若为欲得往生十方净土者，当于清莲花手"③；在《千光眼观自在菩萨秘密法经》中称千手千眼观音为莲花王："尔时世尊以梵音声赞观自在菩萨言：'善哉善哉大莲花王……'"④这是对千手观音持有莲花的手的称呼。

佛教还认为，莲花是观音最重要的标记。观音从菩萨转佛时，必持莲花以为标志。《阿裟缚抄》说："中台观音成阿弥陀佛之时，五佛宝冠持三茎莲花。"而且，观音主要咒语大明咒"唵—嘛—呢—叭—咪—哞"的实际含义是：神圣啊，红莲花上的宝珠，吉祥！这些内典佛理都说明了莲花与观音的特殊关系。

民俗佛教中也从不同方面说明了观音与莲花的关系。在尼泊尔民间，流传着观音就是莲花手的传说。故事大概为：一头象想要去摘池塘中的莲花，它不幸滑进烂泥中，这头象痛苦地大喊求救，祈祷那拉衍那（毗湿奴的一个身形）来救它，这时正在丛

① 天息译：《大乘庄严宝王经》，卷二，见《大正藏》，第 20 册，53 页，台北，台湾佛陀教育基金会出版部，1990。

② 天息译：《大乘庄严宝王经》，卷四，见《大正藏》，第 20 册，60 页，台北，台湾佛陀教育基金会出版部，1990。

③ 伽梵达摩译：《千手千眼观世音菩萨广大圆满无碍大悲心陀罗尼经》，见《大正藏》，第 20 册，111 页，台北，台湾佛陀教育基金会出版部，1990。

④ 三昧苏缚罗译：《千光眼观自在菩萨秘密法经》，见《大正藏》，第 20 册，99 页，台北，台湾佛陀教育基金会出版部，1990。

林中的圣观音听到了求救声，马上变成那拉衍那的样子，从沼泽中救出大象，得救的象将莲花献给观音，观音又将莲花给了释迦牟尼佛。释迦牟尼佛谢过观音的莲花，要他将莲花献给他的本尊无量光佛，观音将整个故事告诉了无量光佛。为了赞扬观音的慈悲行为，无量光佛让他永远保持莲花，继续做有利于众生的事。从此以后，观音就以莲花手而著称。①

　　在汉传民俗佛教观音信仰中，也有许多观音形象将莲花作为陪衬，统计三十三观音形象中与莲花相关的有以下几种：白衣观音，左手持莲花，右手做与愿印，处白莲花中；卧莲观音，卧于池中莲花之上；施药观音，右手支颊，左手在膝头捻莲花；一叶观音，又作莲叶观音，乘莲花漂行于水面；青颈观音，手持莲花；威德观音，坐于岩畔，左手持莲花；多罗尊观音，手持青莲花；不二观音，坐于莲叶之上；持莲观音，坐在莲叶上，双手持莲花。可见，观音与莲花的关系十分密切。

　　并且，随着观音信仰的不断中国化，在汉地民俗信仰中，莲花对于观音不仅是手中的饰物，还有了更新的涵义。

　　莲花有时成了观音的宝物之一。在神魔小说《华光天王传》第一出"玉帝起斗宝逍遥会"中，观音向玉帝献的宝贝就是莲华座，观音还特别奏明说："臣此宝，善者登，自然通慧，可知百世；恶者登，变作刀山，一华莲花可縈万物，撇上半空；呼刀成刀，呼剑成剑，千变万化。"② 在《西游记》中，观音就是以这莲花座为法器收服了红孩儿的。这样，莲花又成了观音降魔伏妖的法器。

　　还有些时候，莲花成了一种对妓女的特别称谓。如在冯梦龙编的话本《月明和尚度柳翠》故事中，空法长老对柳翠说了观

---

① 李翎：《藏密观音造像》，134 页，北京，宗教文化出版社，2003。
② 余象斗：《华光天王传》，18 页，上海，上海古籍出版社，1994。

音化娼的故事后，特别强调说："这叫做清净莲花，污泥不染。"① 这样"清净莲花"又成为有才德妓女的特称。钱钟书先生说："以莲瑞称高洁，实为释氏常谈……此喻到明渐成妓女之佳称，如梅鼎祚著录妓女有德才者为《清泥莲花记》。"② 这种佳称可能就是从观音化娼的故事而来，是观音与莲花关系的一种引申。

当然，莲花不仅仅是佛门圣物，中国文学中也很早就出现莲花意象。《诗经》中"彼泽之阪，有蒲与荷……有美一人，硕大且卷"的比喻，奠定了莲花与女子之间的类比关系；而《楚辞》的"制黄荷以为衣兮，集芙蓉以为裳"，又开启了莲花与士大夫之间的类比关系。这些莲花寓意是中国文化中莲花的原型意义，而更多的时候，莲花在中国文化中是士大夫人格的象征，如周敦颐的《爱莲说》，以莲花喻君子，莲花成为儒家道德人格的象征。这样莲花与观音的美妙结合，当然容易被中土民众接受。

2. 柳枝、净瓶

在早期的印度佛教或密教中，观音是手持莲花的，而后来民俗信仰中的观音画像，尤其是南海观音的画像中，观音的手中或身边常常是一只净瓶，净瓶里装着几枝杨柳枝。这净瓶和杨柳本都是日常的生活用品，后来逐渐神圣化了，最终成了菩萨手中的饰物，具有无比的法力，其净瓶中的甘泉用杨柳洒落，不仅可以给人们消灾除害，还可以带来祝福。那么，杨柳和净瓶是怎样成为观音菩萨身边的饰物的？人们选择这些作为观音的饰物，又寄予了怎样的含义呢？

其实，柳枝成为菩萨的饰物与古印度人用"齿木"的习惯

---

① 冯梦龙编：《古今小说》，第二十九卷，《月明和尚度柳翠》，437 页，北京，人民文学出版社，1959。

② 钱钟书：《谈艺录》，278 页，北京，中华书局，1998。

有关。齿木就是刷齿之小木也，相当于我们用的牙刷。唐朝僧人义净记载僧人们用齿木的情况："每日旦朝，须嚼齿木，揩齿刮舌，务令如法。盥漱清净，方行敬礼，若其不然，受礼礼他，悉皆得罪。其齿木者，梵云惮哆家瑟托（Dandakatha），惮哆译之为齿，家瑟托即是其木。长十二指，短不减八指。大如小指，一头缓须熟嚼。"① 可见，嚼齿木是僧人洁净牙齿的生活习惯。印度僧人还总结了用齿木的诸多好处，如"一口不苦；二口不臭；三除风；四除热；五除痰荫……又五利：一除风；二除热；三令口滋味；四消食；五明目"②，要求僧侣每天必须以此清洁口腔，并从宗教仪规的角度，加以强调。

后来，齿木不仅仅是一种洁具，还具有深厚的文化意蕴。如曰："印度国人，凡请僧食，乃至世人，相命皆先遗其齿木。以种种香华严饰授而与之，当知明日请彼饭食也。"③ 也就是说，如果你要请客吃饭，送给他一块齿木，就表示相邀了。这里的齿木就不只是具体洁具，还带有一定的礼节仪式含义。

齿木究竟是什么东西做的呢？一般人认为就是杨柳，如《释氏要览》就直接把嚼齿木当作嚼杨枝。但据我国古代僧人考证，印度可用来做齿木的材料很多，"或可大木破用，或可小条截为。近山庄者，则柞条葛蔓为先；处平畴者，乃楮桃槐柳，随意预收。……其木条以苦涩辛辣者为佳，嚼头成絮者为最。龗胡

---

① 义净：《南海寄归内法传》，见《大正藏》，第54册，208页，台北，台湾佛陀教育基金会出版部，1990。

② 释道诚：《释氏要览》，卷一，见《大正藏》，第54册，276页，台北，台湾佛陀教育基金会出版部，1990。

③ 阿阇梨：《大毗卢遮那成佛经疏》，卷五，见《大正藏》，第39册，626页，台北，台湾佛陀教育基金会出版部，1990。

叶根极为精也（即仓耳根并截取入地二寸），坚齿香口。"① 也就是说，齿木可以由桃树、楮树、槐树或柳树等做成。当然，不同的树木做出的齿木质量也是不一样，有着不同的优缺点。其中柳质齿木的缺点是"嚼齿木时矣，亦有用细柳条，或五或六，全嚼口内不解漱除，或有吞汁将为珍病，求清洁而返秽，冀去疾而招痾。或有斯亦不知，非在论限"②。在《大唐西域求法高僧》中也说明"根本殿西有佛齿木，树非是杨柳"③。可见，僧侣并不认为柳条是做齿木的最佳选择。

不是最好并不等于不用。印度人所用齿木可以是不同的树种，当然也包括了杨柳枝。当印度的这种齿木文化传入到中土时，就普遍认为齿木的原料是杨柳了。因为在我国北方，虽然自然环境不是很利于一些树木的生长，而杨柳却是一种很容易成活的、具有极强生命力的树种，所以杨柳在我国北方很多。同时从文化角度来说，自古以来中国文化中就有崇柳的习俗，在这种自然环境与文化心理影响下，就以柳枝概全，以为齿木就是杨柳枝了。

当然，使观音净瓶中插上杨柳更多的是民俗文化的承载。在中国民俗中，柳枝有驱邪功能，因为柳枝本来具有药用价值。如《释氏要览》卷下记载："北人风俗，每至重午等节日，皆以盆盛水，内插柳枝，置之门前以辟恶。"《齐民要术》曰："正月旦，取柳枝著户上，百鬼不入家。"段成式的《酉阳杂俎》记载唐代有戴柳圈驱邪的习俗，每逢三月三，皇帝都会给每个侍臣发

---

① 义净:《南海寄归内法传》，见《大正藏》，第54册，208页，台北，台湾佛陀教育基金会出版部，1990。

② 义净:《南海寄归内法传》，见《大正藏》，第54册，208页，台北，台湾佛陀教育基金会出版部，1990。

③ 义净:《大唐西域求法高僧传》，卷一，见《大正藏》，第51册，6页，台北，台湾佛陀教育基金会出版部，1990。

一个柳圈，让他们戴在头上驱邪。在后来地方志的风俗志中就记载了大量的插柳驱邪的习俗。如清光绪的北京《昌平县志》岁时习俗称"清明日，家家插柳于门，男女亦各戴之"；民国的《天津志略》曰："清明前后，扫墓者多，车马往来，不绝于途，恒插柳枝于车棚以归，小儿以柳枝编帽圈戴之，谣曰：'清明不戴柳，嗣后变黄狗。'"清光绪陕西《保安县志》说："三月三日，插柳于门，男女各戴之，谣云'清明不戴柳，红颜成白首。'"光绪甘肃《文水县志》曰："三月三讳日，以杨柳枝鞭房内四壁。避蛇蝎诸毒虫。帖观音杨柳符。"光绪《岷山州志》云："五月五日，户插柳枝，人簪艾叶。"等等。可见以柳驱邪的习俗在我国分布很广，而且还由插杨柳的实物衍变出了杨柳符。当人们对观音的祈求并不只限于《普门品》中的排解三灾八难，而扩大到日常生活的各个方面时，人们希望观音能解决生活中的诸多苦难，并因此把有着驱邪作用的柳枝当作她的法器了。

同时，对杨柳崇拜，还包括柳枝被当作雨神崇拜的内容。杨柳性习水，多生长在水边，每当风雨来临之际，给人以直观的感受，因此"水边的柳又被当作司雨的雨神"[1]。《广雅疏证》说：雨师的名字叫作怪（柳）。段玉裁说：一名雨师，罗严云叶如丝，天将雨，怪先起气迎之，故曰雨师。在唐代，普照僧伽就曾经手持杨柳，为民求雨。后来还有瓶中插柳以求雨的祈雨仪式，如清乾隆的《栾城县志》："岁值旱，人戴柳枝，用幡幢，笙鼓迎龙神像置坛前，祈祷得雨乃止。"光绪《献县志》："祈雨：请关帝或龙王像，设坛三日，昇像铙鼓游于市，门前插柳枝，人戴柳帽，且执柳洒水做下雨状，雨降则演戏酬神。"民国十年的辽宁《凤城县志》："大旱之年，乡人多集龙神庙前，以祈甘雨，

---

① 王孝廉：《水与水神》，12 页，北京，学苑出版社，1994。

不烟，不酒，不撑伞，不戴笠，概以柳圈罩头，剪纸为旗，各执一，上书'沛然下雨'等字，悉面庙跪香。如三日不雨，便各处造求……路遇井泉，庙宇，皆焚香叩拜，有捧水瓶者，以柳枝醮洒之，众口同呼雨降，乃起乃行。跪祷。"等等。

　　柳枝既然可以祈天降雨，那柳枝的主人应更加有降雨的本领，因此，人们也常把观音当作祈雨的对象。如杭州的上天竺寺，在宋代就是地方官求雨的主要场所，每当"旸雨不时"①，他们就会带着百姓迎请寺中的观音像下山或直接到寺中向观音祈祷，每年二月十九的观音诞最为灵验，凡是当天祈雨或祈晴皆"无不感应"②。这种风俗一直持续着，到清代，祈雨时"以迎请天竺观音大士下山为极致"，观音入城时，即使是天气晴朗，也一定有"片云相送"，而且三日内无不"渥沛甘霖"③；另外苏州府吴县的光福寺也曾是向观音求雨的场所，相传北宋康定元年（1040 年），当地居民在泥土中得到一观音像，因当时久旱无雨，乡人就向观音祈祷，不久，果然下雨。从此人们对观音的灵验深信不疑，凡有旱，就向观音求雨。在道光十二年（1832年），"自夏到秋，恒风无雨"，当地巡抚林则徐还率领全城百姓迎请观音菩萨到城中祈祷，观音再次显灵，"普降甘霖"④。明末大旱，在苏州的玄墓，也传闻有观音"自湖中浮出"，百姓"祷之辄应"，地方官员，将神像迎至其瑞光寺，专门由僧人负责求雨⑤。在浙江的嘉兴地区也以观音为求雨之神，如在北宋宣和五年（1123 年）间遇到了严重的大旱，居民就向当地的精严寺观

---

① 光绪《杭州府志》，卷三十四，民国十一年铅印本。
② 范祖述：《杭俗遗风》，同治三年手抄本。
③ 梁章钜：《浪迹续谈》，卷一《天竺大士下山》，230 页，北京，中华书局，1981。
④ 光绪《苏州府志》，卷三十九《寺观》，光绪九年刊本。
⑤ 祁彪佳：《祁中敏公日记》，明末祁氏远山堂抄本。

音祈祷，结果很灵验①。因此后凡遇到天旱不雨，乡人必向观音
祈求，据说"必有灵验"②。还有浙江湖州地区，每年遇到旱情
时，人们就会把吴羌山寺里的观音大士像请下山，当地的地方官
就必须去主持那里的祈雨活动，③ 等等，不一而穷。甚至，因为
观音手持降雨的柳枝，人们以为观音有了左右天气的本领，于是
又有了向她祈晴、祈雪④的种种愿望。

　　由上观之，柳枝成为观音手中的法器虽然是从印度佛教文化
生发而来的，但它更多的是承载着本土民俗的内涵，无论是驱邪
避害，还是祈雨祈雪，反映的都是民俗的内容。

　　净瓶也是观音的宝物之一，并经常与杨柳一同出现。净瓶，
梵名为 kalasa，指以陶器或金属等制成、用以盛水的器具，为比
丘的十八物之一，盛水供饮用或者洗澡，又称水瓶或者澡瓶。在
佛经中有多处记载：

　　　　《敕修百丈清规》云："净瓶，梵语。捃雉迦，此
　　　云瓶。"⑤

　　　　《释氏要览》云："净瓶，梵语军迟，此云瓶，常
　　　贮水随身，用以净手。"⑥

　　　　《寄归传》云："军迟有二，若瓷瓦者是净用，若

---

①　光绪《嘉兴府志》，卷三十五《祥异》，光绪四年刊本。

②　光绪《嘉兴府志》，卷十八《寺观一》，光绪四年刊本。

③　民国《德清县新志》，卷二《舆地志·风俗》，1923。

④　明传奇：《蕉帕记·祈雪》，《六十种曲》，第9册，105页，北京，中华书局，1996。

⑤　释德辉：《敕修百丈清规》，见《大正藏》，第48册，1 139页，台北，台湾佛陀教育基金会出版部，1990。

⑥　释道诚：《释氏要览》，见《大正藏》，第54册，276页，台北，台湾佛陀教育基金会出版部，1990。

铜铁者是触用。"①

可见，净瓶本是僧侣们随身携带的盛水器具，后来由于水在僧侣生活中的重要性，而盛水净瓶的作用也提高了，并被认为有了护命的作用。《四分律》云："有此，比丘遇无水处，或有虫，渴杀。佛知制戒，令持触净二瓶，以护命故。"②

现在的问题是，印度的僧侣们为什么会把净瓶这样一个盛水的器具赋予无边的法力呢？这实际上是古印度崇水习俗的反映。在古印度文化《吠陀》经典里，最早的神灵就是自然界自身的力量和因素，即天空、太阳、大地、火、光、风、水、性等，并对这些神秘的自然之神充满着恐惧和赞叹。在《梨俱吠陀》中，就有大量对水的赞歌，如《水神颂》篇："那众水，或从天上来，或从地下掘出，或是天然的自由流泻，光亮的，涤清的，奔流向大洋，这里让众水——那些女神——保护我。"③ 这表达了对水的礼赞，认为盛水的器具也是神圣的，并使之成为宇宙神灵的饰物。据法国学者雷奈·格鲁塞的描述，在《奥义书》时代的"大梵天王"就有手持净瓶的造型，书中这样写道："《奥义书》同时还发挥着一种精神上的一元论，认为灵魂的本性和宇宙的本性即神格，是同一的。此宇宙的神格被描述成'梵'，最初指僧侣祈祷时的礼仪，后由此名产生一种特有的祭祀之神'大梵天王'，在印度的雕刻中，我们可以看到此神头上有螺髻，手持婆罗门的澡瓶。"④ 这天王手中的澡瓶，以及澡瓶里的水，

---

① 义净：《南海寄归内法传》，见《大正藏》，第54册，212页，台北，台湾佛陀教育基金会出版部，1990。

② 道宣：《四分律删繁补缺行事钞》，卷七，《大正藏》，第40册，82页，台北，台湾佛陀教育基金会出版部，1990。

③ 糜文开编：《印度文学历史名著选》，《梨俱吠陀·水神颂》，25页，台北，东大图书有限公司，1981。

④ ［法］雷奈·格鲁塞：《东方的文明》，98页，北京，中华书局，1999。

被认为是一切生命的源泉，这就是古印度水崇拜的显证。佛教吸收了古印度有关信仰，也把净瓶当作了一神圣的饰物而引进到佛教造像里，在胎藏界荼罗诸尊中，弥勒菩萨、不空绢索观音菩萨，以及十一面观音菩萨等皆持军迟（净瓶），在《千手千眼观世音菩萨广大圆满无碍大悲心陀罗民经》中，净瓶为千手千眼观音的四十持物之一。中国文化中对于水的崇拜也体现在中国民间信仰中，如道教中的圣水信仰。这样在这众多文化因素的组合中，净瓶自然也就成为观音救度众生时经常使用的法器。在观音本生故事妙善传说中，净瓶又成了见证妙善肉身脱离尘世凡胎圆寂成佛的一个标志。①

这里，我们对南海观音形象的外延诸因素进行了考论，其中有些与南海观音有着直接的关系，如善财、龙女；有些则是南海观音所隐含的内在因素，如莲花、韦佗。这些神人异物虽然可以从佛教内典找到其来源，但更多的还是其所含有的许多民俗宗教信仰的成分，所带有的丰富的民俗内容，寄托了人们希望观音能消灾祈福的种种愿望。这也是中土南海观音信仰最主要的特征之一。它们以具体、直观的存在标示着南海观音的文化内涵，下面我们再来看俗文学中对于南海观音信仰及其形象的艺术再现。

第三节　取经故事中的观音

南海观音以其道场的深广影响力而广泛流传，无处不在。纵观小说戏曲等俗文学作品，对南海观音表现最为突出的是以取经为题材的"西游记"系列和以目连救母为题材的目连戏系列。下面我们以这两类题材的相关作品为主要研究对象，来考察南海

---

① 曼陀罗室主人：《观世音菩萨的故事》，139 页，西安，陕西师范大学出版社，2002。

观音形象。

　　以玄奘西天取经为题材的《西游记》小说所塑造的观音形象是将民间观音信仰艺术化的典范，当我们考察《西游记》成书及其传播过程中诸神的变化，就会发现观音菩萨在取经故事中的形象和地位一开始却并不突出。其地位是不断加强的，其形象也是不断丰富的。从这种变化过程中可以看出中土观音信仰发展历史的某些特点。

　　关于《西游记》的成书，不少研究者都作过详实、细致的考证，虽然在某些细节上还有着不同看法，但对成书的大体过程，以及成书过程中重要作品出现的先后，意见基本一致。概括说来，取经故事的传播历史可以分成四个阶段：一是实录阶段，主要以唐代出现的《大唐西域记》、《大慈恩寺三藏法师传》等佛家纪实性作品为代表；二是诗话、杂剧等讲唱文学阶段，主要以《大唐三藏取经诗话》和《西游记》杂剧为代表①；三是小说成熟阶段，以世德堂本《西游记》小说为代表；四是小说成熟后阶段，以戏曲《升平宝筏》、评书《西游记》等俗文学为代表。

一、《西游记》小说之前取经故事中的观音形象

（一）实录阶段中的观音信仰

　　唐代僧人玄奘本来就是一个虔诚的佛门弟子，在没有西去取经时，对观音及其相关经典就十分笃信。"玄奘隋末出家，唐武德初入蜀至成都，寓今院（圣寿寺），院有观音素像，师凤宵行道，环绕虔肃，凡三年，其地为之没踝。"② 后来他修持的《般

---

① 这里应该还包括《西游记平话》一书，由于其所保存的内容较少，因而略之。
② 侯傅：《圣寿寺重装灵感观音记》，《巴蜀佛教碑文集成》，120 页，成都，巴蜀书社，2004。

若心多经》，也传说是观音授予的：

> 　　一日，师行道，有僧衣弊疡秽癯焉至，师告曰：
> "以尔不蠲，勿触污吾道场。"僧复之曰："子不读《普
> 门品》乎？应以比丘身得度者云何？"师悟，乃膜拜，
> 则皇染既已化为观自在菩萨之行矣。因授师以《般若
> 心经》，且教之曰："它日逢苦厄，诚心诵此，吾必护
> 汝。"言讫忽而不见。①

同样的事迹在《大慈恩寺三藏法师传》中也有记载：玄奘在蜀
地时，"见一病人，身疮臭秽，衣服破污，愍将向寺施与衣服饮
食之直。病者惭愧，乃授法师此经（《般若心多经》），因常诵
习。"② 后来，在取经途中，"逢诸恶鬼，奇状异类，绕人前后，
虽念观音不得全去，即诵此经，发声皆散，在危获济，实所
凭焉。"③

　　正因为玄奘对观音菩萨如此虔诚，所以他对在西域取经途中
所见闻的有关菩萨的事迹特别留意，并进行了详细描述，告诉人
们印度各地对观音的虔诚。一路上他注意到的观音圣像有：

> 　　其南则有观自在菩萨立像。或见执香炉往佛精舍周
> 旋，右绕观自在菩萨像。南窣堵波中有如来三月之间剃
> 剪发爪，有婴疾病旋绕多愈。

> 　　（北印度）乌仗那国，迦湿弥罗国，迦毕试国：有
> 观自在菩萨相，有人至诚愿睹，菩萨从其相中出妙身色

---

　　① 侯傅：《圣寿寺重装灵感观音记》，《巴蜀佛教碑文集成》，120 页，成都，
巴蜀书社，2004。
　　② 慧立、彦悰：《大慈恩寺三藏法师传》，16 页，北京，中华书局，2000。
　　③ 玄奘述，辨机撰：《大唐西域记》，季羡林等校注，18 页，北京，中华书
局，2000。

相，安慰行者。①

（南印度）驮那羯磔迦国（亦称大安达逻国），建
至补罗城及秣剌耶山。有诸国王作为南北标界，东面而
坐的两躯观自在菩萨像，"相传此菩萨身没不见，佛法
当尽。"今南隅菩萨也没至胸矣。②

这些观音塑像表明公元7世纪初期观音在印度受到了人们普遍的
敬仰。另外，他还详细记载了当地信徒们能亲睹菩萨显灵的
事迹：

（孤山）正中精舍有观自在菩萨像，躯量虽小，威
神感肃，手执莲华，顶戴佛像。常有数人，断食要心，
求见菩萨。七日、二七日，乃至一月，其有感者，见观
自在菩萨妙像庄严，威光赫奕，从像中出，慰谕其人。
昔南海僧伽罗国王清旦以镜照面，不见其身，乃睹赡部
洲摩揭陀国多罗林中萧山上有此菩萨像。王深感庆，图
以营求。既至此山，实唯肖似，因建精舍，兴诸供养。
自后诸王，尚想遗风，遂于其侧建立精舍灵庙，香花伎
乐，供养不绝。③

（论师）……在观自在菩萨像前诵《随心陀罗尼》，
绝粒饮水，时历三岁，观自在菩萨乃现妙色身，谓论师
曰："何所志乎？"对曰："愿留此身，待见慈氏！"观
自在菩萨曰："人命危脆，世间浮幻。宜修胜善愿生睹

---

① 玄奘述，辨机撰：《大唐西域记》，季美林等校注，41页，北京，中华书
局，2000。
② 玄奘述，辨机撰：《大唐西域记》，季美林等校注，930~933页，北京，中
华书局，2000。
③ 玄奘述，辨机撰：《大唐西域记》，季美林等校注，773页，北京，中华书
局，2000。

史多天。"①

不仅如此，在异国他乡，玄奘对自己在取经路中的安全也没把握，面对传说如此灵验的菩萨，由于内心的恐惧也想寻找点慰藉，于是这位享誉五印的东土法师，也在菩萨前跪下了：

> 法师欲往求请，乃买种种华，穿之为蔓，将到像所，志诚礼赞讫，向菩萨跪发三愿："一者，于此学已还归本国，得平安无难者，愿华住尊手；二者，所修福慧，愿生睹史多宫事慈氏菩萨，若如意者，愿华贯挂尊两臂；三者，圣教称众生界中有一分无佛性者，玄奘今自疑不知有不，若有佛性，修行可成佛者，愿华贯挂尊颈项。"语讫，以华遥散，咸得如言。即满所求，欢喜无量。其旁同礼及守精舍人见之，弹指鸣足，言未曾有也。当来若成道者，愿忆今日因缘先相度耳。②

果然，菩萨对这位顶礼膜拜者也特别青睐，让他体会到了最圆满灵验的快感。

另一部传记性作品《大慈恩寺三藏法师传》，也对玄奘西行取经过程作了详实的描述。和《大唐西域记》相比，此书的文学性强些，内容有了一些虚构，对观音菩萨的灵验描述得更为神奇：

> 时行百余里，失道，觅野马泉不得，……（玄奘）专念观音，西北而进。是时四顾茫然，人鸟俱绝。夜则妖魅举火，烂若繁星，昼则惊风拥沙，散如时雨。……是时四夜五日无一滴沾喉，口腹干燥，几将殒绝，不复能进，遂卧沙中默念观音，虽困不舍。启菩萨曰："玄

---

① 玄奘述，辨机撰：《大唐西域记》，季羡林等校注，884页，北京，中华书局，2000。

② 慧立、彦悰：《大慈恩寺三藏法师传》，卷三，78页，北京，中华书局，2000。

奘此行不求财利，无冀名誉，但为无上正法来耳。仰惟
菩萨慈念群生，以救苦为务，此为苦矣，宁不知耶？"
如实告时，心心无辍。至第五夜半，忽有凉风触身，冷
快如沐寒水。遂得目明，马亦能行。①

另据其描述，玄奘处于危难时总会心念观音菩萨，这样一路上也
都能化险为夷：法师心念观音，可以使心生邪恶的胡人改恶从
善；心念观音，可以使顿生动摇之念的自身意志坚定；心念观
音，可以减少在"上无飞鸟，下无走兽，复无水草，顾影唯一"
的沙河中的寂寞感；心念观音，可以在水尽喉涸、几将殒绝的困
境中，狭处逢生，找到水草。这些充满奇异性的记叙为后来戏曲
小说的再创造奠定了基础。

　　概括说来，在《大唐西域记》和《大慈恩寺三藏法师传》
中，玄奘取经与观音菩萨的关系主要表现在三个方面：一是取经
途中玄奘在危难时，向观音求助，观音会应声而来救助；二是玄
奘在西去途中见到了沿途人们对观音的崇拜情况；三是玄奘在取
经圣地，就自己取经的事情向观音祈祷的灵验。这些内容基本上
是当时人们，尤其是作为一个佛教信徒所亲身经历的宗教体验，
反映了信徒们的观音信仰，而还没有对他们信仰的对象——观音
菩萨的形象进行有意的创造，不过这些实录性的宗教体验成为后
来文学创作的素材。

（二）诗话、讲唱文学阶段的观音形象

　　随着取经故事的发展，文学创作的因子开始显露，观音在故
事中的地位也逐渐显现。《大唐三藏取经诗话》② （后简称《取

---

　　①　慧立、彦悰：《大慈恩寺三藏法师传》，卷一，17 页，北京，中华书局，
2000。

　　②　应是产生于北宋中后期的一个宋人的话本，属于"说经"类。这类话本既
包括演说佛教经籍，又有演说佛教史籍的内容，主要是为了弘扬佛法，作品有目连
救母故事、僧伽降无支祁故事和唐僧取经故事三种。

经诗话》），描述了唐僧和猴行者（孙行者）等在去西天取经途中所经历的种种遭遇。他们一路上遇到了妖魔的阻挠，也获得神灵的保护，其中提到的神灵主要是大梵天王和观音菩萨。就诗话中写到的两位对三藏取经起到保护作用的神灵来说，大梵天王的护持作用是主要的，他给予取经者以非凡的能力去对付取经途中遇到的妖魔，如三藏遇到猴行者（孙行者）后，行者领法师到大梵天王宫，天王赐予他们一顶隐形帽，一条金环锡杖，一只钵盂，并嘱咐他们在危难之时，只要对着天宫大声呼唤一声"天王"，就能获得天王的帮助。后来他们走到了火类坳，遇到一大坑，"四面陡黑，雷声喊喊，进步不得。法师当把金环锡杖遥指天空，大叫'天王救难'，忽然杖起五里毫光，射破长坑，须臾便过"①，果真是非常灵验。三藏师徒在取经路上，也主要是靠这三件宝物的保护，最后才到达目的地，取得真经。这大梵天王，本是婆罗门教和印度教的创造之神，与湿婆、毗湿奴并称为古印度的三大神，被佛教吸收后成为释伽的右胁持，后为"佛梵合一"的密宗所崇尚，得到了信徒的崇拜。在密教盛行的唐代，天王信仰迅速流行开来，传说在唐朝与西藏和大食（阿拉伯）交战时，著名的高僧一行曾建议唐玄宗祈求天王神力的帮助，果然灵验。② 因此皇帝还诏告天下，在城门立梵天王像，以佑平安，民间也因此相信他一定有无比法力。这可能也是他在《取经诗话》中成为取经路上消除妖魔之主要神灵的原因。

　　而较之于大梵天王的除恶解难，《取经诗话》中观音菩萨对三藏师徒的帮助处于次要地位，主要是观音菩萨以自己的宏法、

---

① 《大唐三藏取经诗话》之《过长坑大蛇岭处第六》，16 页，上海，古典文学出版社，1955。

② 不空：《毗沙门天王经》，卷一，《大正藏》，第 21 册，217 页，台北，台湾佛陀教育基金会出版部，1990。

大善来普度众生，即使是毒蛇野兽也不例外。如《入香山寺第四》，讲到师徒二人来到了香山，开篇交代：

> 逶迤登程，遇一座山。名号香山，是千手千眼菩萨之地，又是文殊菩萨的修行之所。举头见一寺额号"香山之寺"，法师与猴行者不免进上寺门歇息，见门下左右金刚，精神猛烈，气象生狞，古貌楞层，威风凛冽。法师一见，遍体汗流，寒毛卓竖。猴行者曰："请我师入内巡赏一回。"遂与行者同入殿内。寺中都无一人，只见古殿巍峨，芳草连绵，清风飒飒。法师思维：此中得恁寂寞。猴行者知师意思，乃云："我师莫讶，西路寂寥。此中别是一天，前去路途尽是虎狼蛇兔之处，逢人不语，万种恓惶，此去人烟都是邪法。"法师闻言，冷笑低头，看遍周回，相邀便出。①

可见香山寺在他们取经途中是一个重要的驿站，而且这寺院又是千手千眼菩萨之地。后来，师徒来到了与香山寺不远的蛇子国、狮子林，那里的毒蛇与猛兽"大小差殊，且皆有佛性，逢人不伤，见物不害"，他们来到此地"其蛇尽皆避路，闭目低头"，狮子"摇头摆尾，出村迎送"。这些都从侧面颂扬了观音的佛法无边，以至香山四周的毒蛇猛兽都结上了佛缘，法师就此留诗："行过蛇乡数十里，请朝寂寞号香山，前程更有多磨难，只为众生觅佛缘。"②

需要说明的是，这里点明香山是千手千眼菩萨的地方，也就说明了《取经诗话》时期南海普陀山还没有被认为是观音的主道场。这里把千手千眼观音和香山联系在一起，与北宋《香山传》

---

① 《大唐三藏取经诗话》之《入香山寺第四》，12 页，上海，古典文学出版社，1955。

② 《大唐三藏取经诗话》，7 页，上海，古典文学出版社，1955。

中说到的妙善在香山寺显化出千手千眼观音菩萨传说相同，反映了妙善传说在当时的流传情况。《取经诗话》又说这香山寺还是文殊菩萨的修行之所，但文殊菩萨的应化道场应在五台山，不知《取经诗话》中的香山寺与五台山关系如何？还有待进一步考证。

可以看出，《取经诗话》中的主要神灵是大梵天王，而观音菩萨则处于次要的地位，仅仅提到了香山寺千手千眼菩萨的善化作用。同时，在《取经诗话》中，不管是天王还是观音菩萨，始终都没有出现具体的真身形象，而只是一个抽象的概念。

《西游记》杂剧①可以说是第一个以文学创作为目的的关于取经故事的作品。全剧共六本二十四出，继承和发展了《大唐三藏取经诗话》中那种经过磨难，终于成功的故事类型，对具体的取经过程进行了丰富的创造：

其一，故事情节更加曲折。唐僧自出世就历遭祸殃，出家为僧，后奉旨西行取经，经历了流沙河、黄风山、红孩儿、黑风洞、女人国、火焰山等诸多磨难，终于到达西天佛地鸡足山，取得真经传回东土，自己也证果成佛。

其二，人物形象有世俗化倾向。剧中不仅出现了"师徒加龙马"的取经群体，而且出现了较多的神灵，有佛教的观音菩萨、佛祖、鬼子母、华光天王等，还有道教的玉帝、二郎神以及黑猪精等。这种有佛有道、亦神亦魔的神灵世界反映出作品与民间信仰的关系，而塑造的各色神灵形象也具有民间性。曾有论者指出：杂剧在把取经人物出身来历神异化的同时，却把人物的性格和精神境界写得更加世俗化，形成了有趣的二律背反。这既是佛教日益渗透于民间、更加本土化的结果，又是元末明初东南沿海新兴市民阶层兴起，个性解放思潮影响所致。正是这种新的社

---

① 杂剧现存的版本虽为明万历四十二年，但学界一般认为应是元代所作。因在《录鬼簿续编》中就记载有杨景贤的《西游记》。

会变化，使得人们思想观念进一步世俗化，促使取经主题由弘扬佛法变为反映世俗社会，促使人物性格由虔诚的佛教徒变为亦佛、亦道、亦儒，甚而充满市民气息。①

其三，在这充满市民气息的作品中，观音菩萨的地位开始凸显。在取经途中，观音的作用大大加强了，而在诗话中处于主要地位的大梵天王则下降到次要地位。下面我们结合具体内容来分析。

剧本第一本一出的正名为"观音佛说因果，陈玄奘报大仇"，这就直接地突出了观音的地位。观音登场时交代自己是在南海修行，为了取经之事而来到东土：

> （观世音上云）：旃檀紫竹隔凡尘，七宝浮屠五色新。佛号自称观自在，寻声普救世间人。老僧南海普陀落伽山七珍八宝寺紫竹旃檀林居士，西天我佛如来座下上足徒弟。得真如正偏知觉，自佛入涅槃后，我等皆成正果。涅槃者乃无生无死之地。见今西天竺有《大藏经》五千四十八卷，欲传东土。争奈无个肉身幻躯的真人阐扬，如今诸佛议论，着西天毗卢伽尊者托化于中国海州弘农县陈光蕊家为子，长大出家为僧，往西天取经阐教。争奈陈光蕊有十八年水灾，老僧已传法旨于沿海龙王随所守护，自有个保他的道理。不因三藏西天去，哪得金经东土来。②

可见，观音对取经的因由非常了解，三藏的身世也全在她的掌握中，并提前做好了安排，让玄奘报其父仇，命龙王救其亡父，十

---

① 马冀：《杂剧西游记思想内容的时代特色》，载《内蒙古大学学报》，2000年第6期。

② 杨景贤：《西游记》杂剧第一本，《元曲选外编》，652页，北京，中华书局，1959。以下引用剧本内容同出此本。

八年后，又令其父还生，一家团聚。玄奘报仇后，观音又安排玄奘的取经工作：

> （观音佛上高垛云）众官见老僧么？（众做拜科）（观音云）长安城中今夏大旱，可着玄奘赴京师祈雨救民。我佛有五千四十八卷大藏金经，要来东土，单等玄奘来。虞太守听我叮咛，依老僧国祚安宁，陈光蕊全家封赠。唐三藏西天取经。（下）（夫人唱）云头上显出白衣士……（同上）

后来，虞世南遵从观音的法旨推荐玄奘到长安祈雨，"玄奘打坐片时，大雨三日。"太宗因此赐玄奘"金襕袈裟，九环锡杖，封玄奘为经一藏，法一藏，轮一藏，号曰三藏法师"，并要他奉旨"驰骏马赴西天，取经归东土，以保国祚安康，万民乐业"①。玄奘登上西去取经的征途，观音又为玄奘取经做了周密安排。

首先，观音组织好了取经队伍。他既为唐僧准备了西去取经的脚力，在玉帝面前救得行雨差池的火龙三太子，着他化作一白马，随唐僧去西天驮经，然后复归南海为龙，传法旨叫徒弟木叉行者化作一个卖马的客商，送马与唐僧；又为唐僧物色了西去路上的保护人孙行者，把这孙行者压在花果山下，并叮咛山神要看紧这通天大圣：

> （李天王、哪吒等与通天大圣斗，观音出来救起。）（观音上云）天王见老僧么？（天王云）我佛何来。（观音云）老僧特来抄化这猢狲，与唐僧为弟子，西天取经去，休要杀他。（天王云）这厮神通广大，如何降伏得他。（观音云）将这孽畜压在花果山下，待唐僧来着他随去西天取经便了。（众绑行者上）（观音云）将他

---

① 杨景贤：《西游记》杂剧第二本第五出《收孙演咒》，《元曲选外编》，658页，北京，中华书局，1959。

压住，老僧画一字，你那厮且顶住这山者，（做压科）（行者云）佛啰，好重山也呵。……（观音云）道与山神，看得这厮紧者。（下）①

其次，观音还为取经组织了保官队伍，并自我担负起保官队长的重担。

（观音引揭帝上云）老僧为唐僧西游，奏过玉帝，差十方保官，都聚于海外蓬莱三岛。第一个保官是老僧。第二个保官李天王，第三个保官哪吒三太子，第四个保官灌口二郎，第五个保官九曜星辰，第六个保官华光天王，第七个保官木叉行者，第八个保官韦驮（佗）天尊，第九个保官火龙太子，第十个保官回来大权修利，都保唐僧沿路无事。写了文书，要诸天画字，都画字了，则有华光未至，此时想必来也。（华光上云）释道流中立正神，降魔护法独为尊，驱驰火部三千万，正按南方位丙丁。某乃佛中上善，天下正神。观音佛相请，须索走一遭。②

这一庞大的保官队伍对取经的成功起到关键作用，尤其是观音菩萨，一路上与唐僧师徒保持联系，遣二郎神细犬收服猪八戒，派韦佗护法救出困在女儿国的唐僧，差水部的雷公雷母神灭掉火焰山的火，为他们扫除一路的困难，为他们顺利取得真经提供了安全保障。见表7－1所列情节。

---

① 杨景贤：《西游记》杂剧第三本第九出《神佛降孙》，667页，北京，中华书局，1959。

② 杨景贤：《西游记》杂剧第二本第八出《华光署保》，652页，北京，中华书局，1959。

表 7 - 1

出目	内容	备注
第十出 收孙演咒	观音收服通天大圣赐予他孙悟空的法名，并给他个铁戒箍、皂直裰、戒刀。告诉玄奘念紧箍咒【红芍药】观音救苦大慈悲，赐予你戒箍僧衣。花果山险压损你脊梁皮。得师父放你相随。休更出你那锁空房腌见识，派着失不得伶俐，琉璃脑盖戒箍围，比着你那小帽敢牢实	小说中是观音化成一个老母把紧箍化成一花帽哄骗孙悟空戴上的
第十一出 行者除妖	唐僧二人过流沙河，孙行者降得沙和尚。这里沙和尚并不是观音的安排，而是自己请求唐僧度脱收为弟子的。一行来到刘家庄。刘太公女儿被三绝洞中的妖怪捉去了。刘太公唱【大石调·六国朝】……俺孩儿现世的观音样。羞花也闭月……	同时出现了以观音比喻女子貌美的内容
第十二出 鬼母归依	红孩儿掠去了唐僧，孙行者等去见观音佛。（观音上云）老僧目中见唐僧有难，孙悟空来也。这一洞妖魔是何怪物，老僧正不见本来面目，待孙悟空来，同往问世尊佛去。（下）观音引孙悟空等来到见佛祖，佛祖派揭帝收爱奴儿（红孩儿）于揭钵盂。鬼子母救红孩儿，并皈依佛法	观音请佛祖才降得红孩儿
第十五出 导女还裴	猪八戒之事。二郎神奉观音法旨斗猪八戒，并说："你若真心归依我佛，与你拜告观世音，着你也成正果。"	
第十七出 女王逼配	女儿国国王逼唐僧成婚，观音派韦佗天尊出手相救	
第二十出 水部灭火	过火焰山不成，孙行者去求观音佛。（观音上云）老僧是观音也，过不得火焰山，孙悟空特来告我。我差雷公雷母风伯雨师等水部神将来灭火	小说云孙悟空借来芭蕉扇

　　概括说来，杂剧中的观音菩萨，作为一神灵，集中表现了他

的神性。他先知先觉，对玄奘的身世非常了解，并为其作了周密的安排；他神通广大，能上天下地，能呼风唤雨，因此众人对于他，是十分虔诚的，每次见到，都要顶礼膜拜，即使是悟空也不例外。同时，观音又成为玉帝旗下的一员，这是与《大唐三藏取经诗话》一个主要不同的地方。观音和玉帝的这种关系反映了北宋真宗年间以来，随着道教地位提升，玉皇大帝成为民间信仰中的最高神灵的现象，观音这位佛教菩萨也被纳入到道教神灵的体系中。

更主要的是，就观音在取经故事中的发展历史来看，戏曲中首次出现了具体的观音形象。作品不仅通过具体的语言、行为、情节塑造出具有文学意蕴的观音形象，而且舞台上还出现了具体的观音扮相，虽然剧本没有明确的穿关与舞台说明来描述，但我们还是能从剧本中捕捉到观音形象，如观音自报家门说自己是在南海普陀岩居住，而虞太守夫人见到的观音是白衣士，唐僧师徒也已经可以一睹观音真容。这是在取经故事中首次出现的、具体的南海观音形象，但又是穿着白色的行头。这种具体的观音形象是当时社会观音信仰现实情况的反映，这些具体的物相又为后来小说的创造提供了线索。

还需说明的是，杂剧中观音自称为"老僧"，反映出当时人们对观音菩萨的心理。观音以老僧自称，与观众的心理距离比较远，显得不亲切。而且由"老僧"这词可以想象其形象比较呆板，给人一种故作姿态的感觉。这种效果的出现，实际上也合乎当时观音信仰的实际，因为民众对观音过于迷信而产生了一定的敬畏心理。

然而，杂剧所塑造的观音形象是小说《西游记》中观音形象形成的关键。把杂剧中的观音形象放到取经途中涉及的神灵变化发展的历史中相互比照，就可以看出杂剧中观音形象的特色及其在取经故事传播中的地位：

《取经诗话》中无论是大梵天王的应声降魔，还是千手千眼菩萨用佛法善化毒蛇猛兽雄狮等，都是为宣扬佛法宏大。诗话"从艺术形式和思想内容方面都表现出是一部弘扬佛法的宗教书籍"①，而且其中表现观音的内容很少。而杂剧中众多神灵的塑造反映的则是民间信仰，尤其是民间观音信仰内容，剧中观音已经成为取经队伍的组织者和主要保护者，全面表现了观音的神通广大。同时戏曲也表现了对玉帝的肯定，而诗话中那处于主要地位的保护神大梵天王已经变成了民间传说中的托塔李天王，并处于次要的地位。这些都是宋代以来民间信仰的特点。

小说《西游记》对观音形象的塑造是承接杂剧《西游记》而来的，尤其是秉承了杂剧那种以民间信仰为主要创作源泉的传统。如对孙悟空被压在山下的情节的处理，杂剧中是观音把孙悟空压在花果山下，并画了一字（符），让孙悟空不能顶起那花果山，而小说则把压服孙悟空这样的"坏事"移到了如来的身上，如来把孙悟空压在五行山下，并在山上贴上一张帖子，这帖子上写的是观音咒中的大明咒"唵嘛呢叭咪吽"六字。这如来怎么会和观音的咒语一样呢？其实，这既体现了杂剧对小说的影响，也反映了民间信仰的特色。贴上字符的情节是从杂剧而来，而如来也能随手用这"唵嘛呢叭咪吽"六字神咒的细节，反映出民间信仰中那种对于佛教神灵以及相关事迹的认识模糊性，人们不会明白这"唵嘛呢叭咪吽"是观音的专用咒语，以为随便是谁都可以说的，只要你与佛有缘。因此在文学创作中也就不会甄别如来能不能用它了。

但是，小说对观音菩萨形象又有着高于杂剧的创造，尤其是小说中对观音形象中所具有的更多人性的塑造，是将观音菩萨这一信仰民俗化、艺术化的典范。

---

① 张锦池：《西游记考论》，48 页，哈尔滨，黑龙江教育出版社，1997。

二、《西游记》小说①中的观音形象

观音菩萨在小说中的地位是十分突出的，就具体的情节来说，回目中出现观音的就有：《观音赴会问原因　小圣施威降大圣》、《我佛造经传极乐　观音奉旨上长安》、《唐王秉诚修大会　观音显圣化金蝉》、《孙行者大闹黑风山　观世音收服熊罴怪》、《孙悟空三岛求方　观世音甘泉活树》、《大圣殷勤拜南海　观音慈善缚红孩》、《三藏有灾沉水宅　观音救难显鱼篮》、《行者假名降怪犼　观音现像伏妖王》等。另外像《三藏不忘本　四圣试禅心》这种回目中不曾标出观音而内容出现了观音的也很多。总之，观音的活动贯穿于整个取经过程中，小说以观音为唐僧师徒排忧解难的一个个故事为依托，艺术地再现了具有"称名救苦，随类应现"、"具一切功德，慈眼视众生"、"三十二应身，十四种无畏"等品格的观音菩萨的形象。日本学者矶部彰甚至认为：《西游记》以观音信仰为主轴，其结构与密教的曼荼罗有异曲同工之妙。②

（一）学界对《西游记》中观音形象的几种解读

历来研究《西游记》的学者对其中的观音形象及其文化象征意义从不同角度进行了探讨。如张锦池先生从人才问题和社会关系来看《西游记》，从孙悟空与观音的关系来考察观音形象，认为观音对孙悟空是一种"惜之用之、束之悔之、免之助之、谅之容之"互相结合的复杂态度，这表现了观音的人才观念。小说借神魔以写人间，从而寄托了作者在幻想中求索治国安邦之道的主题。观音是笑花主人（小说作者）所欲看到的具有"常

---

① 学界一般认为世德堂刊本（1592 年刊行）《西游记》是《西游记》小说的现存最早、最完整的版本，也是流传较广的本子，本文以此作为论述的文本。

② 王晓平：《西游记接受史研究》，《中华读书报》，2002 年 4 月 4 日。

人心"的"常人"典型，即地主阶级开明派的代表人物，孙悟
空则是李贽所要看到的具有"童心"的"真人"的典型，即新
兴市民阶级的代表人物；同时把《西游记》杂剧和小说比较来
看，杂剧既歌颂了玉帝又歌颂了观音，而小说却无美不归观音，
无恶不归玉帝。小说作者这样褒观音而贬玉帝，实际上是通过对
建立在"佛法平等，普度众生"基础上的"慈悲"的赞美来表
达对森严礼法乃至对封建宗法思想和制度的不满。① 这些见解前
人未曾论及，为人们提供了一个新的阅读视角。

　　陈文新先生等从孙悟空与观音关系的深层心理原因来分析，
认为《西游记》中的观音代表了一种母性崇拜②，尤其是孙悟空
与观音的关系、猪八戒对观音的态度等更加明显地突出了这一
点。观音菩萨救苦救难的形象，本来在心理上就有满足华夏民族
对母性的苛求与依恋的复杂心理，尽管这只是一种虚幻的心理满
足。《西游记》中借如来之口安排观音菩萨负责唐僧师徒西天取
经的事情，就折射出华夏民族这种对母性依恋的潜意识，取经的
宗旨是引导唐僧师徒走上修行之道，而观音菩萨就是引路人。观
音菩萨在西行路上设计了八十一难，锻炼了他们的心智，使一个
肉身凡胎和四个妖怪修成了正果。推而广之，从整个人生意义上
来说，象征母性的观音菩萨一步步引导着人们走上了正大光明之
路，"取经"象征着人们从懵懂顽劣到心智成熟的心路历程，观
音设下的八十一难，是人们成长路上必须经历和克服的风风雨
雨。《西游记》告诉人们，引导人类"懂事"的就是他们精神上
的母亲。小说中孙悟空对观音的态度以及观音对孙悟空的帮助的
各种细节都隐含着一种母子般的情愫，在这种内在情感心理的驱

---

　　① 张锦池：《论西游记中的观音形象》，《文学评论》，1992 年第 1 期。
　　② 陈文新等：《佛门俗影：西游记与民俗文化》，104～111 页，哈尔滨，黑龙
江人民出版社，2003。

策下塑造的观音形象就有了更多世俗的内容，如过分渲染相貌的美丽，赋予观音偷梁换柱、语言俚俗、喜欢表现、搞恶作剧、忌妒、好强等平凡人的性格特征。观音距神远了，距人则近了。这显然与明代陈元之、谢肇淛等提出的"求放心"①的观点基本一致。

　　还有李安纲先生从道家的五行理论来考察观音形象，认为观音所居南方就是火的象征，其制服金猴就是火能克金的五行理论的体现。整个《西游记》"从五行上讲悟空是火，唐僧为水，八戒为木，白龙为金，沙僧为土；从五脏讲，火为心，水为肾，木为肝，金为肺，土为脾，那么金木水火土、心肝脾脏肾五行、五脏均为人体的构成要素，服从于人的统领，即受制于人，其取经之路一定在于身体之中，而天上地下、人间西天等，也都应该在于身体之中，因此《西游记》写的全是人体当中的勾当。……那么太上老君、玉皇大帝、王母娘娘、十殿阎王、地藏菩萨、幽冥界、如来佛祖、观音菩萨、金顶大仙、灵山雷音寺等，都不是宗教迷信、神佛怪妄，而是人体各种生理机制的神格化而已"②。这样，观音菩萨在《西游记》中已经失却了她佛教菩萨的本来面目，而成为肩负全真道教生命意义的文化象征。观音菩萨象征的就是"人心的妙观察智慧"③。由此，观音与孙悟空的关系就是一种人内心修炼与其修炼时所必须寻求和具有的一种妙观察智

---

　　① 谢肇淛：《五杂俎》，卷十五，305 页，上海，上海书店出版社，2001。"《西游记》曼衍虚诞，而其纵横变化，以猿为心之神，猪为意之驰，其始之放纵，上天下地，莫能禁制，而归于紧箍一咒，能使心猿驯伏，至死靡他，盖意欲求放心之喻，非浪作也。"

　　② 李安纲：《西游记奥义书·4——观世音的圆照》，414 页，北京，中国社会科学出版社，2002。

　　③ 李安纲：《西游记奥义书·4——观世音的圆照》，444 页，北京，中国社会科学出版社，2002。

慧过程的关系，西天求经的过程就是人生不断战胜心魔的历程。李安纲先生的这些见解延续并发展了清代刘一明①等全真道的观点，但说得更为直接、更为全面了。

综观所列三家观点，有从社会学的角度来理解作品中的观音菩萨的，如张锦池先生；有从文化心理学方面入手来把握小说中观音形象的原型意义的，如陈文新先生；还有从道教内典来阐释《西游记》观音形象的隐喻含义的，如李安纲先生。这些观点在当下学术界对《西游记》主旨的阐发和观音形象的分析这一课题里，是最具有代表性的。他们从文人心态入手，把《西游记》当成了一部寓言，以此来理解《西游记》作者所塑造的观音形象，并由此生发出种种不同的阐释。有的是从前人对于《西游记》的看法而来，论证全面，阐述透彻；有的是文化阐释的另类思维，给《西游记》的研究提供了一种新的思路，角度新颖，见解独特。当然，如果我们能把握小说作者在创作态度上所表现出来的民间性，注意到《西游记》小说是一部世代积累型小说的特点，还可以从作品中塑造的观音形象来了解当时社会观音信仰的实际情况。

（二）《西游记》对观音形象的塑造

观音是《西游记》作者偏爱的一个形象，作者极力去表现她、塑造她，把她表现为人与神的完美结合。

1.《西游记》成功地塑造了一个充满人性的大慈大悲的但又具有无比法力的南海观音形象

观音是一位美神。仙佛中玉帝、如来、老君等出场，作者都没有突出描写，唯独观音出场时，浓墨重彩，反复渲染。小说对观音形象直接而详细的描写共有三次：第一次，在如来的说法大

---

① 朱一玄等编：《西游记研究资料汇编》三卷收集有刘一清撰写的《西游原旨序》、《西游原旨读法》等文可参考，342～350页，天津，南开大学出版社，2002。

会上，观音自荐去东土寻找取经之人，众菩萨眼里看到的观音是：

> 理圆四德，志满金身，璎珞垂珠翠，香环结宝明，乌云巧迭盘龙髻，绣带轻飘彩凤翎，碧玉纽，素罗袍，祥光笼罩，锦绒裙，金落索，瑞气遮迎。眉小如月，眼似双星，玉面天生喜，朱唇一点红，净瓶甘露年年盛，斜插垂杨岁岁青。解八难，度群生，大慈悯，故镇太山，居南海，救苦寻声，万称万应，千圣千灵。兰心欣紫竹，蕙性爱香藤，她是洛伽山上慈悲主，潮音洞里活观音。①

第二次，在长安唐太宗的水陆法会上，观音带着木叉，飞上了高台，踏着祥云，直至九霄，献出救苦原身，托了杨柳净瓶，这可喜得那唐王朝天礼拜，众文武跪地焚香，满寺中僧尼道俗，士人工贾，无一不拜祷道："好菩萨；好菩萨。"众宰相大臣见到的菩萨是：

> 瑞霭散缤纷，祥光护法身，九霄华汉里，现出女真人，那菩萨，头上戴一顶：金叶纽，翠花铺，放金光，生锐气的垂珠璎珞；身上穿一领：淡淡色，浅浅妆，盘金龙，飞彩凤的结素蓝袍，胸前挂一面：对月明，舞清风，杂宝珠，攒翠玉的砌香环珮，腰间系一条：冰蚕丝，织金边，登彩云，促瑶海的锦绣绒裙，面前又领一个飞东洋，游普世，感恩行孝，黄毛红嘴白鹦哥，手内托着一个施恩济世的宝瓶，瓶内插着一枝洒青霄，撒大恶，扫开残雾垂杨柳。玉环穿绣扣，金莲足下深，三天

---

① 《西游记》，第八回：《我佛造经传极乐　观音奉旨上长安》，96页，北京，人民文学出版社，1973。

许出入，这才是救苦救难的观世音。①

第三次，在孙悟空去南海求菩萨来对付通天河里的鲤鱼精，悟空见到观音：

> 远观救苦尊，盘坐衬残箬，懒散怕梳妆，容颜多绰约，散挽一窝丝，未曾戴璎珞。不挂素蓝袍，贴身小袄缚，漫腰束锦裙，赤了一双脚，披肩绣带无，精光两臂膊，玉手执钢刀，正把竹皮削。②

这三次描写，从外貌、衣着、环境等方面全面地描绘了一位美丽的女神。这里既有神灵世界，众仙人眼中的观音；也有婆娑世间，众凡人眼中的观音，在刻画了观音端庄秀美容貌的同时，对她的神力也作了崇高的礼赞，给人以艺术美的享受。

观音还是大慈大悲的善神。且不说取经队伍中的一师三徒一马本都曾是在西天仙界犯了天条的"罪人"，遭受天法的惩处，只因为观音的慈悲才有了西去求法的机会；也不说观音收服了熊黑怪而不伤其性命，只是把它带回普陀落迦山做守护神；收服了鲤鱼精，把她带回南海让其听经修炼；收服了红孩儿，把他收为自己的弟子，并改其名为善财。就说说特写观音收服红孩儿的细节，就完全表现出了她的慈悲。在收服红孩儿大战的前夕，她事先对周围三百里远近的生灵作了妥善的安排，甚至连窝中的小兽、窟内的雏虫，都送上了巅峰，以保证它们的安全，方才将净瓶扳倒，水淹山头，连孙悟空都感叹说："果真是个大慈大悲的菩萨！若老孙有此法力，将瓶儿往山一倒，管什么禽兽蛇虫！"这孙悟空的言语，更加反衬出观音的慈悲之心。在那个万物百姓为刍狗、

---

① 《西游记》，第十三回：《玄奘秉诚建大会　观音显圣化金蝉》，165 页，北京，人民文学出版社，1973。

② 《西游记》，第四十九回：《三藏有灾沉水宅　观音救难显鱼篮》，691 页，北京，人民文学出版社，1973。

草菅人命的专制时代，观音的慈悲反映了人们的善良愿望。

　　观音更是位充满人性的凡神。小说着力表现了她的人性化的言语行为和性格特点：为了帮助孙悟空对付熊罴怪，她听从了孙悟空的主意，变成凌虚子，丝毫不摆架子。孙悟空也不失时机地与菩萨开起了玩笑："妙啊，妙啊，这是妖精菩萨，还是菩萨妖精？"观音也笑道："菩萨妖精，总是一念；若论本来，皆属无有。"这里作者借观音之口说出了所谓菩萨、妖精之分，其实也就是人心善恶之别。不仅如此，她有时还主动与悟空戏谑，如在第四十三回中观音对悟空说："我这龙女貌美，净瓶又是个宝物，你假若骗了去，却那有功夫来寻你？"而且，身为无上的菩萨，甚至也会说"大胆的马流，村愚的赤尻"这样的村言俗语；孙悟空生气时也可以咒她"该她一世无夫"；当听说妖魔变成了她的模样欺骗了猪八戒时，她更是"心中大怒……恨了一声，将手中宝珠净瓶往海心里扑的一声"。李卓吾评点这一段批语曰"菩萨也大怒，大怒便不是菩萨"①。评点者一语道破了作者不只写出观音的神性，还表现了观音的人性的秘密。作者把观音当作世俗人来写，也就淡化了其身上的佛性和神性。观音的这种人性特点还体现在她与孙悟空的关系上，观音到长安寻访取经的人，路过五行山，不禁为这个昔日"十万军中无敌手，九重天上有威风"的英雄的当下处境叹息不已，孙悟空则对她说："承看顾，我在此度日如年，更无一个相知的来看我一眼。"这样，孙悟空把观音当作自己的知己。后来，孙悟空又一次被唐僧驱赶，走投无路，他来到了观音处诉苦。在别人面前，孙悟空都是那样的不可战胜，但在观音面前，却是这样的伤心以求，而观音对他则像一位慈爱的母亲，劝慰着在外受了委屈的孩子。她一方面款

---

　　① 朱一玄等编：《西游记研究资料汇编》，卷三，227 页，天津，南开大学出版社，2002。

款对孙悟空说："似你有无量神通，何苦打死这许多草寇！草寇虽不良，到底是个人身，不该打死。比那妖禽怪兽、鬼魅精魔不同。那个打死是你的功绩，这人身打死，是你的不仁。但祛退散，自然救了你师父。"另一方面，她又谆谆告诫唐僧："你今须是收留悟空，一路上魔障未消，必得他保护你，才得到灵山，见佛取经，再休嗔怪。"在这里，观音既指出了孙悟空有疾恶过甚之失，又基本上肯定了孙悟空，对其一路上打妖除魔的行为表示赞许。同时，观音还表现出普通人所具有的一些缺点，如如来给她三个箍儿，为收取取经的徒儿用，而她只把一个用在取经人的身上，那就是孙悟空的紧箍儿，而其他两个她都用来收服自己需要的妖魔，一个用来收服熊罴怪作为她的护山神，一个用来收服红孩儿作自己的胁持弟子。这难免给人假公济私之嫌。

观音也是一个能降妖伏魔的有着无上法力的战斗神。所谓魔，其梵文本义是指"扰乱"、"障碍"等。佛教认为，降妖除魔就是排除和战胜一切烦恼、疑惑、贪痴等有碍修行的心理活动。有所谓"心生，种种魔生；心灭，种种魔灭"。佛教徒们将这一思想具体化、形象化，为劝谕世人，就创造出大量的降魔故事，作为修行净心的通俗教材，用以奉劝人们灭除种种杂念，潜心修炼，以臻成佛的至高无上的境界。从敦煌文献可知，降魔故事曾经是俗讲活动中的常说话题，现在保留完整的《降魔变文》就是当时这类俗讲的本子，民间也流传着许多神仙菩萨降妖伏魔的故事。《西游记》中那有关观音降妖伏魔的一个个具体的故事，如收服熊罴怪、救活人参果树、慈缚红孩儿、救难现鱼篮、现像缚怪王等，给大家留下了深刻的印象，在民间的影响也非常深广。

2. 小说以侧面烘托的手法，通过各类人物对观音的态度突出了观音被崇敬的地位

无论是西天上界的神佛仙帝，还是东土人间的帝将平民，一个个对观音都无比礼敬。

　　如来要传法于东土，观音自荐去东土寻找取经人，如来一见，心中大喜道："别个是也去不得，须是观音尊者，神通广大，方可去得。"可见在如来这个寂灭智慧的大自在心中，对于观音菩萨的神通也还心存赞许。

　　取经队伍对于这位菩萨更是虔诚。如沙和尚与惠岸在流沙河打得难舍难分，但当知是观音时，连声诺诺，收了宝杖，让木叉（惠岸）揪了去，见了观音是纳头就拜，并为因自己的无知冲撞了菩萨而认罪，向菩萨坦白自己的身份，也向菩萨诉说自己的苦楚；八戒与惠岸也是打得难分高下，菩萨从空中抛下一莲花，隔开了钯杖，八戒见了，责备惠岸怎么弄个"眼前花"来哄他，惠岸告诉他这是观音菩萨抛下来的莲花。八戒听了，急声问道"南海菩萨，可是扫三灾，除八难的观世音？"并撇了钉钯，纳头就拜，要惠岸引见。木叉告诉他菩萨在上，他立即朝上磕头，并厉声高叫："菩萨，菩萨，恕罪！恕罪！"向菩萨说明了自己的身份，讲述了自己的不幸遭遇，并请求菩萨拔救。我们从沙僧、八戒等仙怪的前后变化可以看出他们对观音菩萨具有敬仰的态度。

　　还有孙悟空，虽然有大闹天宫的本领和豪气，但对观音菩萨却也十分尊敬。在五行山下孤独度日时，见了观音更是无比感动，一见菩萨，就把她当作了知己：

　　　　菩萨道："姓孙的，你认得我么？"大圣睁开火眼金睛，点着头儿高叫道："我怎么不认得你，你好的是那南海普陀落伽山救苦救难大慈大悲南无观世音菩萨。承看顾！承看顾！我在此度日如年，更无一个相知的来看我一看，你从哪里来也？"菩萨道："我奉佛旨，上东土寻取经人，从此经过，特留残步来看你。"大圣道："如来哄了我，把我压在此山，五百余年了，不能展挣，万望菩萨方便一二，救我老孙一救。"菩萨道：

"你这厮罪孽弥深，救你出来，恐你又生祸害，反为不
美。"大圣道："我已知悔了，但愿大慈悲指条门路，
情愿修行。"

孙悟空对高居其上者往往有些放诞无礼，如玉帝，如如来，而他
对观音却极其的恭敬。孙悟空请来观音收服红孩儿，观音和悟空
一同过海时，菩萨要悟空先过，悟空却十分恭敬地说："弟子不
敢在菩萨面前施展，若驾筋斗云啊，掀露身体，恐菩萨怪我不
敬。"① 这是何等的恭敬。不但如此，他还吩咐猪八戒"若见了
菩萨，切休仰视，只可低头礼拜"。其实，一向粗鲁的猪八戒对
观音本来就是非常的诚敬，如为了收服沙僧，孙悟空去请观音帮
忙，猪八戒特意捎话："师兄，你去时，千万与我复上一声：向
日多承指教！"这表明八戒时时记得观音曾劝他不要为妖吃人的
恩德。还有一次，悟空和八戒发生了冲突，八戒向悟空求饶：
"哥哥，不看师父啊，请看在海上菩萨之面，饶了我罢！"悟空
见八戒说起了菩萨，也就回心转意了，说："兄弟，既这等说，
我且不打你。"可见，尽管悟空和八戒有着许多的不同，但观音
菩萨却是他们共同信仰的对象。

　　各路妖怪对观音菩萨也十分尊敬。且不说那些本是来自仙界
的妖，对于观音菩萨非常的了解，故有崇拜之心，就连神通广
大、目空一切的红孩儿——圣婴大王，在占山为王时对观音并不
怎么尊敬，甚至还会变成菩萨的模样去哄骗猪八戒，但在成为观
音的徒弟善财后，也彻底改变了自己对菩萨的态度，对菩萨就十
分虔诚了。当悟空又被唐僧赶走来到南海，扬言要"告"菩萨
时，善财听悟空说了一个"告"字，对孙悟空说："我菩萨本是
个大慈大悲、大愿大乘、救苦救难、无边无量的圣善菩萨，有甚

---

　　① 《西游记》，第四十二回：《大圣殷勤拜南海　观音慈悲缚红孩》，587 页，
北京，人民文学出版社，1973。

不是处，你要告她?"这个细节充分反映了他对观音态度的根本转变。

小说还写到土地等民间俗神对观音的虔诚态度。当观音与惠岸一路来到了长安城，入到一土地庙祠里，吓得那土地心慌，鬼兵胆战，知是菩萨，叩头接入。土地又急着报与城隍、社令及满长安各庙神祇，都前来参见告道："菩萨，恕众神接迟之罪。"可见，这些地方社神，对观音菩萨也是如此小心地伺候着。

这些不同于世间凡人的仙界神灵鬼怪们对观音菩萨的态度，无一不礼敬三分，而东土凡人对于菩萨又是如何呢? 我们看小说中的表现。

东土凡人对观音的虔诚，在《西游记》中有两次场面特写。一次是在京城，观音来到朝中寻求取经人，在太宗前说明了取经之事后，带着木叉，飞上了高台，踏着祥云，直至九霄，献出救苦原身，托了杨柳净瓶，这可喜的个唐王朝天礼拜，众文武跪地焚香，满寺中僧尼道俗，士人工贾，无一不拜祷道："好菩萨;好菩萨。"……喜的个唐太宗，忘了江山，爱的那文武官，失却朝礼; 盖众多人，都念南无观世音菩萨。① 太宗还传旨叫人画下了观音真容。另一次是在陈庄，当还没有梳妆的菩萨被悟空请来收服通天河中的鲤鱼精后，行者请求观音稍等片刻，说要叫上陈家庄众信来看看菩萨金面，一则留恩，二来说这收怪之事，好叫凡人信心供养。那八戒和沙僧一起跑到庄前，高呼道"都来观活菩萨，都来观活菩萨"。一庄男女老幼，都向河边，也不顾泥水，都跪在里面，磕头礼拜，内中有个善画者，传下影神，这才是鱼篮观音现身。这两次特写一个以皇宫为点，一个以一村庄为点，全面地展现了中土皇帝大臣平民对待观音的虔诚。

---

① 《西游记》，第十二回：《唐王秉诚修大会　观音显圣化金禅》，165 页，北京，人民文学出版社，1973。

　　同时，小说更以浓墨渲染了唐僧对观音的虔诚。取经路上，他动辄就举香望南朝拜，虔诚得有点迂腐。当悟空刚出五行山，心猿不正时，观音变作一老母，给唐僧一紧箍儿以控制悟空，老母化一道金光，回东而去，三藏情知是观音菩萨，急忙撮土焚香，望东恳恳礼拜（第十五回）；皇上御赐的白马被白龙吃了，唐僧哭天喊地的责怪着悟空，当得知是观音为他取来了白龙马时，他却又就地撮土焚香，望南礼拜（第十六回）；在观音禅院，袈裟被黑熊罴抢走后，悟空请来了菩萨，和他一起用计拿回了袈裟，三藏闻言，也是马上摆香设案，朝南礼拜（第十九回）；在高老庄，三藏听说菩萨曾经劝说猪八戒为善，与他为徒，他忙吩咐高老头准备香案，净手焚香，望南礼拜道："多蒙菩萨圣恩"（第二十回）；当他听悟空等说是请来菩萨降了红孩儿后，也是"急忙跪下，朝南礼拜"（第四十九回）。也难怪这唐僧，本来就是其母殷氏梦见南极仙翁奉观音之旨送子而生的，取经路上的他又常常处于将被吃的危险处境，虽然身边有三个本领超强的妖性徒弟，却不能很好地统摄他们，一路上他的危险和烦恼不断，但他却处处得到了菩萨的关照，观音既为他解除烦恼，又为他保全性命，还要成就他的事业。人生路上，有如此重要之靠山，怎能不倍加尊敬？

　　一千个读者就有一千个哈姆雷特，不同的读者对文学作品中人物形象的认识就不一样。我们从文本着手，从小说中的观音是一个什么样的神灵，以及他人对于这个神灵是一种什么样的态度两方面来分析观音形象，突出了她降妖伏魔的神通、大慈大悲的善良以及犹如凡人的人性。可以看出，小说一方面强调了观音的慈爱善心，另一方面又突出了她的救灾救难，令人看到的是一个为人们消灾、除难、赐福的观世音菩萨。作品如此描写观音，正是从民间信仰出发的，是民间观音信仰的艺术再现。

（三）从《西游记》观音形象中看到的民俗文化传统及其意义

《西游记》小说是民间数代人积累完成的，众多故事情节的发展集合并无严格的内在因果逻辑，是众多民间传说的"触类而纳"，由许多小故事杂凑起来的，其对于观音形象的塑造也体现出这种民间性。

小说中塑造的观音形象是当时社会观音信仰的体现，也就是说，当时社会的观音崇拜热潮是小说塑造观音形象的源泉。

明代开国皇帝朱元璋本来就曾在佛家寺院出家，称帝后仍然礼遇佛教喇嘛，尊为国师，将寺院分为禅、讲、教三种，其中的"教"，主要从事瑜伽密法仪式，为人们祈祷求福，为死者追善供养，消除一切现造业。因为借此活动可达到稳定民心之作用，所以不但深受民间社会喜爱，连君王亦多喜好。明成祖更是在佛僧（道衍，俗名姚广孝）的计谋下才得以当权称主的，他对佛教也有着特殊的感情，曾为《法华经》作序，亲撰《神僧传》。在这样两位皇帝的突出影响下，明代历代君王对于佛教都没有采取强烈的反对措施，佛教因而以禅宗和净土宗在明代得以复兴，无论是高僧大德还是居士儒官，都倡言净土禅宗，主张三教合一。在这种禅净合一的宗教背景下，民俗佛教中的观音信仰更为突显了，以至在一般人心目中，观音的地位不只是超过了其他菩萨，甚至超过了佛祖。另外当时皇宫里还出现了观音神授经书的传说，如永乐之妻徐皇后（1362—1407 年）在焚香静坐诵经时，忽见阁中充满紫金光，观音菩萨现身，她的意识也随着观音到了"耆阇崛第一道场"的净土世界，观音在此授予她《第一希有大功德经》。她醒后取笔记下了此经，并命名为《大明仁皇后梦感佛说第一希有大功德经》，还把永乐皇帝能顺利登位归功于持念此经的灵验。① 同时，民间宗教在明代也得以空前发展，观音被普遍纳入到民间宗教的一般信仰中，成为他们供奉的主要神祇。民间宗教把观音作为无声老母掌管的佛祖之一，与吕祖、济公、关帝等相提并论，甚至有的教派认为观音本来就是无声老母。

　　在这种佛教中国化不断加强、民间宗教逐渐兴盛的环境下，观音信仰更为世俗化，其内容进一步受到了儒家、道教思想的影响。人们把观音置于了等级森严的神阶制下，赋予观音更多的道教魔力。她既成为整个佛道神仙体系中的重要一员，又是一位存在于人们生活中的普通的善神、福神。整个社会对观音的热情非常高，各种供奉观音菩萨的寺庙尼庵也遍及全国各地，不可胜数。万历年间（约万历二十年，1592 年），宛平知县沈榜对北京城内外的寺庙进行调查，根据其《宛署杂记》可知，北京城内有观音寺 7 座、城外 6 座；观音庵城内 8 座、城外 10 座；观音庙城内 1 座、城外 2 座；观音堂城内 3 座、城外 7 座，共计 41 座寺庙。② 单是一个北京城内外，就有 41 座观音寺庙。由此可以窥见全国各地观音信仰的盛况了。

　　《西游记》中的观音形象就是这种观音信仰的反映。小说全面表现了民间观音信仰的内容，不仅把一些流传的民间观音故事纳入到具体情节中，如观音化老母、观音现鱼篮等，同时还通过一些热情洋溢的赞语来表达人们礼拜观音的热情。如金头揭帝去请菩萨来降白龙，那菩萨降了莲台，径离仙洞，与揭帝驾着祥光，过了南海而来，有诗赞曰："佛说蜜多三藏经，菩萨扬善满长城，摩诃妙语通天地，般若真言就鬼灵。致使金禅重脱壳，故

---

① 《卐藏经》，卷一，683 页。转引周绍良：《明代皇帝、贵妃、公主印施的几本佛教》，《文物》，1987 年第 7 期。

② 沈榜：《宛署杂记》僧道篇，195～208 页，北京，北京古籍出版社，1982。

令玄奘再修行，只因路阻鹰愁涧，龙子归真化马形。"① 当观音帮助行者收服了熊罴怪，带回落迦山，又有诗赞曰："祥光蔼蔼凝金像，万道缤纷实可夸。普济世人垂悯恤，遍观法界现金莲，今来多为传经意，此去原无落点瑕，降怪成真归大海，空门复得锦袈裟。"② 当观音随着悟空去五仙观，又有诗赞曰："玉毫金象世难论，正是慈悲救苦尊，过去劫逢无垢佛，至今成得有为身，几生欲海澄清浪，一片心田绝点尘，甘露久经真妙法，管教宝树永长生。"③ 这些"扬善满长城"、"普济世人"、"慈悲救苦"等赞语正是人们对观音最基本，也是最广泛的看法。

同时，我们从小说中观音和王母娘娘两位女神的地位比较可以看出，观音菩萨在民众信仰中的地位更崇高。道教的王母娘娘在小说中毫无神力，几成反面人物，而从佛教中出来的观世音菩萨却是如此受到景仰。这也反映了明朝以后，观音菩萨作为外来文化中的一个神灵，其影响力已经超过了本土道教中的王母娘娘而占据了主要地位。

从神魔小说的发展历史来看，以《观世音应验记》为代表的六朝观音灵验故事，竭力向读者灌输如下信念：无论遇到何种困难，只要一心诵念"光（观）世音（经）"就会逢凶化吉，遇难呈祥。在此类报应故事中，观音的形象是不定的、模糊的，甚而只是一个理念，是一种消灾解难的符号，既谈不上什么思想性，更无任何艺术性可言。而《西游记》的出现，观音从顶礼膜拜的符号，变成了集真、善、美于一身的艺术形象。观音的神力与现实相联系，从抽象变成为独立的存在实体，成为一个文学典型。从宗教史的角度看，取经故事传播过程中对于观音菩萨的

---

① 《西游记》，204 页，北京，人民文学出版社，1973。
② 《西游记》，142 页，北京，人民文学出版社，1973。
③ 《西游记》，360 页，北京，人民文学出版社，1973。

塑造，具体反映了佛教世俗化、艺术化的历程。

从社会文化的角度看，这集母性力量和女性美于一体的观音女神寄予了作者的政治理想。对于有创造性的文人来说，女性崇拜意识与不满于现实社会的异己叛逆精神相互联系。① 唯才是举、慈悲善良的观音与不会用人、宠佞轻贤的玉帝形成了鲜明的对比，观音成为悟空的良师益友，这实际上是作者对朦胧平等自由观念的向往，折射出母神神格的观音女神成为现实社会，尤其是父权社会里一切丑陋和罪恶等的参照物、对立面。

从文化人类学的角度看，女性主义神话学认为，在中国神话传说里，一个女人自身根本没有地位和权力，她必须学会灵巧的手艺以便充实自己，一般而言，神话中有头有脸的女性扮演的总是母亲和妻子的角色。② 《西游记》中的观音形象，也体现出中国神话的这一深层的文化特色，观音在作品中的"母性"品格表现十分明显，孙悟空作为一个被佛封为"斗战胜佛"的英雄角色，对观音女神有着一种深层的母性依赖心理，观音女神对孙悟空也时常表现出一种广博的母性关爱情感。

三、《西游记》小说出现后取经故事中的观音形象

《西游记》小说所塑造的南海观音形象影响广远，后来的取经故事题材作品基本上都以小说为底本进行创作，其中对于南海观音形象的塑造也没能超出小说的范围，因此这里只作简单介绍。

取经故事除了小说的广泛流传外，戏曲演出对故事的传播也起到了重要的作用，尤其是在广袤的农村地区，《西游记》故事被纳入目连戏的演出传统中，在湖南、福建、四川等地的目连戏

---

① 叶舒宪：《高唐女神与维纳斯》，193 页，北京，中国社会科学出版社，1997。
② 叶舒宪：《文学与人类学》，235 页，北京，社会科学文献出版社，2003。

连台本中，《西游记》戏也占着重要的一部分。随着目连戏的不断演出，《西游记》故事也被广泛地传播着。戏曲舞台对取经故事的演绎就更加直接地把南海观音艺术地展现在广大民众面前。

同时，小说中的一些观音收伏妖魔的精彩故事也被编成单独的剧目演出。如收服熊罴怪的故事在高腔类中有《黑风山》，收服红孩儿的有昆曲类的《火云洞》。戏曲有时可以通过行当的改变来塑造人物形象。如在《黑风山》中，孙悟空到落迦山请来观音菩萨对付熊罴怪，悟空定计要观音变化为妖——凌虚子，观音听取了悟空的计谋，变化成了那妖，这时舞台上出现以丑扮菩萨变成的小妖。悟空一见，不禁打趣问起菩萨来：

　　　　（孙白）变得倒像，请问菩萨，是菩萨是妖怪？
　　（丑白）我是菩萨的妖怪，妖怪的菩萨。（唱）为师父
　　受无穷的变化，说什么妖怪与菩萨，睁着眼怎施风化，
　　俺岂非虚诈，献金丹前来说法。①

这里通过行当的变化展现了菩萨善于变化的本领，塑造了观音神通广大的品质，也丰富了舞台表演。昆曲类的《火云洞》则主要借用火彩的装饰来表现观音收服红孩儿的神奇。

流传于汉族地区的取经故事还在各少数民族地方流传开来了，如古彝族地区也有《唐僧取经》故事，说唐僧出生在云南大理鸡足山，从小就成了孤儿，由沙和尚抚育长大后，为了给死去的爹娘念经，就去西天大佛山找经书。唐僧路过黄河时，遇到了观音老母。观音教他念了咒语，并帮助他收下了孙悟空，二人一路去找经书。他们再到雪漠界北收服了猪八戒，三人一起去西天取经，经过重重困难，取回了经书。

需要说明的是，这里的观音被称呼为观音老母，说明了人们

---

　　① 昆曲《黑风山》剧本，《俗文学丛刊》，第43册，202页，台北，中央研究院历史语言研究所，新文丰出版有限公司，2001。

对于观音有着更多的依赖，同时还表明此地取经故事的传说可能受到民间宗教观音老母信仰的影响。观音在明清宝卷中常被称为"观音老母"，以老母出现的观音形象，完全是民间宗教的创造，没有任何经典的依据。如在弘阳教经典中，老母、观音与大悲（也称为"母亲"）同是受崇拜的对象，这三者称为"慈航"。观音被形容为法船，运送那些被解救的众生回到永恒的家，即所谓的真空家乡。黄天道谓"观音本是无生母"；西大乘教则说观音是无生老母转化，投胎吕姓创立了西大乘教，等等。民间宗教徒借用观音，促成观音最终转变为观音老母。民间宗教与观音信仰的问题，比较复杂，有待于日后作进一步的研究。

第四节　目连救母故事中的观音

据徐宏图先生的《浙江省东阳市马宅镇孔村汉人的目连戏》调查报告介绍，在当地落茄宫观音大士的岁时朝拜仪式上，有《目连救母》仪式剧演出的祀典活动，如 1992 年农历二月十九日，孔村人在为观音诞辰做了"白鹤驾雾文明功德道场"后，请当地的"朱氏目连班"演出了《目连救母》仪式剧。① 同样，在福建泉州，其目连戏也可以在观音诞辰上演。据叶明生先生说，他在 2002 年九月十九日参加南安市某村草亭寺的观音诞的庆诞活动中，就观摩了由晋江木偶剧团演出七天七夜的目连戏。② 而泉州地区在观音生日演出目连戏的机会还很多：

在泉州盛演目连戏的时日，不一定是七月十五日。它的首演日期更多的择定在二月十九（观音诞辰日）、

---

① 徐宏图：《浙江省东阳市马宅镇孔村汉人的目连戏》，《民俗曲艺》丛书，1 页，台北，台湾财团法人施合郑民俗文化基金会，1995。
② 叶明生：《福建傀儡戏史》，753 页，北京，中国戏剧出版社，2004。

> 六月十九（观音出家日）、九月十九（观音得道
> 日）……按泉州民俗，除了观音酬神时常演目连戏外，
> 当佛寺中举行水陆醮，或者城隍生日时，也必演目
> 连戏。①

我们一般认为，《目连救母》是在中元节等民俗节日中演出的，
如《东京梦华录》中就记载了北宋时期在中元节有《目连救母》
杂剧的演出，那为什么在今天的江浙、福建一带，在观音大士的
诞辰祭祀中也有了目连戏演出呢？目连救母的故事与观音大士是
何种关系呢？

一、目连救母故事中的观音形象

（一）目连救母故事与观音菩萨关系的历史溯源

我们从大量的地方目连戏剧本中可以看出，戏中的观音形象
很突出，不仅有善财、龙女相胁持，而且还描绘了南海普陀山岩
的圣景，这是典型的南海观音特征。但是，目连故事产生之初，
并没有出现南海观音形象，而只有朦胧的观音信仰内容。由此可
见，目连故事中观音形象也和取经故事一样，是有一个逐渐发展
的过程的。下面，我们对此作一简单的梳理，整个目连戏的发展
过程大概②可以作如下归纳：

早在西晋时期就有僧人译出了《佛说盂兰盆经》，到唐代出
现了大量演说此经的变文，敦煌文献中关于目连救母故事的作品

---

① 沈继生：《目连傀儡中的目连戏》，《民俗曲艺》，第78期，48页，台北，
台湾财团法人施合郑民俗文化基金会，1992。

② 中国戏曲的发展是复杂的，并不是线性的，而是网状的结构，被称为"戏
曲舞台上的活化石"的目连戏发展也是网状的，不同的戏曲形式很难用承传的关系
来说明，因此这里所说只是其流传的大概。

有十二件之多①，如《目连缘起》、《大目乾连冥间救母变文》、《目连变文》等，但从变文所述故事来看，此时目连救母还没有得到观音菩萨的帮助。

到了宋代，在京城的构肆里，有了目连戏演出。如孟元老《东京梦华录》卷八"中元节"条记载"七月十五日，中元节。……构肆乐人自过七夕，便搬演《目连救母》杂剧，直至十五日止，观者倍增"②。这是如今可考知的关于目连戏的最早记载，尽管记载演出的时间有七八天之多，但却没有关于目连故事内容的任何信息，目连救母过程中是否已有观音的出现也不得而知。金院本中出现有《打青提》名目，主要描写"刘氏在地狱中所受到的种种酷刑，遭受各种磨难"③，也不能察觉出与观音有关的信息。

在元代流传的目连救母故事中，就明确表明已经有了观音，而且观音的地位还十分重要，如《录鬼簿续编》中"诸公传奇，失载名氏"类收录有《目连救母》杂剧，其下的题目正名就是"发慈悲观音度生　行孝道目连救母"④，与杂剧基本同时的《目连救母离地狱升天宝卷》⑤中也已经出现观音，可见至迟在元代目连故事中观音就已经处于非常重要的地位了。

现在我们能见到的关于目连救母故事的最早剧本是明代万历年间刊刻的《目连救母劝善戏文》（以下简称郑本），署名郑之

---

① 张涌泉等：《敦煌变文校注》编者按语，并把这十二件作品分为四类，1 026 页，北京，中华书局，1997。

② 孟元老：《东京梦华录》（外四种），49 页，上海，古典文学出版社，1956。

③ 刘祯：《中国民间目连文化》，37 页，成都，巴蜀书社，1997。

④ 贾仲明：《录鬼簿续编》，《中国古典戏曲论著集成》（二），294 页，北京，中国戏剧出版社，1982。

⑤ 关于此宝卷的年代，宝卷结尾有具体记年，为北元宣光三年（1372 年），可参考车锡伦《中国宝卷的形成及其演唱形式》，《敦煌研究》，2003 年第 2 期。

珍编撰。① 从刊本前面编者的自序可知，郑氏"取目连救母之事，编为《劝善记》三册"，是想以此寄托自己的"夫子"之志，达到"欲人之从善也"② 的入世目的，观音菩萨的现实救济品格正好暗合了编者的这种心理，所以在整个目连救母的过程中，观音的地位十分突出。郑之珍把整个目连救母故事分成了"出家西天求道，地狱救母超升"③ 两个阶段，来分别体现出观音和佛祖对于目连救母一事的帮助。前一个阶段由观音指点迷津，救苦度厄，并使罗卜坚定意志，突出了观音菩萨劝善救苦的现实救济品格。观音菩萨出现在以下关目：上册《观音生日》（第九出）、《观音劝善》（第二十八出）、《观音救苦》（第三十出）；中册《观音渡厄》（第二出）、《过黑松林》（又《观音戏目连》第十九出）。此后的目连救母故事基本与之相同。

　　纵观目连故事发展的历史：早期的目连救母故事，主要是宣扬"孝"道，以塑造目连形象为单一的创作指向。后来随着故事的不断发展，开始出现并不断强化因果报应、劝人为善等内容，目连救母故事中出现的神怪逐渐增多，大慈大悲、劝人为善的观音菩萨也成为其要表现的另一典型形象。

（二）郑本观音形象分析

1. 观音在目连救母过程中的作用非常突出

　　目连担经挑母去西天见如来，一路上虽遇到了许多困难，但都得到了观音的帮助。不仅如此，还经历了观音设下的重重考验，坚定了自己的道心。观音在整个故事中的形象就如目连所赞叹的：

---

① 郑之珍：《目连救母劝善戏文》，古本戏曲丛刊影印万历间高石山房刻本。

② 郑之珍：《目连救母劝善戏文》，古本戏曲丛刊影印万历间高石山房刻本，序文。

③ 刘祯：《中国民间目连文化》，124 页，成都，巴蜀书社，1997。

高叫南无观世音，天生一点活人星，满头细发乌云鬘，两朵纤眉柳叶青。(南无) 目巧世间人尽见，耳聪天下事皆闻，面如美玉无瑕玷，身似水轮绝点尘。(南无大慈大悲救苦救难广大灵感观世音)。大慈悲是生来性，救苦难是本来心，鹦哥句句传佛语，杨柳青青插玉瓶，瓶注九龙真法水，杨柳洒时遍乾坤，一洒九天甘露下，二洒大旱沛甘霖，三洒春郊足时雨，才沾一点值千金。(南无) 病人沾着灾殃退，苦人沾着难离身，热脑沾着生凉快，寒冷沾着转阳春，枯朽沾之枝叶发，孤独沾之子孙生，贫穷沾之富贵到，富贵沾之福寿增，我今倒在冰池上，只为妖龙作冻冰，伏望现身来救度 (不枉了) 高叫南无观世音。①

这一段唱词既赞叹了观音的外貌，又点明了观音慈悲救苦的本性，还特别颂扬了其手中杨柳枝上的法水能解除天灾人祸、增福添寿生子孙的无限法力，基本涵盖了民间观音信仰中赐福、消灾的各个方面。

2. 剧本体现了南海观音劝善、救苦的品质

剧中反复强调了观音的劝善品质。如劝说金刚山上张佑大、李纯元等十强盗放下屠刀，去西天见佛修行。观音先化作道人用法术迷惑这些强盗，当强盗们请她去做军师时，观音要求他们做到以下五点：一不许杀人性命、二不许烧人房屋、三不许掳人子女、四不许劫人财物、五都要吃斋把素。这就是要求那些强盗不要再行凶干坏事，而要吃斋修善。还如当刘氏在家不修善时，观音用法力把罗卜提前召还回家，让其母的恶行早日终止。当刘氏死后在地狱受苦时，观音又指引罗卜去西天求佛救母，并点化白

---

① 郑之珍：《目连救母劝善戏文》，中卷，第三十一出《过寒冰池》，古本戏曲丛刊影印万历间高石山房刻本。

猿为他开路。观音在黑松林试探得罗卜道心坚定后，又用法力使他能日行千里，让其尽早地到达西天，见佛救母，为母行孝。

同时，戏曲也塑造了观音解难救苦的品质。为了解除张佑大等十人的苦难，帮助他们顺利到达西天，观音使唤铁扇公主、云桥道人、猪百介等帮助他们度过往佛界的火焰山、寒冰池、烂沙河等天险；为了帮助罗卜去西天见佛，观音是"心存一念大慈悲，手执青青杨柳枝，广济众生迷，须总仗神功大张法力"，点化白猿皈依正道，并赐金箍，要白猿精保护罗卜去西天见活佛，并答应白猿说："若有急难，我又亲临。"在去西天路上，罗卜与白猿化成的道人在观音神力的庇护下，经过了道道难关。

观音还通过自己的言语来传达其劝善、救苦的品质，在《观音生日》出中，观音出场时自报家门称：

> （贴上）长空万里浮云净，月弄婆娑影。慈悲万劫身，潭水澄清，朝阳掩映，慢倚普陀岩，总是菩提境。（见介）（白）脚踏层莲万化身，慈悲广度众生人，九流三教名虽异，稽首皈依共此忱。自家观音是也，身居南海，迹显香山。世人有喜怒哀乐之音，我能知喜怒哀乐之意。是以玉皇敕旨封为南无大慈大悲救苦救难灵感观世音菩萨。今当二月十九是我诞辰，只见日魄方中，天明似画，庭花美玉林竹筛金。善财龙女，此时夜气清明，正好孜孜为善，忌除色相，以知变化之方。外波风幡，以建慈悲之本，正是尔等当为，须索自加勉励。

这"慈悲广度"就是对观音劝善品质最准确的概括。在《观音渡厄》出中，观音唱【三棒鼓】"天风吹送下瑶台，救度人间苦与灾，行孝的既可怀，修善的尤可哀，观世音时闻音下界，为只为十子在途中苦难来"。再三表明其救苦、劝善的品格。

3．表现了观音的非凡神力

这个劝善救苦的观音同时具有无上的法力：能千变万化，如飞禽走兽、武将文人、长身矮体、鱼篮千手等，一一难穷；能预知人生来世，"观见善人傅相将升天，吩咐大小仙僚须要一齐侍候"；也能知世人前世，如说"罗卜前生修行八世，今生已是九世，此人元是天上一金刚"；还能控制人的思维意志力，如"赖观音力，传罗卜回家"，告之其母所作诸多不敬佛的恶行；也能用法力左右人的行为，如"用法力使十人自我战介"，并因此成为他们的军师；能调动妖魔，如吩咐铁扇公主、云桥道人、猪百介等帮助金刚山十人去西天求佛；也能请动天上诸神仙，如要张天师擒白猿精为罗卜开路，等等。

总之，观音在郑本中是作为受人尊敬的神祇出现的。她大慈大悲、救苦救难——善财、王母娘娘等都尊称她为慈悲教主；她惩强除恶，助弱扶正，劝人为善。观音是慈悲的善神，也是伸张正义的道德教育者，寄托了编者的理想，也反映了人们的愿望。

（三）地方目连戏中的观音形象

以目连救母故事为题材的目连戏，因其特殊的文化内涵成为各地民俗文化的主要内容之一。在全国绝大多数地区都有目连戏的演出，它们无论是在故事情节还是在演出风格方面，都有同有异，其中所塑造的观音形象也各具特色。现选取几个具有代表性的地方目连戏出目进行比照，见表7-2。

表7-2

郑本	祁剧本	辰河戏本	绍剧本	弋阳腔本	泉州本	莆仙戏本
观音生日	观音生日	观音生日		观音十变	坐寨	三圣化财
				游观四景	普陀境	点化金刚
观音劝善		观音救苦	观音下凡	观音化袍	四海贺寿	诅咒归阴

续上表

郑本	祁剧本	辰河戏本	绍剧本	弋阳腔本	泉州本	莆仙戏本
观音救苦	观音指引	观音指引		观音当道	却柴	刘氏回煞
观音渡厄	慈悲渡厄	慈悲渡厄		观音渡厄	造土狮土象	观音座上
才女试节	才女试节	才女试节	涂容初试	善财点化	收捕、驳佛	试度罗卜
遣将擒猿	遣将擒猿	遣将擒猿	遣将擒猿	遣将擒猿	良女试节	白猿点化
白猿开路	白猿开路	白猿开路	差猿	猿猴开路		过寒冰池
				观音化莲		过烂沙河
过黑松林	松林试卜		试节		观音试罗卜	上白梅岭
擒沙和尚	擒沙和尚	擒沙和尚				观音指点
				松林问卜	观音雪狱	入庵寻母

　　从表中内容来看，各地目连戏中表现观音的情节基本相同，尤其是各地高腔目连戏，罗卜得到观音帮助的事情及其细节基本一样。以江西弋阳腔目连戏连台本戏清同治十年抄本（1871年手抄）为范，其中与观音有关的出目有：第二本第十三出《游观四景》、第十四出《见佛回话》，第三本第二十五出《观音化袍》、第二十七出《观音挡路》，第四本第二出《观音度化》、第十二出《观音十变》、第十三出《王母庆寿》，第六本第十八出《遣将擒猿》、第二十一出《观音化莲》等，它们所表现出来的观音形象基本与郑本相同。这表明人们对这一形象的认同性，而这种认同性的文化心理就是共同的宗教信仰、共同的道德教化目的。这种认同性也反映了观音信仰的普及与流行。

　　但是仔细比较不同地方目连戏中的观音形象，还是有些差别的，如观音在目连救母事件中的作用就不完全一样，这种差异性正是不同地域文化特征的折射。最明显的就是泉州傀儡戏《目连救母》，剧中塑造的观音形象更加突出，更具有地方特色。下面就此具体论之。

泉州傀儡戏《目连救母》（以下简称泉本）共有 74 出，剧中与观音有关的出目有：

第三十二出：坐寨（同郑本《观音劝善》）。

第三十四出：普陀境（同郑本《观音救苦》）。

第四十九出：四海贺寿（观音生日，四海龙王前往庆贺，观音设计去收服金刚山强盗，据郑本《观音生日》改编）。

第五十一出：却柴（观音和势至化成拾柴女，与山寇两头目雷有声、张循佑认识。雷、张求亲，观音要求二人吃斋奉佛，并限其三日内念熟《华法经》，并回寨与寨主商量婚事，郑本无）。

第五十二出：造土狮、土象（观音又要求雷有声以土造狮象，并要达到念经而狮象能飞的灵验，就与他成亲，但刚一念经，狮象就都坏倒了，郑本无）。

第五十三出：收捕、驳佛（观音命护法神征服金刚山五百罗汉，派良女引导众强盗归佛道，郑本无）。

第六十二出：观音试罗卜（同郑本《过黑松林》）。

第七十三出：观音雪狱（观音以罗卜行孝可赎母罪，要放刘出狱，阎王以刘氏苦难未满不同意，二人到玉帝处理论，玉帝同意了观音的意见，依观音雪狱，放刘出狱升天。郑本无）。①

这些情节提示：每当罗卜处于紧急关头时，观音都会出现，体现了观音寻声救苦的灵感。而其中第五十一、五十二、五十三等出所表现的观音度五百罗汉的情节和第七十三出记叙的观音到地狱度脱刘氏升天两个故事情节则是其他地方目连戏所没有的，

①　以上内容根据《泉州传统戏曲丛书》，181～288 页，北京，中国戏剧出版社，十集《傀儡戏·目连全簿》中的清代民间班社抄本总结。

这体现出了泉本目连戏的地方特色。①

　　观音度罗汉：泉本在《普陀境》一出演绎了观音点化"十友"成为"天曹诸部大元帅"剧情后，又度脱金刚山五百强盗成罗汉的故事。这是其他地方目连戏所没有的。其具体情节是：雷有声聚集五百人占据金刚山为盗，并将罗卜擒来做账房先生。观音明白这五百人本是五百只蝙蝠，因曾听佛经，可以幻化，后化为强人，占金刚山为王，于是与大势至菩萨一起，化为两位少女，以姊妹相称，来到金刚山拾柴。强盗头目雷有声等见她们美貌，向其求婚。少女要他们在三天内熟背《法华经》、造出能飞腾的土狮土象后，才能与之成亲。最后求亲不成，观音现像，点化众人引归佛道，成为五百罗汉。

　　这里五百罗汉为强盗出身故事，来自佛教的传说。在敦煌莫高窟有一"五百强盗成佛"的壁画，描绘了这么一个故事：在古代轿萨罗国有五百人变成强盗造反，国王派大兵征剿。造反平定后，五百人被俘，遭受了严酷刑罚，被挖去双眼，流放山林。佛以神通力吹雪山药使他们复明，并现身为他们说法，五百强盗皈依佛法，剃发出家，最后成佛。② 泉本中的五百强盗成罗汉的故事与敦煌壁画中的这一故事有些相似，只是把五百罗汉成佛的过程加入了观音菩萨的关键作用，形成了观音度罗汉的情节。

　　观音度罗汉的主要方法是以婚姻为诱饵。这观音化美女，并对求婚者提出诵经的条件与鱼篮观音传说是相承的。而且戏曲中很早就有演绎观音度脱罗汉的故事，如我们在前面分析的元明无名氏杂剧《观音菩萨鱼篮记》，就讲述观音化成渔妇度脱十八罗汉之一的张无尽出家成佛的故事。其中也说到了张无尽向渔妇求婚，渔妇提出了要"看经、持斋、修善"的要求，渔妇与张无

---

　　①② 以下参考马建华：《早期民间目连戏的另一种形态》，《福建首届学术年会论文集》，福建省艺术研究所编，2005。

尽婚而不合，最后张无尽出家修行了。可见当时观音度脱罗汉传说已经广泛流传，而且已经成为了戏曲演出的题材。

不仅如此，观音在以婚姻为诱，度脱五百罗汉时，还提出了要求婚者造土狮土象的条件，并要求土狮土象能在诵经声中腾飞。最后土狮土象没有在诵经声中腾空，而观音和势至却骑着它们飞升了。

为什么要"造土狮土象"呢？一个原因可能是受佛教以狮子比喻佛陀说法的无所畏惧，以大象比喻佛或者菩萨进止安详、力大无比的影响。另一原因则是当时当地风俗的反映。

狮子为百兽之王，故佛教经论中常以狮子比喻佛之无畏与伟大，佛陀被称为"人中狮子"，佛的坐席称为"狮子座"，甚至佛说法称为"狮子吼"。狮子图案也成为庄严的象征①，此外，一些佛事活动也以狮子为名称者，如九月重阳时，诸僧升狮子座，作法事讲说，称为"狮子会"。

大象则是太平盛世瑞应之物，它柔顺性灵，安详端庄，魁梧力大，被古人尊为瑞兽。传说中佛是乘象从天而降的：观佛乘象悠悠去，神女笑谈卧菩提。象在佛教里，永远是道德高尚、智慧贤明的佛、菩萨们的随身伴侣，在人们的审美思想里，大象也永远是贤明仁者的标志，因此，成为佛教盛会上的吉祥物。如在斯里兰卡的佛教名城康提每年"佛牙节"盛会游行上，大象成为游行的主角，每头大象的鼻子、身体和耳朵会被装饰一新。

可见这狮子、大象都是佛教文化中的吉祥之物。随着佛教的传入，这种狮子会、佛牙节式的活动，也传到中国，并形成了一

---

① 《撰集百缘经》载有供养佛菩萨之庄严物，最具代表者即幢与幡，幡又作幡；若依造像来分，有五种幡，以呈狮子形之狮子幡为首，其次有莫羯罗幡、龙幡、揭路荼幡、牛王幡等，又因于庄严佛菩萨之物，尚有饰以宝玉之冠，即称宝冠。宝冠有多种，如五智宝冠，冠中有五化佛，表五智圆满之德。塔婆宝冠，为安有塔婆之冠。而安有狮子头之冠则称为狮子冠。

定的风俗。在《东京梦华录》、《梦粱录》这些反映两宋社会的笔记小说中都有"狮子会"或"象车游行"的记载。据《梦粱录》的作者吴自牧回忆，北宋重阳节这一天，东都的开宝仁王寺院，设狮子会，"诸僧亦皆坐狮子作佛事"，就是因为"诸佛菩萨，皆驭狮子"，而民间则有用一种像狮的"狮蛮栗糕"① 下酒的应节习俗，既然节日里有做成狮子样的甜品，那平日可能就会出现土造的狮子模型。如果说有土狮还只是一种猜测，而有土象则是确切的风俗，《梦粱录》卷五的"明禋年预教习象车"条记载了南宋朝廷举行的"象车"仪式，在市民中出现了"土木粉捏妆彩小象儿，并纸画者"的民间艺术，而"外郡人市去，为土，宜馈送"。② 也就是说这土象还成了杭州地方的特产。

可见，泉本中保留了这些两宋时期京都的风俗习惯，说明了泉州目连戏是比较古老的，这个"造土狮土象"的细节不仅含有丰富的民俗文化，而且还蕴涵着目连戏历史发展的一些规律与特点。③

同时，泉本中观音度罗汉的故事更是当地宗教文化的体现，反映了当地罗汉信仰和观音信仰的盛行。

泉州地方的罗汉信仰很早就有了。据闽南地方志记载，泉州在五代时就有了罗汉寺，在《八闽通志》卷七十七《寺观·泉州府》中就说到："大普安寺，五代周广顺二年建，名'五峰罗

---

① 吴自牧：《梦粱录》（外四种），卷五·九月（附重九）条，41 页，哈尔滨，黑龙江人民出版社，2003。

② 吴自牧：《梦粱录》，卷五·明禋年预教习象车条，42 页，哈尔滨，黑龙江人民出版社，2003。

③ 马建华：《早期民间目连戏的另一种形态》，《福建首届学术年会论文集》，福建省艺术研究所编，2005。

汉寺'。宋治平二年改今名。"①　表明了此地的罗汉信仰在五代、宋时就已经传入。其实，闽南的罗汉信仰不仅历史悠久，而且十分兴盛，能悉数造出五百个形态各异的罗汉木雕，据说山东长清灵岩寺中的金漆木雕五百罗汉就是在宋政和年间从闽南运过去的。宋代在闽中为官的宋齐古在其《施五百罗汉记》一文中就记载了这一事件：

> 政和之初，（宋齐古）得官闽中。俗工造像犹为精致，随月所入食用外，悉付工人成五百罗汉，历水陆五千里至于灵岩。自少游学及窃禄仕，踪迹萍梗，几半天下，投老倦游，将欲屏迹间里为终焉之计，日奉香火同发觉路，此夙愿也。②

这说明了闽南地区人们信仰罗汉的虔诚，同时木雕五百罗汉的精彩艺术反映了当地信仰基础的深厚。

泉州的观音信仰更是十分浓厚，当地著名的佛教寺院都以观音菩萨为主要供奉神灵之一。如龙门寺最吸引人的就是正殿供奉的千手千眼观音菩萨像，还有开元寺的大殿后正中供奉的也是圣观音菩萨，并且有善财、龙女以及十八罗汉等胁持和护法，晋江的南天寺中也有著名的石雕弥勒、观音、势至坐像等，而且这些观音塑像，历史都很悠久。③　另外还流传着大量的观音灵验的故事，咸淳《临安志》还记载：

> 曾鲁公（名公亮，晋江人）庆历年间（1041—1048 年）道杭州，至天竺瞻礼，中途见衣素妇人，谓同行僧元达曰："上座同僧舍人来耶？舍人五十七入中

---

①　黄仲昭修纂：《八闽通志》，福建省地方志编纂委员会整理，福州，福建人民出版社，1991。

②　张鹤云：《长清灵岩寺古代塑像考》，《文物》，1959 年第 12 期。

③　林国平：《闽台民间信仰源流》，73 ~ 75 页，福州，福建人民出版社，2003。

书。"语迄不见。已而如其言，实观音之灵现也。既蔡
端名襄出守杭州，曾公以十万钱为图，求蔡公书灵感观
音寺。①

　　曾鲁公和蔡襄同是出自闽南地区的北宋名臣，民间流传的观
音化银造洛阳桥的传说就附会在蔡襄身上，他们的经历对闽南观
音信仰更起到了推波助澜的作用。即使当今，当地民间观音信仰
仍是十分浓烈，居民的神坛上，在设有"天、地、君、亲、师"
的牌位最中间安排的就是"大慈大悲观世音菩萨"神位，可见
观音菩萨在民众中的声望。

　　这种信仰心理的形成原因是多方面的，而独具地方特色的
是：在唐宋时期，闽南地区大兴佛教，一度被朱熹称之为"佛
国"，观音菩萨又以她的送子和消灾成为百姓的精神寄托。尤其
是宋代统治者采取的禁巫政策，对闽南这个巫术盛行的地方影响
很大。当地行巫之人为了生存，就借用佛教的外衣来改装自己，
并因此而形成了亦佛亦巫的民间宗教"瑜珈教"派，"此教降伏
诸魔，治诸外道，不过三十三字金刚迹咒也，然教中有龙树医王
以佐之焉，此外则有香山、雪山二大圣，猪头、象鼻二大圣。雄
威、华光二大圣……以相其法"②。这样，巫道之人就把佛教中
最受民众崇拜的观音菩萨纳入到自己的巫术神仙体系中，并成为
其一重要神祇。这样便更促成了观音信仰在当地的盛行。也正是在
这种浓厚的观音信仰的基础下，才有了下面戏剧情节的改编。

　　观音度刘氏：泉本的第七十三、七十四出《观音雪狱》、
《全家升天》等敷演观音奉玉帝旨意到地狱雪狱，超度刘氏的情
节。观音以为罗卜孝道可替母赎罪，要提前让刘氏脱离地狱，阎

----

　　①　潜说友：咸淳《临安志》，118 页，台北，成文出版社，1970。

　　②　谢显德：《海琼白真人语录》，卷一，《道藏》第 33 册，114 页，上海，上
海书店出版社，1994。

罗不同意放刘氏，观音与阎罗发生争执。二人一同来到玉帝处理论，最后玉帝采纳了观音的意见，下旨赦刘氏出狱。观音命降龙、伏虎将刘世真的枷锁劈开，要金童玉女接引刘氏升天。原剧的结尾如下：

　　　　（阎王向天曹玉帝唱）【滴溜子】臣启奏阎罗主杀刘世真，罪该百结，合受地狱磨难。观音前来为伊开豁，臣当执法，儆戒阳间。……

　　　　（灵上，唱）【尾声】观音本是慈悲佛，阎罗执法修轻忽，且看天曹议优恤。

　　　　（玉帝下旨要求观音雪狱完日，复命天曹，不可久住阴府。）

　　　　（全剧结尾）（相白）且喜今日观音前来雪狱，放安人出地狱，全家得列仙班，皆托皇天庇佑，神明扶持，焚香燃烛，庆贺团圆。（云云）千手千眼观世音，灵通实感应。善有善报，善恶分明，善事可多作，劝人勿侥幸，劝人食菜着诚心。罗卜行孝传世人，一返搬来一返新。（并下）①

　　这种情节的处理，是泉州目连戏所独有的，更加突出了观音在整个目连救母故事中的地位，观音成了真正的救世主。而且，这种情节的处理似乎更加合乎人们的道德规范。在郑本里，尽管有罗卜努力行孝，为母赎罪，但刘氏遭受了地狱的种种折磨后，还是没能逃脱轮回的报应，被变成了狗。而在泉本中，观音看到了罗卜为母赎罪的虔诚，被罗卜的孝心感动，认为刘氏有如此孝顺的儿子，是可以减轻罪责的，所以要到地狱中去放刘氏升天。观音这种奖罚分明的做法，对现实善恶劝诫的意义更大，更直

---

　　① 《泉州传统戏曲丛书》十集《傀儡戏·目连全簿》，281～282 页，北京，中国戏剧出版社，1999。

接，也更容易被观众所接受。

值得注意的是，度脱刘氏出狱的是千手千眼观世音。这反映了泉州当地千手千眼观音信仰的内容。千手千眼观音信仰本是佛教密宗的内容，在唐五代时期盛行于中土。千手千眼观世音以与它相关的《千手千眼观世音菩萨广大圆满无碍大悲心陀罗尼经》（简称《大悲咒》）中能解决人生诸苦难的现实救济品格得到了民众的推崇，后来密教式微，但是千手千眼观音信仰在民间还是广泛流行。早在隋唐时期，泉州地区的佛教已经兴盛，千手千眼观音就已经在此地流传了。如其隋代始建的龙山寺，最吸引人的是其正殿所供奉的千手千眼观音塑像。据介绍，这尊像是由树雕刻而成的，通高4.2米，观音菩萨坐于莲花座上，双手拱合向前，两胁及肩生出1 008只手，姿势各异，每只掌心各有一只慧眼，手中或执法器，或握经书，或猛虎傲踞，或飞龙盘旋，生动有趣。① 这种具有特色的民俗佛教信仰也影响到了目连戏对于观音形象的塑造。

进一步说，泉州目连戏中突出观音对地狱刘氏的救度超升，反映出它并不是和其他高腔目连戏那样与郑本有着十分密切的关系，而是具有自己相对独立的传统。宋元时期，观音成为地狱的救济者、超度者的信仰开始在民间流行，如元代流行的妙善传说就强调其在地狱的超度功能。同时，在元末明初的《录鬼簿续编》中有杂剧《目连救母》，其题目正名为"发慈悲观音度生行孝道目连救母"，杂剧中观音以慈悲之心度"谁"呢？泉州目连戏告诉我们，观音慈悲度的可能就是刘氏。这样，就说明泉州目连戏可能是承接杂剧而来的，它直接继承了宋元北方目连戏的传统，而且泉本中的造土狮、土象的细节也表明了这一点。

目连戏在中国的传播是一个很复杂的问题，因为早期南北文

---

① 林国平：《闽台民间信仰源流》，58页，福州，福建人民出版社，2003。

化系统的目连戏是有着明显不同的。张庚先生曾说：

> 目连戏怎么来的呢？北宋有了，是在瓦舍，不是在
> 民间，如在民间，南迁后北方还会留下，但并没有，到
> 了南方，就到了民间。①

确然，北方目连戏留下的资料不像南方那样丰富。但是，清代民间北方广大农村地区目连戏的演出仍很红火，像豫剧、山东梆子、秦腔、怀调、太平调、莆剧、宛梆、山西道情、河南道情、锣鼓杂戏等都有目连戏剧目。同时北方目连戏保留着元杂剧那种突出观音地位的传统，刘祯先生曾根据剧本总结出北方目连戏在观音形象的塑造中所凸现出的鲜明的地方特色：

> 北方（按：似指长江以北）的目连戏中，观音被
> 称为南海大士，并成为了指点目连、领导阴府的唯一神
> 仙。河南南乐本目连被南海大士超度上山，教习兵法，
> 并赐阴阳扇，九连环宝贝，下山救母。东路梆子本中的
> 南海大士能够变化达摩，去傅家点化目连雷音寺救母，
> 又在空中分身一变，变为老黄婆，去试探目连诚意，然
> 后将目连一袍袖袖到雷音寺。南海大士总揽一切，就连
> 五殿阎王也要带着刘氏向他汇报。观音这一形象，不仅
> 仅就是观音，而且还包括了佛祖、玉帝等多个神仙的
> 凝缩。②

这说明现在北方目连戏还保留着那种突出观音形象的倾向，其实泉本目连戏中的这种北方传统与闽南文化的大环境也是相符的。同时剧中突出的观音收服海寇强盗，也间接反映了当地海寇猖獗的社会历史。

----

① 张庚：《中国戏剧在农村的发展以及它与宗教的关系》，见《戏曲研究》，第46辑，1~9页。
② 刘祯：《中国民间目连文化》，208页，成都，巴蜀书社，1997。

　　各地目连戏中的观音形象是伴随着目连戏主题从相信鬼神、因果报应到讲究忠孝节义的改变而不断变化的。总体来说，相同的宗教文化背景、相同的道德教化心理影响下的目连戏所塑造的观音形象保持了其大多数的共性，个别不同地域文化背景下的观音形象，在相同的目连救母题材中又显示出鲜明的个性。这是从主题、内容来分析地方目连戏中的观音形象而言的，至于就戏曲演出形态方面，尤其是戏曲的脚色扮演方面来探讨不同地方目连戏中观音形象的异同，我们将另有专章来论述。

二、节选目连戏剧目中的观音形象

　　整本目连戏多在民间祭祀场合上演，因此一般都带有鲜明的宗教祭祀色彩，人们在欣赏戏剧的同时，还伴随着虔诚的宗教体验。而目连戏中一些单折剧目则文学性更强，舞台演出也很活跃。如郑本突出表现了观音菩萨形象的《观音生日》和《过黑松林》两出戏，就不断被改编，有京剧中《观音戏目连》、《四面观音》，粤剧的《香花山大贺寿》等。现存的有关剧本如下：升平暑抄本《四面观音》、车王府曲本《四面观音》、同治八年抄昆曲谱《戏目连》（藏艺术研究院）；民国时的《剧学月刊》（二卷二期）昆曲本《四面观音》、戏考本《戏目连》、旧抄本《四面观音》、广西邕剧剧本、粤剧剧本《香花山大贺寿》和泉州地方的傀儡戏剧本《四海贺寿》等。

（一）具体剧目分析

1.《四面观音》

　　《四面观音》，又名《观音戏目连》，现存的早期剧本有清咸丰丙辰年（1856 年）抄本，藏国家图书馆。这是根据《目连救母劝善》戏文中"过黑松林"而改编的折子戏。在明郑本中，这一出戏就又称为《观音戏目连》，因此有些改编又称为《戏目连》。清代宫廷虽然编排了连本大戏《劝善金科》，演目连救母的故事，但一般很少全剧整演，而多演出《四面观音》这样的折子戏。

色欲考验的题材：节选的主要情节就是观音化成凡妇在黑松林试探罗卜，然后又现出了紫竹观音、送子观音、鱼篮观音、望海观音、燃面观音等先后与罗卜说法。其突出的主题内容是色欲考验。观音以"色"去试探修行者罗卜的道心，当修行者罗卜通过了色欲的考验后，便更直接地得到观音的帮助和指引，日行千里，提早到达西天，见佛救母。

吴光正先生曾指出：色欲问题是任何主张出世的宗教都必须面临的一大核心理论问题，"色欲考验作为宗教考验的一大核心内容也是宗教文学的一个永恒的母题"①。这种母题的情节结构模式可以概括为：出家人修行→遇到由神佛幻化的色（性）的诱惑→色戒考验→结局。这种结构模式下的情节发展则有两种形态：一种是挡不住诱惑，使修行前功尽弃，如度柳翠故事中的玉通禅师；一种是挡住了诱惑，被神佛度脱，修行成功，这种例子很多，如西天取经的唐僧、求佛救母的目连、出家修行的妙善。这种色欲试探实质是把宗教的"戒色"律行和传统文化中"食色，性也"理念的结合，因此也就成为度脱题材作品中情节发展的一个程式。

以女色试探佛门圣徒的情节，其最早来源可能是佛教经典中阿难与摩登迦女的故事，如《摩登迦经》、《杂宝藏经》都作了形象的叙述。另在《释氏要览》卷三《讲堂置佛像》条说：

> 《大法炬陀罗尼经》云：法师说法时，有罗刹女名爱欲，常来惑法师，令心散乱。是故说法处，常须置如来像，香花供养。勿令断绝，彼罗刹女，见已即自迷

---

① 吴光正：《从吕洞宾戏白牡丹传说看宗教圣者传说的建构及其流变》，载《文艺研究》，2004 年第 2 期。

乱，不能为障。①

敦煌变文《破魔变》中，也有佛祖接受色欲考验的故事。文中说到，魔王命三个女儿打扮成美丽妖艳的女子来扰乱世尊，不让其证果，并用言语诱惑道："世尊，世尊，人生在世，能有几时？不作荣华，虚生过日。奴家美貌，实是无双，不合自夸，人间少有。故来相事，誓尽百年，不弃卑微，永共佛为琴瑟。"②但世尊不为她们的美色所动，最后道成证果。佛经里这些发生在佛陀、法师身上的色欲试探故事成为宗教文学的一大母题。

观音文学对"色欲考验"母题的演绎是多方位的。一方面，中土文化塑造的观音本生故事——妙善传说中，妙善作为一个修行者，在证果之前，也经过或是佛，或是达摩，或是太白金星，或是燃灯佛等神灵所设色（性）的考验，才成为大慈大悲救苦救难的观世音菩萨。另一方面观音为佛之神灵，作为众生往生西天的接引菩萨，她往往以考官的身份去试探，或自己亲自出马或者委派她的胁持去考验那些将要证果的出家人，如《西游记》中的"四圣试禅心"，就是观音请动黎山老母与文殊、普贤等化成一寡三女去试探唐僧师徒四人的道心；传奇《弥勒笑》中观音化成渔妇去试探布袋和尚的道心；在目连救母故事中，观音不仅派龙女化成美女来试探目连，而且自己也化成凡妇来试探目连的道心。

这是观音戏目连情节主题的内涵，而观音试探目连的细节场景则与徐渭的《玉禅师醉乡一梦》杂剧中红莲诱惑玉通禅师的过程基本相同，下面加以具体比较。

---

① 念藏：《释氏要览》，卷三，《大正藏》，第54册，295页，台北，台湾佛陀教育基金会出版部，1990。

② 张涌泉：《敦煌变文校注》，卷四《破魔变》，543页，北京，中华书局，1997。

郑本中观音为了试探目连道心，假装生病，要求罗卜能在其腹上抚摸一下，而罗卜先是坚决不同意，经过再三哀求，后来想出了一个折中的办法，隔纸相抚：

（贴为观音化身的民妇，生为罗卜）

（贴默云）此人心不可回，不免假装一病，试他何如。哎哟！哎哟！（生）娘子为何？（贴）我疾作。（生）什么疾？（贴）是腹疼。（生）是旧疾是新疾。（贴）旧病？（生）既是旧病，往日怎生医治？（贴）往日丈夫在家。（唱）除非是手摩方可宁。（生）既然如此，娘子急急自摩。（贴）喏，病人手软，安能自摩。（唱）你既是出家人，慈悲为本，放肿摩顶，何不把我腹来摩，一举手活得一人命。（白）救人一命，胜造七级浮屠。（唱）比造那七级浮屠还胜。（生）男女授受不亲。（贴）男女授受不亲，礼也，嫂溺援之以手，权也。（唱）岂不闻柳下惠曾抱着女子到天明。君子喏。这便是磨而不灵。……（贴）天将晓，鸡已鸣，翻来覆去痛怎禁？（生）天色已明，谅有邻人相救。（贴）前三十里，后三十里并无人家，哪得个人来相救。（唱）可惜你修行不肯相救呵。如入宝山中，空手还乡井。（生）娘子，摩腹一事，小生不能。（贴）是不为，非不能，似这等哀告不回心，君子呵，敢是你心无恻隐。（生）无恻隐之心，非人也。况我出家之人，岂忍见死不救。但仁者切于救人，智者必不失己小。娘子，我有一计，将衣被覆在娘子身上，小生自窗牖上隔衣一摩，何如？（贴）隔衣难救急症，须是手腹相粘，方可救也。（生）我将大纸数张与娘子盖在腹上。我在纸上一摩罢。（贴）如此也可，急急快来。（生摩介，内放火介，贴下，生惊云）只见闪闪红光烛地明，茅

房娘子都不见了呵，四山虎豹往前奔，这纸上张张都有

观音像，不免挂在担上，高叫南无观世音。①

戏中观音化身为民妇百般挑逗罗卜，甚至假装腹痛，要求罗卜用手按摩她的腹部，大胆用色诱之，语言也很猥亵，可以说是大大地贬低了观音的神格。

再看徐渭的《玉禅师醉乡一梦》（1552 年）中红莲诱惑玉通禅师的过程：

> （红做肚疼渐甚欲死介）玉通：懒道人，快烧些姜汤给小娘子吃，想是受寒了。道人：姜这里没有，要便到大殿上去讨，半夜三更黑漆漆，着舍要紧。（红做疼死复活介）玉通：小娘子，你这病是新感的，还是旧有的？红莲：是旧有的。玉通：既是旧有的，那每常发时节，却怎么医才好？红莲：不瞒师父说，旧时我病发时，百般医也医不好，我说出来也羞人，只是我丈夫解开那热肚子，贴在我肚子上揉就揉好。玉通：看起来，百药的气味，还不如人身上的气味更觉灵验。②

后来在《古今小说》（1621 年）卷二十九《月明和尚度柳翠》中，吴红莲将这一段演绎为"姜丈夫在日，有此肚疼之病，我夫脱衣将妾搂于怀内，将热肚皮贴于妾冷肚皮，便不疼了"③，语言更加淫秽。

可以看出，观音戏目连与红莲故事具体细节基本相同。红莲

---

① 郑之珍：《目连救母劝善戏文》，中册《过黑松林》出，古本戏曲丛刊影印万历间高石山房刻本。

② 徐渭：《四声猿·玉禅师》，周中明点校，22 页，上海，上海古籍出版社，1984。

③ 冯梦龙编：《古今小说》（下），卷二十九《月明和尚度柳翠》，437 页，北京，人民文学出版社，1981。

故事的模式是所谓的"高僧与美女"① 母题的具体演绎，其原型是宋张邦畿《侍儿小名录拾遗》中所说的红莲故事：五代有一个高僧，号至聪法师。祝融峰修行十年，自以为戒行具足，无所诱掖也。夫何，一日下山，于道旁见一美人，号红莲。一瞬而动，遂与合欢。至明，僧起沐浴，与妇人俱化。② 这里高僧没能抵挡住美女的诱惑，最后是坐化而终。

后来在《轮回醒世》中有《贞淫部》作《法僧投胎》（该条下注释有"嘉靖时"，推测写作的时间可能在嘉靖年间），其中的《法僧投胎》条为：

> 观世音扮一村妇，向目连禅房投宿，晚间托腹疼求
> 目连以手相摩，试目连道心真否。目连果凡心不动，便
> 以手摩之，观音化一道红光而去。③

这里说是观音先向目连禅房去投宿，然后再假装腹疼，试探目连道心，目连道心坚定，通过了考验，情节与郑本"过黑松林"基本一样，而冠以《法僧投胎》的名目，似乎又和《玉禅师醉乡一梦》的情节有关。

不过，这些妓女试探僧人的情节是"色欲考验"发展中的另一故事模式，僧人经不起色欲的考验，最后道行被破，前功尽弃。这是对宗教"禁欲"观的解构。

这相关的传说故事在社会流传很广。田汝成的《西湖游览志余》（1547 年）记载杭州民俗：

> 杭州男女瞽者，多学琵琶，唱古今小说、平话，以

---

① 吴光正：《中国古代小说的原型与母题》，110～122 页，北京，社会科学文献出版社，2002。

② 宋代《古今诗话》，《说郛》，卷七十七，上海，上海古籍出版社影印涵芬楼本，1988。

③ 《轮回醒世》小说，《明清善本小说丛刊》续编，转引谭正璧《三言两拍资料》，40 页，上海，上海古籍出版社，1980。

觅衣食，谓之陶真，大抵说宋时事，盖汴京遗俗
也。……其俗殆与杭无异，若《红莲》、《柳翠》、《济
颠》、《雷峰塔》、《双鱼坠扇》等记。皆杭州异事，或
近世所拟作者也。①

后来的地方风俗中也一直流传着这个故事，如清人陆次云《湖
壖杂记》说到"今俗传月明和尚驮柳翠，灯月之夜，跳舞宣淫，
大为不雅"②。清人翟灏在《通俗编》中解释说："今所演，盖
《武林旧事》所载元夕舞队之《耍和尚》也。"③

可见，这是社会上流行的一段有名的"黄段子"。目连戏也
毫不犹豫地吸收并保留了它。为什么在目连戏这样带有浓厚宗教
色彩的戏曲故事可以存在这样一些亵渎神灵神性的情节呢？

人类学家分析说，任何积极崇拜中都包含着真正的渎神行
为，人类借此来跨越神圣与世俗的藩篱，而与神保持联系。但是
这种渎神行为必须经过一个过渡阶段，以一定的措施将崇拜者渐
渐引入神圣事物的圈子里，经过这种措施处理后，渎神的性质被
冲淡，不再和宗教情感起冲突，而与神圣事物的交接也不会被认
为是渎神的主动了。④ 这里通过戏曲扮演和人物幻化的形式消解
了人们对于观音菩萨与目连尊者的虔诚，而带有了娱民色彩。

民俗调查研究者叶明生先生却得到了这样的解释：这是一种
隐形文化，即在宗教仪式下来传达兴、性的心理，被称为是驳
邪歌。

从民间文化传播来说，目连戏中这种吸收民俗传说的作用最

---

① 田汝成：《西湖游览志余》，卷二十，178 页，上海，上海古籍出版社，
1958。

② 陆次云：《湖壖杂记》丛书集成本，上海，上海书店出版社，1986。

③ 翟灏：《通俗编》，卷十二，丛书集成本，上海，上海书店出版社，1986。

④ ［法］涂尔干：《宗教生活的基本形式》，376～381 页，上海，上海人民出
版社，1999。

直接的解释是，增加了庶民文化的色彩，增强了对民众的吸引力。观音戏目连的情节确实给观众留下十分深刻的印象，安徽东至县渡头目连戏演出中有如此戏联："十载为期，刚逢十月之交，竖起十丈说法莲台，十目视，十手指，十殿赫赫阎君，拿得十恶刘氏，十番讯究，十次折磨，循令人十分吓怕；一门酬谢，普赐一方之福，演出一位思亲孝子，一头母，一头经，一尊观音大士，幻成一个小娇娥，一路纠缠，一场调笑，才见他一片真诚。"① 这下联就着重提到了观音化娇娥戏目连的情节，可见这场戏曲表演给观众留下的记忆尤深。

2.《观音生日》

《观音生日》也是目连戏中关于观音的较重要的一出戏，郑本出目标明是"新增插科"戏，表明这主要是一场以动作表演为主的场面戏。主要情节以各种不同的观音化身来展示观音千变万化的本领，来体现观音的法力，对观音个性的塑造不鲜明，因此各地目连戏对其内容改编也很少，主要是演出形态的改变，这点我们将在下文详论，此处就泉州傀儡戏中的《四海贺寿》的情节改编简要论述。因就情节来说，其与郑本的差别比较大，所表现的观音形象也比较突出。

泉州地方傀儡戏《四海贺寿》的主要内容是：观音佛生日将至，南海龙王请来其他龙王兄弟商量着去普陀山为观音祝寿送礼的事宜，然后各龙王带领众水族来到普陀山。普陀岩观音圣地早有鹦哥、护法、善财、龙女等侍候诸神的到来，观音设斋宴伺候诸神，并询问各方龙神，山海是否宁静。当观音得知金刚山有群盗聚党时，想起南海也有海盗横行，于是定计要去收服这些海盗归佛道，修正果，后来观音收服了五百罗汉。

这样的故事情节安排，与郑本的传统风格是不一样的，它把

---

① 张庚主编：《中国戏曲志·安徽卷》，595 页，北京，中国 ISBN 中心，1995。

贺寿的活动完全融入情节中，使之与整个故事成为一个整体。

　　我们再来看其中所塑造的观音形象。剧中观音菩萨的表现也较多，反映了当地的观音信仰。如龙王们在商量如何给观音送生日贺礼时，西海龙王特别强调说："观音佛食菜，贺寿礼仪，须议合适。"观音菩萨自报家门也说：

> 吾乃观音菩萨，乃妙庄王第三公主，名曰妙善。七岁食菜，看经诵文，坚持苦行。不愿招亲。舍身投入香山寺，持斋受戒，不辞劳苦，坚心学道。因见南海普陀山，天生成罗汉台阁，即来只处化身成佛。蒙玉帝敕旨，封吾大慈大悲救苦救难观世音大菩萨。①

这里提到了妙善传说，说观音是因为吃斋而修行成佛的，并强调了妙善不辞劳苦、坚心学道的品质。

　　另外，剧中还特别突出了观音的孝道，她时刻牢记父母恩情："哀哀父母，生我劬劳，今旦是吾寿生日子，岂可忘父母所生。"并叫上自己的弟子一起"望北拜四拜，准报父母养育深恩"，"想人生养育有父母，怎可忘劬劳？念此身罔极深恩，终生难补报。"

　　可见，泉州地方戏此出的改编，从其和整个目连故事的发展来说更加合理，增加了戏曲的思想内容，所蕴涵的文化密码也更明确。

三、从观音形象看取经故事和目连故事的关系

　　清代焦循在《剧说》中指出：演义之《西游记》，本自唐玄奘《西域志》。白马驮经，松枝西指，亦有所本；若猿、龙等，

---

① 傀儡戏·杨度抄本目连救母第四十九出"四海贺寿"，《泉州传统戏曲丛书》，第十卷，365 页，北京，中国戏剧出版社，1999。

则《目连救母》戏中亦有之。① 这说明《西游记》与《目连救母》之间有着某种联系。

确实如此，取经故事和目连救母故事所塑造的观音形象和所体现出来的观音信仰有着许多相似的东西。但在各自不同的发展过程中，相互之间的关系却是十分复杂的。目连救母本是一个佛经故事，它由经及变文到戏剧的过程，是一个不断中国化、世俗化的过程。唐僧取经是历史，它由纪实及诗话到小说的过程，是一个不断虚拟化、艺术化的过程。两个题材在发展过程中的不同作品，对于观音形象所表现出的变化特点以个案的形式反映了观音信仰在中国的发展过程。

就目连救母故事不断中国化的过程而言，尤其是从《劝善记》中对目连西天求佛路上的描述来看，应该是目连故事受到唐僧西天取经故事的影响多一些。

毛礼镁认为，最早写西游记的剧本是元代吴昌龄的《唐三藏西天取经》杂剧，今存"钱送郊关开觉路"一出，写玄奘西行，尉迟恭在郊外为他钱酒送行。而现在江西元代的南戏目连戏中有"作钱"一出，与杂剧相同，并且唱北曲【小梁州】、【古梁州】等曲子，内容很完整，可以作单折戏演出。由此可以证明，在元代形成的江西南戏目连戏可能受到了吴昌龄杂剧的影响。②

确然，郑本目连戏的情节受取经故事的影响比较大。本来，在《目连缘起》等敦煌变文中，目连救母时已经是神功自如，能上天入地了，他只要建盂兰盆会就可以免除母亲在地狱受的苦难，并不需要长途跋涉去西行见佛。而在郑本中，罗卜要救出在

---

①　焦循：《剧说》，《中国古典戏曲论著集成》（八），185 页，北京，中国戏剧出版社，1982。

②　毛礼镁：《江西傩及目连戏》，192 页，北京，中国戏剧出版社，2004。

地狱受苦母亲的冤魂必须先往西天求得如来的帮助，这一路上必须经过火焰山、寒冰池、烂沙河等天造地设的、用以割断红尘、不使凡人轻履佛地的至险之地，而这些至险之处，又都有观音的鼎力帮助，她吩咐让铁扇公主帮助罗卜过火焰山，云桥道人帮助过寒冰池，猪百介渡他过了烂沙河，让罗卜早到西天。这些情节与取经故事中唐僧西天取经的过程关系十分密切。同时郑本中还塑造了一个和孙悟空有着许多相似之处的白猿精，在《遣将擒猿》、《白猿开路》等出中观音特把张天师等人擒来的白猿精度脱皈依正道，并给它带上了"只许戴不许解"的金箍，白猿因此承观音严命为孝子罗卜开通道路，一路先行。这和《西游记》中孙悟空是一样的。或许，从情节编排上看，郑本是将当时流行西天求佛的故事插入到目连救母的故事中，以构成了一个表现"救娘的傅罗卜孝行昭彰，救苦的观世音神通晃耀"的长篇传奇。

本 章 小 结

南海观音信仰本是起源于古代印度大陆南端的海上救难神话。但随着观音信仰在中土的传播，随着观音主道场的中国化，南海观音信仰在完全中国化了的同时还不断世俗化。人们对南海观音形象的塑造也带有更多中国民俗文化的色彩，观音身边胁持善财、龙女的出现，不仅其组合形式带有中土道家文化的意蕴，而且关于他们身世、品格的种种解释也完全离开了佛经中的本来含义；还有净瓶、杨柳、莲花也带有丰富的民俗文化内涵，南海观音成为了解难祓苦的福神、善神。而取经故事、目连救母故事对于这样一个民间信仰的俗神进行了艺术创造，尤其是《西游记》中的观音形象，是中国文学中观音形象创作的最高峰。

这里，我们从取经故事和目连救母故事这两类题材中，着重分析了它们对南海观音形象的塑造。《西游记》中的观音以其无上法力降伏妖魔，与目连救母中以无比灵感劝善救苦的观音一起，全面形象地表现了明清以来民间观音信仰那种除灾、救苦、赐福的主要内容。可以说，二者是相得益彰的，借用戏曲、小说甚至宝卷等文学形式，把民间盛行的南海观音菩萨以及她的神通广大、大慈大悲形象地表现出来了，让南海观音形象普及到了每一个民众的心中。

余论　观音戏的演出形态

首先需要说明两个问题：一是为什么要探讨观音戏的演出？戏曲作为一种综合性的艺术表现形式，它不仅以案头的剧本来塑造各种不同的人物形象，而且还以场上的丰富表演来刻画不同的人物形象。就整个戏曲史来说，观音形象在戏曲舞台上出现的频率是比较高的，而舞台上的观音形象与民间观音信仰又相互影响。因此，无论就观音形象还是观音信仰来说，戏曲舞台上观音戏的演出形态都是值得注意的。二是为什么要在此处探讨观音戏的演出？乍一看，这些内容并不是对观音形象的分类研究。然而，如果以本文对观音形象的分类来看，戏曲舞台上所塑造的观音形象，基本上都是南海观音形象，即使是鱼篮观音或者送子观音等的出现，也都与南海观音有关。因此，从演出形态来论述观音，其实亦是对南海观音形象的进一步考察，是承接前文而来的。

第一节　观音戏演出形态的历史考察

一、脚色与人物造型

戏曲是一种通过扮演来表现人物形象的艺术，角色的形象化、具体化是它的基本特征之一。舞台上呈现的不同人物扮相，就是对作品不同人物形象最直接的解读。不同的戏曲脚色行当与不同的剧中角色相互结合，形成了中国戏曲舞台上丰富多彩的艺术形象。同时，中国戏曲的脚色是一种符号，就剧中人物来说，象征着其所具备的类型和性质；对演员来说，是用来说明其所具备的艺术造诣和在剧团中的地位。① 这里我们主要是从剧中人物的角度，来分析戏曲作品中观音这一人物的不同脚色分配以及所具备的特点，并考察这种脚色分配的变化所表现出来的戏曲脚色体制发展的某些规律。

从现存剧本来看，元代杂剧出现观音舞台形象的剧目较少，只有《度柳翠》、《西游记》杂剧和《观音菩萨鱼篮记》杂剧三部。《度柳翠》楔子中以老旦②扮观音，小末扮善财；在《观音菩萨鱼篮记》中观音为正旦扮演；《西游记》杂剧中观音扮演的行当交代不明显。可以说杂剧中观音形象多以旦脚装扮。这些旦脚的装扮是如何的呢？在《观音菩萨鱼篮记》杂剧后附有穿关，记录了剧中人物的行头，在楔子中观音是以菩萨身份出现的，其服饰造型是"柳叶冠、袈裟、膝襕袄、项帕、膝襕裙、璎珞、褡膊、布袜、鞋、数珠、背光"③。第四折为"正旦观音菩萨同楔子，文殊同前楔子观音菩萨，普贤同前楔子观音菩萨"。从这穿关提示可以看出，戏中观音扮演穿的菩萨装，而普贤、文殊等菩萨的行头也是一样，观音的装扮没有个性的显示，只是类别的区分。

可见，元杂剧中观音的扮演行当比较固定、单一，而且这种单一旦行舞台的表演形式也很少，只是非常单纯唱、念，没有科诨。可见，行当简单，角色也简单，角色所反映的人物性格也很

---

① 王安祈：《明代传奇之剧场及其艺术》，224 页，台北，台湾学生书局，1986。

② 这是以《元曲选》本为准，它的脚色标记已经不是元杂剧的原貌，而代表了明万历年间的脚色分配特点。

③ 无名氏：《观音菩萨鱼篮记》，古本戏曲丛刊影印脉望馆抄本，穿关。

单一。这当然是受到了元杂剧脚色体制本身单一的限制。同时，这种戏曲舞台上观音形象扮演的简单性，也说明民众对观音菩萨的认识是比较单纯的，只把她作为菩萨这一类形象中的普通一员来表现，与其他菩萨没有区别。

明清传奇中的观音脚色，根据不同的剧目，所分配的脚色也不一样，一般以"贴"扮演，如《鱼篮记》（传奇）、《长命缕》、《劝善记》等都是"贴"扮。这"贴"即"贴旦"，是"旦之外贴一旦也"①。观音在这些传奇故事里，是为了解救剧中主要人物的灾难而来的，是次于旦的女角，因此以"贴"扮。作于明嘉靖壬午年（1522 年）的《钵中莲》中观音是"老"扮，即"老旦"；后来的地方戏中观音基本以"老旦"扮了，如在《浙江绍兴目连戏》中以"老旦"扮，在《泗州城》中也以"老旦"扮。

需说明的是，在《贞文记》中的观音为"末"扮，这与剧作家孟称舜本人对观音菩萨的认识相关，是属于极个别的现象。

大概说来，观音形象在明清以来的戏剧脚色上有着一种由"贴"而变为"老旦"的趋势。这种脚色变化体现出两点：其一，从南戏脚色体制变化来说，体现出了其中"贴"的分化与"老旦"的形成过程。南戏中的"贴"，就是"贴旦"的省称，为旦外又加一旦，早期是既可以扮年轻的女子，也可以扮年老的女性。随着戏曲的发展，舞台上的老年女性角色越来越多，她们的行为比较端庄，语言也要求稳重，与剧中其他年轻女性配角的性格区别较大，统一用"贴（旦）"来标示，不能显出其间的差别，于是在一些剧本中借鉴了元杂剧中的"夫"来表示老年女性脚色现象，如在《拜月亭》中的王夫人，在刚一出场时为

---

① 徐渭：《南词叙录》，《中国古典戏曲论著集成》（三），245 页，北京，中国戏剧出版社，1982。

"贴"，剧中的蒋瑞莲也为"贴"，但在后来有些地方就以"夫"来标记，以示与蒋瑞莲的区别。就现存剧本来说，《钵中莲》①中的"老（旦）"可能是最早出现的以区别"贴"所扮的年轻女子与年老女性的脚色标示。此后万历年间出现的大量剧本集中都以"老旦"来标示年老女性配角了。如《元曲选》的多以"老旦"表示剧种的年老女性角色。其二，观音在传奇中的这种脚色变化，也反映出观音信仰的特点，观音以"老旦"装扮可能与民间"观音老母"信仰的兴盛有关，更重要的是，这种特别标示出观音为年老女性的特点，又说明了民众对于观音的信仰心态的变化。

　　然而，还有一些作品，如《蕉帕记》中观音是"小旦"出场的，这"小旦"不仅表示观音菩萨的女性身份，还表现了舞台上的观音可能是年轻女性装扮的。还如《四美记》中不仅"旦"扮观音，更通过衣着外貌形象地描述了观音的美丽：当观音要化为凡人时，是"卸下了白云衣，解了金络索，换穿着绣衲袄红绡，将如来冠换了珠围，绕盘龙髻挽乌云罩"后，变成了一美人，"贴花钿，称貌娇，插金钗，拥翠翘，点樱桃唇红齿皓，露春纤淡掠眉梢，衬残红杏脸娆，倚琼瑶粉鼻高衬，金莲凤头窄小，环配声徐步轻摇，浑身上下铺堆俏。一点虚，真人怎晓，恼乱了月夕花朝。"② 这些具体的衣着外貌描写就不再拘泥于观音的菩萨身份，而完全把她表现为一个美貌女子。

　　可见，明代以来观音在戏曲中的行当慢慢地增多，观音形象除了体现其菩萨的神性之外，更向人性化、艺术化的方面发

---

　　① 焦文彬认为是"嘉靖壬午（1522 年）作"。参见其《从钵中莲看秦腔在明代戏曲声腔中的地位》（中国艺术研究院戏曲研究所等编《梆子声腔剧种学术讨论会文集》，55 页，太原，山西人民出版社，1984）。

　　② 无名氏：《四美记》，《古本戏曲丛刊》二集。

展了。

以上是从不同时期、不同剧目来看剧中观音形象的脚色分配的。下面再以目连戏为例，来看看在同一故事中，不同地方戏演出中观音脚色的变化。

目连戏中的观音形象以其劝善、救苦为主要的品质，随着目连戏的广泛传播，目连故事不仅以曲折的情节塑造了鲜明的观音形象，更以丰富的舞台表演展示了观音的风采。从戏曲脚色体制来看，不同地方目连戏中观音菩萨的行当也不同。如表8－1。

表 8－1

剧种	行当	主要内容
泉州傀儡戏目连戏	旦	惩恶、劝善、救苦、试节、雪狱
郑之珍本	贴	惩恶、劝善、救苦、试节
江西目连戏	贴	惩恶、劝善、救苦、试节
湖南辰河高腔	贴	演变化之术，惩恶、劝善、救苦、试节
安徽池州青阳腔	贴	惩恶、劝善、救苦、试节
安徽池州高腔目连	贴	惩恶、劝善、救苦、试节
皖南高腔目连戏	贴	惩恶、劝善、救苦、试节
康熙时劝善金科残卷	小旦	演变化之术、观音生日

续上表

剧种	行当	主要内容
上海目连全会	贴	惩恶、劝善、救苦、试节
浙江绍兴调腔	老旦为主，《四景》小旦，《试节》化花旦，显身老旦	送子、惩恶、劝善、救苦、试节
湘剧大目犍连	正旦	收狮、示变、游观普陀
绍兴旧抄本目连记（清代）	旦，《起兵》小旦	惩恶、劝善、救苦、试节
绍兴救母记（与调腔同）	老旦，《四景》小旦	送子、惩恶、劝善、救苦、试节
浙江新昌胡卜村目连救母记	《四景》小旦、《起兵》旦、《擒猴》老旦、《试节》化小旦，显身老旦	惩恶、劝善、救苦、试节
清宫大戏《劝善救母》	《四景》小旦、《起兵》旦、《擒猴》老旦、《试节》化小旦，显身老旦	惩恶、劝善、救苦

　　该表显示，泉州目连戏，观音菩萨是"旦"扮，说明了观音在戏中地位突出，这与前面我们分析泉州目连戏故事情节时所反映出来的情况一致。

　　安徽池州潘双贵老人藏青阳腔本中观音是"贴"扮，如在《发旨》、《谈空》、《四景》、《观音点化》、《观音救苦》、《观音渡厄》、《观音试目连》等都是如此，这就表明了此本青阳腔本与郑本的关系比较接近。

浙江绍兴一带的调腔目连戏分为仁、义、礼、智四集，从罗卜先前的三代祖先写起，包括的内容较多。剧中扮演观音菩萨的行当主要是老旦，还出现了小旦。如在仁集十七出《降星》中，观音要执行送子的任务，以老旦应工。她奉上帝救旨来降孝星到傅家，见傅家改心为善，广积阴德，周济孤贫，为善通天，于是命喜真星下凡，投入傅家为子，同修善果，普劝世人为善，仍归天界，还命宫女投入曹家为女，要她贞洁修行，劝化世人为善。在义集的《观四景》中，观音又以小旦应工，戏曲内容是纯粹的观景，没有融入劝善惩恶的内容。在礼集的《起兵》中，观音又以老旦应工来劝化张有大等一伙金刚山上的强盗从善修行，在《擒猿》、《差猿》、《试节》中都以老旦应工，《试节》中观音的化身为花旦应工。同一剧目中同一角色由多种行当来扮演，能塑造出不同的舞台形象。

再来看看观音形象的造型，元明杂剧中观音菩萨的服饰是菩萨类装扮，没有观音的个性特征，在《西游记》杂剧中出现了观音现"白衣相"的装束，这种"白衣"服饰的提示，使观音与其他菩萨有了区别，显示出观音菩萨的特性。后来在清宫廷大戏中观音服饰更加丰富了，其中出现的专门观音服饰有鱼篮冠、观音磕脑、观音兜、观音帔、自在观音衣、鱼篮衣等，由这些组合出来的观音造型情况如下。

《劝善金科》中有：

（1）观音戎装：化身为锦罗王，戴套头，扎靠。

（2）小旦扮千手千眼观音，穿宫衣。

（3）旦扮观音，戴观音兜，穿观自在衣。

（4）老旦扮鱼篮观音，戴鱼篮兜，穿鱼篮衣。

《封神榜》中有：慈航道人，其穿衫，丝绦。执拂尘，戴观音兜。

综合以上所论，可以看出，观音形象的脚色行当以及所装扮的舞台形象也如观音形象的个性特点一样，是随着观音信仰的进一步世俗化而逐渐丰富的。

二、登场程式与舞台布景

戏曲舞台上的观音登场有一定的程式，而且随着戏曲艺术的不断发展，这种程式越来越复杂。我们先来看几个典型的观音出场舞台科介说明。

元杂剧《度柳翠》楔子：观音老旦扮，领小末扮善才上。

无名氏杂剧《鱼篮记》第四折：正旦扮观音同文殊、普贤、韦驮（佗）、善财童子狮吼白象上。

杂剧《西游记》：观音佛上高垛云。

明传奇《贞文记》第一出：生扮善财，旦扮龙女先上。后内鹦鹉叫介，菩萨来了。菩萨来了。（生旦传言：菩萨来了）。再有末扮老僧观音上。

明传奇《长命缕》第十七出：贴扮观音，金口心璎络上，小生扮善财童子，小旦扮龙女捧珠先上，对舞分立左右，观音后上。

明传奇《劝善记》中《观音生日》出：小（生）善财，（小）旦龙女，贴观音，小生、小旦先上场唱【步步娇】，对舞后，观音上。然后观音不断地进行化身表演：（净扮鹤上舞介，下）、（丑扮虎上舞介，下）（外扮武将上舞介，下）、（末扮道士上舞介，下）、（净生接长人上舞枪介，下）、（外扮矮身僧打钵上走介，下）、（贴提鱼篮执柳枝舞介，下）、（先用白被折缝贴坐被下，用二三个升手百逢中出，各执器械，作多手舞介）。

明抄本《钵中莲》中《佛口》出：外、末、净、副扮四揭帝，小生扮韦驮（佗），旦丑扮侍者，贴扮善财合掌，又贴扮龙女捧杨枝瓶，引老扮观音执拂尘上。

清宫大戏《升平宝筏》：第二本第三出《观音临凡》：观音从仙楼出，仙楼正中有椅一张，观音从椅上云车坐定，随车后正放大板凳一条，车左右明间侍者身后放八字小板凳二条，同站。第五本第十出《收服鱼精》：仙楼上，揭帝先上，当住观音上，随后放正椅一张。下仙楼，中场正设紫竹林观音山一座。第五本第廿四出《罗刹锡钵》：人物有天将、雷公、雷母、龙王、火神、红孩儿、观音、魔女、罗刹女，禄台中众神将相上，随正设对头大小板凳三条，左右明间各放大小板凳二条，同站下，仙楼上众引观音上，正设杌子，四角上放出彩莲花座，寿台上观音归座，随开左右口地井。

车王府本《四面观音》：跳韦陀站两边，小吹打，十八罗汉摆对，站门。上四金刚，金童玉女引观音大士上。（按：着重号是后加的）

从以上材料可以看出，戏中观音登场的排场，由元而明至清是越来越繁复，越来越热闹了。当然，这与戏曲艺术舞台演出逐渐发展有着直接关联，尤其是在清宫内廷观音戏的舞台场面，场面更是特别庞大、逼真，完全是宫廷内独有的。但也应该注意，这越来越丰富的舞台场面所表现出来的观音形象也愈来愈丰满了。

杂剧中观音戏的排场显然比较简单，如在《度柳翠》中观音是"领"着善财登场的，即普通一主一仆两个角色登台，没有任何特别的地方。杂剧《鱼篮记》第四折中观音出现时的舞台提示为"正旦扮观音同文殊、普贤、韦佗、善财童子、狮、吼、白象上"，这种场面表现了菩萨的威严，但对于具体的出场表演没有特别的交代。《西游记》杂剧中对于观音的脚色装扮没有交代，但特别提示出观音"上高垛"的舞台设计，可见强调的也是舞台上观音的威严。

明清传奇对于观音登场的排场进行了丰富的创造。《长命缕》剧中观音不仅是"贴"扮，而且其出场的场面表演性也加强了，如在第十七出《导师》中观音出场的舞台提示为"贴扮观音，金□心璎珞上，小生扮善财童子，小旦扮龙女捧珠先上，对舞分立左右，观音后上"①，观音在一段舞蹈后，才缓缓出来。这不但充分展示了戏曲的艺术魅力，而且也表明观音的地位非同一般。到了明万历年间的《钵中莲》中观音是"老"扮，其登场的排场是"外、末、净、副扮四揭帝，小生扮韦佗，旦丑扮侍者，贴扮善财合掌，又贴扮龙女捧杨枝瓶，引老扮观音执拂尘上"②。这些表明其舞台场景非常宏阔热闹，仅观音出场的陪侍人物就有九个，且他们出场的表演也很丰富，有作合掌状的，有为捧瓶科的，极大地展现了戏曲作为再现艺术的魅力，给观众以美的享受。在清宫大戏演出中，戏中观音的登场场面就更加复杂了，观音一般从仙楼亮相，然后坐在云梯上，从天井缓缓降下，有时还可以坐在莲花座里，这种排场与宫廷内特殊的戏台建筑设施是分不开的。

观音戏中还出现了观音变身的歌舞表演场面，如在郑之珍的《劝善记目连救母》传奇中就有观音表现其千变万化的本领的表演，观音一次次变形上场，鱼篮观音、千手观音、长腿观音等，依次出现在场上，进行舞蹈表演，具有很强的观赏性，对于目连戏中观音戏的演出形态，后文还要做进一步分析，此不赘述。

另外，因观音戏有很多与神仙、地狱等相关的情节，在近代

① 梅鼎祚：《长命缕》，第十七出，《古本戏曲丛刊》二集影印本。
② 孟繁树、周传家编校：《明清戏曲珍本辑选》，7页，北京，中国戏剧出版社，1985。

戏曲舞台上，被当作新潮灯彩戏的实验品。如在清末上海三雅园剧场，演出了全本灯彩戏《海潮音》①。据当时一些戏剧界人士回忆说，上海戏园的灯彩，就是从大量的观音戏开始的：

> 上海各戏园之灯彩戏，始于《白雀寺》、《大香山》、《游十殿》。《白雀寺》有火景，《大香山》有山景，《游十殿》则为油锅、刀山、种种地狱之变相，要皆以洋纱洋布彩绘之。《白雀寺》火中有所谓倒彩者，乃系夹层台上演至火烧时，检场人连放彩火，即松香，台上将夹层之彩翻下，先时所绘者为房屋，至是忽变为火焰，见者俱为叫绝，今日思之殊不值一哂。逮石路天仙茶园排演《洛阳桥》，有点金石、采莲船、宝藏库、水晶宫等灯彩，虽仍不脱倒彩范围，而制作较精，且彩莲船能在台上行动，水晶宫纯以玻璃片制成，观之令人目眩，更有果子、云灯、九连灯并暗，八仙等手携灯及三十六行灯彩，以是颇能轰动一时。厥后丹桂园主田际云（即响九霄），于新正排《斗牛宫》灯戏（详见本期麟爪录"响九霄"篇），而天仪茶园排《凤莲山》，大观茶园排《福瑞山》，越岁天仙又排《碧油潭》及《一本万利》诸灯彩戏，是为最盛时代。清光绪十余年左右，沪南十六铺创办新舞台，以背景入剧，各舞台皆效之，始夺其席。②

这里的《大香山》、《白雀寺》、《洛阳桥》、《碧油潭》都是典型的观音戏。这种借用灯光设施来营造真实的舞台环境的措

① 陆萼庭：《昆剧演出史稿》，328页，上海，上海文艺出版社，1980。
② 海上漱石生：《上海戏园变迁志》（七），载刘豁公主编《戏剧月刊》，第一卷第九期，转引自《俗文学丛刊》，第九册，345～346页，台北，中央研究院历史语言研究所、新文丰出版股份有限公司，2001。

施，提高了传统戏曲的艺术效果。

还有，在杨恩寿的《坦园日记》中还记载了农村演戏时，舞台上所表现出来的观音形象，说湖南郴州在 1862 年演出《披发祖师得道》时，"观音化身矮而黎，声亦不扬。"① 《披发祖师得道》可能从张大复的传奇《醉菩提》改编而来，演的是观音化成凡妇试探出家的达摩道心的情节。杨氏的评价完全是从审美的角度来看舞台上的观音形象的。

这种注重艺术表演内容的出现也反映了民众对观音菩萨的心理变化，人们以艺术的心理来审视自己信仰的观音，就会给舞台上的观音形象更多的艺术表现形式。

三、音乐与宾白特色

观音戏的音乐总体上表现出明显的民间性。首先，从音乐风格来说，大部分的观音戏音乐都具有民间戏剧音乐的特色，采用具有民间地方特色的曲调，音乐唱腔也多是高腔系统里的弋阳腔、青阳腔等。如《香山记》中有"滚唱"，属于"弋阳腔"系统，是典型的民间戏曲音乐风格；明代传奇《观音鱼篮记》，其中第五出有"滚遍"，即滚调，在范希哲的《双错鸳》序言中说："《鱼篮记》者，旧有弋阳调，所载普门大士收青鱼精一剧，辞旨俚鄙"。② 这里交代《鱼篮记》也唱弋阳腔。康保成老师研究指出，屠隆作的《昙花记》也是唱弋阳腔的。③ 目连戏中的民间性色彩就更加明显了，竟被士大夫们评为"全不知音调"④，

① 杨恩寿：《坦园日记》，15 页，上海，上海古籍出版社，1983。
② 蔡毅：《中国古典戏曲序跋汇编》，1 510 页，济南，齐鲁书社，1989。
③ 康保成：《中国古代戏曲形态与佛教》，308 页，上海，中国出版集团东方出版中心，2004。
④ 祁彪佳：《远山堂曲品》，《中国古典戏曲论著集成》（六），114 页，北京，中国戏剧出版社，1982。

如其中《观音生日》出的曲牌为【步步娇】、【忆多娇】、【清江引】、【鹅浪儿】、【锦堂月】、【三春锦】、【尾声】等，其中【清江引】、【三春锦】、【锦堂月】、【鹅浪儿】，都是从民间歌曲而来的。这种音乐的民间特色既是由于戏曲演出场所的制约，更主要的原因可能是这些戏曲创作的目的大多突出劝人为善、因果报应的道德教化，面向普通的民众，因此有意选择了一些民众所喜爱的戏曲音乐形式，以高亢、热闹为主要风格。

观音戏音乐的另一个特色，就是在具体的表演中，演唱的形式多种多样。比如明代万历抄本《钵中莲》中的音乐就具有明显的地方特色，除了昆腔和京腔外，还有西秦二犯、弦索、山东姑娘腔、诙猡腔等多种带有地方色彩的腔调。这多种地方腔调的演唱也形式多样，有对唱、轮唱、众唱、独唱等，不同的唱法都鲜明地表现剧中人物的性格。如其中有一场《点悟》，说托塔李天王受观音之命，带领众伽蓝显神通下凡点化王合瑞，众神化作凡人，轮流登场来劝说王合瑞出家。这轮唱共有六个回合，终于让王氏坚定地出家了。具体的轮唱过程如下①：

首先旦扮和尚唱【佛经】，以人生无常来说动王的凡心，王唱【北喜迁莺】，表示仍留恋红尘；又有末扮道士唱【耍孩儿】与【南画眉序】，宣扬善恶有报，酒色财气应当戒除，劝王出家修行，王唱【北出队子】，表示犹豫不决；然后后台帮腔【南滴溜子】，说明众伽蓝的任务；接着又有炼魔僧唱【赞子】，大赞修行的好处，王唱【北刮地风】，说明心已经向佛了；其后老旦扮老妇唱【南滴滴金】，以铁杵磨成针之理说服王，王唱【北四门子】表明自己向佛之心坚定了；接着净扮大汉唱【南鲍老催】，以凿石可通海的道理说明修行一定能成佛，王唱【北水仙子】，表示坚心向佛，要出家修行；最后一轮是副扮和尚唱【南

<hr>

① 马华祥：《〈钵中莲〉的演唱艺术》，载《艺术百家》，2004 年第 6 期。

双声子】，表示愿意引路，王唱【北煞尾】表示坚决向佛"保从
今永不更迭，惟愿向释天中衣钵接"，众神仙终于完成了观音下
达的劝说任务。后来在《钵圆》出中观音又令众罗汉来点拨王
合瑞，并收他入仙界，也是采用这样一轮一轮的演唱方法，最后
王终于出家修行了。

　　这种多个角色同时登场，大家轮流演唱的形式，场面热闹，
很适合在民间的草台上演出。

　　观音戏中观音的唱词宾白也有一定的程式，如前面我们引用
的《度翠柳》楔子以及《长命缕》的《导师》出、《贞文记》
的《情降》出中观音登场中的几段唱词，内容都是先赞美菩萨
慈悲为怀的神力，然后描述普陀山的景色，再交代观音出场的具
体原因，基本上没有大的变化，形成了一定的程式。还有如
下面：

　　　《四美记》【象牙床】（旦上）普陀岩南海岸，紫
　　竹林水月天，白莲台青莲座，尽是俺的法坛，更有那善
　　财龙女参佛禅。一念儿大舍慈悲慈悲度众生，离了轮回
　　九天……吾乃是南海观音是也，观见状元造桥……我今
　　化作凡间女子，善财化为梢子，龙女扮为丫环，载舟一
　　艘，满载妆奁……①

这种有着一定程式的独白，犹如莎士比亚式的独白②，是一种站
在剧情和观众之间的混合交流，我们不能认为就是故事中演员扮
演这个角色在有声地表达的思想，也不可以把它看作是对观众的
表演，而应该把它看作是观音这类角色和观众的相互作用，这种
相互作用是观音对着观众自言自语式的表白，通过这种方式来寻

---

①　无名氏：《四美记》，古本戏曲丛刊二集影印林文阁本。
②　[美]罗伯特·科恩：《表演的威力》之《秘密观众》，载于《论观众》，
262页，北京，文化艺术出版社，1986。

求观众的尊重与赞同。这种程式化自报家门的方式，在舞台上经常出现，观众在不断重复中，加深了印象，这也有利于观音信仰的不断深入。

四、观音戏演出习俗的衍变

戏曲演出习俗是表现戏曲文化的主要方面，不同的演出习俗反映了不同的文化背景和文化载体。在观音戏的发展中，演出习俗的变化是十分鲜明的，尤其是在广大农村的戏曲演出，往往酬神、祭祀的功能被放在第一位，因此在演出时间、演出仪式、演出规模等方面定式的形成和贯式的改变，都是文化变化的反映。可以说，观音戏的不同演出习俗反映了民众观音信仰内涵的不断变化。

民间观音戏演出，带有鲜明特色的是讲述观音出身的妙善故事戏的演出，从早期青阳腔《香山记》到京剧全灯彩戏《大香山》的演出，以及现代湘西辰河木偶戏中《观音戏》的演出，从整本妙善故事戏的演出到单折《香山还愿》的演出，种种形式各异的演出习俗是不同时期、不同地区的观音文化的最直接的反映。

明代青阳腔《香山记》① 戏曲演出具有很强的祭祀仪式性，而且这种仪式都与死亡、魂灵超度有关，表明了《香山记》的产生可能经历了从纯仪式行为逐渐过渡为戏曲表演的过程，而且这个仪式有着十分鲜明的超度功能。这种带有超度功能的戏曲往往是民间为了超度仪式而演出，承载着观音信仰中那种注重地狱超度功能的信仰特色。

而随着时代的变迁、戏曲的发展，关于妙善故事的观音戏演

---

① 现存有富春堂刊刻的《新刻出像注音观世音菩萨修行香山记》，是青阳腔演出脚本或脚本的改编本。

出也发生了复杂的变迁。一方面，戏曲的仪式性逐渐减弱了，观赏性增强了。如京剧《大香山》以其"火彩"布景为特色，曾在舞台上频频演出，以至慈禧太后也特别钟情于它，在清宫内经常点演此剧。这样，京剧中的妙善故事戏演出，宣教的目的完全让位给了娱乐的、审美的目的。

　　另一方面，《香山记》的演出仪式功能还保留着，不过仪式的功能不仅是为死去的人超度，而更多的是为活着的人祈福。如湖南辰河高腔中，《香山传》木偶戏的演出中的诸多仪式，从发箱搭台、灵官彩台、到发五猖、捉寒林、戏神安位这些开演前的准备性的仪式，都是为了驱逐邪神恶鬼，祈求戏台演戏期间平安。到了戏正式演出的时候，首先举行的是"观音安位"的仪式，为要虔诚礼拜观音的信徒建起一个临时的神坛，立上："南无大慈大悲救苦救难广大灵感观世音菩萨"、"香山会上一切诸佛诸圣诸大菩萨"、"传善普度圣公圣母"三个牌位，让虔诚的信徒们随时朝拜；在整个演出中，凡到《观音出世》、《小上香山》、《大上香山》① 这些关键的戏曲情节时，戏的演出暂时终止，台下的观众都会在戏台旁的香案上去上香，表示庆贺，这些穿插的上香仪式目的也是让人们礼拜观音，祈求平安和富贵。在衡阳高腔中，整个《南游记》的扮演目的就是"因人口田禾百般等事，搬演慈悲戏文，求保清泰"②，以求永无灾厄。

　　另外，随着人们观音信仰功能的不断世俗化，生活中的点滴

---

① 《小上香山》的内容是观音在云阳受死，得到桂枝罗汉的帮助后返阳，在白猿的帮助下，到了紫竹林，见到了师父；《大上香山》是妙庄王得到观音手眼而病愈后，去香山酬谢菩萨，而得见观音，并一家团圆受逢。参考李怀荪《湖南省黔阳县湾溪乡的观音醮和辰河木偶戏香山》，105 页，台北，台湾财团法人施合郑民俗文化基金会出版，1996。

② 湖南省戏曲工作室编：《湖南戏曲传统剧本》，第 51 本，衡阳湘剧高腔《南游记》，3 页，内部发行，1982。

愿望都会寄托于观音，希望观音会赐予人们追求福禄康寿方方面面的恩泽，所以在观音面前许愿还愿就成了日常的文化习俗。为了更好地适应观音戏演出时酬神还愿的仪式功能，在陕西等地区的西府秦腔中，《香山记》的《香山还愿》甚至成为单折表演的"还愿戏"，其演出风格独具特色：剧中有妙善女担经表演的特技，群众称之为"挂经"，所以此折戏又叫做"倒腕挂经"或者"女挂经"①，这种改变，更加突显出其还愿酬神的功能。

就《香山记》演出的仪式功能来说，在历经明清到现今的历史过程中，可以看出其演出目的经历了从早期所表现出偏重超度功能到后来的以祈福酬神还愿为主的变化。如果从观音信仰的角度来考察这些变化，又体现出了人们观音信仰功能的改变，从另一个角度反映了观音信仰的世俗化倾向。

第二节　观音戏中的舞蹈艺术

观音戏在演出上，还有一个比较明显的特点，那就是具备较高艺术性的舞蹈表演。在一般的演出中，观音登场的排场大都先有一段舞蹈表演，然后观音才缓缓而上。还有一些戏曲场面，就是观音舞的直接借鉴，如目连戏中《观音生日》出，无论是郑本中的各种观音变身表演，还是粤剧大排场中的字舞表演，都只是一场纯舞蹈的表演，与剧情关系不大。其实这场《观音生日》的戏，在郑本被纳入到目连戏中也是以"新增插科"的身份加入的，是一场游离于剧情外的舞蹈戏。它之所以被吸收到目连戏中，或许是当时观音舞盛行的结果。

---

① 陕西省戏剧志编纂委员会：《陕西省戏剧志·宝鸡市卷》，宝鸡市戏曲研究所编，106 页，西安，三秦出版社，1996。

一、观音舞的产生

观音舞是一种佛教舞蹈。佛教舞蹈的来源可以追溯到古印度的佛教仪式，古印度非常盛行以歌舞娱神的宗教习俗，佛寺里有许多被称作"神的侍女"的少女，专门以跳舞来娱乐神佛，而且世代相承。随着印度佛教传入中国，佛教艺术如雕塑、绘画、文学、音乐、舞蹈等也随之而来，印度祭神仪式的歌舞形式也被中国佛教寺院所采用、吸收，并逐渐民族化，形成了不同风格的多姿多彩的佛教舞蹈。中国的佛教舞蹈最初也是在佛教寺院里表演的一种娱神的舞蹈，随着佛教活动的世俗化，这种佛教舞蹈才逐渐在民间流传开来。大约在隋唐时期，佛教舞蹈走出了寺院，成为世俗佛事活动的一个主要内容，如在莫高窟唐代洞窟第二十三窟中有一幅拜塔图，描绘了舞者在作拜塔舞的表演，身后还有乐队伴奏，生动地展示了唐代民间佛事活动中的舞蹈场面。[1]

直接影响观音舞的产生可能是唐代出现的《四方菩萨蛮》舞。据说在唐朝，当安国寺落成时，皇帝下旨要当时的舞蹈编排家李可及准备庆贺节目，李应旨编排了《四方菩萨蛮》舞。此舞是以人扮作菩萨天女进行舞蹈，极其优美，富于仙意，舞队一出，"如佛降生，帝甚怜之"[2]，后来，在浴佛节这样的佛教节日里，又"于宫中，结彩为寺，数百人作《四方菩萨蛮队》"[3]。在这种扮作诸菩萨的舞蹈中，应该有观音造型的扮妆，这也可能是观音舞等菩萨舞蹈表演的开始。到了宋代，宫廷舞队中出现了大量装扮天女菩萨的舞队，如其《菩萨蛮队》，舞者为女子，

---

① 王克芬等：《佛教与中国舞蹈》，5页，天津，天津人民出版社，1995。

② 刘昫：《旧唐书》，卷一七七列传第一百二十七，4 068页，北京，中华书局，1975。

③ 苏鹗：《松阳杂录·杜阳杂编》，52页，北京，中华书局，1958。

"穿绯生色窄砌衣，戴卷云冠"①；《凤迎仙乐队》，舞者穿"红仙砌衣，戴云鬟凤髻"；还有《菩萨献香花队》，舞者穿"生色窄砌衣，戴宝冠，手执花盘"。这些舞队带有明显的佛教色彩，显然是从唐"菩萨蛮"舞发展而来。而且，这些装扮菩萨的舞蹈不是用于寺院的佛事祭祀，而是出现在宫廷典礼上。可见，这些舞蹈已经完全超出佛教舞蹈范围而成为一种观赏性的艺术了。

元朝统治者蒙古族笃信藏传佛教。在宫廷宴乐中，编制了专门的乐队，如元旦日的《乐音王队》、《说法队》等，这些舞蹈的服装、舞具、面具等都与佛教有着密切的关系。如下：

《乐音王队》：

第四队：男子一人，戴孔雀明王像面具，披金甲，执叉，从者二人，戴毗沙神像面具，绣髦，执斧。

第六队：男五人，为飞天，夜叉之像。

第十队之二：男子五人，作五方菩萨梵像。摇日月鼓。

第十队之三：一人作乐音王菩萨梵像。

《说法队》：

第二队之一：妇女十人，冠僧伽帽，服紫禅衣，皂袖。

第二队之二：妇女一人，服锦袈裟，余如前，执数珠。

第十队之二：男子八人，披金甲，为八金刚像。

第十队之三：一人为文殊菩萨像，执如意，一人为普贤菩萨像，掷西番莲，一人为如来像。②

这里明确指出舞蹈者装扮成了金刚、文殊、普贤、如来等等佛教

① 脱脱等：《宋史》，卷一四二，3 350 页，北京，中华书局，1979。
② 宋濂：《元史》，1 776 页，北京，中华书局，1977。

菩萨。另外，元代还出现了一种《十六天魔舞》，也是一种装扮佛菩萨的舞蹈。可见，这种装扮菩萨的宗教艺术在当时社会上很流行。

观音舞的盛行应该是在明代，并留下了大量的文献记载。在明刊百二十回《水浒传》的《梁山泊分金大买市　宋公明全伙受招安》中写到了宋朝廷为了庆贺梁山泊英雄的招安，在皇宫文德殿安排有百戏的表演，整个表演场面非常热闹，他们的节目丰富多彩，其中就有观音舞的表演：

> 装扮的是：太平年万国来朝，雍熙世八仙庆寿。搬演的是：玄宗梦游广寒殿，狄青夜夺昆仑关，也有神仙道侣，亦有孝子顺孙。观之者，真可坚其心志；听之者四，足以养其性情。须臾间，八个排长，簇拥着八个美人，歌舞双行，吹弹并举。歌的是：朝天子、贺圣朝、感皇恩、殿前欢，治世之音；舞的是：醉回回，活观音、柳青娘、鲍老儿，淳正之态。果然道：百宝装腰带，珍珠络臂鞲，笑时花近眼，舞罢锦缠头。①

这种在皇宫宴享时表演的"活观音"之类的舞蹈节目，一直是舞台上的保留节目，并在社会上广泛流传。如顾起元的《客座赘语》中记载说：

> 南都万历以前，公侯与缙绅及富家，凡有宴会，小集多用散乐，或三四人，或多人，唱大套北曲，乐器用筝、蓁、琵琶、三弦子、拍板。若大席，则用教坊打院本，乃北曲四大套者，中间错以"撮垫圈"、"舞观音"，或"百丈旗"，或"跳队子"。后乃变而尽用南

---

①　施耐庵：《水浒传》，第八十二回《梁山泊分金大买市　宋公明全伙受招安》，天津，天津古籍出版社，2002。

唱，歌者只用一小拍板，或以扇子代之，间有用鼓
板者。①

这里记载了明代的贵族之家，在举行宴会时，歌舞和戏剧相间演
出，以助酒兴，其中就有观音舞的节目。还有《金瓶梅词话》
第五十五回，也说到当时有观音舞演出。西门庆听到外面鼓乐喧
天，就问道："这里居民隔绝，哪里来的鼓乐喧嚷？"翟管家道：
"这老爷教的女乐，一班共二十四人，也晓得天魔舞、霓裳舞、
观音舞。凡老爷早膳、中饭、夜宴都要奏的。如今想是早膳
了。"② 这是说一般的商贩之家在日常生活中也用上了观音舞之
类的舞蹈，足见当时这些舞蹈多么盛行。

由此，还出现了以跳观音舞出名的舞蹈家，如潘之恒在
《亘史》中说有一位叫徐惊鸿的人，以跳观音舞而出名，"一靡
其身，而绣披千金，一扬其腕，而珠串十琲（bèi，意义
'珠'），能沾沾自喜，而取眉于怜，抑犹有惭德者耶？"③ 王初
桐《奁史》中也特别提到了《天女散花曲中志》中有"徐惊鸿
《观音舞》，万华儿《善才舞》皆擅名"④。明代姚之骃《元明事
类钞》中卷二十七条"观音舞"，也提起徐惊鸿的观音舞。可见
这个善观音舞的演员给人们留下了深刻的印象。

二、观音舞的表演艺术

明代的观音舞如此盛行，其表演情况又是如何呢？

明史鉴的《西村集》卷四中对这种舞蹈进行了生动的描述：

《踏沙行·观观音舞》：翠袖低垂，湘裙轻旋，地

---

① 顾起元：《客座赘语》，303 页，北京，中华书局，1987。
② 兰陵笑笑生：《金瓶梅词话》，1 486 页，北京，人民出版社，1992。
③ 汪效倚辑注：《潘之恒曲话》，32 页，北京，中国戏剧出版社，1988。
④ 王初桐：《奁史》，《基本古籍库》收清嘉庆刻本，451 页。

红衣皱弓弯倩。晓风摇曳柳丝青，春流荡漾桃花片。矫
若游龙，翩如飞燕。彩云挥霍华灯炫。海波摇月晚潮
生，大家齐道观音现。①

这从艺术审美的角度，描写了观音舞如影如幻、精美绝伦的艺术境界，舞蹈者通过优美的舞姿塑造了真人仙境的观音菩萨形象。明代袁宏道在《迎春歌和江进之》中，对春节期间"行春之仪"的盛大歌舞场面进行了描绘，在各种表演中就特别提到了观音舞："梨园旧乐三千部，苏州新增十三腔。假面胡头跳如虎，窄衫绣袴槌大鼓。金蟒缠腰神鬼装，白衣合掌观音舞。观者如山金相属，杂沓谁分丝与肉。一络香风吹笑声，十里红纱遮翠玉。青莲衫子藕荷裳，透额垂髻淡淡装。"② 这"白衣合掌"提示出观音舞表演的另一种形态。可见，观音舞的表演的基本形式就是模拟观音造型而进行的舞蹈，和唐宋时期的菩萨蛮队舞的形势完全相同。

还有明代姚旅《露书》卷八的"风俗"篇也描述了观音舞演出的造型：

今俗绝不识舞，有之惟两都中贵家。然所见菩萨舞耳。人演大士，额戴一碗，手持两碗为节。公孙大娘舞剑器，此舞器耳。不知者以为杂剧。往在洪洞所见，有凉伞舞、回回舞、菩萨舞、花板舞、拓枝舞、巫舞。回回舞，饰貌如回，有容无声。凉伞舞，手持小凉伞为节。花板舞，手持檀板，随曲应节，如飞花着身。……今戏

---

① 史鉴：《西村集》，《文渊阁四库全书》，第 1 259 册，775 页，台北，台湾商务印书馆，1982。

② 袁宏道：《袁中郎集》，《四库全书存目丛书》集部，第 174 册，718 页，济南，齐鲁书社，1997。

场，歌舞之遗意也。近世歌舞道绝，直云戏剧耳。①

这里说到民间表演观音舞时，舞蹈者化装成观音大士的模样，以碗作为道具进行犹如魔术的表演，这是舞蹈艺术与杂耍技巧相结合的表演。

后来，清代的宫廷舞蹈家裕容龄，还自编自演了观音舞，其表演形式是头戴象征佛光的珠环，身穿披肩的短袖衣，戴臂环，坐在莲台上，一手曲托胸前，一手作揖状，表情端庄严肃。② 更有在 2005 年中央电视台主办的春节晚会上残疾艺术表演者表演的《千手观音》舞，那精美绝伦的艺术曾征服了亿万观众的心。这是后话。

三、观音戏中的观音舞表演

戏曲对于这些佛教舞蹈的吸收历史悠久，早在元杂剧中就有穿插《十六天魔舞》的表演，如在《四时花月赛娇容》、《二郎神醉射锁魔镜》中就有"天魔舞"的演出。明代戏曲中穿插这种天魔舞的表演就更多了，而且还得到了人们的认可与称赞，如在传奇《双钗记》中的舞天魔之举，就得到了祁彪佳的好评，被认为是"最可观"③ 的表演。

观音舞在戏曲中也常有表现，如在明刊本《怀远堂批点燕子笺》第四十一出"合宴"中有观音舞的表演：

    （乐官跪念）神仙今日琼林宴，花满春风酒满巡。

    不演二郎降八怪，单标童子拜观音。禀老爷，头一回跪

    的是童子拜观音队子。（众吹打，假面观音童子上舞下

---

① 姚旅：《露书》，《四库全书存目丛书》子部，第 111 册，679 页，济南，齐鲁书社，1997。

② 王克芬：《佛教与中国舞蹈》，12 页，天津，天津人民出版社，1995。

③ 祁彪佳：《远山堂曲品》，《中国古典戏曲论著集成》（六），30 页，北京，中国戏剧出版社，1982。

介)【步步娇】（末）你看鱼篮水月观音示，雪展鹦哥翅，泠泠紫竹垂，五十三参，善财童子。总是歌舞报恩晖，钧天增灭作鱼龙戏……（乐官跪介）琼林宴上白花开，齐现南山寿一杯，刚才观音收拾去，且看太乙老人来。①

这场戏曲演出中，就有一队舞者在表演《鱼篮观音舞》。另在粤剧排场戏《玉皇登殿》中，穿插着许多传统的舞蹈表演艺术，其中就有如跳韦陀、观音十八变的舞蹈表演。当然，戏曲中对观音舞的吸收最典型的表现还是目连戏中的《观音生日》。在目连戏中观音戏的演出形态，艺术个性更强，我们下面将重点讨论。

第三节　目连戏中观音戏的演出形态

目连救母故事对于观音形象的塑造，不仅通过那些曲折惊险的故事情节来表现，而且，由于它主要以戏曲的形式广泛传播，因此充分发挥了戏曲作为一门综合艺术的优势，以丰富多彩的舞台艺术来塑造观音形象。

早期目连戏演出中对观音形象的装扮等演出形态涉及很少。明代抄本《迎神赛社礼节传簿四十曲宫调》中供盏队戏有名目《青铁（提）刘氏游地狱》的记载，其舞蹈角色有：

千里风，顺耳风，牛头、马面、判官、善恶二簿、青衣童子（二个），白模太尉（四个），把金桥大使者，青铁刘氏游十八地狱，目连僧救母，十殿阎王、水童子、木叉行者，观音上，□。②

---

① 阮大铖：《燕子笺》，刘一禾注本，203 页，上海，上海古籍出版社，1988。

② 寒声等：《迎神赛社礼节传簿四十曲宫调》初探，《中华戏曲》，第三期，116 页，太原，山西人民出版社，1987。

这里只说明在舞台上有观音这一角色，但具体的演出形态却不得而知。郑之珍改编的《劝善记》，剧本中有观音角色演出形态的详尽说明，后来在各地方的不同演出过程中又形成了丰富的舞台艺术。尤其是其中以观音形象为主要表现内容的《观音生日》和《观音戏目连》两出，更以独特的舞台艺术而在舞台上经常演出。

一、《观音生日》及其改编本的演出形态

《观音生日》是目连戏中关于塑造观音菩萨形象较重要的一出戏，郑本出目表明它是一出"新增插科"的戏。"科"本是戏曲中表示动作提示的术语，因此这场戏以动作、科介为主。插科打诨本来是古代戏剧表演中的主要内容，历来曲论家也非常重视。如王骥德在《曲律·论插科三十五》中说"插科打诨，须作得极巧，又下得恰好，如善说笑话者，不动声色而令人绝倒方为妙。大略曲冷不闹场处，得净、丑间插一科，可博人哄堂。亦是戏剧眼目"①。目连戏中这一新增的插科，还真达到了戏剧眼目的效果，成为目连戏演出中一出值得欣赏的戏。主要内容是：在观音诞辰，善财龙女请求观音为其说法，观音因此现出"飞禽"、"走兽"、"武将"、"文人"、"长身"、"短体"、"鱼篮"、"千手"等不同的化身，以示其无边的法力。且看其科介说明：

> （净扮鹤上舞介，下）、（丑扮虎上舞介，下）、（外扮武将上舞介，下）、（末扮道士上舞介，下）、（净生接长人上舞枪介，下）、（外扮矮身僧打钵上走介，下）、（贴提鱼篮执柳枝舞介，下）、（先用白被折缝贴坐被下，用二三个升手百逢中出，各执器械，作多手舞介）

舞台上表演着鹤舞、虎舞、龙舞等民间舞蹈，甚至还有民间流行

---

① 王骥德：《曲律》，《中国古典戏曲论著集成》（四），141页，北京，中国戏剧出版社，1982。

的鱼篮观音、千手观音的形象。这里实际包括了多种历史悠久的民间舞蹈表演，如《跳虎》，即模拟虎的动态的舞蹈，远在汉朝《东海黄公》中就有了这种表演；另在山东沂南汉墓出土的百戏画像石上，也刻有人扮虎的场面，可见这跳虎舞蹈历史的悠久。还有《鹤舞》，模拟飞鸟的舞蹈，也具有悠久的历史，早在唐代就有了《鸟歌万岁乐》的舞蹈，鹤舞是从古老的鸟舞和晋代的《鹲鸪舞》发展而来的，据敦煌遗书斯坦因·3 929 号，写卷书：董保德等建造《兰若功德颂》文有"清风鸣金铎之声，白鹤沐玉毫之舞。果唇疑笑，演花勾于花台"的记载，据说扮演仙鹤舞有祝愿长寿的含义。当然，还有扮演鱼篮观音、千手观音之类的观音舞。

　　这种种舞蹈表演不仅给观众带来了美的享受，也形象地说明了观音菩萨的无边法力，这出戏在各地的目连戏舞台上都是必演的场目。各地目连戏舞台对《观音生日》一场的表演不同，形成不同的舞台风格，现略举几例：

　　在福建福清、平潭等发现的20世纪60年代的抄本目连戏①中，有《四海龙王拜寿》一场，其舞台提示是："烟火下，音化介"，"加冠鹤上介，下"，"过场文武神上介，下"，"小妹子太及真人上介，下"，"行罡道人上介，下"，"小加冠相士婆上介，下"，"抄鼓虎上介，狮上，象上，观音骑象，善财骑狮，龙女骑虎，……同下"。从这些舞台提示可以看出，这节贺寿的内容和郑本是比较接近的，但表演形式却不同了，有文神、武神等上场表演，还有观音、善财、龙女的骑兽表演等。

　　江西弋阳腔目连戏演出《观音生日》一场时，众神来为观音贺寿，观音略显神通，变"十变"以助兴。她唱了几句唱词，忽而变作青龙，忽而变作白虎，然后又变文官、武官，变酒色财气

---

　　①　叶明生先生认为这些是乱弹腔剧本，因不能见原本，且从其说。

(一人喝酒，一人拿宝)，变伽蓝、锦罗王等。变长人时，是一人坐骑在另一个人的肩上，同穿一件长衣服，变矮人时则头戴大头壳走矮步。这些形形色色的舞台扮相过场，增加了观赏性。

江西道士班演出《观音生日》时增加了道教的因素，突出了道教玉皇大帝敕封观音为大慈大悲救苦救难广大灵感观世音菩萨的称号，戏中观音除了有善财龙女侍候外，还有很多道教神仙出场祝贺。既有西王母、八洞神仙等各持法宝来为观音祝寿，还有龙王派来夜叉送来夜明珠、珊瑚树等宝贝。舞台上搭高台饮宴时，也由西王母坐大王位，观音坐小王位，而且还删掉了如观音与教主的观景等一些渲染佛教思想的场次。

川剧目连戏中《观音寿诞》出，则运用了大量的幻术表演。其班中打杂师在人物上场之前，当场布置现场：舞台正中设神案，摆莲座，插神帐，善财、龙女上场分立左右，白衣观音手捧金铃登上莲座，施展变化神功，摇动金铃，后台向神案撒出粉火，从神帐中陆续变出飞禽、走兽、武生、文生、长人、矮体、鱼篮观音、水月观音和千手观音等。这千变万化的表演艺术，是如何做出来的呢？据温余波在《四川目连戏面面观》一文中介绍，秘密是在打杂师布置神案时，事先在三星壁前七尺处，正中天花板上，中距四尺，左右各安装两个小葫芦，用四根钓鱼线绕葫芦腰，自弓马桌上空垂下，一对线牢系神帐顶竿两端，使神帐最后飞升，分别系在桩上，安装完毕，先放松钓线，将神帐插在杂箱地方高处，以空中四条线不妨碍头插翎子的人物入场为宜。吊线很细，观众一般不会注意。①

从以上这些舞台表演记录可以看出，各地目连戏在演出此出时，虽然内容基本相同，但舞台表演却各具特色。

更突出的是，邕剧和粤剧将这出《观音生日》改编成单独

---

① 刘祯：《民间目连戏文化》，152 页，成都，巴蜀书社，1997。

的酬神演出剧目，既增加了剧中的情节、人物，更扩充了表演内容，使之成为一个排场比较突出的吉祥剧，作为粤剧艺人庆祝观音诞或师傅诞的例戏。邕剧《香山大贺寿》和粤剧《香花山大贺寿》①二者既有一些相同的地方，但更有不少的个性，下面分别进行论述。

邕剧《香山大贺寿》在观音诞时作为酬神性质演出。剧情是：阴历二月十九观音诞，汉钟离、张果老等八仙相约到南海祝寿，东海龙王鳌广、瑶池金母等也带上滚盘、珊瑚树等宝物来给观音祝寿。寿诞期间观音应邀，施显神通，变幻出龙、虎、文臣、武将、渔、樵、耕、读及美女等幻象，并引瑶池金母等游览香山圣景，金母与龙王又招来天官和地仙刘海表演跳加官和耍金钱以为庆贺。全剧以舞蹈表演为主，剧本也只有少数念白，没有唱词。

戏曲演出中的舞蹈场景很多。在正式演出前，"先有一些演员在台上表演舞龙、舞狮、高人、矮人、耍猴子（人扮）、孖人打架（一人表演）、老汉背妻等短小诙谐的节目来逗趣助兴。"②正式演出中有八仙来给观音拜寿时走的十字穿花，观音显示变身时的观音舞，以及后来的跳加官、耍金钱等。可见，这不仅是一场表现观音法力的舞蹈戏，而且增加了许多民俗的内容。

舞蹈音乐曲牌主要有【新水令】、【步步娇】、【江儿水】、【元年好】、【佼佼令】、【大佛图】、【四边静】、【举金杯】、【风入松】、【千百续】等，基本上都是昆曲曲牌。

和郑本中的《观音生日》相比，邕剧的演出形式、演出时

----

① 此节内容中关于剧本内容和演出形式的介绍主要根据杨瑞慧：《略谈香花山大贺寿》，《粤剧论坛》，314~325页，澳门，澳门出版社，2001。

② 徐远洲：《梧州戏曲史料五则》，《广西地方戏曲史料汇编》，第四辑，269页，南宁，《中国戏曲志·广西卷》编辑部，1985。

间和演出意义都不同。这里是在观音诞时作为酬神戏来演出的，演出带有明显的求财、求福、求平安的目的。

粤剧《香花山大贺寿》的故事内容和邕剧基本相同，但是其演出却更具有粤剧特色，排场更加繁复。

据著名粤剧演员陈非侬先生介绍说，《香花山大贺寿》很少在剧场内演出①，一般在田窦二师诞辰、谭公诞、张五师诞及华光诞等师父神诞日或者下乡演戏时应当地组织者的要求而搬演。当然也有例外，如澳门的清平戏院于 1875 年开业，首场演出的就是广州永丰第一班上演的《香花山大贺寿》②。现存的剧本有《昆曲大全：粤剧常用牌子高腔梵音曲集》③、《粤剧传统音乐唱腔选辑》④（第九册），《粤剧史料之六·例戏的安排顺序和角色的分配》⑤ 抄本中亦收有此剧，近年此剧又被翻译成英文本，在英语世界里流传着。⑥

此剧内容丰富，其演出场面热闹，演员阵容强大，参与演出者达六七十人之多，演出时间有时长达四个小时。据唱腔选辑本，此剧可分贺寿、摆花、插花、水晶宫、众仙会齐、紫竹林、菩提岩等七场。主要内容是观音菩萨诞辰，八大仙、圣母、四海龙王、孙悟空率众小猴等到紫竹林来贺寿，看观音的十八变，然后再往菩提岩观景，其中摆花与插花是粤剧独有的。

全剧以官话念唱，场面盛大，充满热闹、吉祥的气氛。如八仙出场，各自自报家门后，汉钟离白："今日慈悲娘娘得道之

①　陈非侬：《粤剧六十年》，33 页，香港，吴兴记书报社，1982。
②　谢彬筹：《广东戏剧七十年叙略》，载《戏剧艺术资料》，第 13 期。
③　由梁秋藏，黄涛抄印。
④　手抄本，冯源初等口述，殷满桃整理，广东省文化局戏曲研究室编，1962。
⑤　抄本，刘国兴口述，卫恭执笔，现存广东省戏曲研究所。
⑥　杨瑞慧：《略谈香花山大贺寿》，《粤剧论坛》，317 页，澳门，澳门出版社，2001。

期，一齐前往拜贺。"接着其他的神仙纷纷上场，各自亮相，并进行一段独具特色的表演：如降龙神将出场是手持龙珠，"红面、红头陀、金刚圈、红坐马、红雪裢"，在台上做踢脚、车身、过位等传统架功，最后在台口扎架，跳架，再用龙珠引龙出台，相互对打一回，后下；伏虎神将则手持金刚圈上，黑面打扮，穿黑坐马，英咀鞋，在台上表演单脚、过位、车身等动作后，跳架。虎上，伏虎神与虎对打，并制服了老虎，牵虎而下；大头大肚和尚上场先做伸懒腰、开门、洗身、洗脚等惹笑的动作，然后表演一套点灯、装香、打鼓、敲钟等动作，精细的表演与其特殊的身材形成对比的审美效果。最后金童玉女引观音上场。

　　观音登场后，众仙依次给观音拜寿，其中威灵圣母念白："吾等请娘娘神通变化，变过我们看看。"观音念白："好，待我变过你们来看。"于是观音手拿拂尘来到登场门口，表演观音变术，接着龙、虎、将、相、渔、樵、耕、读等八种不同的形象依次出来，进行一番表演。具体做法是：表演时每一变都有一段大笛吹奏的牌子音乐来衬托，由观音用拂尘向上场门边一扫，就引出了表演八变的演员之一，上场亮相，与金童对拜。八变演员扮装成不同的身份、角色，如龙、虎分别带龙头和虎头道具，将则穿扣仔袍甲，相则穿圆领袍，渔民则身穿渔民服、头戴渔笠、手拿渔竿，樵夫身穿樵服、手拿斧头，耕者则身穿农夫衣服、光脚担锄，读书人则身穿青衫、头戴冠巾、手拿书本。① 这种"观音十八变"的表演，还被应用到《玉皇登殿》等例戏之中。

　　观音变术表演完后，众猴挑桃上，观音赐座。八个宫女上场表演字舞，所谓字舞就是手拿用纸扎的花瓶依次排成"天下太平"四字；接着全武师上场，表演各种力功，有时有多达41种

---

① 陈非侬：《粤剧六十年》，33页，香港，吴兴记书报社，1982。

的力功表演造型。① 武师们的力功表演结束后，是刘海戏金蟾的表演，刘海领观音之旨向台下大洒金钱（纸做的），观众则争先争抢，期间众猴挑来一大桃，藏在桃心的演员也向观众大洒金钱，观音唱【三春锦】曲子后，众仙齐贺"圣寿无疆"而下，观音和金童玉女最后退场，全剧结束。

剧中的角色也分布清晰，如大净饰汉钟离，正六分饰孙悟空，正印花旦饰观音，六分、二花面、正印小武分别饰降龙、伏虎和韦陀。

此剧是粤剧例戏中的排场戏，舞台艺术独具特色。主要表现在以下几点：

一是既体现了南派武术的真功夫，又充分体现了粤剧的做工技巧。表演中既容纳了粤剧的车山、拉山、扎马等基本功架和传统的演技，又显示了南派武功的真本领，戏中的武术功底表现在力功的表演场面上，如唱腔本中所介绍的武术力功表演场面有41 个，其中有代表性的是：

> （以下由全体武师与众人表演全武行，约41 种花式，用【截三槌】、【快开边】、【先锋钗】、【长锣鼓】等锣鼓点配合各种花式表演。）

> 一 跳墙：两人做底，众人先从这两人头上跳过，最后由一人表演大番，结束这一花式（以下每个花式都如此）

> ……

> 二十一 高桥大番（或称三眼高桥）：正面摆两张台，上加两张凳用木床板搭成桥形，两人站在板上两边做桥墩，另由一人擘开双脚站在旁的两人肩上做桥心，

---

① 冯源初等口述，殷满桃等整理记谱：《香花山大贺寿》剧本，载《粤剧传统音乐唱腔选辑》，第九册，广州，广东省文化局戏曲研究室，1962。

形成中间一个桥眼。另在衣杂边各由一人在前倒竖劈开双脚，旁让两人执住倒竖的两脚，再用一人在上，双脚分开踏在两人的肩上，也形成一间一桥眼，然后另由六七人分在三个桥眼中做大番穿过桥眼，最后做桥心的从上大番下，下面人接住。

……

三十九 大花篮：由六人围成一个外层的圆形，另由六人骑在他们肩头，再由四人围成一个内层的圆形，仍由四人骑头上，当成内外两层花篮身。另由三人脚踏内层中间四人的膝上，上身稍向前供，最后有一人踏上内层第三层的三人身上，两手在前在按肩头，两脚在后踏腰背，同时全身作半拱形，做成花篮耳状……①

这么盛大的排场，在排演时甚至要用火柴盒来作为讲解场面变化的道具。② 然而戏曲不仅表现武术中的力量，也展现了其细腻的一面，如伏虎神将上场表演的"伏虎架"，共有 10 个规范的亮相，体现出了粤剧的做工：

由二花面表演罗汉伏虎架。罗汉快步上场，拉单山亮相，手指作虎爪状，走半圆台至台中踏七星，拉山，一搭两搭转身开四平马步，扎开胸佛架。原地转身，左手作拿仗状，右手佛掌状竖于胸前，八字脚，眼看右手，扎佛祖架。原地起小跳，开右弓箭步，左手叉腰，右手握拳置额旁，身右倾，微闭双眼作枕睡状，扎睡佛架。收马步站丁字脚，双手作长眉之状，垂目，扎长眉罗汉

---

① 冯源初等口述，殷满桃整理记谱：《香花山大贺寿》，载《粤剧传统音乐唱腔选辑》，第九册，8～13 页，广东省文化局戏曲研究室，1962。

② 杨瑞慧：《略谈香花山大贺寿》，《粤剧论坛》，322 页，澳门，澳门出版社，2001。

架。双手由胸前作持经书状，扎看经书架。面向台左前方踏七星，拉山起小跳卸下右肩金刚圈，左弓箭马步，右手持金刚圈置胸前，左手虎爪形向上举，眼望天作引龙状，扎引龙架，蹦转身小跳至台右前方，开右弓马步作骑虎状，左手按虎头，右手高举金刚圈扎伏虎架……收金刚圈于腰旁，身微右倾，左手作挖耳状，半睡眼作撩耳架。收马站丁字脚，虎爪过头拉山，起小跳开左弓箭马步，左手扬虎爪于头左侧，右手持金刚圈下击，扎打虎架……收马丁字步举圈指虎，把圈挂回肩上开四平马步作骑虎状，两手置胸前，作拔虎颈捉虱状，扎捉虱架。转身左手牵虎头，右手高扬作虎爪状，慢步下场。①

不过，近年舞台上这种真实工夫的表演越来越少了。据说，1996 年在香港尖沙咀海城大酒楼华光诞演出的《香花山大贺寿》中，武术表演就只有大翻、侧翻、滚地葫芦等简单的特技动作，而没有那"大花篮"之类的庞大场面出现了。②

二是独具特色的舞蹈艺术——字舞。此剧演出中仙女表演的字舞独具特色，尤其是那"天下太平"的文字造型，把字舞这种历史悠久的舞蹈形式有机地融合到戏曲表演中。

字舞这一艺术形式在我国很早就产生了。早在唐高宗和武后时期就有以字舞形式编排的舞蹈节目《圣寿乐》，演出时运用舞蹈队形和姿势的变化，摆出"圣超千古，道泰百王，皇帝万岁，宝祚弥昌"③ 16 个字，以歌颂皇帝的功德。这种字舞在当时宫中经常演出，许多文人对那盛大的舞蹈场面作了详细的描绘，如

① 张庚主编：《中国戏曲志·广东卷》，313～314 页，中国 ISBN 中心，1993。

② 杨瑞慧：《略谈香花山大贺寿》，《粤剧论坛》，322 页，澳门，澳门出版社，2001。

③ 刘昫等：《旧唐书》，卷二十九志第九·音乐二，1 060 页，北京，中华书局，1975。

开元时《开元字舞赋》、《正月十五日夜应制》及贞元年间《南昭奉朝乐》等都是描绘宫中字舞艺术的作品。从太和年间王建《宫词》中对字舞的描述可以看出，字舞是由舞蹈者身着罗衫和华丽的绣衣，舞队分成两半，对称穿插移动，在场中摆出了"天下太平"的字样。在唐末钱珝的《为宰相谢内宴表》也有"舞成奇字，更俟太平"①的记载。唐代以后，直至明清，字舞代代承袭。宋人顾文荐《负暄杂录》载"字舞者，以身亚地，布成字也。今庆寿赐宴排场，做'天下太平'字样是也"②。周密的《齐东野语》有类似的记载：州郡遇皇帝生日，用舞伎数十人作"天下"字样。③元代皇族还规定，百官到皇宫至御天门前都要下马，徒步往皇宫走。只有皇帝本人骑马直入宫内。这时，教坊舞伎在皇帝马前引导，且歌且舞，舞出"天下太平"四字。杨允孚《滦京杂咏》诗曰："又是宫车入御天，丽姝歌舞太平年。侍臣称贺天颜喜，寿酒诸王次第传。"这些入主中原的蒙古贵族统治者，继承了传统的字舞艺术，并将它运用到了仪式中。明代朱载堉绘有《灵星祠雅乐天下太平字舞缀兆图》，记录了古代的舞蹈场记，图中用16人的舞队摆出"天下太平"的字样，设计精确，队形变化路线清晰。明代中期赵翼作《檐曝杂记》，记叙了元宵节西厂灯舞施放烟火的盛况：

> 日既夕，则楼前舞灯者三千列队焉，口唱太平歌，各执彩灯，循环进止，各依其缀兆，一转则三千人排成"太"字，再转成"平"字，依次作"万"、"岁"字，有依次合成"天下太平"字，所谓"太平万岁字当

---

① 钱珝：《代谢内宴表》，《全唐文》，卷八三五，8792页，上海，上海古籍出版社，1990。

② 顾文荐：《负暄杂录》，《说郛》本，北京，中国书店影印涵芬楼本，1986。

③ 周密：《齐东野语》，卷十，189页，北京，中华书局，1983。

中"也。①

这是明代舞蹈史上对"天下太平"字舞的记载。清代以来，观赏字舞就不再只是统治者的文化享受，民间也有了这种大排场的舞蹈表演，既有清人姚元之《竹叶亭杂记》记述的"正月十五，在圆明园内，大摆宴席，施放烟火，转舞龙灯及舞队执灯，以灯摆字的热闹场景：其制，人持一竿，竿上横一竿，状如丁字，横竿两头系两红灯，按队盘旋，参差高下如龙之婉转，少顷，则中立向上排列'天下太平'四字，当前人遗制耶"② 的盛况，也有在戏曲舞台上把这种大排场的舞蹈场面与戏曲故事相结合的热闹，如《香花山大贺寿》。

三是高亢激越的音乐旋律。《香花山大贺寿》的所有伴奏乐器都是中国传统打击乐器，如文头鼓、大鼓、大锣、大钹等，演奏时可谓锣鼓喧天，热闹非凡，具有古朴而又奔放的特色，与古弋阳腔风格相似。对于剧中的曲牌组合，有专家指出说：曲牌的选用，并没有按照一定的宫调组合格式，而是依据剧情的需要，选取一些小调和曲牌组合而成。如牌子【九转】是移用《碧天贺寿》的，在【梁州序】之前的八仙口白，也移用《正本贺寿》的对口白，而【雁落平沙】其实也是【北雁儿落】带【得胜令】形成的杂曲小调。其整个音乐结构显示出由曲牌连缀体逐渐走向解体的特点。可以由此推断出此剧应是粤剧复兴时重新组合之传统例戏。③ 另一粤剧研究专家莫怀诚先生也对此剧的音乐曲牌作过深入的研究，指出：

《香花山大贺寿》中的一段长达四十余句的【三春

---

① 赵翼：《檐曝杂记》，11 页，北京，中华书局，1982。
② 姚元之：《竹叶亭杂记》，7 页，北京，中华书局，1982。
③ 区文风：《管窥粤剧传统例戏、牌子音乐对外省戏曲的继承与创新》，香港中文大学音乐系研究计划主办的"粤剧音乐国际研讨会"论文，8 页，转引杨瑞慧文。

锦】就是（郑本）《观音生日》的主要唱段。原剧此本
是四首曲子……【三春锦】牌名不见于南北宫调，曲
文中像"观天地一轮空磨，把世人终日捱摩。后来的
添上一番，先进的尽皆没了……"一连十几句都是整
齐的七字排比，这种句法是南北曲所没有的，这就是加
进去的滚唱……这种加了滚唱的剧本，就不是原来纯粹
的长短句的形式了。它与昆曲的本子，就开始有所区
别了。①

正是由于具备了这样一些艺术特点，此剧也成为粤剧传统剧
中的排场例戏，和《六国大封相》有着同等地位，于是有澳门
的清平戏院于 1875 年开业，首场演出的就是广州永丰第一班上
演的《香花山大贺寿》。②

二、《过黑松林》及其改编本的演出形态

《过黑松林》（又名《观音戏目连》）其剧情和主题内容，
在前面已经作了分析。若从演出形态方面来看，《过黑松林》情
节的形成可能还受到民间社火中经常演出的《大头和尚戏柳翠》
的影响。

安徽流传着郑之珍二易《劝善记》的传说。据说郑本被衙
门聘为刀笔吏，忽然双目失明，他心想可能由于捉刀积孽而被神
明惩罚，使他有目无珠，因此他潜心编著目连戏《劝善记》，并
刊行于世。事感神明，眼得以复明。但郑感到戏文还有些不足，
于是在戏中加入了风流韵事，没想到眼睛又瞎了。至此，郑更加
悔悟，于是又对戏文加工，删去了风流韵事的情节，最后形成了

---

① 莫汝城：《粤剧弋腔浅探》，载《粤剧研究》第二期，1987。
② 谢彬筹：《广东戏剧七十年叙略》，载《戏剧艺术资料》，第 13 期。

《新编目连救母劝善戏文》。① 传说中所谓的"风流韵事",从郑本的剧情来看,可能就是其中的"双试"情节,一是观音派龙女去试探守孝的罗卜,告诉他挑经担母去西天见佛救母;另一次是观音化成凡妇试探罗卜,赋予他神通力,让他能早日救母。

这两次试探情节从舞台扮演上说都是和尚与旦角之间的对手戏,与民俗活动中关于度柳翠故事的"和尚调柳翠"、"鲍老调柳翠"、"月明度柳翠"的表演非常相似。这种表演在社火活动中经常出现,就戏剧作品中也多次提到,如《胭脂记》的《张灯》:【神仗儿】(众)妆成一个鲍老,鲍老令人谈笑,锣鼓杂剧催前后,太平钱舞得团团转,好个闹元宵。(众插诨科)在《蕉帕记》的《下湖》出,有"(丑)这前面竹林寺月明和尚度柳翠的故事。道犹未了,那调柳翠的来也。(中净扮月明和尚,贴旦扮柳翠,外打锣,调科)"②;另外在明末刊出的《贞文记》、《鸳鸯棒》、《三社记》等在提到元宵社火的演出中都有"度柳翠"的节目。目连戏在郑本之前的演出也如同社火一样,没有固定的剧本依据,或许这些如社火的演出中也含有"度柳翠"的节目,而郑氏在改编、组织剧情时,依据这些社火节目而形成了"观音戏目连"的情节。

《四面观音》是依据《过黑松林》改编的。此剧不仅以其诙谐的戏剧内容给观众留下了印象,更以其丰富的舞台布景而吸引着看客。如在车王府本中的开场是"跳韦陀站两边,小吹打,十八罗汉摆对,站门。上四金刚,金童玉女引观音大士上"。同时,在每一个观音化身形象上场时,舞台布景也很有特色,如紫

---

① 张庚主编:《中国戏曲志·安徽卷》,575 页,北京,中国 ISBN 中心,1995。
② 单本:《蕉帕记》,第三出《下湖》,《六十种曲》,第九册,北京,中华书局,1996。

竹观音上来是"摆砌末，以开云幔，放火彩，出彩现紫竹观音"①，下场也是"放火彩，锣鼓，紫竹观音下"，后来的送子观音、鱼篮观音、望海观音、燃面观音等的舞台布景都很华丽。这样，不断出彩的戏曲舞台，始终给观众以热闹新鲜的感觉，也正迎合了清朝统治者们（如慈禧太后等皇宫贵族们）喜欢热闹②的观赏心态，在清宫内也曾多次演出。同治三年（1864 年）伴花斋的《都门杂咏》诗对此作了记叙："堂会虽然有彩钱，朝朝俗剧不新鲜，而今都爱观灯晚，四喜新排《戏目连》。"③

但是，《戏目连》在清代末期曾一度失传，后来由曹心泉与陈德霖④重新整理出来。谬子在《歌舞春秋》中记载了陈德霖等一次演出《观音戏目连》的盛况：

> 座客多不识为何戏也。头场德霖饰观音上，排场极灿烂庄严之观。诸茹香与王丽卿分饰善财龙女。梅（兰芳）编《天女散花》唱词，所谓"观世音，满月面，珠开妙相，有善财和龙女，站立两厢"者是也。德霖唱昆曲，微妙圆转，自是仙音。次场妙香饰目连僧上，遇王琴侬所扮观音化身之少妇，两人做派唱功，均颇繁多，所谓"观音戏目连"者，即是此节。最后一场，观音又现慈悲妙相，目连伏服于地，瞻仰赞叹。此场砌末绚烂多姿，可称伟观。至此剧宗旨，亦系劝善惩淫，惟出以观音点化，别有神道设教之意味矣。

《观音戏目连》系梨园老戏，冯公度之太夫人，谓

---

① 《四面观音》剧本，咸丰六年抄本，中国艺术研究院藏本。
② 樊美钧：《俗的滥觞——清代审美》，298 页，郑州，河南人民出版社，2000。
③ 张次溪：《燕都梨园史料》正续编（下），275 页，北京，中国戏剧出版社，1991。
④ 陈志明编：《陈德霖评传》，107 页，北京，文津出版社，1998。陈德霖是当时一位擅长扮演目连戏中观音的青衣演员。

二十年前，曾观德霖演此戏大佳。冯氏因嘱琴侬请于德霖，德霖谓排演此剧并非难事，不过砌末无着耳。冯氏因费数百金，置砌末以赠德霖。是夜之砌末颇极辉煌，盖即冯氏所定制也。又德霖当初演此戏时，观音及其化身之少妇，均由德霖一身兼之。此次德霖因年事已高，倘仍扮少妇，以戏目连，实觉未安，故改以琴侬扮演观音化身之少妇，自觉妥适也。①

傅惜华也观看了这次演出，并在《国剧画报》上给该剧做了如下评价：

是剧中以观音为主，目连为副，全剧之焦点全在"戏"目连一场。……在昔时擅演者，四喜部之徐如云，春台部之陆玉凤、朱莲芬，故陈德霖亦优为之。其本系传于曹心泉者，后陈老伶工又传之王琴侬。民（国）八年演于冯公度太夫人寿宴上……珠联璧合，洵佳作也。丁卯春，陈德霖、王琴侬诸伶复演于第一舞台之义务戏中。后则无闻焉。②

这些舞台演出资料虽然还不能很充分地说明其中的观音形象，但我们也可以从中感受到戏剧扮演中观音形象的光彩夺目。

三、目连戏中观音戏艺术对民间风俗的影响

目连戏中的观音信仰十分明显。正如我们前面所分析的，目连戏通过丰富的故事内容和诸多艺术表现手段，塑造了一个大慈大悲救苦救难的观音形象，充分反映了人们对观音的虔诚。目连戏中宣扬的这种观音信仰，对后来的民间风俗产生了很大的影

---

① 谬子：《歌舞春秋》，31～35 页，转引陈志明，《陈德霖评传》，107 页，北京，文津出版社，1998。

② 《国剧画报》第 15 期，民国二十二年 4 月 27 日，转引陈志明，《陈德霖评传》，107 页，北京，文津出版社，1998。

响。如在演目连戏时，一般都要立一个专门供奉观音菩萨的神坛，如皖南目连戏开演时出舞狮、舞象、四大金刚、八大罗汉，又出吊神，双日出双神，单日出单神，台前设有莲花台，供奉千手观音，四周置扎龙凤、狮子、仙鹤，中间立地藏王牌位等。辰河目连戏的演出也是如此。这种种演出习俗，后来都慢慢衍变成当地的民间风俗。

在民间的驱傩活动中，也渗进了观音文化的内容。傩始自商周时代的中原地区，是一种驱鬼逐疫的祭祀活动，反映的是中国原始的宗教文化。随着汉魏以来佛教的传入，这种驱傩活动又带上了佛教色彩。如宗懔的《荆楚岁时记》说道：十二月八日为腊一，谚语"腊鼓鸣，春草生，村人并击细腰鼓，戴胡头，及作金刚力士逐疫（原注：金刚力士为佛家之神）"①，后来随着民间信仰的不断改变，尤其是民间观音信仰的流行，到了明清时期，在江苏苏州一带的驱傩中，观音菩萨取代了金刚力士。如顾禄《清嘉录》引用明代袁宏道《迎春歌》说："假面胡头跳如虎，窄衫绣袄捶大鼓。金蟒缠身神鬼妆，白衣合掌观音舞。"②这说明在驱傩中有观音菩萨的扮演，而且还是具有送子功能的白衣观音菩萨。

傩面具本来就是驱疫祈祥的符号，根据各地不同的风情民俗，以及人们对某些人或事的崇敬心理与信仰，形成了丰富多彩的面具文化，其中的一些傩面具造型也体现出民间观音信仰特色，有的与目连戏有着直接联系。如江西南丰傩的戏曲人物面具中有一种《观音坐莲》的造型。其整个造型由四人组成，两人作座庄，他们肩上伏着一猴型装扮者，上面站着一人扮观音，手拿佛帚、净瓶。这种傩神造型有时还表演一些从戏曲中借鉴过来

---

① 宗懔：《荆楚岁时记》，10 页，太原，山西人民出版社，1982。

② 顾禄：《清嘉录》，《清代笔记丛刊》，济南，齐鲁书社，2001。

的节目。如有目连戏中《游观四景》、《观音挡路》、《观音度化》、《观音化莲》等11个场景①，因观音坐莲的造型经常出现，因此傩中也有了这固定的形象。

本 章 小 结

本章主要是对于观音戏演出形态的描述，从舞台上观音戏的不同表演形态来看社会民间观音信仰的变化。首先，从整个戏曲发展过程，来分析不同时期的观音戏演出形态，从脚色分配、舞台布景、音乐与宾白以及演出习俗等方面历时性地分析了观音戏演出形态的变化。舞台上的观音形象的不断艺术化，观音戏演出艺术表现手法的不断丰富、艺术表演水平的不断提高，其实也就间接地反映出民间观音信仰的变化，如从观音戏演出仪式功能的变化可以看出民间观音信仰功能重心的转移；同时，分析了观音戏中对于观音舞这种独具特色的佛教舞蹈艺术的吸收与继承，以个案的形式说明了戏曲与歌舞之间的关系。其次，重点对目连戏中两个以表现观音为主的单折戏的舞台艺术作了横向比较研究，《四面观音》主要是从演员演出风格来分析此剧所取得的舞台艺术成就，而对于《观音生日》主要讨论了粤剧把它改编为排场戏后的舞台演出风貌。可以看出，它们离开了目连戏那种和宗教仪式的紧密关系后，凸显出了其作为舞台艺术的艺术特色。

---

① 毛礼镁：《江西傩及目连戏》，68页，北京，中国戏剧出版社，2004。

结　　语

　　观音信仰作为一种外来文化，经过长期的适应和复杂多样的双向沟通，最终得到了中国人的理解和接受。在这个漫长过程中，中国人对观音信仰作了合乎中国社会、中国文化、中国人心理的诠释和发挥，将来自印度的各种观音信仰内容和中国本土文化进一步综合起来，形成了中国观音信仰内容的混杂性。宋代以来，佛教主流是禅净合一的民俗化、礼仪化的民俗佛教，发展的是民众信仰的实践方面，在这种宗教背景下，观音信仰更为突显，以至在一般人的心目中，观音成为普通的善神、福神，被认为是现实的"神"，是存在于人们生活中的神。①

　　宋元明清时期，是观音信仰不断中国化、世俗化的过程。作为一种表现社会信仰形态的文化符号，观音形象负载着多重文化内涵，兼容了不同文化圈的兴趣和理念。这一点，我们通过对观音故事与观音信仰在各种不同文化形态中的考察就明显地体现出来了。

　　在对这种文化现象的具体考察中，可以看到因为观音具有随类应现的神通，民众对于其形象的塑造也就丰富多彩，并形成了许多流传久远的传说故事。这些具有深厚文化意蕴的观音故事成了文学艺术的创作题材，尤其是通俗文学，以民众喜闻乐见的形

① 孙昌武：《中国文学中的维摩与观音》，362页，北京，高等教育出版社，1996。

式对民众笃信的观音作了形象的、艺术的表现，塑造了一系列内涵丰盈的形象。

在众多的观音故事中，妙善故事塑造的妙善形象在整个观音形象演变史上具有重要的意义，深刻地影响与反映了观音信仰的传播与接受。妙善这样一个具有中国文化特色的形象，把那位在佛典中超越时空、无定无形的观音菩萨，变成了一个具体的有名有姓的、有生长历史的中国本土的神仙人物。作为一个定型的形象，《香山传》中的妙善形象传递出许多相互渗透、相互关联的文化内涵。对此，不同的接受层可以进行不同程度的解读，他们通过自己的感受从妙善故事中抽取自己认可的文化属性，并加工这些信息。这一解读过程又将与新的文本一起生成更新的妙善形象。

俗文学对于这位从佛典中走来的菩萨的塑造是全方位的，小说、戏曲、唱本等各种文体中都有各自的再创造。尤其是戏曲，给观音形象以广阔的展示舞台，戏曲的唱念做打不仅形象地再现了观音形象，而且也参与了观音信仰的民俗活动。

同时，俗文学的繁荣使得儒家文化以一种前所未有的方式传播到市民百姓当中，观音形象以其广泛的社会影响充当了儒学礼教下延的载体和工具，在对惩恶劝善的多重阐释中，观音成为一种文化符号。

除此之外，民间宗教和民俗活动也是观音信仰传播的重要途径，民众对于观音菩萨的顶礼膜拜，在虔诚的心灵与神灵的瞬间碰撞中，再现出神灵的形象。

中国宗教将观音形象演绎到了完全中国化的地步，使其成为民俗佛教中的全民接受的道德代言人。这是观音形象作为中国文化代码所能达到的最高的一个社会层面，观音形象的演变有着逐渐人格化的趋势。

现在的问题是，观音形象为什么会不断地世俗化、人性化呢？这最根本的原因应该归结于中国的人文精神。在中国的传统文化中，人被推崇到了很高的地位，对于鬼神则采取敬而远之的态度。中国人这种注重人生、讲求入世的经验理性使在中国繁衍的宗教也带上了厚重的人文色彩。随着观音信仰的不断普及，人们对于观音形象的塑造日益表现出一些人性的特点。《原始宗教》认为，神之所以具有与社会成员相通的"人格"，一般具有以下特征："神总是注意着人的行为；神的目的总是不断地满足人类的要求，这种要求与人类的需求紧密关联；神渴望赢得人们的关注与尊敬；神经常惩罚那些违背社会准则而行事的人；神与人的关系以及神内部的相互关系都具有社会的特征，因为这些关系包含着相互交流、承诺、暗示、认可，甚至互相威胁的情况；神并不总是大慈大悲的，它们也会喜怒无常，滥施淫威而产生破坏性的作用。"① 依此来看我们所分析的俗文学中的观音故事，可以看出其对于观音菩萨的人格神形象进行了全方位的刻画与塑造。观音形象的俗神化、人格化是观音信仰世俗化的反映。我们从这些不断世俗化、人性化的观音故事所反映的观音形象身上，可以反观当时社会信仰的方方面面：

1. 观音信仰内容的世俗化

佛教内典观音信仰主要包括称名救苦、往生净土以及密教持咒等方面的内容，但是随着佛教经典输入的终止和观音信仰民俗化的深入，宋元以来观音信仰以积福行善为主要内容，她不只担任着救苦救难的使命，还肩负着赐福、警世的责任，尤其突出了她的教化功能。

2. 观音所处环境的道教化

受中国封建社会及道教神团体系的影响，民间信仰把观音置

---

① 约翰·J.古德：《原始宗教》中译本，42页，郑州，河南人民出版社，1990。

于等级森严的神阶制度下，观音被视为天界中的一神，成了玉皇大帝手下的一员，甚至观音的送子都是奉玉帝旨令，妙善修行成为观音更是玉帝的杰作。观音上要受制于玉皇大帝、如来佛甚至太上老君的管制，下则可以支配各类鬼怪神卒。

3. 观音信仰意识的儒家化

前人已经指出，"佛氏之教，一味空寂而已，惟观音大士慈悲众生，百方度世，亦犹孟子之与孔子也。"[①] 这就是说，观音被看成了儒家的圣人，观音形象也作了儒家伦理的典范。观音是一个讲究孝道的神灵，不仅有关于她自己的舍手眼救父亲的妙善传说，而且还有大量的观音对于孝子贤媳教诲引导的灵验，如对目连的多次救难和保佑。与孝道有关，中国人受儒家宗法思想的影响，特别重视子嗣问题，而现实中是否有子并不是个人自己所能绝对掌握的，于是民间便把送子以解无后之忧作为观音的一大职能，成为民间观音信仰中极为重要的内容。行孝是观音信仰道德教化最明显的表现，行善则是观音信仰在道德层面最广泛的追求。观音故事中对于观音劝善内容的彰显更加突出了这一特点。

4. 观音信仰传播的世俗化

从六朝的观音灵验故事可以看出，那时观音信仰的传播还有赖于广大僧侣的宣传与提倡，而宋元以降观音信仰的传播已经完全脱离了对僧侣的依赖性，自觉在民间传播，尤其是以观音故事为依托的观音信仰随着大量的戏曲演出活动、宝卷宣讲活动以及民间艺人的卖艺行为等而深流广播。

总之，作为佛教菩萨，观音在经典中有着宗教教理上的严格品质，可是在中土接受的过程中，却被人们"任意"地主观发挥、创造了。在重视实践理性的精神本质的驱使下，观音信仰与本土宗教不断融合而逐渐世俗化了，甚而蜕变成为民俗宗教的形

---

① 谢肇淛：《五杂俎》，卷十五，303 页，上海，上海书店出版社，2001。

态，而完全失去了佛教教理的品格。在这种信仰发展趋势下，文学作品中观音故事的宗教意义越来越淡化，当人们以欣赏的心理来创作、批评文学作品时，注意的是纯美学价值，宗教的意味往往被遗忘了。这样，呈现在人们面前的观音形象已经非常的人性化、亲切化、真切化，已经从遥远的彼岸走到了凡人身边，使一个十分神圣的神灵融化在平凡的世俗生活之中。另外，大量流传的观音故事，虽然具有明显的宗教信仰色彩，但同时又包含着大量的超出宗教范畴的社会伦理思想，具有强烈的社会教化功能，体现出中国自古以来的神道设教特色。随着观音信仰的进一步中国化，民间观音信仰在彻底通俗化的同时，不断消解观音灵验的神秘性、神圣性，使观音灵验和伦理教化完全结合起来了。

参 考 文 献

一、古籍类

　　[汉] 董仲舒：《春秋繁露》，上海，上海古籍出版社，1989。

　　[东汉] 安高世：《佛说十八泥犁经》，《大正藏》，第 17 册，台北，台湾佛陀教育基金会出版部，1990。

　　[三国] 法藏：《华严经探玄记》，《大正藏》，第 35 册，台北，台湾佛陀教育基金会出版部，1990。

　　[晋] 佛陀跋陀罗：《佛说观佛三昧海经》，《大正藏》，第 15 册，台北，台湾佛陀教育基金会出版部，1990。

　　[晋] 三藏竺法护：《正法华经》，《大正藏》，第 9 册，台北，台湾佛陀教育基金会出版部，1990。

　　[后秦] 鸠摩罗什：《维摩诘所说经》，《大正藏》，第 14 册，台北，台湾佛陀教育基金会出版部，1990。

　　[后秦] 鸠摩罗什：《大智度论》，《大正藏》，第 25 册，台北，台湾佛陀教育基金会出版部，1990。

　　[后秦] 鸠摩罗什：《妙法莲华经》，《大正藏》，第 9 册，台北，台湾佛陀教育基金会出版部，1990。

　　[刘宋] 彊耶舍：《佛说观无量寿佛经》，《大正藏》，第 12 册，台北，台湾佛陀教育基金会出版部，1990。

　　[梁] 萧统：《文选》，上海，上海古籍出版社，1986。

　　[梁] 宗懔：《荆楚岁时记》，太原，山西人民出版社，1982。

　　[梁] 宝唱：《经律异相》，《大正藏》第 53 册，台北，台湾佛陀教育基金会出版部，1990。

　　［隋］智顗：《佛说观无量寿经疏》，《大正藏》，第 37 册，台北，台湾佛陀教育基金会出版部，1990。

　　［隋］智顗：《妙法莲华经玄义》，《大正藏》，第 33 册，台北，台湾佛陀教育基金会出版部，1990。

　　［唐］不空：《瑜伽集要焰口施食起教阿难陀缘由》，《大正藏》，第 21 册，台北，台湾佛陀教育基金会出版部，1990。

　　［唐］澄观：《大方广佛华严经疏》，《大正藏》，第 35 册，台北，台湾佛陀教育基金会出版部，1990。

　　［唐］崔令钦：《教坊记》，沈阳，辽宁教育出版社，1998。

　　［唐］道宣：《续高僧传》，《大正藏》，第 50 册，台北，台湾佛陀教育基金会出版部，1990。

　　［唐］法宝：《俱舍论疏》，《大正藏》，第 41 册，台北，台湾佛陀教育基金会出版部，1990。

　　［唐］金刚智：《千手千眼观世音菩萨广大圆满无碍大悲心陀罗尼经》，《大正藏》，第 20 册，台北，台湾佛陀教育基金会出版部，1990。

　　［唐］牛僧儒、李复言编：《玄怪录·续玄怪录》，程毅中点校，北京，中华书局，1982。

　　［唐］菩提流志：《大宝积经》，《大正藏》，第 11 册，台北，台湾佛陀教育基金会出版部，1990。

　　［唐］三藏沙门善无畏：《大圣欢喜双身大自在天毗那夜迦王归依念诵供养法》，《大正藏》，第 21 册，台北，台湾佛陀教育基金会出版部，1990。

　　［唐］三昧苏缚罗：《千光眼观自在菩萨秘密法经》，《大正藏》，第 20 册，台北，台湾佛陀教育基金会出版部，1990。

　　［唐］僧祥：《法华传记》，《大正藏》，第 51 册，台北，台湾佛陀教育基金会出版部，1990。

　　［唐］实叉难陀：《大方广佛华严经》，《大正藏》，第 10 册，台北，台湾佛陀教育基金会出版部，1990。

　　［唐］苏鹗：《杜阳杂编》，《唐五代笔记小说大观》，上海，上海古籍出版社，2000。

　　［唐］唐临、戴孚：《冥报记·广异记》合编本，方诗铭辑校，北京，

中华书局，1992。

　　［唐］慧五林：《一切经音义》，《大正藏》，第 54 册，台北，台湾佛陀教育基金会出版部，1990。

　　［唐］玄奘：《佛地经论》，《大正藏》，第 26 册，台北，台湾佛陀教育基金会出版部，1990。

　　［唐］张彦远：《历代名画记》，北京，人民美术出版社，1983。

　　［唐］赵璘：《因话录》，上海，上海古籍出版社，1979。

　　［后汉］支娄迦谶：《无量清净平等觉经》，《大正藏》，第 12 册，台北，台湾佛陀教育基金会出版部，1990。

　　［宋］程颐：《二程遗书》，上海，上海古籍出版社，2000。

　　［宋］法云编：《翻译名义集》，《大正藏》，第 54 册，台北，台湾佛陀教育基金会出版部，1990。

　　［宋］高承：《事物纪原》，北京，中华书局，1989。

　　［宋］洪迈：《夷坚志》，北京，中华书局，1981。

　　［宋］李焘：《续资治通鉴长编》，北京，中华书局，1992。

　　［宋］李昉：《太平广记》，上海，上海古籍出版社，1990。

　　［宋］孟元老：《东京梦华录》（外四种），上海，古典文学出版社，1956。

　　［宋］欧阳修等：《新唐书》，北京，中华书局，1975。

　　［宋］钱易：《南部新书》，《文渊阁四库全书》（1 036 册），台湾，商务印书馆，1986。

　　［宋］宋敏求编：《唐大诏令集》，上海，商务印书馆，1959。

　　［宋］昙无竭译：《观世音菩萨授记经》，《大正藏》，第 12 册，台北，台湾佛陀教育基金会出版部，1990。

　　［宋］王守仁：《王文成公全书》，四部丛刊本，上海，商务印书馆，1936。

　　［宋］王质：《雪山集》，《文渊阁四库全书》（1 149 册），台湾，商务印书馆，1982。

　　［宋］吴自牧：《梦粱录》（外四种），哈尔滨，黑龙江人民出版社，2002。

　　［宋］延寿：《宗镜录》，《续修四库全书》（1 283 册），上海，上海古

籍出版社，2002。

［宋］叶廷圭撰：《海录碎事》，李之亮点校，北京，中华书局，2002。

［宋］云摩蜜多译：《观虚空藏菩萨经》，《大正藏》，第13册，台北，台湾佛陀教育基金会出版部，1990。

［宋］张齐贤：《洛阳缙绅旧闻记》，《文渊阁四库全书》，第1 036册，台北，台湾商务印书馆，1986。

［宋］张守：《毗陵集》，卷十一，光绪九年吴下春在堂刊本。

［宋］赵彦卫：《云麓漫钞》，北京，中华书局，1997。

［宋］知礼：《观音义疏》，《大正藏》，第34册，台北，台湾佛陀教育基金会出版部，1990。

［宋］知礼：《千手千眼大悲咒行法》，《大正藏》，第46册，台北，台湾佛陀教育基金会出版部，1990。

［宋］周辉：《清波杂志》，知不足斋丛书本。

［宋］周密：《武林旧事》，杭州，西湖书社，1980。

［元］《瑜伽集要焰口施食仪》，《大藏经》，第21册，台北，台湾佛陀教育基金会出版部，1990。

［元］董解元：《西厢记诸宫调注释》，朱楚平注释，兰州，甘肃人民出版社，1982。

［元］脱脱等：《宋史》，北京，中华书局，1979。

［元］赵孟頫：《松雪斋文集》，《四部丛刊》本，上海，商务印书馆，1936。

［明］冯梦龙：《警世通言》，北京，人民文学出版社，1956。

［明］顾起元：《客座赘语》，北京，中华书局，1987。

［明］憨山德清著：《紫柏尊者全集》，《中华大藏经》第一辑，第83册，北京，中华书局，1993。

［明］胡应麟：《少室山房笔丛》，上海，上海古籍出版社，1991。

［明］兰陵笑笑生：《金瓶梅词话》，戴鸿森校，北京，人民文学出版社，1992。

［明］凌濛初：《拍案惊奇》，海口，海南出版社，1993。

［明］毛晋：《六十种曲》，北京，中华书局，1996。

［明］梅鼎祚集撰：《青泥莲花记》，田璞、查洪德校注，郑州，中州

古籍出版社，1988。

　　［明］潘之恒：《潘之恒曲话》，汪效倚辑注，北京，中国戏剧出版社，1988。

　　［明］祁彪佳：《祁中敏公日记》，祁氏远山堂抄本。

　　［明］沈德符：《万历野获编》，北京，中华书局，1959。

　　［明］沈泰：《盛明杂剧》，合肥，黄山书社，1992。

　　［明］释广宾：《杭州上天竺讲寺志》，台北，明文书局，1980。

　　［明］隋树森：《全元散曲》，北京，中华书局，1964。

　　［明］隋树森：《元曲选外编》，北京，中华书局，1996。

　　［明］田汝成：《西湖游览志》，上海，上海古籍出版社，1980。

　　［明］吴承恩：《西游记》，李卓吾评本，上海，上海古籍出版社，1994。

　　［明］谢肇淛：《五杂俎》，上海，上海书店出版社，2001。

　　［明］姚旅：《露书》，《四库全书存目丛书》子部，第111册，济南，齐鲁书社，1997。

　　［明］臧晋叔：《元曲选》，杭州，浙江古籍出版社，1994。

　　［明］张岱：《琅嬛文集》，长沙，岳麓书社，1985。

　　［明］罗懋登：《出像增补搜神记大全》，《道藏》，第36册，上海，上海书店出版社，天津古籍影印本，1994。

　　［明］张岱：《陶庵梦忆》，上海，上海古籍出版社，1982。

　　［明］周应宾：《重修普陀山志》，收入《中国佛寺史志汇刊》，台北，明文书局，1980。

　　［明］朱棣撰：《神僧传》，《大正藏》，第50册，台北，台湾佛陀教育基金会出版部，1990。

　　［明］居顶：《续传灯录》，《大正藏》，第51册，台北，台湾佛陀教育基金会出版部，1990。

　　［清］董诰等纂修：《全唐文》，上海，上海古籍出版社，1993。

　　［清］褚人获：《坚瓠集》，《笔记小说大观》（15辑），扬州，江苏广陵古籍刻印社，1983。

　　［清］范祖述：《杭俗遗风》，同治三年钞本，《中国方志丛书·华中地方》，台北，成文出版社影印本，1983。

　　［清］顾炎武著，黄汝成集释：《日知录集释》，长沙，岳麓书社，1994。

［清］李斗：《扬州画舫录》，北京，中华书局，2001。

［清］李渔：《李渔全集》，杭州，浙江古籍出版社，1987。

［清］梁章钜：《浪迹续谈》，北京，中华书局，1981。

［清］刘献廷等：《清代笔记丛刊》，济南，齐鲁书社，2001。

［清］彭绍升：《一行居士集》，扬州，江苏广陵古籍出版社影印，1990。

［清］屈大均：《广东新语》，李育中等点校，北京，中华书局，1997。

［清］西周生：《醒世姻缘》，上海，上海古籍出版社，1981。

［清］徐珂编辑：《清稗类钞选》（文学、戏剧、音乐），北京，书目文献出版社，1983。

［清］杨恩寿：《坦园日记》，上海，上海古籍出版社，1983。

［清］姚之骃：《元明事类钞》，《文渊阁四库全书》，第884册，台湾，商务印书馆，1986。

［清］俞洵庆：《荷廊笔记》，光绪十年刻本。

［清］俞樾：《春在堂随笔》，沈阳，辽宁教育出版社，2001。

［清］俞正燮：《癸巳类稿》，沈阳，辽宁教育出版社，2001。

［清］周清源：《中国话本大系·西湖二集》，南京，江苏古籍出版社，1994。

［清］王国维：《观堂集林》，卷二十，北京，中华书局，1959。

［清］周克复：《观音持验记》，《中国历代观音文献集成》，第7册，北京，中华全国图书馆文献缩微复制中心，1998。

［清］邹式金编：《杂剧三集》，北京，中国戏剧出版社，1958。

古本戏曲丛刊编辑委员会：《古本戏曲丛刊》初集、一集、二集、三集。

二、现当代著作

［德］黑格尔：《美学》，朱光潜译，北京，人民文学出版社，1962。

［俄］李福清：《三国演义与民间文学传统》，尹锡康、田大畏译，上海，上海古籍出版社，1996。

［俄］雅科伏列夫：《艺术与世界宗教》，任光宣、李冬晗译，北京，文化艺术出版社，1989。

［法］雷奈·格鲁塞：《东方的文明》，常任侠、袁音译，北京，中华书局，1999。

［荷兰］高罗佩：《秘戏图考》，杨权译，广州，广东人民出版社，1992。

［荷兰］许里和：《佛教征服中国》，李四龙等译，南京，江苏人民出版社，1998。

［美］保罗·韦斯：《宗教与艺术》，何其敏、金仲译，丘仲辉校，重庆，四川人民出版社，1999。

［美］拉·莫阿卡宁：《荣格心理学与西藏佛教——东西方精神的对话》，江亦丽、罗照辉译，北京，商务印书馆，1996。

［美］魏勒：《性崇拜》，史频译，北京，中国文联出版社，1988。

［美］约翰·J. 古德：《原始宗教》中译本，郑州，河南人民出版社，1990。

［日］田仲一成：《中国的宗族与戏剧》，云贵彬、于允译，上海，上海古籍出版社，1992。

［日］田仲一成：《中国戏剧史》，云贵彬、于允译，北京，北京广播学院出版社，2002。

［日］中野美代子：《西游记的秘密（外三种）》，王秀文等译，北京，中华书局，2002。

［日］渡边欣雄：《汉族的民俗宗教——社会人类学的考察》，周星译，天津，天津人民出版社，1998。

［日］吉冈义丰：《吉冈义丰著作集》（第四卷），平成元年，株式会社五月书房。

［日］后藤大用：《观世音菩萨本事》，黄佳馨译，台北，天华出版社，1994。

［英］弗雷泽：《金枝—巫术与宗教之研究》，徐育新等译，北京，中国民间文艺出版社，1987。

［英］斯蒂·汤普森：《世界民间故事分类学》，郑凡等译，上海，上海文艺出版社，1991。

［英］杜德桥：《妙善传说——观音菩萨缘起考》，李文彬等译，台北，巨流图书公司，1990。

白化文：《汉化佛教与寺院生活》，天津，天津人民出版社，1989。

班友书、王兆干：《青阳腔剧目汇编》，合肥，安徽省艺术研究所编，1991。

不著撰人：《升平署月令承应戏》，国立北平故宫博物院文献资料馆编印，1936。

蔡世成辑选：《申报京剧资料选编》（内部发行），1994。

蔡铁鹰：《西游记成书研究》，北京，中国文联出版社，2001。

蔡毅：《古典戏曲序跋汇编》，济南，齐鲁书社，1989。

长生编：《观音的传说》，石家庄，花山文艺出版社，1995。

车锡伦：《中国宝卷总目》，北京，北京燕山出版社，2000。

陈东原：《中国妇女生活史》，台北，台湾商务印书馆，1997。

陈非侬：《粤剧六十年》，香港，吴兴书记报社，1982。

陈鹏翔主编：《主题学研究论文集》，台北，东大图书有限公司，1983。

陈万鼐主编：《全明杂剧》，台北，鼎文书局，1979。

陈文新等：《佛门俗影——西游记民俗文化研究》，哈尔滨，黑龙江人民出版社，2003。

陈垣：《史讳举例》，上海，上海书店出版社，1997。

陈正祥：《中国文化地理》，北京，三联书店，1983。

陈宗枢：《佛教与戏剧艺术》，天津，天津人民出版社，1992。

丁世良等编：《中国地方志民俗资料汇编》，北京，书目文献出版社，1987。

丁云鹏等编绘：《明代木刻观音画谱》，上海，上海古籍出版社，1997。

董康：《曲海总目提要》，北京，人民文学出版社，1959。

范静芬等：《越剧戏考》，杭州，浙江人民出版社，1962。

高国藩：《中国巫术史》，上海，三联书店，1999。

高占鹏：《中国庙会文化》，上海，上海文艺出版社，1999。

龚国光：《江西戏曲文化史》，南昌，江西人民出版社，2003。

顾随：《顾随全集》，石家庄，河北教育出版社，2000。

郭立诚：《中国的生育礼俗考》，台北，台湾文史哲出版社，1979。

郭英德：《明清传奇综录》，石家庄，河北教育出版社，1997。

郭英德：《世俗的祭礼——中国戏剧的宗教精神》，北京，国际文化出版公司，1988。

郝誉翔：《民间目连戏中庶民文化之探讨》，台北，台湾文史哲出版社，1998。

侯杰等：《世俗与神圣——中国民众宗教意识》，天津，天津人民出版社，2001。

胡朴安编：《中华全国风俗志》，石家庄，河北人民出版社，1986。

胡适：《胡适古典文学研究论文集》，上海，上海古籍出版社，1988。

胡遂：《中国佛学与文学》，长沙，岳麓书社，1998。

胡志毅：《神话与仪式：戏剧的原型批评》，上海，学林出版社，2001。

湖南省戏曲工作室编：《湖南戏曲传统剧本》，内部发行，1980。

黄心川：《印度哲学史》，北京，商务印书馆，1989。

季国平：《宋明理学与戏曲》，北京，中国戏剧出版社，2003。

季羡林：《比较文学与民间文学》，北京，北京大学出版社，2001。

蒋述卓：《艺术宗教论》，广州，暨南大学出版社，1998。

金克木：《梵语文学史》，北京，人民文学出版社，1980。

康保成：《傩戏艺术源流》，广州，广东高等教育出版社，1999。

康保成：《苏州剧派研究》，广州，花城出版社，1993。

康保成：《中国古代戏剧形态与佛教》，北京，中国出版集团，2005。

赖伯疆：《广东戏曲发展简史》，广州，广东人民出版社，2001。

李安纲：《西游记奥义书——观世音的圆照》，北京，中国社会科学出版社，2002。

李畅：《清代以来的北京剧场》，北京，北京燕山出版社，1997。

李国祥，杨昶主编：《明实录类纂》，武汉，武汉出版社，1992。

李怀荪：《湖南省泸溪县辰河高腔目连戏全传》，台北，财团法人施合郑民俗文化基金会，1995。

李景明：《中国儒学史·秦汉代》，广州，广东高等教育出版社，1998。

李翎：《藏密观音造像》，北京，宗教文化出版社，2003。

李淼编：《观音菩萨宝卷》，长春，吉林人民出版社，1995。

李绍宗等：《中国剧目辞典》，石家庄，河北教育出版社，1997。

李世瑜：《宝卷综录》，北京，中华书局，1961。

李小荣：《变文讲唱与华梵宗教艺术》，上海，三联书店，2002。

李修生主编：《古本戏曲剧目提要》，北京，文化艺术出版社，1997。

李修生主编：《全元文》，南京，江苏古籍出版社，1998。

李学勤主编：《十三经注疏》，北京，北京大学，1999。

李亦园：《信仰与文化》，台北，巨流图书公司，1981。

梁培识：《香港大学所藏木鱼书叙录与研究》，香港，世界电脑排印公司，1978。

林国平：《闽台民间信仰源流》，福州，福建人民出版社，2000。

林惠祥：《文化人类学》，北京，商务印书馆，2000。

林克欢：《戏剧表现论》，北京，中国社会科学出版社，1993。

林庆昌：《妈祖真迹——兼注释·辨析〈敕封天后志〉》，广州，中山大学出版社，2003。

凌冀云：《目连戏与中国佛教》，广州，广东高等教育出版社，1998。

凌志四主编：《台湾民俗大观》，台北，大威出版社，1985。

刘长东：《晋唐弥陀净土信仰研究》，成都，巴蜀书社，2000。

刘魁立编：《金枝精要——宗教和巫术研究》，上海，上海文艺出版社，2001。

刘世德等编：《古本小说丛刊》，北京，中华书局，1987。

刘祯：《民间目连戏文化》，成都，巴蜀书社，1994。

流沙：《明代南戏声腔源流考辨》，民俗曲艺丛书，台北，财团法人施合郑氏民俗文化基金会，1999。

柳存仁：《伦敦所见中国小说书目提要》，北京，书目文献出版社，1982。

鲁迅：《古小说钩沉》，北京，人民文学出版社，1999。

鲁迅：《中国小说史略》，北京，人民文学出版社，1958。

吕大吉：《宗教学通论新编》，北京，中国社会科学出版社，1998。

吕建福：《中国密教史》，北京，中国社会科学出版社，1995。

吕宗力等：《中国民间诸神》，石家庄，河北教育出版社，2001。

罗伟国：《话说观音》，上海，上海书店出版社，1998。

马西沙、韩秉方：《中国民间宗教史》，上海，上海人民出版社，1992。

曼陀罗室主人：《观音菩萨的故事》，西安，陕西师范大学出版社，

2002。

　　毛礼镁：《江西傩及目连戏》，北京，中国戏剧出版社，2004。

　　孟繁树等编校：《明清戏曲珍品辑选》，北京，中国戏剧出版社，1985。

　　孟晖：《中原女子服饰史稿》，北京，作家出版社，1995。

　　南怀瑾等：《观音菩萨与观音法门》，台北，老古文化事业有限公司，1992。

　　欧阳予倩编：《中国戏曲研究资料初辑》，北京，中国戏剧出版社，1957。

　　潘桂明：《中国居士佛教史》，北京，中国社会科学出版社，2000。

　　彭树智：《文明交往论》，西安，陕西人民出版社，2002。

　　濮文起：《中国民间秘密宗教辞典》，成都，四川辞书出版社，1996。

　　齐森华：《中国曲学大辞典》，杭州，浙江教育出版社，1997。

　　启忠编述：《观音大士》，贵阳，贵州人民出版社，1994。

　　钱基博：《近百年湖南学风》，长沙，岳麓书社，1985。

　　钱钟书：《管锥编》，北京，中华书局，1986。

　　钱钟书：《谈艺录》，北京，中华书局，1986。

　　乔建等：《乐户——田野调查与历史追踪》，南昌，江西人民出版社，2002。

　　卿希泰主编：《道教与中国传统文化》，福州，福建人民出版社，1992。

　　邱福海：《妈祖信仰探源》，台北，淑馨出版社，1998。

　　仁华居士：《观世音菩萨传奇》，北京，宗教文化出版社，2002。

　　容世诚：《戏曲人类学初探》，桂林，广西师范大学出版社，2003。

　　司马师等点校：《中国神怪小说大系·神佛卷》，成都，巴蜀书社出版，1989。

　　宋兆麟：《生育神与性巫术研究》，北京，文物出版社，1990。

　　宋兆麟：《中国生育信仰》，上海，上海文艺出版社，1995。

　　孙昌武：《佛教与中国文学》，上海，上海人民出版社，1988。

　　孙昌武：《文坛佛影》，北京，中华书局，2005。

　　孙昌武：《中国文学中的维摩与观音》，北京，高等教育出版社，1996。

　　孙昌武点校：《观世音应验记三种》，北京，中华书局，1994。

孙楷第：《小说旁证》，北京，人民文学出版社，2000。

孙楷第：《也是园古今杂剧考》，上海，上海杂志公司出版社，1953。

谭桂林：《二十世纪中国文学与佛学》，合肥，安徽教育出版社，1999。

汤用彤：《汉魏两晋南北朝佛教史》，北京，中华书局，1983。

唐圭璋等编：《全宋词》，北京，中华书局，1999。

田中阳：《湖湘文化精神与二十世纪湖南文学》，长沙，岳麓书社，2000。

万钧编：《观音灵异记》，《中国历代观音文献集成》，第七册，中华全国图书馆文献缩微复制中心，1998。

王安祈：《明代传奇之剧场及其艺术》，台北，学生书局，1986。

王大错编：《戏考大全》，上海，上海书店出版社，1990。

王季思主编：《全元戏曲》（1～12卷），北京，人民文学出版社，1990。

王建辉、刘森淼：《荆楚文化》，沈阳，辽宁教育出版社，1998。

王克芬：《中国舞蹈发展史·明清部分》，北京，文化艺术出版社，1984。

王克芬：《中国舞蹈发展史·隋唐部分》，北京，文化艺术出版社，1984。

王克芬：《中国舞蹈与佛教舞蹈》，天津，天津人民出版社，1984。

王利器：《元明清三代禁毁小说史料》，上海，上海古籍出版社，1981。

王连胜主编：《普陀洛迦山志》，上海，上海古籍出版社，1999。

王清原等编：《小说书坊录》，北京，北京图书馆出版社，2001。

王秋桂主编：《善本戏曲丛刊》，台北，学生书局，1984。

王秋桂主编：《中国俗文学丛刊》，台北，新文丰出版公司，2001。

王晓丽：《中国民间的生育信仰》，北京，社会科学文献出版社，1999。

王月清：《中国佛教伦理思想》，台北，云龙出版社，2001。

王芷章：《清升平署志略》，台北，新文丰出版公司，1981。

闻一多：《闻一多全集》，北京，三联书店，1982。

乌丙安：《中国民间信仰》，上海，上海人民出版社，1995。

吴光正：《中国古代小说的原型与母题》，北京，社会科学文献出版社，2002。

向达：《唐代长安和西域文明》，石家庄，河北教育出版社，2001。

萧婉贞：《观音宝典》，台北，全佛文化事业有限公司，2002。

肖忠群：《孝与中国文化》，北京，人民出版社，2002。

谢伯阳：《全明散曲》，济南，齐鲁书社，1994。

邢莉：《神圣与世俗——观音信仰》，北京，学苑出版社，2001。

徐岱：《小说形态学》，杭州，杭州大学出版社，1992。

徐桂兰：《中国育俗的文化叠合》，南宁，广西民族出版社，2002。

徐宏图：《浙江省目连戏资料汇编》，台北，财团法人施合郑民俗文化基金会，1995。

许祥麟：《京剧剧目概览》，天津，天津古籍出版社，2003。

许钰：《口承故事》，北京，北京师范大学出版社，1999。

颜廷亮主编：《敦煌文学概论》，兰州，甘肃人民出版社，1993。

杨家骆：《笔记小说大观》，扬州，江苏广陵古籍刻印处，1983。

杨利慧：《女娲的神话与信仰》，北京，中国社会科学出版社，1997。

叶明生：《福建傀儡戏史论》，北京，中国戏剧出版社，2004。

叶舒宪：《高唐女神与维纳斯》，北京，中国社会科学出版社，1997。

叶舒宪：《文学与人类学》，北京，社会科学文献出版社，2003。

叶舒宪：《中国古代神秘数字》，北京，社会科学文献出版社，1998。

尹虎彬：《古代经典与口头传说》，北京，社会科学文献出版社，2002。

郁龙余编：《中印文学关系源流》，长沙，湖南文艺出版社，1987。

袁钟仁：《岭南文化》，沈阳，辽宁教育出版社，1998。

詹石窗：《道教文学史》，上海，上海文艺出版社，1992。

詹石窗：《道教与戏剧》，厦门，厦门大学出版社，2004。

张伯谨编：《国剧大成》，台北，振兴国剧研究委员会，1969。

张次溪：《清代燕都梨园史料》，北京，中国戏剧出版社，1991。

张端义：《贵耳集》，台北，木泽出版社，1982。

张福清：《女诫——女性的枷锁》，北京，中央民族大学出版社，1996。

张国刚：《佛学与隋唐社会》，石家庄，河北人民出版社，2002。

张锦池：《西游记考论》，哈尔滨，黑龙江教育出版社，1997。

张希舜等编：《宝卷·初集》（共40册），太原，山西人民出版社，1990。

张涌泉等：《敦煌变文校注》，北京，中华书局，1997。

张总：《说不尽的观世音》，上海，上海辞书出版社，2002。

赵国华：《生殖崇拜文化论》，北京，中国社会科学出版社，1996。

郑传寅：《传统文化与古典戏曲》，长沙，湖南人民出版社，2004。

郑僧一：《观音——半个亚洲的信仰》，郑振煌译，台北，华宇出版社，1986。

郑振铎：《中国俗文学史》，北京，商务印书馆，1989。

周良编：《苏州评弹旧闻钞》，南京，江苏人民出版社，1983。

周育德：《中国戏曲与宗教》，北京，中国戏剧出版社，1990。

朱一玄校点：《明成化说唱词丛刊》，郑州，中州古籍出版社，1997。

朱一玄校点：《西游记资料汇编》，天津，南开大学出版社，2002。

朱易安，傅璇琮等主编：《全宋笔记》，第一编，杭州，浙江古籍出版社，1988。

左鹏军：《近代传奇杂剧研究》，广州，广东高等教育出版社，2001。

广东省文化局戏曲研究室编：《广东粤剧排场集》，靓大方口述本，内刊，1962。

上海市红楼梦学会等编：《金瓶梅鉴赏辞典》，上海，上海古籍出版社，1990。

上海艺术研究所：《中国戏曲曲艺词典》，上海，上海辞书出版社，1983。

《中国古典戏曲论著集成》（共十本），北京，中国戏剧出版社，1959。

《湖南地方剧种志》，长沙，湖南文艺出版社，1990。

《全唐诗》，上海，上海古籍出版社，1986。

《泉州传统戏曲丛书》，北京，中国戏剧出版社，1999。

《粤剧论坛》，第三届羊城国际粤剧节学术研讨会论文集，澳门，澳门出版社，2001。

《中国戏曲志》编委会：《中国戏曲志》（多卷），北京，中国 ISBN 中心，1995。

《观音济度本愿真经》，民国广州河南洪德大街文在兹善书坊刊印本，广东省图书馆藏。

《观音济度本愿真经》，民国上海宏大善书局刊印，收于《明清民间秘密宗教经卷文献》，卷十一，台北，新文丰出版社，1999。

《绘图三教源流搜神大全》（外二种），上海，上海古籍出版社，1990。

《酒泉宝卷》，兰州，甘肃人民出版社，1991。

中国武当丛书编撰委员会：《武当传说故事》，武汉，武汉出版社，2000。

三、学位论文类

方邹怡：《明清宝卷中的观音故事研究》，台湾花莲师范学院 1990 年硕士论文。

高祯云：《鱼篮观音研究》，台湾文化大学中文所 1991 年硕士论文。

李利安：《古代印度观音信仰的演变及其向中国的传播》，西北大学 2003 年博士论文。

林淑媛：《慈航普渡：观音感应故事叙事模式与宗教内涵》，台湾中央大学 2001 年博士论文。

刘世龙：《明代女性观音画研究》，台湾华梵大学 1990 年硕士论文。

潘淑华：《从送子观音到送钱观音：广东地区的生菜会和观音开库》，2004 年香港博士论文。

王权：《观音育妙香古国：十至十五世纪云南洱海地区的传说与历史》，台湾"清华大学" 2003 年博士论文。

王正婷：《变文与宝卷之关系研究》，台湾中正大学中文所 1998 年硕士论文。

四、现代手抄本类

《观音出世》，顺德地区青年粤剧团演出手抄本，1998。

《香山菩萨大悲传》碑文，1995。

《粤剧研究资料》手抄本，现存广东省艺术研究所，1963。

附　录

观音信仰研究论著目录索引（约 1919—2006 年）

王国维：《曹夫人绘观音菩萨像跋》，载于《观堂林集》，北京，中华书局，1959。

李圣华：《观音菩萨之研究》，载于《民俗周刊》，1929 年第 78 期。

［日］琢本善隆：《近代支那大众的女身观音信仰》，载于《山田博士还历纪念·印度学佛教学论集》，1955。

周一良：《跋观音赞》，载于《魏晋南北朝史论集》，1963。

［日］小林市太郎：《唐代的大悲观音》，载于《小林市太郎著作集》，淡交社，1974。

周一良：《观世音经》，载于《魏晋南北朝史札记》，北京，中华书局，1981。

姜良夫：《读王静安先生曹夫人绘观音菩萨相跋》，载于《兰州大学学报》，1981 年第 4 期。

张静二：《论观音与西游故事》，载于《国立政治大学学报》总第 48 期，1983。

［日］的场庆雅：《关于唐代的观世音菩萨——围绕观世音与观自在的考察》，载于《印度佛教学研究》，1981 年第 1 期。

［日］平木康平：《妈祖与观音》，载于《大阪府立大学既要（人文·社会科学）》，1984 年第 3 期。

杨曾文：《观音信仰的传入与流传》，载于《世界宗教研究》，1985 年第 3 期。

李玉珉：《梵像卷中几尊密宗观音之我见》，载于《故宫文物月刊》，

第四卷第六期，1985。

　　[日] 泽田瑞穗：《鱼篮观音的传说》，载于《中国文学论著译丛》，台北，台湾学生书局，1985。

　　楼宇烈：《东晋南北朝"志怪小说"中观世音灵验故事杂谈》，载于《中原文物》，1986 年特刊。

　　[日] 牧田谛亮：《六朝古逸观世音应验记研究》，京都，平乐寺书店，1986。

　　张火庆：《观世音菩萨普门品》，台北，金枫出版社，1986。

　　李玉珉：《张胜温梵像之观音研究》，载于《东吴大学中国艺术史刊》第 15 期，1987。

　　巴宙：《观音菩萨与亚洲佛教》，载于《中华佛学学报》，1987 年第 1 期。

　　徐静波：《观世音菩萨全书》，沈阳，春风文艺出版社，1987。

　　郑僧一：《观音——半个亚洲的信仰》，郑振煌译，台北，华宇出版社，1987。

　　[日] 后藤大用：《观世音菩萨本事》，黄佳馨译，台北，天华出版公司，1987。

　　白化文：《汉化的观音和观音像》，载于《百科知识》，1987 年第 4 期。
　　王惠明：《敦煌水月观音》，载于《敦煌研究》，1987 年第 1 期。
　　王福金：《观音信仰与民间传说》，载于《民间文艺季刊》，1988 年第 5 期。

　　于鸿志：《观音略语考释》，载于《辽宁师范大学学报》，1988 年第 6 期。

　　王景林：《观世音的来龙去脉》，载于《文史知识》，1989 年第 1 期。

　　涌渊：《略述观世音菩萨修行法门》，载于《上海佛教》，1989 年第 2 期。

　　赵克尧：《从观音的变性看佛教的中国化》，载于《东南文化》，1990 年第 4 期。

　　吴棠：《白族信仰中的观音形象》，载于《西南民族大学学报》，1990 年第 3 期。

　　[英] 杜德桥：《妙善传说——观音菩萨缘起考》，李文彬译，台北，

巨流图书公司，1990。

孙秋云：《谈我国民间观音信仰》，载于《文史知识》，1991 年第 4 期。

［俄］叶马克：《论王琰的〈冥祥记〉和佛教短篇小说》，载于《世界宗教研究》，1991 年第 3 期。

王龙智隆：《闻思修解六结——观世音菩萨耳根圆通之六步反闻功法》，载于《广东佛教》，1991 年第 1 期。

王惠明：《敦煌写本水月观音经研究》，载于《敦煌研究》，1992 年第 3 期。

郭绍林：《论唐代的观音信仰》，载于《世界宗教研究》，1992 年第 3 期。

佛日：《观音圆通法门释》，载于《法音》，1992 年第 10 期。

张瑞芬：《从佛教经典看民间传说——李靖、妙善故事之研究》，载于《兴大中报》，总第 5 期，1992。

方长生：《观音中国化的范例——舟山民间的观音信仰》，载于《中国民间文化》，1992 年第 1 期。

陈善英：《〈观音玄义〉性恶论讨论》，载于《中华佛学学报》，总第 5 期，1992。

赵觉光：《千处祈求千处应的观世音菩萨》，载于《台州佛教》，1992 年第 6 期。

孙昌武：《关于〈冥祥记〉的补充意见》，载于《文学遗产》，1992 年第 5 期。

罗伟国：《话说观音》，上海，上海书店出版社，1992。

南怀瑾：《观音菩萨与观音法门》，台北，老古文化出版公司，1992。

江灿腾：《观音信仰与佛教文学》，载于《台湾佛教与现代社会》，台北，东大图书公司，1992。

陈宗枢：《遍洒人间须借他杨枝春水——观音戏》，载于《佛教与戏曲艺术》，天津，天津人民出版社，1992。

樊子林：《观音名号刍议》，载于《河北学刊》，1992 年第 6 期。

曹道衡：《论王琰和他的〈冥祥记〉》，载于《文学遗产》，1992 年第 1 期。

芮传明：《中原地区女性观音渊源浅探》，载于《史林》，1993 年第

1 期。

演培：《观世音菩萨普门品记》，台北，天华出版公司华天出版社，1993。

萧明华：《从两尊观音造像看唐宋南诏大理国的佛教》，载于《四川文物》，1993 年第 3 期。

杜林：《观世音菩萨》，广州，广东人民出版社，1993。

［俄］鲁多娃·M. A. 著，张惠明译：《观音菩萨在敦煌》，载于《敦煌研究》，1993 年第 1 期。

陈秋香：《观世音菩萨造像研究》，载于《华岗佛学学报》，总第 3 期。

陈秋香：《千手观音造像之研究》，载于《空大人文学报》，1993 年第 4 期。

施衍辉：《观音菩萨考述》，载于《观音菩萨全书》，海口，海南出版社，1993。

杨政业：《从洱海地区的观音信仰看外域文化的影响》，载于《云南民族学院学报》，1994 年第 6 期。

陈星桥：《观世音菩萨在中国》，载于《文史哲究》，1994 年第 2 期。

彭金章：《莫高窟第 76 窟十一面八臂观音考》，载于《敦煌研究》，1994 年第 3 期。

吉娅科诺娃·H. B. 著：《科洛特阔夫·H. H. 收集的千手观音像绢画——兼谈公元 9—11 世纪吐鲁番高昌回鹘宗教的混杂问题》，张惠明译，载于《敦煌研究》，1994 年第 4 期。

孙昌武点校：《观世音应验记三种》，北京，中华书局，1994。

温金玉：《观音菩萨》，太原，山西高校联合出版社，1994。

刑莉：《观音信仰》，北京，学苑出版社，1994。

后藤大用：《观世音菩萨的本事》，黄佳馨译，台北，天华出版公司，1994。

逸舟编著：《观音菩萨传》，西安，三秦出版社，1994。

于君方：《宝卷文学中的观音与民间信仰》，载于《民间信仰与中国文化国际研讨会论文集》，1994。

傅光宇：《〈观音伏罗刹〉与"乞地"传说》，载于《思想战线》，1994 年第 1 期。

王惠明：《敦煌千手千眼观音像》，载于《敦煌学辑刊》，1994 年第 1 期。

金申：《十一面观音立像》，载于《佛教文化》，1994 年第 6 期。

刘友恒：《正定隆兴寺千手观音手臂问题辨误》，载于《文物春秋》，1994 年第 1 期。

洪立曜：《观音法像鉴赏》，佛教出版社，1994。

林富春：《论观音形象之演变》，载于《宜兰农工学报》，总第 8 期，1994。

孙修身：《从观音造型谈佛教的中国化》，载于《敦煌研究》，1995 年第 1 期。

［印度］洛克什·钱德拉著，杨富学译：《敦煌壁画中的观音》，载于《敦煌研究》，1995 年第 2 期。

郑国铨：《普陀山中谒观音》，载于《华夏文化》，1995 年第 1 期。

于君方：《伪经与中国观音信仰》，载于《中华佛学学报》，总第 8 期，1995。

周濯街：《玉皇大帝与观世音》，北京，团结出版社，1995。

齐默尔·海因里希：《莲花手（观世音菩萨造像）——〈莲饰的象征〉》（三），载于《西藏艺术研究》，1995 年第 1 期。

［日］森下大圆：《观世音菩萨普门品讲话》，星云译，台北，佛光出版社，1995。

圣印：《普门户户有观音——观音救苦法门》，高雄，圆明出版社，1995。

李森：《观音菩萨宝卷》，长春，吉林人民出版社，1995。

蓝吉富：《观世音菩萨圣德新编》，台北，迦陵出版公司，1995。

涑水侑：《观音信仰》，东京，雄山阁出版株式会社，昭和六十年。

张楠：《云南观音考释》，载于《云南民族学院学报》（哲学社会科学版），1995 年第 4 期。

劳里：《佛教艺术漫谈观音形象的塑造》，载于《佛教文化》，1996 年第 1 期。

劳里：《观音形象的塑造》（二），载于《佛教文化》，1996 年第 2 期。

李利安：《观音信仰对中国古代艺术的影响》，载于《华夏文化》，

1996 年第 4 期 。

林美容：《台湾"岩子"与观音》，载于《台湾佛学学术会议论文集》，1996。

林光明：《大悲咒研究》，台北，佶茂出版社，1996。

贺嘉：《民间传说中的观音》，载于《民间文化旅游杂志》，1996 年第 3 期。

张适：《扬州观音山香会》，载于《民俗研究》，1996 年第 3 期。

丁富生：《漫谈以观音比莺莺》，载于《南通师范学院学报》，1996 年第 4 期。

冯汉镛：《千手千眼观音圣像源流考》，载于《文史杂志》，1996 年第 2 期。

全佛文化编辑部：《观音菩萨经典》，台北，全佛文化事业有限公司，1996。

李利安：《中印佛教观音身世信仰的主要内容与区别》，载于《中华文化论坛》，1996 年第 4 期。

李怀荪：《湖南省黔阳县湾溪乡的观音醮和辰河木偶戏香山》，台北，台湾财团法人施合郑氏民俗文化基金会，1996。

孙昌武：《中国文学中的维摩与观音》，北京，高等教育出版社，1996。

林明德：《观音之匾联探索》，载于《台湾佛学学术研讨会论文集》，1996。

温金玉：《观音菩萨与女性》，载于《中华文化论坛》，1996 年第 4 期。

宋道发：《清净为心皆补怛　慈悲济物即观音——观音感应初探 》，载于《法音》，1997 年第 12 期。

李利安：《观音文化简论》，载于《人文杂志》，1997 年第 1 期。

于君方：《观音菩萨的经典依据及其名号和其他一些不明问题》，载于《中华佛学学报》，1997 年第 10 期。

张正宁：《对西昌泸山〈鱼篮观音图〉的再研究 》，载于《四川文物》，1997 年第 3 期。

华思文：《简论泰国观世音崇拜的兴起》，载于《思想战线》，1997 年第 2 期。

法田：《十一面观音之研究》，载于《觉风季刊》，总第 19 期，1997。

［法］石泰安著，耿异译：《从男神变女神一例》，载于《法国汉学》第二辑，1997。

赵杏根：《"以色设缘"与鱼篮观音像》，载于《文史杂志》，1997 年第 1 期。

李利安：《观音法门略释》，载于《五台山研究》，1997 年第 3 期。

释道昱：《〈观音经〉考》，载于《圆光佛学学报》，总第 2 期，1997。

李利安：《中国汉传佛教的观音信仰体系》，载于《宗教哲学》，1998 年第 1 期。

李利安：《法华经与古代南亚的观音信仰》，载于《东南文化》，1998 年第 3 期。

于君方：《观音灵验故事》，载于《中华佛学学报》，总第 11 期，1998。

欧阳健：《从〈观世音应验记〉到〈西游记〉——从一个方面看神怪小说与宗教的关系》，载于《漳州师范学院学报》，1998 年第 2 期。

胡文和：《四川与敦煌石窟中千手千眼大悲像比较研究》，载于《佛学研究中心学报》，总第 3 期，1998。

古正美：《从佛教思想史上转身论的发展看观音菩萨——中国造像史上由男转女像的由来》，载于《东吴大学中国艺术史集刊》，总第 15 期，1986。

孙昌武：《六朝小说中的观音信仰》，载于《佛学会议研究论文汇编》，1998。

罗伟国：《话说观音》，上海，上海书店出版社，1998 年。

胡天成：《庆贺观音圣诞祭仪的基本结构与主要内容》，载于《民间祭祀与仪式戏剧》，1998。

徐建融：《观音宝相》，上海，上海人民美术出版社，1998。

楼宇烈：《〈法华经〉与观世音信仰》，载于《世界宗教研究》，1998 年第 2 期。

郑筱筠：《观音救难故事与六朝志怪小说》，载于《社会科学》，1998 年第 2 期。

段友文：《观音信仰成因论》，载于《山西师大学报》，1998 年第 2 期。

花平宁：《甘肃馆藏十一面观音铜造像的造型风格》，载于《丝绸之路》，1998 年第 4 期。

张正宁：《西昌泸山的〈鱼篮观音图〉》，载于《文史杂志》，1998 年第 1 期。

欧阳健：《从〈观世音应验记〉到〈西游记〉——从一个方面看神怪小说与宗教的关系》，载于《漳州师范学院学报》，1998 年第 2 期。

郑秉谦：《东方维纳斯的诞生："观音变"初探》，载于《东方丛刊》，1998 年第 1 期。

曾其海：《天台宗对观音信仰的推动》，载于《正法研究》创刊号，1999。

释道昱：《再谈〈观音经〉——〈请观音经〉译本考》，载于《圆光佛学学报》，总第 3 期，1999。

刘继汉：《从阎立本的'杨柳观音'谈观音画像的演变及其他》，载于《正法研究》创刊号，1999。

于君方：《多面观音》，载于《香光庄严》，总第 59 期，1999。

于君方：《大悲观音》，载于《香光庄严》，总第 60 期，1999。

于君方：《观音在亚洲》，载于《香光庄严》，总第 59 期，1999。

于君方：《闪现光与慈悲的菩萨》，载于《香光庄严》，总第 59 期，1999。

林鑫：《谈〈谈豫剧三皇姑出家〉》，载于《佛教文化》，1999 年第 2 期。

邓同德：《谈豫剧三皇姑出家》，载于《佛教文化》，1999 年第 4 期。

佐伯富著，陈顺平译：《近世中国的观音信仰》，载于《圆光佛学学报》，1999 年第 3 期。

李利安：《中国观音文化基本结构解析》，载于《哲学研究》，2000 年第 4 期。

李天赐：《观音信仰在东南亚华侨华人中传播的原因及其作用》，载于《佛学研究》，2000 年年刊。

朱子彦：《论观音变性与儒释文化的融合》，载于《上海大学学报》，2000 年第 1 期。

黄国清：《观世音普门品偈颂的解读——梵汉本对读所见的问题》，载于《圆光佛学学报》，2000 年第 5 期。

曹仕帮：《浅论华夏世俗妇女的观世音信仰——兼论这位菩萨的性别问题》，载于《中华佛学学报》，总第 15 期，2000。

于君方：《女性观音》，载于《香光庄严》，总第 61 期，2000。

谈锡永：《观世音与大悲咒》，台北，全佛文化事业有限公司，2000。

郭佑孟：《大悲观音信仰在中国》，《觉风季刊》，总第 30 期，2000。

俞士玲：《佛教发展与西游故事之流衍》，载于《南京大学学报》（哲学人文科学社会科学版），2001 年第 3 期。

刑莉：《观音——世俗与神圣》，学苑出版社，2001。

王青：《观世音信仰与相关神话的起源与发展》，载于《魏晋南北朝时期佛教信仰与神话》，北京，社会科学出版社，2001。

魏鹃：《千手观音何以成为正定隆兴寺所供主尊》，载于《文物春秋》，2001 年第 5 期。

郑筱筠：《试论观音净瓶、杨枝与中印拜水习俗》，载于《云南师范大学学报》，2001 年第 4 期。

郑筱筠：《观音信仰原因考》，载于《学术探索》，2001 年第 1 期。

李翎：《水月观音与藏传佛教观音像之关系》，载于《美术》，2002 年第 11 期。

刑莉：《观音信仰与中国少数民族》，载于《中央民族大学学报》，2002 年第 2 期。

汪志刚：《我与〈观音法相〉》，载于《佛教文化》，2002 年第 1 期。

李翎：《"持莲花菩萨"与"莲花手"》，载于《佛学研究》，2002 年第 3 期。

贝逸文：《普陀紫竹观音及其东传考略》，载于《浙江海洋学院学报》，2002 年第 3 期。

孙世基：《〈观音得道〉今昔谈》，载于《戏文》，2002 年第 2 期。

萧婉珍：《观音宝典》，台北，全佛文化事业有限公司出版，2002。

释圣严：《观世音菩萨》，台北，法鼓山文教基金会出版，2002。

董志翘：《观世音应验记三种注释》，南京，江苏古籍出版社，2002。

张总：《说不尽的观世音》，上海，上海辞书出版社，2002。

颜素慧：《观音小百科》，台北，橡树林文化出版社，2002。

李小荣：《高王观世音经考》，载于《敦煌研究》，2003 年第 1 期。

李翎：《六字观音图像样式分析——兼论六字观音与阿弥陀佛的关系》，载于《美术研究》，2003 年第 2 期。

刘葵：《新津观音寺壁画初探》，载于《西南民族大学学报》，2003 年第 10 期。

阚延龙：《千手千眼观音的艺术特色》，载于《艺术百家》，2003 年第 2 期。

周毅敏：《试析大理白族民间"观音崇拜"》，载于《大理学院学报》，2003 年第 2 期。

王丹：《从"观音"形态之流变看中国佛教美术世俗化、本土化的过程》，载于《河北师范大学学报》，2003 年第 3 期。

贝逸文：《吴越时期舟山寺院文化与海外交流》，载于《浙江海洋学院学报》，2003 年第 1 期。

关兰：《浅析杨柳枝观音的历史起源》，载于《青海民族研究》，2003 年第 4 期。

董彦文：《多姿多彩的观音菩萨》，载于《丝绸之路》，2003 年第 1 期。

龙晦：《大足石刻中的明肃皇后、诃利帝母、九子母与送子观音》，载于《中华文化论坛》，2003 年第 1 期。

夏广兴：《观世音信仰与唐代文学创作》，载于《上海师范大学学报》，2003 年第 5 期。

李翎：《三叶冠观音像考》，载于《中国历史文物》，2003 年第 6 期。

程俊：《论舟山观音信仰的文化嬗变》，载于《浙江海洋学院学报》，2003 年第 4 期。

王海梅：《〈西游记〉与观音信仰》，载于《潍坊学院学报》，2003 年第 5 期。

贝逸文：《论普陀山南海观音之形成》，载于《浙江海洋学院学报》，2003 年第 3 期。

韩秉方：《观世音信仰与妙善传说——兼论我国第一部宝卷香山宝卷的产生》，载于《世界宗教研究》，2004 年第 2 期。

张小东：《中国化的观音性别以女性为主的原因初探》，载于《广西师范学院学报》，2004 年第 2 期。

孙丽:《中国人的观音信仰》,载于《中国宗教》,2004年第5期。

蔡少卿:《中国民间的信仰的特点与社会功能——以关帝、观音、妈祖为例》,载于《江苏大学学报》,2004年第4期。

法尊:《浅谈"伪经"与观音信仰的中国化》,载于《世界宗教研究》,2004年第3期。

王连胜:《普陀山观音道场之形成与观音文化动传》,载于《浙江海洋学院学报》,2004年第3期。

李利安:《从中国民间观音信仰看中国道教与印度文化的对话》,载于《人文杂志》,2004年第1期。

徐宏图:《谈普陀山观音信仰的历史影响》,载于《浙江海洋学院学报》,2004年第1期。

刑莉:《妈祖与观音》,载于《民俗学刊》,2004年第4期。

李翎:《六道观音像辨识——兼论水月观音像的产生》,载于《佛学研究》,2004年第2期。

李翎:《十一面观音像式研究——以汉藏造像对比研究》,载于《法音》,2004年第12期。

程俊:《观音与妈祖——浙闽台海洋宗教信仰之比较》,载于《浙江海洋学院学报》,2005年第1期。

黄先炳:《观音名号非避讳》,载于《辞书研究》,2005年第4期。

张清涛:《试论早期吐蕃地区的观音信仰与周边的关系》,载于《敦煌研究》,2005年第6期。

项裕荣:《九子母·鬼子母·送子观音——从三言两拍看中国民间宗教信仰的佛道混合》,载于《明清小说研究》,2005年第2期。

贝逸文:《普陀山送子观音与儒家孝德思想的对话》,载于《浙江海洋学院学报》,2005年第2期。

齐凤山:《观音菩萨的传入及由男变女》,载于《前进论坛》,2005年第6期。

李利安:《观音与文殊:悲智双运的理论价值与实践意义》,载于《中国宗教》,2005年第6期。

孙昌武:《观音信仰与观音传说》,载于其专著《文坛佛影》,北京,中华书局,2005。

曾金铮：《泉州傀儡戏观音修行题材出处考绎》，载于《福建第一次学术年会论文集》，2005。

周秋良：《渔妇·娼妓·菩萨——论鱼篮观音观音形象的形成与演变》，载于《江西社会科学》，2005 年第 10 期。

吴建国：《鱼儿佛的佛学意蕴》，载于《山西大学学报》，2006 年第 1 期。

马华祥：《〈钵中莲〉的民间社会思潮探微》，载于《南京师大学报》，2006 年第 1 期。

周秋良：《论观音戏的衍变》，载于《艺术百家》，2006 年第 3 期。

观音信仰研究英文资料索引

Mary Virginia Thorell. Hindu Influence Upon the Avolokitesvara Sculptural Representations of the Pala and Sena Periods. Long Beach：California State University Library，January，1975 . (《印度对波罗和斯那王朝时期观音雕塑的影响》)

Tove E. Nevile. Eleven-headed Avolokitesvara：Its Origin and Iconography. New Delhi：Munshiram Manoharlar Publishers Pvt. Ltd. ，1999. (《十一面观音的起源和造像》)

Nandana Chutiwongs. The Iconography of Avolokitesvara in Mainland South Asia Ph. D. Dissertation，Rijksuniversiteit，Leiden，1984. (《东南亚地区的观音造像》)

Chün - fang Yü. KuanYin：the Chinese Transformation of Avolokiteśvara. Princeton Columbia University Press，2001. (《观音在中国的转变》)

Chun - fang Yu. Ambiguity of Avolokitesvara and Scriptural Sources for the Cult of Kuan Yin in China. Chung - Hwa Buddhist Journal，No. 10，July，1997. (《观音菩萨的经典依据及其名号和其他一些问题》)

Chun - fang Yu. Miracle Tales and the Domestication of Kuan Yin. Chung - Hwa Buddhist Journal，No. 11，July，1998. (《观音灵验故事研究》)

John Clifford Holt. Buddha in the Crown：Avolokitesvara in the Buddhist Traditions of Srilanka. New York Oxford：Oxford University Press，1991. (《宝冠

上的佛陀：斯里兰卡佛教传统中的观世音》）

Chang, Cornlius Patrick. A Study of the Paintings of the Water – Moon Kuan Yin, Printed by Microfilm/Serography on Acid – free Paper in 1986 By University Microfilms International, Ann Arbor, Michigan, USA. (《水月观音研究》)

Vignato, Giuseppe. Chinese Transformation of Buddhism: the Case of Kuan Yin. Portland Oregon Theological Research Exchange Network, 1994. (《佛教的中国转化：以观音为例》)

John Larson & RoseKerr. Kuan Yin: A Masterpiece Revealed. Victor and Albert Museum, 1985. (《观音：一部杰作的展现》)

Danya J. Furda. Kuan Yin Bodhisattva: A Symbol of the Feminine in Chinese Religion. Miami, Ohio: Miami University Library, 1994. (《观音菩萨：中国宗教中的女性特征》)

Glen Budbridge. The Legend of Miao Shan, Published by Ithaca Press London for the Board of the Faculty of Oriental Studies Oxford University, 1978. (《妙善传说》)

C. N. Tay. Kuan Yin: the Cult of Half Asia. History of Religions, Novermber, 1976, 16 (2). (《观音：半个亚洲的崇拜对象》)

A. D. T. E. Perera. Enigma of the Man and the Horse at Isurumuniya Temple. Sri Lanka: The Monograph of Sri Lanka Art and Culture Series Supra Printers. (《Isurumuniya 寺庙的马头明王造像之谜》)

Martin Palmer, Tay Ramsay and Mao – Ho Kwok. Kuan Yin: Myths and Prophecies of the Chinese Goddess of Compssion. California: Throsons San Francisco, 1995. (《观音：中国慈悲女神的传说与预言》)

John Blofeld. Comoassion Yoga: the Mysitical Cult of Kuan Yin. London, George Allen & Unwin, 1977. (《慈悲瑜伽：神奇的观音崇拜》)

John Blofeld. Bodhisattva of Comoassion: the Mysitical Tradition of Kuan Yin. Colorado: Shambhala Publications Inc. Boulder, 1978. (《慈悲瑜伽：神奇的观音传说》)

Sandy Boucher. Discovering Kuan Yin: Buddhust Goddess of Compassion. Boston: Beacon Press, 1999. (《发现观音：佛教的慈悲女神》)

Sangharakstia. The Bodhisattva Ideal: Wisdom and Compassion in

Buddhism. Birmingham: Windhorse Publications, 1999. (《菩萨的理想: 佛教的慈悲与智慧》)

Ziegler, Harumi Hirano. The Avolokitesvara Samadhi - tura Spoken by the Buddha: An Indigenous Chinese Buddhist Scripture. Master Degree Thesis. University of California Library, 1994.

Strickman Michel. The Miao - Shan Revelations: Taoism and Aristocracy. T'oung pao 64: 1 - 64Stein Rolf A, Avolokitesvara Kuan Yin un Example de Transformnation B'un Dieu en Deese, Cahierse D'Extreme - asie 2: 17 -77.

Schafer Edward H. The Devine Woman: Dragon Ladies and Maidens in T'ang Literature. Berkeley: University of California Press, 1987. (《唐代文学中的龙女与雨神》)

Reed, Barbara, The Gender Symbolism of Kuan Yin Bodhisattva in Buddhism Sexuality, and Gender, Edited by Jose Ignacio Cabezon, Albany: the State University of New York Press, 1992: 159 - 180.

Reis - Habito, Maria Doethea. The Repentance Ritual of the Thousand - armed Kuan Yin. Studies in Central and East Asian Religions: Journal of the Seminar for Buddhist Studies. Conphagen & Aarhus. 4: 42 - 51.

Sangen, P. Steven. Female Gender in Chinese Religious Symbols: Kuan Yin, Ma Tsu, and the 'Eternal Mother'. Signs: Journal of Woman in the Culture and Society. 1983, 9: 4 - 25.

Pachow W. The Omnipresence of Avolokitesvara Buddhisattva in East Asia. Chinese Culture Quterly. 1987 - 11 - 28 (4): 67 - 84.

Paul Diana Y. Women in Buddhism: Images of the Feminine in the Mahayana Tradition. Berkeley: University of California Press, 1985.

Murase, Miyeko. Kuan Yin as Savior of Men: Illustration of the Twenty - fifth Chapter of the Lotus Sutra in Chinese Painting. Artibus Asiae, 1971, 37 (1 - 2): 39 - 74.

Liu Chen - Tzu. The Iconography of the White - robed Kuan Yin in the Southern Sung Dynasty (1 127 - 1 129). Master Degree Thesis. University of Califronia, 1983.

Lawton, Tomas. Kuan Yin of the Water - Moon, in Chinese Figure Painting,

89 – 90. Washington, D. C. : Smithsonian Institution, 1973.

Lee Sherman E. , Wai – kam Ho. A Colossal Eleven – faced Kuan yin of the T'ang Dynasty, Artibus Asiae. 1959, 22: 121 – 137.

Idema, Wilt, 1999, Kuanyin's Parrot, A Chinese Animal tale and its International Context. In India, Tibet, China : Genesis and Aspects of Traditional Narrative, 103 – 150, Firenze: Leo S. Olschki, Eitore.

Budbridge, Glen Miao – Shan on Stone: Two Early Inscriptions Harvard Jouenal of Asiatic Studies. 1978, 42 (2): 589 – 614.

Cmmpany, Robert F. The Earliest Tales of Bodhisattva Guanshiyin. in Religious of China in Practice, Edited by Donald S. Lopez, Jr, 82 – 96, Princeton: Pricetin University.

Mallmann, Marie – Rherese De. Introduction to L'Etude D'Avolokitesvara. Paris: Annals Du Muse Guimet, 1984.

C. N. Tag. Kuan Yin: The Cult of Half. The History of Religions. 1976, 11.

Schopen, Gregory. Inscription on the Kuansan Image of Amitabha and the Character of the Early Mahayana in India. Journal of the Association of the Buddhist Studies, 1987, 10: 16.

Soper Alexander C. Aspect of the Light Symbolism in Gandharan Sculpture. Artibus Asiae, 1949 – 1950.

Jones J. J. The Mahavastu. 3. Voles. (Sacred Books of Buddhist , Vols 17 – 19) London Luzac and Company, 1956.

Bhattacharyya, Behoytosh. The Indian Buddhists Iconography. London Oxford: University Press, 1924, 143.

后　记

　　本书是在我的博士论文的基础上修改而成的。这一课题曾先后获得了 2006 年湖南省社会科学基金项目、2007 年教育部人文社会科学基金项目和 2008 年国家社会科学基金项目立项资助，现在，又很荣幸地得到了广东中华文化王季思学术基金·黄天骥学术基金出版资助。

　　在本书的写作过程中，自始至终都倾注着我的博士生导师康保成先生的心血。尤其是在资料的搜集方面，保成师不仅将有关的书籍、资料无私地提供给我，还常常利用自己的学术关系，多方为我收集资料，即使是去外地调查，也惦记着我论文资料的收集情况。师母李树玲老师也以各种方式关心我的学习和生活。黄天骥先生、欧阳光先生、黄仕忠先生等诸位老师的授课也给了我无尽的启迪，极大地开阔了我的学术视野。我的硕士生导师何天杰先生，对我的学习也一直非常关心，在百忙之中经常问起书稿的写作情况。还有左鹏军先生和杜桂萍先生，在我去北京访学的旅途中给予了诸多照顾。此外，宋俊华博士、倪彩霞博士、任广世博士等对我也帮助良多。中南大学文学院院长欧阳友权先生亦特别关注本书的出版。这些，我将永远铭记于心。

　　当然，我能够很好地完成本书的写作，与家人的理解与支持是分不开的。我的父母尤其是父亲帮我料理了好几年家务，很好地解除了我的后顾之忧。我的先生是本书稿最忠实的读者，他作为文艺学博士，利用自己较好的文学理论修养对本书的许多地方进行了润色和提升，使之增色不少。我的儿子也以学习成绩优异这种特有的方式，默默地支持着我的学习和写作。

博士论文答辩时，黄竹山、黄天骥、黄仕忠、左鹏军、叶春生诸位先生组成的答辩委员会提出了许多宝贵的意见，前辈学者那种对学术认真负责和奖掖后学的精神给了我极大的鼓舞，本书的修订和进一步完善也多受益于此。

最后，我要对广东高等教育出版社的编辑表示感谢，尤其是王亚芳女士为本书的出版倾力甚多，其工作之认真让我感佩不已。

2008 年 1 月 15 日于中南大学